名もなき毒

이름없는 독

옮긴이 **권일영** anuken@gmail.com

1987년 아쿠타가와 상 수상작인 무라타 기요코의 『남비 속』을 우리말로 옮기면서 번역을 시작, 일본어와 영어로 된 소설들을 주로 작업했다. 미야베 월드 시리즈의 『누군가』, 『이름 없는 독』, 『쓸쓸한 사냥꾼』, 『스나크 사냥』 등과 존 딕슨 카와 에이드리언 코난 도일의 『셜록 홈즈 미공개 사건집』을 번역하였다. 이 밖에 히가시노 게이고의 『환야』(랜덤하우스코리아, 2006)를 비롯하여, 기리노 나쓰오의 『다크』(도서출판 비채, 2007), 가이도 다케루의 『바티스타 수술팀의 영광』(예담, 2007) 등을 우리말로 옮겼다.

NA MO NAKI DOKU
by MIYABE Miyuki
Copyright © 2006 MIYABE Miyuki
All rights reserved.

Originally published in Japan by GENTOSHA, Tokyo.
Korean translation rights arranged with RACCOON AGENCY, Japan
through THE SAKAI AGENCY and SHINWON AGENCY.

이 책의 한국어판 저작권은 신원에이전시를 통해
MIYABE Miyuki와의 독점 계약으로 **도서출판 북스피어**에 있습니다.
저작권법에 의해 한국 내에서 보호를 받는 저작물이므로 무단 전재와 복제를 금합니다.

* 이 도서의 국립중앙도서관 출판예정도서목록(CIP)은 서지정보유통지원시스템 홈페이지 (http://seoji.nl.go.kr)와 국가자료공동목록시스템(http://www.nl.go.kr/kolisnet)에서 이용하실 수 있습니다. (CIP제어번호 : CIP2017026591)

이름
없는
독

미야베 미유키

名もなき毒

권일영 옮김

북스피어

*일러두기 : 본문의 모든 주는 옮긴이 주입니다.

9월 중순인데도 최고기온이 삼십삼 도까지 치솟은 날이었다. 그는 오후 네시 반에 집을 나섰다. 애견 시로도 함께였다. 아직 강아지인 시로는 늦더위에도 불구하고 자꾸만 산책을 나가자고 졸라댔다.

시로가 산책하는 코스는 늘 같았다. 현관을 출발해 골목을 빠져나가, 큰길을 왼쪽으로 돌아 한동안 직진한다. 큰 교차로 두 개를 건너면 오른쪽에 공원이 나온다. 개를 뛰어놀게 할 수는 없지만, 끈을 묶은 상태로 지나가는 것까지 뭐라 하지는 않는다.

공원 출입구는 사방으로 나 있다. 그는 서쪽 입구로 들어가 공원 안을 시계 반대 방향으로 걸어, 북쪽 출입구를 지나 큰길로 나왔다. 날이 더워 놀이기구에서 노는 아이들은 없었다. 담당 환경미화원이 동남쪽 모퉁이에 있는 공중 화장실을 청소하고 있었다. 서쪽 출입구 근처 모래밭 옆에는 하굣길의 고등학생 커플이 벤치에 앉아 이야기에 정신이 팔려 있었다.

뒷날 탐문수사에서 이 학생 커플과 환경미화원은 육십대 후반의 남자가 작은 시바견을 데리고 목에 건 수건으로 얼굴에 흐르는 땀을 닦으며 공원을 지나가는 걸 보았다고 증언했다. 그는 시바견에게 뭐라고 말을 건넸다고 한다. 학생 커플은 그의 목소리를 들었지만, 무슨 내용이었는지까지는 들리지 않았다. 환경미화원은 그가 시바견에게,

"덥구나. 넌 어쩜 그리 기운이 넘치느냐."

그렇게 중얼거리는 걸 들었다고 한다.

공원을 빠져나가서도 산책은 이어졌다. 시로는 전봇대나 가드레일에 이따금 마킹을 했다. 산책할 때 그는 개의 똥을 처리하기 위해 필요한 비닐봉투나 작은 삽, 장갑 등을 늘 가지고 다녔다. 그런 물건들을 빨간색 싸구려 포셰트에 넣어, 어깨에 비스듬히 걸고 있었다.

지나는 길의 주민들은 매일 같은 코스를 도는 그와 시로의 모습을 자주 보았다.

"그 귀여운 시바견과 빨간 가방 할아버지."

이렇게 기억하는 아이도 있다. 그가 지나갈 때 마침 밖에 나와 있다가 마주치면 고개 숙여 인사를 나눌 정도로 낯을 익힌 주부도 있었다. 올여름은 이상할 정도로 더위가 심해 늘 이렇게 말했다.

"오늘도 덥군요."

"예, 무척 덥네요."

이런 대화를 나눴다는 채소가게 주인도 있다. 인사성이 좋은 사람이었죠, 라고 했다.

산책 코스의 반환점에는 작은 편의점이 있었다. 가게가 생긴 지

삼 년쯤 되었는데, 그 전에는 코인파킹이었던 곳이다. 시로는 반환점 앞에 있는 주차 미터기에 마킹을 하는 습관이 있었기 때문에, 편의점이 생긴 뒤에는 자주 안절부절못했다. 이 이야기는 그의 딸이 자기 아버지로부터 들었다. 딸은 그때 시로가 편의점 앞에 내놓은 쓰레기통이나 주차되어 있는 손님 자전거에 마킹을 하게 해서는 안 된다고 주의를 주었다. 그는 그럴 걱정은 없다고 대답했다고 한다. 시로는 바보가 아니거든. 안 된다고 가르쳐 주면 하지 않아.

그가 편의점에 도착했을 때는 오후 네시 반이 지난 시각이었다. 왕복 한 시간짜리 산책 코스 가운데 정확하게 절반이다.

그곳이 코인파킹이었을 무렵에는 콘크리트로 만든 차량 통행 방지턱에 걸터앉아 담배를 한 대 피우고 난 뒤에 돌아갔다고 한다. 편의점이 생긴 뒤에는 가게에 들르는 일도 있고, 들르지 않고 바로 돌아가는 경우도 있었다. 그 비율은 거의 반반 정도였다고 하는데, 올여름에는 워낙 지독하게 더웠기 때문에 편의점 안에 들어가 더위를 식히는 일이 많았다. 그럴 때는 시로를 가게 앞에 있는 가드레일에 묶어 두고 무엇이건 싼 물건이라도 반드시 하나 사고 돈을 지불했다. 대개는 담배였지만, 십 개월 하고도 열흘 전에 담배를 끊은 후로는 싸구려 과자나 청량음료로 바뀌었다.

그가 담배를 끊은 까닭은 뒤늦게 자기 건강 상태에 불안을 느꼈기 때문은 아니었다. 열여덟 살부터 피워 왔다. 그래도 아무 문제가 없었다.

어느 날 갑자기 담배 맛이 전혀 느껴지지 않았기 때문이다. 입 안이 텁텁하다. 쓰다. 그렇다면 끊자고 생각했단다. 그날부터 아 무 어려움 없이 끊을 수 있었다.

"뭐든 때가 있는 법이다."

웃으며 그렇게 말했다고 한다.

그날 그가 편의점에서 산 것은 네모난 종이팩에 든 우롱차였다. 팩 옆에 빨대가 붙은 종류다. 고혈압에 효과가 있는 모양이라며 그는 우롱차를 자주 마셨는데, 깡통에 든 것은 싫어했다.

편의점을 나와, 그는 시로를 데리고 집으로 돌아가기 시작했다. 갈 때와 마찬가지로 별일 없이 걸어서 집으로 돌아갔어야 했다.

편의점 계산대에서 그는 종이팩을 비닐봉투에 넣으려던 점원에 게 그냥 달라며 손에 들고 나갔다. 이런 모습은 계산대를 찍는 감 시 카메라 영상에도 남아 있다.

삼십 분을 걷고 나니 목이 말랐던 모양이다. 가지고 집으로 돌 아갈 생각이 아니라 처음부터 중간에 마실 작정으로 샀으리라.

편의점에서 어른 걸음으로 십 분 남짓 걸은 지점, 그의 귀갓길 삼분의 일쯤 되는 곳에 자동차 수리 공장이 있다. 입구가 널찍한 큰 공장으로, 보도로 난 정면은 늘 활짝 열려 있었다.

이 공장에는 그날 여섯 대의 자동차가 들어와 있었다. 차와 차 사이에서 일하던 종업원 세 명은 처음엔 누가 무엇에 놀란 듯이 "악" 하고 비명을 지르는 소리를 들었다. 개가 사납게 짖기 시작했 다. 한 사람은 상반신을 차 밑에 넣고, 두 사람은 몸을 앞으로 구부린 채 작업하고 있었는데, 앞쪽 보도에서 무슨 일인가 일어났다는 생각에 얼른 몸을 일으켰다.

제일 가까운 곳에 있던 종업원이 차 사이를 빠져나와 공장 앞쪽으로 나갔다.

그리고 발견했다.

쓰러져 있었다. 데굴데굴 구르고 있었다. 신음하면서 입에 흰 거품을 물고 손발을 허우적거리고 있었다. 작은 시바견이 짖어 대며 주위를 빙빙 돌고 있었다.

"으앗! 이게 뭐야!"

종업원이 소리쳤다. 어이, 큰일 났어, 구급차를 불러. 안쪽 사무실에 고함을 치면서 종업원은 그의 곁으로 달려갔다. 바로 그때 시바견이 덤벼들어 옷자락을 물고 늘어졌다. 어떻게든 떼어내려 하는 동안에도 쓰러진 남자는 보도 위에서 몸부림치고 있었다. 흰자위를 드러내고 저러다 등뼈가 부러지지 않을까 싶을 정도로 새우처럼 몸을 뒤로 젖혔다. 그때 또 다른 종업원이 달려와 개를 달래 떼어내고 목줄을 잡았다. 겨우 자유로워진 먼저 달려온 종업원은 거품을 뿜으며 괴로워하는 남자를 안아 일으키려 했다.

보도에서 몸부림치던 남자는 그때 숨을 거두었다. 안아든 종업원은 마지막 경련을 팔에 느꼈다. 그게 지금도 잊히지 않는다고 한다. 악몽을 꾸면 그 모습이 다시 나타난다고 한다.

"뭐야, 왜 그래? 교통사고……는 아니지?"

주위를 둘러보니 그런 것 같지는 않았다. 방금 죽은 남자는 혼자였고, 숨을 거둔 그 얼굴은 평온함과는 거리가 멀었다. 고통으로 일그러졌고, 핏발이 선 눈은 당장이라도 튀어나올 듯이 부릅뜨고 있었다.

뒤늦게 달려온 세 번째 종업원이 눈앞에 펼쳐진 처참한 광경에 겁을 먹고 비틀거리다 바닥에 떨어져 있던 우롱차 종이팩을 밟았다. 철퍽, 하는 소리와 함께 팩에 남아 있던 우롱차가 뿜어져 나와 보도를 적셨다.

시바견은 카랑카랑한 소리로 계속 짖었다. 종업원들의 목소리를 듣고 길가에 있는 사람들이 모여들었다. 지나가는 차가 서행하며 운전자가 창으로 내다보았다.

이윽고 구급차의 사이렌 소리가 다가왔다.

이게 오후 네시 사십분부터 오십분 사이에 일어난 일이다. 도착한 구급 대원이 응급조치를 했지만 효과가 없었다. 그에 대한 사망선고가 내려진 것은 다섯시 십이분이었다.

개를 데리고 여느 때와 마찬가지로 약 한 시간가량 산책을 나간 그는 신원을 파악할 수 있을 만한 것을 전혀 가지고 있지 않았다. 다만 케이스에 든 휴대전화를 허리에 차고 있었다.

이 휴대전화의 전화번호부에 등록된 사람 가운데 '아키코'라고 표시된 번호로 전화를 건 것은 나중에 달려온 경찰관이었다. 구급 대원이 사건일 가능성이 있다고 느껴 경찰에 신고했기 때문이다.

전화를 받은 사람은 후루야 아키코라는 마흔두 살 된 여자였다. 니혼바시에 있는 외국계 증권회사 트와멜 라이츠 도쿄 본부의 세

컨드 매니지먼트 담당으로, 이때는 미팅중이었다. 그런데도 전화를 받았던 것은 착신 화면에 '아버지'라고 표시되어 얼핏 불길한 예감이 들었기 때문이다. 그녀의 아버지는 어지간히 급한 일이 아니면 업무중인 딸에게 전화를 걸거나 하지 않았다.

그녀와 연락이 닿아, 남자의 신원이 밝혀졌다. 후루야 아키토시, 67세. 이 년 전 예순다섯 살 생일에 정년을 맞이한 그는 내내 한 회사에 근무했으며, 정년퇴직 뒤에도 일주일에 사흘씩 촉탁으로 계속 근무하던 대형 금속 가공 회사를 그만두었기 때문에 '무직'이라고 불린다는 사실에 부아가 난 노인이다.

누가 보아도 평범한 죽음이 아니었다. 사망 현장에서 이미 이런저런 이야기가 퍼져나가고 있었다. 누가 먼저 이야기했는지는 모르지만 이 사람에서 저 사람으로.

—네 명째야.

—네 번째 사건이야.

—이렇게 가까운 곳에서 일어나다니.

후루야 아키토시가 3월부터 수도권에서 발생한 연쇄 무차별 독살 사건의 네 번째 희생자일 가능성이 있다는 보도가 나온 것은 그로부터 약 세 시간 뒤의 일이다.

종이팩에 든 우롱차에 들어 있던 것은 이번에도 역시 청산가리라는 독극물이었다.

1

문득 테이블 한가운데 놓인 녹음기를 보니 빨간 표시등이 꺼져 있었다. 이야기에 열중하는 동안에 벌써 테이프 한쪽 면이 다 되어 버렸다.

내가 그걸 깨달았다는 사실을 맞은편에 있는 인물도 눈치챘다. 눈가에 주름을 잡으며 환하게 웃었다.

"이런, 멈췄군요."

그런 모양이라고 대답하며, 나는 녹음기를 집어 들어 뚜껑을 열고 달그락거리며 카세트테이프를 뒤집었다.

"본론에 들어가기도 전에 쓸데없는 이야기만 해서 테이프가 다되었군. 이거 정말 미안합니다."

나는 웃었다.

"천만에요. 쓸데없는 이야기라뇨."

내가 근무하는 《아오조라푸른 하늘》 편집부에는 지금 여기 놓여 있는 것보다 훨씬 나은, 신형 녹음장비가 여러 개 있다. 인물 인터뷰는 《아오조라》가 지향하는 '이마다 콘체른 그룹 사원 모두를 독자로 삼는 횡적 사내보'에 있어서 늘 메인 기사가 되는 중요한 요소다. 그래서 필요한 장비를 사는 데는 별문제가 없다.

하지만 나는 MD나 IC레코더가 아니라 카세트테이프를 쓰며, 그것도 굳이 오토 리턴 기능마저 없는 낡은 장비를 즐겨 쓴다.

나는 인터뷰를 잘하지 못한다. 잔뜩 분위기를 타서 상대방의 이야기를 끌어낼 때가 있는가 하면, 그와는 달리 자꾸 대화가 어긋나기만 할 뿐 인터뷰 모양새마저 갖추지 못해 애를 먹는 경우도 있다. 아마추어 인터뷰어의 슬픔이다.

그럴 때 이 구식 카세트테이프 녹음기가 내는 작은 소리, 테이프가 다 되었다는 표시로 철컥, 하는 잡음이 나를 구원해 준다. 그게 변화를 주는 것이다. 테이프를 뒤집는 작업이 인터뷰 현장의 분위기를 부드럽게 해 주는 경우도 있다.

용량이 큰 IC나 소리도 없이 자동으로 뒤집는 오토 리턴 기능이 있는 녹음기는 인터뷰 중 내가 탈선을 하거나 악전고투를 해도 그저 기계적으로 묵묵히 녹음하기만 할 뿐 아무런 지원도 해 주지 않는다.

"제가 건설이나 리빙 라이프 쪽 사원이라면 집에 대한 이야기를 얼마든지 해도 괜찮겠지만."

오늘 내 인터뷰 상대인 이마다 물류 창고 주식회사의 관리부 제2부 차장인 구로이 간지 씨는 이렇게 말했다.

"저는 물류, 그것도 팔레트_{지게차 같은 운반 장비로 물건을 나를 때 안정적인 이동을 위해 바닥에 까는 구조물} 관리가 전문이라서 역시 이야기가 딴 길로 새면 안 되겠네요. 녹음을 처음부터 다시 합시다."

손가락으로 관자놀이를 살살 긁으며 자기 앞에 펼쳐놓은 질문 리스트를 손에 들고, 적혀 있는 항목을 눈으로 더듬기 시작한다. 일주일 전에 내가 사내우편으로 보냈던 것이다.

이 인터뷰는 시리즈 기획으로 이번이 다섯 번째다. '각 부서의 차장이 해부한다!'라는 힘찬 제목이다. 차장은 중간관리직 가운데서도 중간 위치다. 위의 눈치를 보지 않고 아래 알랑대지 않으며, 오로지 과장이나 부장을 보좌하면서 현장을 정리하는 역할까지 맡는 차장이란 직급에 초점을 맞추어 그들(그리고 소수의 그녀들)의 생각과 회사에 대한 직언을 듣는다는 취지다.

편집부에서 낸 기획이 아니라 독자의 제안을 채택해 마련한 기획 기사다. 제안자는 익명이었지만(《아오조라》는 무기명으로 의견서를 받고 있다) 현재 차장으로 근무하는 사원이다.

〈어느 날 애가 물었다. 아버지 명함에 있는 '차장'이란 어떤 일을 하는 자리냐. 다음 장次長이라면 누구 다음이냐. 아버지는 높은 사람이냐 아니냐. 그런 질문에 제대로 답을 할 수 없었다. 실제로 차장이란 묘한 직책이다. 조직이 자신을 필요로 하는지 아닌지, 권한이 있는지 없는지, 아리송할 때가 많다. '차장'이란 어떤 자리일까. 과연 존재 의의는 있는가. 그룹 전체 회사에 있는 차장 여러분의 속마음을 듣고 싶다.〉

이런 제안을 해 왔다.

"권한 같은 게 있을 리 없잖아?"

늘 과단성 있는 우리 편집장은 그렇게 말하더니, 별 볼 일 없는 제안이라며 버리려 했다. 그때 내가 해 보겠다고 나섰다. 요즘 내내 편집부에서 레이아웃이나 교정 작업만 하고 있던 터라 밖에 나가고 싶었기 때문이다. 나도 약간은 정치적인 인간인지라, 벌써 이 년 이상이나 독자 요청 기획을 채용하지 않았기 때문에 이쯤에서 받아들이지 않으면 곤란할 거라는 의견을 조심스럽게 덧붙였다. 편집장은 콧방귀를 뀌었다.

"별걸 다 신경 쓰셔."

"가끔은 독자의 기분도 맞춰야죠."

"이상하네. 회장님 기분만 맞춰 드리면 될 사람이 그런 생각을 하다니."

뭐든 꾸밈없이 이야기하는 사람이 꼭 독설가라고는 할 수 없다. 어떤 발언이 독설로 들린다 해도 반드시 거기 진짜 독이 담겨 있는 것은 아니다. 나는 웃으며 재미있는 기획이 될 것 같아서요, 라고만 말해 두었다.

나중에 형식적으로는 내 어시스턴트인 여성 편집부원이 "편집장님은 늘 스기무라 선배에게 심술궂게 대해요, 너무한다는 생각이 들어요"라며 입을 비죽거렸다. 그때도 나는 "신경 쓰지 마라, 소노다 편집장님과 나 사이에 그런 정도의 대화는 일상적인 인사나 마찬가지다"라고 했다.

"스기무라 선배는 아무렇지도 않은 모양이네요." 여성 편집부원은 어처구니없다는 표정을 지었지만.

나는 즐겁게 기획을 추진했다. '차장'이란 직책은 엄연히 연공 서열을 기초로 한 일본 특유의 샐러리맨 사회를 이루어 온, 질서 의 등고선을 구성하는 한 가닥 선이다. 회사에 따라 그 선은 굵기 도 하고, 때로는 자세히 들여다보아도 보이지 않을 정도로 가느다 란 경우도 있다. '계장'이란 선과 구분이 가지 않는 경우도 있는가 하면, '주임'과 같은 색이거나 약간 위에 그어져 있는 경우도 있다. 그래도 역시 그 선은 '차장'이지 '계장'이나 '주임'이 아니라는 사실 이 나는 재미있었다.

실제로 만나서 이야기해 본 '차장'들은 나와 같은 생각을 하고 있는 경우도 있는가 하면, 자기 직책의 존재 의의를 목청 높여 주 장하는 사람도 있었다. 이 등고선이 없어지면 표시할 수 없는 지 형이 있다고. 그 차이도 흥미로웠다.

그래서 지난 네 차례의 인터뷰도 모두 약속 시간보다 더 길어 져, 나중에 기사로 옮길 때는 많은 부분을 들어내야 했지만 이번 에는 달랐다. 완전히 주제에서 어긋났다. 그렇다고 쓸데없는 이야 기를 하지는 않았다. 나와 구로이 차장에겐 지금 이 자리에서 서 로 열심히 이야기하고 싶은 공통 화제가 있었다.

병들어 버린 '집'에 대한 이야기다.

서로 첫 대면이라 처음에는 아무것도 몰랐다. 형식적인 인사를 나누고 명함을 교환한 뒤, 잘 부탁한다고 말하고 회의실 의자에 앉았다. 바로 그때 구로이 차장이 "이런" 하는 소리를 지르고는 작업복 가슴에 손을 대더니 잠깐 실례한다며 자리에서 일어섰다.

가슴 주머니에 넣어 둔 휴대전화가 울렸던 것이다. 차장은 벽 쪽으로 이동해 내게 반쯤 등을 돌리고 전화를 받았다. 틀림없이 업무 전화일 거라고 생각하던 나는 차장이 전화에 대고 "그래, 나야. 그래서 어떻게 됐어, 사나에는? 괜찮아?"라고 하는 바람에 놀랐다.

분명히 집에서, 그것도 부인한테서 온 전화다. 가정을 가진 남자라면 바로 눈치챌 수 있는 사정이 내 머릿속에 떠올랐다. 사나에는 아마 아이 이름일 것이다. 그 아이에게 무슨 일이 생겼고, 그래서 부인이 연락을 해 왔다. 갑자기 병이 났거나 다쳤거나. 그리고 이 전화는 첫 번째 보고가 아니라, 그 뒤의 경과를 알리는 내용임이 틀림없다.

전화 통화는 한동안 계속되었다. 귀 기울여 듣지는 않았지만 좁은 방이라 다 들렸다. 병원 이름이나 사람 이름도 들렸다. 그러는 중에 사나에라고 하는 (아마도) 아이의 상태가 긴박하지는 않다는 걸 눈치채고 마음을 놓았다.

"아, 이런. 실례했습니다."

구로이 차장은 휴대전화를 넣더니 내게 깊숙이 고개를 숙였다.

"평소에는 업무중에 이런 일이 없는데, 아무래도 딸아이 문제라서요."

오른손으로 땀을 닦듯이 이마를 문질렀다. 역시 아이 문제였나. 처음 만난 사람이지만 갑자기 친근감이 느껴졌다. 나는 차장도 아닌 평사원이지만 아버지다.

"저는 괜찮습니다. 애들 문제라면 늘 걱정이 되게 마련이죠."

구로이 차장은 고개를 들었다. 하지만 눈빛은 아직 어딘가에 있을 딸의 병실을 바라보는 듯했다.

"천식입니다. 오늘 아침에 크게 도져서."

구급차로 병원으로 옮겼는데, 빈 병상이 없어서 이리저리 헤매다 겨우 입원할 곳을 찾았다는 이야기다. 나는 시계를 보았다. 오전 열시가 지난 시각이었다.

"이게 정말 무슨 일인지."

고개를 저으며 구로이 차장이 말했다.

"아십니까? 새집증후군이라는, 그─어처구니없는 단어를?"

나는 눈이 휘둥그레졌다. 여기서 이런 화제가 튀어나오다니.

알고 있었다. 모를 리가 있나.

"실은 요즘 집에서도 계속 그 문제에 관해 이야기합니다."

나는 솔직하게 대답했다. 구로이 차장의 작은 눈이 갑자기 커졌다.

"그럼 스기무라 씨 댁도 자녀분 몸 상태가 좋지 않은가요?"

"아뇨, 다행히 그렇지는 않습니다. 지은 지 꽤 된 주택을 사서 리폼을 하는데, 집사람이 무척 신경을 곤두세우고 있습니다."

구로이 차장은 두 손을 테이블 위에 얹더니 고개를 크게 끄덕였다.

"그게 좋죠. 신경 쓰는 게 좋습니다. 우리도 좀더 조심했어야 하는데."

구로이 차장은 작년 가을에 사택에서 나가 요코하마 시내에 그토록 바라던 내 집을 샀다고 한다. 방 배치가 일반적인 이층집으로 그 지역에서는 유명한 업자가 지어 판매한 주택이었다.

"집이란 게 일생에 한 번 사는 물건이니까요. 저나 아내나 나름대로 공부를 해서 지식도 있다고 생각했죠. 새집증후군이라는 게 뭔지도 알고 있었구요. 신문이나 뉴스에서 자주 소개했으니까요. 다만 문제가 제게 일어날 거란 생각은 해 본 적이 없습니다. 제대로 된 주택업자가 공급하는 집이니 우리가 그런 문제까지 걱정하지 않아도 될 거라고 생각했는데."

주택용 건축 자재나 도료, 벽지의 접착제 등에 포함되어 있는 화학물질이 인체에 나쁜 영향을 미쳐 알레르기성 피부염이나 천식, 두통 등 여러 가지 질병을 일으킨다―간단하게 말하면 이것이 새집증후군이다.

"이게 크게 문제되기 시작한 지 벌써 사오 년쯤 되었나요? 요즘은 규제가 엄격해져서 많이 없어졌겠거니 했는데."

실제로 새로 지어 파는 주택이나 분양 아파트와 관련해 이 문제가 크게 부각되는 일은 적어졌다는 생각이 든다. 단순히 매스컴의 관심이 옅어졌을 뿐이지 보도되어야 할 문제점들이 줄어들지는 않았으리라. 도쿄 도내의 어느 초등학교가 낡은 교사를 새로 단장했는데 학생들 사이에 새집증후군이 발생해 전면적으로 다시 손질한다는 뉴스가 나온 것이 일 년 전이었던가. 그때도 '그 새집증후군은 주택만의 문제가 아니다'라는 내용을 다루었다. 공공 건축물에 관해서도 규제와 감독이 엄격해져야 한다는 이야기였다.

"차장님 댁의 경우에는 원인이 밝혀졌습니까?"

약간 완곡한 표현으로 물었다. 불쑥 업자가 사기꾼이거나 엉터리로 작업했느냐고 묻기는 힘들었기 때문이다.

"그게 말이죠, 잘 모르겠습니다." 구로이 차장은 눈썹을 찡그리고 진짜 괴롭다는 표정을 지었다. "우리는 분명히 업자가 거짓말을 했다고 생각해서 따졌죠. 하지만 검사를 해 보니 문제가 될 만한 화학물질 수치는 모두 기준 이하입니다. 곰팡이가 나올 뿐이에요. 곰팡이 포자가. 그게 딸의 천식 원인인 것 같습니다. 다른 이유는 생각할 수가 없는 거죠."

실내 공기 안에 있는 곰팡이 포자나 먼지, 이른바 집먼지는 분명히 알레르기 증상의 원인이 된다. 하지만 이게 새집증후군의 전부는 아니리라.

"곰팡이가 평균치보다 유난히 많은 건가요?" 내가 물었다. "그런 게 평균치가 있는지 어떤지는 모르지만……."

"그런 건 저도 모릅니다." 구로이 차장은 씁쓸하게 웃었다. "업자도 모르지 않을까요? 다만 우리 경우에는 벽지에 곰팡이가 핀다거나 이슬이 많이 맺힌다거나, 그런 상태는 아닙니다. 적어도 눈에 보이는 부분에는 말이죠. 그래서 집사람은 보이지 않는 바닥 어딘가에 물기가 스며들었기 때문에 곰팡이가 피는 게 아니냐고 의심하고 있죠."

업자는 부정하고 있다고 한다.

"그 전까지만 해도 건강했던 애가 이사하자마자 천식에 걸리니 집사람은 이건 분명히 집 때문이라고 생각할 수밖에 없는 거죠. '여보, 이게 바로 새집증후군이란 거야'라며. 그래서 책을 뒤져보고, 인터넷에서 검색해 보거나 강연회에 참석하면서 열심히 벼락 공부를 했죠. 그런 지가 벌써 일 년 가까이 되었습니다. 지금은 업자가 상대가 안 될 정도로 빠삭해졌죠."

최근 일 년 사이에 감정 업체를 세 군데나 불렀다고 한다. 처음에 온 회사는 집을 판 회사가 불렀기 때문에 비용도 그쪽에서 부담해 주었지만 나머지 두 회사는 구로이 씨가 직접 부담했다는 이야기다.

"그래도 곰팡이밖에 나오지 않던가요?"

"회사에 따라 제각각이죠. 포름 뭐라던가 하는." 구로이 차장이 쓴웃음을 지었다. "몇 번을 들어도 그 이름을 기억하지 못하겠군요. 그런 화학물질이 나온 적도 있습니다. 하지만 문제가 될 정도의 양은 아니라더군요. 게다가 그건 일반적으로 천식을 일으키는 물질이 아니라고 하고. 집사람은 그런 소리를 들으면 히스테리를 일으키죠. 그 사이에도 딸은 계속 발작을 일으키고. 이젠 정말 못 견디겠네요."

구급차를 부른 게 이번이 두 번째로, 처음 실려 갔을 때도 입원했었다고 한다.

"따님은 몇 살입니까?"

"중학교 2학년입니다. 이제 곧 입시생이 될 텐데. 그래서 집사람이 더 초조해합니다."

실은 소아천식이 있었던 애죠. 라며 말을 이었다.

"유치원 때입니다. 그래도 초등학교에 올라갈 무렵에는 증상이 사라져서 그 뒤로는 신경도 쓰지 않았는데."

"하지만 이번 천식은 그것과는 다르겠죠."

"우리야 그렇게 생각합니다. 업자 쪽에서는 애가 원래 천식이 있었으니 일반인보다 알레르겐_{알레르기성 질환의 원인이 되는 항원}에 지나치게 민감할 가능성이 있다고 주장하죠. 자기들로서는 정해진 기준치를 지킨 이상 더는 어쩔 수가 없다는 이야깁니다."

업자 처지에서는 그렇게 이야기할 수밖에 없다는 점도 이해가 된다.

"집사람은 소송을 걸겠다고 합니다. 저는 그렇게까지는 하지 않아도……."

말끝을 흐리더니, 어쨌든 딸만 건강해진다면 그걸로 그만이라고 덧붙였다.

"리폼했다는 스기무라 씨 댁은 아파트입니까, 단독주택입니까?"

화제가 내 쪽으로 흘렀다.

"단독주택입니다. 집사람이나 저나 집 구조가 마음에 들었는데, 이전 주인이 카펫을 좋아했는지 여기저기 깔거나 붙여 두었더군요. 계단이나 화장실 바닥까지도."

"그거 손이 꽤 갔겠군."

"예. 전부 걷어내야 했죠."

처음 보고 '이거야말로 진드기 소굴이야'라며 아내인 스기무라 나호코가 소리를 질렀다. 진드기가 꿈틀거리는 소리가 들릴 것 같아!

"그래서 일단 리폼을 하기로 하고 제 집사람도 벼락공부를."

"그렇죠." 구로이 차장은 기쁘다는 표정으로 큭큭거리며 소리 죽여 웃었다. "마치 태풍이 오기 전의 노인네처럼 부지런을 떨죠?"

절묘한 표현이다. '아, 큰일이야. 할 일이 너무 많아. 유비무환이라니까' 하며 팔을 걷어붙인다—태풍이 다가오면 우리 할아버지나 아버지나 늘 그렇게 바삐 움직였다. 태풍이 오기를 기다리는 듯이 보이기까지 했다. 그러고 보니 요즘 나호코가 부지런 떠는 모습과 꼭 닮았다.

"이제는 제가 알아듣지도 못할 어려운 도료의 성분이나 화학 약품 이름을 줄줄 외우죠."

"그렇죠? 맞아요. 그래요. 줄줄 외우더라고요. 여자가 화학 과목에 약하다는 거, 그거 틀린 말이에요. 생각해 보세요. 여자는 다들 화장품에 대해 잘 알잖아요? 무얼 하러 그런 것까지 알고 있느냐 싶을 정도로 많이 알고 있죠. 화학을 못할 리가 없어요."

벽지의 접착제나 바닥의 광택제를, 화장품 크림이나 에센스와 똑같이 취급할 수는 없지만, 일리가 있는 말이다.

이렇게 이야기에 정신이 팔려 있는데 어느새 테이프가 다 돌아가 버렸다.

다시 마음을 가다듬고 인터뷰를 끝내니 점심시간이었다. 구로이 차장과 함께 이마다 물류 창고 요코하마 지사의 사원 식당으로 갔다. 매일 메뉴가 바뀌는 정식이 맛있다면서 권했기 때문이다.

물류 현장의 분주함은 사무직과는 근본적으로 다르다. 식사하는 모습을 보면 아주 쉽게 알 수 있다. 다들 식사를 급하게 한다. 나와 구로이 차장이 앉은 테이블에서도 거의 십 분 간격으로 사원들이 바뀌었다. 대부분 차장과 같은 디자인의 작업복을 입은 남자 직원들이다. 옷깃에 줄이 있느냐 없느냐, 몇 줄이냐로 그 직위를 알 수가 있다.

"여직원들은 사내 식당에 오지 않습니다."

생선구이를 집으면서 차장이 웃었다.

"더 맛있는 걸 먹으러 밖에 나가는 거라고 놀리면 화를 냅니다. 여기 정식은 너무 짜고 기름기가 많아서 싫다더군요. 요즘 여직원들은 다들 도시락을 싸 옵니다. 지저분한 남자들이 없는 회의실이나 카페테리아에 모여서 먹죠."

식사 뒤, 그 카페테리아에도 들렀다. 점심 식사는 물론이고 종이컵에 받아온 커피도 구로이 차장이 자기 식권으로 사 주었다. 회수권처럼 묶여 있었다.

"아쓰기 지사는 여기보다 먼저 IC카드 방식으로 바꾸었다던데요."

그런 이야기를 하고 있는데, 차장 옆의 빈 의자에 젊은 남자직원이 씩씩하게 자리를 잡고 앉았다. 역시 손에 커피 컵을 들고 있다.

"차장님, 공식 인터뷰는 이제 끝난 겁니까?"

이목구비가 또렷한, 이른바 '느끼한' 얼굴의 청년이다. 작업복 옷깃에는 줄이 없다. 스무 살쯤 되어 보인다.

"무사히 끝났어. 너희들을 위해 내가 얼마나 고생하는지 다 이야기했지."

차장의 젊은 부하 직원은 장난스러운 몸짓으로 상사의 팔을 툭툭 쳤다. "안 되죠. 그런 불평이나 해서는. '프로젝트 X' 방식으로 나가야."

이어서 뭐라 말하려 하며 내게로 눈길을 돌렸다. 그러더니 멈칫했다.

"아니, 스기무라 선배님 아니세요?"

나는 그의 얼굴이 기억나지 않았다. 당황해서 잠시 눈만 깜빡거렸다. 차장이 그에게 물었다.

"뭐야, 너 본사에서 신세를 진 적이 있냐? 그렇다면 제대로 인사를 드려야지."

젊은 부하는 활짝 웃었다.

"아닙니다, 차장님. 이분은 제가 신세를 질 수 있을 만한 위치에 계신 분이 아니라니까요."

활달하고 밝은 말투다. 나는 미소를 지었다. 이 젊은 사원과 어디서 만났는지 기억이 나지 않지만, 그가 지금 무슨 이야기를 하려는 건지는 짐작이 갔기 때문이다. 내겐 익숙한 패턴이었다.

"차장님, 모르세요? 전혀? 그럼 곤란하죠, 정말."

일부러 능글맞은 표정을 지으며 커다란 눈을 굴렸다. 구로이 차장이 당황한 눈치다.

"이거 죄송합니다. 저희 차장님이 무슨 실수를 하셨더라도, 그건 회장님껜 비밀로 해 주십시오."

젊은 사원이 일부러 일어서서 내게 깊숙이 허리를 숙였다. 구로이 차장은 부하직원과 내 얼굴을 번갈아 바라보고 있다. 나는 미소를 지으며 말했다.

"이분이 뭔가 오해하신 모양이군요—."

"오해라뇨, 나 참. 그러지 마십시오."

주위 테이블에 앉아 있던 사원들도 이쪽을 바라보았다.

"여기 스기무라 선배님은 우리 회장님의 사위님이십니다!"

한쪽 손으로 차장의 옷자락을 툭툭 두드리면서 나머지 한손을 공손하게 내 쪽으로 내밀며 젊고 느끼한 얼굴의 사원이 말했다.

"우리 이마다 콘체른 그룹의 영도자이신 회장님 신랑이십니다! 아니, 그게 아니지. 회장님이 신랑을 얻은 게 아니지."

우습지도 않지만 개그를 하는 모양이다.

"이마다 회장님의 따님 신랑이죠. 스기무라 선배님은."

구로이 차장이 입을 약간 벌리고 아아, 하는 소리를 냈다. 나는 고개를 살짝 끄덕였다. 내 앞에서 눈을 반짝이고 있는 제복 입은 젊은이의 얼굴을 올려다보았다.

"어디서 만났지?"

"입사식 때, 우릴 취재하러 오셨죠."

"작년 봄인가?"

"그렇습니다. 나중에 인사부에 계신 분이 가르쳐 주셨죠. 감격스럽습니다. 정말로."

완벽하게 출세하신 거죠, 라고 또 큰 소리로 말했다.

"샐러리맨의 꿈이잖습니까. 저도 노력하겠습니다. 스기무라 선배님이 따님을 낳는다면 부디 저를 사위 후보로. 자알 부탁드립니다."

찰싹, 하고 큰 소리가 났다. 다시 고개를 숙이는 부하직원의 등짝을 구로이 차장이 때린 것이다.

"무슨 짓이야, 바보처럼."

허풍스럽게 아픈 척하면서 부하 직원은 히죽거렸다.

"에이, 차장님. 어때서 그래요? 말이나 해 보는 정도인데."

"뭐가 사위 후보야. 너 같은 녀석은 잘리지 않도록 일이나 제대로 배우는 게 먼저야."

차장이 손목시계를 들여다보며 일어났다. 나도 따라 일어섰다.

"실례했습니다." 야단맞은 젊은 부하직원은 큰 소리로 말하면서도, 전혀 겁먹은 기색 없이 다시 말했다.

"제 얼굴 잘 기억해 주십시오. 하지만 회장님께 이르지는 마시고. 잘 부탁드리겠습니다."

여전히 개그맨 흉내를 내고 있다. 주변에 있는 사원들도 웃었다.

구로이 차장과 나는 정면 로비 쪽으로 걸었다. 걸어가며 차장이 말했다.

"저 친구 무례한 짓, 죄송합니다."

아뇨, 아닙니다. 내가 말했다. 달리 뭐라고 할 수 있겠는가.

"요즘 젊은 녀석들 가운데는 저런 애들이 많습니다. 때와 장소도 가릴 줄 모르고, 분수도 모르죠. 아무리 농담이라도 해서 좋을 말과 하지 말아야 할 말을 구분할 줄도 모르고요."

나는 두세 차례 가볍게 고개를 끄덕였다. 그러고 나서 차장에게 어색한 표정으로 웃어 보였다.

"집사람은 분명 회장님 딸입니다. 하지만 이마다 그룹과는 전혀 관계가 없죠. 그건 이마다 가문의 사적인 사정이라고나 해야 할까요?"

이번에는 차장이 얼른 고개를 끄덕였다. 내가 이야기하는 것을 듣지 않고 서둘러 이 상황을 넘기려는 듯이.

"그래서 집사람은 회사에 아무 영향력이 없습니다. 저도 지극히 평범한 한 명의 사원으로 근무하고 있구요. 미리 말씀드리는 게 도리였을지도 모르지만, 대개는 그런 문제를 의식하지 않고 지내기 때문에—."

이건 거짓말이다. 거짓말이지만 나는 늘 이렇게 말한다.

"제가 실례했습니다. 사과드릴 사람은 접니다."

아니, 무슨 말씀을. 구로이 차장이 고개를 숙였다.

로비에 이르자, 대충 사무적인 절차를 마치고 인사를 나눈 뒤에 우리는 헤어졌다. 양쪽으로 열리는 자동문을 향해 걷는데 문득 까먹은 말이 생각났다.

"아, 따님 문제 말입니다. 잘 해결되길 바랍니다. 원인이 빨리 밝혀지면 좋겠네요."

구로이 차장은 눈을 깜빡거리며, 카페테리아에서와 마찬가지로 '아아' 하는 표정을 지었다. 그런 이야기를 했다는 사실을 잊고 있었는지, 놀라는 표정이었다. 약 한 시간 전에 집을 산다는 게 얼마나 힘든 일인가에 관하여, 리폼을 할 때의 주의 사항에 관하여, 특히 집 문제에는 태풍이 오기 전의 노인네들처럼 부지런 떠는 여자들의 버릇에 관하여 그렇게 열띤 이야기를 나눈 사람은 내가 아니라 이미 이 자리에 없는 다른 누군가인 것처럼.

하지만 그는 고개를 숙이며 "감사합니다"라고 했다. 나도 고개를 숙이고 자동문을 지나 밖으로 나왔다.

역에 도착해 요코스카선을 타고, 자리에 앉아 생각했다.

구로이 차장은 후회하는 걸까? 내게 이런저런 이야기를 흉금 없이 털어놓은 것을. 걱정스럽기는 하리라. 이마다 그룹 사원 가운데 한 사람으로서, 성격이 애매한 '차장'이란 직책에 있는 사람으로서 회장과 직접 관계가 있는 사람 앞에서 해서는 안 될 말을 한 게 아닌가 하고. 경솔한 이야기를 한 게 아닌가 하고. 공연히 윗사람을 비판하거나, 회사의 현재 방침에 다른 목소리를 낸 게 아닌가 하고. 그리고 화가 나기 시작할 것이다. 뭐야, 스기무라라는 녀석은. 완전히 스파이 아니야? 회장도 너무하군. 사위에게 사내보 기자를 시키다니.

그룹 전체로 따지면 수만 명이나 되는 사원이나 준사원의 발언을 일일이 회장님이 신경을 쓸 리는 없다. 스기무라가 고자질한들 갑자기 내 목이 날아가거나 하지는 않을 것이다. 그렇지만 기분 나쁘다. 속았다.

그는 이런 생각을 하리라. 집 리폼이 힘들다느니, 아내가 잔소리가 심하다느니 했지만 나하고는 전혀 다르지 않은가. 부자가 취미 삼아 집을 옮기는 일과 월급쟁이의 내 집 마련 꿈을 똑같이 취급하지 말라, 위선자. 속으로는 너와 나는 수준이 다르다고 웃고 있겠지?

그가 정말 그런 생각을 할지 어떨지 나는 모르며 알 수도 없다. 하지만 그가 그런 생각을 할지도 모른다고 짐작하는 나 자신이 비열하게 느껴진다. 어느 정도 익숙해지기는 했지만, 그 비열함이 나를 속상하게 만든다.

구 년 전, 긴자에 있는 영화관에서 사소한 사건이 계기가 되어 이마다 나호코를 알았다. 그녀에게 호감을 느꼈고, 나호코 또한 다행히 나를 좋아해 주었다. 일 년가량 교제하고, 우리는 결혼했다.

문장으로 표현하자면 이렇게밖에 쓸 수가 없다. 경사 났네, 경사 났어.

하지만 현실은 만만치 않았다.

나는 워낙 둔한 사람이다. 내가 나호코에게 완전히 빠져 버리기 전에, 서로 돌이킬 수 없다는 생각이 들기 전에, 어디선가 한 번이라도 좋으니 그녀에게 물어봐야 했다.

"그런데 '이마다今多'라는 성은 한자 표기가 드문 성씨인데, 설마 그 유명한 이마다 콘체른과 관계가 있는 건 아니겠지?"

정확한 질문을 올바른 시기에 적합한 상대에게 한다는 것은 인생에서 매우 중요한 일이다. 나는 그걸 게을리했다.

이제 와서 생각해 보면 함께 거리를 걷다가, 또는 전차 안에 달린 광고물이나 서점 앞에 붙은 포스터에서 나호코의 아버지 이름을 몇 번이고 우연히 보았을 것이다. 나호코의 아버지 이마다 요시치카는 재계의 거물이며, 그가 회장으로서 이끄는 이마다 콘체른은 우리나라에서도 손꼽히는 대기업이다. 그의 발언이 잡지 전문前文에 인용되거나, 얼굴이 경제지 표지를 장식하는 일은 헤아릴 수 없을 정도였다.

한 번이라도 물었어야 했다. 이마다 요시치카라는 이름을, 사진이나 초상화를 가리키며 물었어야 했다. 이 사람이 아버지냐고. 나호코는 순순히 "그렇다"고 대답했으리라.

나는 깜짝 놀란다. 그리고 깨닫는다. 아무리 이 여자가 사랑스러워도, 함께 있는 시간이 아무리 행복하더라도 나하고는 인연이 아니라는 사실을. 내게도 그만한 분별력쯤은 있다.

그런데 나는 그 질문을 하지 않았다. 질문을 해야 한다는 사실도 깨닫지 못했다. 그래서 실제로 나호코가 내게 "맞아"라고 대답했을 때, 내 마음은 이미 퇴로가 없었다. 적어도 스스로 마련할 수 있는 퇴로는.

그 대신 떨려날 각오를 하고 있었다. 누구에게? 이마다 요시치카에게? 아니, 내게 그만한 자만심은 없었다. 나를 몽둥이로 두들겨 패고, 그의 사랑스러운 딸 곁에서 몰아내는 일은 그의 비서가 할 게 뻔하다고 생각했다. 그것도 세 번째 비서 정도면 충분할 것이다. 물론 그때 나로서는 이마다 요시치카에게 비서가 몇 명이나 있는지 짐작할 수도 없었지만.

그런데 그런 각오는 결국 헛스윙으로 끝났다. 이마다 요시치카는 비서를 거치지 않고 직접 나섰다. 나를 불러 이야기를 하고, 자기 딸과 결혼하도록 허락했다. 몇 가지 조건이 붙기는 했지만 싱거울 정도로 선선히.

물론 이미 나에 대해 자세하게 조사한 뒤였으리라. 나호코하고도 의논했을 게 틀림없다. 분명히 옥신각신했으리라. 하지만 일단 딸의 말을 받아들여 결혼을 허락한 뒤로는 그 이전에 어떤 경위가 있었든 내게는 전혀 내색하지 않았다.

오히려 내 쪽 부모와 형제를 설득하기가 더 힘들었다. 아니, 결과적으로 실패했다. 부모님은 아직도 나를 용서하지 않은 상태고, 형과 누나는 무척 어이없어하고 있다.

그래도 나는 나호코와 결혼했고, 지금도 결혼 생활은 계속되고 있다. 딸도 낳았다.

장인이 제안한 몇 가지 조건은 하나를 제외하고는 오히려 내가 제안하고 싶을 정도의 내용이었다. 어떤 형태로건 나호코를 등에 업고 이마다 그룹 경영권을 노리려는 야심을 품지 말 것. 나호코를 비즈니스에 끌고 들어가지 말고 평온한 생활을 보장할 것. 나호코의 재산에 기대어 창업하겠다고 나서지 말 것.

세 번째 조건에는 부대조항이 있었다. 그건 나로서는 생각도 못한 내용이었다.

이마다 콘체른의 총본부에 자리를 얻어 사원이 될 것.

그때 나는 '아오조라쇼보'라는 작은 출판사에서 일하고 있었다. 주로 어린이용 책을 만드는 편집자였다. 마음에 드는 일이었고, 하고 싶은 일이기도 했다. 그만둘 이유는 없었다.

이마다 콘체른에서 제가 할 수 있는 일이 뭐가 있습니까, 라고 내가 물었다. 장인이 대답했다. 내가 발행인이 되어 그룹 전체에 배포하는 사내보를 만드는 편집부가 있다. 너는 거기 근무했으면 한다. 편집부에도 도움이 될 것이다.

전차를 타고 흔들릴 때나 욕조에 들어가 있을 때, 혼자 멍하니 있을 때, 지금도 가끔 생각한다. 장인은 내 어디가 마음에 들어 나호코의 남편으로 받아들이기로 했을까. 최우선 사항은 무엇이었을까. 얼치기지만 편집자였기 때문일까. 아니면 나호코를 조종해 이마다 가문에 도전하거나 어마어마한 재산을 가로채려는 야심이 전혀 없는 안전한 인간으로 보였던 걸까. 어느 쪽이 먼저였을까.

나호코가 이마다 가문의 사업에 관계하지 않는 이유를 구로이 차장에게 '이마다 가문의 사정'이라고 설명했던 것은 그 자리를 모면하기 위한 것만은 아니었다. 이마다 가문에나 나호코에게나 정말로 사정이 있었다.

나호코는 이마다 요시치카의 딸이지만, 정식 부인의 딸이 아니다. 아직도 재계에서는 나호코 어머니의 존재를 잘 모르는 모양이다. 화랑을 경영하던 여성이었으며, 이마다 요시치카의 오랜 애인이었다.

그분은 이미 세상을 떠났다. 심장이 약했다. 그리고 나호코에게도 똑같은 약점은 물려주었다. 내 아내는 심장이 약간 비대하다. 그래서 어렸을 때부터 몸이 약했다. 우리들이 딸 하나를 낳을 수 있었던 것은 의학의 진보와 행운 덕분이었다.

이마다 가문에는 정식 상속자로 두 아들이 있다. 이미 이마다 콘체른의 중심인물로 열심히 일하고 있는 이 두 오빠와 나호코는 사이가 좋다. 장인은 그 아들들에게 일찍부터 너희들의 배다른 여동생은 결코, 절대로 이마다 가문의 사업과 재산을 둘러싸고 다투는 상대가 되지 않을 거라고 일렀다. 한편 나호코에게도 어지러운 세상사에 부대끼지 않도록, 평생 조용히 풍요로운 생활을 할 수 있도록 보장했다. 나호코도 만족하고 있다. 그러니 그녀의 남편으로는 분수를 지킬 줄 아는 남자가 필요했다.

나는 그런 필요를 충족시키는, 장인이 원하는 로봇이었다.

게다가 편집자다. 내 입으로 이런 이야기를 하기는 뭣하지만,

편집자로서는 결코 로봇이 아니었다.

나는 '아오조라쇼보'를 그만두고 장가 잘 든 덕분에 팔자 고쳤다고 축하를 하거나 비웃는 동료들과 헤어졌다. 그리고 이마다 콘체른의 평사원이 되러 온 회장 사위를 대체 어떻게 맞이해야 좋을지 몰라 곤혹스러워하는 새 동료들과 함께 일하기 시작했다.

"스기무라 씨, 당신은 편집장이 될 생각으로 왔겠지만, 안타깝게도 편집장은 나야."

소노다 에이코 편집장의 첫마디였다. 나는 '누구에게도 편집장이 되고 싶다는 이야기는 하지 않았고, 그런 이야기를 들어 본 적도 없습니다. 가령 그런 명령을 받았다 해도 어린이 책을 전문으로 만들어 왔기 때문에 사내보 편집에 대해서는 노하우가 없어 불쑥 편집장을 맡을 수는 없습니다'라고 말했다. 그러자 그녀는 고개를 끄덕였다.

"그래? 그럼 됐어. 당신 책상은 저기야."

그때나 지금이나 그녀는 변함이 없다. 때로 심술궂게 굴기도 하지만, 그건 본인이 일부러 그럴 때뿐이다. 그런 사람은 의외로 적다.

2

《아오조라》 편집부는 신바시 역에서 걸어서 이 분, 고층 하이테크 빌딩인 이마다 콘체른 본사 빌딩 바로 뒤에 조용히 웅크리고 있는 삼 층짜리 옛 본사 건물인데, 사원들은 '별관'이라고 불렀다.

계단을 올라가다 막 위에서 내려오던 동료와 마주쳤다. 입사 오 년차로, 이마다 부동산에서 파견 나와 있는 가사이였다. 권두 화보 사진 촬영을 나간다고 한다. 약속 시간에 늦을 것 같아 서두르는 모양이라 나도 그냥 지나치려 했다.

"아, 참. 스기무라 선배."

잠깐 주위에 신경 쓰는 표정을 짓더니, 그는 내게 다가와 작은 목소리로 말했다.

"겐다 씨가 또—."

일부러 잔뜩 얼굴을 찌푸렸다.

"편집장님과,"

이거예요, 라며 좌우 검지로 엑스 자를 만들어 보였다.

"또? 언제?"

"한 시간쯤 전인가? 겐다 씨가 울음을 터뜨렸어요."

그러더니 조퇴했다고 한다. 가사이가 무척 희극적으로 난처한 표정을 짓고 있어, 나도 덩달아 손바닥으로 이마를 찰싹 두드렸다.

"골치 아프군."

"이대로 그만둘 작정인지도 모릅니다. 그야 뭐 상관없지만."

"음……."

"이젠 도리가 없어요."

곤란한 표정에 비하면 쌀쌀맞은 말투다.

"곤란할 때 들어왔군." 나는 일층 로비를 내려다보았다. "시간을 좀 때우다 올라갈까?"

로비에는 '스이렌睡蓮'이란 커피숍이 입주해 있다. 내가 좋아하는 가게다.

"시간 때울 필요 있나요? 지금은 편집장님 혼자 계신데요."

그럼 다녀오겠습니다, 하며 가사이는 계단을 뛰어 내려갔다. 나는 그 모습을 지켜보다가 잠깐 생각한 뒤, 그냥 바로 이층으로 올라갔다.

소노다 편집장은 책상 앞에 앉아 발을 꼬고 의자 등받이에 기대어 책을 읽고 있었다. 담배를 물고 있다. 떠도는 연기 속에 눈동자만 움직여 힐끔 내 얼굴을 바라보았다.

"이제 돌아왔습니다. 그런데 지금 상황이 좋지 않다고 하던데요." 내가 말을 걸었다.

"입이 싸군." 편집장이 말했다. 가사이를 두고 한 말이리라. 나는 아직 말을 많이 하지 않았다.

　편집장은 읽던 책을 책상 위에 내려놓았다. 표지를 펼친 채 그대로 엎어 놓았던 것이다. 내 아내는 책벌레인데 책을 절대로 이렇게 다루지 않는다. 책 등이 상한다는 이야기다. 나는 가끔 편집장처럼 책을 내려놓는데 그때마다 꾸지람을 듣는다.

　가방을 내려놓고, 얇은 코트를 벗었다. 올가을은 고기압이 제정신을 잃은 듯이 더웠지만, 오랜 늦더위가 끝나자 가을을 건너뛰어 초겨울이 왔다. 다음 주쯤이면 이 코트로는 쌀쌀하겠다.

　"무슨 문제였습니까?"

　"말하고 싶지도 않아."

　기분이 많이 상한 모양이다.

　"그 친구 말로는 내겐 남들을 지휘할 자격이 없다더군. 기분에 휩쓸리고, 무책임하고 무능하기 때문에."

　조금 전의 가사이 표정을 흉내 낸다. 알기 쉽게 희극적으로 곤란한 표정을 지으려 생각했는데 잘되지는 않았다.

　"그거 좀 심한 비난이군요."

　"자기 어시스턴트는 자기가 제대로 가르치는 게 어때? 말하는 방법을 좀 가르쳐."

　"죄송합니다."

　겐다 이즈미는 우리 편집부의 여성 스태프다. "스기무라 선배는 아무렇지도 않은 모양이네요"라며 어처구니없어 하던 그 어시스턴트다. 시간급 아르바이트라서 이마다 콘체른이나 그룹 기업과는 아무 관계도 없다. 우리가 낸 아르바이트 광고를 보고 찾아온 사람을 우리가 직접 채용했다. 모집 때 업무 내용은 '편집서무'였다. 한 명 모집에 여든여덟 명의 응모자가 몰려, 우리 모두 깜짝 놀랐다.

《아오조라》 편집부는 사원이 여섯 명인 작은 조직이다. 사내보 편집부는 아무리 회장실 직속 조직이라 해도 한직이다. 지망하는 사람이 아무도 없다. 선택의 여지가 없었던 나를 제외하고는.

하지만 이 세상에는 여기서 일하고 싶다는 희망자가 그렇게 많았다. 보내 온 이력서 더미를 보면서, 갑자기 왠지 제가 선택받은 사람이라는 느낌이 드는군요, 라고 한 사람은 분명 가사이였다.

"그 아가씨 유별나지?"

질문을 던지는 게 아니라 확인하듯이 편집장이 내게 묻고, 담배를 끄면서 소리 없이 웃었다.

"좀 별나죠."

나는 조심스럽게 대답했다.

"전에 있던 애도 별나기는 했지만 성격이 밝아서 다루기 쉬웠는데. 왠지 그리워지네."

전에 있던 애란 역시 아르바이트를 하러 왔던 시이나라는 여대생이다. 컴퓨터 도사에, 서무는 물론이고 레이아웃이나 컬러 교정까지 맡길 수 있었다. 편집장 말대로 명랑하고 쾌활한 아가씨였다. 일을 시작하자마자 잘 어울려, 믿음직한 인재가 되어 주었다. 다들 그녀를 시이나짱이라고 부르며 귀여워했다.

시이나짱이 학업 때문에 아르바이트를 그만둔 것은 올봄의 일이었다. 우리도 서운했지만 본인도 무척 섭섭해했다. 조촐한 송별회 자리에서는 닭똥 같은 눈물을 흘렸다.

나는 시이나짱에게 개인적으로 신세를 진 적도 있다. 이상한 신세가 아니다. 작년 늦여름에 장인의 의뢰로 나는 어떤 사건에 관계했다. 그때 시이나짱이 도와주었다. 그녀의 도움 없이 나 혼자 허둥댔다면, 일을 제대로 마무리할 수 없었을 것이다.

지금도 시이나짱과는 메일을 주고받는다. 건강하고 바쁘게 지내는 모양이다. 규슈에 있는 대학에 다니는 애인과의 원거리 연애도 순조롭다고 한다.

우리 《아오조라》 편집부—정확하게 말하면 '그룹 홍보실'에서는 함께 일하는 사람들의 표정이 빤히 보이고, 일하는 맵시도 그대로 드러나며, 목소리도 다 들린다. 이런 공간에서는 아르바이트 사원이라는 처지가 편하지만은 않다. 게다가 전임자가 유능했기 때문에 우리로서는 아무래도 기대치가 높아진다.

겐다 이즈미는 그런 가운데 팔십팔 대 일의 경쟁률을 뚫고 채용되었다. 나이는 스물여섯 살. 이력서에 따르면 도쿄에 있는 유명 사립대학 문학부를 졸업한 뒤, 비즈니스 관련 서적 전문 편집 프로덕션에서 삼 년 남짓 일한 경험이 있다. 일은 재미있었지만 너무 힘이 들었고, 몸이 안 좋아져 퇴사할 수밖에 없었다고 한다. 지금은 컨디션이 정상으로 돌아왔지만, 다시 그런 일이 일어날까 봐 정사원이 아니라 아르바이트나 파견 형식으로 하는 편집 일을 찾고 있었다는 것이다. 면접 때 소노다 편집장과 내가 함께 직접 들은 그녀의 말이다. 인상도 나쁘지 않았다. 진지하고 또랑또랑했으며, 표정도 풍부하고 침착했다.

그런 그녀가 이런 트러블 메이커가 되리라고는 아무도 예상하지 못했다.

구체적으로 무슨 일이 있었느냐고 묻자, 편집장은 새 담배에 불을 붙이고 이야기해 주었다. 연재 칼럼에 들어갈 일러스트 원고를 분실한 것이 발단이었던 모양이다. 교정쇄 더미 안에 섞여 들어갔던 것을 바로 찾아냈는데 그때 주고받은 대화가 문제가 되어 겐다 이즈미가 불같이 화를 냈다고 한다.

"특별히 심하게 말한 기억은 없어, 난. 그 친구를 꾸짖은 것도 아니야. 그런데 갑자기 히스테리를 부리더라고."

"좀 전에 가사이 말로는 겐다 씨가 그만두는 게 아니냐고 하던데요."

"글쎄." 편집장은 얼굴을 찡그렸다. "난 그다지 낙관하지 않아. 자기가 그만두기보다 나를 그만두게 할 작정이 아닐까?"

"그럴 리가요." 나는 웃었다. "그 친구가 어떻게 그럴 수 있겠어요."

잠깐 생각하고 나서,

"서명 운동이라거나."

그렇게 말하고 편집장은 쓴웃음을 지었다. "조합에 호소하겠다고 하던걸."

"무슨 조합에요?"

이마다 콘체른 그룹에는 거기에 속해 있는 회사 수보다 많은 노동조합이 존재한다. 직종별, 고용 형태별 분파가 있기 때문이다.

"아니면 노동청에라도 찾아갈 생각일까?"

"상대해 주지 않을 겁니다. 우리가 문제가 될 일을 한 건 아니니까요."

"정말?"

"예. 자신감을 가지세요."

"자신이 없는 게 아니야."

그렇게 말하면서도 편집장은 기운이 없었다. 여느 때 같으면 양쪽 입 꼬리가 올라가 있을 텐데 지금은 축 처졌다. 화가 나는데도 한편으로 맥이 빠진다는 건 상당히 괴로운 심정이리라.

편집장뿐만이 아니다. 지금까지 겐다 이즈미 때문에 대체 몇 번이나 쓸데없는 다툼이나 말씨름이 일어났던가. 우리 모두가 지쳐 있었다.

"이젠 어쩔 수가 없죠." 내가 말했다. "겐다 씨에게 그만둬 달라고 해야겠습니다. 그게 제일 낫겠어요."

편집장은 내 얼굴을 보았다. 담뱃재가 입가에서 툭 떨어진다.

겐다 이즈미가 여기서 근무하기 시작하자마자 우리는 바로 깨달았다. 그녀는—적어도 본인 스스로 이야기한 만큼 편집 일을 잘 아는 게 아니지 않은가 하는 생각이 들었던 것이다. 교정 기호도 자주 틀렸다. 컴퓨터상에서 PDF를 사용할 줄 모른다. 그뿐 아니라 워드프로세서를 쓰는 데도 서툴렀다. 원고 정리도 잘 못하고, 스크랩북을 정리하라고 시키면 엉망이었다. 원고 의뢰나 원고를 받아내는 연락 업무도 미덥지 못했다.

지적을 하면 이전 직장과 방식이 달라 익숙하지 않아서라고 변명했다. 컴퓨터는 사양이 다르다고 했다. 여기는 시스템이 낡았다고 한다. 그럴 수도 있을 거라고. 처음에는 다들 대범하게 넘어갔다. 하지만 사태는 전혀 개선되지 않았다.

그러다 보니 겐다를 제외한 우리 여섯 사람은 몰래 수군거렸다. 분명히 우리가 편집하는 것은 사내보라고 하는 내부 출판물이라 넓은 세상을 모른다. 우리만의 방식으로 처리하는 일도 있으리라. 그건 잘 알고 있다. 그런데 잘나가는 편집 프로덕션에서 몸이 상할 정도로 바쁘게 일했다는 편집자 출신이 그런 우리도 아는 것을 모르고, 그런 우리도 일상 업무로 잘 처리해내는 일들을 못한다니. 이건 이상하지 않은가?

겐다에게 그런 질문을 직접 던지는 일은 삼갔다. 그녀가 당황하거나, 어떻게 해야 할지 몰라 곤란해할 때는 기꺼이 가르쳐 주었다. 누구에게나 상황은 다를 수 있는 법이다. 빨리 일을 익히게 하면 된다. 그렇게 낙관적으로 생각했다. 이마다 콘체른의 모든 사원들로부터 '유배당했다'라는 소리를 듣는 우리 《아오조라》 편집부원들은 외부에 대한 열등감이 있다. 그래서 오히려 내부적으로는 서로에게 친절했다. 결속도 잘되었다.

하지만 역시 상황은 나아지지 않았다. 시간이 아무리 흘러도 편집 업무의 사소한 내용을 하나하나 가르쳐 줘야만 했다.

유명한 필자를 여러 명 알고 있다고 했다. 함께 작업을 한 적도 있다고 한다. 자기가 취재를 도와줬다는, 그런 필자의 저서 제목도 줄줄이 늘어놓았다. 기업 PR지도 많이 손을 댔다고 했다. 어떤 기업의 어떤 내용의 PR지냐고 물으면, 역시 유명한 회사의 이름을 늘어놓았다.

드디어 우리는, 이건 이상하다는 생각을 하기 시작했다. 그리고 몰래 목소리를 죽여 수군수군 의논했다.

"겐다 씨가 친하다는 필자의 책을 몇 권 읽어 보았는데, 전에 일했다는 편집 프로덕션에서 나온 책은 한 권도 없었어."

"겐다 씨가 있었던 편집 프로덕션에서 했다는 PR지, 받아 보았더니 외주가 아니라 회사 내부에 편집부가 있던데."

"저어, 겐다 씨 말이야. 생명보험 A사와 B사 양쪽 PR지를 했다고 했는데, 라이벌 기업이 같은 편집 프로덕션에 외주를 내는 일이 있나?"

그 시점에서 첫 의혹의 파도가 정점에 이르렀다. 왠지 소노다 편집장이 머뭇거리기에, 부편집장인 다니가키 선배가 겐다 이즈미의 이력서를 꺼내 그녀가 일했다고 하는 편집 프로덕션에 전화를 걸어 보았다.

주오 구에 있는 '액트'라는 회사다. 전화는 바로 연결되었지만 먼저 전화를 받은 무척 젊은 목소리의 직원과는 이야기가 잘 통하지 않았다. 그 직원은 한참을 기다린 뒤에 좀더 나이가 든, 어느 정도 책임자로 여겨지는 여성을 바꾸어 주었다.

다니가키 선배는 이럴 때 무척 예의를 차리기 때문에 먼저 다시 이름을 밝히고, 그다음에 그쪽에 겐다 이즈미라는 사원이 근무했던 적이 있습니까, 하고 물었다. 상대방은 겐다 이즈미의 이름을 되물어 확인했다. 그러고는 아주 간단하게 '예, 있었습니다'라고 대답했다.

"있었다는군요."

다니가키 선배는 수화기를 손으로 가리고 목소리를 죽여 우리들에게 속삭였다.

"그쪽에서 얼마나 근무했습니까?"

이번 질문에는 저쪽에서도 꽤 길게 말을 했다. 나는 다니가키 선배가 들고 있는 수화기에 귀를 대고 함께 들었다. 개인정보가 이러니저러니 하는 소리를 하고 있다. 말하자면 이미 퇴직한 사람에 관한 일이라도 중요한 개인정보를 전화로 이야기할 수는 없다는 이야기이리라.

"이쪽 사정을 설명해 볼까요?"

"그럼 스기무라 씨를 바꿔 줄까?"

내가 수화기를 받아들었을 때, 상대 여성은 막 이렇게 이야기하고 있었다.

"어쨌든 우리 형편에서는 알려드릴 수 없으니 양해해 주시기 바랍니다."

그러고 나서 전화를 끊어 버렸다. 우리는 얼굴을 마주 보았다.

"하기야 당연한 반응이기는 하지만." 다니가키 선배는 곤란한 표정을 지었다.

"직접 가서 물어볼까요?"

내 제안에 평소부터 '개인정보'라면 민감하게 반응하는 버릇이 있는 가사이가 얼굴을 찡그렸다.

"그렇게까지 하는 건 좀 심하잖아요?"

분명히 기분 좋은 일은 아니다.

"이제 됐잖아. 겐다가 액트에 있었다는 걸 알아냈으니까."

편집장의 의견으로 이 건은 거기서 중단되었다. 이력서에 기재한 내용에 거짓이 없다는 사실을 안 이상 이런저런 문제가 있다고는 해도 동료인 겐다 이즈미의 신변에 대해 캐기는 내키지 않았다. 그래서 그때는 편집장님의 권위 있는 한마디가 오히려 고맙게 느껴졌다.

하지만 불씨는 남았다. 우리 쪽이 그런 분위기면 상대방도 느낌을 받는다. 아마 겐다 이즈미가 채용된 지 두 달쯤 지났을 무렵부터 그녀의 태도가 조금씩 변하기 시작했던 것 같다.

실수를 지적하면 전에는 바로 사과하고 고쳤는데, 이제는 항변하기 시작했다. 복잡한 변명을 늘어놓았다. 이윽고 더욱 심해져 공격적으로 나왔다.

"아니, 처음엔 이렇게 하라고 했잖아요. 그래서 그대로 한 건데. 제 실수가 아니에요."

"그런 이야긴 듣지 못했어요."

"어째서 모두 저 때문이라는 거죠? 제가 아르바이트이기 때문인가요? 그건 불공평해요."

겐다 이즈미는 내 어시스턴트였다. 몇 번이나 타일렀다. 내가 나서서 무마하기도 했다. 덕분에 한때는 약간 평온해지기도 했다. 하지만 얼마 지나자 다시 사소한 트러블이 생겨 도로아미타불이 되어 버렸다. 지금까지 계속 그런 상황이 반복되고 있다.

"이제 한계에 온 것 같아요. 편집장님도 뭐라고 한마디 하면 대드는 바람에 질리셨죠?"

일찍 내보냈어야 했다. 아르바이트이기 때문에 정사원만큼 까다로운 고용 규칙에 얽매일 일은 없다.

"많이 참으셨어요. 솔직히 이상했습니다."

소노다 편집장은 짙게 칠한 눈썹을 치켜세워 보였다.

"왜 그 친구를 쫓아내지 않는지 다들 이상하게 생각한다는 건 알고 있었어."

"이유가 있습니까?"

"약간. 뭐 내 체면이랄까?"

회색 콘크리트 천장을 올려다보며 웃었다.

"나도 까다로운 사람을 잘 다루는 모습을 보여 주고 싶었지. 우린 느슨한 조직이잖아? 난 제멋대로고."

무슨 말을 들었나 보구나. "누가 뭐라고 하던가요?"

"글쎄" 하며 딴청을 부렸다. "다만 말이야, 늙다리 여직원이 밀려온 곳치고는 여기 편집장 자리면 괜찮은 포지션 아니야? 난 뱃

속 편한 신세지. 그래서 이따금은 고생스러운 일도 있어야 하는 게 아닌가 하는 생각이 들어. 다들 어려운데도 참고 노력하고 있으니까."

"누굽니까? 그런 소리를 하는 사람이 있습니까?"

"있지. 그렇게 묻는 건 참고 노력하는 고참 여사원들에게 실례야."

소노다 편집장은 남녀 고용기회 평등법이 나오기 전에 취직한 세대다. 동기 여직원들 대부분은 이미 퇴직했다. 결혼으로 인한 퇴사가 압도적으로 많지만, 직장을 옮긴 사람들도 몇 있다. 그리고 더 적은 '잔류파'는 남자 직원들과 어깨를 나란히 하며 지내고 있다. 그만큼 고단하다. 남자 직원에게 밀리면 고참 여직원들은 맥이 빠진다. 각자 자신이 처한 처지에 어려움을 느끼고 있다. 전에 그런 이야기를 들은 적이 있었다.

커리어우먼이나 고참 여직원이나 다들 참고 노력하고 있다, 는 말이었던가?

"때론 자기 존재감을 확인하는 것도 괜찮지만, 그 때문에 일부러 번거로운 일거리를 늘릴 필요는 없죠. 우리에게 주어진 그달 그달의 업무를 처리하는 것만으로도 편집장님은 충분히 훌륭하게 일하고 있는 거예요."

"됐어, 억지로 칭찬하지 않아도."

"칭찬한 것도 아닌데요."

"멋대가리 없긴."

우린 웃었다.

"설마 편집장님이 그런 생각 때문에 참고 있었을 줄은 꿈에도 생각하지 못했어요."

다른 부원들도 마찬가지이리라.

"겐다 씨 같은 사람은 어딜 가더라도 똑같은 트러블을 일으킬 겁니다. 편집장님 스킬이 부족해서 그 친구를 제대로 쓰지 못한 게 아니에요. 그걸 착각하시다니 편집장님답지 않은데요."

"그 말이 맞는 것 같아. 그래, 알았어."

한숨을 쉬고 뒤집어 두었던 책을 집어 들어 탁, 하고 덮었다. 서점 커버가 씌워져 있다. 내가 보는 앞에서 그걸 벗겼다.

책의 제목은 『자르는 사람, 잘리는 사람』이었다. 올바른 구조조정 방법을 담아 얼마 전에 베스트셀러가 된 실용서다.

"일단 공부해 봐야겠다는 생각이 들어서."

"아르바이트니까 그리 심각하게 생각하지 않아도."

"내 의지로 누군가를 내보내기는 처음이라서. 자기도 그래 본 적 없잖아?"

듣고 보니 그렇다. 우리는 그럴 만한 지위에 있지 않다.

"어떻게 내보내야 할지 모르겠어."

"겐다 씨가 나오면 편집장님과 제가 이야기를 하죠. 절차고 뭐고 있나요? 우리는 더 쓸 수 없다고 하면 되죠."

"어머, 같이 이야기해 줄 거야?"

"겐다 씨는 제 어시스턴트니까요. 물론 그렇게 배정한 게 편집장님이란 점은 잊지 마세요."

"시이나짱이 비운 부분을 얼른 메우지 않으면 혼자서는 힘들 거 같으니까 그랬지."

"고마워서 눈물이 나는군요."

나는 업무를 시작했다. 일을 하고 있는데 나갔던 부원들이 돌아왔다. 여섯 명이 다 모이자 편집장이 새삼 겐다 이즈미를 해고하는 문제에 대해 말을 꺼냈다. 모두 다 안도한 표정을 지었다. 부편집장인 다니가키 선배는 오늘 겐다가 편집장에게 쏟아 부은 폭언만으로도 충분히 해고 사유가 된다고 했다. 우리들 가운데 가장 나이가 많은 55세로, 온화하며 늘 싱글싱글 웃는 분이지만 보기 드물게 화를 냈다. 상사에게 그런 폭언을 한다는 건 또래의 기업 전사들에게는 결코 용서할 수 없는 짓이다.

그날 밤, 집에 돌아오자 나는 늘 그러듯이 아내와 식탁에 앉아 저녁을 먹었다. 다섯 번째 생일을 맞아 귀도 눈도 밝아져 언어 능력이 쑥쑥 느는 우리 딸이 있는 자리에서 회사 문제를 화제로 꺼내는 일은 삼갔다.

그 대신 딸로부터 낮에 유치원에서 그렸다는 꽃밭 그림 이야기나 새로 배운 노래 이야기, 친한 친구와 말다툼한 이야기 등을 실컷 들었다. 그네 순서를 기다리다가 네가 밀었다 아니다 하며 다툰 모양이다.

우리 집에서 딸을 재우는 일은 내 몫이다. 대개 머리맡에 앉아

책을 읽어 주면 삼십 분도 지나지 않아 잠들어 버린다. 그런데 오늘 밤은 좀 달랐다. 읽던 책이 막 재미있는 장면에 이르렀는데, 왠지 잘 듣지 않는 눈치였다. 베개 위에서 머리를 움직여, 이불을 몸에 둘둘 말고 발을 내밀거나 하며 가만히 있지를 못했다.

"저어, 아빠."

나는 책에서 눈을 뗐다. "왜?"

"모모코, 내일 아카네짱한테 미안해, 할 수 있을까?"

내 딸 이름이 모모코이고, 아카네짱은 낮에 유치원에서 다툰 친구 이름이다. 그 말만 듣고는 무슨 뜻인지 이해가 안 되었다. 혼란스러웠다.

딸은 큰 눈을 더 크게 뜨고 있다. 눈동자가 촉촉하게 젖어 있다. 몸은 졸린데 마음은 낮에 다툰 흥분이 아직 가시지 않은 모양이다.

나는 약간 뜸을 들이다가 말했다.

"모모코는 내일 아카네짱에게 어제 일은 미안해, 하고 제대로 이야기할 수 있을지 걱정하는 거니?"

천천히 또박또박 되물었다.

"그게 말이야."

다섯 살짜리 어린애의 눈썹과 눈썹 사이에 있는 매끄러운 피부에는 아무리 애를 써도 주름 같은 건 잡히지 않는다. 그런데도 다섯 살짜리 애가 어른들이 '미간을 찌푸린다'고 표현하는 표정을 지어 보이려 애를 쓰고 있다. 어디서, 누구에게 배운 걸까? 아니면 우리 인간의 유전자에는 '미간을 찌푸리면 까다로운 문제를 생각하고 있다는 표시가 된다'는 상세 정보가 기록되어 있는 걸까?

"응. 내가 미안해, 하면 아카네짱도 미안해, 해 줄까?"

"모모코는 아카네짱에게 미안하다고 하고 싶어?"

딸은 대답하기 쉽지 않다는 듯이 입술을 내밀었다.

"응…… 밀었으니까."

"밀면 안 된다고 생각하는 거네."

"응."

"그럼 됐어. 분명히 미안하다고 잘 이야기할 수 있을 거야."

"그럼 아카네짱도 미안해, 해 줄까?" 딸은 눈을 반짝였다. "아카네짱도 밀었는걸. 모모코보다 먼저."

말투가 강해졌다. 모모코보다 먼저, 라는 부분에서. 나는 딸에게 미소를 지어 보였다.

"모모코는 아카네짱을 밀었으니 잘못했다, 미안하다고 하고 싶다, 미안하다고 하자―그렇게 생각하는 거지?"

"응."

"그러면 먼저 그렇게 해."

"그치만 아카네짱도 밀었어."

"그럼 미안해, 하는 건 그만둘 거야? 모모코도 밀었고, 아카네짱도 밀었으니 서로 마찬가지인데."

딸은 이불을 두 손으로 움켜쥐고, 코언저리까지 끌어올렸다. 가라앉았던 감정이 다시 되살아난 모양이다. 딸은 다섯 살짜리 애

나름으로 앞뒤를 따져 생각하고 있는 거다. 내가 밀었다. 그 애도 밀었다. 내가 사과하면 그 애도 사과해야 한다.

"내가 미안해, 해도 아카네짱은 미안해, 하지 않을까?"

동그란 눈동자를 움직이며 내 얼굴을 올려다보더니, 살짝 갈라진 목소리로 말했다.

"그건 아직 모르지. 내일 가 봐서 모모코가 아카네짱에게 미안해, 라고 해 보기 전에는."

"아카네짱이 미안해, 하지 않고 나만 미안해, 하면 아카네짱이 내가 잘못한 거라고 하지 않아?"

이 말뜻은 '모모코만 사과하면 아카네짱과의 사이에서 모모코가 일방적으로 잘못한 것이 되는 게 아니냐'는 뜻이리라. 그건 싫다는 이야기다.

"그래? 잘 생각해 봐. 모모코가 미안하다고 하는데 아카네짱이 모모코만 잘못한 거라고 할까? 그 애는 네 친구잖아. 모모코만 나쁜 애라고 할까?"

십 분가량 그런 이야기를 나누고, 모모코는 '어쨌든 내일 아카네짱에게 미안해, 라고 할 거야'라는 간단한 결론에 이르렀다. 나는 그걸로 만족하고 딸이 완전히 잠들 때까지 곁에 있었다.

거실로 돌아오자 아내가 말했다.

"뭘 그렇게 싱글거리고 있어?"

나는 아내에게 겐다 이즈미 이야기를 들려주었다. 아내는 지금까지의 트러블에 대해 알기에(물론 내가 쭉 이야기를 했으니까),

걱정하고 있었던 모양이다.

"자꾸 모모코와 아카네짱 이야기를 비교하네."

오늘 밤 겐다 이즈미는 생각하고 있을까? 소노다 에이코가 미안하다고 하지 않는데 내가 미안하다고 하면 일방적으로 나만 잘못한 걸로 되니 불공평하잖아? 혹시 편집장도 생각하고 있을까? 내가 미안하다고 하면 겐다 이즈미도 미안하다고 해 줄까?

생각하지 않을 것이다. 어른과 아이들은 하는 짓은 같아도 대처하는 방법은 다르다.

"겐다란 직원을 어떻게 다루어야 할지 그토록 고민하다니, 소노다 편집장님은 무척 진지한 분이었네. 난 좀 놀랐어. 더 대충 넘어가는 사람인 줄 알았는데."

나도 동감이었다. 그 진지함은 다른 각도로 보면 소심하다고도 할 수 있다. 도대체 그 누가 소노다 편집장을 소심한 사람으로 볼까?

"물론 다들 고생하면서 노력하고 있으니, 나도 이 정도는 해야 한다―그런 생각은 훌륭하다고 생각해."

아내는 진지하게 생각하는 표정으로 중얼거렸다. 최근에 머리를 짧게 커트했기 때문에 각도에 따라 소년처럼 어려 보인다. 하지만 조명에 따라서는 실제 나이인 서른 살보다 더 들어 보이기도 한다. 그때는 이미 세상을 떠난 아내의 어머니와 꼭 닮았다.

"하지만 그런 노력을 겐다 씨란 문제아를 위해 쓸 필요는 없다고 생각해. 난 직접 본인을 알고 있는 건 아니기 때문에 이렇게 이야기하는 건 공정하지 않지만."

그러더니 아내는 스스로에게 지금 가장 공정한 화제를 꺼냈다. 새집의 리폼 계획 이야기다. 철을 한 큼직한 파일과 자료가 든 새 봉투를 가져왔다.

"바닥과 맞춤 가구의 도료로는 말이야, 이걸 권하더라고. 핥아도 괜찮다는 신제품이고―."

우리 세 식구가 지금 현재 살고 있는 곳은 아자부 10번지에 있는 고층 맨션이다. 아내의 재산―정확하게 말하자면 그 일부―으로, 애당초 내 월급으로는 꿈도 꾸지 못할 부동산이다.

아내는 이 집을 마음에 들어 한다. 나는? 내게는 분수에 넘친다 생각하면서도 만족하고 있다. 싫어할 리가 없다. 그리고 모모코는 이 집에서 자랐다. 추억이 많다.

그럼 왜 이사하려고 하는 건가. 모모코의 진학, 쉽게 이야기하면 '입시' 때문에, 그다음이 통학상의 편의 때문이다.

그 새집도 애당초 내 벌이로는 유지할 수가 없는 부동산이다.

아내와 머리를 맞대고 이리저리 자료를 검토하다가 문득 마음의 일부분이 나 자신으로부터 붕 떠 버리는 느낌이 들었다. 그 빈 부분에 비현실감이 스며들어 왔다. 이게 진짜 내 인생인 걸까? 이런 생활을 누려도 괜찮은 걸까? 그 담보로 나는 무언가를 내놓은 게 아닐까?

결혼을 허락하지 못하겠다며 "이젠 널 죽은 자식으로 알겠다"고 퍼부은 어머니는, 내가 내놓은 담보물은 인간으로서의 긍지라고

했다. 남의 재산에 빌붙어, 거기 기대어 사는 것을 부끄럽게 여길
줄 아는 사내의 체면이라고 했다.

"난 너를 그런 한심한 아들로 키운 적이 없다. 여편네에게 빌붙
어 살겠다니."

아내에게 빌붙어 살지는 않는다. 어엿한 직장도 있고 월급도 받
는다. 이런 식으로 어머니에게 대꾸할 수 있다. 그게 거짓은 아니
지만 진실이 아니라는 사실을 알면서도. 어머니가 화내는 이유는
그런 데에 있는 게 아니라는 걸 알지만 말을 돌릴 수 있었다.

"그렇게 나호코와 결혼하고 싶다면 데리고 도망치면 되잖니?
나호코도 자기 아버지가 준 재산 같은 건 버리고 말이야. 왜 그러
지 못하는 거냐? 어째서 그러려 하지 않는 거지?"

어머니는 그렇게 말했다. 매우 솔직한 의견이었다. 어째서 나는
그렇게 하지 못하는 걸까? 어째서 그러지 못했던 걸까?

나호코의 아버지, 이마다 요시치카는 나와 나호코의 결혼을 허
락해 주었다. 나호코가 나란 남자를 평생의 반려자로 선택한다면
재산을 몰수하겠다는 이야기는 하지 않았다. 그래서 나호코는 나
와 도망칠 필요가 없었다. 그때까지의 삶을 버릴 필요가 없었다.
나호코는 다만 그때까지의 삶에 '남편'이라는 요소를 덧붙이기만
하면 됐다.

아주 단순한 덧셈이다. 누구도 결과를 잘못 계산하지 않았다.
우리 부부는 행복했다. 여전히 행복하다.

"전 스기무라 선배의 어머니와 아버지가 훌륭한 분들이라고 생

각해요."

전에 시이나짱이 그렇게 말한 적이 있다. 그녀는 나에 관해 회
사 안에 퍼져 있는 소문보다 좀더 많은 내용을 알고 있었다. 똘똘
한 여동생 같던 그녀에게 내가 이따금, 툭툭 이야기한 일이 있기
때문에.

"부모님은 스기무라 선배가 부인과 결혼하면 인연을 끊겠다고
했잖아요?"

"실제로 끊었어."

"대단하시네요. 사부로, 장하다. 이제 스기무라 가문은 걱정이
없겠구나. 네 돈 많은 아내에게 다들 매달리면 될 테니까. 이런 말
씀은 하시지 않았죠. 오히려 그런 건 부끄러운 일이라고 삭둑—."

거기까지 말하고 얼른 고개를 저었다.

"오해하지 마세요. 스기무라 선배의 지금 생활이 부끄러운 일이
란 의미는 전혀 아니니까."

알아, 라고 하며 나는 웃었다. 명랑하고 공정한 시이나짱마저도
나와 아내의 생활을 평가해서 표현할 때는 공연히 더 신경을 쓰는
구나, 하는 생각을 하면서.

내겐 형과 누나도 있다. 그 두 사람도 '사부로, 잘했다'고는 해
주지 않았다. 형과 누나는 인연을 끊지는 않았지만 서로 오가지는
않는다. 지금까지 두 사람이 어떤 형태로든 내 아내의 재산을 들
먹이는 발언이나 행동을 한 적은 없다.

형은 말했다. "넌 바보다."

누나는 말했다. "언젠가는 깨닫겠지."

불쌍하지만 네 이 결혼은 오래가지 않을 거야. 당장은 좋기야 할 테지만 오래갈 관계는 아니야. 누나는 그렇게 말하기도 했다.

모모코를 위한 새집과 리폼에 신경을 쓰고부터 나는 누나의 그 예언을 뜻하지 않게 불쑥 떠올리는 일이 늘었다.

내 안의, 지금의 삶에 대한 비현실감과는 달리, 이 예언은 떠올릴 때마다 점점 더 현실감이 짙어졌다. 나는 그걸 밀어내고, 떨쳐내려 하고 있다.

3

겐다 이즈미는 이튿날도, 그 이튿날도 나오지 않았다. 전화도 없다. 이쪽에서도 연락을 하지 않고 상황을 보기로 했다.

그런 상태로 시간이 흘러 말다툼이 있은 지 만 일주일이 되었다. 아무래도 정말 그만둘 생각인 모양이다. 우리 처지에서는 대처하기가 쉬워졌다.

그녀는 혼자 사는데다 집 전화가 없기 때문에 편집부에서 알고 있는 연락처는 휴대전화뿐이다.

"별수 없지 뭐. 이럴 때 휴대전화로 걸면 왠지 무게감이 떨어지는 느낌이 들어 내키지는 않지만."

투덜투덜하면서 소노다 편집장이 연락을 했다. 몇 번을 걸어도 전화를 받지 않았다. 부재중 메시지가 나오는 것도 아니다. 호출음이 울리기만 할 뿐이었다.

"착신번호를 보고 우리라는 걸 아니 일부러 받지 않는 게 아닐까요?" 가사이가 말했다. "의외로 벌써 다음 아르바이트 자리를 찾았거나 해서 말이죠."

"요즘 친구들은 드라이해서." 다니가키 부편집장이 맞장구쳤다.

다니가키 선배 처지에서 보면 가사이도 충분히 '요즘 친구들' 연배인데도 두 사람이 서로 동감이라는 듯 고개를 끄덕이는 모습은 재미있는 광경이었다.

우리는 다들 '뭐 이제 됐지' 하는 생각이었다. 새로 구인광고를 내려면 일단 그 전에 회장실에 보고하고 신고해야만 한다. 아침에 모두 모였을 때 역시 일손이 필요한지, 아니면 당장은 사원들끼리만 어찌해 볼 것인지를 책상에 앉아 의논했다.

인쇄 회사와의 협의나 취재 일정이 있었기 때문에 나는 의논이 끝나자 바로 외출했다. 사무실에 돌아온 것은 오후 네시경이었다. 왠지 부원들이 모두 시무룩한 표정을 짓고 있었다. 소노다 편집장은 이마에 큼직한 반창고를 붙이고 있었다. 병원에서 하는 의료용 테이핑이 되어 있다.

"겐다야"라고 말했다. "두시가 좀 지나서인가? 겨우 연락이 되었기에 아르바이트 계약을 해지하겠다고 했지."

그러자 한 시간도 지나지 않아 본인이 달려왔고 다시 말다툼을 했다. 아니, 겐다 이즈미는 처음부터 무척 흥분해 제대로 이야기를 할 수 있는 상태가 아니었다고 한다.

"이걸 집어던졌어."

편집장은 책상 모퉁이에 놓인, 거치용 틀이 있는 셀로판테이프를 가리켰다.

도저히 믿기 힘들었다. 이런 물건에 제대로 맞으면 크게 다칠 텐데.

"병원에는 다녀왔습니까?"

"저쪽에서 치료받았어."

이웃한 본사 빌딩에 진료소가 있다.

"엑스레이도 찍었지만 뼈에는 이상이 없대. 혹이 나고 약간 찢어졌을 뿐이야."

"얼른 피해서 스쳤을 뿐이니까 그 정도로 넘어갔죠." 다니가키 선배가 말했다. "편집장 얼굴을 향해 던졌어. 어처구니없는 아가씨야."

붙잡으려고 했지만 마구 소리를 지르며 주변에 있는 것을 잡히는 대로 집어던졌기 때문에 손을 댈 수 없었다. 한 직원이 경비원을 부르러 달려가고, 다들 어쩔 줄 몰라 하는 사이에 겐다 이즈미는 도망쳐 버렸다고 한다.

"경찰에는? 피해 신고를 하는 게 낫겠어요. 이건 상해사건이에요."

그러나 편집장은 고개를 저었다. "그렇게까지 할 건 없어."

"그래도—."

소동 뒤에 정돈을 했을 테지만 사무실은 자세히 보면 여느 때보다 어수선했다. 쇼크의 여운이 아직도 금속성 냄새로 남아 주위에 떠돌고 있었다.

"대체 뭐가 마음에 들지 않는다는 겁니까?"

편집장은 입을 다물었다. 그래서 부원들이 저마다 설명해 주었다. 말하자면,

─왜 아무도 내게 사과하러 오지 않는 거야. 잘못한 건 그쪽이 잖아.

　─불쑥 전화 한 통 해서 해고라니. 계약 위반이야.

　이야기하는 중에 다니가키 선배의 안색이 창백해졌다. 나는 그의 혈압이 걱정스러웠다.

　"너무 말도 안 되는 핑계만 늘어놓아서 그만 말을 해 버렸지. 넌 편집 경험이 있다고 뻐겼는데 사실은 아는 게 하나도 없잖아. 전부 우리가 하나하나 가르쳐 줘야 했잖아. 원래는 그것만으로도 해고당해 싸지, 라고."

　그러자 겐다 이즈미는 (다시) 울음을 터뜨리며 그건 큰 모욕이다, 고소하겠다, 어디 두고 보자는 식으로 고함을 쳤다고 한다.

　이 넓은 세상에는 우리의 상식 범위 안에서는 이해할 수 없는 사고를 가지고, 그 사고에 따라 행동하는 사람들이 우리가 막연히 예상하는 것보다 훨씬 많다. 특히 도시에서 살아가다 보면 싫어도 깨닫게 된다. 그런 사람이 이렇게 폭발적으로, 바로 옆에 나타나면 아무래도 어떻게 반응해야 좋을지 모르게 된다. 화가 나면서도 공포를 느끼게 된다. 하지만 그런 감정을 구체적으로 어떻게 행동으로 연결해야 좋을지는 알 수가 없다.

　그날은 다 함께 퇴근했다. 걱정이 되어 나는 소노다 편집장을 집까지 택시로 바래다주었다. 약효가 떨어졌는지 차 안에서 상처 부위가 다시 아픈 모양이었다.

　여느 때보다 귀가가 늦었기 때문에 아내에게도 사정을 이야기했다. 나호코는 심장만 약한 게 아니라(어쩌면 그게 원인이 되어) 걱정도 무척 많은 편이다. 그래서 나는 겐다 이즈미는 억센 남자가 아니라 가냘픈 여자라서 만약 내가 그 자리에 있었다면 붙잡았을 텐데 정말 아쉽다는 이야기를 무척 강조해서 들려주었다. 만약 다시 겐다 이즈미가 항의하러 온다 해도 걱정할 것 없다고.

"조심해."

그래도 아내는 역시 걱정스러운 표정으로 말했다.

며칠 동안 부원들은 모두 될 수 있으면 편집부를 비우지 않으려고, 특히 편집장을 혼자 있게 하지 않으려고 신경 쓰며 일했다. 서로 의논해서 정한 것은 아니지만 자연히 그렇게 되었다.

주말이 되었다. 토요일에 나는 아내와 함께 모모코의 '입시'를 위한 준비 교실(멋을 부려 자칭 프레프 스쿨이라고 한다)의 수업 견학을 갔다가 보호자가 명심해야 할 점들에 대한 강의까지 받았다. 일요일에는 다 함께 욕조와 시스템키친 따위가 진열된 전시장을 돌아보았다. 내친김에 드라이브도 조금 하고, 외식을 한 뒤에 돌아왔다. 겐다 이즈미의 문제를 잠시 잊을 수 있었다.

우리는 시계와 캘린더의 포로다. 그게 고통의 원흉이 될 때도 있지만, 약이 되는 경우도 있다. 이렇다 할 이유나 근거도 없이 시간이 흐르고 날이 지나기만 해도 걱정거리가 점점 가벼워지는 일이 있다.

다음 주 월요일, 화요일은 아무 일도 없었다. 누구도 먼저 겐다 이즈미라는 이름을 입 밖에 내지 않았다. 오히려 이젠 생각하지 않는 편이 나을까. 이러쿵저러쿵 대응하지 않고 이대로 또 한 주일, 열흘, 보름 지나다 보면 문제는 자연히 사라지리라 ─.

어설픈 생각이었다.

목요일 아침이었다. 내가 출근해 책상에 앉자마자 전화벨이 울렸다. 내선이다. 수화기를 집어 들자 '얼음여왕'의 목소리가 들려왔다.

"안녕하세요, 스기무라 씨."

안녕하십니까, 라고 나도 예의 바르게 인사했다. '얼음여왕'이란 회장실 제1비서, 도야마 여사의 별명이다. 그런 별명을 붙인 건 내가 아니다. 내가 알고 있는 사람도 아니다. 하지만 다들 알고 있다. 밤하늘에 떠 있는 저 천체를 '달'이라고 이름 붙인 사람이 누구인가. 누구도 아니다. 하지만 누구나 그건 '달' 이외의 아무것도 아니라는 사실을 알고 있다. 그와 마찬가지다.

"회장님께서 부르십니다. 중역 회의에 가시기 전까지 삼십 분밖에 시간이 없으니 급히 회장실로 건너오시기 바랍니다."

그녀의 '건너오시기 바랍니다'는 당장 달려오라는 뜻이다. 나는 일어서서 방금 벗어 둔 웃옷을 걸쳤다.

"뭐야?" 편집장이 눈치 빠르게 물었다.

"호출입니다." 나는 대답하고 바로 편집부를 나와 종종걸음으로 별관을 나섰다.

회장실은 본사 빌딩 꼭대기 층에 있다. 물리적으로나 심리적으로나 아득히 높은 곳이다. 거기 올라가려면 번거롭다. 직통 엘리베이터 앞에서 경비원에게 사원증을 제시하고, 바삐 걸었다. 이동에 걸리는 이 시간도 중역회의가 시작되기까지 남은 삼십 분에 포함되니까.

꼭대기 층에서 내리니 엘리베이터 홀에 비서실 여직원이 기다리고 있었다. 얼음여왕을 호위하는 정예 부대의 일원이다. 그녀의 안내를 받으며 나는 복도를 걸었다.

이어서 두 개의 사무실을 통과했다. '얼음여왕'은 세 번째, 회장 집무실에 제일 가까이 있다. 오늘 아침에는 그을린 듯한 은회색 정장을 깔끔하게 차려입고 책상 옆에 서 있었다. 그녀는 나를 보자 다시 안녕하십니까, 라고 했다.

"서둘러 주세요."

나는 고개 숙여 인사를 하며 지나쳤다. 그녀가 문을 열어 주어, 안으로 들어갔다.

내 장인, 이마다 콘체른 회장인 이마다 요시치카는 그의 딸이 장난삼아 '거인의 신장腎臟'이라 부르는 독특한 모양의 책상에 앉아 신문을 펼치고 있었다.

"안녕하십니까."

장인을 만나는 게 몇십 일 만인가 하는 생각을 하면서—'공'적으로나 '사'적으로나 —나는 인사를 했다.

장인은 조간 신문 뒤에서 불쑥 얼굴을 내밀었다. 돋보기안경이 콧등에 걸려 있다.

"아침부터 불러서 미안하네."

"아닙니다."

이마다 콘체른 회장, 이마다 요시치카. 1924년생이니 만으로 여든 살이다. 자그마하고 바짝 마른데다 머리카락도 많이 빠졌다. 눈 주위의 주름은 깊고, 피부는 탄력을 잃었다. 겉보기에 결코 박력 있는 인물은 아니다.

나는 이따금 몽상을 할 때가 있다. 장인이 잘 만든 양복을 벗고, 헐렁한 점퍼를 걸친 모습을. 그 모습으로, 예를 들어 후나바시(도쿄 만에 인접한 지바 현 소속 시. 경마장이 있다)나 긴시초(도쿄 스미다 구에 있는 번화가) 근처의 장외 경마장 옆을 걷고 있는 장면을. 그래도 장인한테서는 지금처럼 위풍당당한 분위기가 풍길까. 이마다 요시치카가 걸치고 있는 위엄의 몇 퍼센트가 자신의 것이고, 몇 퍼센트가 환경에서 유래하는 걸까.

전에 저녁 식사를 하며 마신 반주의 술기운을 빌어 나호코에게 이런 질문을 한 적이 있다. 아내는 웃으며 잠깐 생각하더니, 이렇게 대답했다.

"아버지의 그 매부리코는 어딜 가도 눈에 확 들어오지. 장외 경마장이란 건 경마 마권을 사는 창구를 말하는 거지?"

"응, 맞아."

"분명히 아버지는 카리스마 있는 경마 분석가로 보일 거야. 한결같은 박력은 어떤 차림을 해도 지워지지 않을걸."

아내가 '경마 분석가'라는 단어를 썼다는 사실에 나는 놀랐다.

"경제 소설을 읽었어. 그런 분석가가 가부토초(도쿄의 증권거래소를 중심으로 수많은 증권회사가 있는 지역명의 거물이 되어 가는 이야기."

로맨틱한 이야기를 좋아하는 경향은 있지만, 좋은 환경에서 자란 독서가치고는 이례적으로 읽는 책을 가리지 않는다. 그야말로 손에 닿는 대로 읽는다. 또 그녀의 서가에서는 브론테 자매나 제인 오스틴은 물론이고 요즘 떠오르는 베스트셀러 작가도 차별 없이 순서대로 꽂혀 있다.

"오늘 아침에 이런 게 왔네."

그렇게 말하며 장인은 신문을 내려놓고, 바로 앞에 있던 흰 봉투를 집어 들어 내 쪽으로 내밀었다. 나는 살짝 고개를 숙이고 다가가 그 봉투를 받아들었다.

흰색 봉투 아래 부분에 파스텔 색조의 작은 꽃무늬가 그려져 있다. 여자 필체였다. 그다지 잘 쓴 글씨는 아니다. 오른쪽으로 약간 치솟은 글씨로 '이마다 요시치카 회장님께'라고 꼭꼭 눌러썼다.

봉투를 뒤집고, 나도 모르게 눈을 깜빡거렸다. 주소가 아니라 같은 필체로 이렇게 적혀 있었다.

'그룹 홍보실 계약사원 겐다 이즈미'

나는 고개를 들었다. 장인은 돋보기안경을 코 중간 정도까지 내리고 내 얼굴을 보고 있다.

"읽어 보게."

장인의 말을 듣고 안에 든 것을 꺼냈다. 봉투와 세트인 편지지 두 장에 빽빽하게 같은 필적으로 꾹꾹 눌러쓴 글이 적혀 있었다.

다 읽고 나서도 바로 고개를 들 수가 없었다.

"이 겐다라는 사람은 계약사원이 아니라 아르바이트지?"

"예. 회장님께도 이력서 등의 서류가 와 있을 겁니다."

"좀 전에 도야마에게 꺼내오라고 해서 훑어보았네. 반년 정도 근무했더군."

"예. 지난주에 내보냈습니다."

내가 사정을 설명하려는 것을 가로막고, 장인은 웃는 표정을 지었다.

"아, 침착하게."

아마 내 안색이 변한 모양이다.

"이 편지 내용이 사실인가?"

나는 목소리를 힘을 주었다. "전혀 사실무근입니다."

겐다 이즈미의 편지에는 눈을 의심할 수밖에 없는 내용들이 적혀 있었다. 그녀는 아르바이트로 입사한 이래 그룹 홍보실 사원들로부터 갖가지 학대를 받아 왔다는 것이다. 계약에 없는 내용의 업무를 시키고, 휴일 근무나 잔업을 해도 수당을 따로 지불하지 않았다. 정사원이 아니라는 이유로 차별당하고 따돌림을 받았다.

특히 소노다 편집장과 다니가키 편집장으로부터 받은 대우는 심했다고 적고 있다. 관리직인 두 사람은 다른 사원들의 학대를 말리기는커녕, 앞장서서 차별행위를 하고 폭언을 퍼부었다. 소노다 편집장은 겐다 이즈미에게 지불해야 할 급여를 착복했다. 또 다니가키 부편집장으로부터는 집요한 성희롱을 당했고, 거부하면 '해고하겠다'는 협박을 받았다—.

"순 거짓말입니다. 소노다 편집장이나 다니가키 부편집장도 그런 사람이 아닙니다. 저희는……."

장인은 살짝 고개를 저어 내 말을 가로막았다.

"그렇게 흥분하지 말게. 알고 있어. 난 일단 그룹 홍보실 실장이니까 말이야."

《아오조라》의 편집장은 소노다 에이코지만 발행인은 이마다 요시치카 본인이다.

"죄송합니다." 나는 고개를 숙였다.

그렇다. 이 편지가 이마다 요시치카 앞으로 온 이유도 거기에 있다.

편지 끝부분에 겐다 이즈미는 변호사를 내세워 반년간 자신이 당한 물심양면의 피해 복구를 위해 법적 수속을 밟을 준비를 시작했다고 적었다.

재판을 건다 한들 우리 《아오조라》 편집부는 두려울 게 없다. 그녀의 주장은 순 거짓말이다. 그런 주장이 받아들여질 리가 없지 않은가. 하지만 이마다 회장 직속 사내보 편집부 안에서 악질적인 학대와 성희롱이 있었다며, 피해자가 소송을 낸 '사실'이 세상에 알려지면 어떻게 될까.

우리 편집부원은 아무래도 상관없다. 일시적이건 사실무근이건, 이마다 요시치카의 얼굴에 먹칠을 하는 꼴이라는 게 문제다.

"저희가 경솔했기 때문에 회장님께 심려를 끼쳤습니다. 정말 죄송합니다."

"그런 건 괜찮아." 장인은 말했다. 흘러내린 돋보기안경을 손가락으로 밀어 올렸다.

"자네들 말대로 사실무근이라면 이런 건을 받아들인 변호사가 창피를 당할 뿐이지."

"하지만—."

"허둥대지 말라니까." 장인은 스스럼없는 웃음을 지었다. "자넨 정말 물러 터졌군. 변호사를 고용했다는 건 허풍이야."

"그럴까요……?"

"그렇지. 제대로 된 변호사라면 이런 경우에 본인에게 편지를 쓰게 하지 않아. 피해자로부터 이런저런 하소연을 듣고, 자기가 대리인이 되었음을 알리기 위해 변호사 명의로 문서를 보내오지."

다행히도 나는 지금까지 그런 경험을 한 적이 없다. 부원들도 마찬가지이리라. 법적 수속에 대한 지식도 전혀 없다.

"그래, 어떤 여성이었나, 겐다 이즈미란 사람은?"

그녀를 둘러싼 일련의 트러블에 관해 나는 서둘러 설명했다. 말투가 빨라지는 것은 화가 났기 때문이 아니라, 꾸물거리다간 '얼음여왕'이 장인을 부르러 올 것이기 때문이다. 완전히 누명이라고는 해도 우리의 이런 불명예스러운 이야기가 얼음여왕 귀에 들어가는 건 원치 않는다.

장인은 마치 일기예보라도 듣는 양 느긋한 표정이었다. 내가 초조해하거나 화를 내거나 하는 걸 약간 재미있어하는 듯이 보이기까지 했다.

"그러면, 소노다하고는 특별히 마음이 맞지 않았던 모양이군."

"그렇다고 생각합니다. 하지만 편집장만이 아닙니다. 우리 모두 겐다 씨와는 삐꺽거리는 상태였습니다."

"다니가키는?"

"제가 알고 있는 한 겐다 씨를 야단치거나 화를 낸 적은 없습니다. 오히려 제일 참을성 있게 대해 주었다고 생각합니다. 인품이 온후한 분이니까요."

"그럼 그 친구 이름을 들먹인 건 무엇 때문일까?"

마음에 짚이는 게 하나 있기는 하다.

"겐다 씨가 쳐들어왔을 때 화가 난 다니가키 선배가 그만 '넌 편집 경험이 없지 않은가. 원래는 그것만으로도 해고감이야'라는 식으로 이야기한 적은 있습니다."

겐다 이즈미는 울음을 터뜨리며 '모욕이다. 고소할 테다'라고 대꾸했다. '두고 보라'고도 했다는 이야기를 들었다.

"아하, 그래서 다니가키도 찍힌 건가?"

"그 이유 외에는 생각할 수가 없습니다. 겐다 씨는 부서 안에서는 제 어시스턴트였죠."

"전에 있던 어시스턴트는 착한 애였지?"

시이나짱 이야기다.

"예, 알고 계십니까?"

"자네에게 들었지. 가지타 씨 딸 문제로 여러모로 도움을 받았다고."

내가 장인에게 의뢰받아 움직였던 일이다.

"이번에는 그런 친구가 들어오지 않은 게로군."

장인은 미소를 지으며 회장석 등받이에 기댔다.

"자네의 교육 미스이기도 한가?"

"그렇습니다."

"뭐 대응을 잘못한 거야. 처음에 겐다 이즈미가 이력서에 적은 능력이 없다는 걸 알았을 때 바로 대처해야 했어. 자네들은 너무 물러. 그래서 얕잡아 본 거야."

할 말이 없다. 아르바이트 사원이기 때문에 깊이 생각하지 않았다는 건 분명하다.

"이력서를 거짓으로 적는 사람은 얼마든지 있어. 거짓인지 진실인지 파악해서 쓰는 게 윗사람이 해야 할 일이지."

냉정한 말이다.

"이 건은 책임지고 자네가 조치하겠지?"

"예. 죄송합니다."

다시 고개를 숙였다. 장인이 웃었다.

"그런 표정 짓지 말게. 소노다와 다니가키에겐 이야기하지 않는 편이 나을 것 같아 자네에게 부탁하는 걸세."

"두 분에게 보고하지 않아도 괜찮겠습니까?"

"알리면 소란스러워질 거야. 제대로 대처할 수 없게 돼."

분명히 맞는 말이다. 아르바이트 급여를 착복했다는 이야기를 들으면 소노다 편집장은 완전히 미쳐 버릴 것이다. 다니가키 부편집장 역시 성희롱 관련 누명을 잠시도 견디지 못하리라.

"편집장은 다쳤습니다."

"그때 진단서 뗐나?"

"모르겠습니다. 이쪽 진료소에서 치료를 받았다고 하던데, 물어보겠습니다."

"있는 게 좋을 거야. 그게 필요한 상황이 오지는 않을 테지만 만약을 위해서."

알겠습니다, 하고 고개를 끄덕이며 나는 주머니에서 수첩을 꺼내 메모했다.

"겐다 이즈미와 연락은 되나?"

"주소와 휴대전화 번호는 알고 있습니다."

"그럼 바로 본인에게 연락해서 앞으로 자네가 창구가 된다고 전하게. 물론 정말로 저쪽에서 굳이 소송을 걸어온다면 이쪽도 법무담당 부서가 나서야겠지만 그렇게까지는 되지 않겠지."

그보다—눈만 들어 흘깃 나를 보고 장인이 말했다.

"그런 문제가 일어나지 않도록 수습해야지."

"물론 그렇게 하겠습니다."

"다만 법무 담당 부서가 있다는 이야기를 흘리는 게 좋을지도 모르겠군. 이런 트러블 메이커는 의외로 소심한 법이니까. 이쪽에서 정색을 하고 나서는 모습을 보여 주면 그것만으로도 기가 죽지."

회장이 직접 하는 꼼꼼한 강의다.

"우선은 이쪽이 편지를 받았다고 정확하게 알려야겠군요."

"그렇지. 다만 본인을 만나기 전에 자네도 재료를 준비해 두는 게 좋을 거야."

"재료라고 하시면?"

"이력서 내용 말이야. 뭔가 있는 것 같다는 정도지 확인은 하지 않았잖은가?"

과연.

"꼼꼼하게 조사해 보겠습니다."

"으음. 더 일찍 해 둬야 하는 일이었어" 하더니, 하긴 아르바이트였으니, 라고 덧붙였다.

"어쨌든 안색이 변할 만큼 큰일은 아닐세. 좋은 경험이라고 생각하고 대처하게. 어떤 형태로건 사람을 쓰다 보면 이런 일이 생겨."

나는 연수기간을 마친 지 얼마 되지 않는 신입 사원처럼 옷매무새를 가다듬고 알겠습니다, 라고 대답했다.

회장님, 시간 다 되었습니다. 부르러 온 '얼음여왕'과 엇갈리며 회장실을 나왔다. 별관으로 돌아오면서 담임선생님에게 야단맞은 학생 같은 기분이 된 스스로에게 쓴웃음이 났다.

좋은 경험이라고 생각하고 대처하게. 예, 그렇게 하겠습니다. 나는 서른여섯 살 먹은 가장이다.

편집부 사무실에 들어오자 바로 편집장이 물었다.

"무슨 일이었어?"

부원들도 나를 바라보았다. 다들 발행인의 의향에는 민감하지 않을 수 없다.

"사적인 일입니다. 모모코 문제로. 이번 주에 함께 들를 예정이에요. 내친김에 뭘 좀 알아보고 오라는 말씀을 들었습니다."

"회장님 사위 노릇도 힘들군."

"성원에 감사드립니다. 아아, 그리고,"

나는 별일 아니라는 말투로 이야기했다.

"업무 태도가 좋지 않은 아르바이트를 내보냈다는 보고를 구두로 해 두었습니다. 회장님으로부터 특별한 말씀은 없었구요. 겐다 씨는 제 어시스턴트였으니 만약에 앞으로 그 친구가 또 무슨 불평을 해 오면 제가 맡겠습니다."

"미안하네." 다니가키 부편집장이 말했다. "하긴 더는 문제없을 테지만."

"젊은 여자애들은 바쁘니까요." 나는 웃어 보였다. "편집장님, 다친 데는 이제 괜찮은 것 같은데, 겐다 씨에게 치료비를 청구할 생각은 없습니까?"

소노다 편집장은 눈을 깜빡거리며 반사적으로 이마의 상처 부분에 손을 댔다. 가제나 반창고도 뗐지만 딱지가 남았다. 앞머리를 늘어뜨려 감추고 있었다.

"이제 와서 뭘, 됐어. 오히려 번거로워."

"화나지 않아요?"

"그야 분하지만, 그런 사람하곤 관계하지 않는 편이 좋겠다고 생각해. 귀찮잖아."

표현은 거칠었지만 말투는 진지했다.

"사라져 준 것만으로도 충분해."

이 대화를 통해 편집장이 이번 일로 내 생각보다 훨씬 더 심한 충격을 받았다는 사실을 깨달았다. 이제 빨리 잊고 싶은 모양이다.

오전 중에 할 일을 처리하는 틈에 내 인사 파일에서 몰래 겐다 이즈미의 이력서를 빼내 서류철에 끼워 숨겨 두었다. 점심 식사를 마치고 외근 스케줄을 부서 상황판에 적은 뒤에 밖으로 나왔다. 어느 일이나 급하지 않은 용건이라 시간을 만들기 쉽다. 매달 중순이면 한가한 때라 다행이었다.

별관을 나와 길을 건너 역 앞의 공중전화박스로 들어갔다. 내용이 내용이니만치 전파 상태에 따라 갑자기 끊어지거나 할 가능성이 있는 휴대전화는 이용하고 싶지 않았다.

'액트'로 전화를 거니 바로 받았다. 피곤한 듯한 여자 목소리였다. 그쪽으로 찾아가고 싶다고 하자 익숙한 말투로 위치와 길을 알려 주었다. 편집 프로덕션이라는 직장은 사람들 출입이 많기 때문인지 무슨 용건이냐고 묻지도 않았다.

사무실은 신토미초에 있었다. 근처에 주오 회관이라는 구청 시설이 있다고 한다. 그 부근이라면 나도 약간 지리를 안다. 거의 길을 헤매지 않고 액트가 입주해 있는 비즈니스 빌딩을 찾을 수 있었다.

무척 낡은 오 층짜리 건물이다. 낡고 허름한 엘리베이터를 타고 사층에서 내리자 바로 앞에 '액트'라는 표지가 나왔다. 활짝 열린 두 짝 문으로 안을 들여다보니 책상 몇 개와 골판지 더미가 좁은 실내를 빽빽하게 메우고 있다. 사람은 보이지 않았다.

"실례합니다."

안에 대고 말을 하자 바로 앞에 있는 골판지 상자 더미 뒤에서 사람 얼굴이 튀어나왔다. 밤색으로 물들인 머리카락을 큼직한 머리핀으로 묶었다.

"예? 무슨 일이시죠?"

조금 전 전화를 받았던 여자였다.

그 여자는 일어나더니 책상과 골판지 상자 사이를 요령 좋게 빠져나왔다. 나이는 서른 살 전후일까. 청바지에 스웨터를 입은 편한 차림이었다. 나는 인사하며 명함을 내밀었다.

"불쑥 찾아와 미안합니다. 조금 전에 전화로 길을 물었던 사람입니다."

아아, 예, 예. 그녀는 내 명함을 힐끔힐끔 들여다보았다.

"스기무라 씨. 이마다 콘체른이라—그 이마다 콘체른인가요?"

"그렇습니다. 그룹 홍보실이란 데는 사내보 편집부입니다."

"어머!"

그녀의 얼굴이 갑자기 밝아졌다. 피로해서 졸린 표정에 생기가 돌았다.

주위에 쌓여 있거나, 바닥에 놓여 있는 골판지 상자 가운데는 열려 있어 내용물이 보이는 것이 있었다. 회사 PR지나 무가지였다. 액트에서 취급하는 '상품'일 것이다. 그녀는 내가 일을 의뢰하러 온 거라고 지레짐작한 모양이었다.

"미안합니다. 실은 외주 이야기 때문에 온 건 아니구요."

순진한 사람인지, 바로 표정이 시무룩해진다.

"하기야, 뭐." 기운 빠진 목소리로 말했다. "그런 기쁜 소식이 있을 리가 없죠."

"죄송합니다. 반년쯤 전에 여기서 일했던 겐다 이즈미 씨란 분 일로 찾아온 겁니다."

갑자기 여자의 표정이 완전히 바뀌었다. 큰 눈을 동그랗게 떴다.

"겐다 이즈미?"

"예, 여기 근무하던 사람이죠."

"있었죠." 힘주어 고개를 끄덕이더니 목소리를 죽였다. "그 사람 또 무슨 짓을 저질렀나요? 지금은 그쪽에 있나 보죠?"

"정확하게 말씀드리자면, 있었습니다. 이미 내보냈으니까요."

그렇겠죠, 그렇겠죠. 그녀는 당연하다는 듯이 같은 소리를 반복했다.

"아, 잠깐만 기다리세요. 바로 사장님을 모셔 올게요."

오른쪽 안으로 문이 달린 파티션으로 막힌 작은 방이 있는데, 그녀는 얼른 그리 다가갔다. 누마타 사장님, 누마타 사장님, 큰일

났어요, 하며 안쪽에 대고 말한다. 사장이 누마타 씨인 모양이다.

파티션 문이 열리고, 그 여자와 비슷할 정도로 부스스한 머리를 한 남자가 얼굴을 내밀었다. 나는 고개를 숙여 인사를 했다.

세 건의 마감이 끝나 오늘은 사원 대부분이 쉬는 날이라고 한다.

"전화가 조용한 것은 그 때문입니다. 아니, 뭐 꼭 그래서는 아니지만."

나는 사장실로 안내되었다. 파티션 안쪽이다. 응접 세트와 커피 테이블이 있지만, 비어 있는 공간은 거의 없었다. 골판지 상자 더미가 이 방에도 쌓여 있고, 그렇지 않은 공간에는 정리가 안 된 교정쇄나 사진, 인쇄물 등이 쌓여 있었다. 내가 들어오기 전까지 누마타 사장은 자고 있었는지, 삼인용 소파 위에는 담요가 있었다. 지금 그는 그 담요를 깔고 앉아 있다.

"어수선해서 미안합니다."

그가 머리를 긁적였다. 신경을 쓰지 않은 복장과 헤어스타일이라 나이는 짐작이 가지 않았다. 다만 '젊어 보인다'와 '젊게 보이려 꾸몄다'의 미묘한 경계에 있는 것만은 틀림없는 듯했다.

나를 안내한 여자는 '편집 담당 기시이입니다'라고 인사를 했다. 잠깐 자리를 비우더니 캔 커피 세 개를 갖고 와 어질러진 테이블 위에서 빈자리를 찾아 얹었다.

"요즘 경기가 좋지 않아 우리처럼 조그만 편집 프로덕션은 물량을 많이 처리해서 버틸 수밖에 없죠. 그래서 다들 과로사 직전입니다."

말 그대로 사장의 얼굴은 피로 때문에 부어 있었다.

"모처럼 쉬시는데 방해해서 미안합니다."

"아뇨, 아뇨. 괜찮습니다. 어차피 누가 전화를 받아야 했으니. 갑자기 들어오는 의뢰도 있으니까요."

"사실은 거의 없죠." 기시이 씨가 말했다. "좀 전에는 죄송했어요. 설마 이마다 콘체른 같은 큰 회사에서 우리 쪽에 연락을 해 올 리가 없는데, 꿈에 부풀어서 그만."

나는 웃었다. 경영이 쉽지 않은 모양이라는 사실은 쉽게 알 수 있지만 두 사람의 말투는 시원시원했다.

"그런데, 스기무라 씨라고 하셨죠? 겐다 씨가 무슨?"

누마타 사장은 캔 맥주를 따면서 몸을 앞으로 디밀었다.

"이번엔 무슨 짓을 저질렀습니까?"

두 사람 다 흥미진진하다는 눈치다.

"그 전에 알고 싶은 게 있습니다. 그 여자가 여기 근무한 적은 있는 겁니까?"

사장과 기시이 씨는 얼굴을 마주 보았다. 사장이 대답했다. "예, 있습니다."

"삼 년 정도…… 근무했다던데."

"말도 안 돼! 한 해도 채우지 못했지?"

기시이 씨에게 확인했다. 그녀가 바로 대답했다.

"열 달 정도예요. 하지만 제대로 따지면 구 개월인가? 자주 안

나왔으니까요."

두 사람은 고개를 끄덕였다.

"그 여자가 우리 쪽에 낸 이력서에는 대학 졸업 후 바로 여기 취직해서 삼 년 남짓 근무한 걸로 적혀 있었습니다."

"아, 그건 거짓말입니다." 사장이 딱 잘라 말했다. "우리가 받은 이력서에는 다르게 적혀 있었죠. 뭐였더라, 회사 이름이. 그 회사에서 편집 경험을 쌓았다고 적었더군요. 그것도 거짓말이었지만."

기시이 씨가 자리에서 일어나 서둘러 편집실 쪽으로 돌아가며 말했다. "사장님, 그 사람 이력서 남겨 뒀죠?"

"글쎄. 재수 없어서 버렸을지도 모르지."

나는 누마타 사장의 얼굴을 보았다. 면도를 제대로 하지 않았다.

"이쪽에서도 꽤 트러블이?"

사장은 시무룩한 표정을 지으며 고개를 끄덕였다. "그렇죠. 호되게 당했습니다."

"이쪽에선 비즈니스 서적 출판을?"

"그 여자가 그렇게 말했습니까?"

"예."

"그렇게 보입니까?" 쓴웃음을 지으며 골판지 상자 더미 쪽으로 손을 가리켰다.

"PR지가 많은 것 같군요."

"외주업체의 재하청입니다. 자조하는 게 아닙니다. 일은 열심히 합니다. 하지만 영세하죠. 출판까지 손을 대지는 못합니다."

"겐다 씨의 말로는 여기서 편집의 기본을 배웠다고 하던데요."

누마타 사장은 웃음을 터뜨렸다. "기본의 기역자 정도는 쓰는 법을 배웠을지도 모르죠. 희망적으로 본다면. 그래, 어땠습니까? 그 여자 그쪽에서는 쓸 만했습니까?"

"안타깝게도."

"그렇죠? 순 거짓말쟁이입니다."

사장의 잠이 덜 깬 눈에 분노의 빛이 짙게 떠올랐다. 단순히 업무적인 트러블만이 아니라 개인적으로도 피해를 입힌 모양이다.

"이런, 이력서를 찾을 수가 없네요."

기시이 씨가 돌아왔다.

"그런 걸 함부로 버리면 안 된다고 했잖아요."

"다시 들여다보기도 싫었어."

사장의 험상궂은 안색과 내 곤혹스러워하는 표정을 번갈아 살피다가 기시이 씨가 다시 내 쪽을 보았다.

"겐다 씨는 일을 못하고, 배우려고도 하지 않고, 동료들과도 잘 지내지 못했죠? 뭔가 주의를 주면 바로 성질을 부리고. 그렇죠?"

"예." 나는 간단하게 사정을 이야기했다. 내 설명이 두 사람의 머릿속에서 아주 또렷하게 구체화되어 가는 것이 눈에 보이는 듯했다. 소리까지 들려올 듯하다.

"이런, 똑같네."

깊은 동정을 담아 기시이 씨가 말했다.

"무슨 일이든 난 잘못한 거 없어, 라고 하죠. 다들 자기만 괴롭힌다면서."

"기시이 씨도 피해를 입었습니까?"

"그야, 뭐 여러 가지." 한숨을 쉬면서 사장을 바라보았다. "하지만 사장님만큼은 아니에요. 그렇죠?"

누마타 사장은 고개를 끄덕였다. "스토커 취급을 당했으니."

겐다 이즈미의 근무 태도가 좋지 않아 몇 번인가 주의를 주었다. 그녀가 무단결근을 해서 몇 차례 전화를 했다. 집까지 찾아간 적도 있었다. 그걸 '스토커' 행위라고 했단다.

"그 여자가 경찰에 신고를 했습니다. 제가 그녀에게 추근댄다고 그럴듯하게 꾸며서. 덕분에 경찰에 불려가기까지 하고."

경찰에는 사정 설명을 했지만,

"요즘 이런 케이스에는 아무래도 여성들 이야기가 먹힙니다. 아무리 결백하다고 주장해도 어지간해선 의심을 떨치지 않아요. 결국은 유죄라고 보는 거죠."

성희롱을 했다는 누명을 쓴 다니가키 부편집장의 얼굴이 떠올랐다. 겐다 이즈미가 억지를 쓰면 부편집장도 그런 취급을 당하게 될까?

"같은 수법이군."

나는 다니가키라는 이름을 언급하지 않고 설명했다. 누마타 사장이 더욱 기분 나쁜 표정을 지었다. 기시이 씨는 고개를 크게 끄덕였다.

"넌덜머리가 나는 여자예요."

"맞아……."

"그래, 그 여자는 어떻게 해서 그만둔 겁니까? 스스로 그만둔 겁니까? 아니면 해고?"

"해고라고 해야 하나? 우리도 반격했죠."

아주 통쾌하다는 말투로 말했다. 목소리에서 생기가 느껴졌다.

"그 여자 신상 조사도 했습니다. 그랬더니 학력이나 경력은 물론이고 나이까지 엉터리더군요! 그걸 문제 삼았어요. 스토커 피해를 당했다고 계속 거짓말을 한다면 우리도 그냥 두지 않겠다고 했더니 투덜대며 그만두었습니다."

"투덜거린 게 아니죠. 울고불고 난리였어요."

"그뿐인가요, 유리도 깼죠."

"지독했어요."

"유리라니, 유리창 말입니까?"

기시이 씨는 문 쪽을 가리켰다. 윗부분에 네모난 유리가 끼워져 있었다.

"저걸 깬 거죠. 뭔가를 던져서. 책꽂이를 던졌었나?"

이것도 똑같다.

"그 여자는 자기감정을 컨트롤하지 못하는 것 같더군요."

"모든 걸 컨트롤할 수 없죠. 몽땅 다. 어떻게 해야 그런 인간이 될 수 있는 건지. 아직도 이해가 가지 않아요. 부모가 어떻게 생긴 사람들인지 궁금하더군요."

"실제로 부모에게 연락한 적은?"

누마타 사장은 손을 내저었다.

"소재 불명입니다. 알 수가 없어요, 부모가 어디 사는지."

"부모와 인연을 끊은 것 같았어요." 기시이 씨가 말하며 사장의 팔을 쿡쿡 찔렀다.

"저어, 사장님. 우리가 복잡하게 이야기하기보다 소개를 해 드리면 어때요?"

"누굴?"

"그러니까, 그 기타미 씨."

아아—하며 누마타 사장의 눈이 커졌다. 그 표정 그대로 나를 바라보았다.

"그 여자에 대한 신상 조사를 부탁한 사무실이 있습니다. 사무실이라고 해 봐야 개인영업을 하는 작은 곳이지만."

"흥신소인가요?"

"으~음. 뭐랄까. 그렇다고 해도 괜찮을까요?" 천장을 바라보며 생각했다. "저로서는 사립탐정이라고 부르고 싶은데."

기시이 씨가 웃었다. "좀 거창하네."

"아아, 그러고 보니 그 여자 이력서도 기타미 씨에게 맡겼을지 모르겠네."

만나 보겠느냐고 물었다. 내 처지에서는 여기까지 와서, 그럴 필요는 없다고 말하기가 힘들었다.

"제가 찾아간다 해도 이쪽에서 조사를 의뢰한 일에 대해 이야기해 주겠습니까?"

어떤 조사 사무소건 제대로 된 곳이면 비밀 유지 의무가 있을 것이다. 하지만 누마타 사장은 신경 쓰지 않았다.

"그건 괜찮습니다. 제가 전화를 할 테니까요. 사실은 정식 간판을 내걸고 있는 건 아니고, 그래서 그 사람에겐 아무런 제약도 없습니다. 제가 잘 아는 사람이니 필요한 내용은 모두 가르쳐 줄 겁니다."

상당히 융통성이 있는 조사원인 모양이다.

머뭇거리고 있는 나를 아랑곳하지 않고, 누마타 사장은 전화를 걸러 가 버렸다.

기시이 씨는 캔 커피를 마시면서 내게 미소를 지어 보였다.

"죄송합니다. 너무 협조적이라 오히려 이상하시죠?"

눈치가 빠른 사람이다.

"사장님은 그런 트러블이 남의 일로 여겨지지 않는 거예요. 지금도 화가 가라앉지 않았어요. 우리도 깜짝 놀랐죠."

"누구나 누명을 쓰면 참을 수가 없으니까요."

"이혼할 뻔했어요."

나는 의미를 얼른 파악하지 못해 그녀의 얼굴을 보았다.

"스토커 취급을 받자 사모님과 사이가 틀어져 버렸죠."

"아아, 그렇군요."

"한때는 거래처에서도 이상한 눈으로 봤으니까요. 겐다 씨가 우리 단골 거래처에도 투서를 했거든요."

그렇게까지 했나?

"사장님은 아무도 자기 이야기를 믿어 주지 않는다. 내 신용이 겨우 이런 정도였나, 히스테리에다 거짓말이나 하는 여자를 당해 내지 못하는가, 하며 자신감을 잃고 무척 우울해했어요. 보기 딱했죠."

"이젠 좀 정리가 됐나요?"

"사업은요. 사모님과는 아직도 별거하고 있어요. 사장님 처지에서는 겐다 씨 문제가 정리되었지만 사모님이 믿어 주지 않았다는 사실이 마음의 상처가 되었던 모양이에요."

그렇게 말하고 나서 기시이 씨는 갑자기 눈을 휙 움직이며 "어라?" 하고 말했다.

"혹시 전에 이 문제로 전화를 주신 적 있지 않나요?"

있다고 대답했다. 겐다 이즈미에 관해 문의했지만 개인정보라 자세한 내용을 가르쳐 줄 수 없다고 거절당했다는 이야기를 했다.

"예, 예, 그래요. 기억나네요. 그렇지 않을까 하는 생각이 들었어요."

머리를 누르고 웃으며 고개를 꾸벅 숙였다.

"죄송합니다. 그때는 어물쩍 넘어가서. 전화 받은 건 저였습니다."

계약직 직원이 우연히 전화를 받아, 무슨 일인지 모르지만 전에 여기 있던 겐다라는 사람에 대해 묻는 전화라고 이야기한 순간 누마타 사장이나 그녀나 표정이 굳어졌다고 한다.

"으아, 왔구나 왔어, 하는 기분이라서."

분명히 겐다의 다음 직장이야, 또 문제를 일으키고 있군. 어쩌지?

"그냥 확 말씀드리는 방법도 있었지만 사장님이 그러면 골치 아파진다고 겁을 먹어서. 그래서 겐다 씨가 해고당하면 우리가 고자질을 했기 때문이라고 또 여기 들이닥칠지도 모르잖아요?"

충분히 이해가 간다. "예, 그럴 수도 있겠군요."

그럴 경우에는 액트에 있는 사람들이 사실을 이야기한 게 아니라, 있는 일 없는 일 꾸며내어 자기를 헐뜯었다고 우기게 될 것이다. 겐다 이즈미는 분명히 그럴 것이다.

"그래서 개인정보 보호를 방패로 내세워 모르는 척하게 된 겁니다. 정말 죄송합니다."

하지만 이상하군요, 하며 기시이 씨는 귀엽게 고개를 갸웃거렸다.

"어째서 우리 회사에 있었다는 내용을 사실대로 적었을까요?"

"만약에 조회를 해 보았을 경우 전부 거짓말이라는 게 들통이 나면 안 되지 않겠습니까?"

그랬다면 항변할 방법이 없어진다. 억지를 쓸 수도 없고 자기에게 할 이야기가 있다고 주장하기 힘들어진다.

기시이 씨는 신음했다. "그렇군요. 우리들이 그 여자가 두려워서 사실대로 이야기하지 않을 거라고까지 넘겨짚었다거나. 으~음, 그토록 치밀하다니."

자문자답하고 있다.

"거짓말한다는 건 어렵죠. 그 여자를 보면 그런 생각이 들 때가 있었습니다. 아주 교묘하게 이야기를 꾸며 내도 어느 부분엔가는 사실을 섞지 않으면 안 되고, 그렇게 하려면 에너지도 필요하니 완벽하게 거짓말을 못하는 게 아닐까요?"

그래서 들통이 나는 거죠……라고, 혼자 심각하게 중얼거렸다.

누마타 사장이 씩씩하게 돌아왔다.

"기타미 씨와 통화했습니다. 오늘, 지금 당장이라도 괜찮답니다. 사정은 이야기해 두었는데, 저도 함께 갈까요?"

"아뇨, 그렇게까지 폐를 끼칠 수야 없죠."

나는 정중하게 사양했다.

"저희 쪽에서도 될 수 있으면 외부에는 알리고 싶지 않은 이야기도 있고. 소개해 주신 것만 해도 감사합니다."

"아, 그러세요." 사장은 함께 놀자고 했다가 거절당한 아이 같은 눈을 했다.

화가 풀리지 않아, 앙갚음을 더 하고 싶다. 다 큰 어른이라도 그런 기분을 떨치지 못하는 일이 있는 법이다. 자는 애는 그냥 자게 내버려 두면 되는 건데, 내가 깨우고 말았다.

흥신소도 아니고 조사 사무소도 아니었다. 개인영업이라 간판도 내걸지 않았다. 정체 모를 기타미란 인물의 풀 네임은 '기타미 이치로'라고 했다. 어쩌면 가명일지도 모른다. 근거는 없다. 그저 느낌이다. 내 이름인 '스기무라 사부로'와 마찬가지로 아주 평범한 이름이다.

가르쳐 준 주소는 미나미아오야마 2초메였다. 역시 완전히 낯선 동네는 아니었다. 하지만 찾는 번지수에 도착했을 때, 나는 누마타 사장이 써 준 메모를 손에 들고 한동안 생각에 잠겼다.

그곳은 낡은 도영(都營)주택 단지였다. 말쑥하고 모던한 빌딩과 택지가 늘어선 거리에 거기만 푹 가라앉았다. 유일하게 사람 사는 냄새가 풍긴다고 해도 좋다.

여섯 동이 나란히 서 있었는데, 보수 공사를 하는지 왼쪽 끄트머리에 있는 한 동에는 공사용 발판이 설치되어 있고, 회색 벽이 시트로 완전히 덮여 있었다.

공영주택들은 의외로 대개 찾기 쉬운 곳에 있다. 미나미아오야마에 있다고 해도 별로 놀랄 일은 아니다.

하지만 점점 '기타미 이치로'의 정체가 아리송해진 것도 사실이다. 어떤 인물이고 진짜 직업은 무얼까.

도영주택 단지 안에는 주차 공간과 작은 공원이 있었다. 모래밭과 그네도 있다. 아이들 모습은 보이지 않았다. 정원이나 보도 여기저기에 꽃이 피어 있고, 잎사귀 무성한 나무들이 가득했다. 가을도 저물어 가는 무렵이라 가로수는 잎이 지고 있는데. 주민들이 정성껏 단장하여 가을도 푸른 빛이 살아 있었다. 그 가운데는 작은 밤나무도 있었다. 가지에 밤송이가 열렸다.

3동 202호. 나는 서둘러 계단을 올라갔다.

인터폰은 없었다. 안에서 밖을 내다볼 수 있게 만든 고풍스러운 창 안쪽에는 커튼이 드리워져 있었다. 색이 제법 바랬지만 예쁜 꽃무늬였다. 노크를 했다.

조금 뒤 '예' 하는 대답이 들렸다.

기타미 이치로는 다가가면 갈수록 더욱 더 정체를 알 수가 없는 인물이었다.

문 안쪽에 서 있는 사람은 오십대 중반, 어쩌면 환갑이 지났을 지도 모른다. 야위고 작은 덩치에 혈색이 좋지 않은, 환자 같은 남자였다.

"기타미 씨 계십니까?"

"전화를 하셨었죠? 이마다 콘체른에서 오신 분?"

내 대답도 기다리지 않고 안으로 안내했다. 구두를 벗어 둘 공간을 내려다보니, 거기에는 낡은 남자용 샌들과 함께 학생용 구두가 두 켤레 나란히 있었다. 둘 다 여학생 구두다.

"죄송합니다만, 먼저 온 손님이 있어서. 이제 곧 돌아갈 테니 조금만 여기서 기다리시겠습니까?"

기타미 씨는 온화한 목소리로 말했다. 흰 셔츠에 회색 조끼를 걸쳐 입고, 운동복 같은 검은 바지 차림이었다. 발에는 털이 복슬복슬 난 실내화를 신었다. 그가 내게 내민 것은 손님용으로 보이는 청결하지만 평범한 슬리퍼였다.

내부는 2DK다. 방이 옆으로 나란히 있어서 현관에서 안쪽이 훤히 들여다보인다.

기타미 씨는 식당과 거실 겸용으로 쓰는 방의 탁자에 두 여학생과 마주 앉아 있었다.

아니, 정확하게 이야기하면 조금 전까지 마주 앉아 있었을 것이다. 그는 내 곁에서 여학생들 쪽으로 돌아가더니 거기 선 채로 앉아 있는 소녀들에게 말했다.

"그러니까 미안하지만 이제 돌아가거라."

한 여학생이 다른 여학생에게 "미치, 가자"라고 속삭였다. 그 여학생은 나를 힐끔힐끔 보았다. 나는 벽 쪽으로 눈길을 돌렸다.

'미치'라고 불린 여학생은 테이블을 내려다보며 꼼짝도 하지 않았다. 두 학생은 모두 교복을 입고 있었다. 가슴에 달린 리본 색만 달랐다.

"가자, 미치. 어쩔 수 없어."

미치는 그래도 꼼짝하지 않았다. 다른 여학생이 팔을 잡고 살짝 흔들었다.

"다음 손님이 오셨어. 그만 가자, 응?"

두 사람은 말없이 일어서, 말없이 나갔다. 미치가 아닌 여학생은 나가면서 인사를 했지만, 미치는 고개를 숙이고 기타미 씨가 미안하다고 해도 뒤를 돌아보지 않았다.

"바쁘신데 죄송합니다."

내 틀에 박힌 말에 기타미 씨는 미소를 지었다.

"근처에 사는 애들입니다. 상담할 게 있다고 해서 왔는데, 미성년자의 의뢰를 받을 수 없어서."

최소한의 설명이지만 충분했다.

나는 기타미 씨의 뒤를 따라 조금 전 여학생들이 있던 자리에 섰다. 형식에 따라 명함을 내밀고 인사를 했다.

"저는 드릴 명함이 없는 사람입니다. 기타미 이치로라고 합니다."

기타미 씨는 미안한 기색도 없이 말했다. 자기소개를 할 때 이런 대사를 읊는 일에 익숙한 모양이다.

"앉으십시오."

나는 조금 전에 '미치'가 앉았던 의자에 앉았다. 모르는 집에 들어와 주인과 탁자에 마주 앉으니, 갑자기 보험 회사나 은행의 고객 담당자가 된 기분이었다.

실내에는 생활에 필요한 것은 다 갖추어져 있는 듯했다. 가전 기구나 가구도 오래 써서 길이 들었지만 깔끔했다. 결코 우중충한 방은 아니었다.

하지만 사무실은 아니다. 아무리 봐도 '살림집'이다. 나는 이렇게 짙은 일상의 냄새 속에서 갑자기 술술 이야기를 할 수 있을 정도로 단련된 샐러리맨은 아니었다.

"깜짝 놀라신 모양이군요."

기타미 씨가 웃는 바람에 머쓱해졌다.

"다들 놀랍니다. 당연하죠."

"액트의 누마타 사장님 말씀을 듣고 찾아뵈었습니다."

"예, 대략적인 이야기는 그 사람한테 전화로 들었습니다."

기타미 씨는 일어서더니 좁은 부엌 안으로 들어가 찬장을 열었다. 잔을 두 개 꺼냈다. 신경 쓰지 말라고 했지만, 그는 이어서 냉장고를 열었다. 꺼낸 것은 냉차가 든 페트병이었다.

드시죠, 하며 그가 따라 준 냉차는 맛있었다. 집 안이 남향이라 더웠다. 옆에 있는 세 평 남짓한 일본식 방에 화창한 햇살이 비치고 있었다.

"누마타 사장은 성급한 사람이라 제대로 설명을 하지 않았을 거라고 생각하는데요."

익숙한 변명을 늘어놓듯이, 기타미 씨는 부드러운 표정으로 나를 바라보았다.

"저는 정식으로 조사를 업무로 하고 있지는 않습니다. 예전에 경찰에 있었기 때문에 약간의 노하우가 있어서 친구나 아는 분들이 부탁하면 조사하는 시늉을 내는 정돕니다. 그러니 그걸로 먹고 사는 것도 아니고요."

전직 경찰이었나? 정년퇴직인가? 아니면 병으로 경찰 생활을 그만두었나?

물어보기 난처했다. 기타미 씨 쪽도 그런 이야기를 할 생각은 없는 듯했다. 바로 본론으로 들어갔다.

"겐다 이즈미 씨 문제라면 액트에서 문제가 있을 때 부탁을 받아 여러모로 조사를 했습니다. 누마타 사장은 빠짐없이 알려 주라고 했지만 저로서는 그럴 수가 없습니다."

"지당한 말씀입니다." 나는 고개를 끄덕였다.

"어떤 사정으로 겐다 씨의 경력을 알고 싶은 건지, 자세하게 듣는 것도 사양하겠습니다. 처음 보는 저 같은 사람에게 큰 회사에 근무하시는 분이 불쑥 다 털어놓고 말씀하실 수는 없을 테고요. 누마타 사장이야 일단 사장이라는 위치에 있기 때문에 아무래도 그런 상식을 이해하지 못하죠."

또 웃음을 지었다. 원래 쌍꺼풀이 없는 작은 눈이라 웃으니 실처럼 가늘어진다.

경찰관 시절에는 어떤 일을 했을까. 어떤 부서에 있었을까. 상상하기 힘들다. 초등학교나 중학교 앞에서 교통지도를 하는 경찰관의 모습이 눈에 떠올랐다. 그렇다, 이 사람한테서는 학교 선생님 분위기가 풍긴다.

"겐다 이즈미 씨란 사람에겐 아무래도 자기 경력을 거짓으로 적는 습관이 있는 모양입니다."

"그런 것 같습니다."

"제가 조사한 바로는 그 여자, 액트 이외에도 여러 군데 근무했습니다. 형식적으로라도 정사원이었던 건 액트에 있던 십 개월뿐이었던 것 같더군요. 나머지는 모두 계약사원이나 아르바이트였습니다. 프리터라고 합니까? 어느 경우에나 경력을 거짓으로 적었습니다."

나는 그녀의 이력서에 있던 학력과 경력을 설명했다.

"그 여자는 사이타마 시 출신이고, 그 지역 공립중학교를 나왔습니다. 고등학교는 사립이었는데, 일 년 만에 중퇴했고요."

"그렇군요. 편집 경험이 있다고 했는데."

"그건 이상하더군요. 그냥 어떤 형태로건 그 여자가 일했던 곳은 그쪽과 마찬가지로 출판이나 편집에 관계된 곳이 많았습니다. 좋아했나 보죠. 서점에도 다녔습니다. 대개 반년쯤 다니다 그만두거나 해고당하거나 했습니다. 액트는 오래 다닌 편이죠."

그렇지만 알아내지 못한 부분도 있겠죠, 라고 덧붙였다.

"부모님 집이 어딘지는 모른다고 누마타 씨에게 들었습니다."

"위치는 알아냈습니다. 그런데 이사를 했더군요. 부모와 오빠가 있는데, 연락이 되지 않습니다. 설령 연락이 닿더라도 별 도움이 되지 않을 거란 느낌이 듭니다."

딸이 집을 나간 뒤, 부모도 집을 내버려 두고 이사했다. 그런 가족관계라면 분명히 트러블 수습에 힘을 보태 줄 가능성은 희박하리라.

"집에서 무슨 일이 있었는지도 모르죠."

내 말에 기타미 씨는 미소로만 답했다.

"겐다 씨가 현재 그쪽에서도 액트 때와 비슷한 트러블을 일으키고 있다면 또 경찰에 신고한다거나 재판을 걸겠다고 소동을 부리고 있겠군요."

"그런 상황입니다."

"그 여자는 말로 그러듯이 진짜로 일을 크게 만들거나 하지는 않을 겁니다."

"하지만 누마타 사장님은 경찰에 불려갔다고 들었는데요."

기타미 씨가 쓴웃음을 지었다.

"누마타 사장의 대응이 서툴렀던 거죠. 알기 쉽게 이야기한다면, 너무 겁을 먹었습니다. 당황해서 그 여자에게 자꾸 전화를 한다거나, 몇 번씩 집을 찾아간다거나—그것도 상식 밖의 시간대에—보기에 따라서는 진짜 스토커처럼 보일 행동을 한 게 실수였죠. 그래서 경찰도 의심을 한 것이고."

나도 쓴웃음을 지을 뻔했지만 누마타 사장의 심각한 분노의 표정이 눈에 선해 겨우 참았다.

"겐다 씨는 분명히 트러블 메이커인데, 실은 소심한 사람입니다. 이마다 콘체른 같은 큰 회사를 상대로 전면전을 벌일 생각은 없겠죠. 하려 해도 방법이 없다는 사실을 그 여자 자신이 가장 잘 알고 있을 테고. 그런 거짓말은 조사하면 바로 들통 납니다."

불쌍한 여잡니다, 라며 이렇게 말했다.

"이 문제는 스기무라 씨가 책임자로서 대처하고 계시나요? 아니면, 그룹 홍보실의 윗분도 움직이고 계신 겁니까?"

내가 내민 명함은 탁자 위에 놓여 있다. 하지만 기타미 씨는 거기에 눈길도 주지 않고 내 이름과 소속부서를 정확하게 이야기했다.

"아뇨, 제가 책임지고 처리합니다."

"그렇다면 공연한 참견 같습니다만, 그 여자를 만나서 알아듣기 쉽게 설명을 하면 그걸로 끝나지 않을까 생각합니다. 필요하다면

제 이름을 꺼내도 상관없습니다."

"선생님은 그 여자를 만났습니까?"

"그 여자가 액트를 그만둘 때 만나서 의논했습니다. 그때는 무척 반성하는 것처럼 이야기를 했었는데."

도로아미타불이로군요, 라며 약간 먼데를 바라보는 눈을 했다.

"다만 그 여자를 만날 때는 낮, 주위에 사람이 많은 카페 같은 장소를 추천합니다. 그 여자는 소동을 일으켜 그 때문에 겁먹을 관계자가 있는 장소가 아니면 소동을 부리지 않습니다. 다만 호텔의 티 룸 같은 곳은 안 됩니다. 왠지 아시리라고 생각하지만."

이번에는 나도 쓴웃음을 짓고 말았다. 기타미 씨도 싱글싱글 웃고 있었다.

"설마 그럴 일은 없을 거라고 생각하지만, 그 여자가 억지를 쓰는 걸 그만두는 대가로 금전을 요구한다면 거절하는 게 현명할 겁니다."

"어떤 의도로 지불하건 그게 실적이 되어 버릴 테니까요. '실적'이라고 하기에는 이상하지만."

"그렇군요."

세상에는 여러 종류의 인간이 있죠, 라고 기타미 씨가 말했다. 저도 그 가운데 한 사람이지만 말입니다, 라고 덧붙이며 재미있다는 듯이 웃었다.

냉차를 마지막 한 방울까지 마시고, 시간을 빼앗아 미안하다는 인사를 한 뒤 나는 자리에서 일어섰다.

나갈 때 뭔가 설명하기 어려운 억측 같은 충동이 머릿속에서 고개를 들어, 이렇게 물었다.

"실례지만 혹시 기타미 씨의 성함은 필명이 아닙니까?"

"필명?"

"본명이 아니라는 느낌이 들었습니다. 책을 쓰고 계시거나 하기 때문에—?"

기타미 씨는 잠깐 눈이 동그래졌다.

"스기무라 사부로 씨는 본명이시죠? 기타미 이치로도 본명입니다."

그러고는 내내 테이블 위에 놓아두었던 내 명함을 집어 들더니 내게 내밀었다.

"돌려드리죠."

나는 당황했다. 기타미 씨가 말을 이었다.

"저처럼 처음 보는 정체도 모를 사람에게 대기업 홍보실에 계신 분이 선뜻 회사 명함을 건네서는 안 됩니다."

에둘러 '가명이 아니냐'고 물어서 기분이 상한 걸까, 하는 생각이 들었다. 하지만 기타미 씨는 여전히 싱글거리는 표정이었다.

"아뇨, 받아 주십시오. 선생님이라면 드리겠습니다."

"내가 거짓말을 하고 있는 건지도 모릅니다."

아무래도 날 놀리는 모양이다.

"대부분의 사람들은 자기 정체를 숨기거나 하지 않는다."

내 명함을 들여다보며 그가 말했다.

"우리는 모두 그렇게 생각합니다. 그런 짓을 하는 건 사기꾼이거나 그 비슷한 사람들뿐이다. 평범한 사람이라면 결코 그러지 않는다. 하지만 현실적으로는 평범한 사람이 아무렇지도 않게 그런 짓을 하는 경우도 있습니다."

나는 장인의 말을 떠올렸다. 이력서를 거짓으로 적는 사람은 얼마든지 있어. 하지만 기타미 씨가 이야기하는 것은 그와는 좀 다른 의미 같았다.

"겐다 씨의 경우는―좀 심한 표현이 될지 모르지만, 평범하다고는 할 수 없지 않을까요."

"아뇨, 평범합니다. 요즘 세상의 아주 평범한, 정직한 젊은 여성입니다. 너무 정직하다고 해도 좋을 정도죠."

이어서 어느 역으로 왔느냐, 혹시 차를 가지고 왔느냐고 묻기에 이제 대화를 마무리하려는 거라는 사실을 깨달았다. 나는 길은 안다고 대답하고 문을 나섰다.

올 때보다 날이 흐려, 약간 어두워진 계단을 내려왔다.

건물 사이를 지나는 보도를 걷다가 아까 기타미 씨 집에서 만났던 여고생이 공원에 있는 그네에 걸터앉아 있는 것을 보았다. '미치'라고 불리는 소녀였다. 가슴에 달린 리본 색으로 알 수 있었다. 발아래 구두를 벗어 두고 혼자 있다. 친구의 모습은 보이지 않는다.

소녀는 고개를 숙이고 있었다.

게다가 울고 있다. 눈물이 교복 체크무늬 스커트 위에 뚝뚝 떨어졌다.

공원 옆에서 나는 걸음을 멈췄다. '미치'는 나를 등지고 이 미터 정도밖에 떨어지지 않은 거리에 있었다.

난처했다.

무슨 일이 있었는지 모르지만 나하고는 관계없는 일이다. 지나쳐 버리면 된다.

하지만 차마 그럴 수가 없다. '미치'는 어깨를 떨며 울고 있었다.

"저어……."

그야말로 요령 없이 말을 걸었다.

"너 아까 기타미 씨 집에서 만났던 애로구나."

미치는 고개를 숙인 채 뒤돌아보지 않았다.

"기타미 씨에게 무슨 상담을 하러 왔는지도 모르고, 그래서 이 거 공연한 참견이겠지만, 이런 곳에 혼자 있으면 안 돼. 이제 해가 질 거야."

요즘 가을은 오히려 한겨울보다 해가 짧다. 실제로 이 조그마한 어린이 공원은 회색 블록을 쌓아올린 듯한 건물이 드리우는 그림 자에 덮여 있었다.

미치는 고개를 푹 숙이고 다시 오른손을 들어 얼굴을 눌렀다. 눈가를 닦고 있다.

그럼 어서 들어가라, 라고 어설프게 말하고 나는 그 자리를 떠나려 했다.

그때 '미치'의 몸이 훌쩍 옆으로 쓰러지며 그네에서 떨어졌다.

나는 화들짝 놀랐다. 그네 옆으로 달려가, "얘, 얘" 하고 부르며 미치를 안아 일으켰다. 눈을 감은 얼굴이 창백했다. 얼굴과 머리카락에는 모래가 묻어 있었다. 얼른 맥을 짚어 보려고 잡은 손목이 싸늘했다.

누군가가 달려오는 소리가 들렸다. 고개를 들어보니 기타미 씨였다. 샌들을 신고 달려오고 있다. 똑바로 내 옆까지 오더니 미치 옆에 쭈그리고 앉는다.

"얘, 애야" 하고 불렀다. 소녀는 반응이 없었다. 축 늘어져 있다.

"구급차를 부릅시다." 나는 휴대전화를 꺼냈다. "여기 단지 이름이 뭐죠?"

"미나미아오야마 제3주택이라면 알 겁니다."

내가 전화를 거는 동안 기타미 씨는 소녀를 지켜 주듯 끌어안고 있었다. 자칫 실수로 떨어뜨려 망가져 버린 인형—자기 것은 아니지만 누군가가 소중하게 여기는—을 집어 들고 돌이킬 수 없는 실수 때문에 겁먹은 사내아이처럼 보였다.

4

"자기는 구급차를 함께 타고 가지 않았어?" 아내가 물었다.

나는 젓가락을 쥔 손으로 스스로를 가리켰다. "타고 갔으면 지금 여기 없지."

미치를 태운 구급차에는 기타미 씨가 올라탔다. 나는 거기까지 지켜보고, 역으로 향했다.

"구, 급, 차?" 모모코가 입을 열었다. "아빠, 구급차를 탔어?"

"타지 않았어. 아빠는 튼튼해."

"모모코, 똑바로 앉아서 밥 먹어." 아내가 한마디 했다. "아빠와 엄마는 중요한 이야기를 하고 있는 거야. 좀 조용히 해 줘."

네, 하고 내 딸이 대답했다. 아내의 가정교육은 무척 엄하다.

"그럼 그대로 집에 온 거네."

"물론이지. 걱정이 됐지만 어쩔 수가 없으니까."

그렇게까지 참견할 사이도 아니고 말이야, 하고 덧붙였다.

"그래. 그 말이 듣고 싶었어."

그제야 깨달았지만, 아내는 내게 약간 화가 나 있는 모양이었다.

"자긴 모르는 사람 일에 너무 끼어들어. 그 여고생에게도 처음부터 말을 걸지 말고 지나치는 게 나았다고 생각해, 난."

"그건 나도 그렇게 생각해."

다만 그냥 지나치기에는 찜찜한 느낌이 들었다.

"어떻게 된 여자앤지 이해가 안 돼. 남자 어른 혼자 있는 집에 태연히 찾아가다니."

"혼자가 아니었어. 친구와 둘이 왔었지."

"그래도." 아내는 뿌루퉁해졌다. "상식적인 행동이라고는 생각할 수 없어. 아니면 내가 요즘 여고생에게 편견을 갖고 있는 걸까?"

"약간은." 내가 대답했다. "하지만 당신이 하는 말은 잘 알겠어. 앞으로 공연한 참견은 하지 않을게."

아내의 기분이 풀리기까지는 그 뒤로 십오 분가량 걸렸다. 그 시간은 결국 내가 아내의 입에서 새집 리폼 계획에 대한 진척 상황과 이사 준비에 관한 화제를 끄집어내기까지 걸린 시간이기도 했다.

나는 이 시점에서는 정말로 기타미 씨나 미치를 다시 만날 일이 없으리라 믿었다. 그럴 기회도 없을 거라고 생각했다.

그보다 겐다 이즈미 쪽이 문제다. 애당초 그게 본론이었다.

이튿날, 이번에는 오후가 되어 겐다의 휴대전화로 걸어 보았다. 본인이 받았다.

나는 이름을 대고, 용건을 이야기하려 했다. 그녀는 들어 주지 않았다.

"그 문제라면 변호사와 의논할 거예요."

"편지에 적었던 내용 말인가요?"

"당연하죠."

오늘도 화창한 날씨지만, 그녀의 마음에는 여전히 폭풍이 몰아치고 있는 모양이다.

"그런 일들이 정말로 일어났다고 주장할 생각인가요?"

"편지 도착했죠?"

"분명히 받았어요."

"그렇다면 왜 회장 비서라거나 고문 변호사가 나오지 않는 거죠? 왜 스기무라 씨죠? 날 얕보고 있는 거겠죠. 그게 문제라는 거예요."

앙칼진 말투로 빠르게 쏘아붙였다. 겐다는 언제나 그랬다. 일단 자기가 화를 내며 말을 한다. 말을 하면서 혼자 열을 받아 더 화를 낸다. 이런 악순환이 질주하는 자동차 바퀴 같은 속도로 돌아가기 때문에 주변 사람들이 '어어어' 하는 사이에 화는 머리꼭지까지 치솟는다. 그리고 사람들은 일방적으로 그녀가 쏟아내는 말을 듣는 것이다.

"어쨌든 저는 변호사로부터 여러 가지 도움말을 듣고 있어요. 정식으로 재판을 걸 때까지는 그쪽 사람들과 일체 이야기하지 말라더군요."

전화는 끊어졌다. 이쪽도 법무 담당 부서가 나설 가능성이 있다고, 냄새를 풍기는 방법도 있다는 충고해 준 것은 누구였던가. 회장님, 저는 그럴 틈을 얻지 못했습니다.

뭐 그렇지만 정말로 겐다 이즈미가 변호사를 고용한 상태라면 오히려 이야기가 쉽다. 적어도 그 변호사는 그녀보다 차분하게 대화를 할 수 있는 인물일 테니까.

그걸 기다리기로 했다. 아무런 대꾸도 하지 못했던 게 답답했다. 그녀의 경력이 순 거짓이며 지금까지도 여러 번 트러블을 일으켰다는 사실을 이쪽이 다 알고 있다고 들이대지 못한 것도 한심하다. 그렇다고 해서 전화를 다시 걸어 봤자 또 같은 꼴을 당할 뿐이리라. 그러기는 정말 싫다.

나는 일상 업무로 돌아갔다.

그로부터 사흘 뒤 오후, 갑자기 후루야 아키코라는 여자로부터 전화가 왔다. 순간 겐다 이즈미가 고용한 여자 변호사인 줄 알았다. 그래서 상대가 이야기를 꺼냈을 때 그만 기운이 빠졌다.

"기타미 이치로라는 분에게 소개를 받아 연락드립니다. 저는 후루야 아키코라고 하고, 후루야 미치카의 어미입니다. 지난번에는 미치카가 폐를 끼쳤습니다."

매우 또랑또랑하고 명료한 말투라 오히려 바로 알아들을 수가 없었다. 낭비 없는 설명 가운데 처음 듣는 이름이 둘이나 있었다. '기타미 이치로'도 겨우 지난주에 알게 된 이름이다.

"후루야 씨라고요?"

"예. 지난 목요일에 우리 미치카가 기타미 씨 댁에 갔다가 몸이 좋지 않아졌죠. 그때 스기무라 씨에게 신세를 졌다고."

아아, 그. 나는 큰 목소리를 냈다. 편집부원들이 무슨 일인가 싶어 나를 보았다. 아무 일도 아니야, 아무 일도 아니야, 하며 나는 손을 저었다.

"그랬습니까? 그 여학생 이름이 미치카로군요."

미치카. '미치'다.

"예. 정말로 죄송합니다."

"무슨 말씀을. 폐 같은 건 없었습니다. 그보다 따님은 좀 어떻습니까?"

"덕분에, 큰일은 없었습니다. 병원에서 링거를 맞고 바로 괜찮아졌습니다."

"아아, 그거 다행이군요. 큰 병은 아니었군요."

"예. 그냥 영양실조였습니다."

잠깐 대꾸할 말을 찾지 못했다. 감기도 아니고 빈혈도 아닌,

"영양실조―라고요?"

"예. 좀 사정이 있어서 그 애가 요즘 제대로 식사를 하지 않았습니다. 저도 걱정하고 있었는데 말을 듣지 않고. 그러다 보니 외출했다가 그런 소동을 일으키고 말았습니다."

매우 간단명료한 비즈니스 말투로 이야기했다. 걱정하는 어머니라기보다는 고객에게 업무상의 실수에 대해 해명하는 사원 같은 느낌이 들었다.

"시간을 빼앗기는 송구스럽지만, 딸아이와 함께 찾아뵙고 제대

로 감사 인사와 사과를 드리고 싶습니다. 시간이 어떠신지요?"

아닙니다, 신경 쓰지 마세요. 라고 했다.

하지만 상대방은 물러서지 않았다. 이 목소리와 말투로 미루어 보면 예의 바른 여성일 것이다. 딸에게도 예절을 엄격하게 가르칠 거라는 생각이 들었다.

결국 만나기로 했다. 약간 흥미가 끌렸기 때문이기도 하다.

지금 바로 찾아뵐 수도 있습니다. 후루야 아키코가 말했다. 그렇다면 일찍 뵙는 편이 낫겠다면서, 나는 오후 두시에 이 건물 일층에 있는 커피숍 '스이렌'에서 만나자고 했다. 그녀는 또박또박 고맙다는 말을 하고 전화를 끊었다.

옆에 있는 컴퓨터 앞에서 가사이가 키보드를 두드리고 있기에 내가 작은 목소리로 물었다.

"요즘 여자애들이 영양실조가 된다는 게 어떤 경우일까?"

그는 화면에서 눈길을 떼지 않고 바로 대답했다.

"섭식장애군요."

"거식증 같은 건가?"

"그렇죠. 하지만 그건 대개 거식과 과식 증세가 번갈아 온다던 가 하던데."

마우스를 움직이는 손길을 멈추고 얼른 나를 보았다.

"설마 따님이?"

"아냐, 아냐. 우리 애는 아직 유치원생인걸."

"그렇겠죠. 하지만 요즘은 초등학교 고학생 정도에서도 일어나는 경우가 있답니다."

걱정스러운 일이다.

'스이렌'은 단골 가게다. 커피도 맛있고, 가벼운 식사도 맛있다. 점심시간에는 전화 당번을 자청하고 한시부터 점심시간을 쓰기로 해 클럽하우스 샌드위치로 끼니를 때웠다. 두시에 여기서 손님을 만나니 안쪽 박스석을 부탁한다고 마스터에게 말하자, "손님이 여자분?" 하고 물었다.

"그런데요."

"그럼 미인이겠군. 스기무라 씨는 여복이 있으니까."

마스터는 입을 다물고 있으면 일류 호텔 지배인처럼 보이는 신사지만, 입을 열면 걸걸한 아저씨가 되어 버린다.

"좀 된 일이지만 전에 같은 박스석에서 미인과 자주 만났었잖아? 미인이 두 사람 번갈아 와서."

거의 일 년 전의 일—가지타 자매 이야기를 하는 모양이다. 내겐 쓸쓸한 추억이다.

그러고 보니 분명히 그 자매들과도 박스석에서 만났다.

"오늘 만날 사람은 모녀 두 명입니다."

"그것도 좋지."

마스터는 묘한 오산을 하고 있다.

혼자 점심 식사를 하는 데 걸리는 시간은 빠르다. 두시까지의 시간을 '스이렌'에 비치해 둔 각종 신문을 꼼꼼하게 읽으며 보냈다. 《도쿄신문》 생활면에서 '입시'에 관한 특집 기사를 발견해, 특히 열심히 읽었다. 역시 면접에서는 입시를 치르는 어린이보다 오히려 부모의 사람됨이나 태도가 중시되는 모양이다.

펼친 지면 위에 불쑥 마스터의 그림자가 드리워져 나는 고개를 들었다.

"약속하신 손님."

마스터는 자기 뒤에 있는 키가 큰 여자에게 길을 열어 주었다. 여자가 깍듯한 태도로 내게 고개를 숙였다. 그러자 그 여자 뒤에 가려 보이지 않던 미치―후루야 미치카의 모습이 드러났다. 오늘은 사복 차림이지만 표정은 그 어린이 공원에서 보았을 때와 마찬가지로 어두웠다.

나는 얼른 신문을 접고 자리에서 일어나 고개를 숙였다. 키 큰 여자는 반걸음 뒤로 물러나 나보다 훨씬 우아하게 다시 인사를 했다.

"전화를 드렸던 후루야 아키코입니다. 갑작스레 부탁을 드렸는데 시간을 내 주셔서 감사합니다."

그 또랑또랑했던 전화의 주인은 실제 목소리도 시원시원했다. 귀가 고스란히 드러나는 쇼트커트 머리. 올해 유행인 날렵한 트위드 정장과 검은 펌프스. 상당히 길이 잘 든 검은 숄더백은 B4 사이즈 파일이 들어갈 크기다. 얼핏 보기에 '일하는 여성'이며, 유능해 보였다. 마흔 살쯤 되었을까.

"스기무라입니다. 오히려 제가 죄송합니다."

내가 모녀에게 의자를 권하자 어머니는 딸을 창가 쪽 자리에 앉히고, 자기는 그 옆자리에 자연스럽게 걸터앉았다. 물 흐르듯 아름다운 동작이었다. 고등학생 딸은 앉자마자 바로 눈길을 창밖으로 돌렸다. 눈이 부신 모양이다.

마스터가 차가운 물을 가져왔다가 후루야 미치카를 보고 말했다.

"아아, 눈이 부시겠네. 차양을 내리죠."

부드럽게 말했다. 그러자 미치카가 재빨리 눈동자를 움직여 그를 올려다보며 바로 말했다.

"괜찮아요. 이대로도."

내가 처음으로 들은 미치카의 목소리였다.

한동안은 후루야 아키코가 혼자 이야기했다. 나는 그녀의 정중한 사과와 고맙다는 인사를 열심히 들었다. 그렇게까지 사과를 받아야 할 만한 일이 있었던 것도 아니고, 그렇게 감사하다는 이야기를 들어야 할 만한 일도 하지 않았지만 그녀의 말투에는 진심이 담겨 있어 듣기 좋았다.

그녀가 내민 명함을 보니 후루야 아키코는 트와멜 라이츠라고 하는 외자계 증권회사 사원이며 같은 회사의 파이낸셜 플래너로 세컨드 매니지먼트라고 하는 부서에 소속되어 있었다. 결국 이 듣기 좋은 목소리와 말투의 반쯤은 타고난 것이지만, 반가량은 직업 덕분이기도 하리라.

이야기를 하는 후루야 아키코는 이따금 눈길을 돌려 옆에 말없이 앉아 있는 딸의 옆모습을 보곤 했다. 미치카는 어머니의 시선은 전혀 신경 쓰지 않았다. 눈부신 표정을 지우고 다시 고개를 숙이고 있었다.

"그래도 건강해져서 다행이네."

화제를 바꾸려고 나는 될 수 있으면 활짝 웃는 표정을 지으며 미치카에게 말을 건넸다.

"그땐 정말 놀랐어. 정신이 하나도 없었지."

죄송합니다, 라고 어머니가 다시 고개를 숙였다. 그 옆에서 미치카는 그저 고개를 숙이고 있을 뿐이다.

"기타미 씨가 달려와 주지 않았다면 나 혼자선 허둥대기만 했을 거야. 그 뒤에 기타미 씨는 만났니?"

미치카에게 말을 거는데 대답하는 사람은 어머니 쪽이다.

"바로 어제 인사를 드리러 찾아뵈었습니다. 그날 병원에서 만났을 때는 저도 당황해서 제대로 인사도 드리지 못해서요."

"아, 하지만 그것도 무리가 아니죠. 어머니께서 당황하시는 게 당연합니다. 미치카는 기타미 씨하고 이야기했니?"

그날 미치카가 기타미 씨에게 뭔가 의뢰를 했지만 거절당한 뒤에 혼자 울고 있었다—그 일이 나는 마음에 걸렸다. 미치카가 '제대로 식사를 하지 않아' 영양실조에 걸렸다는 사실도 그 '의뢰'와 뭔가 관계가 있을 것 같은 기분이 들었다.

또 어머니가 대답했다. "아뇨, 어제는 저만 들렀습니다. 기타미 씨가 시간이 없어서."

"아아, 그러셨습니까? 저도 기타미 씨하고는 그 뒤로 만나지 못했는데ㅡ."

"정말 친절한 분이시죠."

후루야 아키코는 단정하게 웃으며 고개를 끄덕였다. 나는 가로
막힌 기분이 들었다. 예, 기타미 씨는 정말 좋은 분입니다. 그 이
상은 할 이야기가 없네요.

한편 미치카는 여전히 말이 없었다.

흔히 볼 수 있는, 간섭이 지나친 어머니라는 생각이 들었다. 하
지만 이내 그런 경우와는 좀 다르다는 사실을 깨달았다. 왜냐하
면 아키코는 딸에게 던진 질문을 가로채 대답한 뒤에 딸에게 '그렇
지?'라고 확인을 하지 않았기 때문이다. 자기가 하고 싶은 말을 할
뿐이다. 또한 미치카는 미치카대로 어머니가 멋대로 대답하는 걸
묵살하고 있었다. 피차 뻔히 알면서 서로를 무시하는 듯했다.

마스터가 우리 자리로 다가와 내게 눈짓을 했다.

"스기무라 씨, 전화."

두 사람에게 잠깐 실례하겠다고 하고, 나는 마스터의 뒤를 따라
갔다. 이 가게의 전화는 카운터 안쪽에 있다. 하지만 카운터 안쪽
으로 들어가니 수화기는 전화 위에 얹어져 있었다.

생각해 보니 아내건 부서 사람들이건 내게 볼일이 있을 때 이리
전화를 해 온 적은 없었다. 휴대전화라는 게 있으니까.

마스터는 내 옷자락을 잡아끌고 후루야 모녀가 보이지 않도록,
커피 원두 깡통 진열대 뒤로 들어갔다. 그러더니 목소리를 죽였
다.

"스기무라 씨, 저 사람이 누군지 몰라?"

"누군데요?"

아, 역시 모르는군, 하며 마스터는 긴장한 표정을 지었다.

"나도 목소리밖에 듣지 못했지만 틀림없을 거야. 그 기자 회견은 뉴스에서 자주 봤으니까."

"기자 회견?"

무슨 소릴 하는 걸까.

"저 사람 혹시 후루야 씨 아니야? 옛 고古자에 옥상이라고 할 때의 옥屋자를 쓰는."

"예, 맞아요."

"아아, 그럼 진짜구나."

마스터는 두툼한 손바닥으로 내 어깨를 툭툭 쳤다.

"아니, 기억나지 않아? 그 청산가리 사건 말이야. 무차별적으로 몇 사람이나 죽었잖아. 후루야 씨란 사람도 그 피해자 가운데 한 명이야."

나는 눈이 휘둥그레졌다.

"자, 잠깐만요."

마스터는 기다려 주지 않았다. "후루야 씨 건은 말이야, 분명히 9월 중순이었을 거야. 며칠이었더라. 날짜까지는 까먹었지만. 개를 산책 데리고 나갔다가 편의점에서 우롱차든가 우유든가를 사 먹고 길에 쓰러졌지."

"그럼 그 우롱차에 청산가리가?"

"그래. 스기무라 씨, 설마 정말로 그 사건에 대해 아무것도 모르는 건 아니겠지? 한때 텔레비전이면 어느 뉴스에서나 그 문제를 다뤘어."

일련의 청산가리 무차별 살인 사건이라면 물론 나도 알고 있다. 첫 사건은 초봄에 일어났을 것이다. 그 뒤로 한 달, 아니 한 달 반 정도 지났을 때였나? 두 번째 사건이 일어나고, 세 번째 사건이 일어나 또 희생자가 나왔다. 그 뒤—.

기억이 애매했다. 요즘에는 이 일련의 사건에 관한 보도를 신문이나 뉴스에서 본 적조차 없었다. 해결되었다는 보도가 있었던 건 아니니 수사가 진행되고 있을 테지만.

"하지만 후루야 씨는 저기 멀쩡하게 살아 있잖아요."

마스터는 눈을 부릅떴다. "저 사람이 청산가리를 마시고 죽은 사람이라는 게 아니야. 저 키 큰 미인은 유족이지. 죽은 사람의 딸."

"아, 예에."

"사건이 일어났을 때 저 사람 기자회견에 나왔어. 난 그걸 봤지. 물론 텔레비전으로. 얼굴이 나오지는 않았지만, 목소리는 음성 변조를 하지 않았지. 저 사람 약간 허스키하면서 듣기 좋은 목소리지?"

그러고 보니 그런 것 같기도 하다.

"귀에 익었어. 古屋이라고 쓰고 후루야라고 읽는 성씨는 드물지."

몇 차례 고개를 끄덕이고 나는 마스터의 얼굴을 바라보았다.

"그건 알지만. 그래, 무슨 일입니까?"

"무슨 일이냐니?"

"아니, 그러니까 나는."

마스터는 또 내 어깨를 탁 쳤다.

"뭘 그래, 스기무라 씨. 잘하라고. 작년엔 혼자서 뺑소니 사고를 멋지게 해결했잖아?"

나는 무척 당황했다. "무슨 소리예요? 뭔가 오해하셨네요."

"오해라니, 회장의 운전기사 뺑소니 살인범을 잡았잖아, 스기무라 씨가."

마스터는 그룹 홍보실이 이 낡은 삼 층 건물 안에 생기기 이전부터 여기 입주해 장사를 하고 있다. 통산 십이 년이라니 어엿한 선배다. 가게 이름은 몇 번인가 바뀌었고, 그때마다 영업 내용도 조금씩 바뀌기는 했지만 기본적으로는 커피와 가벼운 식사를 할 수 있는 가게다. 무얼 하건 평판이 좋아 손님이 많았다. 그러니 이따금 하는 리뉴얼은 순전히 주인의 기분 전환을 위한 것이리라.

서비스업을 한곳에서 오래 하다 보면 나름대로 인맥이 생긴다. 결과적으로 마스터는 앉아서도 이마다 콘체른이란 기업과 그 주변에 관한 정보에 빠삭해졌다. 나는 전혀 모르는 본사 인사이동의 자세한 내용이나 거래처와의 트러블에 관해서도 마스터는 아주 잘 알고 있어 놀란 일이 몇 번이나 있었다.

그렇긴 해도 마스터가 파악한 정보는 역시 유동적이고 소문이 중심이기 때문에 아무래도 세부 내용은 부정확한 경우가 있다. 지금 한 이야기가 바로 그 전형적인 사례다.

"저는 형사도 탐정도 아니니 뺑소니 사고를 해결한 게 아니에요."

"어라, 그래? 난 범인을 검거한 건 스기무라 씨의 공로라고 들었는데."

"누가 그런 소리를 했는지 모르지만 그렇지 않아요. 전 한 게 없습니다. 뺑소니 사건은 다 경찰이 수사해서 해결한 겁니다. 그리고 뺑소니, 뺑소니 하는데 그건 과장이구요. 자전거였으니까요."

마스터는 약간 머쓱했던 모양이다.

"바퀴가 네 개건 두 개건 뺑소니는 뺑소니지. 자전거도 사람을 치면 크게 다친다니까."

"알고 있어요. 저도 치인 적이 있으니까."

"어, 그래? 용케 무사했네."

문이 열리고 남녀가 섞인 여러 명의 손님이 우르르 들어왔다. 나이 들고 점잖은 신사 숙녀들이다. 이 근처에는 유명한 은행가가 수집한 미술품을 전시하는 개인 미술관이 있기 때문에 낮에는 이런 손님들이 자주 온다. 마스터는 고개를 내밀고 붙임성 있게 "어서 오십시오" 하고 인사를 던졌다.

"지금 한 이야기, 누구한테 들었습니까?"

"텔레비전 기자 회견이라니까."

"그게 아니라, 뺑소니 사고 이야기 말입니다. 우리 편집장입니까?"

소노다 편집장은 이 집 멕시칸 필라프를 좋아한다.

"까먹었어. 예, 예. 지금 갑니다."

메뉴판을 들고 새로 들어온 손님들이 앉은 테이블로 가 버렸다.

할 수 없다. 나는 카운터에서 나와 내 자리로 돌아갔다. 이쪽을 등지고 앉아 있는 후루야 모녀가 보였다. 미치카는 여전히 고개를 숙이고 있고, 어머니는 약간 고개를 기울인 자세였다. 단둘이 있어도 역시 이야기는 하지 않는 모양이다.

나는 난처했다. 지금 들은 확실치 않은 정보를 얼굴에 드러내서는 안 되고, 그렇다고 해서 어디 치워 놓아야 할지도 모르겠다.

"실례했습니다."

내 자리에 앉았다. 일단 식은 커피를 마셨다. 후루야 아키코는 고개를 약간 기울인 채로 내 얼굴을 보았다.

"죄송합니다. 말씀하시는 중에."

나는 애써 웃음을 지어 보였다.

"그러니까. 아, 그렇지. 기타미 씨 말입니다. 실은 저는 그날 처음 만나러 갔던 겁니다. 업무 때문에 소개를 해 주신 분이 계셔서."

"먼저 미치카가 가 있었다고 하더군요."

"그렇습니다."

나는 또 커피를 마셨다. 너무 불편한 자리였다.

그러자 후루야 아키코가 살짝 웃었다.

"저어, 혹시," 고개를 똑바로 세우고 나를 똑바로 바라보았다.

"저희에 대해서 아시는 거죠. 이 가게 주인이 눈치를 챘다던가 해서."

급소를 찔렸다. 하지만 고개를 끄덕이거나 대답을 하기도 전에, 나도 모르게 미치카의 눈치를 살폈다. 그녀는 꼼짝도 하지 않았다. 마치 조각처럼 가을 햇살을 받으며 고개를 숙이고 있다.

"아…… 예."

어정쩡한 목소리로 대답했다.

후루야 아키코는 후우, 하고 크게 숨을 토했다. 입가에 웃음을 지었다.

"역시 기자 회견 같은 건 하지 말았어야 하는 건데. 직장 상사가 권했습니다. 매스컴을 불러서 한번 제대로 회견을 해라. 그 대신 다음에는 취재를 거절해라. 집이나 학교까지 따라다니지 말라고 거래를 해라. 이러더군요. 그쪽에선 그런 드라이한 방식도 통할 테지만―."

그녀가 근무하는 트와멜 라이츠는 미국 자본이 들어와 세운 회사다. 상사는 그쪽 사람일 것이다.

"죄송합니다." 나는 사과했다.

"아뇨, 아뇨. 괜찮습니다."

후루야 아키코는 살짝 손가락을 저었다. 그 제스처가 무척 이국적이었다. 하지만 잘 어울린다. 그녀의 멋진 자세, 또랑또랑한 말투와 행동거지에서 아름다움과 함께 보기 드문 뭔가를 느끼던 나는 겨우 납득이 갔다. 분명히 영어에도 능통할 이 여성은 일본에 있으면서도 영어권 문화에 익숙한 비즈니스 우먼이란 사실을.

"청산가리 사건으로 돌아가신 분은 제 아버지입니다. 후루야 아키토시라고 합니다."

그제야 이 가게에 들어온 뒤 처음으로 측은하다는 듯이 부드러운 눈빛으로 옆에 있는 딸을 바라보았다.

"미치카의 할아버지죠. 아주…… 좋은 분이셨습니다."

나는 자세를 가다듬고 고개를 숙였다. "뭐라 위로의 말씀을 드려야 할지 모르겠지만 정말 슬픈 일을 당하셨습니다."

"감사합니다."

그녀는 미치카로부터 시선을 거두지 않고 부드러운 목소리로 대답했다.

"아무리 한탄하고 화를 내도 아버지는 돌아오시지 않겠죠. 열심히 사는 수밖에 없지만,"

그녀의 눈길과 계속해서 잔뜩 고집스럽게 고개를 숙이고 있는 미치카를 번갈아 바라보다 보니 다음에 나올 말이 예상되었다.

'하지만 그게 쉬운 일이 아닙니다.'

불쑥 미치카가 일어섰다. 테이블 위에 있던 찻잔과 물컵이 흔들렸다.

"나 갈래."

거칠게 어머니를 밀치고 나가려 했다.

"미치카!"

"먼저 갈래! 비켜."

나는 당황했다. "아, 잠깐만. 그게 아니라."

자칫 잘못해 미치카의 몸에 손이 닿으면 안 되기에, 나는 허둥지둥 손을 저었다.

"저는 그게, 이런 괴로운 이야기를 재미삼아 물어볼 생각 같은 건 없어요. 제가 뭐 대단한 일을 한 것도 아닌데, 일부러 이렇게 찾아와 주셔서 오히려 죄송합니다. 감사합니다."

그리고 후루야 아키코의 눈을 보며 "어서요—"하고, 딸을 따라 가라고 재촉했다. 자기 어머니를 밀치고 통로로 나간 미치카는 뒤도 돌아보지 않고 뛰듯이 나가 버렸다.

후루야 아키코가 뒤를 따라 달려갔다. 펌프스 굽이 바닥을 때리는 소리가 나고, 문이 요란하게 열렸다 닫혔다. 나는 우두커니 선 채로 두 사람을 배웅하고 철퍼덕 자리에 앉았다.

마스터도 카운터 안쪽에서 몸을 내밀고 그 광경을 지켜보고 있었다. 내가 혼자 남자 당장이라도 뛰쳐나올 듯이 카운터에 손을 짚었지만, 어찌 된 영문인지 바로 다시 몸을 돌려 어색하게 잔을 닦기 시작했다.

나는 깜짝 놀랐다. 문이 열리더니 후루야 아키코가 통로를 걸어 왔다.

"실례했습니다."

짧게 사과하고, 내 맞은편에 앉았다. 나는 당황했다.

"저어, 따님은."

약간 어색한 웃음을 내게 지어 보였다.

"괜찮습니다. 저럴 때는 오히려 혼자 놔두는 편이 나은 것 같아서."

창 쪽을 바라보며 눈부시다는 표정을 지었다.

"스기무라 씨, 좀더 시간을 내 주실 수 있겠습니까?"

"예? 예, 저야 상관없지만."

"감사합니다."

그녀는 그제야 커피 잔에 손을 댔다. 전혀 손도 대지 않은 커피는 식어 있었다. 나는 손을 들어 마스터를 불렀다. 커피 두 잔. 마스터가 고개를 크게 끄덕였다.

"마침 잘됐다고 하면 어폐가 있겠지만."

잔을 내려놓고 후루야 아키코가 말했다.

"오늘 미치카를 데리고 올까 어쩔까 망설였습니다. 감사하다는 인사를 드리려면 그 애도 함께 와야 하지만, 실은 저―스기무라 씨에게 드리고 싶은 말씀이 있어서요. 그 이야기를 하기에는 미치카가 없는 편이 더 나아서."

마스터가 재빠르게 커피를 가져왔다. 얼른 테이블 위를 정돈하고, 새 컵을 내려놓았다. 차양도 반쯤 내렸다.

마스터가 가자 후루야 아키코는 말을 이었다.

"미치카는 쓰러지던 날 기타미 씨 댁에 계셨던 건가요?"

"그렇습니다만…… 어머니께선 자세한 내용을 모르시나 보죠?"

"미치카가 이야기해 주지 않았습니다. 그 때문인지 기타미 씨도 말하기 어려워하시는 것 같고."

　나는 내가 기타미 씨의 집을 방문한 이야기부터 어린이 공원에서 미치카가 쓰러질 때까지의 경위를 설명했다.

　후루야 아키코는 완벽하게 그린 눈썹을 살짝 찡그리고 중얼거렸다. "역시……."

　"역시?"

　"예, 아마 그러지 않았을까 하는 생각을 했습니다. 미치카와 함께 기타미 씨를 방문한 것은 기노라는 아이죠. 미치카와 같은 반입니다."

　"친한 친구인가요?"

　"예, 뭐."

　씁쓸한 대답이었다. 어머니 처지에서는 환영할 만한 친구는 아니라는 뉘앙스였다.

　"기노는 그 단지에 삽니다."

　"아아, 그래서."

　기타미 씨가 내게 두 여고생을 가리켜 '근처에 사는 애다'라고 했었다.

　"저는 처음부터 반대했고, 미치카에게도 단단히 일러두었는데 역시 기노에게 부탁해서 함께 간 거로군요. 그 애는 병원에서 기노 이야기는 꺼내지도 않았죠."

　씁쓸함을 넘어서 노기가 담겨 있었다.

　"기타미 씨라는 분은 무슨 조사원 같은 걸 하고 계신다면서요?"

무슨 조사원, 이란 말에 약간 가시가 돋아 있다.

"그런 모양입니다. 저도 그날 처음 만난 거라 자세한 내용은 모르지만요."

"그렇지만 스기무라 씨는 업무 때문에 들르셨잖아요. 그건 이마다 콘체른 업무겠죠?"

나는 쓴웃음을 지었다. "그렇기는 하지만 본사와는 아무 관계가 없습니다. 우리 쪽에서 고용한—우리라는 건 제가 소속된 그룹 홍보실이란 의미죠—아르바이트 사원의 경력 문제로 알아보러 갔을 뿐입니다."

어머, 하며 후루야 아키코는 눈을 크게 떴다.

"그래요? 아아, 그렇다면."

이제야 알겠다는 표정이었다.

남녀 불문하고 회사라는 조직에 속해 있는 사람들은 개인을 판단할 때도 그 사람이 어떤 조직과 관계를 맺고 있는가 하는 요소를 유난히 중요하게 여긴다. 후루야 아키코도 그렇다.

그녀 처지에서 보면 개인영업을 하는 '무슨 조사원'인 기타미 이치로란 사람은 그만큼 충분하고도 넘칠 정도로 미심쩍다. 그래서 미치카가 친구 소개를 받아 그에게 뭔가 의뢰하려는 걸 호되게 꾸짖으며 말렸다. 하지만 미치카의 기절 소동이 일어나서, 기타미 이치로란 인물이 이마다 콘체른이란 대기업 일을 맡고 있는 모양이라는 새로운 사실이 드러났다. 그걸 어떻게 해석해야 할지 내내 곤란했으리라. 경우에 따라서는 기타미 이치로란 사람에 대한 채

점을 다시 하지 않으면 안 될지도 모른다.

"그럼 스기무라 씨도 당연히 기타미 씨가 어떤 사람인지는 모르시겠군요."

"예, 뭐 그런 셈이죠."

"그 조사는 끝났습니까?"

"예, 일은 마쳤습니다."

"그럼 앞으로 뭔가 의뢰하실 일은?"

"없겠죠."

후루야 아키코는 고개를 크게 두 번 끄덕였다. 그 동작 안에서 그녀가 '기타미 이치로'란 인물을 둘둘 말아 쓰레기통에 휙 버리는 모습이 보이는 듯했다.

결국 일부러 나를 찾아온 것도 그 문제를 확인하고 싶었기 때문이리라. 그 증거로, 갑자기 그녀는 일을 한 건 끝냈다는 듯이 이번엔 식기 전에 커피 잔으로 손을 뻗었다.

하지만 나는 그럴 수 없었다. 기타미 씨 집에서 마주쳤던 미치카의 얼굴, 어린이 공원에서 쓰러진 이유가 '식사를 제대로 하지 않아' 영양실조를 일으켰다는 이야기, 할아버지가 횡사했다는 사실을 두루 생각한다면—.

"꼬치꼬치 캐물을 생각은 없지만 말입니다."

이렇게 전제를 하고, 나는 천천히 말문을 열었다.

"기타미 씨 댁에서 만났을 때 미치카는 아주 진지하달까, 상당히 심각하게 생각하는 듯했습니다. 실제로 기타미 씨가 거절했는데도 그렇게 혼자서 공원에 남아 있었구요."

후루야 아키코의 눈매가 험상궂어졌다.

"그 애가 쓰러졌을 때 기노도 함께 있었겠죠?"

"아뇨, 그때 그 애는 없었습니다. 기타미 씨에게 거절당했을 때도 쉽사리 포기하지 않는 미치카를 기노가 달래 데리고 나갔습니다. 제게는 그렇게 보였습니다. 기노는 걱정하는 모습이었구요."

한 번밖에 만나지 않은 여학생이지만 감싸 줘야겠다는 생각이 들었다.

"미치카는 기노한테서 같은 단지에 사는 기타미 씨가 실력 있는 조사원이란 이야기를 듣고 뭔가를 의뢰하러 갔겠죠. 아아, 그래. 맞아."

나는 액트의 누마타 사장의 말을 떠올렸다. "제게 기타미 씨를 소개한 분은 그 사람이 사립탐정이라고 했습니다."

"사립탐정."

한쪽 눈썹을 치켜세웠다. 후루야 아키코가 반복했다. '뭔가 조사원'이라고 했을 때보다 가시가 더 늘었다.

"미치카는 무얼 의뢰하러 갔을까요?"

예를 들어 그렇게 물었다고 해도 그건 형식적인 질문이었다. 나는 그녀가 뭐라고 대답할지 알고 있었다. 후루야 아키코도 내가 알고 있다는 사실을 알고 있었다.

이 가게 커피는 평소 블랙으로 마시지 않는 사람이라도 앞으로는 블랙을 즐기고 싶어질 만큼 맛있다. 설탕이나 밀크를 넣기에는 아깝다는 생각이 들 정도다. 하지만 그 커피를 다 마시고 후루야 아키코가 한 대답에는 씁쓸함이 흘러넘쳤다.

"아버지 사건을 조사해 달라고 부탁했답니다."

그 이외에 다른 이유는 없으리라.

"미치카가 할아버지를 잃고 무척 상심한 모양이군요. 식사를 제대로 하지 못하는 것도 그게 원인 아닙니까?"

"예, 맞습니다."

후루야 아키코의 입에서 노여움과 피로에 찌든 한숨이 새어나왔다.

"사건이 나기 전까지는 건강한 우량아 같은 애였는데. 약간 통통한 편이었지만 다이어트한다, 다이어트한다 하면서도 꾸준히 하지 못했죠. 단 걸 너무 좋아해서."

지금 미치카는 마르지는 않았지만 도저히 다이어트를 해야 할 몸매로는 보이지 않았다.

"아버지가 돌아가시고 나서 두 달 만에 그 애는 팔 킬로그램이나 빠졌습니다. 한때는 아무것도 먹지 못했어요. 뭘 입에 넣으면 바로 토해 버리고. 그래도 최근 보름 정도는 겨우 좋아져서 하루 한 끼는 먹었습니다."

"그 나이 또래에는 그 정도론 부족하죠. 영양실조가 될 만도 하군요."

후루야 아키코는 눈을 내리깔았다. 약간 숙인 얼굴이 미치카와 무척 닮아 보였다.

"저는 회사에서 카운슬링을 받고 있습니다. 멘탈 케어가 전문인 계약 의사가 있어서요."

역시 외자계 기업다운 복리후생이다.

"아버지가 돌아가시고 나서 저 자신도 한때는 미칠 것 같았습니다. 잠도 오지 않고 먹을 수도 없고."

"무리도 아니죠. 이해가 갑니다."

감사합니다, 라고 말하는 후루야 아키코는 다시 평소 모습으로 돌아온 듯했다.

"제가 좀 괜찮아진 것은 카운슬링 덕분입니다. 뛰어난 의사 선생님이죠. 그래서 미치카도 진찰을 받아볼 수 없겠느냐고 상사에게 의논했더니 오케이를 해 주셨죠. 그런데 그 애는 병원에는 가지 않겠다고."

내게 필요한 건 의사가 아니야. 그건 엄마도 마찬가질 거야, 라며 미치카는 화를 내고 소리쳤다고 한다.

"그럼 뭐가 필요하다는 건가요?"

내 물음에 후루야 아키코는 숨을 멈췄다.

꾹 눌러 참듯이 허공을 바라보며 말했다.

"정의라고."

마음이 아프다.

"범인을 잡아 달라는 거로군요."

"빨리 잡아서 사형시키고 싶다고."

후루야 아키코는 고개를 저었다. 앞머리가 헝클어져 뺨으로 흘러내렸다.

"저도 똑같은 마음입니다. 하지만 아무리 기도해도 부질없는 기대라는 생각이 듭니다. 일본 경찰은 그런 사건을 해결해 낸 적이 없잖아요? 비슷한 독극물 사건은 전에도 있었지만 범인이 잡혔다는 이야기는 들어 본 적도 없고."

"수사 진행 상황은 어떻습니까? 아십니까?"

"거의 아무것도 가르쳐 주지 않습니다. 우린 유족인데 아무런 정보도 주지 않아요."

요즘은 경찰의 그런 비밀주의도 조금은 완화되었다는 이야기를 어디선가 읽은 기억이 있다. 하지만 그건 어디까지나 형식적으로 그렇다는 이야기지, 실제로는 그렇지 않다는 걸까?

"아니, 유족이기 때문에 더욱 알려 주지 않는지도 모르죠."

내가 그 의미를 물으려 하기도 전에 후루야 아키코는 입을 찡그리고 웃으며 말을 이었다.

"저는 용의자입니다. 지금도 그럴 겁니다."

"그게 무슨……."

"경찰 안에 제가 아버지를 죽인 게 아닌가 하고 의심하는 움직임이 있는 거죠."

나는 깜짝 놀라는 제스처를 취해 보였다.

"그런 말도 안 되는 소리가 어디 있습니까. 무차별 독살 사건인데."

"그러니까, 아버지 경우에는 무차별이 아니라는 해석을 하고 있는 거죠. 그 전에 일어난 사건에 편승해서 무차별 살인으로 보이게 해 제가 아버지를 죽였다고."

말없이 후루야 아키코의 얼굴을 바라보았다.

"정말 너무하죠?" 그녀는 미소를 지었다. 억지웃음이었지만 흐트러지지는 않았고, 화를 내는 것도 아니다. 그냥 지친 눈빛이었다. 미치카가 옆에 있을 때는 이런 눈빛을 보이지 않았다.

"사실대로 말씀드리면 저는 그 일련의 사건에 관해 자세한 내용은 잘 모릅니다."

나는 솔직하게 고백했다.

"신문이나 뉴스에서는 계속 동일범에 의한 연쇄 무차별 독살 사건이라고 보도되었던 걸로 기억합니다. 그 이외의 주장을 들은 적은 없습니다. 만약에 그런 가능성이 있다면 그건 그것대로 크게 보도되었을 텐데……."

후루야 아키코는 고개를 끄덕였다. "스기무라 씨 말씀이 맞습니다. 요즘은 거의 뉴스로 다루지도 않잖아요? 그래서 다행이긴 합니다만. 아버지를 살해한 혐의를 받고 있다는 기사가 나왔으면 어떻게 되었을까요? 끔찍해요. 하지만 경찰이 저를 의심하고 있다는 건 사실입니다. 미치카는 꼬치꼬치 캐묻기도 했고요."

다시, 마치 외국인처럼 자연스럽게 어깨를 움츠리더니,

"저도 아버지가 그런 일을 당하기까지는 이전의 사건들에 대해 별로 신경을 쓰지 않았습니다. 세 건 모두 도쿄에서 일어난 건 아니었고."

"그랬죠."

"예. 첫 사건이 사이타마 시였고, 그다음은 요코하마였어요. 세 번째 사건은 또 사이타마. 마지막 사건과 세 번째 사건은 거리적으로도 가까운 곳에서 일어났습니다. 아, 그래서."

목소리를 낮췄다.

"여러 가지 질문 공세를 받았을 때, 저도 좀 눈치를 보았습니다. 그때 느낌으로는 경찰이 두 번째 사건도 의심하는 눈치였습니다. 그 사건은 별도의 사건이라고. 아무래도 돌아가신 분 주변 사람이 한 짓이라고 생각하는 모양이더군요."

첫 사건에 편승해서 저지른 범죄라는 건가?

"그래서, 뭐라고 합니까, 수사본부? 그것도 완전히 제각각 활동하고 있는 것 같더군요. 물론 어디까지나 제 느낌이지만요."

사건의 중심에 있는 사람의 관측이다. 전혀 근거 없는 생각이라고는 할 수 없으리라.

"그런 상황 때문에 초조해진 미치카가 탐정을 고용할 생각을 했군요."

"어린애죠."

말과는 달리 후루야 아키코의 말투는 부드러웠다. 딸의 분노와 초조한 심정을 이 사람은 정확하게 이해하고 있다는 이야기다.

"뭐니 뭐니 해도 경찰 같은 큰 조직이 하지 못하는 일을 개인이 무슨 수로."

"경우에 따라 다르겠죠."

그렇지 않아요, 하고 후루야 아키코가 시니컬하게 되받았다.

"그 애는 제가 카운슬링을 받거나 약을 먹거나 하는 일도 짜증스러운 모양이에요. 그렇게 해서 자기 상처를 핥아 치유하려 한다, 도피하려는 거다, 어물쩍 넘어가고 있는 거다, 라면서요. 그렇게 끔찍한 방법으로 할아버지를 죽였는데 엄마는 분하지도 않느냐, 화나지도 않느냐, 하면서."

한쪽 손을 불끈 쥐었다.

"저도 분해요. 화가 나죠. 아버지를 다시 살려내고 싶어요. 범인을 찾아내 죽이고 싶죠. 하지만 저 혼자 뭘 할 수 있겠어요? 남은 사람은 어떻든 앞으로도 살아가야만 해요. 그러기만도 벅차죠."

나는 뭐라 할 말이 없었다. 그녀를 위로할 방법조차 몰랐다.

"많이 힘드시겠군요."

잠시 침묵이 흐른 뒤, 후루야 아키코는 백에서 손수건을 꺼내 코에 댔다.

"스기무라 씨와는 아무런 관계도 없는 일인데, 죄송합니다."

"아뇨, 마음 쓰지 마십시오."

"저희 문제에 휘말리게 할 생각은 없습니다. 정말로 감사를 드리고 싶은 생각뿐이었는데. 죄송합니다. 이만 실례하겠습니다."

서둘러 일어나려는 그녀에게 내가 말했다.

"주제넘은 것 같지만, 따님에게 전해 주시겠습니까?"

무슨 일이냐는 표정으로 후루야 아키코는 나를 바라보았다.

"저는 보시다시피 아주 평범한 샐러리맨이고, 특별하게 범죄 수사에 대해 아는 것도 없습니다. 다만 작년 딱 이맘때쯤에, 뺑소니 사고로 아버지를 잃은 분을 좀 도와드린 적이 있습니다."

"도와드린?"

"그분이…… 역시 젊은 아가씨였는데, 아버지의 추억을 담은 책을 내고 싶어 했습니다. 마침 돌아가신 분이 제 장인과 아는 분이고, 저는 편집자 경험이 있어서."

내가 느끼기에도 요령 없는 설명이다.

"책 쓰는 걸 도와주라고 장인이 제게 말씀하셨죠."

엉거주춤 일어섰던 후루야 아키코는 백을 무릎 위에 얹고 다시 앉았다.

"그래, 그 책은 나왔습니까?"

"아뇨. 내지 않았습니다. 결과적으로 필요가 없어졌거든요. 범인이 체포되어서."

뺑소니 사고를 낸 사람이 미성년자였기 때문에 정확하게 말하자면 체포된 것은 아니지만, 세부적인 내용은 별 상관없다.

"미치카 이야기처럼 정의는 중요합니다." 내가 말했다. "정의가 바로 서는 것이 우선 따님의 할아버지 한을 풀기 위해서도 필요하고, 어머니에게도 중요한 일이겠죠. 하지만 그 문제와는 별도로, 미치카가 자기 마음을 치유한다고 할까, 진정시킨다고 할까, 그런 치료도 필요하다는 생각이 듭니다."

후루야 아키코가 나를 똑바로 바라보았다.

"제가 도와드렸던 그 아가씨가 이런 이야기를 했습니다. 책 쓰는 일이 진행되는 단계에서는 아직 범인이 누군지 알지 못했는데, 그래도 이런저런 생각들을 적어 나가다 보니 자기 마음이 정리가 되면서 진정되었다고요. 쓴다는 행위가 마치 카운슬링을 받는 것과 같은 위로가 된 모양입니다."

후루야 아키코의 표정이 흔들리며 시선을 약간 돌렸다.

"미치카도 그렇게 해 보면 어떨까 싶습니다. 아니, 저는 아마추어이기 때문에 근거 없는 이야기를 하고 있는지도 모르겠습니다. 다만 미치카가 혼자 괴로워하는 건 대부분 자기 마음이 어지러운 상태에서 어디가 어떻게 상처 입고 있는지조차 모르기 때문이라는 생각이 듭니다. 그걸 그…… 어떻게든 하려면."

"책을 내는 겁니까?"

"아뇨, 그럴 필요까진 없겠죠. 써 보는 것만으로도 괜찮을 거예요. 다른 사람에게 보여 주지 않아도 되죠. 자기 심정을 표현해서 기록하는 일만으로도 마음이 가라앉을 겁니다. 입으로 이야기하는 걸로는—아니, 그게 아니라, 말로는 제대로 표현할 수 없어서 괴로워하고 있을 테니까요."

후루야 아키코가 진지한 표정으로 고개를 살짝 꼬았다.

"실연당했을 때 일기를 쓰는 것 같은 효과인가요?"

"그렇습니다……. 아니, 그건 좀. 그런 한가한 경우와는 차원이 다르죠."

후루야 아키코는 미소를 지었다. "실연당해 죽는 사람도 있는걸요."

"아아, 그렇기는 하지만."

나는 식은땀을 흘리고 있었다. 왜 이런 쓸데없는 소릴 꺼냈을까.

"요령 있게 설명하기 힘드네요. 죄송합니다. 만약 제가 할 수 있는 일이 있다면 기꺼이 돕겠습니다. 글을 쓴다는 건 제가 하고 있는 일의 일부분이기도 하니까요."

"알겠습니다. 미치카에게 이야기해 보겠습니다."

이번엔 진짜로 자리에서 일어섰다.

"여러모로 감사했습니다."

가게를 나가는 그녀를 출구까지 따라가 배웅했다. 잠시 뒷모습을 지켜보았다. 그녀는 건물 앞에서 뒤를 돌아보고 고개를 숙였다. 나도 고개를 숙였다.

그때 바로 뒤에 마스터가 다가와 있다는 걸 깨달았다. 후루야 아키코를 바라보고 있다.

"뒷모습이 슬퍼 보이는군." 그가 말했다.

"남은 이해할 수 없죠."

"맞았군, 역시 그 후루야 씨였군."

"그렇습니다. 맞았어요. 대단하시군요."

"경찰은 왜 범인을 얼른 잡아들이지 못하는 걸까."

"천리안이라도 있으면 좋을 텐데 말이죠."

정말이야, 하며 마스터는 나를 유심히 바라보았다. "그런데 스기무라 씨는 사건과 인연이 있어."

"없어요. 후루야 씨와는 이제 다시 만날 일이 없겠죠. 오늘도 아까 그런 이야기만 듣지 않았다면 난 아무것도 몰랐을 텐데."

"그런가? 난 그렇게 생각하지 않아. 스기무라 씨가 불러 모으는 거야, 사건을."

말도 안 되는 소리라고 생각했다.

5

사무실로 돌아와 업무는 치워 두고, 컴퓨터 앞에 앉았다. 범죄 사건 관련 사이트를 검색하면 무차별 독살 사건의 보도 기록을 살펴볼 수 있으리라.

오 분도 걸리지 않았다. 프린트해서 꼼꼼히 읽었다. 기억이 나는 기사도 있고, 처음 보는 것도 있었다.

첫 사건은 올 3월 14일, 사이타마 시에서 발생했다. 편의점에서 산 팩에 든 녹차를 마신 스무 살 대학생이 집에서 갑자기 죽었다. 검시 결과 사인은 청산가리에 의한 중독사로 판명. 팩 안에서도 청산가리가 검출되었다. 피해자에게는 자살 동기가 전혀 없었으며, 팩 윗부분에 주사기 흔적이 남아 있는 걸로 미루어 제삼자에 의한 독극물 주입 살인 사건으로 크게 보도되었다.

5월 1일에 발생한 두 번째 사건의 피해자는 쉰다섯의 자영업자였다. 장소는 요코하마 시 가나가와 구. 자동판매기에서 산 드링크제를 마시고 까무러쳤다. 발견되었을 때는 이미 사망한 상태였다. 사인은 청산가리로, 역시 드링크제 병에 독극물이 주입되었던 모양이다. 문제의 자동판매기는 피해자가 경영하는 사무기기 리스회사 바로 옆에 있어, 피해자를 비롯해 사원들이 자주 마실 것을 샀다고 한다.

골든 위크4월 말에서 5월 초에 걸쳐 쉬는 날이 많은 기간인 이날은 회사가 쉬는 날이라 사장인 피해자 혼자만 장부 정리를 위해 출근했었다고 한다. 발견자는 그의 아내였는데 쇼핑을 다녀오다가 회사에 들렀다.

세 번째 사건은 같은 5월에 일어났다. 5월 20일, 장소는 다시 사이타마 시내였다. 독극물이 주입된 것은 주택가에 있는 빵가게의 냉장고 안에 있던 우롱차였다. 역시 종이팩에 든 음료였는데 나중에 조사하니 첫 번째 사건과 마찬가지로 팩 윗부분에 주삿바늘 자국이 남아 있었다. 독극물은 역시 청산가리.

그 빵집은 네 평 정도밖에 안 되는 좁은 가게였다. 냉장고가 하나밖에 없고 드나드는 손님은 거의 지역 주민들이었다. 독극물이 든 음료를 넣어 둔 인물을 쉽게 찾아낼 수 있을 것 같았다. 하지만 수사는 뜻밖의 난항을 겪었다. 규모가 작은 가게라서 점포 안에는 방범 카메라가 없었다. 점원은 계산대만 지킬 뿐 냉장고는 손님이 마음대로 여닫으며 상품을 꺼내는 식이었다. 분명히 단골손님이 많은 가게지만 여러 차례 잡지에 실린 일이 있어, 소문을 듣고 멀리서 찾아오는 손님도 있었다. 피해자가 우롱차를 산 정확한 날짜를 알아낼 수 없었던 것도 수사를 어렵게 만들었다. 아마 사서 바로 마시지 않은 모양이다.

청산가리가 든 우롱차를 이 빵가게에서 샀다는 사실을 뒷받침하는 것은 피해자인 스물여덟 살 먹은 여성의 남편이 진술한 목격

증언뿐이고, 영수증 같은 증거는 남아 있지 않았다. 가게 쪽에도 기록이 없었다.

이 부부는 결혼한 지 이 년째였으며 생후 육 개월 된 딸이 있었다. 내가 출력한 주간지 기사에는 아내의 장례식에 아기를 안고 넋이 나간 표정으로 우두커니 서 있는 남편의 사진이 실려 있었다. 너무 측은해서 볼 수가 없어 그 사진 부분을 가려 버렸다.

네 번째 사건의 피해자가 후루야 아키토시 씨다. 장소는 도쿄 도 오타 구. 편의점에서 산 종이팩에 든 우롱차. 청산가리. 팩 윗부분에 주삿바늘 자국. 9월 17일, 오후 네시가 조금 지나서 발생했다.

프린트한 기사를 시간 순서에 따라 늘어놓아 보고서야 눈치를 챘다. 첫 사건은 발생한 지 보름 만에 기사가 없어졌다. 두 번째 사건이 일어나자 연속 무차별 독살이라 하여 첫 사건보다 크게 다루었다. 하지만 또 보름 정도 지나자 기사가 사라졌다. 적어도 사회면에서는 자취를 감췄다. 세 번째 사건이 일어나자 또 다시 부글부글 끓어올랐다가 이번에는 열흘 만에 기사가 끊어졌다. 네 번째 사건이 일어나자 며칠간은 종전보다 더 크게 다루었지만 이번에는 일주일 만에 기사가 사라졌다. 여기에는 이유가 있다. 바로 그 무렵 동남아시아 리조트지에서 대규모 폭탄 테러가 일어나면서 일본인 관광객이 피해를 입어 부상자가 나왔기 때문이다.

그 뒤 특별히 눈에 띄는 보도는 없었다. 수사가 진행되는지 어떤지, 범인이 짐작이 되는지 어떤지 전혀 알 수 없는 상태로 현재에 이르고 있다.

"뭘 하세요, 스기무라 선배."

옆에서 가사이가 들여다보았다.

"어라, 이 사건."

"기억해?" 난 프린트한 기사들을 가사이 쪽에 펼쳐 보였다. "요즘엔 전혀 보도되지 않는데."

"말씀을 듣고 보니 그렇군요."

기사를 손에 들고 가사이가 찬찬히 들여다보았다.

"사람들이 참 무심해요. 자기하고 관계없는 일이면 바로 잊으니."

"전혀 관계없는 게 아닌데. 자기도 당할지 모를 일이야."

"맞아요. 저도 한때는 편의점에 물건 사러 가는 걸 꺼렸죠." 그가 웃었다. "하지만 그렇게 해선 버틸 수가 없어요. 저 같은 독신자에게 편의점은 생명줄이니까요."

그는 일 년 삼백육십오 일, 식사가 편의점 도시락이라 해도 별문제 없다고 한다.

"그렇지만 종이팩 음료는 지금도 사지 않죠. 페트병에 든 것만 사요."

"우리도 그러고 있지."

내가 무얼 사가지고 들어갈 때는. 아내는 식료품 쇼핑은 가정부에게 맡기고 있다.

"이 사건, 아마 인터넷에 범인의 글이 올라왔었죠."

"그리 확실하지는 않은 모양이던데."

여러 사이트에 몇 가지 의심스러운 게시물이 있었다고 한다. 그 문제는 내가 골라낸 기사에서도 언급했는데, 경찰이나 매스컴이나 그 뒤를 깊숙하게 파고들어 가지는 않은 모양이다. 중간에 유야무야가 되어 버렸다.

"조사해 봤더니 사람 놀라게 만들려는 장난이었다더군요."

"그렇겠지."

가사이는 프린트한 기사를 넘기면서 대충 훑어보고 있었다.

"그보다 오히려 범인이 청산가리를 구하기 위해 인터넷을 이용한 게 아닐까 하는 쪽이 더 크게 다뤄졌잖아?"

'불법 인터넷 거래의 어둠'이라느니 '중학생도 총을 살 수 있다!'느니 하는 굵은 제목들이 튀어나왔다.

"맞아요, 맞아! 뭐 그건 맞는 말일 거예요. 하지만 그렇다고 해서 독극물을 입수한 곳에서 꼬리가 잡힐 일은 없겠죠. 마음만 먹으면 신분을 숨기고 거래하는 방법이야 얼마든지 있으니까요."

청산가리를 이용한 무차별 독살 사건이라면 예전에도 있었다. 내가 중학생이었을 때쯤이었나. 그때는 의료 관계자나 화학자가 아닌 일반인이 청산가리를 입수할 수 있는 루트는 지극히 제한되어 있었다. 판금, 도장 일을 하는 공장 같은 곳에서만 구입할 수 있다.

인터넷이 이렇게 널리 보급된 오늘날에는 상황이 완전히 달라져 버렸다. 돈만 있으면 조심스럽게 검색해 거래할 경우, 독극물이나 불법 약품은 물론 총기류까지도 쉽게 손에 넣을 수 있는 세상이다. 경찰도 수사하기 까다로우리라. 하기야 내가 기억하는 과거의 그 사건도 범인을 잡지는 못했으니, 이런 종류의 사건은 원래 수사가 쉽지 않은 모양이다.

"그런데 이 가게, 방범 카메라가 제대로 설치되어 있지 않았어요."

프린트한 기사를 손에 들고 가사이가 중얼거렸다. 사건이 일어난 곳은 '라라 파세리'라는 편의점이다.

"상품 진열대를 모두 커버하지는 못했죠. 그래서 문제의 우롱차가 놓여 있던 냉장고 부근의 영상이 없어서……."

이번에도 범인의 꼬리를 잡을 수 있는 실마리는 얻지 못했다. 인터넷에 가짜 범행 성명이 나온 시기는 그 문제가 보도된 뒤였을 거라고 한다.

"라라 파세리는 아주 작은 후발 체인점이니까요. 편의점에서도 쇼핑을 한다면 큰 데서 해야 한다는 이야기일까요?"

"그렇지도 않을 텐데."

"스기무라 선배, 이 사건을 소재로 뭘 쓰시게요?"

가사이가 진지한 표정으로 물었다. 요즘 스타일의 눈치를 잘 보는 젊은 친구지만 마음씨는 곱다. 그룹 사내보 《아오조라》 편집부가 이 사건에 관해 다룬다고 하는 이야기는 피해자나 관계자 가운데 그룹 사원이 있다는 걸 의미한다. 그래서 걱정하는 모양이다.

"전혀 아니야. 업무하곤 관계없어. 농땡이 부리는 거야."

"아아, 그럼 다행이네."

나는 얼른 프린트한 기사를 정리하고 업무를 시작했다. 그러고 있는데 외출했던 다니가키 선배가 돌아와 나를 불렀다.

"아키야마 씨 원고 받았어. 좀 봐줄래?"

표정이 환하다.

"그 에세이 말입니까? 용케 받아 내셨네요!"

"그렇지? 일단 읽어 봐."

아키야마 쇼고라는 잘나가는 젊은 저널리스트다. 사오 년 전부터 사회 문제를 소재로 한 강경한 르포를 발표하기 시작했으며, 일개 사원이 자기 회사의 부패를 내부 고발한 사건의 전말을 다룬 최근 저서는 베스트셀러 목록에도 들었다. 아직 서른두세 살인 젊은 필자로 대단한 수완가다.

그 사람이 글쓰기만으로는 먹고살 수 없었던 시절에 약 반년 정도 이마다 콘체른 산하 기업에서 아르바이트 사원으로 일한 적이 있다. 다른 기사 때문에 그쪽 계열회사의 중역을 인터뷰했는데, 우연히 다니가키 선배가 그 이야기를 들었다.

그 뒤 다니가키 선배는 이 잘나가는 저널리스트를 따라다니며 어떻게든 원고를 받으려고 달라붙었던 것이다.

놀랍게도 손으로 쓴 원고였다. 편지지 같은 것에 썼다. 천 자 정도 될까.

"그 사람은 워드프로세서를 쓰지 않습니까?"

"아냐, 아냐." 다니가키 선배는 손을 내저으며 쓸쓸하게 웃었다. "컴퓨터를 써. 평소에는 원고도 메일로 주고받는데."

이 에세이는 그가 업무로 사람을 만나는 스케줄 틈새에 카페에서 얼른 써 주었다고 한다.

"끈기의 승리로군요."

"응. 아키야마 씨가 졌다면서 웃더군."

다니가키 선배는 처음에는 '아키야마 군'이라고 불렀었다. 나하고 가사이가 상대방은 이미 우리 회사 사람이 아니고, 자기 이름으로 낸 책도 있으니 '군'이라고 부르면 실례라고 설득했다.

"그렇지만 한때 한솥밥을 먹은 회사 후배잖아."

다니가키 선배는 무척 떨떠름해했다. 이런 면이 옛날 사무라이 스타일의 샐러리맨이라 젊은이들에겐 상당히 껄끄럽다. 우리끼리라면 웃고 넘어가지만 사람에 따라서는 문제가 될 수도 있다.

힘겹게 받은 원고를 어떻게 실을 것인가에 대해 한참 떠들다 보니 나는 연쇄 독살 사건의 어두운 기분을 떨쳐낼 수가 있었다. 가사이의 말대로 인간은 자기와 관계가 없는 일이라면 바로 까먹는다. 다만 운이 나쁘면 자기에게도 그런 액운이 닥칠지 모른다는 사실에 관해서는 일말의 찜찜함을 느낀다. 그런 껄끄러운 마음은 내 마음 한구석에도 내내 자리 잡고 있었다.

새집으로 이사하기 전에 마지막으로 그 집을 보러 가기로 약속해, 나는 그 주 일요일에 아내와 함께 외출했다. 리폼 마무리 작업이 얼마 남지 않은 새집은 모든 것이 완벽하게 마무리된 상태로 보였다. 하지만 현장에서 만난 설계사와 서로 체크리스트를 비교

하면서 집 구석구석까지 점검하고 다니는 아내의 모습을 보니 아직 부족한 모양이다.

부엌이나 화장실 등에서 열심히 자잘한 작업을 하고 있는 일꾼들에게 웃음을 지어 보이며 나는 될 수 있으면 조용히 있었다.

하지만 할 일이 없어 심심했기에 사람들에게 방해가 되지 않도록 조심하면서 집 밖을 둘러보기로 했다. 베란다를 통해 밖으로 나왔다. 정원에 나무를 심는 공사는 끝나 있었지만, 아무리 보아도 설계도와는 달리 툭 튀어나온 곳에 잎이 두툼한 노란 꽃을 매단 식물이 십자가 모양으로 심어져 있는 게 보였다. 그곳은 이 집 전체를 둘러볼 수 있는 장소인데—.

"아, 실례합니다."

목소리가 들려 뒤를 돌아보니 작업복을 입은 젊은이가 정원 한 모퉁이에 놓여 있는 도구 상자 쪽으로 다가갔다. 수고 많으십니다, 라고 인사를 하고 나서 그 식물을 가리키며 물었다.

"이건 여기 심어 두어도 되는 겁니까?"

아아, 그건, 하며 젊은이가 싱긋 웃는다.

"집을 넘겨 드릴 때 철거할 겁니다."

"그렇지만 꽃이 피어 있는데."

"시험용 식물이니까요."

"시험용?"

"토양오염 시험입니다." 그렇게 말하더니, 얼른 덧붙인다. "물론 만약을 위해서입니다. 정식 조사에서 합격했으니까요."

나는 기억을 더듬어 보았다. 그러고 보니 이 집을 사기로 결정했을 때 아내가 이러쿵저러쿵하지 않았던가. 일종의 주거 전용 지역이고, 내내 주택이 있던 땅이지만 만약을 위해 토양오염이 없나 조사해 볼 거라고.

"토양오염 같은 건 없겠죠, 여긴."

"예, 물론입니다. 당연하죠. 백 퍼센트 안전합니다."

젊은 작업자는 자세를 가다듬었다.

"다만, 저희 사장님이 신중한 분이시라. 이런 식물은 땅에 이상이 있으면 바로 꽃잎에 나타납니다. 모양새가 변하거나 빛깔이 이상해지거나."

처음 듣는 소리다.

"그런 이유로 이 집을 구입하신 직후에 심은 겁니다. 사모님께서도 그러기를 바라셨고요."

그렇다면 반년 가까이 지났다. 나는 쭈그리고 앉아 예쁜 꽃들을 손으로 만져 보았다.

"이상은 없는 것 같군요."

"예. 다행입니다."

도구 상자에서 작은 드릴 같은 것을 꺼내더니 실례하겠다며 정중하게 말한 뒤 그는 집 안으로 들어갔다.

시험용 식물. 이른바 '탄광의 카나리아' 같은 건가? 우리를 대신해서 새집에 독이 있는지 지켜봐 주고 있었던 건가.

이 집에 관해서라면 아내는 진짜 완벽주의자다. 특히 내가 감탄하는 것은 완벽해지기 위해 설계사나 시공 회사에만 맡겨 두지 않고 스스로도 열심히 공부한다는 점이다. 덕분에 나는 뒷짐을 지고 있어도 된다.

정원에서 해바라기를 하고 있는데 휴대전화로 문자가 왔다. 모모코가 보낸 메일이다. 오늘은 두 손위 처남 부부, 사촌 형제들과 아카사카에 있는 공연장에 클래식 콘서트를 들으러 가 있다. 문자를 읽어 보니 지금은 '쉬는 시간'이며 아이스크림을 먹고 있다고 한다. 누가 도와줘서 메일을 보냈으리라. 패밀리 콘서트라고 들었는데, 아무래도 모모코는 유치원생이다. 휴식 시간에 먹는 아이스크림이 더 뉴스거리가 된다.

좋은 곡이 있으면 기억해 두었다가 나중에 아빠에게 가르쳐 줘, 라고 히라가나와 가타카나로 답장을 보냈다. 아내에게도 이야기하려고 일어서자 이번에는 전화 착신음이 울렸다.

겐다 이즈미였다.

까먹고 있었기 때문에 깜짝 놀랐다. 받으려 했더니 끊어졌다. 바로 다시 울렸다.

이번에는 끊어지기 전에 받았다. "예, 스기무라입니다."

갑자기 끊어졌다. 아니, 이런.

또 울렸다. 받았다. 끊어진다. 울린다. 받는다. 끊어진다. 이층에서 나를 부르는 아내 곁으로 갈 때까지 대여섯 번이나 반복되었다.

"자기, 이쪽이야."

복도 안쪽, 우리 침실로 꾸밀 예정인 방에서 목소리가 들렸다. 이쪽입니다, 하는 리폼 공사 업체 사장이 웃는 얼굴로 손을 들었다.

"이리로."

방으로 들어가니 아내가 설계사 선생과 나란히 얼굴 가득 웃음을 짓고 있었다.

"이리 와 봐, 여기, 여기."

내 손을 잡아끌었다. 햇살이 들어오는 창 앞을 지나 방을 똑바로 가로질렀다.

"그쪽은 헛방_{허드레 세간을 넣어 두는 방}이잖아?"

"전에는 그랬지. 하지만 남쪽 방인걸. 아까워서 고쳤어."

아내는 들떠 있었다.

"거기 발 조심해. 턱이 있어."

진짜 세 칸 정도의 계단이 있었다.

"열어 봐."

얼른 보기에는 벽으로 보였다. 여기는 아내가 원해서 장식 판자를 붙였는데—손잡이가 있다. 미닫이문으로 되어 있었다.

스르륵, 소리도 없이 열렸다. 나는 정말 깜짝 놀랐다. 그 안에는 세 평 남짓한 공간이 있었던 것이다.

붙박이 책장과 책상. 조명도 달려 있다. 천장에도 창이 있어 햇살이 들어왔다. 책상 옆 빈 공간에는 내가 이사할 집에서 쓰려고 구입한 컴퓨터 책상이 놓여 있었다.

"자기 서재. 비밀 방 같지? 마음에 들어?"

"옆방에 붙박이 옷장으로 되어 있던 부분을 부수고 공간을 넓혔습니다." 설계사가 설명했다.

"사실은 다락방으로 만들어 주고 싶었지만 그렇게까지 개조할 수는 없었어. 하지만 천장이 비스듬한 부분 아래여서 약간 다락방 분위기가 나잖아?"

어렸을 때 나는 다락방을 동경했다. 고향의 친한 친구 집이 오래된 초가지붕이었는데, 예전 양잠을 많이 하던 시절에 누에 채반을 얹는 시렁을 두기 위해 쓰던 다락방이 있어서 그곳을 애들 방으로 쓰고 있었다. 놀러갈 때마다 부러워서 견딜 수가 없었다.

아내는 그 추억 이야기를 기억해 주었던 것이다.

"정말 마음에 들어. 고마워."

어린애처럼 소리를 지르고 말았다. 실제로 내 마음은 어린 시절로 돌아가 있었다.

"다행이야! 성공이네요, 선생님."

아내는 설계사를 바라보며 미소를 지었다.

설계사도 웃는 얼굴로 말했다. "사모님이 비밀로 해 달라고 하셔서 설계 도면에는 그리지 않았습니다."

분명히 내가 본 도면에는 헛방인 상태 그대로였다.

"내부 인테리어는 내가 마음대로 했는데, 아직 변경할 수 있어."

"아냐, 아냐. 이대로도 좋아."

"모모코도 들어오고 싶어 할 테지만 안 돼. 여긴 자기의 성역이니까 말이야." 아내는 내 옆구리를 슬쩍 찔렀다. "그 대신 청소도 스스로 하고."

"응, 깨끗하게 할게."

양말 아래로 새로 깐 바닥의 매끄러운 감촉이 시원하게 느껴져 기분이 좋았다. 공기조절기와 조명 스위치는 여기하고 여기에— 라는 설명을 들으면서 내 마음은 한껏 들떴다.

그때 다시 휴대전화가 울렸다. 액정 화면을 보니 역시 겐다 이즈미였다.

받았다. 이쪽이 말도 하기 전에 또 끊어졌다. 잠깐 망설이다가 나는 아예 전원을 꺼 버렸다.

"어머, 괜찮아?"

"응, 상관없어. 아까부터 잘못 걸린 전화가 와서 귀찮아서 그래."

겐다 이즈미가 무슨 생각을 하건, 지금 그 여자 문제는 아무래도 상관없었다.

"그럼 모모코 방 쪽도 볼래?"

나는 마치 꿈꾸는 기분으로 아내의 손에 끌려갔다.

그 뒤로 한 시간가량 나는 내내 여기저기 기웃거렸다. 아내는 꼼꼼하게 점검하고 다음 주에 이 집을 인도받을 시각을 결정한 뒤 현장에서 나왔다. 아카사카까지 나가 손위 처남 식구와 만났다. 그날 밤은 밖에서 즐겁게 외식을 했다.

내 아내 나호코는 장인의 애인이 낳은 딸이다. 말하자면 밖에서 낳은 자식이다. 이마다 가문에는 장인이 본처와의 사이에서 얻은 아들 둘이 있다. 아내에겐 배다른 오빠들이다.

나호코의 어머니는 나호코가 고등학교에 다닐 때 세상을 떴다. 그 뒤 나호코는 아버지 집에서 자랐고, 두 오빠들과도 사이좋게 지내 왔다.

큰오빠는 나호코보다 스무 살, 작은오빠는 열여덟 살 많다. 나이 차이가 많이 나는 게 다행이었다. 또한 장인이 나호코를 이마다 가문의 일원으로 받아들이면서 사업 후계자로는 인정하지 않는다는 방침을 밝혔던 것 또한 다행스러운 일이었으리라. 오빠들은 나이 어린 여동생을 귀여워해 주고, 보호해 왔다.

아내가 성인이 되자 장인은 엄청나면서도 계속적으로 운용 가능한 재산을 물려주었지만 이마다 콘체른에 대한 발언권은 전혀 주지 않았다. 오 년 전 장인은 일흔다섯 번째 생일을 계기로 사장직에서 물러나 회장이 되었다. 뒤를 이은 사람은 큰오빠였고, 지금은 그가 사장, 작은오빠는 전무이사로 있다. 두 사람에 비하면 나호코의 지위는 새털처럼 가볍지만, 아내가 그런 점에 대해 불평불만을 늘어놓는 일은 한 번도 없었다.

장인이 하필이면 나 같은 남자를 사위로 맞을 생각을 하게 된 가장 큰 이유가 빤히 보인다. 공연한 야심을 품지 않을 평범한 인간. 처남들과 맞서려 들거나 하는, 어울리지 않는 의욕이나 능력이 없는 인물. 얌전히 나호코를 지키며 그녀와 가정을 꾸려, 아내에게 평온한 행복을 약속할 수 있는 남자.

당연히 큰오빠와 작은오빠도 훌륭하게 가정을 꾸리고 있고, 큰오빠의 외동아들은 이미 어른이 되어 대학을 졸업하고 지난 해 큰은행에 취직했다. 몇 년은 다른 회사 밥을 먹으며 수업을 쌓은 뒤에 그룹 후계자로 불러들일 것이다. 작은오빠에겐 연년생으로 일남일녀가 있는데 고등학생과 중학생이다.

두 처남 부부들은 각각 적당한 거리감과 친절함으로 우리 부부를 대한다. 하지만 모모코의 입시 문제가 떠오른 뒤로, 아내는 같은 경험을 한 지 비교적 오래되지 않은 작은오빠 부부, 이마다 다카유키와 에리코 부부에게 의지하고 있는 모양이었다. 함께 외출할 기회도 늘었다. 모모코가 오늘 콘서트나 이 모임에 참석하게된 것도 에리코 쪽에서 초대했기 때문이다.

둘째 처남은 역시 바쁜 처지라 식사를 하다가 사무실로 돌아갔다. 부인인 에리코의 말에 따르면 일요일 낮 동안만 가족과 제대로 시간을 보내 줘도 '대박'이라고 한다.

나는 에리코와 아내의 명랑한 수다와, 사촌들과 어울려 즐거워하는 모모코의 웃음소리에 둘러싸여 그저 행복감에 젖어 있었다.

휴대전화의 전원은 내내 꺼 둔 상태였다. 이튿날 아침 출근할 때까지도 잊고 있었다.

출근하자마자 바로 문제가 터졌다.

금방 출근한 모양인 다니가키 선배가 가방도 대충 내려둔 채로 전화를 받고 있었다. 나를 보더니 급히 손짓해 부른다.

"잠깐만 기다리세요. 지금 스기무라가 출근했으니."

전화를 대기 상태로 해 두고 나를 다시 바라보았다.

"겐다야."

나는 손으로 내 이마를 쳤다. "어제 휴대전화로 연락이 왔었습니다."

"몇 번을 걸어도 연락이 안 되었다는군."

"그야 당연하죠."

나는 사정 이야기를 했다. 다니가키 선배가 입을 꾹 다물었다.

"골치 아프군……. 그런 심술궂은 장난 같은 짓을 하니 자네가 전원을 끊은 게 무리도 아니지만."

"제가 이야기하죠."

수화기로 손을 뻗으려던 나를 가로막고 다니가키 선배가 말했다. "겐다가 전화를 받은 게 나라는 걸 알고는 성희롱 아저씨라고 했는데, 그게 무슨 뜻일까?"

나는 잠깐 할 말을 잃었다. "그 여자 말은 아무 의미도 없죠."

그런가, 라고 하면서도 불안한 표정이다.

전화의 대기 상태를 해제하고 부드럽게 "여보세요, 스기무라입니다"라고 말했다. 대답이 없다.

"겐다 씨? 스기무라예요. 전화 바꿨습니다."

숨소리 같은 거친 잡음이 나더니 목소리가 들려왔다. "왜 전화를 끊어?"

"어제 이야기를 하는 건가요?"

"그렇지. 빤하잖아. 왜 전화를 끊지? 왜 피하는 거지?"

"피한 게 아닙니다."

전화에서 겐다 이즈미가 소리를 질렀다.

"피했잖아! 전원을 끊었지? 몇 번이나 걸었는지 알아?"

다니가키 선배의 겁먹은 표정을 보았을 때는 솔직히 나도 오싹했다. 하지만 그런 기분은 금방 가시고, 나는 오히려 침착해졌다.

의외로 그렇게 된다. 대인관계란 저울이다. 한쪽이 처음부터 너무 화를 내면 상대편은 오히려 차분해진다.

겐다 이즈미의 목소리가 떨리고 있었다. 화가 나서라기보다 오히려 울고 있기 때문이리라. 다행인지 불행인지 나는 전화로 여자를 울린 경험은 없지만, 그래도 짐작은 간다.

왜 울지? 내가 전화를 받지 않았다는 이유만으로. 애인 사이도 아닌데.

이상했다. 변호사를 세웠다, 고소할 테다, 이야기할 시간 따윈 없다. 그렇게 거세게 나오던 겐다 이즈미가.

변호사 따윈 있지도 않다. 겐다 이즈미는 혼자다. 분명히 그렇다.

나는 편집실 창문 쪽을 바라보았다. 오늘도 화창한 가을 날씨다. 푸른 하늘이 펼쳐져 있었다.

이렇게 기분 좋은 날에 젊은 여성이 아침부터 자기가 문제를 일으킨 곳에 전화를 걸어 울면서 고함을 지르고 있다.

내게는 아직 어제 느낀 행복의 여운이 남아 있었다. 그건 말하자면 행복감의 근원에 숨어 있는 일말의 수치심 같은 것으로부터 잘 빠져나갔다는 이야기이기도 하다. 그래서 왠지 겐다 이즈미가 측은하게 여겨졌다.

"겐다 씨, 직접 만나서 이야기를 할 수 있겠어요?"

대답이 없다. 거친 숨소리가 들려왔다. 수화기를 쥔 그녀의 손도 부들부들 떨리고 있으리라.

"우리 문제는 전화로 이러니저러니 할 수 있는 일은 아닌 것 같아요. 어디서 좀 만나죠. 이 문제를 의뢰한 변호사 선생님께도 그렇게 전해 주겠어요? 제가 변호사 사무실로 갈게요."

계획에 따라 심술궂지는 않게 내가 그렇게 말했다. 자, 이제 겐다 이즈미는 어떻게 반응을 할까?

잠시 뜸을 들이고, 떨리는 목소리가 대답을 했다. "변호사는 없어요. 제가 잘랐으니까요."

아하, 그렇게 나온다?

"대리인이 없어진 겁니까?"

"전혀 도움이 안 되는걸요. 이것저것 따지기만 하고. 변호사들은 다 그런 식인가. 실망했어요."

내게 불평해 봤자 나는 할 말이 없다.

"그럼, 둘이 만나서 이야기를 합시다. 시간이 어때요?"

겐다 이즈미는 잠시 시간이 나지 않는다느니, 내키지 않는다느니, 자기를 설득하려는 거냐느니, 너무 화가 나서 싫다느니 하는 소리를 늘어놓았다. 나는 아무 말도 하지 않고 가만히 있었다.

"여보세요? 듣고 있는 거예요?"

애가 탔는지 또 소리를 지른다.

"듣고 있습니다. 오늘 오후 세시는 어때요?"

"그렇게 갑자기—."

"서두는 게 낫다고 생각해요. 겐다 씨도 내내 이런 번거로운 상태로 지내기는 싫지 않겠어요? 얼른 마무리를 짓고 새로운 일을 시작하는 게 더 낫지 않겠어요?"

그녀가 우물우물하기에 내가 얼른 말을 이었다.

"장소는 좀 번거롭겠지만 우리 건물 일층에 있는 커피숍 스이렌으로 하죠. 겐다 씨도 아는 곳이니."

나는 '스이렌'에서 몇 차례 겐다 이즈미에게 점심을 산 적이 있다. 될 수 있으면 다른 사람들과 잘 어울릴 수 있게 하려고 헛된 노력을 하던 시절이었다.

또 뭔가 불평을 늘어놓으려 했다.

"교통비는 이쪽에서 지불하겠습니다."

그렇게 말하고 시간과 장소를 다시 불러 확인하고 전화를 끊었다.

전화를 하고 있는 사이에 소노다 편집장을 비롯해 부원들이 다들 출근해 있었다. 나는 동료들에게 사정 이야기를 하고 오늘 오후 세시 이후에는 '스이렌'에 오지 말라고 부탁했다.

"나도 그 여자를 만나고 싶지는 않아."

담배를 입에 물고 소노다 편집장이 말했다.

"스기무라 씨 혼자 괜찮겠어?"

"걱정하지 마세요."

"하지만 스기무라 씨에게만 미루는 건 좋지 않겠어." 다니가키 선배가 말했다. "나도 함께 나갈게."

"됐습니다. 겐다 씨는 제 어시스턴트였으니까요. 그리고 실은 회장님으로부터 말씀이 있었습니다."

방 안 공기가 갑자기 바뀌는 느낌이 들었다. 모두들 힐끔힐끔 눈치를 살폈다.

"회장님께서 직접 말인가요?" 가사이가 물었다.

"응. 잠깐 집안 문제로 만나 뵈었을 때 말씀드렸더니, 날보고 책임지고 맡아서 처리하라시더군."

"어머, 그래? 그럼 됐네." 소노다 편집장이 입 끝을 찡그리며 묘한 웃음을 지었다. "맡겨 두면 되겠네. 여기 누구보다 높은 회장님의 전권 대사가 있으니까 말이야."

아무도 그렇게까지 이야기하지 않아도 되지 않느냐, 농담으로 들어 넘기라거나 하는 말을 해 주지 않았다. 모두들, 나까지 포함해서 찜찜한 안도감을 느낀 듯이 헤실헤실 웃어넘겨 버렸다.

분주한 점심시간이 지났을 무렵에 '스이렌'으로 내려가 마스터에게 안쪽 박스석 예약을 부탁했다.

"이번엔 미인도 아니고 범죄에 관련된 이야기도 아닙니다. 미리 말씀드려 둘게요."

"뭐야, 내가 마치 실없이 떠들고 다니는 사람 같잖아."

나는 웃으며 겐다 이즈미 이야기를 했다. 마스터는 당연히 이 소동에 관해 알고 있었다. 편집장한테서 들었으리라.

"테이블에서 집어던질 만한 물건들은 치워 둘게."

세시 십 분 전에 '스이렌'으로 내려갔다. 마스터가 '예약석'이란 팻말을 번듯하게 올려놓은 박스석에 앉았다.

십오 분 뒤에도 혼자 앉아 있었다.

삼십 분 뒤에도.

사십오 분 뒤에도.

한 시간이 지나자 마스터가 와서 커피를 바꿔 주었다.

"오지 않는군."

예상은 했다. 겐다 이즈미는 아주 늦게 오거나 어쩌면 아예 오지 않을 가능성이 있다고.

그녀는 주도권을 쥐고 있는 셈이다. 나(와 내가 대표하는 편집부)를 쥐고 휘두르고 싶어 한다. 화나게 만들고 싶고 걱정스럽게 만들고 싶다. 불안해하는 상태에서 허공에 매달아 버리고 싶으리라.

왜냐하면 겐다 이즈미가 그런 상태이기 때문이다. 그 여자는 자기가 만들어 낸 현실에 휘둘려, 화를 내고, 불안에 떨며 허공에 붕 뜬 상태가 되었다. 그게 화가 나기 때문에 자신을 휩싸는 그런 감정을 우리들 쪽에도 떠안기려 하고 있다.

나는 겐다 이즈미라는 트러블 메이커의 심리가 조금씩 이해되었다. 아마 그녀는 아무것도 해결되지 않기를 바라고 있으리라. 골칫거리를 내내 끌어안고, 누군가가 그녀 때문에 걱정을 하며 화를 내거나 사과를 하는 상태—이게 바로 겐다 이즈미가 원하는 상황이리라. 전화를 걸었다가 바로 끊는 행동은 그녀의 심리를 그대로 드러낸다.

그렇다면 이쪽이 그걸 차단해서는 안 된다. 나는 그녀에게 '실적'을 만들어 주기 위해 기다리고 있는 것이다. 기다리다 지쳤다는, 그리고 이쪽이 마련한 대화의 자리를 뿌리쳤다는 실적을. 필요하다면 이런 일을 몇 번이고 더 반복해도 상관없다.

결국 여섯시까지 기다렸다. 커피를 세 잔 마시고, 산 지 한 달이 되도록 제대로 읽지 못해 애를 먹던 경영분석에 관한 책을 거의 다 읽었다.

오늘은 여기까지라는 생각을 하며 자리에서 일어섰을 때 휴대전화가 울렸다. 아니나 다를까 겐다 이즈미한테서 온 전화였다.

스기무라입니다, 라고 대답했다. 그녀는 아무 말도 하지 않았다. 나는 전화를 끊었다. 그러자 바로 다시 왔다.

"스기무라입니다. 겐다 씨, 어떻게 된 거예요? 나오지 않아요?"

내가 그렇게 생각해선지, 소리 죽여 웃는 소리가 희미하게 들렸다.

"사정이 좀 있어서요."

"그래요? 그럼 좀 일찍 전화해 주었으면 좋았을 텐데. 내내 기다리고 있었죠."

"예? 아직 그 커피숍에 있어요?"

분명 기뻐하는 눈치다.

"벌써 사무실로 돌아간 줄 알았는데."

"중요한 약속이라 기다렸죠."

나는 그녀의 표정을 떠올렸다. 틀림없이 기뻐하고 있으리라.

"날짜와 시간을 다시 정하죠." 나는 사무적으로 말을 이었다. 화난 목소리로도 들리지 않을 테고, 초조한 목소리로도 들리지 않을 것이다. 나는 화가 나지도 않았고 초조하지도 않으니까. 오히려 쓴웃음이 나오는 걸 참고 있었다.

"저는 내일은 힘들지만 모레는 오전부터 시간이 납니다. 어떠세요?"

이럭저럭 모레 오전 열시로 정했다. 겐다 이즈미는 애당초 나올 생각이 없을 테니. 나도 그건 이미 짐작하고 있었다. 이번에는 다른 카페에서 만나기로 했다. 회사 근처에 있는, 역시 그녀도 아는 가게다.

그날도 그녀는 나오지 않았다. 네 시간을 기다리다 나오려 할 때 휴대전화가 울렸다.

"몸이 좋지 않아서……."

유쾌하다는 듯이 변명을 늘어놓았다.

다음 날짜와 장소를 정했다. 또 다른 카페를 골랐다.

그날도 겐다 이즈미는 나오지 않았다. 이번에는 다섯 시간을 기다렸다. 제일 오래 기다린 것이다. 계산을 하려는데 휴대전화가 울렸다. 예상하고 있었기 때문에 나는 휴대전화를 꺼내 준비를 하고 있었다.

"겐다 씨." 나는 부드럽게 말했다. "오늘도 나오지 않는군요."

그녀는 재미있다는 듯이 변명을 늘어놓기 시작했다. "갑자기 사정이 좀 생겼어요. 그래서—."

나는 말투를 바꾸지 않고, 그녀의 말을 가로막았다. "아뇨, 설명은 됐습니다. 이번으로 세 번이나 약속이 지켜지지 않았어요. 첫 약속으로부터 오늘로 딱 열흘이 됩니다. 나로서는 이제 겐다 씨와 의논할 수는 없다고 판단을 할 수밖에 없습니다."

재잘거리듯 기분 좋았던 그녀의 목소리가 갑자기 낮아지며 변했다. "뭐, 뭐야. 잠깐. 무슨 말투가 그래."

나는 담담하게 내가 할 말을 했다.

"이미 세 번 약속을 했는데 무슨 일이 생겼건, 당일에 무슨 사정이 생겼다면 바로 연락을 해 줘야 이쪽도 시간을 낭비하지 않죠. 하지만 그쪽에서는 그런 생각을 하지 않은 것 같군요. 애당초 대화할 뜻이 없었겠죠."

"누가 그렇대?"

"지금까지의 경위로 미루어 난 그렇게 판단해요."

"그런 게 어디 있어. 난—."

"당신 의견과 주장을 들으려고 난 노력했어요. 충분히 기다렸고. 이쪽에서는 성의를 다 보였다고 생각합니다."

"성의라고! 무슨 성의를 보였다는 거야!"

"이제 보고서를 써서 회장님께 제출하고 판단을 기다릴 겁니다. 그럼 이만."

전화를 끊었다. 아예 전원까지도. 이 카페 주인인 노부부가 걱정스러운 듯이 나를 바라보았다. '스이렌'과 마찬가지로 내가 단골로 드나드는 가게로, 매일 바뀌는 점심 메뉴가 싸고 맛있다.

"실례했습니다."

나는 웃으며 고개를 숙였다. 노부부에겐 사전에 사정을 설명해 두었다. 만약 나중에 필요한 일이 생기면 내가 여기서 몇 시간이나 기다렸다는 사실을 증명하기 위해서다. 지난번 카페에서도 마찬가지로 미리 준비를 해 두었다. 스이렌은 설명할 필요도 없다.

"덕분에 일을 많이 했습니다."

노트북, 원고, 교정쇄를 가지고 왔었다.

"괜찮겠어요?"

"예, 걱정 마십시오."

"아니, 우리야 괜찮지만." 남편 쪽이 오히려 당황해 말했다. "고생했네요."

그날 저녁 집에 돌아와 휴대전화 설명서를 꺼냈다. 번호 지정 착신 거부가 가능할 것이다. 나는 이런 기계들의 매뉴얼을 잘 읽지 못하지만 아내는 쉽게 이해한다. 결국 아내에게 설정을 부탁했다. 내친김에 일이 어떻게 진행되고 있는지도 이야기했다.

"고생했네."

"그렇지도 않아. 처음부터 바람을 맞을 거라고 알고 있었고, 내 할 일을 하며 기다렸으니까."

"그래도 한 번은 서로 다투지 않으면 안 되겠네? 자기는 그런 거 못하는 사람이라."

"전화잖아. 얼굴이 보이지 않으니까."

"이대로 무마될 것 같지는 않은데." 아내는 걱정스러운 표정이었다. "착신 거부 설정을 해 두더라도 겐다 씨가 공중전화 같은 데서 걸면 전화가 연결될 텐데."

"경우에 따라서는 할 얘기 없다고 끊을 거야."

"정말로 아버지에게 판단을 맡길 거야?"

"보고서를 올려 의논드려 볼 거야. 어쨌든 나도 이젠 그렇게밖에 할 수 없으니까."

이런 화제보다도 더 중요한 이야기가 있다. 이사 문제다. 드디어 이번 토요일로 다가왔다. 이미 계산은 끝났고, 우리 집 안에는 골판지 상자가 차곡차곡 쌓여 가고 있다. 이른바 '맞춤이사'라는 것으로 짐을 싸는 것도 업자에게 맡겼지만, 역시 직접 싸고 싶은 짐 종류도 있다.

"일기 예보에서는 토요일에 맑다가 흐림이래. 어쨌든 비만 오지 않으면 좋겠어."

아내는 들떠 있었다. 운동회 열리는 날을 기다리는 아이의 표정이었다.

"나호코 씨." 나는 목소리를 장난스럽게 해서 불렀다. "당신은 심장이 약하다는 사실을 잊지 마세요."

아내는 깔깔거리며 웃었다. 어렸을 때부터 병약해서, 사소한 감기라도 걸리면 견디지를 못해 몇 번이나 죽을 뻔했기 때문에 초등학교를 졸업하는 데 칠 년이나 걸렸다. 중학교와 고등학교에서도 체육 수업은 견학만 했고, 대학도 다 마치지 못하고 포기해야만 했다. 그런 사람으로는 힘찬 웃음소리였다.

바로 그래서 걱정이다. 새집에 익숙해져 흥분이 가라앉으면 한동안 앓아누울지도 모른다.

"괜찮아. 나도 어엿한 가정주부야. 걱정하지 마." 본인은 의욕이 넘쳤다.

이튿날, 나는 마음을 가다듬고 장인에게 보고서를 써서 '얼음여왕'에게 맡겼다. 그룹 홍보실에 겐다 이즈미가 쳐들어오는 일은 없었다. 전화도 없다. 그녀는 나름대로 이번의 전략적 실패를 곱씹어 보고 있을지도 모른다. 적어도 그럴 수 있을 정도의 머리는 있는 여성이라고 생각하고 싶었다.

자리에 돌아오자 '얼음여왕'한테서 내선 전화가 걸려 왔다.

"맡긴 보고서 건으로 회장님께서 메시지를 남기셨습니다."

신속한 회답이다. 나는 공손하게 귀를 기울였다.

"당분간 경과를 관찰하라고 하십니다."

"알겠습니다."

"스기무라 씨. 실은 회장님께서 이렇게 말씀하셨습니다. 냅둬, 라고."

나도 모르게 웃음이 났다. '얼음여왕'의 목소리가 오 도가량 차가워졌다.

"이건 어떤 사안에 관한 지시죠? 비서실에서도 파악해 두는 편이 낫지 않겠습니까?"

"아뇨, 그럴 필요는 없다고 생각합니다. 회장님이 그쪽에 지시를 내리지 않는 한은."

역시 나는 '냅둬'라고는 할 수가 없다.

토요일은 날이 맑았다.

이사업자들도 많이 왔지만 장인과 처남 집에 있는 가정부들까지 거들어 주러 와서 일손이 남아돌 정도였다. 그래도 아내는 씩씩하게 진두지휘를 했지만 처음에만 그랬고 이내 지쳐서 나머지는 다른 사람들에게 맡겨 두었다.

모모코는 아침부터 신이 나서 재잘거리고, 나는 딸을 말리느라 진땀을 흘려야 했다. 어리다고는 해도 정이 든 집과의 이별. 새집에 마련된 자신의 새 방에 대한 기쁨과 호기심. 이 이사는 딸이 지금까지 살아온 오 년의 인생에서 가장 흥분되는 이벤트인 셈이다.

일요일 늦은 시간에는 일단 새집에서 골판지 상자가 사라졌다. 수납해야 할 것은 모두 집어넣었고, 부엌이나 욕실을 쓸 수 있었다. 아내와 나는 보안 장치 사용법을 익히고, 암호를 잊었을 때를 위해 각자 기억하기 쉬운 곳에 적어 두었다.

"하지만 진짜 중요한 건 이제부터야."

만족스러운 듯이 집 안을 둘러보면서 새삼 팔을 걷어붙였던 아내가 늦은 밤 열이 났다. 덕분에 나는 근처 편의점이 어디 있는지를 알았다. 얼음을 사러 갔으니까.

6

월요일 아침은 바빴다. 소노다 편집장에게 연락해서 좀 늦을 거라고 보고를 하고 일단 모모코를 유치원에 데려다준 뒤, 다시 집으로 돌아왔다. 그러고 나서 아내를 늘 다니는 병원으로 데리고 갔다. 정재계의 주요 인물이나 연예인들이 자주 오는 사립 병원으로, 시설이 호화롭고 분위기도 밝다. 사전에 전화를 해서, 아내의 담당 의사에게 예약을 해 두었기 때문에 오래 기다리지는 않았지만, 만약을 위해 여러 가지 검사를 하다 보니 결국은 점심때까지 시간이 걸렸다.

"이사를 해서 피곤한 거겠죠."

진단을 받고 아내를 집으로 데리고 돌아와 가정부에게 부탁을 하고 출근했다.

"회장님이 맡기신 따님 시중 들기 힘들군."

편집장이 느닷없이 심술을 부렸다.

"그래, 괜찮아? 마나님, 심장이 약하잖아."

"예, 근데 그쪽 문제는 아니에요. 그냥 피곤해서 그래요. 오늘 아침에는 열도 내려갔습니다."

"드링크제라도 먹여 보지? 아아, 그런 천박한 건 안 되겠지. 힘들겠어."

예, 힘듭니다. 나는 쓴웃음을 지으며 동의했다.

책상 위에는 메모가 세 장 놓여 있었다. 두 장은 업무 관계지만 한 장은 아니었다. 오전 열한시 삼십분에 걸려온 전화. '구와타에 사는 구보타 기요코 씨'라고 적혀 있다. 나보다 세 살 위인 누나다.

구와타는 야마나시 현에 있는 곳으로, 내 고향이다. 누나는 거기서 초등학교 교사로 일한다.

매형인 구보타 씨는 중학교 교감이다. 구와타는 작은 동네라 초등학교나 중학교가 하나씩밖에 없다. 그래서 누나 부부는 마을의 어린애들 얼굴을 모두 알고 있고, 뭐든 다 기억한다. 누나 부부에겐 자식이 없지만 그 대신 마을 모든 아이들의 선생님이다.

이사를 잘했는지 궁금해서 전화를 걸었으리라.

재미있게도 나와 '인연을 끊은' 어머니는 그래도 이따금 무뚝뚝하게 우리 집에 전화를 거는 일이 있는데, 인연의 끈을 유지하고 있는 형과 누나는 반드시 회사나 휴대전화로만 건다. 결코 집으로 전화하지 않는다.

아니, 형과 누나는 나와 형제의 끈을 유지하기 위해 동생이 아내로 맞이한 신분이 다른 귀한 분의 존재를 무시해야 하는 건가.

쪽지를 다시 읽어 보고 나는 그 메모를 잘 보이는 곳에 붙였다. 조금 있자 형이 전화를 해 이사에 대해 잠깐 이야기를 했다. 나호코가 앓아누웠다는 이야기는 하지 않았다.

겐다 이즈미의 동향이 신경 쓰였기 때문에 나는 최대한 외출을 피하고 편집부에 있으려 했다.

출판이라는 세계에서는 '편집장'이란 '전화 당번'의 다른 이름이라고 한다. 취재다 뭐다 해서 돌아다니는 일은 부하 직원들이 하고, 편집장은 편집부를 지키고 있는 게 일이다. 그건 사내보도 마찬가지다. 그래서 이번 주는 자연히 편집장과 둘이 있는 일이 많았다.

그렇게 단둘이 있을 때 편집장이 겐다 이즈미 문제에 대해 물었다. 그 뒤 무슨 일이 있었느냐고.

나는 이런저런 자세한 내용은 생략하고, 겐다 이즈미를 만나려 했지만 세 번이나 바람맞았다는 이야기만 보고했다. 아마 이걸로 끝날 거라는 희망적인 관측을 덧붙여서.

"이상한 친구네."

"예, 이상합니다."

"스기무라 씨 말이 맞아."

"무슨 말씀이세요?"

"겐다 씨에겐 트러블이 생겨서 누군가가 그녀와 얽혀 있는 상태가 가장 이상적이라는 말."

"아아, 그 이야기 말입니까?"

"아마 외로운 사람일 거야, 분명히."

편집장은 소녀 같은 눈빛으로 그렇게 말했다.

"무슨 일이든 일어나지 않으면 쓸쓸해서 견딜 수가 없는 거지."

"그건 다른 사람도 마찬가지예요. 하루하루의 생활이 그런 거죠."

"그래. 하지만 그걸 견디지 못하는 거지. 자기 인생이 그렇게 따분할 리가 없다고 생각할 테니까."

"겐다 씨가 그런 고상한 생각을 하고 있지는 않을 겁니다."

"아냐, 그럴 거야." 편집장이 웃었다. "전혀 따분하지 않은 인생을 살고 있는 스기무라 씨는 이해할 수 없으려나?"

둘이 있어도 편집장의 농담 섞인 심술이나 독설은 여전하지만 이런 이야기는 둘이 있을 때만 한다.

"제 인생이 그렇게 파란만장해 보입니까?"

"그럼. 드라마틱하지."

"회장 딸과 결혼해 살고 있어서?"

"그렇지, 맞아."

"하지만 일상이 되어 버리면 마찬가지예요."

"그렇겠지. 하지만 말이야,"

잠깐 생각하며 고개를 갸웃거린다.

"겐다 씨는 모를 거야. 스기무라 씨에 대해서. 회장 사위라는 사실을 말이야."

아마 그럴 거다.

"누구하고도 친하게 지내지 못했기 때문에 소문을 듣지 못했을 겁니다. 제가 이야기하지 않는 한 모르겠죠."

"해 보지그래? 실은 내가 권력자다. 화나면 혼이 날 거다, 라고."

"권력자라뇨……." 나는 진지하게 못을 박았다. "역효과가 나지 않겠어요? 내가 회장 직속이라는 사실을 알면 그 여자 더 소란을 부리지 않을까요? 드라마틱하니까."

"글쎄. 어떻게 될까. 으음."

신음을 낸다 싶었더니 불쑥 "미안해"라고 했다.

"무슨 말씀이세요?"

"골칫거리를 떠맡겨 놔서."

그러더니 화장실에 다녀오겠다며 일어서서 대화가 그쳤다.

그날 퇴근할 무렵에 다니가키 선배가 말을 걸었다.

"오래간만에 딱 한잔, 어때?"

깜짝 놀랐다. 나는 눈치챘다.

이마다 콘체른에 입사한 후 바로 이 그룹 홍보실에 들어온 지 팔 년, 환영회나 환송회, 송년회 등의 이벤트를 제외하고 나는 부원들 가운데 누군가가 한잔하러 가자고 해서 술을 마시러 간 경험이 손으로 꼽을 정도밖에 없었다. 애당초 내게 그런 말을 건네지 않는다. 무리도 아니다. 누가 회장의 사위를 부르고 싶겠는가? 회사에 대한 불평을 할 수 없는 상대와 술을 마시는 게 즐거울까?

그룹 홍보실은 사실 인사이동이 무척 잦은 곳이다. 생긴 뒤로 계속 자리를 지키고 있는 사람은 소노다 편집장과 나뿐이다.

그 가장 큰 이유는 이 부서가 '회장님의 게슈타포'로 여겨지기 때문이다. 회장 직속 스파이다. 부서가 생겼을 때 그런 헛소문이 났는데 아직도 뿌리 깊게 남아 있다.

자진해서 그런 부서에 올 사람은 없다. 있다면 그런 사람은 오히려 그룹 홍보실에 보내지 않는다. 무슨 꿍꿍이속이 있는지 모르기 때문이다.

실제로는 우리가 팔 년 동안 발행해 온 《아오조라》를 보고, '아아, 스파이가 아니잖아'라고 생각하는 사원들도 많으리라. 하지만 이마다 그룹은 크고, 사원수도 엄청나다. 처음에 생긴 나쁜 인상은 자국을 오래 남긴다. 무엇보다 '회장실 직속'이란 단어가 너무 인상적이다. 그래서 지금도 우리는 '게슈타포'다.

그런 증거로 일부에서는 '소노다 에이코는 회장의 애인이다'라는 소문이 나돌고 있다는 사실을 나는 알고 있다. 본인도 안다. 왜냐하면 그걸 내게 가르쳐 준 사람이 편집장이니까.

그때 함께 들었다. 소노다 편집장은 당시 상사와 '기한 오 년'이란 전제 아래 이 자리에 왔다는 사실도.

"오 년이 지나면 인사 파트의 연수 담당으로 발령이 나고, 마지막에는 아마 자료실이나 사사 편찬실에 가겠지. 그때까지 그만두지 않는다면 말이야."

오 년이란 《아오조라》의 모양새를 만들기에 필요한 세월이니까. 그리고 편집장으로 뽑히게 된 것은,

"이건 상사가 이야기한 거지 내 자화자찬이 아니야. 난 입이 무

겁거든. 그리고 학교에서 배운 건 이미 다 까먹었지만, 일단 대학에서 신문학과를 다녔기 때문이래."

오 년이 지났을 때 그녀는 회장실에 이야기를 했다. 기한이 다 되었다고. 하지만 계속 근무하라는 지시를 받았고, 오늘에 이르렀다.

"달리 시킬 만한 사람이 없잖아. 그리고 지원하는 놈은 위험하거나 쓸모가 없으니까."

소노다 편집장님은 적임잡니다. 내가 말했다. 그녀는 웃으며 잃을 게 없으니까, 라고 대답했다.

"내가 회장 애인이란 소문이 나도 내 처지에선 손해도 없고 이득도 없어. 물론 회장님도 마찬가지일 테고. 그냥 깜짝 놀랄 소문이라고 생각하고 넘어가는 거야. 우리 같은 조직에는 의외로 나 같은 인재가 없다니까."

부서원을 선택할 때도 똑같은 소리를 하기 때문에 그룹 홍보실에 오는 사람은 가사이 같은 젊은이거나 다니가키 선배처럼 정년퇴직을 앞둔 고참이다. 신병은 여기서 이마다 콘체른의 전체적인 모습을 파악하면 바로 다른 곳으로 배치되고, 고참들은 차례차례 퇴직한다.

한가하다. 하지만 아무리 한가해도 여긴 직장이고, 외부로부터 '게슈타포'로 여겨지는 부서에 있는 사람이라도 '게슈타포 가운데 게슈타포'인 회장 사위랑은 속 터놓고 술을 마시려 들지 않는다.

하기야 가사이 같은 경우는 다르다. 그는 내가 회장의 사위이기 때문에 어울리려 하지 않는 게 아니라 처음부터 직장 상사(일단은 나도 그렇다)와는 마실 생각을 하지 않는 요즘 젊은이다. 어울리는 것은 근무시간뿐이다.

다니가키 선배는 "단골집이 있어"라며 이자카야로 데리고 갔다. 신바시 역 뒤에 있는 꼬치구이 냄새가 구수한 작은 가게였다. 가게 주인에게 대충 인사를 하고 익숙하게 카운터 제일 안쪽에 앉았다. 나는 출판사 시절에 동료들과 드나들던 이자카야 생각이 났다.

"이런 가게에는 거의 오지 않지?"

물수건으로 얼굴을 닦으며 다니가키 선배가 물었다. 나도 물수건을 집어 들면서 고개를 끄덕였다.

"예, 오래간만이군요. 예전에는 뻔질나게 드나들었는데."

"신경 쓸 일이 많겠지."

'신경 쓸 일이 많은가?'가 아니라 '많겠지'였다. 나는 그냥 "예" 하고 대답하며 웃었다.

기본 안주와 생맥주가 나왔다. 다니가키 선배는 내년 3월 말이면 퇴직이다. 선배가 그룹 홍보실에 오기 전에 있었던 부서 이야기를 한동안 했다. 콘체른의 중심인 물류 부문 영업 파트였다. 최전선이다.

"등잔 밑이 어둡군요." 내가 말했다.

"한 번쯤은 선배를 인터뷰해서 기사를 실었어야 했는데. 한다면 반드시 제가 하게 해 주세요."

"아냐, 아냐. 뭘 그런 걸. 나 같은 월급쟁이 인생엔 아무런 드라마도 없어."

다니가키 선배는 멋쩍은 듯이 연신 손을 내저었다. 맥주에서 바로 소주로 넘어갔지만, 그다지 많이 마시지는 않았는데 벌써 얼굴이 붉어졌다.

"그래도 평범한 인생이었지만 회사를 떠날 거라니 역시 나름대로 뭉클, 하는 게 있어. 내가 생각해도 뜻밖이었지."

바삭바삭한 물렁뼈 구이를 먹으며 말했다. 다니가키 선배의 추천대로 놀라울 정도로 맛있는 꼬치구이지만, 지금 그가 씹고 있는 것은 아마 물렁뼈만은 아니리라.

"당연하죠. 그런데 몇 년 근무하셨죠?"

"삼십칠 년." 바로 대답했다. "난 고졸 사원으로 들어왔으니까. 처음 사오 년은 창고에서 라인 체크를 하느라 하루 종일 뛰어다녔다네. 포크리프트 시험에 합격했을 땐 정말 기뻤지. 어깨가 죽 펴지는 기분이 들었어."

나는 고개를 끄덕이며 장단을 맞출 뿐 듣고만 있었다.

"그 뒤로도 내내 현장에 있었고, 영업 쪽으로 옮긴 건 마흔이 넘어서지. 대대적인 인사이동이 있었어. 일이 손에 익지 않아 힘들었네. 거래처를 돌면서도 무얼 어떻게 해야 할지 몰랐거든. 물량을 따오라는 지시를 받고도 어떻게 하면 딸 수 있는지 몰랐지. 오리무중이 아니라 오십리무중이야. 지금 생각하면 고개를 들 수 없는 실수도 많이 했고."

추억이란 실패담마저도 밝고 즐겁다. 그런데 웃으면 웃을수록, 술기운이 돌면 돌수록 다니가키 선배는 쓸쓸한 표정이 되어 갔다.

두 시간 정도 지나, 다니가키 선배의 소주병이 반쯤 비었을 무렵, 그는 갑자기 눈을 깜빡이며 앉음새를 바로 했다.

"미안하군. 늙은이 추억 이야기나 들려주려고 함께 오자고 한 건 아닌데."

"무슨 말씀이세요. 좋은 이야기 들었습니다."

"그러니까, 그게 뭐냐." 약간 말투가 이상하다. "나도 이제 곧 정년퇴직일세."

여러모로 폐가 많았네, 하며 갑자기 내게 고개를 숙였다.

"아니, 무슨 말씀을. 폐는 제가 선배에게 끼쳤죠."

"아니야, 아닐세. 난 그룹 홍보실에선 도움이 안 돼. 그건 알고 있네. 부편집장이란 직함을 받았지만, 그거야 형식적인 거고."

감사하게 생각하고 있네, 하며 또 고개를 숙였다.

"회사는 아무것도 모르는 날 키워 주었어. 덕분에 장가도 들어 자식도 낳고, 집도 샀고, 이제 손자까지 얻었지. 그런데 정년퇴직을 눈앞에 두고 부편집장이라는 멋진 자리를 마련해 주었어. 정말 고마운 일이지. 회사를 그만둔다고 해도 회장님의 은혜를 잊을 수 없을 거야. 집사람도 그렇게 이야기하지."

나는 소리 내지 않고 웃었다.

"내가 다른 사람들에게 거치적거리는 게 아닐까?"

"예? 무슨 말씀이세요?"

"편집부에서. 사내보를 만든다는 건 나는 할 줄 모르는 일이니까."

다니가키 선배는 취한 사람 특유의 나른하면서도 진지한 표정을 짓고 있었다.

"그…… 겐다 씨 말이야."

"아, 예."

"그 문제, 괜찮을까?"

그걸 걱정하고 있었던 건가?

"큰 은혜를 입은 회사이고, 마지막에는 회장실 직속이란 부서에까지 배치해 주었는데, 그런데 회장님께 폐를 끼치게 된다면 난 할복할 수밖에 없어. 정말 괜찮을까? 겐다 씨는 내게 불만이 있었을 텐데."

나는 가슴이 뜨끔했다. 동시에 장인의 혜안에 새삼 놀랐다. 겐다 이즈미의 편지를 내게 맡기고, 소노다 편집장이나 다니가키 부편집장에게는 이야기하지 말라고 엄하게 명령했다. 장인은 충실하게 살아온 다니가키 선배 같은 사원에게 그런 중상모략이 어떤 영향을 미치는지 잘 알고 있었던 것이다.

할복할 수밖에 없다고 생각할 정도로.

"괜찮아요. 걱정하지 마세요."

나는 다니가키 선배의 어깨를 두드렸다. 괜찮지 않더라도 내가 반드시 괜찮게 만들자—라고 마음속으로 맹세하면서.

"그리고 다니가키 선배, 아까부터 정년 이야기만 하시는데, 아직도 사 개월 가까이 남았어요. 《아오조라》를 네 번 내야 해요. 힘을 내셔야죠."

그래, 열심히 할게. 다니가키 선배가 대답했다. 정말 열심히 할게, 라고.

"스기무라, 이건 늙은이 넋두리라고 생각하고 들어 주게."

"예."

"우리 편집장 말이야, 소노다 씨. 그 사람은 입이 험해."

아니, 우리들에겐 그러지 않지만, 이라고 서둘러 덧붙인다.

"자네에겐 심하게 이야기하지. 사위님, 사위님, 하면서."

"그건 농담이죠."

"농담이 지나칠 때가 있어. 자네, 화나지?"

"다니가키 선배, 걱정해 주시는 거예요?"

"난 말이야, 스기무라 자네를 좋은 동료라고 생각해. 정말, 정말로 그 생각뿐이야. 회장님 따님과 결혼했건 어쨌건 직장에선 관계없어."

"감사합니다."

그냥 한 소리가 아니었다. 나는 선배의 그 말을 듣고 기뻤다. 진실이 아니더라도 그렇게 이야기해 주는 것이.

"그렇지만 편집장은 자꾸 신경을 쓰더군. 역시 여사원은 우리하곤 다른 건가?"

소노다 에이코는 다니가키 선배에게 '여사원'이라고 불리는 걸 마땅치 않게 여길지도 모른다는 생각이 얼핏 들었다.

"그건 좋지 않아. 회장님께도 실례지. 그렇게 생각하지 않나?"

"편집장님은—."

"그렇지만 자네가 참아 줘. 부탁하네."

다니가키 선배는 내게는 말할 틈을 주지 않고 말을 이었다.

"소노다 편집장은 말이야, 그 사람 결혼하지 않아서 회사밖에 없어. 회사밖에 없는 사람이지. 그건 우리들하고 마찬가지지만, 여사원이면서 회사밖에 없다고 하는 건 남자보다 더 쓸쓸해. 회사에서 잘리거나 하면 아무것도 남는 게 없지."

편집장은 이 말에도 아마 다른 주장을 할 것이다. 하지만 지금은 머릿속에 있는 소노다 에이코의 입을 다물게 하고 선배의 말을 귀 기울여 들었다.

"자네는 모를 테지만, 그 사람 말이야 자기가 회장님 애인이라고 말을 퍼뜨리고 있어."

아니, 그건 아닐 겁니다. 이렇게 말하려다 그만두었다.

"아는 사람은 다 알아. 난 그거 문제라고 생각해. 회장님 명예에 관한 일이지. 하지만 소문은 어디까지나 소문이라 누구도 면전에서 뭐라 하지 않을 거야. 그래서 그 사람은 스기무라 씨에게 심하게 구는 거지. 뭐랄까, 서로 대등하게 보이려는 거겠지."

나쁜 여자가 아닌데, 라고 중얼거렸다. 드디어 '여자'가 되어 버렸다.

"화내지 말게. 아마 그 사람도 조만간 인사이동이 있겠지. 그러면 자네가 편집장이 될 거야. 그때까지는 참게."

한잔 더 하세, 하며 다니가키 선배는 소주를 따랐다. 내 잔에도 따라 주었다. 이 이야기는 그만하자는 의미이리라.

그냥 넘어가도 괜찮았다. 하지만 내 머릿속에 있는 소노다 에이코를 위해 한마디 정도는 변호를 하고 싶다는 생각이 들어 입을 열었다.

"편집장님은 일부러 저를 위해서 그러는 걸 겁니다, 분명히."

"뭐?"

"제가 회장 사위라는 사실을 숨길 수 없는 이상, 본인이 직접 나서서 저를 놀리면 다른 사원들이 아무 말도 할 수 없을 테니까요. 그래서 일부러 심술궂은 역할을 떠맡고 계신 거죠."

멍한 눈으로 허공을 바라보며 잠시 생각하더니 다니가키 선배가 활짝 웃었다. 내 등을 툭툭 두드리더니 쓰다듬었다.

"스기무라, 자네 참 착해. 좋은 친구야. 정말 사람 좋아. 회장님이 좋은 사위를 얻었어. 자, 마시자구. 마셔."

마시자, 마셔, 하며 마셨다.

술이 취했지만 다니가키 선배는 술자리를 질질 끌지 않았다. 전철 막차 시간이 가까워지면 칼같이 마무리하는 사람이었다. 술값은 선배가 다 내서 나는 얻어먹은 셈이 되었다. 여긴 다니가키 선배의 단골집이다.

나는 선배를 신바시 역 개찰구까지 배웅하고, 거기서 헤어졌다. 역의 중앙 통로를 걸어가는 다니가키 선배의 뒷모습은 작아 보였다. 수수한 양복에 손에 든 가방.

그 모습을 한동안 지켜보고 있자니 갑자기 고향에 계신 아버지 생각이 났다. 우리 아버지는 샐러리맨은 아니다. 이미지가 다르다. 그런데도 아버지 생각이 났다.

7

이튿날, 숙취 때문에 비틀거리며 출근하자 물류 창고의 구로이 씨로부터 우편물이 와 있었다.

지난주에 그를 인터뷰한 뒤 원고를 써서 보내 훑어보고 체크해 달라고 부탁했다. 그게 벌써 돌아온 것이다. 뜯어 보니 거의 고친 부분은 없고, 정중한 편지가 딸려 있었다. 《아오조라》에 실리는 건 큰 영광이다, 잘 부탁한다고 적었다.

추신이 있었다.

"지난번에 만났을 때 집에서 전화가 와 실례를 했는데, 부끄럽기 짝이 없습니다. 그 뒤로 딸은 병원을 바꾸고, 의사도 바꾸고, 치료법도 바꾸었는데 그게 효과가 있었는지 많이 좋아졌습니다. 하지만 아내는 여전히 신경 곤두세우고 싸움을 계속하고 있습니다."

구로이 씨의 목소리가 들리는 듯했다. 이것도 인터뷰 원고라면 맨 뒤에 '(웃음)'이라고 덧붙여야 하리라.

다니가키 선배는 아무 일도 없었다는 듯이 일을 하고 있었다. 나는 오전 내내 좀비 같은 상태였다. 경륜이 차이가 난다. 커피를 계속 마시며 겨우 버렸다.

오후부터 컴퓨터 앞에 붙어 앉아 새 버전으로 업그레이드되며 기능이 추가되었다는 레이아웃 소프트웨어와 씨름을 했다. 시이나가 있으면 좋을 텐데, 하는 생각이 들었다.

손님이 왔다는 이야기를 들은 시각은 오후 세시가 지날 무렵이었다. 고개를 드니 편집부 출입구 쪽에 고등학교 교복 차림의 후루야 미치카가 서 있었다. 눈이 마주쳤다. 소녀는 꾸뻑 고개를 숙였다.

순간 이런저런 생각이 오갔지만, 결국 미치카를 데리고 스이렌으로 갔다. 마침 편집장이 자리를 비웠기 때문에 변명하지 않아도 되어 다행이었다.

지난번과 같은 박스석에 앉았다. 미치카는 자기 어머니가 앉았던 자리에 걸터앉았다. 팬시 용품을 여러 개 매단 큼직한 감색 가방을 옆에 놓고, 거의 아무런 표정도 없이 입을 다물고 있었다. 입술에 바른 립글로스가 창 너머 햇살에 희미하게 반짝거린다.

"안녕?"

바보 같다는 생각을 하면서도 나는 그렇게 입을 열었다. 마스터가 흥미진진하다는 표정으로 내 커피와 미치카가 주문한 홍차를 내와 연신 눈치를 살피는 모습을 애써 무시했다.

"죄송합니다." 미치카가 작은 목소리로 말했다. "여기 오고 나서야 생각이 들었습니다. 먼저 전화를 드렸어야 하는데. 일하시는 중이니까."

"괜찮아. 좀 놀라기는 했지만."

나는 애써 웃으며 대답했다.

"엄마한테 이야기 들었어요."

"그래."

"뭔가 써 보면 좋을 거라고 권하셨죠?"

"응. 할아버지 이야기를 말이야."

내가 말했다. 미치카는 눈을 내리깐 채로 고개를 끄덕였다.

"저는 글짓기를 잘 못해서."

"그러니?"

"써 보려고 했지만 어떻게 써야 할지 잘 모르겠어서."

"그래?"

점점 더 바보 같아졌다.

"가이짱하고 의논했지만, 그 애도 글짓기는 잘 못해서."

"가이짱?"

"아, 기타미 씨 집에 함께 갔던 친구예요."

"아아, 기노. 친구라고 했지?"

"그 애 이름이 '가이海'라고 해요. 기노 가이. 이상한 이름이죠?"

그제야 눈을 들었다. 나는 웃어 보였다.

"부모님이 바다를 좋아하나?"

"나무 목木과 들 야野가 있으니 그다음에는 바다 해海라고."

그걸로 세계가 이루어진다.

"사실은 '우미海'라고 읽지만 가이라고 부르는 게 편하니까 다들 그렇게 부르죠."

"좋은 이름이구나. 네 이름도 예쁘지만."

미치카는 다시 고개를 숙였다. 그리고 불쑥 "아" 하는 소리를 냈다.

"그런가? 그런 이야기를 쓰면 되나?"

"응?"

"할아버지가 붙여 준 이름이에요. 미치카라고. 처음에는 그냥 히라가나로만 지었죠. 한자를 붙인 건 엄마고요."

"그랬니?" 나는 고개를 끄덕였다. "그래. 그런 걸 생각나는 대로 쓰면 돼. 그러다 괴롭거나 슬퍼지면 무리하지 말고 그만두는 거지. 다시 쓰고 싶어지면 생각나는 걸 쓰고. 간단한 거야."

"아저씨하고 책을 만든 여자분도 그렇게 했나요?"

"책은 만들지 않았어. 하지만 쓴 내용은 그런 거지."

"그분은 아버지가 돌아가셨다고 했죠?"

"응, 뺑소니 사고로."

"그래요, 맞아요. 그런 일들은 당해 본 사람만 알 수 있을 거란 생각이 들었어요."

작은 목소리로 중얼거리면서 오른손으로 왼손 등을 긁었다. 손톱은 깔끔하게 다듬어져 있었다.

"너무 슬프고, 불행하다는 생각이 들고, 어처구니없는 일이죠."

나는 의식적으로 정중하게 말했다.

"주변 사람들이야 어떻게 그런 일이 있을 수 있느냐며 위로하는 말밖에 할 수가 없지. 별로 도움이 되지 않겠지만. 그런 이야기는 이제 듣기 질릴 거야."

의외로 미치카는 살짝 미소를 지었다.

"그렇지만 다들 마음씨가 고와요. 많이 위로를 해 주었고."

"착한 친구들이구나."

"하지만 다들 글짓기는 서툴러요."

이번엔 나도 함께 미소를 지었다.

"어떻게 해야 할지 모르겠어요."

"선생님께는 의논드려 보았니?"

미치카는 뭔가를 떨쳐내려는 듯이 고개를 저었다.

"선생님은 싫어요."

그래, 하고 대답만 하고 이유는 묻지 않았다. 여고생이 선생님을 싫어하는 까닭은 정당한 이유에서부터 부당한 것까지 셀 수 없이 많으리라.

"그래서 아저씨에게 물어보려고 생각한 거예요."

죄송합니다, 하며 또 고개를 꾸벅 숙였다.

"뻔뻔스럽죠?"

"그렇지 않아. 애당초 내가 너희 어머니에게 제안한 거니까. 뭔가 도울 일이 있으면 이야기해 달라고도 했지."

"그렇다고 쪼르르 달려오는 게 뻔뻔스러운 거죠."

미치카가 무척 진지한 표정으로 그렇게 말했다.

"엄마는 분명히 이렇게 이야기할 거예요. 그냥 해 본 말일 거라고."

"너희 어머니는 엄격한 비즈니스 세계에서 일하는 분이라 사물을 보는 눈이 신중하신 거야. 그건 나쁜 게 아니지. 훌륭한 자세라고 생각해."

미치카는 대답하지 않고, 그저 표정만으로도 어머니에 대한 반발을 충분히 웅변했다. 그녀의 눈썹이 치솟는 것을 보고 '어라, 얘는 눈썹을 그리지 않았네' 하고 생각했다. 가지런한, 타고난 그대로의 눈썹이다.

"처음엔 기타미 씨 집에 가 볼까 하는 생각을 잠깐 했어요."

미치카는 어깨를 움츠렸다.

"그렇게 끈덕지게 드나들면 제 부탁을 들어주지 않을까 싶어서."

하지만 그분은 입원했어요, 라고 말했다. 깜짝 놀랐다.

"기타미 씨가 어디 편찮으시니?"

처음 만났을 때 '환자 같다'는 인상을 받은 건 착각이 아니었던가.

"암이에요. 간암."

"그러니……?"

"이삼 년 전에 한 번 수술을 했는데, 다시 나빠져서 지난 주말엔가 입원했대요. 가이짱이 알려 주었죠."

"같은 단지에 산다면서?"

"가이짱 부모님도 기타미 씨를 잘 알아요. 주택 단지 임원을 맡

고 있어서. 처음 기타미 씨가 이사 왔을 때는 다들 경계했대요. 수
상한 독신자에다 무얼 하는 사람인지도 확실치 않아서."

하기야 어쩔 수 없는 일이리라.

"그래서 상태를 살피다 보니 수상한 사람은 아니고, 환자라는
사실도 알았대요. 앞으로 얼마 살지 못할 것 같아요."

나는 그 온화하고 부드럽고, 시선만 날카로운 사람의 얼굴을 떠
올렸다.

"물론 본인도 알고 있겠지?"

"예. 기타미 씨는 가족이 없어요. 이혼을 해서. 그래서 의사도
본인에게밖에 이야기할 수 없었겠죠."

"전에 경찰관이었다고 들었는데."

"예. 경찰을 그만두고 사립탐정을 한다고 해서, 그래서 부인이
나가 버렸대요. 자식도 데리고."

기타미 씨는 외톨이예요, 라고 했다. 그 말투에는 희미한 공감
의 음색이 묻어 있었다.

"전에도 입원과 퇴원을 반복했지만, 가이짱 어머니는 이번엔 힘
든 거 아니냐고 하고 있어요."

"괴로운 이야기로군."

"기타미 씨는 세상을 등진 사람이니까요."

여고생의 입에서 예스러운 표현이 튀어나왔다.

"각오는 하고 있을 거라더군요."

그것도 가이짱 어머니의 예측이리라. 나는 이야기를 되돌리기

로 했다.

"네 '글짓기' 말인데, 나라도 괜찮다면 도와줄게."

"괜찮으세요?"

미치카가 기쁜 표정도 없이 담담하게 말했다.

"응. 어떤 방식으로 할까?"

"제가 쓴 걸 봐 주실래요? 이상한 데가 있으면 가르쳐 주세요."

그건 결국 현재는 '쓸 수 없는' 게 아니라 '써 보았지만 이건 너무 서투르다'고 느끼기 때문에 난처해하고 있다는 이야기이리라. 그렇다면―.

"좋아. 하지만 네가 너를 위해 쓰는 글이기 때문에 사실은 이상해도 전혀 상관없어."

"홈페이지에 올리고 싶어요."

역시 다른 사람들에게 보여 줄 생각이다.

"내가 어머니에게 권한 건 써 보는 거야. 그냥 쓰는 것만." 꾸짖는 소리로 들리지 않도록, 나는 부드럽게 말했다. "누군가에게 보여 주면, 하물며 홈페이지에 공개하면 그건 그 일대로 다른 괴로운 일이 생길 텐데."

"지금도 괴로우니 그건 상관없어요."

테니스에서 발리를 하듯이 대답했다.

"범인이 볼지도 모르죠. 분명히 볼 거라고 생각해요. 그래서 더 쓰고 싶어요."

나는 로브를 쳐올렸다. 코트 아주 깊숙한 곳을 노리고.

"홈페이지는 이제부터 만들 생각이니?"

"지금 가이짱하고 만들고 있어요."

"거기엔 어떤 이야기를 쓸 거야?"

"일기. 교환일기 같은 거요."

"게시판은 설치했어?"

"귀찮아서 설치하지 않았어요. 하지만 할아버지 이야기를 쓴다면 설치할까 생각중이에요. 정보가 들어올지도 모르잖아요."

으~음. 나는 팔짱을 끼고 신음했다.

"중요한 정보가 들어올 가능성은 아주 낮을 거야. 엉터리 정보들이 마구 들어올지도 모르고. 메일 주소만 공개하면 안 될까?"

"메일이라면 지금도 받고 있어요."

"그럼 현재 상태를 유지하는 게 낫지. 교환일기 쪽은 어떻게 할 생각이니? 그쪽은 그쪽대로 계속할 생각이야?"

"모르겠어요. 상태를 보아 가면서."

나는 후회하기 시작했다. 섣부른 일을 권한 것이다.

"네가 할아버지에 관해 쓰고, 홈페이지에 올리려 생각한다는 사실. 그러기로 결정한 네 생각을 어머니에겐 말씀드렸니?"

순간 미치카의 흰 뺨에 분노가 스쳤다.

"꼭 이야기해야 하나요?"

"말씀드리는 게 낫다고 생각하지 않아?"

"어째서요?"

"어머니의 아버지이기도 하니까."

"엄마는 아버지를 잊어버렸어요."

분노가 짙어졌다. 내게 화를 내고 있는 건 아니다. 미치카의 상대는 어머니다.

"잊지 않았어. 어림짐작으로 이야기해선 안 돼. 난 네 어머니와 이야기를 해 봤어."

"카운슬링이나 받고."

"나쁜 게 아니야. 어머니가 괴로움을 견뎌내기 위해서 선택한 방법이지."

미치카는 입을 꾹 다물었다.

"같은 의사 선생님에게 너도 상담받는 게 어떨까 하는 이야기가 있었던 모양이던데. 그것도 생각해 보지 않을래?"

"절대로 싫어요."

테니스의 발리 정도가 아니라 석궁으로 쏜 화살처럼 되받았다.

어째서 그렇게 싫은 거냐는 표현을 사용하지 않고, 어째서 그렇게 싫은 거냐고 질문하려면 어떻게 해야 할까를 궁리하고 있는데 두 번째 화살이 날아왔다.

"엄마는 스스로 그런 걸 생각한 게 아니에요. 그냥 시키는 대로 했을 뿐이지."

"어머니가?"

"그래요."

"누가 시키는 대로 했다는 거니?"

"남자."

내 눈이 휘둥그레졌다. 미치카는 의기양양한 눈빛을 띠었다.

"몰랐죠? 그렇게 된 거예요."

후루야 집안의 가족 구성에 관해서 나는 잘 모른다. 살해당한 후루야 아키토시 씨와 그 딸인 아키코, 그리고 앞에 있는 미치카. 이 세 사람 이외에도 가족이 있는지 어떤지.

미치카는 내가 당황했다는 사실을 날카롭게 읽어 냈다. "우리 엄마, 싱글맘이에요."

나는 바보처럼 고개를 크게 끄덕였다.

"전 아빠 얼굴을 몰라요. 어렸을 때는 내가 혼혈이라고 생각했었죠. 엄마 상대가 회사 사람일 거라고 여겼으니까. 하지만 아니었어요. 아무래도 다른 데서 만난 사람이었던 모양이에요. 하지만 지금 애인은 외국인이죠."

"아, 같은 회사에 있는 사람?"

"직장 상사요."

그러고 보니 후루야 아키코와 이야기를 할 때 '직장 상사와 의논했다'는 말을 했다.

"엄마는 재혼하고 싶어 해요. 하면 좋을 텐데. 상대방은 이혼한 상태라 자유로우니 하려고 마음만 먹으면 할 수 있죠."

재혼하지 않는 건 널 위해서야, 라는 어른의 명청한 대사를 들려주려다 말았다. 입을 굳게 닫았다.

"그럼, 너희 집은 세 식구였니?"

"그렇죠."

"할머니는—?"

"할아버지는 이혼했으니까. 할머니는 엄마가 어렸을 때 집을 나가 버렸어요. 다른 남자가 생겨서. 그래서 할아버지는 혼자서 엄마를 키우신 거죠. 정말 엄청 고생하면서."

미치카의 분노에 짙은 슬픔이 섞여 있었다. 자신의 슬픔만이 아니라 그토록 고생해서 키운 딸에게 금방 잊혀 가고 있는 할아버지의 슬픔이다.

그것은 어디까지나 미치카의 짐작에 불과하다. 하지만 짐작이라도 그녀에겐 진실이다. 더욱 골치 아픈 상황이 되었다.

"할머니는 잘 지내시고?"

"장례식 때는 왔어요. 남편하고. 엄마는 너무 오래간만이라 바로 알아보지 못한 모양이에요."

더는 묻지 않아도 되리라는 생각이 들었다.

"그런 할머니에 그런 엄마예요. 정상이 아니야. 유전자인가? 골치 아픈 여자들이에요, 우리 집 여자들은."

나도 모르게 웃었다. 웃으며 사과했다.

"미안하구나. 너희 집 이야기 때문에 웃은 건 아니야."

"왜 웃으셨는데요?" 미치카는 이상하다는 듯이 눈을 깜빡이고 있었다.

"어떤 사람과 드라마틱한 인생이라는 문제에 관해서 이야기한 적이 있는데, 그 생각이 나서 그래."

미치카는 더 의아한 표정을 지었다. 무리도 아니다.

"드라마틱하다면, 그렇게 살해된 게 제일 드라마틱하죠."

나는 웃음을 지웠다. 어떤 의미로 웃건 지금은 적합하지 않다.

"경찰은 바보예요. 무책임하고. 아무것도 해 주지 않아요."

미치카는 입을 삐죽 내밀었다. 다시 얼굴에 노여움과 슬픔이 밀려들었다. 이 슬픔은 현실에 대한 것이다.

"그래서 기타미 씨에게 부탁하려 한 거로구나."

입술을 깨물고 미치카가 고개를 끄덕였다.

"엄마가 의심받는 것도 싫었고요."

경찰이 미치카에게 이런저런 질문을 했다고, 후루야 아키코가 말했었다. 음, 나도 들었어, 라고 짧게 말했다.

"기타미 씨에게 부탁하면 공정하게 수사해 줄 거라고 생각했어요. 편견이 없으니까."

"경찰은 편견을 갖고 있구나."

"그렇겠죠. 그렇지 않다면 엄마를 의심할 리가 없죠."

나는 안도했다. 그런 상황에서 미치카까지 어머니를 의심하면 어쩌나 하는 생각을 했던 것이다. 기쁘기도 했다. 이 소녀는 누명을 벗기고 싶은 것이다.

"엄마 애인은 미국 사람이에요. 그 나라 사람들은 재판 같은 거쉽게 걸잖아요? 변호사를 고용해서 경찰을 명예훼손으로 고소한다는 거예요. 그런 건 일본에서 통하지 않는데."

"그렇구나. 어머니도 말씀하셨지만, 경찰은 수사 진행 상황을 가르쳐 주지 않는 모양이던데."

"전혀."

"그래서 넌 더 괴롭고."

분해요, 라고 미치카가 말했다. 심플한 그 표현은 울림이 숨 막힐 정도로 강했다.

"그럼 이렇게 하자." 나는 손뼉을 쳤다. "넌 글을 써. 쓰면 내게 메일로 보내고. 물론 기한 같은 건 없고, 마음이 변하면 보여 주지 않아도 돼. 쓴 걸 모두 보여 줄 필요도 없어. 그리고 난 내 의견을 이야기하는 거야. 네가 내 의견을 채택하건 하지 않건 자유야. 그렇게 해서 조금 주고받고, 홈페이지에 올리는 건 일단 보류."

미치카가 불만스럽다는 듯 소리를 질렀다.

"미안하지만 그렇게 하지 않는다면 난 네 일을 도와줄 수가 없어. 네가 잘 몰라서 그러는 걸 테지만, 사실 자기가 쓴 글을 세상에 발표한다는 건 아주 무서운 일이야."

"전 지금까지도 일기에 할아버지 이야기를 써 왔어요."

"범인에게 보여 줄 생각으로 쓰는 건 그거와는 달라."

험상궂은 표정으로 눈을 가늘게 뜬 미치카와 나는 눈싸움을 했다. 내가 이겼다. 경험 덕이다. 미치카는 컵을 손에 들고 식은 홍차를 꿀꺽꿀꺽 마셨다.

탁, 하고 잔 받침대에 내려놓았다. 그러더니 마음을 굳힌 듯이 고개를 들고 몸을 앞으로 디밀었다.

"저는 진짜로 범인을―."

그때였다. 창밖 바로 옆에서 뭔가가 번쩍거렸다. 나와 미치카가 그쪽을 바라보았다.

눈앞에 펼쳐진 광경이 믿어지지 않았다. 창밖에 서 있는 나무 뒤의 보도에는 일회용 카메라를 눈에 대고 있는 겐다 이즈미가 서 있었다.

"어?" 미치카가 무슨 영문인지 몰라 내게 물었다. "저게 뭐죠?"

겐다 이즈미는 내 얼굴을 바라보더니 기쁘다는 듯이 히죽 웃었다. 그리고 몸을 빙글 돌려 도망쳤다.

방금 일어난 일이 이해되지 않아 나는 자리에 그냥 앉아 있었다. 뭐지? 저 여자가 뭘 하는 거지? 사진을 찍었다.

"저 사람, 아저씨 아는 사람인가요?"

미치카가 내게 물었다. 그러다 내 멍한 모습을 보고 묘한 통찰이랄까, 억측이랄까, 뭔가를 깨달았다는 표정을 짓기 시작했다.

"설마 저 사람 아저씨 부인은 아니죠?"

나는 다시 멍해졌다. "엥? 아니, 전혀 아니야. 저 사람은 내 부하 직원이야. 아니 부하 직원이었지."

바보의 제곱도 바보, 바보의 제곱근도 바보다. 나는 구제할 길이 없는 바보 같은 대답을 했다.

"옛날 부하 직원. 그냥 옛날 부하 직원?"

미치카가 노래하듯이 물었다.

"그냥 옛날 부하 직원이었던 사람이 카페 밖에 숨어서 사진을 찍고 히죽거리면서 도망갔어요. 아저씨가 여고생과 단둘이 있는 사진을. 이게 뭘까? 난처한 상황 아닌가요?"

나보다 미치카의 이해 속도가 더 빨랐다. 무얼 암시하고 있는 거지?

"난처해? 뭐가?"

"아무것도 모르는 사람이 보면 난처하지 않겠어요? 전 여고생 이고. 원조교제로 보인다거나. 으음, 저는 별로 난처할 게 없지만 요."

미치카는 결국 웃음을 터뜨렸다.

"아저씨, 저 사람에게 어떻게 한 거예요?"

말도 안 돼, 라고 내가 소리를 질렀다. 마스터가 이쪽을 돌아보 는 모습이 보였다.

"아저씨 땀 흘리네." 미치카가 웃음을 그치지 않았다.

"어째선지 나도 몰라. 아니, 알아. 저 여자는 여러 가지 문제가 있어서—아니, 나하고 문제가 있었던 건 아니고."

겐다 이즈미는 무슨 꿍꿍이 속일까?

8

그 답을 알기까지 오래 기다릴 필요는 없었다. 우리 집으로 '스기무라 나호코 귀하'라고 해서 편지가 오기까지는 겨우 하루가 걸렸을 뿐이니까.

옛 주소에서 새집으로 전달되어 온 그 편지가 도착하기 전에 나는 아내에게 사정 이야기를 해 두었다. 아내는 상황을, 아니 내 태도를 재미있어했다.

"웃기네. 남자들은 모두 그런가? 아무 켕기는 게 없는데도 그저 여고생과 함께 있는 모습을 사진 찍혔다는 사실만으로 그렇게 안절부절못하는 거야?"

편지가 도착하자 바로 내게 알려 왔다. 나는 회사에 출근했지만, 점심시간을 이용해 집에 돌아가 함께 편지 봉투를 뜯었다.

스냅 사진은 '스이렌'의 테이블을 사이에 두고 나와 마주 앉은 후루야 미치카가 내 쪽으로 얼굴을 쑥 내민 그 순간이 잡혀 있었다. 보기에 따라서는 여러 가지로 해석할 수 있을 만한 장면이었다. 겐다 이즈미는 성격은 형편없지만 사진 솜씨는 제법이다.

동봉된 편지에는 흘려 쓴 글씨로 간단하게 적혀 있었다.

'아십니까? 당신 남편은 여고생과 매춘하고 있습니다. 이건 증거사진입니다.'

글씨에는 싸늘한 악의가 담겨 있었다.

"이 미치카라는 아가씨에겐 겐다 씨가 어떤 사람인지 설명했어?"

"오해할지도 모르겠다 싶어서 이야기했지."

"그렇다면 걱정할 것 없어."

아내는 그렇게 말하고 나서 약간 걱정스럽다는 듯이 덧붙였다.

"겐다 씨가 알고 있는 건 우리 옛날 주소뿐이겠지?"

"물론이지."

그래도 한동안은 신변에 주의를 기울이라는 추상적인 충고를 했다. 아내는 진지한 표정으로 고개를 끄덕였다. 나나 아내나 이 편지 자체보다 오히려 겐다 이즈미가 아내의 이름을 정확하게 알고 있다는 사실(회사 주소록에는 실려 있지 않은 정보다)이 더 마음에 걸렸다.

집에서 점심 식사를 하고 회사로 돌아가려는데 휴대전화가 울렸다.

장인 전화였다.

"지금 킹스로 가네. 한 시간쯤 걸릴 거야. 잠깐 나오지 않겠나?"

'킹스'는 장인이 단골로 이용하는 양복점이다. 긴자에 있다. 나는 택시를 타고 달려갔다.

용건은 짐작이 갔다. 그래서 살짝 땀이 났다.

킹스는 규모가 작은 가게다. 재계 인사들을 위한 진짜 영국 스타일의 신사복을 맞춤 판매하는 이 양복점 주인은 장인과 거의 같은 연배다.

가게에 들어서자, 바로 안으로 안내되었다. 장인은 거울 앞에 서 있었고, 양복점 주인이 손수 가봉을 하는 중이었다. 새 양복은 약간 은빛이 나는 쥐색이었다.

가게 주인은 내게 고개를 숙여 보였을 뿐, 묵묵히 작업을 계속했다. 한편 장인은 내 얼굴을 보자마자 풋 하고 웃었다.

"표정을 뵈니 회장실 앞으로도 보낸 모양이군요."

"으음, 왔네."

"겐다 이즈미 짓입니다."

"그럴 거라고 생각했지."

나는 설명을 시작했다. 가봉하는 방에는 팔걸이가 있는 가죽 의자가 여러 개 있지만 주인은 결코 내게 앉으라고 권하지 않았다. 나도 선 채로 이야기를 계속했다. 서열이란 그런 거다.

"편집부 쪽은 어떤가?"

젊은 시절에는 '맹금猛禽'이라 불렸고, 여든 살이 된 지금도 그 눈의 날카로움이 누그러질 기미를 보이지 않는 장인은 당황해서 어쩔 줄 모르는 내 설명을 내내 싱글거리며 들었다. 놀리는 표정까지 지었다. 하지만 이야기가 우리 집에도 그 편지가 왔다는 대목에 이르자 표정이 확 바뀌었다.

"나호코는 뭐라던가?"

"괜찮습니다. 앞뒤 사정을 알고 있으니까요."

"자네의 여고생 매춘 의혹 문제는 아무려나 상관없어. 나호코가 불안해하지 않던가?"

장인어른, 당신 딸은 어엿한 성인이고, 한 아이의 엄마고, 다 큰 여성입니다—라고 하고 싶었지만, 물론 그러지 않았다.

"역시 기분이 좋지는 않았겠죠. 죄송합니다."

가봉을 위해 입은 옷에 꽂은 핀을 조심하면서, 장인은 거울 앞에서 빙글 돌았다. 가게 주인은 바닥에 무릎을 꿇은 채로 현미경을 들여다보는 연구자 같은 눈으로 그 모습을 보고 있었다.

"이제 그 문제는 이쪽에서 맡지."

거울에 비친 자신의 모습을 보면서 장인이 말했다.

"가족까지 휩쓸릴 우려가 있는 문제로 번진다면 그냥 둘 수는 없겠어."

나를 돌아보며 입술을 찡그렸다.

"도야마가 편지를 뜯어 보았네. 큰 소동이 날 뻔했지. 내가 조치하겠다면서 편지를 갖고 나왔지만, 자넨 또 크게 감점당했네."

"이제 깎일 점수나 있는지 모르겠습니다."

장인은 턱을 치켜들고 웃었다.

"나머지 일은 법무 파트에서 대처할 걸세. 얼른 보고서를 만들어 줘. 겐다 이즈미에겐 바로 다나베에게 연락을 취하라고 하겠네."

다나베 씨는 회장실 차장이다.

"이제 자넨 손을 떼도 돼. 수고했네."

"알겠습니다. 기대에 미치지 못해 죄송합니다."

장인은 갈고리 모양의 눈썹을 치켜세웠다. "공부는 됐나?"

"예, 뼈아픈 공부가 되었습니다."

만약에 겐다 이즈미가 보낸 편지가 회장실과 편집부 앞으로만 왔다면 장인은 계속 내게 해결을 맡겼으리라. 나호코가 얽혔기 때문에 이렇게 대처하게 된 거다. 밖에서 낳은 딸이고, 병약하고, 보물처럼 애지중지하는 나호코는 장인에겐 최대의 아킬레스건이다.

"새로 이사한 집은 어떤가?"

"덕분에 쾌적하게 지냅니다."

"문제는 없나?"

아내는 자기가 피로해서 앓아누었던 일을 아버지에게는 비밀로 해 달라고 부탁했다. 번거로우니까. 나호코는 이 애정 많은 아버지를 사랑하지만 세상의 모든 딸들과 마찬가지로 그런 아버지가 번거로울 때도 있는 모양이다.

물론 내 걱정도 함께 했으리라. '얼음여왕'의 감점이라면 얼마든지 받아도 괜찮지만 장인에게만은 감점을 당하지 않도록.

"문제는 없습니다. 모모코도 잘 지내고 무척 좋아합니다."

장인은 고개를 끄덕이고 양복점 주인에게 말했다. 바지의 폭과 길이 조정에 대해서였다. 주인은 열심히 지시에 따르며 의논했다. 나는 대기하고 있었다.

"그 후루야라고 하는 여고생 말일세, 앞으로도 상담에 응해 줄 생각인가?"

"일단 쓴 글을 읽어 봐 주기로 약속했습니다."

그만두라고 하시려나보다, 하는 생각이 들었다.

"가지타 문제 때 자네가 사건을 처리했지?"

작년 가을, 내가 장인으로부터 의뢰받았던 건이다.

"이번에는 가지타 씨 때처럼 되지는 않을 겁니다. 제가 할 수 있는 일은 한계가 있습니다."

"뭐, 그 애 어머니와 잘 의논해 보도록 해. 그게 남이 끼어들 문제는 아니야."

"예, 그럴 생각입니다."

나는 장인의 가봉이 끝나기 전에 해방되었다. 밖으로 나와 장인의 차가 어디 있는지 둘러보았다. 아까는 그럴 여유가 없었다. 장인의 차는 가게 옆에 충견처럼 가만히 웅크리고 있었다.

장인이(실제로는 다나베 차장이) 무얼 어떻게 했는지는 알 수 없다. 거기야말로 비밀경찰이지, 아내가 농담 섞어 말했다.

사태는 수습되었다. 겐다 이즈미의 움직임은 딱 멈췄고, 그 뒤 아무 일도 일어나지 않은 채 일주일 이상이 흘러, 달력도 12월로 넘어갔다.

처음부터 이렇게 처리했으면 좋았을 텐데, 하는 약간 아쉬운 마음이 남았다.

그 사이에 후루야 미치카로부터 두 번 메일이 왔다. 미치카는 꾸준히 글을 쓰고 있다. 처음에 온 문장을 보고 '저는 글짓기가 서툴러요'라는 말은 겸손이 아니라는 사실을 깨달았다. 정확한 판단이었다.

무얼 어떻게, 어떤 순서로 써야 할지 전혀 몰랐다. 사실과 감정을 구분해서 정리하지 못하는 것이다.

내 학창시절을 떠올려 보니 학교에서 '감상'을 쓰라는 일은 있었지만 '무슨 일이 일어났는지를 써라'라는 지도를 받은 경험은 없다는 사실을 깨달았다. 그런 글짓기 교육 방침은 아직 변하지 않은 모양이다.

첨삭하고, 조언해서 메일로 답장을 보내는 한편, 이 문제를 어머니와 의논하라고 권했다. 장인이 그렇게 이야기해서가 아니라, 정말로 그렇게 생각했기 때문이다. 하지만 미치카는 전혀 듣지 않았다.

"상관없잖아요. 아저씨는 제 메일 친구니까 엄마에겐 일일이 신경 쓰지 않아도 돼요."

그건 미치카 같은 십대 소녀의 생각이다. 나 같은 분별 있는 어른의 생각은 다르다.

우리 집은 12월이면 바로 크리스마스트리를 꺼내 치장하기 시작한다. 올해는 창문이나 베란다에도 전구를 장식했다. 이웃에도 창이나 현관 둘레를 요란하게 장식한 집이 많았다. 아내가 그런 집들에 자극을 받은 모양이다. 모모코도 거들어, 매일 잠잘 시간이 지났다는 것도 잊고 모녀가 둘이서 요란을 떨었다.

나는 전혀 미적 감각이 없는 인간이라, 높은 곳에 장식물을 달아야 할 때를 빼면 할 일이 없었다. 그날 밤도 느긋하게 욕조에 들어가 있었다. 그런데 아내가 부르러 왔다.

"금방 나갈 테니까 잠깐만 기다려. 이층 베란다에는 혼자 올라가면 안 돼."

내 대답에 아내는 욕실 문을 열고 고개를 디밀었다.

"그게 아니라. 텔레비전에서 뉴스를 하고 있어."

그 연쇄 무차별 독살 사건의 범인이 체포된 모양이라고 했다.

"처음엔 임시 뉴스 자막이 나왔어. 얼른 NHK로 돌렸더니, 저것 봐."

어느 경찰서 앞에서 기자가 현장 중계를 하고 있었다. 목욕 가운 차림으로 걸터앉으려고 하다가 그 소파에 모모코가 자고 있다는 걸 깨달았다.

"잠들었어. 나중에 옮겨."

"알았어."

나는 그냥 바닥에 앉았다. 텔레비전에서 눈을 뗄 수가 없었다. 아내가 수건을 꺼내와 뒤에서 머리를 말려 주었다.

"다시 전해 드리겠습니다. 올 3월부터 수도권 일대에서 연속적으로 발생한 음료에 독극물을 넣은 무차별 살인 사건의 용의자가 체포되었습니다."

화면 아래 '사이타마 현경 오미야 경찰서 앞'이란 자막이 나왔다.

"오늘 오후 여덟시 이십분, 사이타마 시내에 거주하는 한 남자가 오미야 수사본부에 출두해 일련의 사건은 자기가 했다고 진술해, 살인 용의자로 경찰서에서 체포되었습니다. 현재 수사본부는 이 남자를 대상으로 조사하는 한편, 이 남자의 집을 수색하고 있습니다."

아내가 수건을 든 채로 내 옆에 털썩 앉았다. "설마, 자수할 줄은 몰랐어. 정말일까?"

손에 든 메모를 보면서 말을 이으려던 기자에게 누군가가 달려와 귓속말을 했다. 기자는 얼른 다시 카메라를 바라보았다.

"지금 새로운 정보가 들어왔습니다. 용의자의 집에서 청산가리가 발견되었습니다. 에—분말 상태의 청산가리 꾸러미가 발견되었다고 합니다. 에—, 남자의 집 방에서 청산가리 꾸러미가—."

또 옆에서 누군가가 귓속말을 했다.

"주사기? 예, 범행에 사용된 걸로 보이는 주사기도 발견되었다고 합니다. 이건 본인 진술?"

현장에서의 정보도 이리저리 뒤얽히고 있다. 이윽고 화면이 스튜디오로 바뀌었다. 아나운서가 무척 긴장한 표정을 지었다.

"알려 드린 바와 같이, 올해 3월부터 수도권에서 발생해, 네 명의 목숨을 앗아간 연쇄 무차별 독살 사건의 용의자가 체포되었습니다. 잠시 뒤인 오후 열시 삼십분부터 오미야 경찰서에 설치된 수사본부에서 현경 수사1과장의 기자회견이 있을 예정입니다.

감기 걸리니 옷을 갈아입으라는 말을 듣고 나는 얼른 일어섰다.

내친김에 모모코를 침대로 옮겼다.

날이 밝자 텔레비전 뉴스는 온통 이 사건으로 시간을 때웠다. 도심에서는 호외도 뿌려졌다. '범인 체포'라는 큰 글자가 눈에 들어왔다.

오미야 경찰서에 자수한 사람은 경찰서에서 걸어서 십 분쯤 거리에 있는 아파트에 사는 열여덟 살 난 직업 없는 청년이었다. 텔레비전은 '소년'이라고 보도했다. 신문에도 실명은 나오지 않았다. 미성년이기 때문이다.

그는 혼자 경찰서에 출두한 게 아니었다. 처음에는 '누나'라고 잘못 보도되었지만, 나중에는 '아는 여성'으로 정정되었는데 말하자면 걸프렌드로 여겨지는 스무 살 난 여자가 함께 왔다고 한다. 그 여자도 경찰의 조사를 받고 있다.

범인인 소년에게 이렇다 할 범행 동기는 없었다. 처음부터 살인을 하려던 것도 아니었다.

놀랍게도 그가 청산가리를 손에 넣은 것은 자살하기 위해서였다. 올해 초에 이른바 '자살 사이트'에서 구입했다고 한다.

'이대로 살아 봤자 한심하다는 생각이 들어서'라고 본인은 진술하고 있다.

소년은 그 지역 고등학교에 진학했지만 바로 퇴학당했다. 그 뒤로 집에서 빈둥거리며 그의 생활 태도를 꾸짖는 부모와 싸움이 끊이지 않아 일 년 반 전부터 혼자 살기 시작했다. 부모 집에서 역으

로 한 정거장 정도 떨어진 곳에 있는 아파트였고, 집세는 부모가
내고 있었다.

때때로 잠깐씩 아르바이트를 했다고 하니 이른바 '히키코모리'
는 아닐 테지만 친한 친구도 없었다. 인터넷은 자주 이용해 청산
가리를 구했지만, 거기서도 누구하고 친해진 일이 없는 듯했다.

그룹 홍보실 편집실에는 구식 비디오 내장형 텔레비전이 한 대
있다. 아침부터 우리는 텔레비전 앞에 붙어 앉았다.

"아니, 요새 자주 나오던데. 저 '자살 사이트'란 게 뭐야?"

담배를 문 편집장이 묻자 가사이가 대답했다. "자살 지망자를
모집하는 사이트죠."

"그런 데서 독약을 팔아?"

"전부 다 그런 건 아니죠. 감싸고돌려는 건 아니지만, 자살 사이
트도 여러 종류가 있는데, 어떻게든 죽지 않고 서로 고민을 함께
하는 친구, 서로 격려하며 살아 보려고 노력하는 곳도 많아요. 그
래서 그런 곳에서 '부적' 삼아 독약을 나누어 주는 일도 있죠."

이게 있으면 정말로 괴로울 때는 언제든 죽을 수 있다. 그런 의
미에서의 '부적'이리라.

"잘 아네."

"인터넷 동반자살 같은 게 일어나면 이런저런 내용이 보도되잖
아요. 아, 책도 나와 있어요."

"실제로 들어가 본 적이 있어?"

내가 묻자 가사이는 쓴웃음을 지었다.

"잠깐 들어가 봤죠. 어떤 기분일까 싶어서. 금방 그만두었어요. 읽기가 괴로워서."

범인인 소년이 거래한 사이트가 어딘지는 아직 보도되지 않고 있지만 언젠가는 그쪽 관리자에게도 수사의 손길이 미칠 것이다.

어쨌든 소년은 청산가리를 손에 넣었다. 하지만 바로 자살을 시도하지는 않았다. 고독하고, 변화도 없고, 아마 따분하기도 한 일상이 계속되다가 어느 순간 '역시 죽고 싶다'는 생각이 들어 음독하려 했지만 막상 때가 되자 갑자기 걱정이 됐다고 한다. 사이트 게시글에 청산가리는 공기가 닿으면 변질되어 독성이 떨어지니 보관에 주의하라는 내용이 있었던 게 생각난 것이다.

"이걸 먹고 정말로 죽을 수 있는지 불안해졌어요. 어떻게 죽을지도 미리 확인해 보고 싶었구요."

이리하여 그는 3월 14일에 사이타마 시내의 편의점에서 첫 번째 사건을 일으켰다. '잘 아는 가게를 이용했다'는 진술대로 그의 아파트에서 걸어서 오 분밖에 걸리지 않는 장소였다.

"다른 슈퍼마켓에서 사 온 종이팩 음료수에 청산가리를 물에 녹여 주사기로 넣었죠."

"그 가게는 관리가 허술해서 슬쩍하는 사람이 많기로 근처에서 유명했어요. 냉장고에 종이팩을 넣어도 전혀 눈치채지 못했죠."

그리고 그걸 사서 마신 스무 살짜리 대학생이 죽었다.

청산가리는 분명히 효과가 있었다. 이걸 마시면 죽는다. 소년의 '실험'은 성공했다. 하지만 그의 불안은 가시지 않았다.

"사건 때문에 매스컴은 다들 아우성을 치지만, 구체적으로 어떻게 죽었는지 자세하게 보도해 준 곳이 없었어요. 그래서 정말로 그 대학생이 죽었는지, 왠지 믿어지지 않았죠."

그래서 다시 한 번 해 보았다. 그게 5월, 역시 사이타마 시의 빵집에서 일어난 사건이다.

경찰에서 그는 적극적으로 진술하는 중이라고 한다. 때로는 취조하는 수사관이 따라갈 수 없을 정도로 빠른 말투로 이야기한다고 한다. 마치 토해 내듯이.

자살을 하겠다고 마음먹은 사람이 자살에 쓸 독약의 효과를 확인하기 위해 남을 죽인다. 그런 어처구니없는 발상의 비약을 일단 따라갈 수가 없었다. 게다가 그 소년의 사고의 흐름을 더듬어 보면 두 사람씩이나 죽여 이제 충분히 '실험'이 끝났는데 왜 스스로는 자살을 시도하지 않았는지, 왜 이제 와서 자수를 한 건지, 왜 다 털어놓는지, 의문만 더욱 쌓였다.

그 열쇠를 쥐고 있는 사람은 아마 걸프렌드로 여겨지는 여성인 모양이다.

5월의 사건 뒤, 생활비가 없어 그는 또 단기 아르바이트를 했다. 3월의 사건에 쓴 종이팩 음료를 산 슈퍼마켓에서 물건 나르는 작업을 했다고 하니 이 또한 놀라운 일이었다.

그 여자와는 거기서 만났다. 같은 아르바이트 동료였다. 8월 중순경 작업중에 소년이 다쳐 구급차를 부르는 소동이 일어났다. 그녀는 우연히 그 자리에 있었는데 친절하게 보살펴 주었다고 한다.

소년 처지에서 보면 그녀는 어머니 이외에 처음으로 친절하게 대해 준 여성이었다.

그게 계기가 되어 두 사람은 친해졌다. 그 여자와 사귀면서 소년은 자살하겠다는 생각을 버렸다. 동시에,

"내가 한 짓을 비밀로 남겨 두기 싫어졌어요. 그녀에게 알리고 싶어졌죠."

털어놓기까지는 그리 많은 시간이 걸리지 않았다. 모든 이야기를 털어놓은 것은 경찰에 출두하기 사흘 전의 일이었다고 한다.

"그녀가 함께 와 주겠다고 해서."

둘이서 오미야 경찰서로 출두했다는 이야기다.

업무를 접고 우리는 편집부에서 사건에 관해 이야기하고, 분노하거나 놀라거나 어이없어하거나 한탄하며 바쁘게 보냈다.

"말하자면 여자의 힘이 위대하다는 이야기야."

공연히 편집장이 으스댔다.

"하지만 편집장님, 그런 비밀을 들으면 기쁠까요?" 다니가키 선배가 눈을 동그랗게 떴다. "그래도 애인 편을 들 수 있을까요? 함께 출두해 주다니, 저는 그 생각을 이해할 수가 없군요."

"그럼 어떡하면 좋을까?"

"경찰에 신고해야죠. 그게 의무입니다."

"그렇기는 하지만⋯⋯."

"무엇보다 자기와 애인의 관계는 중요하게 여기면서도 다른 사람의 생명에는 전혀 관심이 없는 범인의 냉혹함이 문제 아닐까

요?"

다니가키 선배가 너무 화를 내는 바람에 편집장도 야유를 할 수가 없었다.

그런 가운데 나는 내게만 보이는 걱정을 끌어안고 기다리고 있었다. 후루야 미치카가 보낼 메일을. 그 애는 어떻게 하고 있을까? 학교에 있기 때문에 나만큼 자세한 뉴스를 듣지 못해 아직 모르는 상태일까.

마음이 가라앉지 않아 '스이렌'으로 갔다. 마스터가 유일하게 나와 같은 걱정을 나보다 더 크게 하고 있어 바로 다가왔다.

"뉴스, 봤지?"

"봤습니다."

"후루야 씨 문제는 나오지 않았어. 역시 그건 다른 사건이란 걸까? 모방범이라거나 말이야."

그렇다. 자수한 소년이 '내가 했습니다'라고 고백한 것은 3월과 5월에 사이타마 시내에서 일어난 사건뿐이다. 5월 초하루에 요코하마에서 일어난 사건과 후루야 아키토시 씨가 희생당한 9월 17일에 오타 구에서 일어난 사건은 나오지 않았다.

후루야 모녀로부터 들은 이야기를 떠올리며 생각해 보았다. 경찰은 두 번째 사건과 네 번째 사건은 피해자 주변 인물의 범행으로 의심하고 있다. 그래서 수사본부도 따로 활동하고 있다—.

두 사건에 범인이 따로 있다는 이야긴가. 두 명의 희생자가 나온 무차별 독살 사건과 별개의 살인 사건이 두 개 더 섞여 있었다는 이야기일까?

모방범이 아니라 편승해서 저지른 살인.

걱정이 되어 저녁 무렵에 내가 메일을 보냈다. 괜찮냐는 간단한
내용이었다.

답장은 없었다.

나는 기다렸다. 그 사이에도 보도는 계속되어, 범행의 상세한
내용이 밝혀졌다. 소년이 취조를 받으면서 '모든 것을 툴툴 털고
나는 그녀와 새 인생을 살고 싶다'고 했다는 사실을 알았다.

물론 그 소년은 살아 있으니 새 삶을 살 수 있다. 그가 죽여 버
린, 인생을 앗아간 피해자들에 대한 사죄는 어디에도 없었다.

그는 다른 두 건에 대한 범행을 자백하지도 않았다. 소년이 인
정하고 있는 것은 어디까지나 사이타마 시에서 일어난 두 건뿐이
었다.

속이 메슥거려 위장약을 먹어야 할 정도로 나는 미치카가 걱정
되었다.

미치카로부터 연락이 온 것은 사흘 뒤의 오후였다. 편집부 전화
가 울려 받으니 "지금 지난번에 만난 카페에 있는데요"라고 했다.

서둘러 내려가 보니 마스터가 미치카와 이야기를 하고 있었다.
미치카의 얼굴을 보고 나는 순간 그 자리에 멈춰 섰다.

무척 야위었다. 눈이 빨간 것은 울고 있었던 게 아니라 수면 부
족 때문으로 보였다.

마스터는 나를 보자 길을 트고 의자를 권하면서 미치카에게 말

했다. "사양하지 마, 금방 만드니까."

그러고 나서 작은 목소리로 내게 속삭였다. "어제부터 아무것도 먹지 않았대. 얼른 치즈 리소토를 만들어 올게."

마스터가 자주 자랑하는 '이탈리아의 환자 음식'이다. 이것만 먹으면 기운이 솟는다.

나는 미치카의 맞은편에 앉았다. 미치카는 사복 차림이었지만, 블라우스 칼라가 틀어져 있었다. 오늘은 립글로스도 바르지 않았다. 입술이 거칠었다.

내가 입을 열기도 전에 미치카가 먼저 말했다. "참견하기 좋아하는 아저씨네요."

마스터 이야기다. 나는 고개를 끄덕였다.

"하지만 진짜 뭘 좀 먹어야 해."

미치카는 입술을 꾹 깨물었다. 말도 한마디씩 툭툭 끊어졌다.

"엄마, 매일 경찰에 불려가요."

내 마음이 더욱 무거워졌다.

"어떻게 된 거야?"

"저쪽 범인이 잡혔으니까."

"그래서 어머니가 불려가는 거야?"

"처음엔 그러지 않았는지도 몰라요. 여러 가지 자세한 내용을 대조하고 싶다고 해서. 그놈이 하는 이야기하고요."

하지만 바로 분위기가 바뀌었단다. 범인인 소년이 요코하마와 오타 구에서 일어난 사건과는 관계가 없다고 부정하기 때문이다.

"후루야 씨, 이제 막판이야, 라고 했대요."

"막판—."

"이젠 빠져나갈 수 없다, 남이 한 짓으로 돌릴 수는 없다는 이야기죠. 어젯밤엔 돌아와서 울었어요."

'울었다'는 말이 방아쇠가 되어 미치카는 눈물을 뚝뚝 흘렸다. 스웨터 자락으로 쓱 닦더니 죄송합니다, 라고 말했다.

"누굴 잡고 이야기하고 싶었지만 아무도 없어서. 아저씨밖에 생각이 나지 않았어요."

"잘했어."

미치카의 새빨개진 코끝을 바라보고 있었다.

"매일 밤 다퉈요."

"어머니하고?"

"예. 내가 못돼 먹어서 그렇죠."

자꾸 잔소리를 해요, 라고 신음하듯 말했다.

"무엇 때문에 그렇게 의심을 받는 거지? 이상하다, 정말 뭔가 있는 게 아니냐고요. 제가 그런 말을 하니 결과야 뻔하죠."

나는 꾸짖을 생각으로 입을 열었다. "너도 진짜로 그렇게 생각하는 건 아니겠지. 그런데도 그런 이야기를 하는 건 괴로워서야. 불안하니까, 화가 나니까 그랬겠지. 다 어머니를 위해서 한 이야기야. 그런 네 마음은 어머니도 충분히 이해할 거야."

미치카는 대답을 하지 않고 이젠 눈물을 닦으려고도 하지 않았다.

"어머니가 경찰에 구속된 건 아니겠지—?"

"아뇨. 하지만 아침 일찍부터 밤늦게까지 조사를 받고 있어요."

지역 경찰서라고 한다.

"회사도 계속 못 나가고. 이대로 가다간 해고당할지도 몰라요."

"아냐, 그럴 일은 없을 거야." 나는 바로 부정했다. "외자계 회사는 그런 면에서 일본 회사들보다 훨씬 경영자에 대해 엄격해. 경찰 조사를 받는다는 이유만으로 종업원을 해고할 수는 없어. 그런 짓을 하면 다른 사원들이 가만히 있지 않지. 안심해."

미치카는 살짝 고개를 끄덕였다.

마스터가 리소토를 내왔다. 뜨거우니 조심하라고 말을 건네더니, 미치카의 눈물에 젖은 얼굴을 보고 어디선가 티슈 상자를 가져다주었다. 미치카는 눈물을 닦고, 코를 풀었다.

"천천히 먹어. 꼭꼭 씹어서."

"예. 그렇지만 전 돈이 얼마 없는데."

"무슨 소리야. 이건 내가 사 주는 거야."

커다란 스푼을 들고 천천히 먹기 시작했다. 맛있네, 라고 작은 목소리로 말했다.

뭔가를 먹고 있는 아이들은 누구 자식이건 몇 살이건 모두 사랑스럽다. 지금은 거기에다 측은함까지 더해 마음이 괴로울 정도였다.

한동안 미치카가 식사에만 신경을 쓰게 하고 난 뒤에 물었다.

"어머니는 변호사를 고용할 생각은 없는 거니?"

미치카가 놀란 듯이 스푼을 멈췄다.

"체포되지 않았는데도 변호사가 와 주나요?"

"물론이지. 그런 문제들은 어머니 상사가—." 나는 미치카의 얼굴을 보았다. "그 사람이라면 잘 알 거라고 생각하는데."

"글쎄요." 미치카는 고개를 갸웃거렸다. "그 사람 이야기가 나오면 저는 더 화가 나서요."

시선을 접시에 떨어뜨린 채로 말했다. "엄마는 뭔가 제게 숨기는 게 있는 모양이에요."

"이번 일에 대해서?"

"예."

노여움과 눈물을 밀쳐낸 무거운 불안이 미치카의 표정을 점점 더 어둡게 만들고 있었다.

"경찰에 의심받는 까닭도 어쩌면 그 문제와 관계가 있는지 모르겠다는 생각이 들어요."

"어떤 계기로 그런 생각을 하게 된 거니? 형사도 뭔가 냄새를 맡았어?"

미치카는 고개를 저었다. "그 사람들은 정말이지 질문만 하고 아무것도 가르쳐 주지 않아요. 무슨 질문을 하면 왜 그런 걸 알고 싶어 하느냐고 되묻죠."

눈에 선하다.

"수사가 어떤 상황인지 자세한 내용을 알려면 어떻게 해야 하나요?"

미치카는 중얼거렸지만 그건 내게 질문을 던진 게 아니라 어찌할 바를 몰라 지르는 비명으로 들렸다.

"신문 기자라거나 취재를 하러 오는 사람들에게 물어볼까 하는 생각을 한 적도 있어요. 하지만 그러면 더 곤란해질까 봐. 그 사람들도 가르쳐 주기보다는 물어보는 형편이잖아요."

"제대로 캐내기는 힘들겠지."

미치카는 방금 한 내 질문에는 대답하지 않았다. 왜 후루야 아키코가 뭔가를 숨기고 있다고 생각하는지.

"할아버지에게 무슨 사정이 있었던 걸까?"

이것도 자문자답이다. 먼 데를 바라보는 시선이었다.

"그런 일을 당할 만한 이유가. 엄마는 그걸 알고 있고. 하지만 제게는 가르쳐 주고 싶지 않은. 그래서 숨기고 있는 걸까요?"

"지금까지 비슷한 느낌이 들었을 때가 있었니? 이번 사건 이외에."

"아뇨. 아니라고 생각해요. 그래요."

미치카는 스스로 확인하듯이 고개를 끄덕였다.

"애인이 있다는 사실도 금방 눈치챘는걸요."

"그런데 이번엔 어머니가 뭔가를 숨기고 있다는 느낌이 들어 견딜 수 없는 거야?"

"예, 분명히 그렇게 느껴져요. 이유는 제대로 설명할 수 없지만 분명히 그런 기분이 들어요."

함께 사는 사람의 육감이다.

머릿속에 뭔가 떠올랐다. 말을 해야 좋을지 어떨지, 미치카가 리소토를 깨끗하게 비울 때까지 고민했다. 애당초 제삼자가 끼어들 문제가 아니야. 장인의 말이 귀에 되살아났다.

맞다. 나도 참견하기 좋아하는 아저씨 가운데 한 명이다.

"좀 알아볼까?"

미치카가 얼른 고개를 들었다. 그 바람에 앞머리가 흐트러졌다.

"예?"

"알아볼 곳이 없지는 않아. 얼마나 도움이 될지는 모르지만."

"예에? 그게 어딘데요?"

"실은 나도 자신은 없어."

장인에게 부탁해 볼까, 하는 생각이 들기도 했다. 하지만 이번 일은 일단 장인과는 아무런 관계도 없는 일이다. 솔직히 이야기하면 나도 관계할 이유가 없다. 어지간히 하라는 꾸지람을 들을 가능성도 높다.

게다가 만약 장인이 경찰 관련 기관(경시청일지 경찰청일지 공안위원회일지 알 수는 없지만) 어느 쪽에 든든한 인맥이 있어서 그쪽을 통해 정보를 얻어 낼 수 있다 해도 장인이 힘을 쓸 수 있는 곳은 상당히 상층부다. 그리고 지시가 아래까지 내려가는 데는 시간이 걸리고 번거롭다. 일이 공연히 커지면, 어디까지나 추측이기는 하지만, 만약에 후루야 아키코가 정말로 뭔가를 숨기고 있을 경우 오히려 그녀의 처지가 난처해질지도 모른다.

그래서 내가 떠올린 사람은 장인이 아니라, 작년 가을에 알게

된 경시청 조토 경찰서의 형사였다. 우즈키라고 하는 드문 성씨를
지닌 사람이다.

작년에 장인에게 의뢰받은 사건 관계로 알게 되었다. 아주 조금
이기는 하지만 그 사람은 내게 빚을 졌다. 하기야 저쪽에서 그런
건 없다고 여길지도 모르지만.

"어느 정도 가능할지 알 수 없지만 한번 해 보자. 큰 기대는 하
지 말고 기다려 줄래?"

"기대할 만한지 어떤지 모르겠네요."

미치카가 웃었다. 치즈 리소토 덕분인지, 뺨에 약간 발그레한
핏기가 돌아온 듯했다.

끼니를 제대로 먹고, 잘 자고, 학교에 간다. 힘들어도 생활 페
이스를 잃지 말아야 한다. 뭔가 글을 쓰면 마음이 좀 풀릴 것 같을
때는 그렇게 한다. 그런 약속을 받아 내고, 나는 미치카를 역까지
바래다주기로 했다.

가게를 나올 때 미치카는 마스터에게 "감사했습니다"라며 공손
하게 인사를 했다.

"언제든 또 오너라." 마스터가 손을 흔들었다.

9

편집부로 돌아와 명함 파일을 뒤져 우즈키 형사의 연락처를 찾았다.

경시청 조토 경찰서 형사과 순사부장 우즈키 가쓰토시.

전화를 거니 또랑또랑한 말투의 젊은 남자가 받았다. 우즈키는 공무로 출장중이라고 한다. 모레 돌아온다는 이야기였다.

없었다. 나는 기대가 어긋났다는 느낌을 받는 한편 마음이 놓이기도 했다.

나도 오타 구에서 일어난 사건에 관해 고토 구에 있는 조토 경찰서 소속인 우즈키 형사가 자세하게 알고 있으며 뭐든 물어보면 알려 줄 거라는 기대를 할 정도로 낙관적이지는 않다. 형사들끼리는 서로 알고 있을 테니 누군가를 소개받으면 다행이라고 생각하는 정도다.

그것도 그리 쉽게 이루어지지는 않으리라 예상하고 있었다. 스기무라 씨, 왜 그러는 거죠? 당신 또 무슨 일에 고개를 들이밀고 있는 겁니까, 라는 질문을 할 것이다. 그 물음에 제대로 대답할 자신이 없었다.

"전하실 말씀이 있으면 전달하겠습니다."

친절한 응대였다. 우즈키 형사의 부하일까. 그 사람이라면 부하에게 예의도 제대로 가르칠 것 같다. 이름을 밝히고, 모레 다시 걸겠다는 메모를 남겨 달라고 부탁한 뒤 수화기를 내려놓았다. 한숨이 나왔다.

"뭐야, 이 친구. 시무룩한 표정을 하고."

다니가키 선배가 출력한 레이아웃 샘플을 손에 들고 다가왔다.

"이것 좀 봐 줘. 이거 아키야마 군 에세이. 원고를 받고 나서 몇 번이나 부탁해서 겨우 얼굴 사진을 받아냈어."

또 '군'으로 불렀다.

사진은 동그란 원 안에 담았다. 대부분 사람 얼굴이 이렇게 들어가면 외모가 실제보다 더 떨어져 보인다. 그런데도 아키야마 쇼고는 충분히 젊고 핸섬해 보였다. 딱딱한 기사를 쓰는 저널리스트라기보다는 탤런트 같았다.

저널리스트?

그런가, 그런 방법이 있었나, 하는 생각이 들었다.

"다니가키 선배. 이 사진 그쪽에 돌려줄 거죠?"

"그렇지."

"제가 전해 주러 갈게요."

다니가키 선배는 어리둥절한 표정을 지었다. "굳이 그럴 필요가 있나? 우편으로 돌려줘도 된다고 했어."

"제가 만나 보고 싶어서요."

내 기억으로 아키야마 쇼고가 범죄 관련 르포를 쓴 적은 없다. 하지만 역시 동업자들 가운데 누군가를 소개해 줄지도 모른다.

어려울 거야—라고 하면서도 다니가키 선배는 아키야마 쇼고의 주소와 전화번호를 가르쳐 주었다. 얼른 걸어 보니 부재중이다. 그러고 보니 전화 통화도 어렵다던 다니가키 선배의 말이 떠올랐다.

주소는 고탄다였다. 일단은 찾아가 보기로 했다.

고탄다에서 메구로 사이에는 수입가구 전문점이 군데군데 있다. 지금 사는 집으로 이사하기 전에 아내와 함께 자주 돌아다녔던 곳이다. 덕분에 지리가 어느 정도 눈에 익었다. 거의 길을 헤매지 않고 JR역에서 걸어서 십오 분 정도 되는 곳에 있는 낡은 사 층짜리 건물에 이르렀다.

아파트는 아니고, 사무실 건물이다. 말하자면 작업실이리라. 호수는 403. 엘리베이터가 없어 바깥쪽으로 난 계단을 올라가 페인트가 벗겨진 철제문을 노크했다.

"예~에."

어울리지 않게 밝은 목소리가 들려왔다.

"수고했어요."

문이 열리고 스무 살쯤 되는 아가씨가 고개를 내밀었다. 길고 검은 생머리를 뒤로 묶고, 커다란 로고가 든 긴 오버에 청바지. 가냘픈 몸매에 키가 컸다.

"어머!" 그녀는 깜짝 놀랐다. "도후켄東風軒에서 오신 분이 아니군요?"

점심시간도 저녁시간도 아닌 애매한 시각이지만 아무래도 음식 배달을 기다리고 있었던 모양이다.

"죄송합니다. 저는 이마다 콘체른의 그룹 홍보실에 있는 스기무라라고—" 하는 사람입니다, 라는 말을 가로막듯이 내 등 뒤에서 "매번 주문해 주셔서 감사합니다. 도후켄입니다"라는 힘찬 목소리가 들려왔다.

"예, 예. 실례합니다."

배달 나온 점원은 커다란 배달통을 들고 쑥 밀고 들어왔다. 덕분에 나는 실내로 밀려 들어오고 말았다.

"어, 어."

문을 열어 준 아가씨는 당황했다. 나도 무척 난처했다. 배달원은 거침없이 "여기, 탕수육 도시락이요. 그리고 이건 불고기 도시락" 하며 배달통에서 꺼내 현관 옆의 신발장 위에 얹어 놓았다. 아가씨가 얼른 돈을 지불했다.

"감사합니다~아."

배달원이 가고 문이 묵직한 소리를 내며 닫혔다.

"아하하하." 아가씨가 멋쩍은 듯이 웃었다. "저어, 어디서 오신 분인가요?"

아키야마 쇼고는 사진보다 실물이 훨씬 남자다웠다. 뒷머리를 길게 기른 요즘 유행하는 헤어스타일이 잘 어울렸다. 외출했다 방금 돌아왔는지, 넥타이를 매지는 않았지만 양복을 입고 있었다. 물론 탕수육 도시락을 먹기 시작할 때는 얼른 웃옷을 벗었지만.

"에이, 손님이 떠밀려 들어오게 하다니 신경 좀 쓰지 그랬어."

"내가 잘못한 것도 아닌데 왜 나한테 그래? 도후켄 배달원 잘못 인데."

야단맞은 아가씨는 공범자에게 도움을 구하는 눈빛으로 나를 바라보았다.

"어쨌든 죄송합니다."

"아뇨, 아뇨. 저야말로." 내가 대답했다.

더욱 몸 둘 바를 모를 상황이 되었다. 아키야마 씨는 일단 나를 안으로 안내해 의자를 권했다. 기껏해야 열다섯 평 정도 되는 원룸이었다. 사방 벽 빽빽하게 서가가 있고, 그래도 다 꽂지 못한 서적이 바닥에까지 쌓여 있다. 그 이외에 눈에 띄는 것이라면 아키야마의 집필용으로 보이는 책상과 두 대의 컴퓨터, 신문과 잡지 더미와 아가씨가 걸터앉아 있는 색 바랜 소파뿐이다. 그야말로 심플하지만 더할 나위 없이 어지럽혀져 있었다.

"아침부터 아무것도 먹지 못해서요, 실례합니다."

아키야마 씨는 그렇게 말하면서 급히 식사를 했다.

"사진이라면 우편으로 보내도 되는데 일부러 오시다니."

약간 비꼬는 말투였다.

"바쁘신데 번거롭게 해서 미안합니다."

"원고라면 이제 사양하겠습니다. 딱 한 번만 쓰기로 약속했습

니다. 그 다니가키 씨란 분에게도 몇 차례나 그렇게 이야기했는데
요."

아가씨가 내게 차를 내왔다. 자기 몫으로 시킨 도시락에는 손도
대지 않았다.

"물론 더는 무리한 부탁을 드릴 생각은 없습니다. 원고 감사하
게 잘 받았고요."

나는 일어서서 고개를 숙였다. 아키야마 씨는 말없이 식사를 했
다.

그런데 아가씨가 느닷없이 화를 냈다. "쇼짱, 태도가 그게 뭐
야."

나도 깜짝 놀랐다. 아키야마 씨는 도시락 너머로 눈이 휘둥그레
져서 물었다. "아니, 왜?"

"왜가 아니잖아. 뭘 그렇게 빼겨. 사람들이 좀 떠받들어 준다고
그러면 못써!"

그녀가 오른손 주먹을 쥐고 코앞에 댔다. 쓸데없이 콧대만 높아
졌다는 시늉이다.

"사람이 변했어. 내가 아는 쇼짱은 이렇게 건방진 사람이 아니
었어. 사람들에게 훨씬 더 친절하고 공손했지."

"자, 잠깐만."

아키야마 씨는 당황했다. 나는 두 사람의 얼굴을 번갈아 바라보
았다. 아가씨는 입을 비죽 내밀고 있었다.

"너, 내가 하는 일에 대해서는 아무것도 모르면서 잘도 떠드는

구나."

"하는 일에 대해서는 모르지만 태도는 알지."

"제 앞가림도 못하는 주제에 ─."

"뭐가 앞가림이야? 일부러 인사하러 온 사람에게 실례가 될 소리 하는 게 앞가림이야?"

"그러니까 그건 ─."

"이상하네, 쇼짱. 그럼 못써! 외숙모한테 이를 테야."

아아, 그만들 하세요. 내가 끼어들었다. 그러자 이번에는 두 사람 다 부루퉁한 얼굴로 나를 쏘아보았다.

"왜 끼어드세요?"

"뭐야, 그쪽이 상관할 일은 아니잖아요."

참을 수가 없어 나는 웃음을 터뜨리고 말았다.

젓가락을 든 손으로 아키야마 씨는 겸연쩍은 듯이 콧등을 긁었다. 아가씨는 계속 화난 표정을 지으려 했지만 이윽고 웃음을 터뜨리고 말았다.

"꼴불견이죠?"

"아뇨, 아뇨. 그렇지 않습니다. 제가 원인 제공자니까요. 정말 죄송합니다."

"그렇다면 좀 미안한 표정이라도 지어 주세요. 나만 꼴사납잖아."

"도시락 먹으며 건방진 소릴 하니까 그렇지."

"할 수 없잖아. 배고파 죽을 뻔했다니까."

실제로 배가 고플 뿐만 아니라 무척 지친 모양이었다. 눈 아래 다크 서클이 생겼다. 불규칙한 것은 식사시간만이 아니라 생활 전반이 그런 모양이다.

아가씨는 다시 나를 바라보더니 꾸뻑 고개를 숙였다. "죄송합니다. 쇼짱이 너무 실례되는 행동을 했습니다. 대신 사과드립니다."

"멋대로 굴지 마."

나는 다시 두 사람을 달래기 시작했다. "두 분은 남매입니까?"

"말도 안 돼!" 아키야마 씨가 젓가락으로 아가씨를 가리켰다. "이건 내 동생이 아닙니다. 멋대로 쳐들어와서 버티고 있는 거죠."

"이거라니, 무슨 소리야. 역시 태도가 형편없어!"

그냥 놔두면 끝이 없겠다. 나는 목소리를 높여 내가 여기 온 이유를 길게 설명하기 시작했다. 아가씨와 말다툼을 계속하던 아키야마 씨는 차츰 내 쪽에 신경을 쓰기 시작했다. 두 사람 다 입을 다물고 나를 바라보았다.

"뭐라고요?" 아키야마 씨가 목소리를 높였다.

"연쇄 무차별 독살 사건? 이번에 범인이 자수한 그 사건 말이죠?" 아가씨가 바로 물었지만, 아키야마에게 잠자코 있으라는 핀잔을 받았다.

"예. 뻔뻔한 줄은 알지만."

약간 멍한 표정을 지은 아가씨가 팔을 쭉 펴서 아키야마 씨를 가리켰다.

"잘 알아요. 쇼짱이."

"바보! 쓸데없는 소리 하지 마."

"하지만 조사하고 있잖아."

"입 좀 놀리지 마!"

나도 어이가 없었다. 아는 사람을 소개받을 수 있으면 좋겠다는 막연한 기대를 품고 와 보았는데, 직접 조사를 하고 있다니.

"그 사건을 취재하고 계신가요?"

떨떠름하다—는 표현은 바로 이런 경우를 위해 있는 것이리라. 아키야마 씨는 다 비운 도시락 그릇을 옆에 쌓여 있던 잡지 더미 위에 얹더니 두 손으로 얼굴을 쓱쓱 문질렀다.

"어쩌다 이렇게 됐지?"

"아아, 죄송합니다."

"사과하실 건 없어요." 아가씨가 주장했다. "하고 있는 일을 숨기는 게 이상하죠."

"제발 입 좀 닥치고 있어. 나 머리가 어지러우니까."

그냥 하는 말 같지 않았다. 아가씨도 조용해졌다.

아키야마 씨는 지친 몸에 남아 있던 기력까지 함께 토해 내듯 한숨을 한 번 내쉬더니 내 얼굴을 보았다.

"스기무라 씨라고 하셨나요? 스기무라 씨는 이 수다스러운 아가씨와는 달리 상식적인 분 같으니 부탁드리지만 이건 오프 더 레코드로 해 주십시오."

나는 약속했다.

"지금까지 전 제가 쓰는 글의 소재로 범죄를 다룬 적은 없습니다. 이번이 처음이죠."

또 한숨을 내쉬었다.

"사소한―의리상 해야 하는 일이라고나 해야 할까요? 월간지의 연재 기획기사인데요."

"범죄 논픽션은 인기가 있으니까요. 출판사 심정도 이해가 갑니다. 하물며 아키야마 씨의 원고라면 당연히 탐이 나겠죠."

눈을 가리는 머리카락을 귀찮다는 듯이 치우며 아키야마는 약간 눈을 크게 떴다.

"오호. 잘 아시는 분야인 모양이군요."

나는 웃었다. "아뇨. 전 전혀 분야가 다른 어린이 책 출판사에 근무했던 적이 있을 뿐입니다."

아아, 그러시구나. 아키야마가 중얼거렸다.

"일단 삼 회 연재를 약속했습니다. 이달 말에 두 번째를 넘겨야 하죠."

"연말에 실리겠군요."

"뭐, 원고 매수가 많지는 않으니 그건 괜찮지만."

자신 있는 말투다.

"그보다 곤란한 문제는 저쪽이 연재 횟수를 늘리고 싶어 한다는 겁니다. 공판까지 취재해서 써 달라고. 전 그렇게 깊게 들어가고 싶은 마음은 없었는데."

머리를 긁적였다.

"그쪽 제안을 받아들였을 때는 어차피 미궁에 빠지게 될 사건이라고 생각했었죠. 이런 무차별 독극물 주입 사건은 범인이 검거된 예가 거의 없으니까요. 그래서 뭐랄까―현대의 불안 같은 것을 드러내는 상징적인 사례로 쓰면 괜찮겠다는 생각을 했습니다. 완벽한 다큐멘터리가 아니라 산문적인 스타일로. 그렇다면 사건을 자세하게 조사하지 않아도 괜찮죠."

"하지만 범인이 나타났죠."

"그렇죠? 정말 골치 아픈 상황입니다."

너무나도 솔직한 발언이다.

"왜, 나름대로 조사했잖아."

아가씨가 끼어들었다.

"그야 그렇지. 쓰기로 한 이상 사실 관계 정도는 파악해 두어야 하니까."

"흐음. 쇼짱, 대단하셔."

"뭐야. 칭찬하는 거야, 비꼬는 거야. 정확하게 해."

되받는 아키야마 씨에게 아가씨는 웃는 표정을 지어 보였다.

"그래서 대략적인 사정은 알고 있습니다. 꽤 취재를 했어요. 후루야 씨 딸이 알고 싶다면 가르쳐 줄 수도 있지만, 정말 그래도 괜찮을지."

"무슨 말씀이신가요?"

"어머니는 숨겨 두고 싶을 겁니다."

역시 후루야 아키코에겐 비밀이 있었던 것이다.

"그 판단은 제가 하겠습니다." 내가 말했다. "어찌하다 보니 그리 되었다고는 해도, 제가 자청해서 나선 일이니까요."

"하하." 아키야마가 웃었다. "이거, 어떻게 할까나."

"가르쳐 드릴 거지? 거드름 좀 그만 피워." 아가씨가 또 끼어들었다.

"무료로는 곤란하지."

쩨쩨하게! 하며 벌떡 일어선 아가씨를 곁눈으로 아키야마는 내 쪽으로 몸을 디밀었다.

"이 녀석에게 뭐 좀 그럴듯한 아르바이트 자리를 알아봐 주시겠습니까? 이마다 콘체른이라면 적당한 자리가 얼마든지 있겠죠?"

이 녀석이라고 엄지를 세워 가리킨 것은 화를 내고 있는 아가씨였다.

"예? 하지만 이 아가씨는 아키야마 씨 어시스턴트잖아요?"

"저는 어시스턴트도 비서도 두지 않습니다. 아까도 말씀드렸지만 이 녀석은 멋대로 쳐들어와 있는 겁니다. 짐이죠."

"너무해~."

"사실은 너무하지 않지."

"쇼짱이 혼자서는 힘들 것 같아 와 주었더니."

"쓸데없는 걱정."

쌀쌀맞았다. 아가씨는 반쯤 울상을 지었다. 나는 그녀를 바라보았다.

"학생이군요."

아키야마가 대신해서 도쿄 도내에 있는 여자대학 이름을 대며

"이학년입니다. 일 년 재수를 했지만" 하며 그녀를 노려보았다.

"아키야마 씨의 어시스턴트를 자청하고 나섰다는 이야기인데, 글쓰기에 어느 정도 흥미가 있는 겁니까?"

"예, 있습니다."

"도움은 안 됩니다. 베스트셀러밖에 읽지 않으니까요."

"시끄러. 쇼짱은 가만히 있어."

나는 말할 필요도 없이 겐다 이즈미가 비운 자리를 생각하고 있었다.

"제가 있는 그룹 홍보실이란 곳은 말하자면 사내보 편집부인데, 어떠세요? 하긴 아르바이트를 하는 분의 경우에는 거의 잡무가 중심이 되지만. 그 대신 근무시간은 상당히 융통성이 있습니다."

"이마다 콘체른인가요……."

"아주 한가하게 만드는 사내보입니다."

아가씨는 고개를 갸웃거리더니 싫지는 않은 표정을 지었다.

겐다 이즈미에게 한번 덴 경험이 있기 때문에 우연히 만난 사람을 쓰는 일은 무모한 짓일지도 모른다. 하지만 겐다 이즈미처럼 정식으로 검토하고 채용한 인물이라도 속을 썩이는 법이다. 오히려 이런 만남을 중시하는 게 더 나을지 모르겠다는 생각도 들었다. 무엇보다 아키야마 씨의 교환 조건을 충족시켜 줘야만 한다.

게다가 나는 이 솔직한 아가씨가 마음에 들기 시작했다. '그럼 못써!'라며 아키야마 씨를 야단칠 때 그녀의 모습은 시원스러웠다.

아가씨는 곁눈질로 아키야마를 바라보았다. 일부러 그러는 걸 테지만 그는 그런 시선을 무시하고 있었다.

"쇼짱이 그렇게 나를 거추장스럽게 여긴다면—."

"너무 귀찮아."

"제안을 받아들일까?"

그녀는 내게 웃어 보였다.

"그렇다면 스기무라 씨도 좋을 테고. 그 후루야라는 여고생을 위해서도 좋은 일이 되겠지?"

"큰 도움이 됩니다."

"그럼 결정했어." 아가씨는 불쑥 일어서서 인사를 했다. "앞으로 잘 부탁드리겠습니다."

학교는 이미 방학이 시작되었기 때문에 내년 초까지는 매일 근무할 수 있다고 한다. 그 이야기를 들은 아키야마 씨가 얼굴을 잔뜩 찌푸렸다.

"너 그렇게 한가했어? 공부 좀 해라, 공부."

"수업이 없으니까 괜찮아. 흥, 자기도 공부하지 않은 주제에."

이번에는 시간 절약을 위해 두 사람을 달랬다. 얼른 사건에 관한 이야기를 듣고 싶었다.

"이러면 잠깐 눈 좀 붙일 시간이 날아가지만 어쩔 수 없군요, 약속이니까."

사십 분, 아니 삼십 분이면 정리가 된다면서 아키야마 씨는 이야기를 시작했다. 손에는 취재 수첩 같은 것을 들고, 파일 한 권과 신문 스크랩을 펼쳐 놓고 이따금씩 들여다보기는 했지만 거의 참고하지 않고 이야기를 했다. 나는 아키야마가 대단하다는 생각이 들었다.

바쁜 아키야마의 시간을 더는 빼앗고 싶지 않았기 때문에 나는 계속 메모를 하면서 꼭 필요한 질문을 했을 뿐, 내 감정을 겉으로 드러내려 하지 않았다. 하지만 아키야마는 마지막에 내게 이렇게 물었다.

"어떻습니까? 어머니가 숨기고 싶어 하는 심정도 이해가 가죠? 책임이 큽니다, 스기무라 씨는."

나는 고개를 끄덕였다. "명심하겠습니다."

뻔히 안 되는 줄 알면서도, 그 파일을 좀 빌릴 수 있겠느냐고 말을 해 보았지만 대번에 거절당하고 말았다. 어쩔 수 없는 일이다.

이 사무실에 들어온 지 한 시간 반이 지나 있었다. 빈손으로 온 나는 짧은 시간 안에 바라던 것 이상의 수확과 겐다 이즈미를 대신할 아르바이트 후보자를 얻어 회사로 돌아갔다.

역으로 가는 길에 나는 그제야 그 아가씨의 이름을 모른다는 사실을 깨달았다.

"고미부치입니다. 고미부치 마유미."

방긋 웃으며 아가씨가 자기 이름을 댔다.

"쇼짱은 이종사촌 오빠죠."

"나이 차이가 상당히 나는군요."

"예, 열 살 이상 차이가 나요."

아키야마 씨의 고향, 즉 고미부치의 어머니 고향은 기후岐阜라고 한다. 형제자매 합쳐서 여섯이라고는 하지만 도쿄에 사는 것은 그녀의 어머니뿐이라, 아키야마 씨가 도쿄에 있는 대학에 들어가 고학할 때부터 자주 만났다고 한다.

"쇼짱은 돈이 없어서 굶어 죽을 만하면 우리 집에 밥을 먹으러 왔어요. 그게 최근에 책이 팔릴 때까지 계속된 셈이죠."

그래서 아키야마는 고미부치가 초중등학교에 다닐 때 자주 숙제를 봐 주었다고 한다.

"전 외동딸이라 쇼짱은 친오빠나 마찬가지죠."

쾌활하게 말하더니 얼른 진지한 표정을 지었다.

"죄송합니다. 정말 쓸데없는 소리만."

"아니에요, 아니에요."

"못됐어요, 쇼짱. 그런 소릴 하면 안 되죠."

"어떤 이야기요?"

"아니, 아까 그랬잖아요. 의뢰를 받아서 그 사건에 대해 쓰면서 어차피 범인은 잡히지 않을 테니 대충 일하면 된다고 생각했는데, 라는 식으로 이야기했잖아요."

"진심이 아니겠죠. 실제로 취재는 확실하게 하고 있었고."

"하지만 마음가짐에 문제가."

걸으며 팔짱을 꼈다.

"쇼짱이 약간 유명해지고 상 같은 걸 받아서 우린 다들 기뻐했어요. 정말 우리 가문의 영광이라고 생각해서."

예스런 표현을 썼다.

"저도 물론 기쁘죠. 그렇지만 요즘은 좀."

주로 인터넷 사이트에서 아키야마 씨에 대한 비판적인 주장을 보는 일이 잦아졌다고 한다.

"인기가 오르니 갑자기 건방져졌다느니, 요즘은 하는 일이 깔끔하지 않다느니, 대충하는 일이 많다느니. 심한 이야기가 잔뜩 적혀 있어요."

그래서 걱정이 되어 어떻게 하고 있는지 살펴볼 생각으로 쳐들어갔던 거라고 한다.

"그런 비판들이 반드시 맞는 이야기라고는 할 수 없다는 생각이 드는데요."

"그래요. 하지만 단행본이 되는 것은 몰라도, 짧은 칼럼이나 잡지에 쓴 글들은 제가 읽어도 뭔가 대충한 느낌이 들 때가 있어요. 이렇게 쓰려면 아예 일을 맡지 말지, 하는 생각이 들어요."

상당히 엄격하다.

"바빠진 뒤로 쇼짱은 우리 집에도 들르지 않아서 어떻게 지내는지도 모르고. 이따금 텔레비전에 나오는 걸 보면 얼굴 생김새가 변했다고 우리 부모님도 걱정하고 계시죠. 쇼짱, 이상하게 자신만만해진 것 같다면서요."

함께 탄 전차 차량에서 천장에 매달린 종합 월간지 광고를 보았다. 특집기획 '21세기의 기업윤리'에 아키야마 씨가 기고를 했는데 꽤 잘 보이는 제목 아래 얼굴 사진이 있었다. 우리는 나란히 그걸 올려다보았다.

"어때요? 예민한 표정을 하고 있죠? 거만한 느낌이 들어요."

"저런 사진은 누구나 인상이 좋지 않게 찍히기 마련이죠."

현재 아키야마 씨의 상황을 모르기 때문에 경솔한 소리를 할 수는 없다. 다만 집안 식구의 직감이라고도 할 수 있는 고미부치의 불안이 전혀 이해가 안 되는 것도 아니었다.

딱딱한 글을 쓰는 저널리스트라 해도 그걸 생업으로 삼은 이상 일종의 인기인이나 마찬가지일 수밖에 없다. 그게 요즘 세상이다. 옳고 그름이나 진실과 거짓은 중요한 문제가 아니다. 얼마나 호감을 주는가, 얼마나 눈길을 끄는가, 얼마나 돋보이는 존재인가로 먼저 평가되고 만다. 그러다 보면 하고 싶은 말을 하고, 쓰고 싶은 글을 쓰며 살아가기 위해서는 어쩔 수 없이 예민해질 수밖에 없으리라. 하지만 인간이란 재미있는 동물이다. 예민한 상태 자체를 즐길 수도 있고, 한편으로는 처세를 위해 지금까지 하지 않았던 타협도 하게 된다. 적당히 예민하면 용서가 되기 때문이다. 쓰는 글이 허술해지는 프로세스는 요약하자면 이러한 이유 때문일 것이다.

편집부에 도착하기 전에 우리는 서로 말을 맞췄다. 고미부치 양은 아키야마 씨와 아는 사이인데 마침 그의 사무실에 와 있었고, 아르바이트 자리를 찾고 있다고 하기에 내가 제안을 했다고.

"고미부치 씨가 아키야마 씨와 사이좋은 사촌 동생이라는 사실을 알면 아키야마 씨와 좋은 연줄이 생겼다 싶어 또 원고를 받아

낼 수 있을 거라고 오해할지도 모를 사람이 우리 쪽에 있기 때문
에요."

"헤에~. 쇼짱, 역시 떴군요."

고미부치는 진짜로 감탄했다.

소노다 편집장은 나와 마찬가지로 조금 이야기해 보고 금방 고
미부치가 마음에 든 모양이었다.

"편의점에 가서 이력서 사와. 일단은 내야 하니까."

고미부치를 나가게 하고 내게 물었다.

"느낌이 괜찮은 아이네?"

"저도 그렇게 생각합니다."

"딱딱한 면접 같은 거 해 봤자 알 수 없는 건 어차피 알아낼 수
가 없으니까. 좋아, 써 보자고."

이 또한 나하고 같은 판단이었다.

그 뒤 나는 인터뷰 스케줄이 있어 서둘러 외출했다. 신경 쓰이
는 높은 분이 대상이라 다행이었다. 일단 그 시간 동안만은 아키
야마 씨로부터 들은 정보 때문에 괴로워하지 않아도 될 테니까.

퇴근 시간 무렵에 돌아와 먼저 깨달은 것은 잔뜩 쌓여 있던 서
류 분쇄기에 넣어야 할 원고와 교정쇄 더미가 깔끔하게 치워져 있
다는 사실이었다. 고미부치가 혼자서 처리해 준 것이다.

벌써 직원들과도 친해진 모양이다. 모두가 그녀의 성씨를 신기
해하면서도 부르기 어렵다고 아우성이었다.

"친구들은 어떻게 부르지?"

"곤짱이라고 불러요."

"그럼 그렇게 부르자."

"아, 하지만," 곤짱은 입에 손을 댔다. "별명은 따로 있어요."

"뭐라고 하는데?"

"잇탄모멘_{일본에 전해 내려오는 기다랗고 하얀 목면 천 모양의 요괴}이요."

그녀는 무척 홀쭉했다. 그것도 그냥 마른 게 아니라 몸 전체가 얇은 편이다. 게다가 눈썹도 희미하고, 눈과 귀, 입도 가늘고 피부도 희다. 말하자면 〈게게게 기타로_{미즈키 시게루(1922~2017)가 그린 인기 요괴 만화의 제목. 애니메이션으로도 유명하다.}〉에 등장하는 그 요괴와 닮아 보이기도 한다.

설명을 해 주지 않으면 '잇탄모멘'이 뭔지 모를 다니가키 선배를 제외하고는 모두가 배꼽을 잡고 웃었다. 너무하세요, 라고 하면서도 곤짱은 함께 웃었다.

겐다 이즈미의 그림자가 겨우 지워진 기분이 들었다.

다들 퇴근하자 나는 컴퓨터를 켰다. 아키야마 씨의 작업실에서 갈겨쓴 메모를 꺼내 머릿속을 정리하면서 그 내용을 입력해 갔다.

후루야 아키코가 딸에게 숨기고 있는 일.

그녀에겐 아버지를 살해할 만한 동기가 있었다.

10

이튿날 오전에 일을 정리하고, 받은 명함의 전화번호로 거니 뜻밖에 바로 후루야 아키코와 연결이 되었다. 출근했다는 사실은 경찰의 맹공이 일단락되었다는 이야기일까.

미치카 이야기를 하자 그녀는 바로 만나자고 했다.

"언제든 괜찮습니다. 저는 지금부터 휴가니까요."

전화 목소리는 풀이 죽어 있었다.

"스기무라 씨는 미치카한테 들으셨죠? 저는 매일 경찰에 불려가느라 회사에도 폐만 끼치고 있습니다. 저도 변호사를 세워 조금은 상황이 나아진 것 같지만, 아직 뭐가 어떻게 될지 알 수 없죠. 상사와 의논해서 남아 있는 유급휴가를 전부 쓰기로 했습니다."

유급휴가가 끝나면 해고당할 거예요—라고 내뱉듯이 말했다.

내가 니혼바시 쪽으로 나갔다. 트와멜 라이츠 도쿄본부는 건물이라기보다는 미술품 같은 아름다운 곡선을 지닌 빌딩이었다. 우리는 그 빌딩 맞은편에 있는 작은 커피숍에서 만났다.

후루야 아키코는 지쳐 있었다. 내가 그렇게 생각해서 그렇겠지만, 값비싼 정장이나 블라우스도 전에 만났을 때보다는 풀이 죽어 보였다.

"미치카도 어머니가 경찰로부터 의심을 받고 있다는 사실 때문에 마음 아파하고 있습니다."

나는 솔직하게 말했다.

"왜 어머니가 그런 의심을 받는지 모르겠다면서 괴로워하는 모양이더군요."

후루야 아키코는 고개를 숙이고 있었다. 표정이 딱딱하다기보다는 굳어져 버렸다. 연일 이어진 취조에 감정이 마모된 걸지도 모른다.

"제가 아는 사람 가운데 우연히도 후루야 씨 사건에 관한 정보를 잘 알고 있는 사람이 있어서—."

갑자기 그녀가 고개를 들었다. 거의 겁먹은 눈빛이 되었다.

"이런저런 이야기를 좀 들었습니다."

침묵이 흘렀다. 그녀가 뭔가 말을 할 때까지 나는 말하지 않을 작정이었다.

침묵은 길게 가지 않았다.

"저는 아버지를 제 손으로 죽이지 않았습니다." 목소리가 갈라졌다.

"분명히 문제를 안고는 있었죠. 하지만 아버지를 어떻게 하겠다는 생각은 꿈에도 해 본 적이 없습니다."

후루야 아키토시에게는 약 삼 년 전부터 은밀하게 교제하던 여자가 있었다. 회사 후배의 미망인인데, 나라 가즈코라는 쉰일곱 살 된 여성이었다.

후루야 씨는 그녀에게 유언장을 써서 자기 재산을 남겨 줄 생각이었다. 그 일로 딸인 아키코와 다툼이 있었다.

"스기무라 씨는 어느 정도 알고 계십니까?"

"꽤 자세하게 알고 있다고 생각합니다."

"그런데도 굳이 제 입으로 들으려는 건가요?" 핸드백을 뒤져 담배를 꺼내더니 "이마다 콘체른의 인맥은 대단하군요. 경찰에도 통합니까?"라며 야유하듯 중얼거렸다.

"이 문제가 지금까지 외부에 흘러나가지 않은 것은 미디어가 일련의 사건이 동일범에 의한 연쇄 무차별 독살 사건이라고 보고 있었기 때문이겠죠. 하지만 상황은 변했습니다. 신문이나 주간지에서 기사를 내보내는 것은 시간 문제죠. 지금이라도 미치카에게 이야기하는 게 낫습니다."

"무얼 말하라는 거죠?"

"결백하다고, 후루야 씨 입으로 딸에게 말해서 안심시켜 주십시오."

"그 애는 저를 의심하고 있습니까?"

목소리가 날카로워졌다. 나는 고개를 저었다.

"의심하지는 않습니다. 모르기 때문에 괴로워하고 있는 겁니다."

일부러 단호한 말투로 이야기했지만 딸의 심정이라면 후루야 아키코가 그 누구보다 잘 알리라.

"아버님이 재혼을 생각하고 계시지는 않았던 건가요?"

후루야 아키코는 한숨을 쉬었다. 담배에 불을 붙이지 않은 채로 재떨이에 내려놓았다. 그리고 그제야 나를 똑바로 바라보았다.

"그럴 생각은 없다고 하셨습니다. 생활이 근본적으로 바뀌니까요. 그리고……."

아시려나, 하며 살짝 웃었다.

"아버지는 예전에 제 어머니에게 버림을 받았습니다."

"예, 미치카에게 들었습니다."

"그래서 두려워한 게 아닐까요? 재혼 같은 걸 했다가 혹시 또 배신당하는 게 아닐까, 하고."

"헤어진 부인은—?"

"행복하게 지내고 있습니다. 그 사람은 이제 후루야 집안사람이 아니죠. 인연은 끊어졌습니다."

소녀처럼 허전한 표정을 지었다. 본인은 깨닫지 못하겠지만 그 얼굴은, 놀랄 정도로 미치카와 닮았다.

"아버지는 제가 결혼하지 않은 상태에서 미치카를 낳은 거나, 그 뒤에도 결혼하지 않은 거나, 모두 자기 때문이라고 생각하셨던 모양이에요. 결혼 실패의 실제 사례를 제게 보여 주었기 때문이라면서."

전혀 그렇지 않은데요, 하면서 쓴웃음을 지었다.

"어쨌든 아버지는 나라 가즈코 씨와 사귀고 있다는 사실을 감쪽같이 숨겼습니다. 저도 오랫동안 눈치채지 못했을 정도였죠. 직장에 나가면 낮에는 아버지가 무얼 하시는지 전혀 알 수 없고, 미치카는 지금도 전혀 몰라요. 아마 알면 뒤로 자빠질 겁니다."

나라 가즈코의 남편은 후루야 씨와 친했고, 미치카의 어머니와도 몇 번인가 만난 적이 있다고 한다.

"심근경색으로 갑자기 돌아가셨답니다. 아버지는 장례식에도 갔었고, 이리저리 가즈코 씨를 돌봐 주었던 모양이에요. 그러다 관계를 맺었겠죠."

"나라 씨 부부에게 자제분은?"

"없습니다." 쓴 약을 삼키듯이 입술을 찡그렸다. "나라 씨라는 분은 부지런했지만 노름을 좋아해서. 돌아가셨을 때는 주택 융자금 말고도 몇 가지 빚이 있었다고 합니다. 가즈코 씨가 모르는 사이에 가입했던 생명보험도 해약해서 써 버리기도 하고요. 게다가 남편의 형제들이 돈에 눈이 어두워서—."

가즈코 부인은 남편과 사별한 뒤 재산이라고는 거의 아무것도 받지 못하고 홀로 남겨졌다고 한다.

"퇴직금까지 이런저런 핑계를 붙여서 빼앗아가 버렸다고 하니까."

무일푼에 생계를 꾸릴 재주도 없는 나라 가즈코를 두고 볼 수가 없었다—후루야 씨는 딸에게 그렇게 털어놓았다고 한다. 누군가가 돌봐 주지 않으면 딱해서, 라며.

"가즈코 씨는 몸도 그리 튼튼하지 않아 일을 할 수 없었죠. 아버지는 내내 도와드렸습니다. 제가 두 분의 관계를 눈치챈 것도 돈 때문이었어요."

"그래서 아버님은 재산을 가즈코 씨에게 남겨 드리겠다고요?"

후루야 아키코는 고개를 끄덕였다. "내가 살아 있는 동안에는 얼마든지 도와줄 수 있다. 하지만 죽으면 끝이다, 라고 하면서."

"실례지만 아버님에겐 자신의 죽음에 관해 뭔가 걱정하실 만한 일이 있었습니까?"

아아, 그런 건, 하며 고개를 저었다.

"없었습니다. 혈압이 높고 당뇨병 기미가 있었던 정도죠. 심각하게 걱정할 일은 없었습니다."

그렇게 돌아가셨으니 알 수 없죠—라고도 했다.

"아버지는 무슨 일이 생기면 가즈코 씨가 받을 수 있도록 천만 엔짜리 생명보험에 가입해 있었습니다"라며 말을 이었다. "그 정도라면 어쩔 수 없죠. 매달 보험료는 직접 내시니까요. 하지만 저금이라거나 주식이라거나, 그런 것들도 모두 다 가즈코 씨에게 남겨 주겠다고 하니까 저도 발끈했던 겁니다. 나하고 미치카는 어떡하라는 거야, 아버지 저금도 아버지가 혼자 모은 건 아니잖아, 나도 힘을 보탠 거야, 라면서요."

"지금 사시는 집은?"

"예, 세 들어 있습니다. 아버지나 저나 집을 산 적이 없습니다. 아버지에겐 그럴 여유가 없었고, 저도 지금은 임대로 충분합니다. 언젠가 아버지도 세상을 뜨실 테고, 미치카도 독립하면—하는 생각을 하고 있었죠."

그렇다면 주택 융자금 잔액이나 권리 문제로 아옹다옹할 염려
는 없다.

그런 생각이 얼굴에 드러난 모양이다. 후루야 아키코는 화가 난
눈으로 나를 잠깐 쏘아보았다. "그렇다면 반대할 일 없다, 아버지
가 바라는 대로 해 드리는 게 나았겠다고 생각하시는 거죠?"

"아뇨, 그건……."

"저금과 주식을 합쳐 그쪽은 이천만 엔쯤 될까요? 아버지는 퇴
직금에 손을 대지 않고 놔두었으니까요. 하지만 그만한 돈이 모인
건 제가 혼자서 세 식구의 생활을 꾸려 왔기 때문입니다."

후루야 아키코의 목소리가 커졌다.

"큰돈이군요."

"예, 그렇죠. 생판 남에게 넘겨줄 수는 없잖아요. 그런데 아버지
는 절보고 마음이 좁다는 거예요. 저는 제대로 된 회사에 다니며
월급을 많이 받으니 앞으로 아무런 걱정이 없다. 혼자 살아갈 수
있다. 하지만 가즈코 씨는 다르다."

말도 안 되는 핑계죠, 라고 내뱉었다.

"저는 아예 그렇게 생각하신다면 재혼하시라고 했었죠. 몇 번
이나 했어요. 아버지는 결단을 내리지 못했죠. 가즈코 씨에게 멋
지게 보이고 싶지만 그분에게 자신의 남은 인생을 걸기는 두렵다.
만약에 또 잘못된다면 아무것도 남지 않는다. 그래서 딸과의 안전
한 가정을 지키며 노후는 딸에게 의지하고 싶다고 했죠. 그러면서
가즈코 씨에게는 잘 대해 주고 싶다."

멋지게 보이려는, 남자의 이기적인 행동이라는 소리를 들어도
할 말이 없겠다.

"그래서 결국 후루야 씨는 그런 내용으로 유언장을 만들었습니
까?"

"만들지 않았습니다. 저와 다투던 중에 돌아가셨죠."

화가 난다는 듯이 말하고, 재떨이에 놓아두었던 담배를 집어 들
었다. 불을 붙이려 했을 테지만, 담배는 그녀의 손가락 사이에서
부러져 버렸다.

그걸 버리고 후루야 아키코가 말했다. "그래서 제가 의심받고
있는 겁니다. 만약에 유언장이 있었다면 경찰은 나보다 가즈코 씨
를 의심했겠죠."

그녀의 분노는 정당한 것이고 달랠 마음은 없었지만 사실을 지
적할 작정으로 나는 입을 열었다.

"나라 가즈코 씨도 의혹의 범위에서 벗어나 있는 건 아닐 겁니
다. 후루야 씨의 생명보험금이 있으니까요."

생명보험 수령자로 지정되어 있다면 유언장의 존재는 애당초
관계가 없다. 나라 가즈코에겐 보험금을 목적으로 후루야 아키토
시를 살해할 동기가 있다는 말이 된다. 천만 엔이면 큰돈이다.

후루야 아키코는 머리카락을 쓸어 올렸다. "그렇습니다. 그리고
보니 몇 번인가 울면서 전화를 하기도 했어요, 그 사람. 제가 상대
해 주지 않았더니 그만두었지만."

아마 수사 대상에 올라 있으리라. 후루야 씨가 없어 생활도 곤

란할 것이다.

"하지만 이해가 안 되는군요." 내가 말했다. "후루야 씨는 편의점에서 산 우롱차를 마시고 돌아가셨잖아요. 청산가리는 그 우롱차에 들어 있었습니다. 그때 아키코 씨는 회사에 계셨고요. 어떻게 아버지를 살해할 수 있다는 거죠?"

"그게 그러니까……." 후루야 아키코는 짜증을 내듯 손가락을 저었다. "그 우롱차를 제가 거기 갖다 두었다는 거예요, 경찰은."

"그건 참 말이 안 되는 방법이군요."

"저도 그렇게 생각해요. 제대로 된 상식을 갖고 있는 사람이라면 누구나 그렇게 생각할 거예요. 하지만 경찰 생각은 다른 거죠. 제대로 된 방법—이 경우에는 '제대로 된'이란 표현을 쓰기도 이상하지만—만약 그런 방법을 썼다면,"

불쑥 톤을 높여 웃었다.

"그러면 제가 제일 먼저 의심을 받겠죠. 그래서 일부러 그런 도박 같은 방법을 택했다는 이야기예요. 연쇄 독살 사건으로 위장해서 말이죠. 저는 아버지의 생활 패턴이나 기호도 알고 있고, 그 편의점도 자주 갔으니까요."

실은 사건 당일 아침에도 출근길에 들렀다고 한다. 드링크제를 사러.

"방범 비디오에 제가 또렷하게 찍혀 있대요. 때가 좋지 않았죠."

"청산가리를 입수했다는 증거는 없고, 입수하려고 한 흔적도 없잖아요."

"없습니다. 있을 리가 없죠. 하지만 경찰은 그런 말을 제대로 들어 주지 않습니다. 제겐 동기가 있다는 생각만 하고 있어요!"

떨면서 크게 숨을 토하고 냉수를 마셨다. 잔을 꼭 쥐고 있다. 전에 만났을 때 깨끗하게 손질되어 있던 손톱이 거칠게 갈라져 있었다.

테이블 위를 바라보며 후루야 아키코는 낮게 중얼거렸다. "두 번째 사건 말이에요. 요코하마에서 일어났던."

"예."

"그게…… 어쩌면 그런 종류의 사건인 모양이에요. 친척의 범행. 취조할 때 얼핏 그런 눈치를 줄 뿐이기 때문에 저도 자세하게는 모르지만요."

나는 속으로 혀를 찼다. 아키야마 쇼고한테 두 번째 사건에 대해서도 자세한 내용과 수사 상황을 들어 두었으면 좋았을 텐데.

경찰은 네 건의 연쇄살인으로 보였던 사건이 첫 번째와 두 번째만 진짜고 나머지 두 건은 편승한, 각각 별도의 살인 사건이라고 보고 있는 건가? 과연. 네 번째인 후루야 씨 사건만 모방범의 짓이라고 생각하는 것보다는 일리가 있는 느낌이 든다. 하물며 '동기'가 있다면. 그러나 수단이—

"편의점 점장도 조사를 받았어요."

툭 내뱉었다. 나는 놀라서 고개를 들었다. 아키야마의 정보에는 없던 이야기다.

"제 공범이 아닌가 해서."

"—그럴 가능성이 있나요?"

"있다고 해석되는 거죠, 현재로는." 그녀는 입꼬리를 자조적으로 끌어올렸다. "어차피 알게 될 테니 말씀드리죠. 작년부터 올여름에 걸쳐서 저는 그 점장과 친하게 지내던 시기가 있었습니다. 단순한 친구 사이일 뿐이지 그 이상은 아니었지만."

외자계 증권회사의 캐리어우먼과 편의점 점장. 어떤 인물인지 모르기 때문에 섣불리 짐작할 수는 없지만, 의외의 조합이다.

하지만 이런 상황이면 경찰이 후루야 아키코에게 혐의를 두는 것도 무리는 아니지 않은가.

"바보 같죠? 만약에 제가 점장과 짜고 아버지를 죽였다면 그날 아침에 일부러 편의점에 갈 리가 없잖아요?"

아무 말도 할 수가 없었다. 내가 대답하지 않자, 후루야 아키코가 짜증을 냈다.

"저는 상식적인 사람이고, 제 입으로 이런 이야기를 하기는 뭐하지만, 머리도 나쁘지는 않습니다."

그건 인정한다.

"아버지가 나라 씨를 위해 유언장을 쓰겠다는 이야기를 꺼냈을 때, 여러모로 알아봤어요. 그렇게 제삼자에게 유산을 전부 주는 유언장이 과연 만들어질 수 있는 건지, 효력이 있는지 어떤지를."

현명한 조치다. 나는 고개를 끄덕여 다음 이야기를 재촉했다.

"그 조사를 통해 알았습니다. 저는 아버지의 직계 상속인이기 때문에 가령 아버지가 나라 씨에게 모든 재산을 남긴다는 유언장을 쓰더라도 유류분이라는 것을 보장받을 수 있다더군요. 유산의 삼분의 일쯤이니까 그대로 상속하는 것보다는 적은 금액이 되기는 하지만 그래도 아무것도 남지 않는 건 아니에요. 대항수단이 있는 겁니다. 유류분 침해액의 감쇄 청구라는 수속을 밟으면 된다니까요."

말로 들은 단어를 머릿속에서 한자로 바꿔 써 보며 나는 그녀의 말을 이해했다.

"그런 내용들을 아버지에게도 설명했습니다. 아버지는 영화나 드라마에서 본 어중간한 지식만 알고 계셔서 유언장만 써 놓으면 그게 전부 다 통하는 줄 알고 있었는지 깜짝 놀라더군요. 그래서 또 제게 영악하다느니 쌀쌀맞다느니 하셨지만, 저는 확실하게 선언했죠. 아버지가 꼭 그렇게 하시겠다면 저는 대항할 거라고요. 아버지가 유언장을 만들지 못하고 우물거렸던 건 그 때문이었을 겁니다. 가즈코 씨 몫이 줄어드는데다가 저하고 그런 다툼까지 일어나면 가즈코 씨가 측은하다고 생각했겠죠."

하지만 취조실에서 아무리 그렇게 주장해도 역시 귀 기울여 주지 않았다고 한다.

"그런 건 나중에 필요에 의해 조사한 내용일 거라면서요. 가령 유류분이 있다고 해도 전체 액수의 삼분의 일이니 크게 차이가 난다고. 어쨌든 그 사람들은 나를 범인으로 만들고 싶어 안달이 났어요."

주먹을 꼭 쥐고 테이블을 쳤다. 커피 잔과 받침이 달그락, 하고 소리를 냈다. 후루야 아키코의 눈에 눈물이 그렁그렁했다.

고집스럽게 숨겨 왔던 이야기를 어떤 형식으로건 털어놓았기 때문이리라. 커피숍을 나와 헤어질 무렵에는 후루야 아키코도 얼마간 기운을 차린 듯했다. 나는 그 모습에 힘을 얻어, 어떻게든 미치카에게 이야기를 해 주라고 부탁했다. 후루야 아키코는 약속하지는 않지만 미치카를 걱정해 주어 고맙다고 말했다.

고맙다는 말을 듣고 나는 오히려 떨떠름한 기분이 들었다. 쓸데없이 참견하고 있는 나는 대체 누구인가?

무슨 권리로 남의 가정에 참견하지? 나는 대체 무얼 하고 있는 걸까.

그런데 발길은 회사가 아니라 오타 구로 향하고 있었다. 문제의 편의점에 가서 점장을 만나 보고 싶었다.

오타 구는 이 지역을 모르는 사람들에게는 고급 주택지라는 이미지가 강하지만, 실제로 찾아가 보면 그런 동네는 극히 일부분이고 실제로는 작은 공장과 가게, 그리고 상점가가 많은 동네라는 사실을 알 수 있다. 이곳에도 시대의 파도가 밀려와, 오래되어 정겨운 상점가에는 문닫은 가게가 많이 보였다. 큰길을 따라서 편의점들이 군데군데 있었다. 가게들을 대신해서 아파트가 늘어서 있다.

길을 잘 몰라 지나가던 사람이나 가게 앞에서 사건 이야기를 꺼

내 길을 물으며 찾아갔다. 아아, 그 청산가리 사건이 있었던 편의
점 말이로군. 이 길을 따라 쭉 가다가 첫 번째 신호등에서 오른쪽
으로 꺾어져서─.

폐업 상태였다.

'라라 파세리'라는 가게 이름이 적힌 간판은 그대로였다. 유리창
에 안내문이 붙어 있었다. 이용해 주셔서 감사합니다만, 11월 말
로 폐업했습니다. 벽 쪽의 냉장고나 잡지 진열장, 계산대도 그대
로였고, 물건들만 사라져 텅 비어 있었다.

안내문 구석에 연락 전화번호가 적혀 있다. 휴대전화로 걸어 보
니 "예, 하기와라 운송입니다"라고 또랑또랑한 남자 목소리가 들
려왔다. 운송회사?

내가 대체 무얼 하려는 걸까.

"아, 미안하지만 라라 파세리 문제로."

무슨 말을 하고 있는 걸까.

"취재 때문입니까?"

"아뇨, 그냥…… 개인적인 사정이 있어서."

"어떤 용건이신지요?"

아뇨, 됐습니다, 하며 전화를 끊었다. 스스로 생각하기에도 자
신이 부끄러워졌다.

"저어."

누군가가 부르는 소리에 뒤를 돌아보았다.

색 바랜 야구 점퍼에 청바지, 허름한 스니커즈를 신고 어깨에는

커다란 종이봉투를 걸치고 있다. 젊은 남자다. 나이는 스물두셋
쯤 될까. 고개를 약간 움츠리고 머뭇거리며 내 얼굴을 들여다보고
있었다.

"무슨 볼일이 있습니까?"

"아, 그쪽은?"

"전 여기 종업원이었던 사람인데요."

신문사에서 나오셨습니까, 라고 다시 물었다. 아까 전화에서도
취재냐는 질문을 받았다.

"아직도 취재하러 오나요?"

거꾸로 질문하자 청년은 목을 더욱 움츠렸다.

"그렇죠. 요즘 또 많아져서……."

후루야 아키코와 점장의 관계, 그들이 받고 있는 의혹을 매스컴
이 냄새 맡은 것이다. 요즘 많다고 하는 취재는 그 이전과는 종류
가 다르리라.

"난 기자는 아니고, 잠깐 점장님을 만나 뵙고 싶어서요. 가게를
닫은 줄 몰랐는데."

청년은 텅 빈 가게 안으로 시선을 돌렸다.

"사건이 일어난 뒤에 손님이 줄어서."

"아아, 그런가?"

"사건이 있기 전에도 그다지 잘되지는 않았으니 버틸 수가 없었
죠."

청년은 그렇게 말하면서 커다란 봉투에서 내용물을 꺼냈다. 접

은 쓰레기봉투와 콤팩트한 세트로 되어 있는 빗자루와 쓰레받기였다.

"낙엽이나 쓰레기가 쌓여서, 매일 바깥 청소만 하고 있습니다. 실례하겠습니다."

그는 작업을 시작했다. 익숙한 솜씨다.

"그럼 그쪽은 아직 여기 종업원인가?"

웃으며 고개를 저었다. "이젠 아닙니다. 잠깐 부탁을 받았을 뿐이죠."

하지만 감탄스러운 이야기 아닌가.

"누가 부탁을? 여기 주인?"

"예."

"점장님이 가게 주인 아닌가?"

"점장님 아버지죠."

그는 빗자루를 멈추고 눈을 깜빡이며 내 얼굴을 올려다보았다.

"점장님하고 아는 사이 아닙니까?"

으~음, 하며 나는 웃음으로 얼버무리려 했다. "그러면 점장님은 이 지역 출신이신가?"

청년은 유리창에 붙은 안내문을 가리켰다.

"이 전화번호를 쓰는 회사, 하기와라 운송이라고 하는데, 거기가 점장 아버님 회사죠."

친절하게 가르쳐 주는 바람에 약간 당황했다.

"그런데 무슨 일이십니까?"

불안한 눈빛의 청년에게 나는 얼른 입에서 나오는 대로 둘러댔다.

"이 사건 피해자인 후루야 씨에게 일 때문에 신세를 진 적이 있어서요. 오늘 마침 이 근처까지 올 일이 있기에 사건이 일어난 장소를 내 눈으로 보고 싶어졌다고 할까―."

언제부터 이런 거짓말쟁이가 된 걸까. 꽃이라도 들고 왔으면 좋았을 텐데, 하며 계속 거짓말하는 나 자신이 믿어지지 않았다.

"아아, 그러세요?" 빗자루와 총채를 손에 든 청년이 고개를 숙였다. "면목이 없습니다. 이제 와서 사죄드려 봐야 소용이 없겠지만, 정말 죄송합니다."

"그쪽 책임이 아니지."

"아뇨, 상품 관리 문제입니다. 허술했죠. 저희가 좀더 제대로 했다면 그런 일은 일어나지 않았을 겁니다."

눈빛이 우울했다. 그는 진심으로 자신을 질책하고 있는 모양이었다. 가까이에서 보니 건강 상태가 별로 좋아 보이지 않았다. 키에 비해 지나치게 말랐고, 안색도 좋지 않다. 그 사건 때문에 영향을 받은 건지도 모른다.

"쓰레기 정리하는 거 도와줄게요."

청년이 당황했다. 아아, 죄송합니다. 나는 쓰레기봉투를 펼치고 그는 쓰레받기에 있는 것을 쏟았다. 찬바람이 불어와 쓰레기봉투가 펄럭였다.

"후루야 씨는 자주 오셨기 때문에 점장님이나 저나 얼굴을 알고 있었죠. 늘 계산대에서 인사 정도는 나누었습니다."

바로 그래서 더 괴롭다고 덧붙였다.

"후루야 씨의 따님도 이따금 여기서 물건을 샀다고 하던데."

청년이 고개를 갸웃거렸다. "따님이요?"

"아, 이미 어엿한 애 엄마지만. 후루야 씨에게는 손녀도 있고."

"아아, 여고생이죠? 걔를 데리고 후루야 씨와 함께 온 적이 있었던가?"

그러고 보니 그 개는 어떻게 되었을까. 청년은 걱정스럽다는 듯이 중얼거렸다. 후루야 씨가 죽던 현장에 있었던 개다. 시로라는 이름이었다.

점장과 후루야 아키코의 관계는 점원이 눈치챌 수 있을 정도였던 걸까. 조금 전 말투로 보면 이 청년은 요즘 들어 왜 다시 점장에게 취재가 밀려드는지 의아해하는 듯했다. 그렇다면 아무것도 눈치채지 못한 건가.

"점장님도 충격을 받았겠네요? 가게를 닫아 버리다니."

물론이죠, 하는 대답이 있을 거라고 생각해서 한 질문이지만, 청년에게서는 대답이 없었다. 쓰레기봉투의 주둥이를 묶어 자전거 짐칸에 얹었다. 빗자루와 쓰레받기를 정리했다. 때로는 내게 등을 돌리고.

들리지 않았나, 하는 생각을 하는데, 문득 손길을 멈추고 더욱 어두운 눈빛으로 뒤돌아보았다.

"점장님은 괜찮을 겁니다."

지나가는 자동차의 엔진 소리에 묻혀 버릴 것 같은, 낮은 목소리였다.

"원래 장사에는 의욕이 없었죠. 내내 그만두고 싶어 했으니까요. 그래서…… 별 신경 쓰지 않는 게 아닐까."

비난하는 느낌을 받았다.

"그만둔다고 해 봤자 고용 점장이니까."

그는 거세게 고개를 저었다. "아닙니다. 여긴 점장님 아버지 땅이고, 편의점도 아버지 명령으로 시작해서."

"하기와라 운송?"

"예. 사장님입니다. 부자죠. 그 근방에선 유명합니다."

"편의점 가게를 내기 전에 여긴 코인파킹이었다던데."

"잘 아시는군요." 청년은 살짝 눈을 크게 떴다. "후루야 씨와 많이 친하셨습니까?"

"그렇지는 않지만 따님하고도 아는 사이니까."

그의 뭔가 탐색하는 표정에 나는 애써 웃음을 지어 보였다.

"그럼 점장님—하기와라 씨는 아버지 명령으로 가게를 했을 뿐이지 별로 장사할 마음이 있는 분은 아니었군. 방금 그쪽이 말한 상품 관리가 허술했던 것도 그래서였을지 모르겠네."

"그렇죠."

"그렇다고 해도 그쪽이 그렇게 책임을 느낄 일은 아니지. 힘을 내요. 제일 나쁜 건 그런 짓을 저지른 범인이니까."

이건 공연한 소리가 아니다. 내 진심이었다. 하지만 그의 굳은 표정은 풀어지지 않았다.

"고마웠어요. 이야기 나눌 수 있어서 다행이었어. 내 소개가 늦었는데, 난 스기무라라고 해요."

청년은 내게 고개를 숙였다. 자기 이름을 말하지는 않았다. 나는 천천히 일어서서 전신주 뒤에서 그가 자전거를 밀며 횡단보도를 건너가는 모습을 지켜보았다.

일도 없이 돌아다니다 지쳐서 집에 들어갔다. 이 피로의 대부분은 나 자신에 대한 혐오감 때문이다.

저녁 식사도 깨지락댔기 때문에 아내는 금방 눈치챈 모양이다. 왜 그러느냐고 물었다. 한심하기는 하지만 마치 어린애가 투정부리듯이 그동안 있었던 일들을 이야기했다.

우리 집은 텔레비전을 잘 켜두지 않기 때문에 가장 소란스러운 소리를 내는 모모코만 잠들면 집 안은 무척 조용해진다. 이 조용한 집 안에 내 목소리가 더듬더듬 들리니 묘하게 심각해 보이기도 하고, 꾸며 낸 이야기를 하는 듯 들리기도 했다. 살인 사건의 뒷이야기를 집에서 하는 건 어울리지 않으니 당연한 노릇인가?

"요즘 자기가 안절부절못하는 것 같다는 생각은 들었어."

"그래?"

"그런데 아키야마 쇼고를 직접 인터뷰했다니 깜짝 놀랐네."

진짜 취재기자 같아, 라며 웃었다. 술보다는 이런 게 더 좋다면서 코코아를 끓여 주었다. 완전히 어린애 취급이다.

"어떤 사람이었어? 역시 머리가 아주 좋은 사람이겠지?"

"그런 모양이야. 자신감이 넘치는 것 같았어."

"그렇지 않다면 그렇게 젊은 나이에 그런 일을 할 수 없겠지."

미소 지으며 아내는 나를 웃기려는 시선으로 내 쪽을 쳐다보았다. "자기, 그런 일에 흥미가 좀 있지?"

깜짝 놀랐다. 생각해 본 적도 없다.

"전혀 없어."

"그럴까? 스스로도 깨닫지 못하고 있을 뿐이야."

"나는 글쟁이가 되지는 못해."

"하지만 사람을 만나서 뭔가 듣거나 모르는 걸 조사하기는 좋아하잖아."

"지금도 재미있어하는 것처럼 보여?"

"손을 떼라는 건 아니지만. 그래서 안절부절못하고 있다는 표현을 한 거야."

나는 뼈저리게 반성했다.

"깊게 관계하지는 않을게. 공연한 짓은 하지 않을 거야."

"그렇게 시무룩해하지 말고." 아내는 웃음을 터뜨렸다.

"그래, 분명히 더 깊게 들어가는 건 좋지 않겠어. 하지만 자기 심정도 난 이해가 돼. 후루야 씨 집안 여자들이 정말로 걱정되는 거지?"

그럴까. 내 참견은 순전히 친절한 마음 때문일까?

"아냐, 그냥 쓸데없는 참견이지 뭐."

아내는 친구들과 말다툼하거나 공부가 잘 안 되거나 해서 기운이 빠진 모모코를 달랠 때와 같은 표정을 지었다. 알아, 알아. 엄마만 알아. 넌 착한 아이란다.

"나도 걱정돼. 후루야 씨의 딸이."

"수상하다고 생각해?"

"그 편의점 점장과의 관계가 어느 정도인지에 따라 달라질 테지만—."

"공범자가 될 만큼 깊은지 어떤지?"

"응. 그런데 점장에게도 개인적으로 동기가 있는 것 같아. 부자인 아버지 명령으로 억지로 장사를 하는 걸 싫어했다잖아."

"전에 종업원으로 있던 사람 말로는 그렇지."

후루야 아키코는 아버지의 재산을 탐냈다. 점장은 아버지의 강요로 하고 있던 편의점 경영에서 손을 떼고 싶었다.

그때 연쇄 무차별 독살 사건이 발생했다. 기막힌 찬스다. 동일범의 짓으로 보이게 하면 후루야 아키코는 화를 돋우는 아버지를 '처리'할 수 있다. 점장은 점장대로 가게를 그만둘 기막힌 구실을 얻을 수가 있다.

일석이조. 이해관계가 일치한다.

아내는 한숨을 내쉬었다. "그 종업원도 딱하게 됐네."

"건강이 좋지 않아 보이는 얼굴이었어. 정상적으로 생활하지 않아서 건강하지 못해 보이는 게 아니라, 정말로 건강에 문제가 있는 느낌이었지."

자전거를 밀며 터벅터벅 어디로 돌아갔을까. 돌아간 곳에는 누가 기다리고 있고, 어떤 가정이 있을까. 고독한 인상을 풍겼다. 물론 그것도 내 멋대로 상상한 거지만.

"이천만 엔 때문에 자기 아버지를 죽일 수가 있나?"

아내가 내게 물었다. 깜짝 놀라 나는 아내의 얼굴을 바라보았다.

"이천만 엔과 자기 아버지의 목숨이야."

"금액만의 문제는 아니지. 하지만 큰돈임에는 틀림없어."

이백만 엔이건 이십만 엔이건 살인의 동기가 될 수는 있다. 그만큼 인간에겐 돈이란 절실한 것이다.

"그래, 큰돈이지."

아내가 고개를 끄덕이며 대답했다. 하지만 그다음에는 '나는 이해가 되지 않지만'이라는 느낌이 묻어났다.

'상상할 수밖에 없고, 실감이 나지 않아'라고. '당신은 이해가 돼?'라고.

그래, 난 이해가 된다.

11

미디어가 후루야 아키토시 씨 살해 사건을 연쇄 무차별 독살 사건과는 별도로 취급하기까지는 내가 예상했던 것보다 좀더 시간이 걸렸다. 게다가 일정한 프로세스를 거치고 있었다. 두 번째 사건, 요코하마 시 가나가와 구에서 발생한 자영업자 사건의 해결이라는 과정이었다.

이 사건도 범인이 자백했다.

사망한 자영업자는 스스로 청산가리를 마시고 자살했던 것이다. 그가 경영하고 있던 사무기기 리스회사는 경영이 불가능한 상태였고, 그는 개인적으로도 파산 직전이었다. 나이 많은 어머니와 부인, 세 명의 자식들을 거느린 그는 자신의 죽음을 이용해 보험금을 타 내자고 생각했다.

자살이라도 보험금은 나온다. 하지만 그가 든 생명보험에는 흔히 있는 '특약'이 딸려 있어, 사고사나 범죄 등에 의한 뜻하지 않은 죽음일 경우에는 사망 보험금이 곱절이 되는 것이었다.

그는 혼자 계획을 세우고 독약을 입수한 뒤에 부인의 도움을 구했다. 말을 맞추자고 끈질기게 설득했던 것이다.

보도에 따르면 가나가와 현경의 수사본부에서는 꽤 오래전부터 조작된 사건일 가능성에 초점을 맞추어 수사를 진행해 왔다고 한다. 부인도 여러 차례 조사를 받았다. 그런 사실들이 알려지지 않았던 것은 그 소년에 의한 연쇄 무차별 독살 사건의 연막 효과 덕이다.

그러나 저쪽 사건의 범인 체포에 의해 연막이 사라져 버렸다. 변호사를 대동하고 출두한 부인은 그 철없는 독살범이 체포되었을 때 경찰에 모든 사실을 털어놓고 사과하려고 몇 번이나 생각했다고 진술했다. 더는 숨길 수 없다, 내게는 무리다. 하지만 그때마다 세상을 뜬 남편이 꿈에 나타나 자식들을 거리에서 헤매게 하지 말아 달라, 내 죽음을 헛되게 하지 말아 달라고 하는 바람에 자수할 수가 없었다고 했다.

거짓말했다고 욕만 하기에는 너무도 슬픈 이야기다.

이렇게 해서 후루야 씨 사건만 남았다.

지금까지 걸려 있던 제동장치가 모두 벗겨졌다. 실명을 밝히지는 않았지만 후루야 아키코와 편의점 '라라 파세리'의 점장이 조사를 받고 있다는 이야기나 나라 가즈코라는 여자의 존재도 뉴스에 오르내렸다. 경찰이 정보를 풀기 시작한 것이다.

나는 몇 차례 미치카에게 메일을 보냈다. 답장은 없었다. 텔레비전을 보고 있으면 후루야 씨 집안이 취재 공세를 당하고 있으리란 사실은 쉽게 짐작할 수 있었다. 어딘가로 피신해 있을지도 모른다. 후루야 아키코는 자신은 어찌 되건 미치카를 지키려 할 것이다.

나라 가즈코는 저녁 시간대의 어느 뉴스 프로그램에서 피해자와 친한 관계에 있던 여성으로 취재에 응했다. 얼굴은 내밀지 않고 인터폰으로 대답을 했다. 그 목소리도 음성 변조가 되어 있었다. '나는 아무것도 모른다. 경찰에 사실대로 이야기하고 있다'고 주장하는 음성은 당장이라도 울음을 터뜨릴 듯한, 위태롭고 겁먹은 목소리였다.

그 프로그램을 보고서야 그 여자가 사는 연립주택이 후루야 씨 집에서 전차로 한 정거장밖에 떨어져 있지 않다는 사실을 깨달았다. 후루야 씨의 권유로 이 년쯤 전에 이사 왔다고 한다. 집세는 후루야 씨가 부담하고 있었다.

후루야 씨는 주말을 제외하면 이틀이나 사흘에 한 번씩 다녀갔다. 늘 낮에 와서 저녁까지 머물다 가는 일이 많았다고 한다. 개를 데리고 오는 일도 있었다고, 그녀는 기자의 질문에 대답했다. 시로와 함께 산책을 나왔다가 들른 일도 있었으리라.

다만 사건이 났던 날은 후루야 씨를 만나지 않았다고 한다. 그 때 그녀는 여름 감기로 누워 있었고, 후루야 씨도 그걸 알고 있었다. 점심 전에 전화를 해 몸이 어떠냐, 필요한 건 없느냐고 물어보기에 괜찮지만 오늘은 하루 종일 누워 있다고 대답했더니, 그럼 내일 들르겠다고 말하고 끊었다. 그게 마지막 대화였다고 한다.

혐의는 후루야 아키코와 '라라 파세리'의 점장인 하기와라 모 씨로 좁혀졌다. 두 사람의 공범설이 미디어에 오르내리기 시작했다.

나라 가즈코에게도 동기는 있었지만 기회가 없었다. 아키코와 하기와라에겐 동기도 있었고 기회도 있었다.

두 사람이 현재 어떤 상태인지, 보도만으로는 알 수 없었다. 아직 체포되지는 않아, 구속된 상태는 아니지만 경찰이 두 사람을 마크하고 있다는 사실은 확실했다. 이런 긴장 관계는 곁에서 보고 있기에도 숨이 막혔다. 아키코가 고용했다는 변호사도 현재는 표면에 나서지 않고 있었다.

"쇼짱이라면 뭔가 알지도 모르겠네요."

곤짱이 애써 정보를 수집해 주어 내가 그 성과를 들을 수 있었던 때는 보도가 시작된 지 사흘 뒤였다.

"이야기를 해 달라고 조르는 일보다 쇼짱을 만나기가 더 힘들었어요."

곤짱이 투덜거렸다.

아키야마 씨의 정보에 따르면 수사 당국은 현재 아키코와 하기와라가 청산가리를 손에 넣은 방법과 루트를 캐내려 하고 있단다. 뒤집어서 말하면 현재 두 사람에겐 그런 흔적이 없다는 이야기다.

"그걸 확실하게 파악하기 전까지 체포는 하지 않을 거라고 했어요."

곤짱은 갈겨쓴 메모를 읽으며 설명해 주었다.

"청산가리, 즉 독약의 출처를 모르면 입건하기 힘들다."

독약이 저절로 우롱차 안에 들어가지는 않았을 테지만, 하늘에서 떨어진 것도 아니니까. 예전 같으면 이런 경우에는 일단 체포해서 털어놓게 만들면 된다는 수사 방식도 통했을 테지만 요즘은 그럴 수가 없다.

"경찰은 역시 인터넷 거래를 의심하는 모양이에요. 후루야 아키코 씨는 자진해서 자기 노트북을 제출했답니다."

나는 약간 안도감을 느꼈다. 그렇게 수사에 협조하는 모습을 보였기 때문에 미치카와 서먹했던 감정도 풀렸으리라. 후루야 아키코는 자신의 결백을 증명하기 위해 적극적으로 협력하고 있었다.

"가택 수색도 들어갔대요." 곤짱의 표정이 흐려졌다. "미치카는 어떻게 지낼까요. 왠지 친구 일처럼 걱정이 되네."

그날 저녁 퇴근하니 아내가 기다리고 있었다. 나호코도 곤짱과 마찬가지로 걱정하기에 나는 아키야마 씨로부터 입수한 정보를 이야기해 주었다. 아내는 내 코트를 든 채로 관심 있게 들었다.

"낮에 한 와이드쇼를 보는데 편의점 점장의 아버지가 나오기에 녹화해 두었어."

나는 저녁 식사를 얼른 마쳤다. 아직 모모코가 깨어 있어서 그 녹화 테이프는 서재에서 혼자 보기로 했다.

하기와라 사장은 이름을 밝히지 않았고, 화면에 얼굴이 나오지도 않았지만 목소리는 변조하지 않았다. 처음부터 무척 화를 내며 켕길 일이 없으니 우리는 신원을 공개해도 상관없다는 이야기까지 했다. 오히려 인터뷰하는 기자가 달래고 있었다.

나이는 일흔이 가까울 테지만 굵직하고 단단한 체격에 상당히 화려한 체크무늬 웃옷을 입고 있다. 혐의를 받고 있는 아들을 감싸면서도 '멍청한 녀석', '방탕한 녀석'이라는 표현까지 썼다.

"학창시절부터 연극 따위에 정신이 팔려서, 그 녀석도 멍청한 녀석이지."

하지만 살인 같은 건 하지 않았을 겁니다.

"후루야 씨의 따님하고도 약간 친했을 뿐입니다. 깊게 사귄 건 아니죠. 그렇게 끈기가 없으니 나이 마흔이 다 되도록 혼자 빈둥거리고 있는 겁니다. 그런데 무엇 때문에 그 사람을 위해 자기 사업을 망하게 하겠습니까."

기자가 자제분은 장사를 그만두고 싶어 했다는 소문이 있다고 하자, 사장은 더욱 화를 냈다.

"그러니 방탕한 녀석이라고 하는 겁니다! 이번만이 아니죠. 내내 그랬습니다. 저야 몇 번이나 그 녀석을 제대로 만들어 보려고 가게를 내 주거나 취직을 시키기도 하는 등 무척 애를 써 왔습니다. 하지만 그 녀석은 그때마다 도망쳤습니다. 저는 뒷정리를 하느라 애를 먹었죠."

바로 그렇기 때문에 이번만은 자식이 장사를 그만두고 싶어서 사건을 일으켰다는 생각은 도저히 할 수 없다고 소리를 질렀다.

"그만두고 싶었다면 또 내팽개치고 도망치면 끝입니다. 어려울 게 아무것도 없죠. 도망가서 한 일 년쯤 있다가 돈이 궁해지면 슬금슬금 돌아와서 야단을 맞는 거죠. 그런 짓을 반복해 왔습니다. 그 멍청이는."

그러면 안 되지만 나는 풋, 하고 웃어 버렸다. 서재 문을 노크하

269

고 아내가 얼굴을 디밀었다.

"어머, 웃네" 하며 웃는 표정을 지었다.

"응? 나도 그러면 안 되는 줄 알면서도 그만 웃음이 나왔어."

와인과 안주를 가져다주었다. 그리고 내 옆에 앉았다.

"저분 말씀에 따르면 하기와라 점장은 연극을 했던 모양이네."

"소극단 같은 걸까?"

배우일까, 극작가일까, 기획자일까. 어쨌든 후루야 아키코가 '친해진' 이유도 아마 연극 관련 일을 했기 때문일 거라고 우리는 이야기했다.

화가 난 아버지, 하기와라 사장의 인터뷰가 끝나자 여자 리포터가 라라 파세리 앞에 서 있는 화면으로 바뀌었다. 주변을 걸으며 사건의 개요를 설명하고 있다. 가게는 내가 찾아갔을 때와 마찬가지로 아무 변화가 없었다.

그런데 전에 종업원이었다는 청년이 리포터 옆에 등장했다. 얼굴은 나오지 않았지만, 그 청년이 틀림없다. 오늘도 청소를 하러 온 모양인지, 그날과 마찬가지로 어깨에 커다란 종이봉투를 메고 있었다.

그와 리포터가 일문일답을 시작했다. 리포터는 무척 열심히 질문을 던졌지만 청년은 더듬더듬 대답했다.

"자기가 만난 남자애지?"

"응. 역시 기운이 없네."

그는 후루야 씨의 죽음으로 쇼크를 받았다고 하면서 가게의 상품 관리가 허술했다고 말했다. 하지만 점장은 범인이 아닙니다. 그분은 그럴 분이 아닙니다. 저는 믿습니다.

"후루야 씨 따님을 만난 적이 있습니까?" 리포터가 물었다.

"우리 손님이니까요."

"어떤 사람이었나요?"

"깔끔한 분이었다고 생각합니다."

"점장님과 친하다는 걸 알고 있었습니까?"

"몰랐습니다. 점장님은 손님에겐 늘 정중하게 대하셨습니다."

대화는 길게 가지 않았다. 여성 리포터 뒤에 십대 몇 명이 보였다. 구경꾼이다. 카메라를 향해 손을 흔들거나 포즈를 취하거나, 텔레비전에 나온 걸 어디 알리기라도 하는지 휴대전화를 걸고 있다. 종업원이었던 청년은 어정쩡하게 화면에서 밀려나가 버렸다.

"이런 상태가 계속될까?" 아내가 중얼거렸다. 독극물 입수 루트나 방법이 확인되지 않아도 수사가 교착 상태에 빠지면 거기서 벗어나기 위해 경찰이 조치를 취할지도 모른다고 내가 말했다. 두 사람 가운데 한 명의 신병을 확보해 남은 사람에게 압력을 가하리라.

"그 애인을 대동하고 자수한 범인 말이야." 아내가 말했다. "그 사람이 저지른 짓은 이제 다들 잊어버린 느낌이 들어."

불만스러운 모양이다.

"원래 그 사람이 그런 바보 같은 짓을 저질렀기 때문에 다른 사건도 일어난 건데."

서재의 문이 십 센티미터가량 열렸다. 틈새로 하얀 것이 보였다. 잠옷자락이다.

"요 녀석, 숨바꼭질하는 거지?"

내가 묻자 모모코가 얼굴을 내밀었다. 모모코도 뾰루퉁했다. 자기만 빼놓았다는 이야기이리라. 아내가 장난스럽게 모모코에게 손을 흔들었다.

"어머, 모모짱, 잘 자요!"

심술쟁이야, 라고 모모코가 소리쳤다. 우리가 웃음을 터뜨리자 모모코도 웃으며 내 무릎 위로 올라왔다.

12

후루야 미치카가 불쑥 편집부를 찾아온 건 그로부터 이틀 뒤였다. 의외로 차분한 표정으로 "걱정을 끼쳐 드렸습니다"라며 갑자기 어른스러운 소리를 했다.

교복을 입고 있다. 오후 두시가 조금 지난 시각이었다. 학교는 어떻게 했느냐고 묻자, 땡땡이를 친 건 아니니 걱정 말라며 웃었다.

"기말시험이 끝나서 수업이 일찍 끝나는 시기예요."

미치카는 지금 친구인 기노─가이짱 집에 머물고 있다고 한다. 보도가 시작된 직후에 가이짱의 부모님이 그렇게 하라고 권해 주었다고 한다. 물론 후루야 아키코도 허락했다.

"어머니는 어떠시니?"

미치카는 고개를 숙이지도 않고 똑바로 내 얼굴을 보며 대답했다. "싸우고 있어요. 우세해요. 변호사 선생님도 좋은 분이라 다행이에요."

"이제 어머니를 믿는구나."

"예."

밝은 눈빛이 '저도 믿어요'라고 말하고 있었다. 약간 야윈 듯했지만 뺨의 곡선은 부드러웠다. 나는 내 참견이 도움이 되었는지 어땠는지는 차치하고, 두 사람의 관계를 나빠지게 만들지 않았다는 사실에 안도했다.

"어머니와 이야기를 한 뒤에 이상하게 생각했던 것들이 다 풀렸어요. 이제 경찰이 말도 안 되는 짓 그만두고 진범을 잡아 주면 좋겠는데."

그렇지만 말이죠―라며 큰 동작으로 어깨를 움츠렸다.

"엄마도 참 문제예요. 그런 편의점 점장 같은 사람과 데이트를 하다니. 타이밍이 너무 안 좋았어요."

두 사람이 교제하고 있었다는 사실에 쇼크를 받지는 않은 모양이다. 덕분에 나도 편하게 물어볼 수 있었다.

"하기와라 씨는 어떤 분이니?"

"아티스트." 바로 대답하더니 미치카는 웃으며 덧붙였다. "자칭이죠, 자칭."

"연극을 한다던데."

"전위극 같은 거예요. 엄마를 다그쳐서 자백을 받았어요. 한 번 보러 간 적이 있대요. 뭐가 뭔지 전혀 모르겠다고 하더군요."

그래서 관계가 더 발전하지 않았던 걸까.

"우리 엄마는 그런 쪽에 좀 약해요."

실무적인 사람이니 정반대인 것들에 끌리는 거라고 미치카가 설명했다.

"하기와라 씨, 이름은 하기와라 히로시인데, 희극을 쓸 때의 필명은 스바루昴 고지예요. 스바루묘성. 이십팔수 가운데 하나 웃기죠?"

"처음 듣는 이름이네."

"들어 보셨을 리가 없죠."

말투가 날카로워졌다.

"엄마도 부잣집 아들의 취미라고 했어요. 그 사실을 알고 난 뒤에 마음이 식은 거죠. 하기와라 씨와 사귈 무렵에는 엄마도 고민을 좀 했대요. 직장 상사하고의 관계 때문에."

미치카는 그 직장 상사가 어머니의 애인이라고 했었다.

"계속 사귀고는 있었지만 앞날이 보이지 않고, 아무래도 저쪽은 외국인이다 보니 이래도 괜찮은 건가 싶어 불안했대요. 물론 제 문제도 걸렸을 거라고 생각해요."

진지했던 얼굴에 다시 활짝 웃음을 지었다.

"그렇다고 해도 매일 가는 편의점 주인에게 마음이 끌리다니, 성급하고 조심성도 없어요."

어머니가 아니라 마치 나이 차이가 크게 나지 않는 언니나 친구 이야기를 하는 듯했다.

"라라 파세리라니, 엄청 작은 편의점이잖아요. 하지만 거기는 일단 '피아영화와 콘서트 관련 잡지 발행과 티켓 및 정보 제공 사업을 하는 회사'의 창구라서 콘서트나 연극 티켓을 판매해요."

그러더니 단호하게 말했다.

"엄마가 회사 친구와 뮤지컬을 보러 가려고 거기 있는 단말기에서 티켓을 살 때 하기와라 씨가 말을 건 게 계기였대요. 무슨 그런 연극을 보느냐, 형편없는 작품이니 보지 말라는 투로 이야기했다 더군요."

미치카는 다시 웃었다. 이렇게 계속해서 웃는 표정을 보니 '아 아, 억지로 웃고 있구나' 하는 생각이 들었지만 나는 맞장구를 쳐 주고 있었다.

"우스울 정도로 뻔한 작업 멘트인데 엄만 그런 데 약해요. 엄마 도 머리가 나쁘지는 않은데, 자기보다 더 많이 아는 것처럼 보이 는 사람이 그럴싸한 소리를 하면 홀딱 넘어가 버리죠. 뭔가 가르 쳐 주는 사람한테는 바로 감동하고 반해 버려요."

상사와 연애에 빠진 까닭도 그건가?

"어머니가 미인이라서 그래. 하기와라 점장 처지에서는 찬스를 노린 걸지도 모르지."

"그런가요? 흐음, 남자들 눈에는 그렇게 보이나?"

"멋진 여성이야."

문을 노크하는 소리가 크게 났다. 우리는 편집부 안의 좁은 회 의실에 있었다. 미치카가 사람들이 많은 곳을 싫어할 거라고 생각 해서 여기 들어왔는데, '사적인 용도로 쓰지 마'라고 편집장이 화 를 낼지도 모른다.

엉거주춤 일어서니 곤짱이 문을 열고 고개를 디밀었다. 커피 컵 을 두 개 얹은 쟁반을 들고 있다.

"아, 실례합니다. 안녕! 네가 후루야 미치카로구나. 난 스기무라 선배 밑에서 아르바이트를 하는 고미부치. 잘 부탁해!"

곤짱은 미치카를 걱정하고 있었다. 그런데 뜻밖에 씩씩한 표정으로 본인이 나타나니 기쁜 모양이다. 곤짱은 미치카를 알고 있는 셈이지만 미치카는 전혀 모른다. 곤짱이 불쑥 자기소개를 하자 미치카는 당황했다.

"방금 끓인 커피야. 별로 진하지 않게 탔으니 한잔해."

미소를 지으며 컵을 내려놓더니 빈 쟁반을 가슴에 안고 상기된 표정으로 단숨에 말했다.

"음, 여러모로 힘들겠지만 힘을 내. 올바른 것은 시간이 걸리더라도 반드시 옳다는 사실을 증명할 수 있으니까."

그렇게 말하고는 갑자기 부끄러워졌는지 얼른 나가 버렸다. 미치카는 눈을 깜빡거리고 있었다.

"무척 밝은 분이네요?"

"놀라게 해서 미안하지만, 착한 친구야. 너와 너희 어머니 걱정을 많이 하고 있어."

"제 이름을 알고 있던데요."

곤짱과 알게 된 경위는 미치카에겐 이야기하지 않았기 때문에 나는 그저 머쓱해하면서 머리를 긁었다.

"미안해."

"뭘요, 아저씨가 제 이야기를 나쁘게 한 게 아니니까 괜찮아요. 그런데 저분에게 제가 쓴 글을 보여 주셨나요?"

"설마! 네 허락 없이는 그런 짓 하지 않아."

흐음, 하며 미치카는 입술을 삐죽 내밀었다. "저분이 좀 읽어 보셔도 괜찮기는 하겠지만."

아무래도 홈페이지에 올려야겠다는 생각이 든다고 말했다.

"기타미 아저씨가 불쾌한 메일이라거나 악플 같은 걸 각오했다면 해 보아도 괜찮지 않겠냐고 하시더라고요."

"기타미 씨?"

"퇴원해서 댁에 돌아와 계세요."

며칠 전 그 그네 옆에서 딱 마주쳤다고 한다.

"잔뜩 야위어 지팡이를 짚고 계셨죠. 괜찮으시냐고 물었더니 이제 오래 버티지 못할 테고 치료할 방법도 없어서 집에서 죽고 싶어 억지를 부려 퇴원했다고 웃으셨어요."

기타미 씨는 미치카를 만나자마자 사과했다고 한다. 말할 필요도 없이 미치카가 쓰러져 구급차로 옮겨졌던 그 건에 대해서였다.

"오히려 제가 미안하죠. 그런데 기타미 아저씨는 제 마음을 더 잘 헤아려 제대로 설명을 했어야 하는데 그러지 못했다고 하셨어요."

곤짱은 '진하지 않은' 커피라고 했지만 그렇지는 않았다. 상당히 쓰다. 미치카는 반 잔가량 남겼다. 주스나 다른 음료수라면 좋았을 텐데, 하는 생각이 들었다.

혀가 까칠까칠해지는 느낌이 들었다.

"아무래도 쓰는 것만으로는 부족하니?"

미치카는 약간 뜸을 들이고 나서 고개를 저었다.

"저번과는 의미가 달라요. 전에는 아저씨 말씀대로 제 마음을 누군가에게 들려주고 싶었을 뿐이었어요. 그것도 가장 들려주고 싶었던 상대는 제 자신이었죠. 하지만 이번엔 달라요. 뭐랄까, 세상 사람들에게 지금 현재의 상태를 정확하게 알리고 싶어요."

"어머니와 네가 놓여 있는 상황을?"

"그래요. 경찰이 얼마나 생각 없는 소리를 하는지, 취재하러 오는 매스컴 사람들도 실은 우리가 이야기하는 대로 써 주지 않는다거나."

알리고 싶다고 한다. 미치카는 이야기하기가 지쳤는지 점점 발음이 이상해졌다.

"분명히 인터넷을 이용하면 당사자인 네가 누구보다 정확한 정보를 올릴 수가 있겠지. 하지만 사람들이 그 내용은 반드시 그대로 받아들여 줄 거라고는 생각할 수 없어."

어째 내 발음도 이상하게 들린다.

"아저씨……." 미치카가 얼굴을 찡그렸다. "이거 뭔가 좀—."

어지럽지 않아요, 라고 물었다. 눈의 초점이 흐릿했다.

"그러게. 공기가 좋지 않아서 그러나?"

나는 창문을 열기 위해 의자에서 일어서려 했다. 그제야 내 몸이 납덩이처럼 무겁다는 사실을 깨달았다. 발은 바닥을 딛고 있었다. 두 손을 테이블에 짚고 밀어 보지만 몸을 일으킬 수가 없었다.

"이상하네요, 그죠?"

미치카는 천천히 눈을 깜빡거렸다. 테이블 가장자리를 손가락으로 잡고 있었다. 그러지 않으면 몸이 옆으로 기울어져 버리기 때문이리라. 아니, 잡고 있는데도 몸은 기울어지기 시작했다. 전차 안에서 조는 사람처럼 고개가 옆으로 숙여졌다.

"이상해요, 아저씨."

긴장이 풀린 목소리로 떠듬떠듬 중얼거리며 미치카는 도움을 청하듯 내 쪽으로 손을 뻗었다. 그 손이 헤엄치듯 허공을 저으며 테이블 위에 떨어졌다. 커피 잔이 쓰러지며 작은 갈색 물방울이 튀었다. 이상하게 썼던 커피. 미치카는 테이블에 엎어지고 말았다. 나는 맥없이 바닥에 주저앉았다. 힘들게 문 쪽으로 기어가 손잡이로 팔을 뻗었다. 제대로 잡히지가 않았다. 겨우 잡았다. 그러나 손잡이를 돌릴 힘도 없었다.

편집부에서는 전화벨이 울리고 있었다. 계속 울려 댄다. 편집장이나 다니가키 선배, 곤짱도 있을 텐데.

그런데 아무도 전화를 받지 않았다.

겨우 손잡이를 돌렸다. 나는 몸으로 문을 밀었다. 문이 열리며 그대로 힘없이 바닥에 쓰러져 버렸다.

통로 쪽에 곤짱이 쭈그리고 앉아 있었다. 몸을 웅크린 채로 벽에 기대어 있다.

곤짱, 어떻게 된 거야? 괜찮아?—내 목소리도 흐릿하게 들렸다.

갑자기 나를 둘러싼 공기가 반투명 수지樹脂가 되어 버린 듯했다. 모든 것이 무겁고 빛도 제대로 통하지 않는지 흐릿하게 보였다. 벽이나 책상의 직선 끄트머리들이 아래로 늘어져 보였다.

기어서 곤짱에게 다가가 그녀의 팔을 잡으려 했다. 내 손은 제대로 움직이지 못하고 곤짱에게 부딪혔다. 그 바람에 그녀는 풀썩 앞으로 쓰러졌다. 눈을 감고 있었다. 깊은 숨을 쉬고 있다.

나는 말을 듣지 않는 몸을 움직여 필사적으로 엉금엉금 기었다.

의식이 가물가물해지면서 마지막으로 보았던 것은 바닥에 쓰러진 소노다 편집장의 다리와 구두 바닥이었다.

13

아무도 죽지는 않았다. 제일 오래 잔 소노다 편집장도 열 시간 뒤에는 병원에서 깨어났다. 그렇다, 우리는 모두 깨어났다.

다만, 단순한 낮잠이 아니었다. 그것은 사건이었다.

응급 외래 한쪽 모퉁이에 있는 병실이었다. 바퀴가 달린 병상 위에서 눈을 떴을 때, 옆에는 아내가 있었다. 가사이도 함께였다. 아내의 눈에는 눈물이 고여 있었고, 가사이는 어쩔 줄 몰라 하면서도 웃는 표정을 짓고 있었다.

"아아, 다행이네요."

가사이의 첫마디였다.

"다른 분들도 다들 괜찮습니다. 안심하세요, 스기무라 선배."

목소리가 바로 나오지 않았다. 목이 말라 입 안이 썼다. 왜 내 침은 이렇게 쓸까.

"수면제였대." 아내가 내 손을 잡으며 말했다. 속삭이듯이 내 귓가에. 아내의 목소리를 듣자 눈물이 한 방울 흘러내렸다.

"그 커피에 누가 수면제를 탔다는 거야."

"엄청나게 많이 탔다더군요." 가사이가 덧붙였다. "하지만 모두 무사해요. 다니가키 선배가 머리에 혹이 났고, 곤짱은 속이 안 좋아 토하고. 아아, 편집장님은 아직도 주무세요. 하지만 호흡이나 심전도 모두 정상이고요."

뒤에서 누가 부르자 가사이는 고개를 돌려 대답한 뒤 이렇게 말했다.

"회사에서 여러 분들이 오셨어요. 제가 만나고 오겠습니다. 이젠 괜찮아요, 스기무라 선배."

가사이가 뚜벅뚜벅 발소리를 내며 나갔다. 가사이는 미치카 이야기를 해 주지 않았다. 미치카는 어떻게 되었을까.

"그 여학생, 미치카는?"

아내가 내 손을 더 꼭 쥐며 미소를 지으려 했다.

"그 학생도 무사해. 제일 가벼운 증세를 보였어. 아까 그 여학생 어머니가 오셨지."

나는 시선은 움직일 수 있지만 아직 혀가 제대로 움직이지 않았다. 입술에 백 킬로그램짜리 추가 달려 있다.

"아버지가 이리 오고 계신대."

나는 눈을 감았다. 혀만 제대로 돌아간다면 말하고 싶었다. 아아, 이런. 이마다 회장님께서 직접 오시다니.

"뉴스에 나오게 될 테지만 그쪽은 홍보부와 사장실에 맡겨 두면 잘 처리할 거야. 전문가들이니까."

모모코는? —하고 물었다.

"오빠 댁에 보냈어. 걱정하지 마."

간호사가 와서 내 맥박과 혈압을 재며, 어디 아픈 곳이 없느냐고 물었다.

"손발의 관절을 천천히 움직여 보세요."

팔과 다리를 살펴보며 멍이 없는지 확인했다. 다행히 나는 얌전하게 쓰러진 모양인지 다친 곳은 없었다. 다니가키 선배가 혹이 났다는 이야기는 쓰러질 때 머리를 부딪쳤기 때문이리라. 혹 정도로 넘어갈 수 있어서 다행이다.

나는 입 안이 쓰다고 호소했다.

"아아, 뒷맛이 그래요. 수면제는 그런 뒷맛이 남습니다. 하루만 지나면 사라질 겁니다. 머리는 아프지 않으세요?"

"약간 무겁습니다."

"그것도 수면제 때문입니다. 통증이 심하면 검사를 해 봐야겠지만요."

"입원해야 하나요?" 아내가 물었다. 간호사는 눈물이 고인 아내를 바라보며 미소 지었다.

"의사 선생님에게 여쭤 보겠습니다. 지금 상태라면 집에 가셔도 될 것 같습니다. 다만," 사람들이 이야기하는 소리가 들리는 복도 쪽을 힐끔 보고 나서 말했다. "경찰이 와 있어서요. 병원에 실려 오신 분들을 차례로 찾아다니며 질문하는 중이라 그게 끝날 때까지는 잠시 기다리셔야 하겠네요."

될 수 있으면 장인이 도착하기 전에 여기서 빠져나가고 싶었지만 무리인 모양이다.

"좀 앉아서 쉬지그래? 그러다가 당신이 입원하겠어."

나는 더듬더듬 아내에게 권했다. 아내는 심장이 약하다. 작은 일에도 깜짝깜짝 놀란다는 뜻이 아니라 신체적으로 문제가 있다.

"놀라게 해서 미안해."

"자기가 사과할 일이 아니지. 일부러 그런 게 아니니까."

손수건으로 눈언저리를 닦으며 겨우 웃음을 지었다. "하지만 가사이 씨한테서 전화가 왔을 때는 심장이 멎는 줄 알았어."

"가사이가 연락을 해 주었나?"

냉동실의 참치처럼 쓰러져 있는 우리를 발견한 사람도 가사이였다고 한다.

"응. 젊지만 속이 찬 사람이야. 처음에는 회사에 문제가 약간 생겼습니다, 설명해 드릴 테니 우선 심호흡하세요, 라고 하더군."

나는 웃었다. 가사이도 아내가 몸이 약하다는 사실을 알고 있다. 하지만 그런 식으로 예고하면 오히려 역효과가 나지 않을까.

"그런데 가사이 씨는 나를 '부인'이라고 부르지 않고 '회장님 따님'이라고 하던데."

"그 친구 상당히 싹싹하지."

그런 이야기를 나누고 있는데 병원에서 입혀 준 옷을 입고 슬리퍼를 신은 다니가키 선배가 나타났다. 얼음주머니를 머리에 얹고 있다. 바로 뒤에 자그마한 동년배의 여자가 함께 있었다. 다니가키 선배의 부인이리라.

"아, 자네도 깨어났군." 활짝 웃더니 바로 얼굴을 찌푸렸다. "에 그, 머리야."

우리는 서로 인사를 나누었다. 다니가키 선배는 내 옆에 있는 침대로 기어 올라갔다.

"조금 전까지 나도 여기 누워 있었어. 엑스레이 촬영을 하러 갔었지."

"이 양반은 머리가 워낙 딱딱해서 뼈에는 이상이 없는 모양이에요." 부인이 농담을 했다. 웃으면 눈이 안 보이는 애교스럽게 통통한 얼굴이다.

"지금 미나토추오 경찰서 소속 형사가 미치카란 학생과 곤짱 이야기를 듣고 있네.

두 사람은 복도 맞은편 병실에 있다고 했다. 아직 깨어나지 못한 편집장은 응급실에서 모니터에 연결되어 있다고 한다.

"편집장님은 그 커피를 한 잔 더 마셨으니까."

우리는 서로 어떻게 되었는지를 이야기했다. 다른 사람들도 그 커피가 이상하게 맛이 쓰다는 걸 느꼈던 모양이다. 하지만 편집장은 쓴맛이 좋다고 했단다.

"운이 없게 커피를 타 준 사람이 곤짱이었어. 그래서 아까는 괴로워서 울었던 모양이야."

병실에 들렀었다고 한다. 나는 걱정이 되어 견딜 수가 없었다.

"경찰이 조사하고 있다면 우리가 함께 있는 게 낫지 않겠어요? 곤짱에게 책임이 있을 리 없죠. 그 친구도 커피를 마셨으니까."

다니가키 선배는 왼손으로 나를 달래는 시늉을 했다. "그거라면 걱정하지 말게. 나도 이야기해 두었으니까. 이건 외부인 짓이라고. 마음에 짚이는 부분도 있다고 했지."

"무슨 말씀이세요?"

내 물음에 다니가키 선배는 의외라는 듯이 눈을 동그랗게 떴다. "뻔하잖아. 그 여자지."

"—겐다 씨 말인가요?"

"달리 누가 그런 짓을 했겠나? 우리에게 이런 나쁜 짓을 할 사람은 그 여자밖에 없어."

겐다 이즈미가 편집부에 몰래 들어와 커피에 수면제를 탔다는 건가.

"그렇게 단정 짓는 건 좋지 않아, 여보."

부인이 장난을 친 어린애를 꾸짖듯이 나무랐다. 다니가키 선배는 수그러들지 않았다.

"하지만 다른 사람은 떠오르지를 않아. 게다가 그 여자가 자기가 수면 장애를 겪고 있다는 이야기를 했었어. 기억나지? 왜 한때자주 지각을 했잖아. 그걸 야단치자 병이라서 어쩔 수가 없다는투로 변명을 했었지. 진단서가 필요하다면 떼어 오겠다면서."

나는 들은 적이 없다. 내가 주의를 주었을 때는 "전 심한 저혈압입니다"라고 했었다. 그 여자는 상대에 따라 다른 변명을 하는 면이 있었다. 나는 '저혈압'으로 넘어갈 수 있지만 옛날 스타일의 직장 생활에 익숙한 다니가키 선배는 '그런 건 꾀병이야'라며 변명으로 치지도 않을 가능성이 있다. 그래서 '수면 장애'라는 한 단계 더 높은(뭐가 높은지는 모르겠지만) 표현을 사용했으리라.

겐다 이즈미가 실제로 수면제를 먹고 있었다 해도 이상하다는 생각은 들지 않는다. 감정의 기복이 그토록 심하고, 늘 거짓말을 일삼았으니 스트레스도 많이 쌓였으리라. 그런 상태로는 도저히 편하게 잠을 이룰 수 없겠지. 진짜 병원에 다녔을 가능성도 있다.

커피에 수면제가 섞여 있다는 사실이 밝혀진 것은 다니가키 선배 덕분이었다. 가사이가 외출했다가 돌아와 우리를 발견했을 때, 다니가키 선배는 아직 의식이 약간 남아 있었다고 한다.

"이 혹은 일어서려다 비틀거리며 콘크리트 기둥 모퉁이에 머리를 부딪쳐서 생겼어. 너무 아파서 완전히 잠이 들어 버리진 않았던 거지."

커피 맛이 쓰고, 몸이 무겁고, 마치 술이 덜 깬 느낌. 바로 수면제 때문이라는 사실을 깨달았다고 한다.

"집사람이 다니던 병원에서 그런 약을 받아오던 시절이 있었지."

다니가키 선배의 부인이 그 말을 받아 설명했다.

"제가 갱년기일 때였죠. 뭐랄까, 노이로제라고 해야 할까. 자꾸 기분이 울적해졌어요. 식사도 제대로 하지 못했죠. 특히 괴로웠던 게 밤이면 이런저런 생각 때문에 불안해져서 제대로 잠을 이룰 수 없었습니다. 이 양반도 걱정이 되어 이 병원 저 병원 데리고 다녔죠. 그래서 상당히 오래—이태쯤이었나, 수면제 신세를 진 적이 있습니다."

그 약을 '어떤 약인지 시험 삼아', 다니가키 선배가 먹어 본 적이 있단다.

"먹었더니 십 분도 지나지 않아 몸이 무거워지는 느낌이 들었어. 이부자리에 풀썩 쓰러져서 죽은 듯이 잠이 들어 버렸지. 이튿날 머리가 아프고 입 안이 쓰더군. 아내가 이런 약을 먹고 있구나, 하는 생각이 들었지."

"하지만 그 약이 크게 도움이 되었죠."

그 약 이름이 뭐였더라, 당신이 먹은 건 약한 거다. 이런 이야기와 함께 외국말로 된 약 이름이 오갔다. 처음 듣는 이름이었다.

실례합니다, 하는 목소리가 들렸다. 병실 입구에 양복 차림의 남자 두 명이 서 있다. 한 사람은 낯선 얼굴이지만 뒤에 서 있는 사람은 아는 사람이었다. 회장실 '얼음여왕'의 직속 부하, 분명히 하시모토란 사람이다. 나보다는 나이가 어리지만 몇 해 전에 이마다 그룹의 중심인 물류 부문 소속 트럭이 메이신 고속도로에서 충돌사고를 일으켜 사상자가 났을 때, 대외적인 조치를 도맡아 해냈다. 그때의 앞뒤 이야기를 내가 인터뷰한 적이 있다. 하기야 《아오조라》에는 실리지 않았지만.

앞에 있는 낯선 사람은 형사였다. 이쪽도 마흔 살쯤 되어 보이는 나이인데 턱이 날카로웠다. 미간에 주름을 잡으며 심각한 표정으로 경찰 수첩을 꺼내 보였다. 하지만 입을 열자 성우 뺨치게 부드럽고 좋은 목소리가 흘러나왔다.

"미나토추오 경찰서 형사과에 있는 마쓰이라고 합니다. 봉변을 당하셨습니다. 몸은 좀 어떠십니까?"

다니가키 선배와 나는 나란히, 진술하기에 전혀 지장이 없는 상태라고 대답했다. 다니가키 선배는 오히려 기운이 솟는 모양이었다. 하지만 마치 그 타이밍을 노렸다는 듯이 간호사가 다니가키 선배를 부르러 왔다. 소변 검사를 다시 해야 한다고 했다. 그가 떨떠름한 표정으로 따라가자 부인도 내게 고개를 숙여 보이고 함께 나갔다. 싹싹한 부인이다.

"잠깐 먼저 실례하겠습니다." 하시모토 씨가 마쓰이 형사에게 양해를 구하고 나를 쳐다보았다. "편집부에서는 지금 감식 수사가 진행되고 있는데 나머지 부원들이 입회해 있으니 전화를 할 수 있는 상태입니다. 오늘 미팅이나 상담 스케줄은 없었습니까? 급히 연락하셔야 할 곳이라거나."

"특별한 일은 없습니다. 괜찮습니다."

"그거 다행이군요."

흠잡을 데 없는 공적인 미소를 짓는다. 전에 소노다 편집장이 이렇게 말했었다. "진짜 홍보부 직원이나 회장님 직속 비서실 사원들은 깔끔하게 보여야 해. 다만 지적인 분위기를 잃지 않으면서도 얄밉지 않아야 한다는 아주 중요한 기준이 있지."

하시모토 씨는 나호코를 보더니 정중하게 고개를 숙였다. "오래간만에 뵙겠습니다. 4월에 회장님이 주최하신 꽃놀이 모임 때 뵀었습니다. 도야마 씨를 보좌하고 있는 하시모토라고 합니다."

아내도 정중하게 고개를 숙였다. "바쁘실 텐데 공연한 폐를 끼쳤습니다."

"천만의 말씀입니다. 사모님, 회장님의 전갈이 있었습니다. 회
장님께선 소식을 들으시고 바로 이리 출발하셨는데 연말이라 길
이 밀리고, 다음 스케줄이 잡힌 게 있어서 도중에 되돌아가셨습니
다. 사후 처리에 필요한 게 있으면 제가 처리하라고 하셨습니다.
시키실 일이 있으면 분부 내려 주십시오."

"감사합니다. 마음이 든든하네요."

아내는 다시 차분하게 대답했다. 나는 가슴을 쓸어내리고 있었
다. 도쿄 시내의 교통 정체, 만세.

"그런 이유로, 외람되지만 회장님을 대신하여 스기무라 씨에 대
한 이 조사에 제가 곁에 있겠습니다. 마쓰이 형사님에겐 허락을
받았습니다."

형사는 별로 신경 쓰이지 않는 모양이었다. 얼른 옆에 있던 의
자를 끌어다 앉았다. 아내는 하시모토 씨에게도 의자를 권했지만
그는 성실한 수행원처럼 한 걸음 떨어져 등을 꼿꼿하게 펴고 서
있었다.

얼굴은 무섭게 생겼지만 목소리는 좋은 형사가 내게 불쑥 이렇
게 물었다. "회장님의 사위라고 들었습니다."

"예? 아아, 예."

아내가 슬쩍 끼어들어 말했다. "제가 아내 되는 사람입니다. 이
마다 요시치카 회장님의 딸입니다."

"그렇습니까? 그나저나 대단한 소동이 일어났습니다. 하긴 불

상사까지 일어나지는 않아 다행입니다만."

형사는 이런 형식적인 이야기를 거친 뒤 바로 내가 겪은 일들에 대해 묻기 시작했다. 질문, 답변, 질문, 답변. 바둑을 두는 듯했다. 진짜 바둑판이라면 검은 돌과 흰 돌이 나란히 줄지어 있으리라. 오셀로는 아니니 검은 돌 하나에 흰 돌이 홀딱 뒤집힐 일은 없다.

그런 질문과 답변을 한동안 하고 나서, 마쓰이 형사는 짝, 하고 손뼉을 쳤다.

"그렇군요. 그런데 아까 다니가키 씨란 분에게 들은 이야기인데요, 인사에 얽힌 문제가 있었다면서요?"

나는 고개를 끄덕이며 설명하기 시작했다. 이야기를 하다 보니 마쓰이 형사가 이미 겐다 이즈미에 관해 자세하게 알고 있다는 생각이 들었다. 다니가키 선배가 이야기한 정도가 아니라 더 자세한 내용을.

뒤늦게 깨달았다. 하시모토다. 그는 '얼음여왕'의 심복이다. 내가 장인과 의논한 뒤 해결을 일임받았지만 제대로 처리하지 못해 손을 뗀 이 일련의 문제를—다니가키 선배나 편집장에겐 이야기하지 않은 그 편지 건도 모두 포함해서—하시모토는 알고 있는 게 틀림없다. 그래서 마쓰이 형사에게 이야기했겠지. 이 질문은 말하자면 확인 절차다.

"확실한 내용은 성분 분석이 나오기 전에는 단정 지을 수 없지만."

마쓰이 형사는 수첩을 펼치고 들여다보았다.

"드신 커피에 섞여 있던 것은 상품 이름이 '아드베린'이라는 수면제인 모양입니다. 처방전이 없으면 살 수 없는 약이고, 일반적인 불면증에 처방되는 수면제보다 한 단계 위라고 하더군요."

"성분 분석이 나오지 않았는데 어떻게 약 이름을 알 수 있는 거죠?"

내 질문에 '좋은 질문입니다'라고 하듯이, 형사는 눈썹을 위로 치켜세웠다.

"감식 팀에서 찾아냈습니다. 약 봉투를."

나는 아내와 얼굴을 마주 보았다.

"여러분의 사무실─편집부라고 합니까? 거기 탕비실 쓰레기통에 들어 있었습니다. 두 개 모두 약을 빼내 사용한 봉투였습니다. 합치면 알약이 스물여덟 개가 됩니다. 이 약의 일반적인 복용법에 따르면 어른은 하루 한 알입니다. 조금 전에 말씀드린 대로 독한 약이라서 대개는 한 알이면 바로 쓰러져 잠이 들어 버린다고 합니다."

"무슨 말씀인가요……?"

아내는 벌써 불안을 넘어서 겁을 내고 있다.

"그게 거기 버려져 있다는 사실은 편집부에 있는 사람이 약을 섞었다는 이야기인가요?"

"아, 글쎄요." 형사는 웃음을 지었다. 이가 길어 보였다. 흡혈귀 같았다. 부드러운 목소리의 매력이 싹 가셨다.

"내부자 소행이라면 그렇게 경솔하게 움직이진 않았을 거라고 생각할 수도 있습니다. 이렇게 이물질을 넣은 사건에서는 대개 무얼 넣었는지 모르는 상태에서 시작해야만 하기 때문에 불안이나 공포가 더 커지죠. 무얼 넣었는지 모르는 상태에서는 정확한 조치도 취할 수 없으니까요."

"그럼 이 범인은 친절한 거군요."

아내는 온실 속에서 자란 화초 같은 여자지만 평소에는 별로 그런 모습을 드러내지 않는다. 하지만 위급한 상태가 되면 결국 드러내고 만다. 이른바 '때 묻지 않은' 느낌이 들게 만든다.

"친절하다기보다, 이 또한 나름대로 악질적이지." 내가 끼어들었다. "내가 보기에는 드디어 해냈다고 하는 선언처럼 여겨져. 어쩌면 일부러 봉투를 거기 버렸을지도 몰라. 우리 가운데 누군가의 짓인 것처럼 보이게 하기 위해서 말이야."

"그렇게 생각할 수도 있습니다." 마쓰이 형사가 고개를 끄덕였다. 우리 대화를 눈썹 하나 까딱하지 않고 듣고 있던 하시모토 씨도 고개를 살짝 끄덕였다.

"이 겐다 이즈미란 여성은 상당히 복잡한 사람인 모양이던데요?"

"상대하기가 골치 아팠습니다."

"어떻습니까? 다니가키 씨는 그 여자의 짓이라고 주장하시는데, 스기무라 씨는 어떻게 생각하시는지. 이런 짓을 저지를 만한 사람입니까?"

뭐라 대답할 수가 없다. 나는 고민스러워졌다. 대답 대신 이렇게 물었다. "이런 사건은 어떻게 다루게 됩니까?"

"음식물에 약물을 넣어 저지른 상해 행위입니다. 엄연히 형사 사건이죠."

체포되어 기소될 가능성이 있다는 이야기다.

"저는—그 여자는 분명히 까다로운 여자지만 한편으로는 아주 소심한 면이 있는 사람이라고 느끼고 있습니다."

형사가 "호오" 하는 소리를 냈다.

"그래서, 형사처벌을 받는 짓까지는 하지 않을 거라고 생각합니다만."

"자기가 저지르는 일이 형사처벌 대상이 되는 행위라는 걸 인식하지 못했을지도 모르죠. 어쩌면 어차피 이마다 콘체른 측에서 사건을 덮어 버릴 거라고 생각했다거나."

그럴 수도 있다. 겐다 이즈미는 이마다 콘체른이란 기업을 뭔가 판타지적으로 부풀려서 생각하는 측면이 있었다. 봉건 영주나 왕족 같은 절대 권력.

그런 건 현대와 같은 상업주의 사회에는 존재하지 않는데.

"말씀을 듣기로는 이미 경찰도 겐다 씨를 주목하고 계신 듯한데. 제 생각이 지나친 걸까요?"

마쓰이 형사는 하시모토 씨의 얼굴을 보았다. 형사 대신 그가 입을 열었다.

"실은 사건이 일어난 지 네 시간 뒤였나, 마침 그 무렵에 텔레비전과 인터넷에서 이 문제가 보도되기 시작했습니다."

벌써 보도가 되었다는 건가? 장인이 어떻게든 이리 오려고 했었던 게 무리도 아니다.

"회장실에 전화가 걸려 왔었습니다."

다 듣지 않더라도 무슨 이야기인지 알 수 있었다. 그렇게 된 일이었나?

"그 여자가 전화를 걸었군요.

하시모토 씨는 시선을 피하며 잠시 고개를 숙였다.

"회장님을 바꿔 달라고 전화가 와서 도야마 씨가 받았습니다. 매우 흥분한 여자 목소리로, 처음에는 무슨 이야기를 하는 건지 알아들을 수가 없을 정도였다고 합니다."

"흥분했다는 건 방금 남편이 이야기한 것처럼 '드디어 해냈다'는 의미일까요?"

아내의 질문에 하시모토 씨는 쓴웃음을 지었다.

"물론 그럴 수도 있지만 당황해서일지도 모릅니다. 텔레비전에 보도될 만큼 큰 사건이 되리라고는 생각하지 못했을 수도 있지 않겠습니까?"

나도 그 여자가 왜 그랬는지 알 수가 없다. 하지만 견딜 수가 없었다. 거품을 물고 전화를 건 겐다 이즈미의 목소리나 그 표정을 떠올리기만 해도 화가 치밀었다.

"겐다 이즈미가 틀림없었습니까?"

"스스로 그렇게 밝혔으니까요."

"아, 사실상 그걸 범행 성명이라고 받아들였습니다." 마쓰이 형
사가 말했다. "이력서에 적힌 주소로 찾아가 보았지만 없었습니
다."

"이사한 걸까요?"

"그보다는 도망쳤겠죠. 짐은 그대로입니다. 집주인 이야기에 따
르면 집세가 석 달 치나 밀렸다고 합니다. 휴대전화도 연결이 안
되고 있습니다."

어디로 갔을까. 의지할 곳이 있기나 한 걸까.

"겐다 씨의 부모님 집으로 연락한 적은 있습니까?"

"없습니다. 소재를 바로 파악할 수가 없어서요."

"하기야 그 여자도 성인이고, 회사 차원의 트러블인데 굳이 부
모님에게 연락할 필요는 없었을 테니까."

하지만 이번에는 형사 사건이다.

"우리도 지금 조사하는 중입니다. 그런 수고를 덜고 부모님을
만날 수 있을 줄 알았는데. 여자가 그리 도망쳤을 가능성도 있죠."

내가 물으려 떠올린 말을 아내가 먼저 했다. "저, 지명수배가 되
는 건가요?"

형사는 "으~음" 하며 고개를 꼬고 하시모토 씨를 힐끔 보았다.

"어쨌든 본인을 만나 사정 이야기를 듣는 게 우선이니 당장 그
런 형식을 취할 수는 없죠. 아직 감식 결과도 나오지 않은 상태구
요."

다니가키 선배에 대한 사정 청취가 시작되었기 때문에 이번에는 우리가 일부러 복도로 나왔다. 하시모토 씨가 내게 다가와 말했다.

"기자 회견 등 매스컴 관련 대책은 이쪽에서 모두 할 테니 신경 쓰지 마십시오. 만약 기자들이 찾아오면 홍보 쪽에서 알아서 한다고 거절하셔도 됩니다."

작은 목소리로, 하지만 내 옆에 있는 아내에게는 다 들릴 정도의 목소리로 속삭였다. 아내는 마음이 놓이는 모양이다.

아내와 함께 미치카와 곤짱이 있는 병실을 찾았다. 두 사람은 나란히 누워 있었다. 두 병상 한가운데의 등받이 없는 의자에 후루야 아키코가 앉아 있었다.

"스기무라 선배!"

내 얼굴을 보자마자 곤짱이 또 울상을 짓기 시작했다. 죄송합니다, 죄송합니다, 정말 미안합니다, 라고 반복했다. 미치카가 난처한 표정으로 웃으며 말했다.

"이 언니는 아까부터 계속 이래요. 언니 잘못이 아니라고 몇 번이나 말했는데."

"커피를 탄 건 나잖아."

"수면제를 넣지는 않았잖아요."

그 사이에 완전히 친해진 모양이다. 후루야 아키코도 울고 있는 곤짱을 마치 어머니 같은 눈길로 바라보고 있다. 화가 난 것 같지는 않았다.

하지만 나로서는 사과를 해야만 했다.

"따님을 이런 일에 말려들게 해서 정말 죄송합니다."

아내도 나란히 고개를 숙였다. 후루야 아키코는 의자에서 일어나 급히 손을 살래살래 저었다.

"아니, 스기무라 씨 책임도 아닌데요."

"그래, 맞아." 미치카가 거들었다

"내키지 않는 기억을 떠올리게 만들어 드린 게 아닌가 싶어서."

후루야 아키코의 아버지는 독극물이 든 음료수를 마시고 죽었다. 그런데 이번에는 딸인 미치카가 정체를 알 수 없는 것이 든 커피를 마시고 쓰러졌다. 그 소식을 들은 순간 얼마나 충격을 받았을까. 그게 수면제이고, 딸은 무사하다는 사실을 알고도 여전히 놀라움은 가라앉지 않았으리라. 후루야 아키코가 내게 꾸지람을 해도, 당장 여기서 나가라는 고함을 질러도 나로서는 가만히 듣고 있을 수밖에 없다.

"미치카나 저나 괜찮습니다."

후루야 아키코는 내 생각보다 훨씬 어른스러웠다. 그만큼 강한 여성이라는 이야기다.

"게다가 얘가 멋대로 찾아갔으니 사과를 드려야 할 사람은 저희죠."

미치카를 돌아보며 살짝 노려보았다.

"일하시는 시간에 찾아가다니."

미치카는 날름 혀를 내밀었다. "저어, 그 사람이 한 짓이라면서요? 저하고 아저씨가 일층 카페에 있을 때 사진을 찍고 도망친 그 사람. 그 여자 대체 누구예요?"

아직 전체적인 윤곽은 모르는 모양이다. 내가 대략적인 이야기를 해 주었다. 곤짱이 옆에서 코를 훌쩍거리거나 흐느끼는 소리가 반주처럼 들려왔다. 아내가 곤짱의 등을 쓰다듬어 주었다.

문을 노크하는 소리가 났다. 대답하기도 전에 살짝 열렸다.

"아, 쇼짱이네." 곤짱이 소리를 질렀다.

갑자기 사람들의 눈길이 쏟아지자 당황한 표정을 짓는 아키야마 쇼고가 서 있었다. 저번보다 훨씬 자유로운 옷차림이다. 낡은 청바지의 무릎이 튀어나와 있었다. 머리도 빗지 않았고 면도도 제대로 하지 않았다.

"뭐야, 너. 살아 있잖아?"

"그런 모양이야."

겨우 진정되었던 곤짱이 다시 눈물을 흘렸다.

"경찰에서 건 전화를 받고 고모가 쇼크를 받아 쓰러지셨어. 숙부도 깜짝 놀라서 내게 전화를 하셨고. 나도 바로 빠져나올 수는 없어서 이제야 온 거야."

"에엥? 엄만 괜찮아?"

"구급차를 불렀대. 너보다 고모가 더 심한지도 몰라."

곤짱이 "으으윽" 하는 신음을 냈다. 아키야마가 웃으며 덧붙였다. "바보야, 빈혈 때문이야, 빈혈. 그러게 그렇게 걱정되면 이상한 일에 말려들지 말았어야지. 나도 잠깐이나마 네 장례식 걱정을 했잖아."

아내가 내 소매를 끌어당겼다. 눈짓으로 묻는다. 이 사람이 아키야마 쇼고? 그 딱딱한 글을 쓰는 사람? 이렇게 젊고, 이렇게 말을 막하는 사람이야?

"뭐야, 집 나온 카리스마 미용사 같은 차림으로."

"뭐가 어때서 그래."

미치카는 호기심에 눈빛을 반짝였다. 후루야 아키코는 당황했다. 곤짱과 한바탕 입씨름이 끝나자 갑자기 제정신을 차린 듯이 아키야마 씨도 어색한 표정을 짓기에 나는 사람들을 소개했다.

와아, 유명인이네, 미치카가 흥분했다. 병실이 갑자기 시끌시끌해졌다. 생명에 별 지장이 없다고는 해도 우리가 정상이 아닌 경험을 한 것은 분명했다. 그 때문에 더 흥분이 되었는지도 모른다.

어쨌든 모두 무사해서 다행이다. 정말로.

14

    소동이 일어났던 주말에 나는 회장실이 아니라 장인 댁으로 호출을 받았다. 다행이라는 생각이 들었다. 장인 댁에는 '얼음여왕'이 없다. 대신 나이 든 가정부가 있을 뿐이다.

    빽빽한 노송나무 울타리에 둘러싸인 드넓은 부지 안에는 나호코가 결혼하기 전에 살았던 장인의 집과 처남 일가가 사는 집이 있다. 언제 찾아와도 정원은 손질이 잘되어 있어 사시사철 이따금씩 경치가 바뀐다.

    나는 평소 드나드는 출입문을 통해 들어갔기 때문에 정원을 가로질러 디딤돌을 밟으며 안으로 들어가서야 큰처남 집 앞의 주차 공간에 검은색 리무진이 두 대 있다는 사실을 깨달았다. 손님이다.

    내가 혼자 처가를 방문하기는 이번이 두 번째다. 첫 번째는 작년 가을밤이었다. 미리 약속을 잡지는 않았지만, 장인은 놀라는 기색도 없이 나를 맞아 주었다.

    오늘은 장인에게 야단을 맞건 놀림을 당하건, 나는 면목이 서지 않는 형편이었다.

장인은 서재에서 기다리고 있었다. 양복 차림을 한 채 서가로 둘러싸인 팔걸이의자에 앉아 있다.

"야스타카에게 손님이 와 있어서. 이따가 나도 잠깐 들러야 할 걸세."

"바쁘신데 죄송합니다."

오후 한시가 조금 지난 시각이었다. 가정부가 홍차와 함께 간단한 음식을 내왔다.

"당분간 커피는 마시기 싫을 테지."

장인이 놀리자 가정부가 홍차를 따르던 손길을 멈추고, 큰일 날 뻔했다며 위로해 주었다.

수면제 사건에 대한 대략적인 내용은 장인도 이미 알고 있었다. 다만 어제 경찰로부터 연락을 받은 내용이 있어서, 나는 그 설명부터 시작했다.

"겐다 이즈미가 한 짓이 틀림없는 듯합니다."

그녀가 두고 간 아파트 짐에서 채취한 지문과 손바닥 자국의 일부분이 그룹 홍보실 탕비실에 있는 냉장고 문이나 그 안에 들어 있던 미네랄워터 페트병에서 나온 지문, 손바닥 자국과 일치했던 것이다.

쓰레기통에 버려진 수면제 봉투에는 지문이 남아 있지 않았다. 조심스럽게 다룬 모양이다. 그렇다면 왜 일부러 버리고 갔는지, 잘 이해가 되지 않지만.

포트 바닥에 약간 남은 커피와 삼분의 일가량 남아 있던 미네랄워터 안에 고농도의 수면제가 들어 있었다. 물론 우리가 사용한 컵 안에도 약 성분이 남아 있었다.

"별관은 수도관이 낡아서 차나 커피를 끓일 때는 미네랄워터를 사용하고 있습니다."

급탕실은 누구나 출입할 수 있다. 그날은 곤짱이 커피를 끓여 주었지만, 나나 가사이도 차를 끓이곤 한다. 마시고 싶을 때는 스스로 끓이도록 되어 있다. 미네랄워터를 사오거나 관리하는 일도 특별히 누구를 지정해 두지는 않았다. 그래서 편집부 멤버라면 누구나 다 알고 있다. 차를 타기 위해 물을 데울 때나 커피를 끓일 때는 일단 냉장고 문을 열어 뚜껑이 열려 있는 미네랄워터 병을 사용한다는 것을.

겐다 이즈미도 그런 습관을 알고 있었다.

"그 여자는 아마 출근 시간 전이나 퇴근 이후의 틈을 노려 탕비실에 숨어 들어갔을 겁니다. 수면제를 넣은 미네랄워터 병을 갖고서."

곤짱의 기억에 따르면 그날 커피를 끓일 때 사용한 미네랄워터는 이미 뚜껑이 열려 있었다고 한다. 또한 그 시점에 뚜껑이 따진 것은 그 페트병뿐이었다고 한다. 다만 그 병은 물이 가득 들어 있었다.

"그날 오전에도 커피를 끓였습니다. 그때는 가사이란 친구가 끓였는데, 기억에 따르면 커피를 삼인분쯤 끓였더니 물이 다 떨어졌다고 합니다. 그래서 그 페트병은 버렸죠."

그 뒤에 곤짱이 고른 병에 약이 들어 있었다는 이야기다.

"뚜껑이 열린 병 두 개가 나란히 있었다면 좀 이상하다는 생각을 했을지도 모릅니다. 하지만 한 병만 뚜껑이 열려 있었으니까요. 자기보다 먼저 누가 열어 두었으리라 생각해도 무리는 아닙니다."

홍차 잔을 살짝 받침대 위에 내려놓으며 장인이 웃었다.

"그렇게 감싸 주지 않아도 고미부치란 아가씨가 경솔했다고 꾸짖지는 않을 거야."

내가 너무 강조했던 모양이다.

"아니면 누가 고미부치란 애를 야단쳤나? 왜 더 주의하지 않았느냐고?"

"아뇨, 그런 일은 없습니다. 하지만 본인이 마음 아파하고 있습니다."

"몇 해 전에," 장인이 눈을 약간 가늘게 떴다. "여기저기서 비슷한 약물 주입 사건이 자주 일어난 적이 있었지."

"예, 그랬습니다."

사건의 무대는 대부분의 경우 '직장'이었다.

"그때 우리 쪽에서도 사원들에게 주의를 준 기억이 나는군. 이제는 다들 까먹은 모양이야. 늘 그런 걱정을 하면서 지낼 수도 없는 노릇이니 당연하겠지."

그러고 나서 '시한폭탄 같은 거야'라고 중얼거렸다.

"그 수단이 말이야. 언제 그런 짓을 해도 언젠가는 누군가가 그

물을 마시지."

"그냥 물로 마시면 바로 쓴맛이 느껴져 눈치를 챌 텐데 말입니다."

"뭐 어쩔 수 없지. 여하튼 다들 크게 다치지 않아서 다행이야."

나는 다시 죄송하다며 고개를 숙였다. 장인은 이제 됐네, 하며 웃었다.

"편집부 자물쇠는 교체했나?"

"예, 바로 했습니다."

출입구에는 억지로 문을 연 흔적은 없었다. 겐다 이즈미가 복사한 열쇠를 갖고 있었던 게 틀림없다. 도대체 언제 그런 짓을 했을까. 무슨 생각으로.

"앞으론 열쇠 관리도 철저하게 하겠습니다."

"그 건물은 오래되었어. 보안 장치 같은 건 되어 있지 않으니까."

그렇게 말하며 장인은 손을 들어 넥타이를 약간 느슨하게 했다. 집에 손님을 초대하기 위해 양복을 입는다는 것이 나로서는 뜻밖이었다. 아내가 이마다 그룹에 근무한다면 나도 집에서 손님을 맞기 위해 양복을 입어야 했을 것이다. 물론 아내가 본부인이 낳은 딸이라 이마다 그룹에 근무하고 있다면 아예 나하고 결혼하지도 않았겠지만.

"홍보 쪽에서 애를 썼다기보다 다른 큰 뉴스가 있었기 때문일 테지만, 신문에서 떠들지는 않은 모양이더군."

사건 이후 신문이란 신문을 모두 살펴보았지만 어디에도 실리지 않았다.

"다행이었습니다." 나도 크게 마음이 놓였었다.

"다만 경제지에서 취재 요청이 들어왔어. 기업 위기관리 특집 가운데 하나라더군."

"설마 회장님이 직접 만나지는 않으실 테죠?"

"왜 다들 '설마'라고 이야기하지?"

딱히 대답할 말이 떠오르지 않았다.

"그래, 취재를 받아들이셨습니까?"

"이따금 하는 건 괜찮지 않겠나? 잘못한 걸까?"

"제가 하겠습니다. 원래는 제 책임입니다."

"그러면 저쪽에서 실망할 테지." 대번에 퇴짜를 놓는다. "나도 때론 경제지에 있는 현장 기자들과 수다를 좀 떨고 싶어. 괜찮지 않나? 사건 내용도 자세히 알고 있으니."

하시모토를 입회시키겠다고 한다.

"그보다 소노다와 다니가키는 어떤가?"

"두 사람 다 쇼크를 받았죠. 하지만 그런 일을 당하고 난 뒤에는 오히려 후련해하는 듯합니다. 겐다 이즈미의 인간성이 의심스럽다는 사실을 누구나 알게 되었고, 그런 짓을 하는 사람이 하는 말은 누구도 믿어 주지 않을 거라는 점 때문이겠죠."

두 사람과 이야기해 보고 나는 그런 느낌을 받았다. 사실 다니가키 선배의 회복은 빨랐다. 소노다 편집장 쪽이 침울해하고 있다. 아마도 같은 여자이기 때문이리라.

　―내가 뭘 잘못해서 그 사람이 그렇게까지 삐뚤어진 걸까?

　저쪽이 멋대로 삐뚤어진 거지 편집장님이 무얼 잘못해서가 아
닙니다, 라고 내가 말했다.

　"지명수배할 모양입니다."

　이 이야기도 어제 받은 연락이었다.

　"자기 범행이라고 밝힌 걸로 여겨지는 전화도 있었기 때문에 경
찰로서는 그런 수순을 밟을 수밖에 없다고 합니다. 그 여자의 신
병이 확보될 때까지는 저희도 주의해야 한다는 이야기를 들었습
니다."

　장인은 독서용 안경을 쓰고 있었다. 내가 오기 전까지 신문을
읽고 있었으리라. 그걸 벗더니 책상 위에 있던 렌즈 닦는 천을 집
어 들면서 혼잣말처럼 중얼거렸다.

　"어떤 사람일까?"

　"무슨 말씀이신지?"

　"마음에 들지 않는 사람에게 독을 먹이는 짓을 아무렇지 않게
하는 사람 말이야."

　그렇게 말하고 나서 고개를 저으며 취소했다.

　"마음에 들고 안 들고의 문제는 아니지. 상대가 누구건 상관없
다는 무차별 독살 사건이 얼마 전에 있었어. 그런 사건과 이번 일
을 함께 생각하는 건 잘못일까?"

　마쓰이 형사에게 물어보았던 내용이라 다행이었다.

"무차별 독살 사건도 넓은 의미에서는 마음에 들지 않는 사람을 노리는 거라고 생각할 수 있지 않을까요? 하지만 이미 자수한 그 사건의 범인은 자기가 죽기 위해 독의 효과를 확인하고 싶었다고 이야기하는 모양입니다."

"그게 사실이라면 아무 생각 없고 어리석었을 뿐이라는 이야기로군."

"그렇습니다."

장인이 의미심장한 쓴웃음을 지었다.

"지난주에 야스타카와 잠깐 이야기를 했지."

큰처남이다. 현재 사장이다.

"그 녀석도 여러모로 힘이 드는 모양일세. 어지간해선 그런 소릴 하지 않는데, 시간을 내달라기에 둘이 식사를 했지. 무척 마음이 약해졌는지 푸념을 늘어놓더군."

나는 들어서는 안 될 이야기를 듣고 있는 기분이 들었다.

"기업 총수의 책임은 이해가 된다. 하지만 그 대신에 주어지는 권력이란, 권력자가 취해야 할 모습이란 무엇이냐고 하더군. 술이 취했기 때문일 테지만 추상적인 질문을 받았네. 자네, 대답할 수 있겠나?"

나는 고양이나 관엽 식물인 척하기로 했다. 장인은 고양이나 관엽 식물에게 말을 걸고 있는 것이다. 대답 따위는 기대하지도 않으리라.

"권력자라고?" 장인이 헛웃음을 지었다. "그런 생각을 한다는 건 그 녀석이 인생을 시작한 이래 처음으로 슬럼프에 빠졌다는 이야기지."

"심려가 크시겠습니다."

"그 녀석도 이제 나이 쉰이야. 좋은 공부가 되겠지."

말은 그렇게 하면서도 분명 정이 담겨 있었다. 그래서 나라는 관엽 식물의 잎사귀가 흔들렸다.

"회장님은 권력이란 걸 어떻게 생각하십니까?"

장인은 잠시 말이 없었다. 홍차 잔이 비어 있기에 내가 다시 따랐다.

"덧없지." 장인이 대답했다.

"덧없습니까?"

"그리 생각하지 않나?"

"회장님에게는 어울리지 않는 표현이라고 생각합니다."

장인은 코웃음을 쳤다.

"이마다 그룹의 총수이기 때문에?"

"저는 그렇게 생각합니다."

"사원들이 영문도 모를 약을 먹고, 그게 누가 한 짓인지 알면서도 손도 못 쓰고 있네. 도망치면 잡아낼 수도 없어. 그게 무슨 권력자란 말인가. 그렇게 생각하지 않나?"

나는 천천히 눈을 크게 떴다. 이제야 비로소 장인이 이번 사건에 크게 분노하고 있다는 사실을 깨달았다.

"궁극적인 권력은 사람을 죽이는 거지."

장인은 말을 이었다. 말투는 담담했지만 눈은 빛나고 있었다.

"다른 사람의 목숨을 빼앗는다는 건 인간으로서 더할 나위 없는 권력 행사지. 게다가 그럴 마음만 먹으면 누구나 할 수 있네. 그래서 요즘 많지 않은가?"

나는 말없이 고개를 끄덕였다.

"만약 그게 청산가리였다면 자네들은 모두 죽은 거야."

"저희도 그런 이야기를 하기는 했습니다."

끔찍한 상상이었기 때문에 다시는 입 밖에 낼 수가 없었다.

"다섯 사람의 목숨을 미네랄워터에 독약을 섞는 아주 간단한 방법으로 앗아갈 수 있지. 그런 상황에서 겐다 이즈미는 자네들에겐 저항할 방법이 없는 권력자였네. 죽지 않았으니, 살해당하지 않았으니 그렇지 않다는 변명 따윈 통하지도 않아. 어차피 남을 자기 마음먹은 대로 했다는 점에서는 마찬가지니까."

그렇다. 우린 그런 인간을 가리켜 '권력자'라고 부른다.

"그래서 나는 화가 나네. 그런 식으로 행사되는 권력에는 누구도 이겨낼 수가 없지. 금기를 범하며 휘두르는 권력에는 대항할 방도가 없는 거야. 흥, 뭐가 이마다 그룹 총수야. 힘이 없기로는 고만고만한 초등학생이나 마찬가지지."

이 미터가량 떨어져 있는데도, 책상을 사이에 두고 떨어져 있는데도 장인이 느끼는 분노의 파동이 느껴진다. 그게 내 마음을 뒤흔들었다.

나는 후루야 아키코를 생각했다. 미치카의 얼굴을 떠올렸다. 미치카가 원하는 것이 정의라는 사실을 생각했다.

"제가 말씀을 좀 드릴 시간이 되겠습니까?"

떠듬떠듬 이야기하자 장인은 눈을 깜빡거리며 내 얼굴을 보았다.

"아직 괜찮네."

나는 깊숙이 고개를 한 번 숙이고 털어놓았다. 말이 계속해서 쏟아져 나왔다.

이야기를 마치고 고개를 드니 장인은 양쪽 손가락을 교회의 첨탑처럼 만들어 책상에 손을 얹고 내 얼굴을 빤히 바라보고 있었다.

"또 번거로운 일에 끼어들었군."

"죄송합니다."

"회의실에 있던 여고생이 그 애였나? 난 그냥 고미부치란 애의 친구로만 생각하고 있었는데."

내가 일부러 정확한 이야기를 하지 않았기 때문이다.

"화가 나겠군."

한숨을 내쉬더니 장인이 고개를 살짝 숙였다.

"아무리 화를 내도 마음이 풀리지 않을 테지. 그 애의 심정이 나는 조금 이해가 돼."

나는 말없이 고개를 끄덕였다.

"그 애가 이 세상에 정의란 없다고 생각하게 만들어선 안 되지. 그게 어른들이 할 일이야. 그런데 그러지를 못해. 우리가 만든 사회는 언제부터 이렇게 꼴사나운 모습으로 타락해 버렸을까."

"내 의견을 한 가지 이야기한다면," 장인이 언성을 높였다.

"후루야 아키토시 씨를 죽인 범인이나 겐다 이즈미나 같은 부류의 인간이지. 최고 권력을 추구하며 도저히 참지 못하고 그 권력을 행사해 버린 인간이니까."

"권력을 추구하는 인간……이란 말씀입니까?"

"왜 그런지 알겠나?"

"저는 모르겠습니다."

장인은 순간 눈을 무섭게 뜨고 나를 노려보았다.

"굶주려 있는 걸세. 그토록 심하게, 깊이 굶주려 있는 거지. 그 굶주림이 자기 혼을 먹어 치우지 않도록 먹이를 줘야 해. 그래서 다른 사람을 먹이로 삼는 거야."

우리 아버지는 큰소리를 치며 화를 내는 부모는 아니었다. 다만 설교를 하는 버릇이 있었다. 이야기를 시작하면 길어졌다. 이웃집 벽에 낙서를 했다거나 친구와 함께 남의 집 감을 땄다거나, 어린 시절에 누구나 하는 사소한 장난을 쳤더라도 우리 형제들은 기나긴 설교를 들어야 했다. 그렇게 긴 설교는 초점이 자주 어긋난다는 문제가 있었다.

그래서 우리 형제들은 설교에 익숙한 어른이 되었다. 한 귀로 듣고 한 귀로 흘려 버리는 기술을 익힌 셈이다.

하지만 나호코와 결혼하고, 이마다 요시치카를 장인으로 모시게 된 뒤로 나는 조금 변했다. 장인의 얘기는 흘려들을 수가 없었

다. 그건 아마도 장인의 충고나 설교, 또는 의견이 내가 마음속에
두고 있으면서도 모양새를 갖추지 못하고 혼란스러운 상태로 담
겨 있는 것을 말로 표현해 주기 때문이리라.

굶주렸다.

정말로 조심해야 한다고 장인이 덧붙였다.

"아직 무슨 일이 일어날지 몰라. 상대방이 젊은 여자라고 해서
방심해선 안 되네."

"예, 명심하겠습니다."

"후루야 씨 사건도 마찬가지야. 경찰에 맡겨 둘 수밖에 없다는
건 안타깝지만, 그게 현실이지. 어설프게 행동해선 안 돼."

그러고는 나를 힐끔 곁눈으로 바라보았다.

"설마 어머니의 명예를 회복하기 위해서라도 범인을 잡고 싶으
니 도와달라는 부탁 같은 걸 하진 않았을 테지."

"아, 아뇨. 말도 안 되죠!"

식은땀이 났다. 미치카로부터는 홈페이지를 개설하고 글을 올
리겠다는 메일을 받았을 뿐이다. 그렇다, 미치카는 범인을 찾으려
하고 있다.

―게시판은 설치하지 않았지만 메일은 받을 수 있도록 해 두었
어요. 이렇게 하면 범인이 무슨 이야기를 건네올지도 모르죠. 분
명히 말을 걸어 올 거라고 생각해요. 그러면 단서가 되겠죠.

―기타미 아저씨와 의논하면서 할 거니까 걱정하지 마세요. 하
지만 지금까지 해 주신 것처럼 도와주세요. 부탁드립니다.

순진하면서도 고집스러운 메일이었다. 한편으로는 계산도 다 하고 있었다.

─스기무라 아저씨, 이번 소동에 저를 말려들게 해서 진짜로 걱정하고 계시죠? 저나 어머니는 신경 쓰지 않는데. 그러니까 스 기무라 아저씨가 마음이 개운해지도록 한 가지 부탁을 드릴게요.

미치카는 할아버지의 애인이었던 나라 가즈코를 만나 보고 싶 다고 한다. 물론 어머니에게 이야기하면 못하게 할 게 뻔하다. 그 러니 내가 함께 가 주었으면 좋겠다는 이야기였다.

─이 부탁을 들어주면 제게 진 빚은 없는 거예요. 알았죠?

여고생에게 빚을 지다니, 이게 무슨 꼴인가. 게다가 그 빚을 갚 는 방법까지 지정을 받다니.

나는 생각하는 게 그대로 얼굴에 드러나는 체질인지, 장인은 점 점 어이없다는 표정으로 변해 갔다.

"어지간히 해 두게. 사람이 좋은 데도 정도가 있는 법이야."

"예. 잘 알고 있습니다."

"아니야, 알긴 뭘 알아."

그리고 진지한 표정으로 물었다. "그 기타미란 사람은 제대로 탐정 업무를 하고 있는 건가?"

"전에 경찰관이었다고 하니까─."

"경찰 출신이라고 해서 좋은 탐정이 될 수 있는 건 아니지."

나는 약간 의외였다. 제대로 된 탐정, 좋은 탐정이라는 표현을 쓰는 걸로 보아 장인이 사립탐정이란 직업 그 자체를 부정하는 것

315

은 아닌 모양이다.

자리에서 일어날 무렵이 되어서야 서둘러 나호코와 모모코의 근황을 보고했다. 이제 완전히 새집 생활에 익숙해졌다. 모모코는 공부를 재미있어하고(이제 막 시작해선지 무엇이든 재미있는 모양이다), 뭔지 잘 모르면서도 입시 준비를 열심히 하고 있다. 나호코는 모모코가 없는 시간에는 처녀 시절에도 한 적이 있는 도서관 그림책 읽어 주기 자원봉사를 다시 시작했다.

장인은 얼굴 가득 웃음을 지으며 기뻐했다. 나는 장인의 웃는 얼굴을 뒤로하고, 처가를 나왔다.

15

월요일 오전에 그룹 홍보실을 의외의 인물, 아니 깜짝 놀랄 인물이 찾아왔다. 겐다 이즈미의 아버지였다.

마쓰이 형사가 데려왔다. 처음에는 그 사람 혼자 말을 했다.

"어떻게든 여러분을 직접 뵙고 사죄드리고 싶다고 말씀하시기에."

기타미 씨가 찾아도 소재지를 알 수 없었던 겐다 이즈미의 가족인데, 역시 경찰이다.

우리는 우왕좌왕했다. 하시모토 씨를 부르자는 나를 말린 사람은 소노다 편집장이었다.

"아버님은 우리를 만나러 와 주신 거잖아. 그런 마음을 존중해드려야지."

회의실로 안내해 편집장과 내가 겐다 이즈미의 아버지와 마주 앉았다.

곤짱은 오후에 출근하는 날이었고, 다니가키 선배는 머리에 난혹 치료 때문에 병원에 갔다. 마쓰이 형사는 경찰서로 돌아갔다.

자그마한 사람이었다. 멋진 은발을 옛날 스타일로 빗어 넘겼다.

회색 양복은 고급스러워 보이는 게 아마 맞춤 양복인 모양이다. 전체적으로 품격 있는 신사라는 인상을 풍겼다.

의자를 권해도 고집을 부리며 앉으려 하지 않았다. 허리를 깊숙이 구부리며 고개를 숙였다.

"제 딸년이 터무니없는 짓을 저질러 뭐라 사죄드려야 할지 모르겠습니다. 너무 죄송해 드릴 말씀이 없습니다."

이런 경우에는 더는 뭐라고 할 말이 없으리라. 목이 멘 목소리였다.

겨우 의자에 앉아서도 그는 고개를 들지 못했다. 양쪽 어깨가 잔뜩 굳어 있었다. 명함을 건네면서도 고개를 들지 않았다. 도유엔지니어링이란 회사의 '삿포로 지점장' 직함이 적혀 있다.

"사시는 곳도 삿포로입니까?" 편집장이 물었다.

"예. 저와 아내 둘이 살고 있습니다. 아들놈은—이즈미보다 네 살 위인 오빠가 있는데 직장 때문에 오사카에 있습니다."

한마디를 할 때마다 사죄하듯이 고개를 꾸벅거린다. 눈가에 깊은 주름이 새겨져 있었다.

"먼 길을 와 주셔서 감사합니다."

편집장이 천천히 인사를 했다.

"당연한 일입니다. 더 일찍 찾아뵈었어야 하는데."

웅크린 몸에서 짜내는 목소리를 들으며, 나는 아무 말도 할 수 없었다.

"따님은 이미 성인이고 전부터 가족을 떠나 살아 왔다더군요.

저희가 부모님께 뭐라 할 수는 없죠."

나는 할 말이 없었다. 만약에 모모코가─만에 하나, 아니 그럴 리야 없겠지만 다른 사람을 다치게 했다면 나는 무슨 생각을 할까. 가령 지금 같은 말을 듣더라도 역시 내 책임이다, 잘못은 부모인 내게 있다고 말하게 될까. 그런 생각을 하니 눈앞이 캄캄해졌다.

"면목 없는 사람에게 그런 따스한 말씀을, 정말로─."

겐다 씨의 목이 이번에는 진짜로 막혀 말을 잇지 못했다. 이마가 테이블에 닿을 만큼 깊숙이 머리를 숙였다.

"제발 그만 고개를 드십시오."

겐다 씨의 몸에 손이 닿지는 않았지만 편집장이 어깨에 손을 대려는 몸짓으로 말을 했다. 편집장의 표정은 온화했지만 눈빛만은 슬퍼 보였다.

겐다 씨가 반쯤 고개를 들었을 때는 얼굴이 새빨개져 있었다. 힘없이 눈을 깜빡이자 신사에서 노인으로 변했다. 눈과 코 아래가 젖어 있다.

"면목이 없습니다." 그는 양복 안주머니에서 큼직한 손수건을 꺼내 얼굴을 닦았다. 다리미질이 잘된 손수건이다.

"딸의 불찰은 부모 책임입니다. 경찰에서도 얘기했지만 이즈미를 찾아내기 위해, 그 녀석에게 죗값을 치르게 하기 위해 최대한 협력할 생각입니다."

"잘 알겠습니다. 우리 부원들에게도 아버님으로부터 그런 말씀이 있었다는 사실을 잘 전달하겠습니다. 다들 이해해 줄 테니 마음 놓으십시오."

겐다 씨는 꾸벅꾸벅 고개를 숙였다. 그 바람에 눈물 한 줄기가 뺨을 타고 흘러내렸다. 나름대로 지위가 있는 신사가 무력한 아버지로서 찾아와 계속 사죄하고 있다. 나도 그렇지만 편집장도 분명 사과를 받는 게 오히려 가슴이 무거워지는 기분이리라.

"이런 일이 일어난 데는 저희 직장에도 뭔가 실수가 있었을지도 모릅니다. 이즈미 씨와 더 자주 대화를 나눴어야 한다는 후회가 듭니다."

편집장이 말했다. 사건 이후 편집장의 마음속에서 소용돌이치고 있던 후회다. 나나 다니가키 선배가 아무리 구슬려도 지울 수 없었던 감정이다.

놀랄 만큼 빠른 대답이 돌아왔다.

"아뇨, 그렇지 않습니다."

겐다 씨는 고개를 들고 빨개진 눈으로 편집장을 똑바로 보더니 또렷하게 말했다.

"그건 잘못 생각하신 겁니다. 여러분의 실수는 없습니다. 잘못된 건 이즈미 그 녀석입니다."

편집장과 나는 멍하니 얼굴을 마주 보았다.

"그게 무슨 말씀이신지."

할 말을 잃은 편집장을 대신해 내가 물었다. 겐다 씨는 애처로운 눈으로 나를 보며 하소연하듯이 말했다.

"이즈미가 이런 짓을 저지른 게 처음이 아닙니다. 전에도 몇 차례 있었습니다. 이런 일이 계속해서."

야윈 목의 울대뼈가 오르락내리락했다.

"그때마다 저와 아내는 뭐가 잘못되었는지를 생각했습니다. 이즈미를 제대로 가르치지 못한 게 아닌가 하는 생각이 들었습니다. 어쩌면 우리가 부모로서 무심하고 무신경해서 깨닫지 못하는 사이에 그 애를 심하게 삐뚤어지게 만들거나 깊은 상처를 주는 짓을 한 게 아닌가 하는 이야기를 수없이 했습니다. 개선할 수 있는 부분을 찾아서 노력도 해 온 셈입니다. 하지만 이즈미는 변하지 않았죠. 그 애는 언제 어디서나 멋대로 말썽을 일으키고 다른 사람들을 화나게 만들고 거짓말을 했습니다. 내내 그렇게 해 왔습니다."

한숨을 거칠게 내쉬더니 물에 빠진 사람처럼 숨을 급히 몰아쉬었다.

"여러분의 따스한 말씀은 애비인 저로서는 너무도 감사합니다. 하지만 이쪽에도 뭔가 실수가 있는 게 아니냐는 생각은 부디 하지 말아 주십시오. 우리도 오래 그런 생각을 했습니다. 우리가 바뀌면 이즈미도 변할 거라고 믿었죠. 하지만 그렇지 않았습니다. 아무리 해도 그 애에겐 통하지가 않았죠. 그 애는 늘 뭔가에 화를 냅니다. 그런 감정을 도무지 가라앉히지 못하더군요."

소노다 편집장은 아무 말도 하지 못하고 있었다. 나는 어색하게 헛기침하며 자세를 고쳐 앉았다.

"경찰에서 저희와 이즈미 씨 사이에 무슨 일이 있었는지 들으셨습니까?"

겐다 씨는 고개를 저었다. "자세한 내용은 모릅니다. 실은 그 이야기도 듣고 싶어 찾아뵈었습니다. 그 녀석이 이번엔 어떤 거짓말을 해서 폐를 끼친 건가요?"

나는 그간의 사정을 쭉 이야기했다. 편집 프로덕션 '액트'에서 들은 이야기도 숨기지 않았다. 이런 상황이 아니라면 생각할수록 화가 날 일인데, 이야기를 하다 보니 슬퍼졌다. 열심히 듣고 있는 겐다 씨의 눈에 떠오르는 깊은 절망이 내게도 전염될 것만 같았다.

"이즈미가 이쪽에 낸 이력서를 좀 볼 수 있을까요?"

겐다 씨의 요청에 편집장이 벌떡 일어섰다. 마치 도망갈 구실이 생겼다는 모습이었다.

잠시 나는 겐다 씨와 단둘이 남았다. 그는 또 손수건으로 얼굴을 닦았다. 나는 그런 모습을 못 본 체했다.

"여기 있습니다. 보시죠."

편집장이 이력서를 탁자에 올려놓고 의자에 앉았다. 불안한 눈빛으로 이력서를 집어 드는 겐다 씨를 바라보았다.

"저희는 그 애가 도쿄 어디에 사는지 몰랐습니다. 무슨 일을 하는지도 모릅니다. 하지만 여러분이 느끼신 대로 이 경력은 거짓말입니다. 학력이 엉터리라는 사실은 저도 알 수 있습니다. 그 녀석은 고등학교 중퇴니까요."

이력서 내용을 훑어보며 겐다 씨가 중얼거렸다.

"이즈미 씨와는 연락이 되지 않았군요."

"예. 소식이 끊어진 지 사 년쯤 됩니다."

"좀 전에 말씀드렸던 기타미 씨가 이즈미 씨의 가족과 연락을 해 보려고 조사했지만 이사한 곳을 알아낼 수 없었다고 하더군요."

정말 죄송하다고 다시 사과하며 겐다 씨는 이력서를 내려놓았다.

"저희는 그 애한테서 도망친 겁니다. 소식이 없었다는 이야기는 정확한 표현이 아니죠. 저희는 그 애와 인연을 끊을 생각이었습니다."

편집장이 기운 빠진 듯 한숨을 내쉬었다. "어쩌다 그렇게……."

겐다 씨는 입을 다물고 고개를 숙였다. 눈에 눈물이 고여 또 손수건으로 닦았다.

"여기 적혀 있는 생년월일도 맞지 않습니다. 이즈미는 올해 스물여덟 살이니 두 살 어리게 적었군요."

"아, 예." 나는 멍하니 대답했다. "어쨌든 이즈미 씨는 나이보다 젊어 보였습니다. 처음 면접했을 때만 해도 대학을 갓 졸업한 줄 알았습니다."

"그런 게 그 녀석에겐 무척 중요한 일인 모양입니다."

이해가 갑니다, 라고 편집장이 작은 목소리로 말했다.

"어쨌든 이력서의 학력이나 직장 경력에 맞춰서 나이를 조정해야만 했겠죠."

겐다 씨는 편집장과 내 얼굴을 번갈아 바라보더니 구부렸던 등을 폈다.

"이렇게 부끄러운 자식 이야기를 하는 건 결코 부모로서의 책임을 회피하자는 게 아닙니다. 그건 경찰에서도 말씀드렸습니다. 다만 저희가 그 애와 인연을 끊으려고 결심하기에 이른 데는 어쩔 수 없는 사정이 있었다는 점을 이해해 주셨으면 합니다. 그것은 저를 위해서나 집사람을 위해서가 아니라 오히려 아들 녀석을 위해서였습니다."

편집장이 눈꺼풀을 파르르 떨었다. 나는 고개를 끄덕여 겐다 씨의 다음 이야기를 재촉했다.

"옛날 이야기라서 자세하게 말씀드릴 수는 없지만 이즈미는 어려서부터 곤란한 애였습니다. 남에게 지기 싫어하고, 툭하면 화를 내기 때문에 친구가 없었죠. 중학교에 들어가자마자 학교에서 따돌림을 당한다면서 한때 등교도 하지 않았습니다. 선생님과 의논해서 전학을 시켰는데 그곳에서도 적응하지 못하고 졸업할 때까지 내내 삐거덕거렸습니다. 그 애가 집에 친구를 데리고 온 적은 손에 꼽을 정도입니다."

"제게도 딸이 있습니다." 내가 끼어들었다. "아직 학교에 들어가기 전인 어린애지만요. 고집이 세다거나 지기 싫어한다는 게 반드시 나쁜 것만은 아니겠죠."

겐다 씨는 미소 지었다. 왠지 웃으면 그의 눈이 더 슬퍼 보였다.

"그렇겠죠. 시험 점수나 달리기, 자기가 그린 그림이 그 지역 전시회에서 입선을 했다거나 하는 걸 가지고 친구들과 경쟁하는 건 나쁘지 않습니다. 하지만 다 정도가 있죠."

"아, 예. 뭐."

"성적이 좋은 친구를 질투하고, 그 애의 얼굴을 자로 때려서 여덟 바늘이나 꿰매게 만드는 상처를 입힌다거나 전시회에서 우수상을 받은 친구 그림을 그 애 눈앞에서 찢어 버린다거나 하면 그건 지나친 행동이죠?"

나와 편집장은 다시 멍청하게 얼굴을 마주 보았다.

"정말로 그런 일이?"

"그랬습니다, 이즈미는."

지친 듯이 겐다 씨는 깊은 한숨을 토했다.

"물론 저나 집사람이나 이즈미가 무슨 짓을 저지를 때마다 엄하게 꾸짖었습니다. 그건 옳지 못한 자세라고, 끈기 있게 가르친 셈입니다. 그 애는 듣지 않았죠. 오히려 거짓말하기 시작했습니다."

자기가 야단맞을 짓을 한 데는 그럴 수밖에 없는 정당한 이유가 있다고 말을 꾸며 냈다. 예를 들면 이런 식이다. 저 앤 시험 볼 때 커닝을 했어. 내가 봤어. 저 그림은 그 애가 그린 게 아니라 미술 선생님이 도와준 거야. 그런데 자기가 그렸다고 으스대. 그런 건 나쁜 짓이잖아?

너무나도 그럴듯해서 겐다 부부뿐만 아니라 선생님들이나 다른 학부형들도 속아 넘어간 일이 몇 번이나 있었다고 한다.

"초등학교 사학년 때, 당시 담임선생님이 오십대 중반의 옛날식 호랑이 선생님이었습니다. 몇 번이나 저와 집사람이 호출을 받았습니다. 그때마다 확실하게 말씀하셨습니다. 이즈미는 타고난 거짓말쟁이입니다, 라고요."

너무하셨네, 라고 편집장이 중얼거렸다. 겐다 씨는 살짝 고개를 저었다.

"저희도 그렇게밖에 생각할 수가 없었습니다. 아들 녀석은 전혀 그렇지 않았으니까요. 저나 집사람이나 아들과 이즈미를 서로 다른 방식으로 교육시키지는 않았습니다. 오히려 아들에게 더 엄하게 했을지도 모르죠. 네가 오빠니까 제대로 하라면서요."

우리 형과 누나도 부모님으로부터 자주 그런 이야기를 들었다. 형이니까, 누나니까 잘해야 한다고. 불공평하다고 투덜거렸다.

"그런 문제 행동이 시작된 것은 언제부터입니까? 역시 학교에 들어가서부터인가요?"

겐다 씨는 잠시 생각했다. "아마 그럴 겁니다. 다만 더 주의 깊게 살펴보았다면 그 이전에 싹이 튼 건지도 모르지만요."

"화를 잘 낸다고 하는 건 결국…… 감정 제어가 제대로 안 되었다는 이야기로군요."

"그렇죠. 화를 낼 뿐만 아니라 저희나 선생님에게도 전혀 영문을 알 수 없는 일로 느닷없이 울음을 터뜨려 몇 시간씩 그치지 않은 적도 있으니 감정 자체를 컨트롤할 수 없었던 게 아닌가 싶습니다."

우리 편집부에서 보인 겐다 이즈미의 행동에도 그런 면은 있었다. 약간 주의를 주거나 주문을 하면 그녀의 눈빛이 변했다. 다만 그게 늘 감정의 폭발로 이어졌던 것은 아니고, 폭력적인 징후도 편집장에게 물건을 집어 던진 그 일이 일어나기까지는 표면화되지 않았다. 나이가 서른 살 가까이 되어 조금은 어른스러워진 걸까.

　하지만 이번 수면제 사건에서는 폭력이 더 교묘하게 행사되었다.

　"조금 전 말씀하신, 이즈미가 근무하던 편집 프로덕션에서 사장님에게 스토킹을 당했다고 주장한 일 말입니다만."

　"아아, 그 문제는 누마다 사장님도 대응 방법에 문제가 있었습니다."

　"그것도 그 애가 자주 쓰는 수법입니다. 친구 물건을 훔쳐 놓고도 이건 원래 자기 것이었는데 도둑맞았다고 하거나, 자기가 물건을 슬쩍해 놓고 전혀 관계없는 같은 반 친구에게 뒤집어씌워 선생님에게 고자질을 한 적도 있으니까요."

　"저어, 쓸데없는 이야기일지 모르지만요." 편집장이 겨우 입을 열었다. "그 당시 혹시 전문가에게 상담해 보셨나요?"

　"아동 상담소에는 여러 번 다녔습니다." 겐다 씨는 쓴웃음을 지었다. 그건 이미 표정이 아니라 온몸에 밴 괴로움으로 보였다. 웃음은 그저 얼굴 표면에 달라붙어 있을 뿐이었다.

　"친절하게 대해 주시는 상담원도 있었지만 결국은 아무것도 나아지지 않았습니다.”

“카운슬러라거나 정신과 의사 선생님이라거나. 그러니까 그게, 저어, 심리요법 같은 걸 받아 보았으면 좋지 않았을까 싶어서요.” 편집장은 당황해서 설명을 덧붙였다. “요즘 많이 있지 않습니까? 아이들의 ADHD 증후군이라거나 행동장애라거나.”

빠른 속도로 말하고 나서 갑자기 부끄러워했다.

“저도 신문이나 잡지에서 읽었을 뿐이지만요. 애들을 키워 본 적이 없어서.”

내가 말했다. “이즈미 씨 나이로 미루어 보면 부모님께서 이 문제로 고민하신 건 십오 년이나 이십 년 전의 일입니다. 그 시절에는 아직 지금처럼 가볍게 의사나 카운슬러를 찾아갈 수 있는 상황은 아니었겠죠. 상담이라고 해 봐야 학교 선생님과 아동 상담소 정도였을 겁니다.”

“아아, 그런가……?” 편집장은 금방 받아들였다. “그래. 지방 도시라면 더 그랬겠지.”

“아뇨. 저희도 사 년 전까지는 도쿄에 있었습니다.”

왠지 가장 아픈 급소를 찔린 듯이 겐다 씨는 얼굴을 찡그리며 ‘도쿄’라고 말했다.

“이즈미와 인연을 끊기로 결심하고 삿포로로 옮긴 겁니다. 저는 근무지까지 바꿨습니다.”

사 년 전. 겐다 씨 집안에 가장 괴로웠던 무슨 일인가가 일어났던 해인 모양이다.

"어렸을 때나 소녀 시절에나 그런 식으로 이즈미에게 당해 왔습니다만."

겐다 씨가 말을 이었다. 목소리가 쉬었다.

"한 번 고비가 있었습니다. 고등학교를 중퇴했을 때입니다. 애당초 원하던 학교가 아니어서 한 해도 다니지 않고 그만둬 버렸는데, 그 뒤에는 좀 잠잠했습니다. 뭐랄까 기운이 없어 보이기에 그건 또 그것대로 걱정이었지만 금방 발끈하거나 화를 내거나, 함부로 거짓말하거나 하는 일은 없어졌습니다."

집에 있으며 집안일을 돕거나 기르던 개와 놀며 조용한 시간을 보냈다고 한다.

"저나 집사람이나 그때 생각했죠. 그 애가 지금까지 학교에서 이런저런 문제를 일으킨 건 뭐랄까요, 그게―이즈미가 뭐든 너무 열심히 하려 한다고 할까, 눈이 높다고 할까. 물론 다른 사람들에게도 엄격하지만 자신에게도 지나치게 엄격하기 때문에, 그러다 보니 모든 게 생각처럼 되지 않는 것 같아 늘 초조해했던 게 아닐까 하구요."

겐다 씨는 땀이 나자 손수건을 꺼냈다.

"아아, 죄송합니다. 그 애를 감싸려는 게 아닙니다. 변명도 아니구요."

"괜찮습니다. 계속해 주세요. 저도 겐다 씨의―부모님의 판단이 정확한 게 아닐까 하는 생각이 듭니다."

절실하게 느껴졌다. 경력 사칭이나 자신에게 없는 능력을 과시

하는 일이나, 뭔가 실수를 지적받으면 참지 못하는 일이나, 원래 그런 모습이어야 할 자신─머릿속에 그린 완벽한 자신과 그에 미치지 못하는 현실 속의 자신이 드러내는 격차 때문에 마음이 초조해 그걸 메우려 한 악전고투의 결과였던 게 아닐까.

"아아, 그래서 말입니다." 겐다 씨는 손수건으로 얼굴을 반쯤 덮은 채로 신음하듯 말했다. "집에 틀어박혀 있으면서 주변 세상과 단절되다 보니 어떤 의미에서는 자신의 감정을 식힐 수 있었다고 할까요? 처음에는 무뚝뚝했던 애가 점점 밝아졌습니다. 이따금 아르바이트 같은 것도 하러 다녔죠. 원래 머리가 나쁜 애는 아니거든요. 그래서 성적도 학교 다니는 동안에는 내내 나쁘진 않았습니다."

"예, 그렇겠죠."

"대입 검정고시를 치러 대학에 들어갈까, 하는 이야기를 꺼낸 적도 있었죠. 하지만 늘 변덕이 죽 끓듯 해서. 플라워 어레인지라든가 하는 일을 하겠다고도 하고, 시나리오 작가가 되겠다거나 미용사가 되겠다거나, 여러 가지 생각을 하더군요. 뭐 그 무렵에는 저희도 느긋해져서 차분하고 밝게만 살아 준다면 뭐가 되건 괜찮다는 생각에 학원이건 무슨 교실이건 가고 싶다는 데는 다 보냈습니다. 그렇다고 제대로 된 자격 하나 따지는 못했지만 이즈미도 즐거워 보였습니다."

여전히 아르바이트하는 곳이나 무얼 배우러 나간 교실에서도 마음에 들지 않는 사람과 요란하게 다투기는 했다. 어디까지가 진실인가 싶을 만큼 아주 심하게 누군가의 험담을 늘어놓기도 했다. 하지만 초등학교나 중학교를 다닐 때처럼 심각한 상태까지는 가지 않았다.

"그 애도 나름대로 성장했을 거라고 생각했습니다."

전혀 잘못된 관측은 아니리라.

"그렇게 스무 살이 지났습니다. 저희는 그러다가 맞선이라도 봐서 적당한 시기에 결혼해 집안에 들어앉으면 이즈미에겐 제일 다행이지 않을까 생각하고 있었습니다. 본인은 사회 활동을 하고 싶어 했지만, 그런 성질로는 사회에 나가서 애써 봐야 또 문제를 일으키겠죠. 그러면 자신도 괴로울 테고."

으~음, 하고 편집장이 살짝 엉뚱한 소리를 냈다.

"그, 집안에 들어앉는다는 말씀 말입니다. 그것도 나름대로 힘든 일이죠. 특히 어머니가 되면 또 어머니들로 이루어진 사회에 들어가야만 하니까요. 그게 어려울지도—."

그렇게 말하고 나서 얼른 손사래를 치며 자기가 한 이야기를 취소했다.

"죄송합니다. 공연한 소리를 해서."

"아뇨, 아닙니다. 맞는 말씀이십니다." 겐다 씨는 고개를 숙였다. "저희가 어설프게 생각했죠. 그래도 그때는 그런 마음이 들 만큼 이즈미의 상태가 안정되어 있었습니다."

이야기에 맥이 빠진 느낌이 들어 세 사람 모두 잠시 아무 말도 없었다. 나는 문득 겐다 씨에게 뭔가 마실 거라도 내와야 하지 않을까 생각했다. 계속 말하느라 목이 마를 텐데. 하지만 이 양반은 손도 대지 않을 것이다. 나로서도 어떤 표정으로 차나 커피를 내와야 할지 판단을 할 수 없었다.

"그러다가 아들 녀석의 결혼 이야기가 나왔습니다. 애인이 생겨서요."

겐다 이즈미가 스물세 살, 오빠가 스물일곱 살 때였다고 한다.

"아들 녀석의 애인은 그때 제가 다니던 직장에서 함께 일하던 아가씨였습니다. 제 비서였죠. 성실하고 밝고 착한 아가씨였습니다."

목소리 톤이 낮아졌다. 또 괴로움의 보디랭귀지가 시작되었다. 앉아 있는 의자가 마치 고문 도구로 변한 듯 겐다 씨의 몸이 움찔거리기 시작했다.

"그 무렵 저는 상당히 바빴기 때문에 계속 야근이었고, 휴일에도 거래처 사람들과 골프 모임이다, 신제품 리셉션이다 해서 나돌아 다녔습니다. 그래서 비서도 무척 바빴죠. 제가 갈아입을 옷을 가지러 우리 집에 다녀오기도 하고, 서류를 가져오기도 하면서 열심히 일했습니다. 집사람도 무척 신경을 써 주었습니다. 지방에서 올라와 혼자 사는 아가씨였기 때문에 이따금 저녁 식사에 초대하기도 했습니다. 그러다 아들놈과 알게 되었던 거죠."

겐다 씨는 지금까지 특정 지명이나 회사명, 사람 이름을 전혀 이야기하지 않았다. 신중하게 숨기고 있다.

"반년쯤 교제하고 둘이 제게 와서 결혼하고 싶다더군요. 반대할

332

이유가 없었습니다. 저나 집사람이나 무척 기뻤습니다. 다만 아들과 결혼하면 역시 제 비서로 계속 일을 할 수는 없었죠. 아들은 고만고만한 회사에 취직해서 나이에 비해서는 월급도 괜찮았기 때문에 생활 걱정도 없었습니다. 그 아가씨는 결혼식 세 달 전에 회사를 그만두고 자기 집과 우리 집을 오가며 결혼 준비를 시작했습니다. 요리 교실에도 다니고 배운 음식을 우리 집에서 해 주기도 했습니다."

편집장이나 나나 맞장구도 치지 않고 가만히 듣고만 있었다.

"이즈미도—."

겐다 씨의 야윈 목에 툭 튀어나온 울대뼈가 마치 다른 생명체인 양 움직였다. 하기 힘든 말을, 기억을 열심히 밀어 올리고 있었다.

"오빠의 결혼을 기뻐하는 듯했습니다. 어렸을 때부터 언니가 있으면 좋겠다는 소리를 했었죠. 둘 사이도 좋아 보였습니다. 그래서 저희도 아무 걱정하지 않았죠."

위험한 징후는 없었다. 불안 요소도 없었다. 모든 일이 원만하고 원활하게 진행되고 있었다.

"오빠와 이즈미는 사이가 좋았습니까?" 편집장이 조용히 물었다.

"아들놈은 착한 오빠였다고 생각합니다." 겐다 씨는 눈을 감고 몇 차례 고개를 끄덕였다. 그러고 나서 편집장의 얼굴을 바라보았다. "이즈미가 여러 가지 문제를 일으키던 시기에도 다정하게 대해 주었습니다."

"이즈미 씨도 오빠를 좋아했었나요?"

"그랬을 거라고 생각합니다. 그러지 않았다면—."

말이 끊어졌다. 겐다 씨의 몸이 내는 신음, 뼈가 삐꺽거리고 심장이 뒤틀리는 그 소리가 내게는 들렸다.

"결혼식 날이 다가왔습니다."

겐다 씨의 목소리가 잠겼다. 나는 그의 말을 가로막을 뻔했다. 무슨 말씀을 하시려는지 짐작이 갑니다. 어떤 식이었는지는 몰라도 이즈미 씨가 오빠의 결혼을 망친 거죠? 자기 혼자만의 오빠였는데. 좋아하는 오빠를 빼앗기는 게 싫어서 다시 거짓말을 해서 오빠의 약혼자를 쫓아 버린 거죠? 그래서 당신들은 이즈미와의 인연을 끊었겠죠. 그런 사실만으로도 충분합니다.

"결혼식이란 게 체면이 중요하죠. 아들놈 결혼식의 중매인이랄까, 주례는 아들의 직장 상사 부부가 맡아 주셨습니다. 피로연도 좋은 분위기에서 진행되어 우리나 아들놈이나 노리에나 모두 좋은 선배와 친구 들을 두었다는 생각이 들었습니다. 아, 이런."

신부의 이름을 나는 듣지 않았다. 편집장도 듣지 않았다.

"축하 파티 마지막 순서로 꽃다발 증정이 있었는데, 사회자가 그 전에 신랑의 여동생이 축하의 말 한마디는 해야 한다고 했습니다."

식순에 들어 있던 절차였다. 하지만 이야기를 시작하자 그건 축하의 말이 아니었다.

"그야말로 횡설수설이었습니다. 나중에 생각해 보니 이즈미는 자기 나름대로 그런 어처구니없는 짓을 저지를 결심을 굳히고 있었던 모양입니다. 그때 막았어야 했는데."

이즈미는 한참 오빠와의 추억을 이야기했다. 이야기는 오락가락했다. 그래도 하객들은 미소를 지으며 지켜보고 있었다.

"이윽고—이즈미가."

겐다 씨의 이마에는 식은땀이 흐르고 있었다. 이젠 손수건으로 닦을 여유도 없어 보였다. 주먹을 불끈 쥐고 있다.

"꼭 해 두고 싶은 이야기가 있다. 오늘 이 자리에 선 내 진짜 심정을 피로연에 참석해 주신 여러 분들 앞에서 밝히고 싶다. 이렇게 말을 꺼냈습니다."

그리고 겐다 이즈미는 말했다. 오빠와 신부 앞에서. 양가의 일가친척과 친구, 회사 관계자 들이 모두 참석한 자리에서.

"사실 나는 어렸을 때부터 내내 오빠에게 괴롭힘을 당했습니다, 라고."

오빠로부터 성적 학대를 받았다고 했다.

겐다 씨는 숨을 멈추고 있었다. 편집장은 두 눈을 감고 입을 꾹 다물고 있었다.

내 무릎이 떨리고 있었다.

"여성분 앞에서 이런 말씀을 드리기가."

쉬어서 갈라지는 목소리로 겐다 씨는 사과했다. 편집장은 눈을 감은 채로 두세 차례 힘차게 고개를 저었다.

"괜찮습니다. 말씀하시는 분이 더 괴로우실 테죠."

"거짓말입니다." 내가 말했다. 언성이 높아졌다. "새빨간 거짓말이죠. 그렇죠?"

"물론 거짓말입니다. 자식놈이 그런, 자기 여동생에게 손을 대는 짐승 같은 짓을 할 녀석은 아닙니다. 저나 집사람이나 우리 집안에서 그런 천박하고 끔찍한 일은 없었다고 알고 있습니다."

겐다 씨 부부는 딸 이즈미가 얼마나 거짓말쟁이인지도 알고 있다.

"이즈미는 이야기를 하면서 눈물을 흘리기 시작했습니다. 깜짝 놀란 저희 앞에서, 마치 사실인 양 이야기를 했습니다. 초경이 시작되기 전부터 괴롭혔다. 어렸을 때는 그게 뭔지 잘 몰랐지만 오빠를 좋아했기 때문에, 오빠도 이즈미를 좋아해서 이러는 거라고 하니까, 오빠가 이건 절대 비밀이라고 해서 아무에게도 말하지 않았다. 싫다고 하면 오빠가 미워할까 봐."

어느 정도 자라서 그 행위의 의미를 깨닫자 도망치고 싶어졌다. 하지만 도망칠 수 없었다. 오빠는 한 지붕 밑에서 살고 있고, 이제 와서 누구에게 고자질한들 아무도 믿어 주지 않을 거다. 오히려 흠집이 난 네가 손해일 뿐이라는 협박을 당해 계속 관계를 가져왔다—.

"노리에와 교제가 시작되고 나서도, 결혼이 결정되고 나서도 그런 짓을 멈추지 않았다. 울면서 이즈미는 그렇게 말했습니다."

겐다 씨는 스스로 꾸짖는 말을 계속 했다. 그가 하는 말들이 눈에 보이는 듯했다. 탁자 위에 걸쭉하게 고였다가 서서히 흘러 가장자리로 밀려나더니 바닥에 떨어지려 하고 있다.

편집장은 눈을 더 꼭 감았다.

"저는 펄쩍 뛰었습니다. 아마 뭐라고 소리를 질렀을 겁니다. 집어치우라거나, 말도 안 되는 소리라거나. 고함을 쳤던 것 같습니다. 소리를 지르며 이즈미에게 달려가 그 애를 마이크 앞에서 끌어냈습니다."

하객들 모두가 쥐 죽은 듯이 침묵하고 있었다. 조금 전까지 식장에 가득 찼던 축하 분위기도 행복의 오로라도 모두 증발해 버리고 말았다.

"그 애는 저항하며 제 얼굴을 때렸습니다. 마구 발버둥을 치며 저를 걷어차려 했습니다. 신발이 벗겨져 신랑 신부가 앉아 있던 테이블 앞까지 굴러갔습니다."

겐다 이즈미는 전통복장 차림이었다고 한다. 나는 그 광경을 상상하지 않으려 무진 애를 썼다. 긴 소매를 펄럭이고, 위로 얹은 머리카락을 흐트러뜨리며 아버지의 뺨을 때리는 딸.

저항하면서도 이즈미는 계속 소리쳤다고 한다.

—다 알고 있으면서!

—아버지나 어머니나 알면서도 모르는 척했어!

—나는 이렇게 괴로운데 어떻게 오빠만 행복해질 수 있는 거야!

울부짖었다. 아버지에게 지지 않고 소리를 질렀다.

—내가 오빠의 애를 한 번 뗀 것도 알고 있잖아!

이때, 소리 없이 온몸의 피가 빠지듯 창백해져 움직일 수도 없었던 신랑이 결국은 자리에서 일어섰다.

—거짓말이야!

비명 같은 소리를 지른 그의 옆에서 신부는 졸도해 의자에서 굴러 떨어졌다.

그때 그 순간의 정적을 재연하듯이 우리는 아무 말도 하지 않았다. 겐다 씨의 흐느끼는 듯한 거친 숨소리만 들려왔다.

"결혼은 깨졌습니다."

멍한 눈으로, 그래도 아직 말을 토해 내고 있다. 우리 세 사람은 겐다 씨의 몸 안에서 흘러나와 좁은 회의실을 가득 채운 추억에 빠져 가고 있었다.

"노리에는 아들을 믿어 주었다고 생각합니다. 그래서 고통스러웠겠죠. 이즈미의 거짓말이 내뿜는 독으로부터 도망칠 수가 없었습니다. 독이 온몸에 휘감겨 버렸습니다."

보름 뒤에 노리에는 자살했다고 한다.

아무리 믿는다 해도, 사랑한다 해도, 두 사람 사이의 신뢰가 살아 있다 해도, 식장을 가득 메운 사람들 앞에서 신랑, 신부는 오물을 뒤집어쓴 셈이다. 그 오물이 수치심이 되어 얼굴에, 온몸에 달라붙은 모습을 서로 마주 보면서 평생을 함께 살아갈 수는 없으리라.

"불쌍하게도."

편집장이 툭 내뱉었다. 한손을 얼굴에 대고 있다. 겐다 씨는 고개를 푹 수그린 채로 기도하듯이, 죄송합니다, 죄송합니다, 라고 중얼거리고 있었다.

겐다 씨는 다시 미나토추오 경찰서로 돌아가 마쓰이 형사와 함께 딸이 아파트에 남긴 짐을 살펴보러 간다고 했다. 집주인에게도 사죄를 해야 한다고 말했다.

멀어지는 겐다 씨의 뒷모습이 유난히 작아 보였다. 앞으로 어디서 어떻게 만나게 될지는 몰라도 기품 있는 신사로 보이지는 않으리라. 마음에 병이 들고 지치고, 희망마저 박살이 났다. 하지만 그 허물을 누구에게도 물을 수가 없다. 그저 자기 딸을 원망할 수밖에 없는 나이 든 아버지였다.

자기 자식을 꾸짖는 것은 스스로를 꾸짖는 거나 마찬가지다. 그게 부모니까.

겐다 씨가 돌아간 뒤에도 편집장과 나는 회의실에 남았다. 함부로 나가서는 안 될 것 같은 기분이 들었다. 겐다 씨 집안의 과거가 아직 여기에 가득 차 있었다. 그걸 밖으로 가지고 나가서는 안 된다는 생각이 들었다. 우리의 무릎을 때리는 어둡고 차가운 바닷물이 빠지는 모습을 똑똑히 지켜본 뒤가 아니면 움직일 수 없을 것 같은 기분이 들었다.

"이제 점심시간인데."

멍하니 탁자 위에 시선을 던진 채로 편집장이 중얼거렸다.

"식욕이 없네."

나는 약간 무리해서 미소를 지었다. "괜찮으세요?"

"응." 편집장도 한쪽 뺨만 움직여 웃었다. 적어도 본인은 그럴
셈이었으리라. 하지만 내겐 우는 표정으로 보였다.

"그런 일이 있었으니 딸과 인연을 끊어도 무리가 아니지."

아들 결혼이 깨진 일만이 아니다. 겐다 씨 집안은 전부를 잃었
다. 그 일을 알고 있는 모든 사람 앞에서 도망치지 않을 수가 없었
다.

"회사에서도 붙잡아 둘 수가 없었겠지."

"어느 분 회사 말입니까? 겐다 씨요, 아니면 아들이요?"

"둘 다지. 당연하잖아."

편집장은 우는 표정으로 화를 냈다. 자기 딸 때문에 며느리이
자 아끼는 부하 직원이었던 여성이 자살하고 만 남자의 심정을 상
상해 보려 했다. 결코 사이가 나빴던 것은 아니다. 트러블 메이커
라는 사실을 알면서도 어떻게든 사랑스럽게 여겨 온 여동생이 늘
어놓은 거짓말 때문에 신부를 잃은 남자의 심정을 상상해 보려 했
다. 그들이 지낸 나날들을 생각해 보았다.

아무리 생각해도 짐작이 가지 않았다. 무리였다. 대체 세상에
그런 일이 있을 수 있는가, 하는 기분만 들었다. 가슴이 텅 빈 듯
했다.

타고난 거짓말쟁이.

그런 사람이 있을까? 겐다 이즈미는 그런 사람일까? 그 여자는
무얼 추구하는 걸까? 무엇 때문에 화를 내고, 무엇에 집착하며,

어떤 희망을 품고 살아가고 있는 걸까?

오빠에게 괴롭힘을 당했습니다.

그 애는 커닝을 했어요. 제가 봤어요.

재미있어하는 전화 목소리가 되살아났다. 몸이 좋지 않아서 오늘은 그쪽으로 갈 수가 없겠어요. 내가 교섭을 중단하겠다고 선언하자 느닷없이 언성이 높아졌다. 잠깐만요, 무슨 소리예요? 멋대로 그게 뭐예요!

스스로에게나 다른 사람에게나 엄격하고 눈이 높다고 겐다 씨가 말했다. 그런 생각이 옳은 것일까. 겐다 이즈미가 높은 이상을 바라고 구하는 '사회'는 그 여자의 머릿속에만 존재하는 환상이 아닐까.

"저어."

편집장이 나를 불렀다. 안 들려? 몇 차례나 부른 모양이다.

"예?"

편집장은 이번엔 벽을 노려보았다.

"너무 기분 나쁜 이야기를 들었더니 나도 기분 나쁜 생각이 들어."

"더는 기분 나쁜 이야기는 듣고 싶지 않군요. 마치 십 년 치를 다 들은 기분이에요."

"하지만 이런 생각이 들어 버렸어."

회의실 벽에, 내 눈에 보이지 않는 편집장의 철천지원수가 달라붙어 있는 모양이다. 편집장의 시선은 그 적을 눈빛으로 죽이려는 듯이 날카롭고 증오에 차 있었다.

"사실이었을지도 몰라."

"예?"

"그러니까, 진실이었을지도 모른다는 이야기야."

"뭐가 말입니까?"

"겐다 이즈미가 한 오빠 이야기."

나는 입을 멍하니 벌렸다.

"성적 학대가 정말 있었다고요?"

"가능성은 있잖아?"

편집장은 험상궂은 눈으로 나를 돌아보았다. 온 세상의 남자들은 모두 내 원수다, 그리고 너는 맨 앞에 있는 인간이라는 눈이었다.

"겐다 이즈미의 정서 불안이 그것 때문이었다고 해 봐. 앞뒤가 다 설명되지 않아?"

잠시 서로 노려보다가 결국 내가 말했다.

"그만두세요, 그런 상상은."

16

교복 차림의 미치카가 역 앞 인도에서 손을 흔들었다.

나는 어떤 표정을 지어야 좋을지 몰라 난처했다. 문득 '스이렌'에 있을 때 겐다 이즈미에게 사진을 찍힌 기억이 떠올랐다. 주위 사람들 눈에는 역시 이런 내 모습이 원조교제에 정신이 팔린 얼빠진 샐러리맨으로 보이지 않을까.

"제 요구를 들어줘서 고마워요, 스기무라 아저씨."

가방을 두 손으로 들고 미치카가 고개를 꾸벅 숙였다. 지나가는 사람들의 시선이 신경 쓰여 나는 식은땀이 났다. 미치카를 재촉했다.

"됐어, 됐어. 어서 가자."

목적지는 나라 가즈코의 아파트다. 번지수는 미치카가 알아봐 왔다. 대체 어떻게 알아냈는지 신경이 쓰여 견딜 수가 없었다. 메일을 주고받은 내용으로는 물어봐도 '비밀'이라며 가르쳐 주지 않았다.

"이렇게 따라 왔으니 이젠 가르쳐 줘도 되잖아? 나라 씨의 주소를 누구한테 알아낸 거니?"

미치카는 눈동자를 굴리며 웃었다.

"기타미 아저씨에게 부탁했죠."

"그 탐정 말이야?"

"네. 의논했죠. 그랬더니 인맥을 동원해서 알아봐 줬어요."

나는 어이가 없었다. 분별이 있는 사람처럼 보였는데, 기타미 씨도 병 때문에 판단력이 떨어진 게 아닐까.

내 안색을 살폈는지 미치카는 장난꾸러기 같은 표정을 지우고 진지해졌다.

"처음엔 기타미 아저씨도 말렸어요."

"당연하지."

"그렇지만 꼭 만나고 싶다는 내 마음을 이해해 주셨어요. 그리고 말이죠, 내가 만나는 게 나라 씨를 위해서도 좋을지 모른다면서 생각을 바꾸셨어요."

무슨 뜻일까.

"만약에 그분이―할아버지 사건과 관계가 있다면 나하고 만나면 마음이 열릴지도 모른다, 전혀 관계가 없다면 둘이서 마음을 털어놓을 수 있어 위안이 될 거야, 어느 쪽이건 나쁠 건 없다고 하셨어요."

"마음이 열려?"

범행을 자백할 수도 있다는 의미인가?

"기타미 씨는 나라 씨를 의심하고 있니?"

"가능성은 있다고. 그러니까 동기는 있다는 이야기죠."

"보험금 말이야?"

"네. 그냥 놔두면 엄마한테 싫은 소리를 들어 할아버지가 보험금을 해약해 버릴지도 모르는 상황이었으니까요. 어쨌든 나라 씨가 그런 식으로 생각했다 하더라고 이상할 건 없잖아요? 그러니해약하기 전에 범행을 저질렀을 수도 있다고. 경찰도 그렇게 보고있는 모양이에요."

"지금 범인 취급을 받고 있는 건 너희 어머니 쪽이야."

"지금 만나러 가는 그분도 다음 순위죠. 의심받지 않는 건 아니에요."

후루야 아키코와 편의점 하기와라 점장은 동기도 있고 기회도있지만 독약과의 관련성이 보이지 않는다. 나라 가즈코는 동기는있지만(어디까지나 억측이다) 기회가 없었던 걸로 보인다. 독극물을 입수할 수 있었는지 어떤지—나는 모르지만 경찰은 뭔가를 파악하고 있는 걸까.

"만나 보고 나서 그저 애인이었던 할아버지를 잃고 슬퍼하고만있는 할머니라면 난 마음이 아주 편할 것 같아요."

애인이라.

후루야 씨는 나라 가즈코에게 먼저 간 남편의 직장 상사이며 생활을 도와주던 믿음직한 후원자였다. 구체적으로 파고들어 가 보면 진짜 '애인'이었는지 어떤지는 아직 알 수 없다. 후루야 씨는 그렇게 생각했겠지만 나라 가즈코의 속마음은 과연 그랬을까.

길 표시를 보면서 큰길에서 벗어나 골목길로 접어들었다. 역 부근이지만 미치카는 올 기회가 별로 없어서 처음 와 보는 거라고 했다. 낡은 집들이 다닥다닥 처마를 맞대고 늘어선 주택가였다. 새로 지은 아파트나 코인파킹도 있지만 기둥이 기울어져 보이는 목조 다세대주택도 있었다.

"홈페이지는 어떠니?"

좁은 길을 승용차와 엇갈려 지나간다. 나란히 걸을 수 없어 미치카의 뒤를 따라가면서 물었다.

"메일이 꽤 들어오고 있어요."

"짓궂은 반응도 있지 않아?"

주소를 알려 주어 나도 미치카의 홈페이지에 들어가 보았다. 그야말로 순진하고 솔직하게 할아버지에 대한 추억을 이야기하고, 지금의 심정을 적어 놓았다. 어머니에게 씌워진 혐의는 부당하다고 호소하고 있었다. 너무도 꾸밈없는 문장이라 읽고 있자니 목덜미에 소름이 끼칠 정도였다. 글을 읽고 미치카를 격려해 줄 사람도 많을 테지만 좋지 않은 방향으로 반응할 사람도 있으리라.

"무턱대고 엄마를 살인자라고 부르는 메일도 있지 않아?"

미치카는 이 질문에 대답하지 않았다. 걷는 속도에도 변함이 없었다.

"매일 학교에서 돌아오면 노트북을 들고 기타미 아저씨 집으로 가요."

또 기타미 탐정인가?

"함께 메일을 체크하죠. 혼자 보는 게 아니니 괜찮아요. 걱정하지 마세요."

미치카가 뒤를 돌아보았기 때문에 나는 얼른 떨떠름한 표정을 지웠다. 기타미 씨는 무슨 생각일까. 전직 경찰관이었다고 하니 피해자의 (그리고 현재는 첫 번째 용의자인) 가족이 이런 식으로 움직이면 위험하다는 것쯤은 충분히 알고 있을 텐데.

"하나 마음에 걸리는 메일이 있었어요."

대형 밴이 지나가는 바람에 우리는 몸을 돌려 피했다.

"미안하다고. 그냥 그 한마디만 써서 보냈어요."

미치카가 내 얼굴을 올려다보았다. 배기가스 냄새가 나는 바람 이 머리카락을 헝클었다.

"그게 범인이 보낸 거라고 생각하니?"

"몰라요. 하지만 신경이 쓰여요. 기타미 아저씨도 심각하게 생 각했고요."

나는 기타미 씨에게 화가 나기 시작했다. 얘를 이용해 무얼 하 려는 걸까.

"매스컴 관계자한테서는 무슨 접촉이 있었니?"

내 질문에 미치카가 고개를 저었을 때 구급차 사이렌 소리가 들 려왔다. 점점 가까워지고 있었다.

"아, 이쪽으로 오네." 미치카의 눈이 휘둥그레졌다.

우리가 큰길에서 꺾어진 모퉁이를 돌아 구급차가 천천히 이쪽 골목으로 진입했다. 골목에 세워 둔 자전거와 스칠 것만 같았다. 사이렌은 숨이 차는데 차는 쉽사리 앞으로 가지 못했다. 나와 미치카는 주택 담에 달라붙어 구급차를 보냈다. 구급차는 우리를 지나 바로 앞의 T자 모양 길을 오른쪽으로 꺾어 갔다.

미치카는 나라 가즈코의 아파트를 표시한 지도를 갖고 있었다. 그걸 들여다보며 "그분 집 쪽으로 갔어"라고 중얼거렸다.

나는 감이 날카로운 사람은 아니다. 육감 따위는 갖추지 못했다고 생각하며 물론 영감 같은 것도 없다.

그런데도 뭔가가 머릿속에 번뜩 떠올랐다. 그 뭔가가 머릿속에서 아우성을 쳤다고 해도 좋았다. 평소 사용하지 않던 마음의 회로가 작동했다. 나라 씨의 집 쪽으로 갔다.

내가 앞장서서 걷는 속도를 높였다.

T자 길을 돌자, 모퉁이에서 네 번째 집 앞 전신주 옆에 멈춰서 있는 구급차가 보였다.

외벽을 하얗게 칠한 사 층짜리 공동주택 앞이었는데, 문이 양쪽으로 활짝 열려 있고 사람들이 모여 있었다. 이웃집에서도 고개를 내밀고 있었다.

"어라?" 미치카가 지도를 손에 들고 고개를 꼬았다.

"저 건물이 —."

나는 미치카의 손에서 지도를 빼앗아 들었다.

"여기 있어. 절대로 딴 데 가면 안 돼. 한 걸음도. 알았지?"

미치카는 내 기세에 겁을 먹은 듯 "네, 네에" 하며 고개를 끄덕였다.

계속해서 모여드는 사람들은 분명히 구경꾼이다. 평일 낮에 무얼 하고 있는 거냐며 내 생각은 하지 않고 짜증을 내면서 사람들 틈을 비집고 구급차 쪽으로 다가갔다. 바퀴가 달린 들것이 나왔지만 둘 곳이 마땅치 않아 보였다.

"뒤예요, 뒤라니까요. 이리 지나갈 수 있으니까."

나하고 비슷한 또래일까? 에이프런을 걸친 여자가 구급 대원에게 지시하고 있다.

"빨리 와 주세요. 어서. 빨리."

구급 대원과 함께 건물 안으로 뛰어 들어갔다. 나는 지도를 보고 사 층 건물 현관 옆에 있는 표시를 확인했다. '하임 구라이'라고 적혀 있었다. 나라 가즈코가 사는 다세대주택이다.

어깨와 팔꿈치가 부딪히는 혼잡한 가운데 나는 옆에 있는 사람 아무나에게 물었다.

"말씀 좀 묻겠습니다. 무슨 일이 있었습니까?"

바로 뒤에 있던 중년 남자가 하임 구라이 쪽을 턱으로 가리키며 말했다.

"뛰어내렸네. 여기 사는 사람인 모양일세."

경찰은 불렀나? 어서 신고해. 여기저기서 목소리가 뒤섞였다.

"누가 뛰어내린 겁니까?"

"여자인 모양이야."

내 마음속의 평소 쓰지 않던 부분이 반짝거리자 쓰던 부분까지 공명하기 시작했다.

"나라 씨래."

누군가가 말했다. 나는 그 목소리가 난 쪽에 대고 물었다. "나라 가즈코 씨인가요?"

구급차 옆에 있던 나이 든 여자가 고개를 끄덕였다.

"그래요. 401호 사는 나라 씨예요."

"아시는 분입니까?"

"저도 여기 사니까요."

그 여자는 슈퍼마켓 봉투를 들고 있었다.

"정말로 나라 씨입니까?"

조금 전의 에이프런을 걸친 여자가 휴대전화를 손에 들고 밖으로 나왔다. 안색이 창백하다. 쇼핑 보따리를 든 나이 든 여성을 발견하고 비틀거리며 달려갔다.

"사토 씨, 집주인에겐 알렸어?"

"아직. 난 지금 막 쇼핑하러 갔다 오는 길이라―."

에이프런을 걸친 여자는 득달같이 휴대전화 번호를 눌렀다. 상대방이 받지 않는지 안절부절못했다.

나는 그 여자의 어깨를 두드렸다. "나라 가즈코 씨가 뛰어내렸다는 게 정말입니까?"

내가 어떤 사람인지는 확인할 여유가 없으리라. 그 여자는 고개를 크게 끄덕이며 휴대전화를 쥔 채로 귀에 갖다 댔다.

"베란다에서 뛰어내렸어요. 살기 힘들 것 같아요. 아아, 어쩜 좋아."

다른 사이렌이 들려왔다. 이번에는 순찰차였다. 구경꾼들에 막혀 움직이지를 못했다.

건물 안에 들어가 있던 구급 대원들이 달려 나와 들것 옆에 있던 동료에게 뭐라고 큰 소리로 외쳤다. 동료는 운전석으로 갔지만 구경꾼 때문에 문을 열 수가 없었다. 미안합니다. 좀 비켜 주세요. 그 사이에 순찰차에서 순경이 내려 사람들을 정리하기 시작했다.

나는 허우적거리며 사람들 사이를 비집고 현관 앞을 떠났다. 속이 울렁거렸다. 피를 본 것도 아니고 시체를 본 것도 아니다. 그런데 내장이 몸 안에서 울렁거리는 느낌이 들었다.

미치카는 내가 시킨 대로 그 자리에 서 있었다. 불안한 표정으로 옆에 있는 벽에 손을 짚고 있다. 내 얼굴을 보더니 눈이 휘둥그레졌다.

"아저씨―."

나는 미치카의 팔꿈치를 잡고 돌려세웠다. 아무 말도 하지 않고 잡아끌듯이 걷기 시작했다. 이 자리에서 조금이라도 멀리 떨어지기 위해서.

"아저씨, 왜 그래요? 예? 무슨 소동이 난 거예요? 뭐예요?"

"아무것도 아니야. 아무것도 아니야."

나는 무작정 걸었다. 미치카는 몇 번이나 같은 질문을 했고, 나는 몇 번이나 같은 대답을 했다. 아무것도 아니야, 아무것도 아니야. 내게 끌려오는 미치카는 자꾸 뒤를 돌아보며 순찰차와 구급차를 바라보았다. 미치카가 놀란 건 알았지만 나는 말하지 않았다. 지금은 그저 여기서 빨리 벗어나는 게 최고다.

17

나라 가즈코의 자살은 그날 저녁 뉴스에서 자세하게 보도되었다.

우리 집에서는 평소 식사 때는 텔레비전을 켜지 않고, 모모코가 잠든 뒤에도 부부가 나란히 텔레비전을 보는 일은 아주 드물다. 하지만 이날은 특별히 예외 취급을 받아 나는 내내 뉴스 프로그램을 보고 있었다. 시간이 지날수록 새로운 정보가 들어왔기 때문이다.

나라 가즈코가 자기 의지로 다세대주택 사층 베란다에서 뛰어내렸다는 사실은 틀림없었다. 현관문에는 자물쇠와 도어체인이 걸려 있었다. 실내는 깔끔하게 정돈된 상태였다. 청소도 해 두었다.

게다가 유서까지 남겼다.

유서가 있다는 사실은 일찍부터 보도되었지만 그 내용이 소개된 시각은 오후 열한시 이후에 한 뉴스 프로그램에서였다. 캐스터가 내용을 읽은 게 아니라 골자만 모아 설명했을 뿐이지만 그 정도면 충분했으리라. 아주 간단한 문장이었다고 하니까.

후루야 씨 가족 분들께 폐를 끼쳐 정말 면목이 없다. 모두 내 책임이다. 백번을 사과해도 부족할 것이다. 용서를 빈다.

보도에서는 유서가 '자백'일 가능성을 암시하고 있었다. 그건 결국 수사기관의 견해일 터이다. 후루야 아키토시 씨에게 청산가리를 먹여 살해한 사람은 자기라고 나라 가즈코는 고백했다. 그리고 스스로도 죽음을 선택하여 그 죄를 갚으려고 했을 것이다─.

동기는 후루야 씨가 나라 가즈코를 수령인으로 지정해서 가입했던 생명보험금 천만 엔.

나는 아내에게 미치카와 둘이서 나라 가즈코가 자살한 직후에 현장에 있었다는 이야기를 했다. 그리고 무지하게 혼났다. 역 앞에서 미치카를 택시에 밀어 넣고 집까지 바래다주면서 무슨 일이 있었는지 이야기하고, 집에 도착하자 내려놓고 나는 도망치듯 돌아왔다고 자백하고 나서는 더 야단맞았다.

"집에는 아키코 씨가 있었잖아? 미치카가 자기 어머니 앞에서 어떤 표정을 지어야 좋을지 난처했을 거야. 그 집을 찾아간다는 이야기를 어머니에겐 비밀로 했으니."

"으음……."

"그 이전에 충격을 받아 혼란스러웠겠지. 왜 자기는 함께 집까지 가 주지 않았지? 아키코 씨도 놀랐을 거야. 어째서 잠깐이라도 함께 있어 주지 않았어?"

"내가 있어 봤자 아무 도움도 되지 않겠다는 생각이 들었어."

내가 생각하기에도 한심한 변명이다. 나는 그냥 도망쳤을 뿐이었다.

"적어도 자기에겐 미치카를 나라 씨 집에 데려갔다는 사실에 대해 어머니인 아키코 씨에게 사과해야 할 의무가 있었어. 그렇게 생각하지 않아? 미치카가 부탁한다고 냉큼 데리고 간 게 경솔했다고 생각하지 않아? 그럴 땐 말리는 게 분별력 있는 어른이 해야 할 일이야."

나는 고개를 푹 숙이고 움츠러들었다. 모모코가 자기 방에서 자고 있을 텐데 아내가 이렇게 큰 소리를 내면 깰지도 모른다. 엄마와 아빠가 다투는 줄 알고 놀라서 겁을 먹을 게 틀림없다.

"모모코가 듣겠어."

다 죽어가는 목소리로 말하자 아내의 눈초리가 치켜 올라갔다.

"이럴 때만 애를 내세우지 마!"

그 한마디에 아내가 내 생각보다 훨씬 더 화가 나 있다는 사실을 알 수 있었다. 뭔가 좀 이상하다는 생각이 들었다. 그건 참 묘한 감정이었다. 나를 너무 과대평가한 해석이었다.

아내는 내 칠칠치 못한 행동에만 화가 나 있는 게 아니라, 질투를 하고 있는 것이다.

아내는 이어서 이렇게 말했다. "요즘 자긴 나하고 모모코는 완전히 뒷전이야. 머릿속엔 늘 딴 생각, 딴 사람 생각만 가득한 것 같아. 왜 그러지? 왜 그렇게 아무에게나 친절하고 앞뒤 분간 못하고 끼어드는 거야?"

이럴 땐 웃어서는 안 된다. 씩 웃는다는 건 당치도 않다. 진지하게 반성해야 한다.

"그럴 생각은 아니었어. 미안해."

계속 사과하고, 사죄하고, 또 사과했다. 아내는 펄펄 화를 내며 여러 가지를 끄집어내 늘어놓았다. 모두 다 사소한 문제들이고, 이제 와서 그렇게까지 이야기하지 않아도 될 내용들도 있었지만 말대답은 하지 않았다. 그대로 이야기하게 하고 전부 듣고 있었다.

사실대로 이야기하자면 약간 신선하기도 했다. 우리는 지금까지 말다툼다운 말다툼 한번 해 본 적이 없었다. 그냥 대충 넘기고 있었던 게 아니라 말다툼을 할 필요가 없는 생활만 해 왔기 때문이다.

그래도 아내의 허약한 몸을 생각해서 이제 그만 구슬려야겠다고 마음먹었을 때쯤에는 이미 영리한 나호코가 그걸 깨달았다. 갑자기 소파에 털썩 주저앉더니 어린애처럼 울상을 지었다.

"나 피곤해. 이러기 싫어."

"그래."

"그래가 아니야. 싫다고 하는 거야."

"응."

"무슨 벌을 줄까."

"무슨 벌이든지 달게 받겠습니다."

나는 무릎을 꿇고 엎드렸다. 그러자 아내가 웃음을 터뜨렸다.

"자긴 정말 착해. 속없이 착해. 하지만 나도 그런 모양이야. 우린 속없는 부부야."

롯폰기에 있는 모 유명 레스토랑의 케이크를 먹고 싶다고 했다. 몇 번이나 간 적이 있는, 오전 네시까지 영업하는 가게다. 나는 택시를 타고 사러 나갔다. 큼직한 케이크 상자를 들고 다시 돌아오는 차 안에서 운전기사가 물었다.

"사모님에게 사과하기 위한 선물입니까? 하지만 손님은 약주를 많이 하신 것 같지는 않은데요."

"부부싸움을 했습니다." 내가 말했다. 운전기사는 재미있다는 듯이 말했다.

"그거 큰일이군요. 건투를 빕니다. 하지만 케이크를 받고 화를 풀어 준다면 착한 부인 아닙니까?"

집에 돌아오니 모모코도 일어나 거실에 있었다.

"자, 벌 받아서 사왔다!"

아내가 기분이 좋아져 굳이 모모코를 깨운 모양이다. 분별 있는 어른이 아닌 게 누구야.

아내가 두 개, 모모코가 하나, 자정이 지났는데 케이크를 먹고 양치질을 한 뒤 두 사람은 사이좋게 모모코의 침대에서 함께 잠을 잤다. 나는 접시와 포크를 닦고 문단속을 확인한 뒤에 혼자 잤다. 베개를 베고 누워 후루야 아키코와 미치카는 오늘밤을 어떻게 지내고 있을까 하고 생각했다. 이러니 아내가 화를 내는 거다.

이튿날 아침에 일어나니 나호코는 주방에 있었다. 졸리는지 눈을 껌뻑거리면서 말했다.

"속이 안 좋아."

"자기 전에 케이크를 두 개나 먹었으니 그렇지."

"모모코가 날 발로 찼어."

"제 침대에서 자지 않으니 그렇지."

"맞아, 내가 자기를 걷어찼어야 하는 건데 그랬어."

그런 이야기를 하면서도 아침 식사를 차려 준 걸 보면 기분은 풀린 셈이다.

누가 옆에서 보고 있었다면 그야말로 평범한 분위기였으리라. 하지만 조간을 펼치자 그런 분위기가 싹 가서 버렸다. 속보가 실려 있었다.

나라 가즈코의 방에서 청산가리가 발견되었다고 한다.

얼른 텔레비전을 켰다. 중간에 일기예보와 교통정보를 끼워 보내면서 어느 방송국이나 그 소식을 다루고 있었다. 보험금을 노린 살인이라는 단어가 계속해서 튀어나왔다.

어느 해설자는 이번에 발견된 청산가리가 후루야 아키토시 씨를 살해하는 데 쓰인 것과 동일하다면 사건은 해결된 것이나 마찬가지라고 말했다. 성분 분석을 하면 바로 알 수 있다고.

독극물이건 약이건 백 퍼센트 순수한 것은 있을 수 없다. 반드시 아주 미세한 비율로 불순물이 섞인다. 그 불순물을 조사하면 사건 A와 사건 B에 사용된 독극물이 같은 것인지를 구분할 수 있다.

그 소년이 자수하기 전부터 일반인들이 보기에는 네 건의 연쇄 무차별 독살 사건으로 여겨졌지만, 수사 당국이 의혹을 품었던 까닭도 바로 이 때문이다. 두 번째로 일어난 요코하마 사건과 네 번째인 후루야 씨 사건에서 검출된 청산 화합물에는 다른 두 건과는 각각 다른 불순물이 들어 있었다는 이야기다. 그렇다면 출처가 다를 가능성이 높다.

일반 시민들이 그런 내용을 알게 된 것은 두 번째 사건이 꾸며낸 연극으로 밝혀졌을 때였다. 분명히 그때도 같은 해설자가 똑같은 내용의 설명을 했던 걸로 기억한다.

"요코하마 사건 때 자살한 사장은 거래처 가운데 한 곳에서 청산가리를 훔쳤다고 했지?"

"응. 약품회사였다던가."

"무차별 연쇄 살인을 저지른 그 남자애는 인터넷에서 구했잖아? 나라 씨는 어떻게 청산가리를 손에 넣은 걸까?"

역시 인터넷이 아니겠느냐고 내가 말하자 아내는 커피 잔을 손에 들고 고개를 갸웃거렸다.

"나라 씨라는 분, 몇 살이지? 쉰 살쯤?"

"그랬을 거야."

"그 연배에 혼자 사는 여자가 인터넷을 그렇게 잘 알까?"

"잘 알지 못해도 구할 수 있지 않겠어? 쇼핑이니까."

"하지만 티셔츠를 사는 것과는 다르지."

채널을 돌려 보니 그쪽에서는 캐스터와 해설자가 이 사건에는 아직 불투명한 부분이 남아 있다는 이야기를 하는 중이다.

"자살한 나라 가즈코 씨는 후루야 아키토시 씨가 마신 우롱차에 청산가리를 넣을 수 없었을 테니까. 우롱차를 마시기 전에 먹였다고는 생각하기 힘들지. 그 독약은 바로 효과가 나타나. 먹으면 일 분도 되지 않아 바로 효과가 나타날걸."

"캡슐을 사용한 거 아닐까?"

"그렇다면 우롱차 안에 청산가리가 남아 있을 리가 없지."

앞으로의 수사 진전을 기다려 보자고 캐스터가 말했다. 바로 CM이 시작되었다. 우유 음료 선전이었다. 우롱차가 아니어서 다행이다.

"이럴 땐 어떻게 되는 거야?"

나는 아내에게 물었다. 나호코는 추리소설 팬이다. 요즘 미스터리 작가들은 꼼꼼하게 취재해 정확하게 쓰기 때문에(하긴 예외는 있지만) 소설이라고 해도 믿을 수가 있다.

"용의자라고 해야 할까, 범인이 죽어 버린 경우에는 어떻게 처리되는 거지?"

"피의자 사망에 의한 서류 송치가 되겠지?" 아내가 바로 대답했다. "하지만 이번 경우에는 아직 여러 가지로 조사해야 할 게 남아 있을 거야. 그 해설자 말이 맞아. 나라 씨가 어떤 방법으로 후루야 씨에게 독약을 먹였는지 모르잖아?"

"그런 내용도 유서에 적어 두었다면 수고가 줄어들 텐데 말이야."

아내는 또 나를 꾸짖는 듯한 표정을 지었다.

"자기, 무척 기분이 좋아 보여."

"그래?" 실제로 기분이 괜찮았다.

"응. 그런 심정은 이해가 가. 이제 아키코 씨나 미치카나 안심할 수 있을 테니까."

우리 대화에 호응하듯 CM이 끝난 텔레비전 화면에 후루야 모녀가 사는 집 현관이 나왔다. 리포터가 인터폰을 누른다. 나와 아내는 저도 모르게 화면에 빨려 들어갔다.

인터폰에서 후루야 아키코의 목소리가 들려왔다. "죄송하지만 지금 저희가 말씀드릴 내용은 없습니다."

화면이 스튜디오로 바뀌자 나와 아내는 동시에 한숨을 내쉬었다.

"오늘 하루쯤은 여전히 힘들겠군."

나는 휴대전화를 확인했다. 미치카로부터 들어온 메일은 없었다. 잠에서 깨자마자 서재의 컴퓨터도 보았지만 그쪽에도 아무런 연락이 없었다.

"이야기가 뒤로 돌아가지만, 우롱차 문제에서 한 가지 생각할 수 있는 건 말이야."

탁자에 양쪽 팔꿈치를 댄 채로 손바닥을 모으고 아내가 심각하게 말했다.

"나라 씨가 후루야 씨에게 캡슐을 이용해서 독약을 먹였다고 해 봐. 후루야 씨는 나라 씨 집에서 나와 개와 산책을 계속하겠지. 점점 캡슐이 녹을 거야. 후루야 씨는 속이 좋지 않아지고."

나는 맞장구를 치며 고개를 끄덕였다.

"더운 날이었으니 좀 쉬고 싶었을 거야. 편의점에 들어가서 우롱차를 사지. 그걸 마시며 집으로 돌아가던 도중에 본격적으로 독이 몸에 퍼져 쓰러질 거야. 그렇지?"

"응. 그래서?"

"종이팩이건 뭐건 음료수를 빨대로 마시면 분명히 빨아올린 걸 전부 다 마시지는 않아. 빨대를 통해 입 안으로 들어왔다가 다시 용기 안으로 돌아가는 부분도 있어. 아주 조금일 테지만."

"그렇군."

"그러니까, 후루야 씨가 마시다 만 우롱차 안에 독약이 들어가 버렸다는 거지. 후루야 씨의 침과 함께 말이야. 그럴 가능성도 없지는 않을 거라고 생각해."

"구역질이 났다거나, 독이 역류해서 침에 섞여 있었다."

"그래. 그냥 상상에 지나지 않지만." 아내는 미간을 찡그렸다. "하지만 청산가리라는 게 아주 빠른 독약이니 효과가 나타나기 시작하면 그럴 시간이 없었을지도 모르지. 불순물이 섞여 있던 비율과 청산가리 자체가 효력이 얼마나 떨어졌는가에 따라 달라지는 건가……?"

청산가리는 밀봉 상태로 두지 않으면 탄산가스를 흡수해 탄산칼륨으로 변한다. 그러면 독성이 약해지고, 그걸 먹은 사람은 구토를 하게 된다. 그렇기 때문에 청산가리를 먹고도 드물기는 하지만 살아나는 경우도 있다고 한다. 나는 잡지에서 읽은 지식을 떠올렸다.

"이런, 모모코 깨울 시간이네."

아내가 얼른 의자에서 일어섰다. 나도 일어나 옷을 갈아입기 시작했다. 넥타이를 매고 있는데 잠에서 깬 모모코가 시무룩한 표정으로 이렇게 말했다.

"엄마, 배가 이상해. 아침 먹기 싫어."

나는 '속이 좋지 않다'는 표현을 가르쳐 주며 아내를 살짝 흘겼다.

18

점심시간에 미치카로부터 전화가 왔다. 매스컴을 피하기 위해 학교에 가지 않고 집에 있다고 한다.

"엄마가 아저씨에게 사과드리고 싶대요. 전화 바꿔도 괜찮아요?"

사과할 사람은 이쪽인데 후루야 아키코는 나를 전혀 나무라지 않았다. 미치카가 멋대로 행동했다며 사과하고 친절하게 대해 주어 고맙다고 했다.

"딸의 심정을 생각하며 한 번쯤은 제가 나라 씨 댁에 데리고 가야 했었습니다. 거기까지는 생각이 미치지 못해서."

"무리도 아니죠. 미치카는 어떻습니까?"

방금 전화로 들은 목소리는 밝았지만 걱정이 되었다.

"냉정하게 받아들이고 있는 모양입니다. 워낙 성격이 그런 탓에 한번 말을 꺼내면 고집을 부리는 애라서요. 스기무라 씨가 함께 가 주시지 않았다면 혼자 찾아갔을 겁니다. 훨씬 더 큰 충격을 받았겠죠. 정말 감사했습니다."

담담한 말투다. 진심으로 그렇게 생각하는지 어떤지는 알 수가 없다. 철저한 비즈니스 우먼인 후루야 아키코는 이런 사적인 일에서도 내가 이마다 콘체른에 속해 있는 사람이라는 사실을 계산에 넣고 있을지도 모른다. 처음 만났을 때, 그녀가 기타미 씨를 낮게 평가하려던 걸 생각해 보면 충분히 납득이 가는 일이다.

"이제 좀 마음이 놓이시겠네요."

놀랍게도—아뇨, 그렇지도 않습니다—후루야 아키코가 소리 죽여 웃은 것 같았다.

"그 사람이 아버지를 어떻게 했다면 하긴 그것도…… 받아들일 수밖에 없는 일이겠죠."

이 말도 진심일지 어떨지.

"아버지는 여자 복이 없는 분이셨죠. 딸인 저까지 포함해서 말입니다."

이제 나라 가즈코가 범인이라는 생각에 후루야 아키코의 마음은 정리가 되는 모양이었다.

"경찰에선 뭔가 연락이?"

"지금까진 아무 연락 없습니다. 저나 미치카를 볼 면목이 없겠죠."

"편의점 점장인 하기와라 씨에게는—?"

"글쎄요. 만난 일이 없어서 모르겠군요."

역시 나 같은 사람이 그런 문제까지 묻는다는 게 의외라는 말투였다.

다시 미치카를 바꿔 주었다. 죄송해요, 라며 사과했다. "저는 아저씨에게 재수 없는 앤가 봐요."

"그렇지 않아."

전화기를 통해 인터폰이 울리는 소리가 들렸다.

"아저씨, 시끄럽죠? 이제 조금만 견디면 될 것 같기는 한데."

"그렇겠지. 식사는 제대로 하니?"

"잘 먹어요. 집에 틀어박혀서 할 일이 없으니 엄마하고 함께 케이크도 만들어 먹을 정도인걸요."

"속이 안 좋아지니까 조심해라."

어째서? 라고 묻는 미치카에게 웃어 주고 나는 전화를 끊었다.

그날은 오후에 매달 하는 기획 회의가 있었다. 그래 봤자 다음 호, 즉 신년호에서 다룰 내용은 이미 다 정해져 있고(각 그룹사 사장님들의 신년 인사만 실어도 지면이 꽉 찬다), 그렇다고 2월호 기획을 열심히 의논할 기분도 들지 않았다. 인쇄소의 종무식이 있을 테니 여느 때보다 속도를 내서 진행하자는 작업 스케줄을 확인만 했을 뿐이다.

제일 열심이었던 사람은 이번에 처음으로 회의에 참석하게 된 곤짱이었다. 고미부치 씨도 한마디 하지? 편집장이 말하자 자리에서 일어났다. 약간 흥분한 모양이다.

"앉아서 해도 돼."

"아, 예. 아르바이트를 하는 고미부치입니다."

새삼스럽게 인사를 했다. 다니가키 부편집장이 미소를 지었다. 곤짱이 무척이나 마음에 드는 모양이다. 저 애는 착한 아이네, 정말 착한 애를 구해 왔어, 라며 나한테까지 고맙다고 하기도 했다.

"저는 지난주부터 독자들의 제안 메일을 정리하는 작업을 했습니다. 지난 호에서는 '차장이 해부한다!'라는 코너에 많은 반응이 있었습니다."

정리된 자료를 나눠 주기 시작했다.

"이마다 물류 창고에 계시는 구로이 씨를 인터뷰한 건데, 많은 독자가 구로이 씨의 업무에 관한 이야기가 아니라 대화 마지막 부분에 얼핏 나온 새집증후군에 관해 언급하였습니다."

내가 정리한 인터뷰 기사라 나는 잘 기억하고 있다. 구로이 차장의 딸이 새집증후군에 의한 천식으로 고생하고 있다는 대목이다. 이 코너에서는 가정이나 가족 이야기도 약간 묻는 게 관례로 되어 있어, 대부분의 경우에는 '아내의 도움에 감사한다'거나 '가족을 위해서라도 열심히 하겠습니다'라는 대사로 마무리를 짓지만, 구로이 씨 인터뷰에는 그 이야기를 집어넣었다. 물론 구로이 씨도 양해를 한 내용이었다.

"앞으로 가족이 혼연일체가 되어 이 보이지 않는 적을 퇴치하기 위해 열심히 싸우겠습니다."

이 문장을 구로이 씨의 마지막 대사로 정리했다. 이 부분에 반응이 컸다는 이야기였다.

"마찬가지로 가족들이 새집증후군 때문에 고생한다는 독자들이 많았습니다. 이메일만 해도 깜짝 놀랄 만큼 많이 들어왔습니다. 그 가운에서도 나눠드린 자료에 있는—."

곤짱은 자료를 뒤적였다.

"편지로 구구절절 사연을 보내 주신 분이 계십니다."

A4 사이즈 세 장 분량이었다.

"그분의 경우에는 새집증후군이 아니라 택지 토양오염 문제입니다. 분양 신청을 하고 계약금을 낸, 지금 건설중인 분양 아파트에 토양오염이 발견되어 큰일이라고 합니다."

"아, 그거 오사카 쪽 이야기 아닌가? 뉴스에서 봤어." 가사이가 끼어들었다. 그도 곤짱이 마음에 드는 눈치였다. 물론 그는 다니가키 선배와는 다른 방향에서 마음에 들었는지 몇 차례 데이트 신청도 한 모양이다.

"토, 양, 오, 염?" 편집장이 무슨 이야기인지 모르겠다는 듯이 반복했다. "새집증후군하곤 다른 건가? 하긴 난 양쪽 다 뭐가 뭔지 잘 몰라."

곤짱이 고개를 끄덕이며 말했다. "저도 몰랐습니다. 이 편지에 자세하게 적혀 있었죠. 새집증후군이란 건 글자 그대로 집 안에서 생기는 문제로, 벽지에 사용한 접착제라거나 왁스 같은 것들, 드물게는 건축 자재 자체에서 발생하는 화학물질 때문에 거기 사는 사람이 알레르기 증세로 고생하는 걸 말합니다. 토양오염이란 건―."

"흙이죠, 흙." 가사이가 끼어들었다. "단독주택이나 아파트가 지어지는 땅 자체에 화학물질이 스며들어 있어서 사람 몸에 좋지 않은 영향을 미치는 거죠. 맞지, 그렇지?"

"예, 그렇습니다. 최근에는 방금 말씀하신 오사카의 주상복합 아파트 문제가 유명합니다. 하지만 이 편지의 경우는 좀 달라요. 이분 아파트는 도쿄 시내에 있습니다."

멋진 글씨로 쓴 편지에는 자세한 내용이 적혀 있었다. 작년 가을, 문제의 신축 아파트를 구입하기로 결정하고 보름쯤 뒤에 익명의 문서를 받았다고 한다. 보낸 사람은 아파트가 지어질 자리에 있던 고철 처리 공장에 근무하던 종업원이라고 했다. 공장 폐쇄와 철거, 토지 매각 때 시행한 조사 과정에서 분명히 토양오염이 발견되었다고 한다. 아무 대책 없이 그냥 건물을 짓고 살면 위험하다는 내용이 담겨 있었다.

놀랍게도 판매 회사에 문의했더니 이상하게 갈피를 잡을 수 없는 답변만 했다. 수상하다는 생각이 들었지만 어떻게 해야 좋을지 몰라 당황하고 있는데, 이번에는 같은 처지인 아파트 구입 희망자로부터 연락이 왔다. 그 사람이 팔을 걷고 나서, 이 문제에 관한 설명회를 열어 달라고 업자에게 요청하고 있다는 이야기였다. 문제의 문서는 구입 희망자 모두에게 보냈으며 작업은 이미 시작되었다고 한다.

그 남자는 판매 회사와 교섭했을 뿐만 아니라 문제의 아파트 주변의 소문도 조사했다. 그 땅은 골치 아픕니다. 공장이 있을 때 이웃한 공원 나무들이 몇 번을 다시 심어도 말라 죽었고, 기반공사를 할 때는 파낸 흙에서 구역질이 날 만큼 이상한 냄새가 풍겼습니다. 근처에 있는 집들은 창문을 열어 놓을 수 없을 정도였다니까요.

구입 희망자들은 한목소리로 업자를 추궁했다. 그 결과 토양오염 사실이 확인되어, 건설중이던 아파트는 헐어 버리고 토양오염 제거, 지질 개선 작업을 다시 진행하기로 했다고 한다.

"으음. 이거 제대로 하지 않으면 도쿄 도 조례 위반이 되겠네."

자료를 들여다보던 편집장이 담배를 문 채로 중얼거렸다.

"그렇습니다. 깜짝 놀랐어요."

지금 사는 집을 구입해서 리폼을 할 때 벼락치기로 공부하면서 (아내의 벼락치기 공부 덕분에), 나도 조금은 아는 게 생겼다. 도쿄 도가 '도쿄 도 공해 방지 조례'와 그 시행 규칙을 전면 개정하여 '도쿄 도민의 건강과 안전을 확보하기 위한 환경에 관한 조례'라는 무척 길지만 알아듣기 쉬운 규칙을 제정, 시행한 것은 2001년부터의 일이다. 토양오염 대책에 관한 조항도 여기에 담겨 있다. 이 조례 때문에 유해물질 취급업자와 토지용도 변경자는 의무적으로 토양오염을 조사하고 필요한 경우에는 대책을 세워야 했다.

글자만 보면 무시무시하지만 '유해물질 취급업자'란 환경청이 기준을 정한 스물네 개 종류의 물질—내가 얼추 기억하고 있는 것은 수은, 납, 카드뮴, 육가크롬, 아연, 트리클로로에틸렌 등등—을 공장이나 작업장에서 사용하는 업자를 말한다. '토지용도 변경자' 역시 일반적으로는 낯설게 느껴지는 말이지만, 삼천 평방미터 이상의 부지 안에서 토지를 깎아 내거나 굴착하는 사람을 가리킨다.

'토지용도 변경'이기 때문에 공장을 부수고 땅을 파는 일도 여기 해당된다.

"왜 게을리한 걸까, 이 아파트 업자는. 아니면 땅을 판 쪽 책임 인가?"

"그야 판매자 쪽에 책임이 있죠. 하지만 이 경우에는 쌍방이 마음이 맞아 슬쩍 넘어가 버렸을 겁니다. 제대로 된 부동산 개발업 자라면 아무리 땅을 판 사람이 하지 않아도 대책을 강구했어야죠. 조례가 있으니까요."

"스기무라 선배, 잘 아시네요?"

곤짱이 눈이 동그래졌다. 편집장이 짧아진 담배로 나를 가리켰 다.

"이 사람은 저택을 지은 지 얼마 되지 않으니까."

집을 살 때 아내가 공부했었다고 곤짱에게 설명해 주었다.

"워낙 열심히 공부하니 부동산업자도 감탄한 거지. 별로 필요가 없겠다 싶은 내용까지 가르쳐 주었어. 난 그걸 주워듣고 대충 기 억하는 정도야."

"스기무라 선배 부인은 엄청 미인이라 부동산업자도 신이 났겠 지."

가사이가 농담을 했지만, 곤짱은 진지한 표정이었다.

"전 이런 거 처음 알았어요. 이 편지에는 구로이 씨 집 문제에 대해서, 집 안을 아무리 조사해 봐도 원인 물질이 발견되지 않는 다니 혹시 토양오염이 아니냐고 적혀 있습니다. 그러면서《아오조라》 지상에 이런 문제로 고민하는 그룹 사원들이 정보를 교환할 수 있는 공간을 만들어 줄 수 없겠느냐고 제안하고 있습니다."

다른 사람들이 이런저런 이야기를 하고 있는 동안에 나는 자료에 딸려 있던 편지를 다 읽었다. 도쿄 도내에 세워지던 이 아파트의 경우 오염이 은폐되었다는 사실이 드러나게 된 계기는 공장의 전 종업원의 내부 고발이었다. 이 종업원이 누구인가는 사태가 정돈된 뒤에도 여전히 밝혀지지 않았다. 하지만 구입 희망자들이 관련자를 조사한 바에 따르면 당시 종업원들 가운데는 몸에 이상이 있다고 호소하는 사람들이 많았던 걸로 밝혀졌다. 그리고 공장 동쪽에 있던 유치원은 이상하리만치 원아들의 천식 발생률이 높아 '천식 유치원'이란 별명으로 불리고 있었다니 놀라운 일이다. 현재 이 유치원은 전 공장 경영자를 상대로 소송을 진행중이라고 편지에는 적혀 있었다.

고철 공장이건 뭐건 유해물질을 다루는 공장이라고 해서 다들 그걸 땅에 흘려 내보낸다는 건 아니다. 결국은 경영자의 문제다. 장인이 이걸 읽으면 어떤 기분이 들까, 생각하는데 어느새 이 편지의 제안을 채택하기로 결정이 되었고 그 업무는 가사이가 담당하게 되었다. 어시스턴트는 곤짱으로 정해졌다.

"집사람이 사다 놓은 책이 몇 권 있으니 참고자료로 가져올게." 내가 말했다. 가사이와 곤짱에게 잘 보일 기회다.

"미리 이야기해 두지만 우리는 게시판 같은 걸 만들자는 게 아니야. 기획을 제대로 해야 해."

편집장이 이렇게 못을 박았고 회의는 끝났다.

퇴근하는 길에 나는 꽃을 샀다. 꽃다발을 들고 집에 도착하니 아내가 현관에서 활짝 웃었다.

"어머머. 아직도 반성하고 있는 중?"

"그렇기도 하지만 이건 책을 대출하는 비용이야. 지식도 좀 빌려 주었으면 좋겠는데."

식당 벽에는 모모코가 유치원에서 그린 〈별님과 하인〉이란 제목의 그림이 붙어 있었다. 정말로 잘 그려서(구도가 참신하다!) 나는 팔불출처럼 칭찬하고 또 칭찬했다. 너무 감탄한 나머지, 모모코를 재우기 전에 '별님과 하인'이란 이야기를 즉흥적으로 꾸며 내 들려주었을 정도이다. 별님과 하인이 사랑에 빠져 다른 은하계로 도망친다는 스토리로, 두 사람(?)의 사랑을 가로막는 것은 당연히 해님이다.

"저어, 아빠."

"왜?"

"별님과 하인은 둘이서 멀리 갔잖아?"

"그렇지. 해님에게 야단맞지 않아도 되는 곳으로 말이야."

"멀리 갔으면 두 사람밖에 없겠네."

"그렇지."

"다투지 않아?"

나는 잠깐 입을 다물었다.

"단둘인데 다투면 슬프잖아."

"그렇구나. 그러니 다투지 않을 거야."

어젯밤에 아내와 하던 이야기를 들은 모양이다. 역시 애들 귀는 무시할 수 없다.

모모코가 콜콜 잠든 뒤 나와 아내에겐 누가 '해님'일까, 하고 생각해 보았다. 장인일까. 우리 부모일까. 아니면 '해님' 따윈 없고, 그저 우리끼리 그렇게 생각해 도망쳤을 뿐일까.

어느 쪽이건 이제 다투지 말아야겠다.

가르침을 받고 싶다고 했기 때문인지 아내는 커피를 끓여 놓고 기다리고 있었다. 어제 사온 케이크는 다 먹었나?

"그래, 자네는 무엇에 대해 알고 싶은가."

아내가 선생님처럼 말했다.

새집 생활에 익숙해진 뒤에도 여전히 관심이 이어지고 있는 모양이다. 오늘 회의에서 있었던 이야기를 하자 아내는 눈빛을 반짝였다. 책뿐만 아니라 직접 만든 파일이나 노트까지 꺼내 왔다. 그 안에는 역시 새집증후군 문제만이 아니라 택지 토양오염에 관해서도 적혀 있었다.

"우리 경우에는 전에 살던 분이 여기 오래 살았잖아? 원래부터 주택이 있던 땅이지. 그래서 부동산 중개소는 처음에 토양 조사는 하지 않아도 된다고 했어. 나도 신경 쓰지 않았지. 리폼에 사용하는 재료에 대해서만 신경을 썼던 거야."

하지만 리폼 계획이 진행되는 중에 그 부동산 중개업소 사장이 '사모님, 그래도 한번 조사해 봅시다'라고 제안했다고 한다.

"야히로 씨라는 분이야. 기억하지? 내가 모르는 사이에 이웃을 쭉 돌아다니며 물어보았대. 십오 년 전쯤 이 집 북쪽으로 두 채 건너에 커다란 세탁 공장이 있었다는 사실을 알아냈어. 세탁소는 화학약품을 쓰잖아."

"이런 동네에 세탁 공장이?"

"있었대. 그 북쪽으로는 준 공업지대야. 거의 경계선이지만. 십오 년 전이라면 버블 경기가 끝날 무렵이잖아. 원래 땅주인이 땅을 팔고, 그게 또 계속 남에게 넘어가다가 더 가격이 오르기를 기다리는데 거품이 꺼져 버린 거지. 그래서 궁지에 몰려 세탁 공장에게 땅을 빌려주었대."

하지만 그 공장이 조업을 한 기간은 기껏해야 삼사 년이었다고 한다.

"이웃 주민들과 여러 가지 갈등이 있었대. 그래서 오래 버티지 못했던 거지. 갈등의 가장 큰 원인은 하루 종일 차가 뻔질나게 드나들어 시끄럽다는 거였던 모양이지만."

아침에 일찍 보내면 저녁에는 세탁이 끝난 옷을 돌려주는 편리한 세탁 체인점 공장 가운데는 스물네 시간 가동하는 곳도 있다는 이야기를 들은 적이 있다.

"어쨌든 평판이 좋은 공장은 아니었기 때문에 약품 처리도 제대로 했는지 걱정이다, 조사해 보자, 이렇게 되었지."

아내는 청사진 도면을 펼쳤다. 나는 처음 보는 것이었다.

"이 파란색 굵은 선이 건물이야. 그리고 여기 이렇게 번호를 매겨 표시한 부분 보이지? 모두 여섯 군데인데 이게 토양오염을 조사하기 위해 흙을 채취한 곳이고."

"이런 식으로 하는 거구나."

"이렇게 여섯 군데에서 채취하는 게 기본이래."

이번에는 다른 문서를 꺼냈다.

"그리고 이게 그 결과야."

나는 서류를 집어 들었다. '농도 계량 증명서'라는 제목이 붙어 있다. 왼쪽 윗부분에 자료의 종류와 채취 일자, 채취한 사람, 채취 장소가 적혀 있고 오른쪽 위에는 검사를 한 회사 이름, 계량 관리자의 이름과 함께 도장이 찍혀 있었다.

내용은 꼼꼼한 일람표였다. 내가 어렴풋이 기억하고 있던 화학약품 말고도 테트라클로로에틸렌이라거나 셀렌, 벤젠, 유기인 화합물, 비소, 불소, 알킬수은 등등의 이름이 빽빽하게 나열되어 있다. 스물여섯 가지였다.

그 가운데 '전全시안'이란 항목이 있었다. 시안—청산 화합물의 모든 종류라는 의미이리라. 갑자기 나라 가즈코 씨가 생각났다. 그 여자가 백 안에 숨겨 가지고 있었다는 청산가리의 분석이 끝나려면 얼마나 걸릴까.

"전부 기준치 이하. 나오지 않은 항목도 상당히 되지." 손가락으로 가리키며 아내가 말했다.

"그러니 이젠 안심이야. 평판이 나빴던 세탁 공장에 대한 의혹은 지레짐작이었어. 너무 미안하데."

"비소 같은 것까지 조사하는구나."

"이런 물질들은 말이야, 꼭 인위적으로 오염된 거라고는 할 수 없어. 원래 그 땅에 들어 있는 경우도 있으니까. 나폴레옹이 비소로 독살되었다는 설이 있잖아? 시체를 조사해 보았더니 많은 양의 비소가 나왔기 때문에 그런 주장이 나왔지. 하지만 그건 시체가 매장되어 있던 땅에 원래 비소가 많이 함유되어 있었기 때문이라는 반론도 있어."

이 서류는 한 장이 아니라 스테이플러로 묶은 뒷부분이 있었다. 사진을 복사한 것이다. '자료 채취(토양분석용)'라고 적혀 있다. 여섯 군데의 채취 지점을 촬영한 사진이다. 어느 지점에나 주소와 채취일, 채취 작업을 한 회사 이름을 적은 칠판을 세워 놓고 함께 찍었다. 채취한 깊이도 적혀 있었다.

"힘든 작업이었겠군." 나는 아내의 얼굴을 보았다. "사모님, 이 검사에는 돈이 꽤 들었겠습니다."

"물론이고말고요." 아내는 무척 진지한 표정으로 고개를 끄덕였다. "사십만 엔쯤 들었어. 영수증은 전부 모아 두었는데, 볼래?"

그건 우리 집의 프라이버시이기도 하니 메모만 하기로 했다.

"검사료는 우리가 지불한 거구나."

"응, 그렇지."

"원래는 파는 사람이 부담해야 하는 거지?"

아내는 입술을 살짝 내밀었다. "야히로 씨도 세탁 공장 문제를 알게 된 시점에서 파는 사람과 의논을 했지. 하지만 그런 건 받아들일 수 없다고 화를 냈다는 거야."

그래서 우리가 부담한 거지, 라고 했다.

"그래? 파는 사람이 여기 살던 사람이고 부동산 개발업자나 아파트 건축업자도 아니고 유해물질 취급업자도 아니니 반드시 조사해야 할 '의무'는 없었던 거로군. 넓이도 삼천 평방미터 미만이고."

"그렇지. 하지만 야히로 씨는 개인 판매자에게도 우리가 한 것 같은 검사를 권하는 일이 있다고 했어. 파는 사람을 위해서."

"파는 사람을 위해서? 왜지?"

"만에 하나 나중에 문제가 생기면 큰일이니까." 아내의 대답은 명쾌했다. "그 땅을 사서 집을 지어 살던 사람이 몸이 안 좋아졌다고 쳐 봐. 조사를 해 봤더니 토양이 오염되어 있었다. 이럴 경우에는 땅을 판 사람이 아무것도 몰랐어도 책임이 있대. 재판을 걸면 판 사람이 절대로 패소한다는 거야."

상당히 엄격하구나.

나는 당황했다. "그런 경우에는 토양오염이 파는 사람 때문이 아닐지도 모르잖아? 그런데도 책임이 있나?"

아내가 손뼉을 쳤다.

"맞아. 좋은 질문이야. 역시 내 제자로군."

어느새 아내의 제자가 되어 버렸다. 선생님은 점점 흥이 올랐다.

"토양오염 문제에 있어서는 그게 진짜 어려운 부분이래. 대체 누가 책임을 지고 오염을 깨끗하게 제거하기 위해 필요한 비용을 부담해야 하는가."

판매자야, 라고 단언했다.

"오염시킨 사람이 파는 사람이 아니라도 그럴 수밖에 없어. 달리 해결할 방법이 없는 거지."

사는 쪽이 대형 개발업자거나 아파트 건설사일 경우에는 그게 사업이니 살 사람과 의논해서 타협점을 찾아 함께 부담할 수도 있으리라. 그 비용은 필요한 경비로 계산에 넣으면 된다. 물론 최종적으로는 그 비용 때문에 판매 가격이야 오르겠지만.

하지만 개인의 경우에는 어떨까.

"조사에 사십만 엔이 들었어. 그런데 만약에 토양이 오염되었다는 사실이 밝혀졌다면 개선에는 얼마나 들까?"

"오염의 정도나 화학물질의 종류에 따라 다르겠지만, 기본적으로 조사 비용의 열 배쯤은 각오해야 해. 자릿수가 다르지."

땅을 판 사람은 그만한 금액을 팔기 전에 부담해야만 한다. 어쩌면 문제 해결에 드는 노력과 자금이 필요하다는 걸 생각해서 땅값을 내릴 수 없겠지.

"자꾸 묻는 것 같아 미안하지만, 그건 모두 오염되었다고 밝혀진 시점에서 땅을 팔려는 사람의 책임과 부담이 되는 건가?"

"그렇지."

아내는 고개를 끄덕이며 팔짱을 꼈다.

"그러니까 좀 위험하다 싶으면 조사를 권해 보기는 하지만, 조사하고 싶어 하지 않고 조사하지 않는 판매자가 많은 현실도 이해는 간다고 야히로 씨는 이야기했어. 우리가 잘못한 게 아닌데 왜 개선 비용을 우리가 내느냐며."

나도 그렇게 생각한다.

"위험성이 상당히 높은 경우가 아니면 팔 사람은 내키지 않겠지……."

"학생, 화학물질에 대한 알레르기 반응이란 건 말이야."

아내는 마치 진짜 선생님 같은 투로 말했다. 당장이라도 칠판을 꺼내 오는 게 아닐까?

"사람에 따라 다른 법이야. 민감한 사람이 있는가 하면 별로 느끼지 못하는 사람도 있지. 그래서 파는 사람은 오래 살았어도 아무 일 없는데, 산 사람에겐 증상이 나타나는 경우도 있어. 그런 경우에는 더 불공평하다는 생각이 들 거야."

또한 오염된 땅에 살고 있는데도 아무에게도 전혀 지장이 없는 경우도 있을 수 있다. 그렇다면 일부터 긁어 부스럼을 만들 필요까지는 없다. 이럴 땐 조사하지 않아도 아무 문제가 없다.

"땅을 판 사람이 그 전 주인에게 소급해서 책임을 추궁할 수 있는 거 아닌가?"

아내는 웃었다. "가능할 테지만 그래 봤자 소용없잖아? 거기가 내내 택지였다면 전의 전 주인 역시 아무것도 모를 가능성 쪽이 높지. 오염 원인은 다른 사람에게 있을 수도 있어."

"그럼 그 '다른 사람'을 찾아내 책임을 물으면 되지."

아내는 난처하다는 표정을 지어 보였다.

"너무 너무 힘든 조사야. 또 돈과 시간이 들지. 입증도 어려울 테고."

어린애 같은 표정을 지으니 아내는 모모코와 꼭 닮아 보였다.

"하지만 그럴 수 있다고 하더라도 문제지. 예를 들어서 오염 원인이 이십 년 전에 있던 관리가 허술한 금속 공장이었다는 사실을 알아냈다고 쳐. 그 공장 경영자는 이미 세상을 떠났고, 공장도 남아 있지 않을뿐더러 회사도 없어. 금속 공장 사장 아들은 지극히 평범한 샐러리맨이야. 자, 조사 비용과 개선 비용을 청구한다고 해도 받아낼 수 있을까?"

쉽지는 않을 거라고 생각합니다, 선생님.

"불행한 일이지. 그런 케이스가 적지 않다니까."

겨우 찾아내 봤자 오염원이 된 공장이나 작업장 경영자(혹은 그 유족)가 자기들 생계마저 곤란한 경우도 있다고 한다. 시간이 지났기 때문에 상대가 나이 많은 연금 생활자인 경우도 많다.

"게다가 가장 큰 오염 원인을 제공하는 건 '국가'라니까."

선생님이 아주 중요한 이야기라는 표정으로 말했다.

"무슨 뜻이야?"

"전쟁 말이야. 공습으로 불에 타 허허벌판이 된 곳은 일단 돌무더기를 깡그리 묻어 없앤 뒤에 다시 개발을 한 거야. 그럴 수밖에 없었겠지만 결과적으로 도쿄 땅속에는 뭐가 묻혀 있어도 이상할 게 없는 거지."

깡그리 묻어 없앤다는 말은 무척 거친 표현이었다.

"그러니 역시 전쟁이란 건 해선 안 되는 짓이야."

초등학교 여자 선생님처럼 점잖은 표정으로 초등학교 여학생처럼 정의감에 넘치는 말을 했다.

나는 아내의 지식에 새삼 감탄하면서, 이런 공부의 바탕이 된 정열이 매우 '안전'한 것이라는 생각을 내심 하고 있었다. 자꾸만 그런 생각이 들었다.

조사 비용이 사십만 엔이라고? 판 사람은 자기가 지불할 이유가 없다고 화를 내? 그럼 좋다. 이쪽에서 지불하겠다. 만약 오염이 발견되면 제거 작업에 사백만 엔? 어쩔 수가 없다. 안심하고 살기 위해서는 치러야 할 비용이다. 결국 지불할 수밖에 없다. 재판하기는 너무 힘들고.

이렇게 할 수 있는 아내의—속으로 생각하는 것이기 때문에 이렇게 부르지만 '이마다 나호코'의—풍족한 경제 사정이 아내의 대범함과 지적 호기심을 떠받치고 있다.

만약에 우리 누나라면 어떻게 할까.

지금 살고 있는 집과 땅을 팔아 새집이나 아파트를 살 계획을 세우고 있다. 여러 방법을 동원해 자금을 조달하고 융자도 받을 계획이다.

그런데 토양오염 가능성이 있으니 조사를 해 보는 게 낫겠다는 권유를 받았다. 몇십만 엔이 든다고 한다. 하지만 앞날을 위해 해 두는 게 좋겠다는 이야기를 듣는다.

누나는 받아들일 것이다. 평범한 서민이니 조사비를 마련하기 위해서는 다른 비용을 줄여야만 하리라. 그래서 사려던 시스템 키친을 포기하고 싼 것으로 한 단계 낮추게 될지도 모른다. 소중하게 여기던 정기적금을 해약해야 할지도 모른다.

조사해 본 결과, 별문제가 없으면 그나마 다행이다. 만약 뭔가 기준치를 넘어서는 화학물질이 나오면 이번에는 토양 개선을 위한 비용이 필요하다. 조사비보다 한 자릿수 더 많은 비용이 든다. 돈을 더 빌리고 융자 계획을 다시 짜야 될지도 모른다. 최악의 경우에는 집을 파는 계획, 새집을 사는 계획 자체를 백지로 돌려야 할지도 모른다.

실감 나는 상상을 하다 보니 나는 기운이 빠졌다. 누나의 목소리가 들려올 것 같은 기분이 들었다. 아니, 거기다 또 수백만 엔이 더 필요하다는 건가요? 그럼 도저히 안 되겠네—.

그건 누나의 목소리만이 아니다. 지극히 평범한 일반 시민들의 목소리다. 더 나쁜 경우도 생각할 수 있다. 지금 사는 집의 융자금도 다 갚지 못했으니, 경제 사정이 악화되어 울며 겨자 먹기로 집과 땅을 내놓아야 할 수도 있으리라. 한 푼이라도 비싸게 팔려고 했는데 갑자기 예상 밖의 비용이 들 뿐만 아니라, 자칫하면 재판까지 갈 수도 있다는 사실을 깨닫고 넋이 나가는 판매자도 있으리라.

조례가 시행되기 전에 구입한 분양 주택이라면, 아무것도 모르고 살다가 땅이 오염되어 있다는 것을 발견하여 나중에 뒤처리만

해야 하는 경우도 있다.

물론 문제는 땅을 사고파는 데만 한정된 것이 아니다. 거기 살고 있는 사람들의 건강 피해가 생겼을 경우에도 자기들 돈으로 치료해야만 한다.

"야히로 씨가 이렇게 말했어."

잠시 생각에 잠긴 내게 아내가 약간 큰 목소리로 말했다.

"개인 주택의 경우에는 국가나 자치단체에서 보조금을 줘야 한다고."

유해물질 지정업자에게 미리 공제기금 같은 것에 가입하게 하여, 그 업자의 땅에 토양오염이 발생해 토지 개량이 필요할 경우에는 기금에서 일정한 비용을 내주는 조치 같은 것도 생각할 수 있다고 한다. 오염의 원인이 밝혀지지 않을 경우에는 국가나 자치단체가 구제에 나서면 된다.

"아직은 그런 제도가 없는 건가?"

"없는 모양이야. 앞으로 만들어져야겠지. 어차피 조례가 생긴 지 아직 반년도 지나지 않았는걸."

새집증후군 문제를 알고 있던 곤짱도 택지 토양오염에 관해서는 처음 들었다며 놀랐다. 나 자신도 직접 겪어 보기 전에는 전혀 몰랐다.

천식, 편두통, 피부염, 저혈압, 빈혈, 상습적인 현기증이나 구토. 이런 증상을 예전에는 대개 '허약 체질'로 치부했었다. '마음의 병'으로 여기는 경우도 있었다. 눈에 보이지 않는 독은 구체적으로 문제가 드러나야 비로소 알았지만 정체는 여전히 숨어 있는 상태 그대로다. 하지만 확실하게 사람들의 삶을 좀먹어 간다. 불안이나 초조, 주변의 몰이해에 따른 마음고생 같은 이차적인 피해도 불러온다. 그래서 들어가는 의료비나 경제적 손실도 무시할 수 없으리라.

집이 앓고, 땅이 앓고, 사람이 앓는다는 건 바로 나라가 앓는다는 이야기다.

이튿날, 나는 아내한테 받은 자료를 챙겨 일찍 출근했다. 가사이와 곤짱도 무척 놀랐다.

"사모님, 대단하시네요."

"일단 인터넷 검색과 신문 스크랩 만들기부터 시작할까 생각하고 있어요."

"실제 사례를 모아 알기 쉬운 기사로 정리하면 독자들의 의견을 모으기도 쉬워지겠죠."

좋은 생각이라고, 두 사람을 격려했다. 《아오조라》의 새로운 용도를 발견할 수 있을지도 모른다. 편집장은 불만이겠지만 《아오조라》가 '게시판' 역할을 해도 괜찮겠다는 생각이 들었다.

연말이라 편집부도 무척 분주했다.

마치 연내에 마무리를 지으려는 듯이, 범죄를 관장하는 신(그런 신이 있다면)이 배려를 해 주었는지도 모른다. 크리스마스이브를 일주일 남긴 어느 날, 나라 가즈코가 가지고 있던 청산가리의 성분이 후루야 아키토시 살해에 사용된 것과 일치한다는 뉴스가 나왔다.

딱 떨어지지 않는 부분도 남아 있기는 했지만, 아마도 이런 상
태로 일단락된 모양이다.

19

나호코와 모모코의 크리스마스 선물을 무엇으로 할까.

계속 선물 생각을 하면서 전차를 타고 디자인 회사로 가 회의를 했다. 회의가 끝난 뒤 또 선물 생각을 하며 지하철역을 향해 걷다가, 현재 위치가 미나미아오야마이며 기타미 이치로가 사는 단지가 근처라는 사실을 깨달았다.

그와는 미치카가 구급차로 실려 가는 소동이 일어나던 날 만났을 뿐 그 후로는 본 적이 없다. 그 뒤의 홈페이지 건도 있고, 그의 병세도 신경이 쓰였다. 찾아가 보기로 마음을 굳혔다. 거센 찬바람이 불어와 추위가 심했지만 하늘이 맑게 갠 겨울날이었다. 약간 걷는 것도 나쁘지 않다.

눈에 익은 네모난 건물과 단지 안의 어린이 공원이 보였을 때 안주머니에 넣어 둔 휴대전화가 울렸다. 착신표시 화면에는 '공중전화'라는 글자가 떠 있다.

그걸 본 순간 번뜩 머리에 스치는 것이 있었다. 나는 전에 이런 일을 지겹게 겪었다.

그래서 천천히 전화를 받았다. "여보세요?"

응답이 없다. 하지만 끊지는 않은 기척이 났다.

"여보세요? 스기무라입니다만."

바스락거리는 잡음이 났다. 저쪽이 수화기를 움직이고 있는지도 모른다. 그리고 목소리가 들려왔다.

"뭐야, 살아 있었네."

겐다 이즈미였다.

나는 길을 건너는 중이었다. 휴대전화를 귀에 댄 채로 길을 건너 어린이 공원으로 들어갔다. 별로 심장이 빨리 뛰지도 않았고, 화가 나 얼굴이 화끈거리지도 않았다. 솔직히 이야기하면 오히려 안심이 되었다.

너도 살아 있었구나, 라는 말이 목구멍까지 올라왔다.

요즘 편집부에서 겐다 이즈미의 동정이 화제가 되는 일은 없다. 언젠가는 경찰이 체포하겠지, 이제 생각하고 싶지 않다는 분위기였다. 특히 그녀의 과거를 알게 된 편집장과 나 사이에서는 일종의 터부가 되어 버린 셈이다.

한편 우리 집에서는 아내가 이따금 생각났다는 듯이 겐다 이즈미 이야기를 했다.

"아무래도 그건 거짓말이라는 생각이 들어."

이런 식으로 이야기했다.

'그것'이란 바로 겐다 이즈미가 친오빠의 결혼식 피로연에서 '폭로'한 내용을 가리킨다. 속이 거북해질 만큼 기분 나쁜 이야기지만, 어쨌든 나는 무슨 일이건 아내에게 숨기지 못하고 아내는 남의 이야기를 잘 듣는 사람이라 결국 이야기를 하고 말았다.

아내는 내가 걱정한 만큼 충격을 받지는 않은 모양이다. 눈썹을 찌푸리며 어딘가 아픈 표정을 지으며 생각에 잠겼다.

"정말로 그런 일이 있어서 겐다 씨의 정서가 불안정해졌다는 소노다 편집장의 주장도 이해가 안 되는 건 아니고 그 말이 일리가 있을 것 같기도 하지만……."

"너무 그럴듯한가?"

"그보다 그 여자가 깊은 상처를 받은 피해자라면 도저히 그런 식으로는 폭로할 수 없을 거라고 생각해. 너무 공격적인걸."

맞는 말이라는 생각이 들었다. 겐다 이즈미가 오빠로부터 성적 학대를 받고 있다는 사실을 어떤 제삼자가 도저히 눈뜨고 볼 수가 없어서 화가 난 나머지 고발했다면 이야기는 다르다. 하지만 본인이 느닷없이 그렇게 했다는 것은 분명히 믿기 힘들다.

다만 아내는 겐다 이즈미가 무슨 시비를 걸어오는 게 아닐까를 걱정하지는 않았다. 오히려 그녀가 어떻게 되는 게 아닐까를 염려하고 있었다.

"스스로 자신을 상처 입히거나 자살을 도모하거나…… 하지 않을까. 경찰에 쫓기는 신세가 되어 그 여자는 아마 무척 겁을 먹고 있을 거야. 궁지에 몰려서 자포자기할지도 몰라."

그 겐다 이즈미가 지금 전화를 걸어 왔다. 살아 있다. 내 귀에 그녀의 숨소리가 들려왔다.

"버젓이 살아 있죠." 나는 부드러운 목소리로 대답했다. "우리가 죽지 않았다는 사실은 그쪽도 뉴스를 보고 알고 있을 텐데요."

"그만한 수면제로는 죽을 리가 없지."

한때 내 귀에 달라붙어 있던 그 웃으면서 화를 내는 말투로 겐다 이즈미가 말했다.

"우리를 해칠 생각은 아니었다는 이야기인가요?"

흥, 하는 그녀의 콧방귀 소리가 들려왔다.

"약간 놀라게 해 주려고 그랬던 것뿐이야. 내가 아직도 당신들 옆에 있다는 사실을 깨닫게 해 주고 싶었을 뿐이지."

"그래, 지금은 어디 있는 거죠?"

단도직입적으로 물은 게 효과가 있었는지 그녀는 잠시 말이 없었다. 그리고 짧게 되물었다.

"어디라고 생각해?"

"모르죠. 내가 아는 건 당신이 다음에 가야 할 곳뿐이에요."

"경찰서겠지?"

"아니, 당신 부모님이 계신 곳."

이번 침묵은 길었다. 툭 끊어진 듯이 겐다 이즈미는 말이 없었다.

"아버님을 만났습니다. 일부러 편집부를 찾아와 주셨죠. 당신이 저지른 짓을 사과하고 우리에게 고개를 숙이며 눈물을 보였어요. 보고 있는 사람에겐 괴로운 광경이었죠."

그녀는 여전히 말이 없었다. 숨을 멈추고 있는 모양이다. 그 안색을, 꽉 다문 입술을 상상했다.

"당신 부모님이 지금 어디 계신지 전혀 모른다면 내가 부모님에게 연락을 해 드릴 수도 있습니다. 만나 보세요. 만나서 이번에는 당신이 부모님에게 사과해요. 그리고 함께—."

경찰에 자수하라고 말하기 전에, 그녀의 날카로운 목소리가 내 귓가를 때렸다.

"들었어?"

"예?"

"아버지한테서 내가 그 사람들에게 어떻게 했는지 들었지? 이야기해. 그 인간들이 입을 다물고 있었을 리가 없을 테니까. 그 인간이 이야기했지? 당신들에게 시시콜콜 다 이야기했겠지? 이즈미는 성격이 나쁜 애고 자기들 인생은 그 애 때문에 망가졌다고 했겠지?"

뒤로 갈수록 말이 빨라졌다. 그 상기된 말투가 되살아났다.

나는 부드러운 음성을 유지했다. 어려운 일은 아니었다. 지금 나는 분명히 그녀를 측은하게 여기고 있다. 나 스스로 그걸 자각했다.

"내가 들은 이야기는 당신이 당신 가족에게 무슨 짓을 했는가 하는 내용이에요."

천이 찢어지는 듯이 짧게 웃었나 싶더니, 겐다 이즈미는 갑자기 작은 목소리로 속삭였다.

"다들 그러지. 언제나 그래. 언제나 나만 거짓말쟁이로 만들어."

"그럼 당신이 오빠 결혼식 피로연에서 쏟아놓은 이야기가 진실이라는 건가요?"

"어차피 믿지 않을 거면서."

"진실이었다는 겁니까?"

세 번째 침묵. 하지만 떨리는 숨소리는 들려왔다.

울고 있다.

"진실이란 게 대체 뭐지?" 흐느껴 우는 목소리로 겐다 이즈미가 되물었다. "진실이란 게 뭐야. 누구의 진실이 객관적 진실이 되는 거지? 누가 그걸 인정해 줄 수 있지?"

누가 그런 권리를 가지고 있는 거지, 하며 이제는 뚜렷하게 우는 목소리가 점점 더 격해졌다.

"기분 나쁜 일 실컷 당했어. 모두 다 기분 나쁜 일들뿐이었어. 집에서나 학교에서나 어딜 가건 마찬가지였어. 그건 진실이 아니라는 거야? 내가 받은 상처는 가짜고 당신이 입은 상처만 진짜야? 어째서 그런 거지?"

나는 천천히 이동해 어린이 공원에 있는 그네에 걸터앉았다. 그날 미치카가 앉아 있던 그 그네였다.

"지금 이야기한 '기분 나쁜 일'이라는 게 정말로 당신이 폭로한 이야기 그대로라는 건가요?"

목소리가 또 속삭이는 수준으로 낮아졌다.

"오빠는 정말 미웠어."

"아버님께서 당신은 오빠를 좋아했다고 이야기하시더군요. 오빠도 당신을 무척 아꼈다고. 착한 오빠였다고. 어린 당신이 학교 문제로 괴로워하고 있을 때 당신을 버리지 않았다고."

오빠는 겐다 이즈미에게 유일한 아군이 아니었을까. 하지만 그는 어른이 되어 자기 인생을 시작해, 피를 나눈 여동생보다 소중한 여자를 만나 그녀와 함께 살아가려 했다. 겐다 이즈미로서는 그걸 받아들일 수 없었던 게 아닐까. 오빠에게 버림받느니 차라리 오빠를 망가뜨려 버리자고 생각한 게 아닐까.

"거짓말이야."

내뱉는 듯한 말투였다.

"모두 다 거짓말."

"뭐가 거짓말이죠? '모두'가 누굴 말하는 겁니까?"

"그건 거짓말이라고 이야기하고 있는 거야!"

나는 휴대전화를 귀에서 뗐다. 지금 이야기는 고백도 아니고, 자백도 아니었다. 비명이다.

"거짓말이야, 거짓말. 오빠는 아무 짓도 하지 않았어. 하지만 나는 미웠어. 행복한 오빠가 싫었어. 나만 놔두고 가 버리다니. 너무 하잖아. 그런 건 불공평해."

"그래서 거짓말을 한 겁니까? 거짓말을 해서 오빠에게 상처를 입히고, 오빠의 아내가 될 사람을 죽음으로 몰고 갔죠. 그래, 당신은 만족스러웠나요?"

잠깐 숨을 돌리는 듯이 틈을 두었다가 겐다 이즈미는 웃음을 터뜨렸다.

"만족스러울 리가 있나. 더 괴롭혀 주고 싶었지. 성에 차지도 않았어. 오빠나 그 여자나 내가 맛본 고통의 반도 느끼지 못했으니까."

마치 뭔가가 깨지는 듯한 울음 섞인 웃음소리에 나는 잠시 대답하지 않았다. 별 생각 없이 발을 움직이자 그네를 매단 쇠사슬이 끼익, 하는 소리를 냈다.

그 소리가 내게 그날 여기에 혼자 앉아 있던 후루야 미치카의 모습을 떠올리게 만들었다. 고개를 숙인 그녀의 옆모습을 떠올리게 만들었다. 미치카가 마치 바람에 쓰러지듯 그네에서 떨어져 땅바닥에 쓰러졌을 때의 모습을 떠올리게 만들었다.

"―당신이 무엇 때문에 그렇게 고통스러웠는지 나는 모릅니다."

나는 눈을 감았다. 머릿속에 떠오르는 미치카의 모습을 지우려는 게 아니라 담아두기 위해서. 눈을 감은 채로 말했다.

"하지만 상처 입고 괴로워한 건 당신만이 아니에요. 이 세상에서 당신 혼자만 유독 불공평하게 불행을 짊어지고 있는 건 아니죠. 누구나 모두 뭔가 무거운 짐을 지고 살아가는 겁니다."

겐다 이즈미는 재빨리 반격해 왔다.

"주제넘은 설교로군."

강인한 짐승이 공격을 받자 오히려 생기를 되찾아 전투태세에 들어가는 것과도 비슷했다. 그 목소리에는 이미 눈물의 흔적이 없었다.

"스기무라 씨, 당신이 그럴듯한 이야기를 늘어놓을 사람이라는 사실쯤은 나도 잘 알고 있어. 다 들여다보이니까. 내 안목을 얕보지 않는 게 좋을 거야."

"나는 어떤 사람으로 보입니까?"

"물렁하지. 고생도 불행도 전혀 모르는 주제에 높은 데서 남을 내려다보고 잘난 척하는 소리만 하고 싶어 하지."

너무 슬퍼서 나는 반론하지 않았다.

"누구나 모두 뭔가 무거운 짐을 지고 살아간다고? 흥, 당신 따위가 뭘 안다는 거야. 자신은 아무런 짐도 지지 않은 주제에."

"그럼 당신은 어떤 사람이라면 마음을 열겠다는 거죠? 당신이 친근하게 느끼고 신뢰를 보내고, 존경하는 마음을 품을 수 있는 건 어떤 사람입니까?"

의외의 질문이었으리라. 지금까지 이런 질문을 받아 본 일이 없고, 생각해 본 적도 없으리라. 겐다 이즈미가 숨을 삼키는 소리가 들렸다.

"당신을 만족시킬 수 있는 사람은 어떤 사람이죠?"

그녀가 들고 있는 공중전화기 옆에는 길이 있는 모양이다. 자동차 지나가는 소리가 들린다. 하지만 이 어린이 공원은 조용했다.

"그런 사람을 찾아보세요."

시끄러운 자동차 소리에 섞이지 않도록 나는 약간 목소리를 높였다.

"정말로 원한다면 그런 사람을 발견할 수 있을 겁니다. 그러면 당신은 더는 거짓말을 해서 스스로를 지키거나 다른 사람을 상처 입히지는 않겠죠. 그렇게 생각하지 않아요?"

겐다 이즈미가 뭐라고 중얼거렸다.

"내가 하고 싶은 말, 당신에게 할 수 있는 말은 다 했습니다. 전화 끊습니다."

휴대전화를 귀에서 떼려 했을 때 겐다 이즈미가 소리를 질렀다. "당신 같은 사람 질색이야!"

뒈져 버려라, 이 새끼야! 어디 두고 보자. 그냥 두지 않을 테니까—겐다 이즈미가 욕을 퍼붓고 있었지만 나는 전화를 끊었다.

그네에서 일어나 기타미 씨 집으로 향했다. 3동의 계단을 올라 갔다. 이층까지 올라갔는데 기타미 씨가 사는 203호 문이 열리며 한 여자가 나왔다. 그럼 또 찾아뵙겠습니다, 하고 밝은 목소리로 말하며 묵직한 문에 손을 얹어 조용히 닫았다.

그 여자가 계단 쪽으로 몸을 돌리자 나와 눈이 마주쳤다. 나는 살짝 고개를 숙였다. 여자는 미소를 지으며 무척 친절해 보이게 '무슨 일이시죠?'라는 표정을 지었다.

삼십대 중반쯤 되어 보이는 미인이었다. 짧게 커트한 머리. 옅은 핑크빛 덧옷을 걸치고, 짐이 잔뜩 든 큼직한 숄더백을 들었다. 코트는 팔에 걸치고 있다.

신발은 운동화였다. 핑크빛 덧옷을 보니 짐작이 갔다. 아마 간병도우미일 것이다.

"기타미 이치로 씨를 뵐 수 있을까요. 저는 스기무라라고 합니다."

"잘 아시는 분입니까?"

딱 한 번 눈을 깜빡이고 여자는 내 눈을 보았다. "업무로 찾아오셨습니까?"

"아뇨. 문안차 들렀을 뿐입니다. 기타미 씨의 용태는 좀 어떻습니까?"

여자는 방금 닫은 문을 돌아보았다. "많이 진정되었지만 너무 길게 면회하시거나 심각한 이야기는 무리입니다. 기타미 씨의 병에 대해서는 물론 알고 계시는 거죠?"

죽을병이라는 걸 알고 있느냐는 완곡한 질문이었다. 나는 일단 대답했다.

"알고 있습니다. 잠시 얼굴만 뵙겠습니다."

오 분쯤 뒤에, 나는 기타미 씨의 침대 옆에 앉아 있었다.

처음 여기 찾아왔을 때는 오후의 햇살이 따스했던 일본식 방에 전동 침대가 놓여 있고, 기타미 씨는 거기 누워 있었다. 그날보다 훨씬 수척해지고 안색은 흙빛으로 변했다. 머리카락도 많이 빠졌다.

하지만 맑은 눈빛은 그대로였다. 내 방문을 기뻐해 주었다.

"이제 슬슬 스기무라 씨가 등장할 때가 되지 않았을까 생각하고 있었습니다."

쉰 목소리로 그렇게 말하며 빙긋 웃었다.

방 안은 차분하게 정돈되어 있다. 폭이 넓은 침대와 방 한쪽에 정리되어 있는 링거 받침대 등의 기구들, 그리고 독특한 약 냄새를 제외하면 지난번 그날과 다를 게 없었다.

작업복을 입은 여자는 내가 왔기 때문에 여기 좀더 머물 생각이 었던 모양이다. 하지만 기타미 씨는 정중하게 사양했다. 사토 씨를 기다리는 사람이 있을 거라면서.

사토라고 불린 여자는 미안하다는 표정을 지으며 다시 나갔다. 무리하시면 안 됩니다, 라고 기타미 씨에게 몇 번이나 다짐하며.

"저분은 간호사인가요, 아니면 간병도우미입니까?"

"양쪽 다라고 해야 하려나?" 기타미 씨는 멋쩍은 표정을 지었다. "고집을 부리며 입원하지 않다 보니 여기저기 폐만 끼치는군요."

마치 앓는 어린애가 자기 고집을 관철시켜 기뻐하는 것처럼 보이기도 했다.

"구에서 나온 직원이 아니라 호스피스입니다."

"아아."

"그러니 카운슬러이기도 한 셈인가. 그쪽 전문가는 또 따로 있지만 한 달에 한 번 정도밖에 오지 않으니까."

나는 고개를 숙였다. 기타미 씨의 야윈 팔이 보인다. 깨끗한 커버가 덮여 있는 담요와 이부자리는 거의 평평해서 그 안에 성인 남자의 몸이 있다고는 생각할 수가 없었다.

"스기무라 씨."

상반신을 사십오 도 세운 침대 위에서 기타미 씨가 내게 말했다. 고개를 드니 그는 재미있다는 듯이 킥킥 웃고 있었다. 내 얼굴을 들여다보며 말했다.

"제발 부탁이니 무슨 표정을 지어야 할지 모르겠다는 얼굴만은 하지 말아 줘요."

"아, 예."

"이러니 별수 없죠. 수명이 다한 겁니다. 그래도 난 나은 셈이죠. 이렇게 조용하게 지낼 수 있으니."

고개를 끄덕이며 나는 미소를 지으려 애썼다.

"병원이다 호스피스다 하는 수속은 전부 헤어진 아내가 해 주었습니다."

"사모님이요?"

"예. 처음 당신을 만난 뒤에 구급차에 실려 가서,"

"미치카에게 들었습니다."

"그랬나요? 그게 세 번째 입원이었는데, 처음으로 아내가 병원을 찾아왔습니다. 내 병을 알고 있지 못할 거라고 생각했는데, 놀랐죠."

그 뒤로 이리저리 보살펴 주고 있다고 한다. 숨길 수 없는 기쁨과 감사의 마음이 그의 눈빛에 담겨 있었다.

왠지 따뜻한 물속에 들어간 듯이 어깨에서 힘이 빠졌다.

"나는 아마 제멋대로 사는 남편이었겠지만 아내는—제가 이런 이야기하기 뭣하지만 마음씨가 고운 여자죠. 이런 꼴이 된 나를 그냥 못 본 체할 수 없었던 모양입니다. 세상을 뜨는 날까지 들르겠다고 하더군요."

잘되었네요, 라고 말했다. 달리 할 말이 없었다.

"하지만 몸을 생각하면 차라리 입원하는 편이 더 낫지 않습니까?"

"그렇죠. 그래서 올해 안에는 병원으로 돌아가려 생각하고 있습니다. 그래야 아내도 설을 편히 지낼 수 있을 테고, 나도 마음이 편하니까."

무슨 뜻이냐고 묻기도 전에 그가 눈치 빠르게 말을 이었다. "이런 고집을 부리며 집에 있는 건 내게도 일단 고객이랄까 단골이랄까, 뭐, 저를 믿어 주시는 손님들이 몇 분 계시는 형편이라. 어느 날 갑자기 없어지고 엽서 한 장 보내 '입원했습니다, 폐업합니다'라고 하기에는 면목이 없다는 생각 때문입니다. 일은 일이니까요."

심정은 충분히 이해가 되었다.

"어떤 꼴이건 손님들을 쭉 만나 설명을 할 수 있을 때까지는 여기 있고 싶었습니다."

그것도 이제 거의 마무리가 되었다고 한다.

"스기무라 씨가 마지막이죠."

그러면서 나를 똑바로 바라보았다.

"회사 분들과 함께 큰 봉변을 당하셨더군요. 뉴스로 봤습니다."

"심려를 끼쳐 드려 죄송합니다."

"겐다 이즈미 씨에 관해서는 나도 약간 잘못 생각하고 있었던 모양입니다."

기타미 씨는 침대 발치 쪽을 바라보며 면목 없다고 중얼거렸다.

"그런 위험한 짓까지 저지를 여자라고는 생각하지 못했는데."

긴 이야기지만 나는 대략 경위를 이야기했다. 겐다 이즈미의 아버지를 만난 일도 이야기해 주었다.

베개에 누워 천창을 바라보며 기타미 씨가 말했다. "괴로운 이야기로군요."

"예, 그렇습니다."

"진실, 그런 게 있다고 해도 괴롭고 없다고 해도 괴롭고. 어떻게 굴려도 좋은 숫자가 나오지 않는 주사위죠."

"그리고 조금 전 이리 오는 중에,"

겐다 이즈미와 통화한 이야기를 하자 그때까지 침통한 표정을 지으며 기분이 가라앉았던 기타미 씨가 몸을 벌떡 일으켰다. 나는 얼른 부축했다.

"아니, 괜찮으세요?"

"스기무라 씨, 왜 그런 중요한 이야기를 먼저 이야기하지 않았습니까."

"중요한 이야기입니까? 지금이라도 경찰에 알리는 게 나을까요?"

전화가 끊어져 버린 이상 역탐지는 불가능할 테고, 애당초 상대방은 공중전화로 걸었기 때문에 서둘 일은 아니라고 생각했었다.

"그런 의미가 아닙니다."

기타미 씨는 내 팔을 잡고 침대 위에서 자세를 고쳐 앉았다.

"아무래도 겐다 씨는 당신에게 유난히 집착하고 있는 모양입니다. 그렇지 않다면 휴대전화 같은 걸로 연락해 오지 않았겠죠. 편집부의 다른 분들을 겁주고 싶다면 그쪽으로 전화하는 게 제일 효과적이니까요."

"그야 그렇지만 전 그 여자와 교섭을 담당했었습니다. 그러니 다른 직원들보다 더 미움을 산다 해도 어쩔 수 없는 노릇이지요."

"아무래도 그런 정도가 아닌 듯합니다."

비쩍 야위어 뼈와 가죽만 남은 기타미 씨가 얼굴을 찌푸리자 미간에 깊은 주름이 생겼다.

"스기무라 씨, 뭔가 숨기고 있는 거 아닙니까?"

갑작스러운 질문에 나는 눈이 휘둥그레졌다.

"뭔가 숨기다니, 그게 무슨 말씀입니까?"

"당신 자신에 대해서."

날카로운 눈초리로 쏘아보는 바람에 나는 당황했다.

"그건 저어, 설마 제가 겐다 씨에게 무슨 짓이라도 했다는 의미인가요?"

심각한 표정인 채로 기타미 씨는 웃음을 터뜨렸다.

"그런 일이 있습니까?"

"설마요! 말도 안 됩니다."

"그렇다면 차분하게 생각해 보시죠. 스기무라 씨는 어떤 사람입니까? 이마다 콘체른에서 사내보를 만들고 계시지만 입사 이후에 그 일만 해 온 건 아니죠?"

살다가 내가 어떤 사람이냐는 질문을 받는 상황이 오리라고는 생각도 해 본 적이 없다. 그런데 진짜 내 정체는 뭘까?

"저는 경력직으로 입사했습니다. 아내와의 관계 때문에 이마다 콘체른에 들어온 거죠."

나호코 이야기를 하다 기타미 씨는 오른손으로 자기 이마를 누르며 크게 한숨을 쉬었다.

"아아, 그거로군요."

"그거라뇨?"

"그러니까, 스기무라 씨가 이마다 콘체른 회장의 사위이고, 부인이 부자라고 하는 이야깁니다. 겐다 씨는 그걸 알고 있겠죠?"

"알 리가 없습니다. 우리 편집부에선 아무도 그 여자와 친하지 않았으니까요. 제가 이야기하지 않는 한 알 기회가 없었을 겁니다."

"다른 부서 사람에게 들었을지도 모릅니다. 소문을 들었을 수도 있고요. 겐다 씨는 눈치도 있고 귀고 밝습니다. 스기무라 씨, 지금까지 몇 번이나 깜짝 놀랐으면서 아직 그녀를 얕잡아보는 것 같군요."

나는 조금 전에 들은 겐다 이즈미의 말을 떠올렸다. 내 안목을 얕보지 않는 게 좋을 거야. 이 경우 '안목'이란 건 잘못된 표현이라고 생각한다. 그러나—.

"그렇다면 겐다 이즈미는 왜 그런 이야기를 하지 않은 걸까요. 회장의 똘마니라거나, 부자 아내를 둔 기둥서방이라고 빈정거리며 욕을 해도 괜찮았을 듯한데."

기타미 씨는 지쳤는지 침대에 누웠다. 나는 그를 부축했다.

"스기무라 씨나 부인 같은 사람을 동경하고 있기 때문이죠. 한편으로는 지독하게 미워하기 때문입니다."

"생활이 풍족하기 때문이라는 겁니까?"

"그것도 중요한 요소지만 그뿐만은 아니죠. 뭐 모든 것이 충분해서 행복하다고 하는 이야기일 겁니다. 게다가 옆에서 보아도 틀림없이 그렇게 보인다는 사실. 그리고 실례인 줄 알지만 스기무라 씨 쪽은 아무런 고생도 하지 않고 그 행복을 얻었다고 하는 사실이죠."

물론 스기무라 씨에게는 스기무라 씨 나름대로, 부인이겐 부인 나름대로 마음고생이 있었으리라는 건 짐작이 갑니다만, 이라고 기타미 씨는 단서를 달았다.

"다만 겐다 씨는 거기까지는 모를 겁니다. 안다면 그렇게까지 하지는 않겠죠."

나는 내내 마음에 걸려 있던 의문을 끄집어냈다.

"여기 처음 찾아뵈었을 때 기타미 씨가 겐다 이즈미는 지나칠 만큼 솔직하고 평범한 여자라고 하셨죠."

"예, 그랬죠."

"저는 그 말의 뜻을 모르겠습니다. 그 여자는 거짓말쟁이라 아무리 생각해도 평범한 사람이 아니지 않습니까."

기타미 씨는 부드러운 목소리로 되물었다.

"그럼 평범한 사람이란 어떤 사람이죠?"

"저나 기타미 씨 같은 사람들이 평범한 사람 아닙니까?"

"아닙니다."

"그럼 특별한 사람이란 말씀인가요?"

"훌륭한 사람이라고 합시다." 기타미 씨는 피곤해 보이는 얼굴에 미소를 지었다. "이렇게 복잡하고 번거로운 세상을 다른 사람들에게 피해를 입히는 일도 없이, 때로는 사람들에게 친절하게 대하거나 함께 사는 사람을 기쁘게 하거나, 적어도 세상에 도움이 되는 일을 하며 제대로 살아가고 있으니까요. 훌륭하죠. 그렇게 생각하지 않습니까?"

"제겐 그게 '보통'입니다."

"요즘은 그렇지 않습니다. 그렇게 살 수 있다면 훌륭한 사람이죠. '보통'이란 요즘 세상에선 '살기 힘들다, 다른 사람에게 도움이 되지 못한다'와 동의어입니다.

그래서 화를 내는 거죠, 라고 중얼거렸다.

"어느 나라던가 어떤 유명한 분이 생각해 낸 '자아실현self-realization'이란 말처럼."

뭐가 뭔지는 모르겠지만 공연히 주눅이 들었다.

"결국 저나 기타미 씨는 '보통'이라는 표현에 대한 정의가 다르다는 이야기로군요."

"하지만 스기무라 씨나 나는 어느 쪽 정의에 따라도 '보통'의 범위에선 벗어나 있죠."

"저는 행복해지기 위해서, 그러니까 아내가 부자이기 때문에 결혼한 건 아닙니다."

기타미 씨는 낮고 부드러운 목소리로 웃었다.

"물론 그렇겠죠. 스기무라 씨처럼 좋은 분이 재산을 노리고 결혼할 리가 없겠죠."

이게 칭찬인가 욕인가. 나는 뭐라 대꾸할 말이 없어 머리를 긁적였다.

"그렇습니다. 그 여잔 화가 나 있는 거예요." 기타미 씨가 말했다. 단정적으로 하는 말투가 아니라 마치 날씨 이야기라도 하듯이.

"그 여자의 아버지도 그렇게 말했습니다. 어렸을 때부터 늘 뭔가에 화를 냈다고."

"거기서 더는 성장하지 못한 거겠죠."

"왜 그렇게 된 걸까요? 저는 이해가 되지 않는군요."

"나도 모르겠습니다. 아무도 모를 겁니다. 다만 그런 케이스가 있다는 사실을 알 뿐이죠. 그뿐입니다."

기타미 씨가 윗몸을 일으켜 머리맡에 있는 작은 탁자 위의 주전자로 손을 뻗었다. 내가 침대 발치를 돌아 컵에 물을 따라 내밀었다.

"고마워요."

물을 조금씩 씹듯이 마시더니 기타미 씨가 나를 바라보았다.

"난 예전에 경찰에 있었습니다."

나는 고개를 끄덕였다.

"이십오 년 동안 범죄 수사를 했죠."

이 사람은 이른바 '형사' 이미지와는 다르다. 같은 경찰관이라도 교통과에서 안전지도를 하거나 사무 업무를 본 게 아닐까 하는 생각을 했는데, 내 예상은 완전히 어긋났다.

"범죄를 저지르는 사람들은 대부분 화가 나 있죠. 그들이 화를 내는 데는 정당한 이유가 있을 때도 있지만 없는 경우도 있습니다. 아니 '없다'고 하는 말은 어디까지나 객관적으로 보았을 때이고, 본인은 나름대로 분명한 이유가 있겠지만요."

경찰이 할 수 있는 것은 범죄의 뒤처리뿐입니다, 라고 말했다.

"어느 날 문득 지쳤다는 생각이 들었습니다. 그런 범죄자들의 '화'를 보는 데 지쳐 버린 거죠. 그리고 뒤처리만 하는 일이 덧없이 느껴지더군요. 어차피 고생을 할 거라면 더 일찍, 뒤처리보다 한두 단계 앞서서 뭔가를 할 수는 없을까 하는 생각이 들기 시작했죠."

하지만 경찰 조직 안에서는 불가능했다. 그래서 그만두었다. 기타미 씨가 조용히 말했다.

"이렇게 이야기하니 논리정연해 보이지만 다 나중에 생각한 거죠. 그 당시에는 그저 도망치고 싶었습니다. 이젠 그만이다, 지긋지긋하다는 생각뿐이었습니다."

"결국 탐정이 되셨잖아요."

기타미 씨는 활짝 웃었다.

"예, 그리 되었죠. 과연 한두 단계 앞서서 뭔가를 하는 역할을 했는지는 의심스럽지만, 제 답답한 마음은 수습이 되었습니다. 대신 아내와 자식을 잃었죠."

나는 기타미 씨의 손에서 빈 컵을 받아들어 작은 탁자 위에 올려놓았다.

"그때 아내는 패기가 없다고 나를 나무랐습니다. 아내와 애 생각은 전혀 하지 않고 제멋대로 결정을 내렸다고 화도 냈습니다. 당연하겠죠. 아내도 직장에 나가고 있었습니다. 이렇게 변변치 않은 남편만 믿고 살지 않기를 다행이라며 바로 애를 데리고 나갔습니다."

"하지만 이젠 곁으로 돌아오셨죠." 내가 말했다.

기타미 씨는 천천히 고개를 끄덕였다. "고마운 사람이죠."

"자제분은—?"

"그 애도 이미 어른이 되었으니 이제 자기 주관이 있겠죠. 어머니의 고생을 보며 살았으니 그리 쉽게 애비를 용서해 줄 생각은 들지 않을 겁니다. 아직 만나러 와 주지 않았어요. 아, 내가 왜 이런 옛날 이야기를 하느냐 하면 말이죠."

멋쩍은 듯이 한손으로 얼굴을 문질렀다.

"난 나 나름대로 고민해서 선택한 길이라 만족한다고 이야기하고 싶은 겁니다. 그래서 이젠 내가 맡은 일들을 제대로 마무리하고, 인계할 것은 인계하고 죽고 싶은 거죠. 저기 있는 캐비닛 좀 열어 봐 주시겠습니까?"

방 모퉁이 쪽에 있는, 일본식 방에는 어울리지 않는 사무용 캐비닛을 가리켰다. '죽고 싶다'고 하는 노골적인 단어에 어쩔 줄 몰라 하던 나는 쭈뼛쭈뼛 일어섰다.

B4 사이즈의 파일이 들어갈 만한 크기의 네모난 서랍이 두 칸 겹쳐진 캐비닛이었다. 생각보다 가벼웠다. 위 칸은 텅 비어 있었다. 아래 칸도 파란 표지의 파일 한 권만 들어 있었다.

"그 파일은 미치카가 의뢰한 내용에 관한 겁니다. 이리 가져다 주시겠어요?"

나는 파일을 꺼내 기타미 씨에게 건넸다.

"홈페이지 문제를 상담하러 왔을 때 정식 계약서를 쓰고 사건을 맡았죠."

그렇게 말하고 나서 변명하듯 덧붙였다.

"무료로 일을 맡았습니다. 대신 이따금 여기 와서 건강한 모습을 보여 주면 된다. 보수는 그거면 된다고 했죠."

기타미 씨는 내내 미치카가 걱정되었던 것이다. 공원에서 쓰러진 미치카를 바라보던 그의 얼굴이 머릿속에 떠올랐다.

"폐업 전에 하는 서비스라고 했더니 울더군요."

마음 아픈 소리를 한 셈이다.

"아까 스기무라 씨가 마지막이라고 한 말은 아무래도 나로서는 이 파일을 마무리할 수 없겠다는 생각이 들어 넘겨드리고 싶다는 뜻이었습니다."

그가 내민 파일을 얼른 받아들었지만 나는 당황스러웠다.

"사건은 이미 해결된 거 아닙니까?"

무슨 이유에서인지 기타미 씨는 잠시 입을 다물고 뜸을 들였다. 그러더니 '그렇죠'라고 했다.

마음에 걸리는 침묵이었다.

"하지만 미치카에겐 아직 끝난 게 아닙니다. 현재 홈페이지는 계속 갱신하고 있고, 메일도 아직 오고 있죠. 미치카가 생각하기에 사건이 일단락되었으니 이제 갱신하지 않아도 괜찮겠다는 생각이 들 때까지 저를 대신해서 지켜봐 주실 수 없겠습니까? 그 애에겐 이미 제 생각을 이야기했습니다."

"저라도 괜찮을까요?"

"원래 스기무라 씨가 그 애와 시작한 일입니다."

그 이야기를 들으니 빠져나갈 길이 없었다.

"그리 오래 걸리지는 않을 겁니다. 다만 내 체력이 그때까지 버티지 못할 것 같아요. 솔직히 이젠 글을 꼼꼼하게 집중해서 읽는 일도 불가능합니다."

이런 상태라면 당연하다. 어떻게든 해는 넘길 수 있을지 몰라도 내년 봄 벚꽃을 보기는 힘들어 보인다. 어쩌면 매화도 볼 수 없을지 모른다.

기타미 씨는 세상을 뜨게 된다.

"부탁드려도 되겠습니까?"

"알겠습니다. 제가 맡겠습니다."

파일을 두 손에 들고 나는 고개를 숙였다.

"다행이군요. 딱 맞게 와 주셨습니다. 미치카한테 이야기를 들었죠? 제가 만나 뵙고 싶어 한다고."

"아뇨, 우연히 근처에 들렀다가 인사나 드리자는 생각이 들었습니다. 미치카한테는 이야기 듣지 못했습니다."

기타미 씨는 재미있다는 듯이 웃었다. "역시 스기무라 씨는 좋은 분이군요."

이 말은 칭찬일까.

"파일을 읽어 보시면 알겠지만 좋지 않은 내용의 메일이 있습니다."

나라 가즈코 자살 소식을 접하고 미치카가 문장을 올린 뒤에 온 메일이다.

―사건은 끝난 게 아니다.

―내가 진범이다.

―다음엔 널 죽여 주마.

미치카를 협박하는 내용이었다.

"그런 메일들은 미치카에게 경찰에 신고하라고 했습니다. 사람을 놀라게 하려는 장난이겠지만, 만에 하나 미치카와 어머니에게 무슨 문제가 생긴다면 바로 경찰이 움직일 수 있도록 해 두는 편이 좋죠."

"저도 그렇게 생각합니다."

목덜미가 약간 서늘해졌다.

"그런 표정 짓지 마시고요." 기타미 씨가 놀리듯 말했다. "크게 보도되는 사건에는 이런 놈들이 있게 마련입니다. 입으로만 떠들지 해를 입힐 녀석들은 아니니까요."

"전혀 해를 입히지 않을 거라고 생각할 수는 없죠. 미치카는 겁먹지 않았습니까?"

"스기무라 씨보다는 배짱이 있습니다."

놀림을 당하고 말았다.

"그리고 하나 더, 역시 메일로 연락이 온 게 있습니다." 사건이 일어났던 편의점 '라라 파세리'의 종업원이었다는 청년이 후루야 아키코와 미치카를 만나 사죄하고 싶다는 내용이었다고 한다.

종업원? 나는 가게 앞에서 청소를 하던 기운 없는 젊은이를 기억해 냈다.

"집 근처에서 일어난 일이라, 그 청년은 요즘도 이따금 두 사람을 보는 경우가 있답니다. 하지만 말을 걸 용기가 나지 않아 메일로 미안하다며 그런 내용을 적어 보낸 겁니다."

그렇다면 내가 본 그 청년이 틀림없다.

"우연이지만 제가 만났던 청년인 모양입니다."

그와 만났을 때의 일을 이야기하자 기타미 씨는 눈을 가늘게 떴다.

"청소를 했다고요?"

"그 가게 주인인 점장의 아버지가 부탁했답니다. 그 청년이 미치카와 어머니를 만났습니까?"

무슨 생각에 잠긴 걸까, 기타미 씨는 여전히 눈을 가늘게 뜨고 있었다. 기타미 씨, 하고 부르자 불쑥 눈을 크게 떴다.

"예? 아아, 아직 만나지 않았습니다. 미치카는 편의점 점원에겐 책임이 없으니 사죄를 받을 수는 없다면서."

"그 청년은 책임을 느끼고 있는 모양입니다. 상품 관리가 허술했다고."

"아, 그렇게 생각할 수도 있겠군요. 그 청년, 무척 심각하게 생각하고 있는 모양이네요."

내게는 그런 느낌이 들었다. 자전거를 밀며 돌아가던 그 쓸쓸한 뒷모습.

"스기무라 씨와 만난 일이 있다면 잘되었군요. 그 친구를 한번 만나 함께 후루야 씨 집에 데리고 가서 향이라도 올리라고 권해 보시겠습니까?"

"어려울 거야 없죠. 사과하고 싶다면 이미 그런 정도는 그 친구도 생각을 했을 테니까요."

기타미 씨는 다시 눈을 가늘게 떴다. "그렇겠지만…… 마음이 불편해서 그런가. 미치카에게 여기서 만나 보면 어떻겠느냐고 제안을 해서 그 친구에게 그렇게 적어 답 메일을 보냈죠. 그런데 일단 그런 상황이 되자 망설여지는 모양이더군요."

그 청년은 낯가림이 심한 모양이다.

"잘 부탁드립니다. 하시타테라는 성을 쓰는 청년입니다. 이름도 제대로 밝혔더군요."

'姒立'이라고 쓰고 '하시타테'라고 읽는다고 한다. 드문 성이다.

"자, 이게 제가 인계해 드리고 싶었던 내용입니다."

기타미 씨는 휴우, 하고 한숨을 토하더니, 얇은 손바닥으로 더 얇아 보이는 가슴께를 천천히 쓰다듬었다.

"겐다 이즈미의 일도 도와드리지 못했군요."

"그 문제는 경찰에 맡기겠습니다. 걱정하지 마십시오."

"아뇨, 걱정이 됩니다."

목소리가 심각해졌다.

"스기무라 씨, 부디 조심하세요. 그 여자 가볍게 봐선 안 됩니다."

나를 똑바로 바라보며 진지하게 말하는 바람에 '괜찮습니다'라는 말을 결국 하지 못했다.

"그렇게 심각한 상황일까요?"

"그렇다고 생각합니다."

"전 그렇게까지 그 여자를 화나게 만들지는 않았다고 생각하는데."

기타미 씨는 대답하지 않았다.

그 묘한 틈새에 전화벨이 끼어들었다. 수화기는 기타미 씨 머리맡에 놓여 있었다. 전화를 받았다.

"어? 그래, 깨어 있었어."

바로 기타미 씨 부인의 전화라는 걸 알 수 있었다. 통화는 바로

끝났다. 아무래도 지금 이리 오는 모양이다. 나는 파일을 들고 그
만 물러나기로 했다. 무슨 이유에서건, 누구건 여기 있으면 방해
가 될 거라는 생각이 들어서.

20

12월 23일은 쉬는 날이었다. 모모코가 다니는 유치원에서 학부형도 참석하는 크리스마스 모임이 있었다.

나는 아내와 함께 나갔다. 미션 계통인 이 유치원에서는 매년 아이들이 그리스도 탄생에 얽힌 간단한 음악극을 무대에 올린다. 모모코는 세 명의 동방박사 가운데 한 명의 역할을 맡아 망토 자락을 끌며 등장했다.

"저거 내가 만들어 준 건데 길이가 좀 길었어." 아내가 걱정스러운 표정을 지었다.

나는 흥미진진하게 아주 멋진 연극을 즐겼다. 모모코는 대사를 다 외웠고 노래도 잘 불렀다.

모임 뒤에 유치원 근처에서 늦은 점심 식사를 했다. 모모코는 "사실은 마리아 역할을 하고 싶었어"라며 부루퉁해 있었지만, 녹화한 무대 장면을 보여 주자 아무 일도 없었다는 듯 다시 기분이 좋아졌다. 마구간의 말 역할을 맡은 아이도 있었으니 동방박사면 괜찮지 않은가.

아내와 딸을 집에 데려다주고 나는 하기와라 운송으로 향했다.

기타미 씨와 약속했지만 급한 일에 쫓기다 보니 오늘까지 미뤄졌다. 쉬는 날이지만 운송업자라서 영업을 할 가능성은 있었다.

먼저 라라 파세리 점포를 들여다보았다. 닫힌 셔터 앞에 낙엽이 쌓여 있었다. 오늘은 아직 그 하시타테라는 청년이 청소하러 오지 않은 모양이다.

안내문을 보면서 하기와라 운송에 전화를 걸었다. 다행히 전화는 바로 연결되었다. 역시 영업을 하고 있다. 회사 위치를 물었다.

"죄송합니다. 연말이라 이사 예약이 가득 찼습니다만."

"아뇨, 이사가 아닙니다. 하시타테 씨를 만나고 싶어서요."

"하시타테?"

전화를 받은 사람은 여자인데, 직원일 것이다. 예쁜 하이톤 음성이 더 높아졌다.

"사원 가운데 그런 분은 없는데요……."

"사장님이 경영하셨던 라라 파세리 종업원인데 지금도 가게 청소를 하러 오는 사람이 있죠?"

아아, 그 사람, 하며 알아들었다는 목소리가 들려왔다.

"그 사람이라면—자, 잠깐 기다리세요."

사장님, 사장님, 하고 부르는 소리가 났다. 대답하는 목소리도 났지만 뭐라고 하는지는 들리지 않았다.

"그럼 이쪽으로 와 주십시오."

하기와라 운송은 길을 물을 필요도 없을 만큼 가까이에 있었다. 트럭 서너 대는 넉넉히 들어갈 만한 넓은 주차장과 그 옆에 조립식 사무실. 비를 막는 차양 위에 걸린 '하기와라 운송 주식회사'란 가로 간판이 옛날 시대극 영화 제목처럼 굵은 글자로 적혀 있다.

사무실 입구에서 조금 전 전화 드린 사람이라고 하자 바로 하기와라 사장이 나왔다. 텔레비전 화면에서는 얼굴이 나오지 않았지만, 그 박력 있던 아저씨를 몰라볼 리는 없었다.

"당신, 어느 방송국이야? 아니면 주간지인가? 아직 겐지에게 무슨 볼일이라도 있나?"

무뚝뚝하다고 할까, 퉁명스러운 말투였다.

"겐지가 하시타테란 친구 이름입니까?"

바보 같은 녀석이라고 하던 자기 아들을 이야기하는 건가, 하는 생각이 잠깐 들었다.

"맞아. 아직도 무슨 이야기를 듣고 싶은 건가? 그런 세상물정 모르는 애를 멋대로 이용하지 말아 달란 말이야. 당신들은 어른이 잖아."

나는 찬찬히 설명했다. 하시타테가 후루야 미치카의 홈페이지에 메일을 보냈으며, 나는 그 홈페이지의 관리를 돕고 있는 사람이고, 하시타테를 전에 한 번 본 적이 있다고.

"아하, 겐지가 그런 이야기를 했나?"

갑자기 말투가 부드러워지더니, 사장은 내게 옆에 있던 접이식 의자를 권했다. 사장이 먼저 의자에 앉았다. 의자가 삐꺽거리는 소리가 났다.

"그 녀석도 참 곤란한 놈이지. 노이로제에 걸린 게 아닌가 생각이 들 지경이니까."

"후루야 씨 문제로 무척 죄책감을 느끼고 있는 모양입니다."

여자 직원이 차를 내왔다. 다른 직원들은 다들 일하러 나간 모양이다. 그 밖에 사무실 안에는 아무도 없었다.

하기와라 사장은 체격이 좋았다. 흰 셔츠 위에 두툼한 카디건. 헐렁한 바지. 흰머리는 방금 이발한 듯 깔끔하게 정돈되어 있었다. 목에는 부적을 걸고 있을 게 틀림없다. 나리타산나리타산신쇼지. 지바현 나리타 시에 있는 사찰로, 가족과 교통안전을 기원하기 위해 찾는 사람이 많다의 부적을.

"신경 쓰지 말라고 우리도 몇 번이나 타일렀는데. 그 애 책임이 아니지. 바보 같은 내 자식놈 잘못이니까. 아니, 그보다 범인이 제일 나쁘지. 그 여자잖아. 자살한 후루야 씨 애인이라는."

여기를 찾아오기 전에 위협 메일과 하시타테에 관해 의논하기 위해 미치카와 통화를 했다. 그때 미치카가 경찰 수사는 아직도 계속되고 있다고 했다.

"나라 씨가 어떻게 할아버지에게 독을 먹게 했는지 모르기 때문에 범인으로 확정하느냐 어쩌느냐는 수사본부 안에서도 의견이 갈리고 있대요. 인원은 줄였지만 그래서 수사본부는 아직 해산하지 않고 있어요."

협박 메일에 관해서도 서둘러 발신자 추적을 하겠다고 했단다. 다만 이러한 움직임은 이제 신문이나 텔레비전도 보도하지 않았기 때문에 사장이 전혀 모르는 것도 무리는 아니다.

"보험금을 노리다니, 대단한 인간이야. 요즘 중년 여자들은 무서워. 무슨 짓을 할지 모르거든."

후루룩하는 소리를 내며 차를 마시던 하기와라 사장이 말했다.

"하시타테란 친구는 아드님 밑에서 오래 일했습니까?"

"아니, 기껏해야 세 달 정도지. 자식놈이 채용했지만."

이 부근에 사는 애지, 라고 했다.

"난 그 집 할머니를 알아. 원래는 이쪽에서 쓰고 싶었는데, 그 애는 몸이 약해서 힘을 쓰는 일은 할 수가 없거든. 운전도 못 하고. 그래서 자식놈 가게에서 일한다니 다행이다 싶었는데 그런 사건이 일어나고 말았어. 아들놈은 제 직원도 보살피지 않고 뺑소니를 쳐 버리고."

찻잔을 움켜쥐고 화를 냈다.

"저도 처음 봤을 때 하시타테란 친구는 몸이 좋아 보이지 않는다고 생각했는데, 역시 어딘가 좋지 않은 모양이죠?"

"천식"이라고 하며 사장은 차를 들이켜고 잔을 툭 내려놓았다. "심하지. 자주 헉헉거리고. 어렸을 때부터 그랬어. 소아천식이니 어른이 되면 좋아지겠지, 했는데."

"그 친구는 지금 몇 살입니까?"

"스물둘이나 셋? 그쯤 아닐까. 삐쩍 말라 가지고 아직 고등학생처럼 보이지."

하기와라 사장은 어깨 너머로 힐끔 여직원 눈치를 살폈다. 직원은 책상에 앉아 전표를 정리하고 있다.

"우리 직원들은, 특히 여자들이 그렇지. 그 애를 무척 기분 나쁘게 여겨. 표정이 어둡잖아."

"예, 하긴."

"이제 가슴 쭉 펴고 표정 좀 밝게 가져라. 그러지 않으면 직장 잡기 힘들다고 이야기는 했지만. 그런데 그 애도 불쌍한 녀석이야. 부모 복이 없어서."

문을 닫은 라라 파세리 청소도 사장이 하시타테에게 어떻게든 급여를 지불해 주기 위해 만든 일이라고 한다.

"그 친구는 혼자 삽니까?"

"방금 이야기한 할머니와 둘이 살아. 친할머니야. 벌써 여든이라 늘 자리에 누워 계시지."

"부모님은—."

"집을 나갔어." 사장이 바로 대답했다. "이제 십 년쯤 되었나? 겐지가 아직 초등학교 다닐 때였을 거야."

하시타테의 집은 그의 할아버지, 즉 지금 그와 함께 살고 있는 할머니의 남편 대에는 작은 인쇄소를 경영했다고 한다. 지금 사는 집의 일층 부분이 공장 겸 작업장이었다.

"할아버지는 성실한 분이었지. 우리가 고객에게 배포하는 달력도 그 무렵에는 하시타테 인쇄소에서 찍었어. 다만 그 양반이 워낙 술을 좋아해서. 그래서 수명을 재촉한 거야."

공장은 외아들이 물려받았다.

"할아버지에게 배운 인쇄 기술자라 실력이 나쁘지는 않았어. 그런데 뭐랄까……."

하기와라 사장은 천장을 올려다보며 한숨을 내쉬었다.

"영업을 못했어. 말주변이 없고 사교성도 없었지. 그러다 보니 단골들도 붙임성 있게 대하지 못하고—."

기술자들이 경영하는 재주는 없는 경우가 많죠. 내가 그렇게 말하자 하기와라 사장은 떨떠름한 표정으로 몇 차례 고개를 끄덕였다.

"누구 밑에서 일하는 형편이라면 모르지만 규모가 작다고 해도 어엿한 경영자인데 그래서야 사업을 할 수가 없지."

공장은 점점 기울어 갔다. 마치 하루하루 기울어 가는 소리가 들리는 듯했다고 한다.

"대개는 그런 경우에 결과가 뻔히 보이지. 부도가 나서 공장이고 집이고 땅이고 은행에 빼앗기고 빈털터리가 되는 거야. 하지만 요즘과는 달리 당시엔 그 할머니가 대단했어."

할머니는 젊은 시절 그야말로 엄한 분이었다고 한다.

"바짝 마른 체격이지만 주위가 쩌렁쩌렁 울리는 목소리로 자기 자식에게 호통을 치곤 했지. 정신 차리라고 말이야. 며느리하고도 다툼이 잦았고."

아들 부부와의 갈등 원인은 할머니가 하시타테 집안을 장악하고 있다는 데도 있었다.

"할머니가 돈줄을 꽉 쥐고 있었어. 하지만 결과적으로는 그게 다행이었지. 공장이 망했을 때 할머니는 할아버지가 남긴 보험금을 고스란히 간직하고 있었기 때문에 그걸로 빚을 갚을 수가 있었거든. 땅이나 집도 할머니 명의로 되어 있었고. 그게 아들 소유였다면 빚쟁이들만 신이 났겠지."

남편이 세상을 떠났을 때 아들에겐 아무것도 상속하지 않고 모두 자기 걸로 해 두었던 건가. 실로 대단한 집안 장악력이지만, 그 이상으로 신경 쓰이는 대목이 있었기에 물어보았다.

"빚이 있었던 겁니까?"

"응" 하고 대답하더니 하기와라 사장은 내 얼굴을 보며 웃었다.

"그리 심각한 건 아니야. 우리 같은 영세 기업은 약간의 설비 투자라거나 자금 융통을 위해 빚을 지는 건 당연하니까."

"그래도 현금을 갖고 있었는데—."

사장은 더 큰 소리로 웃으며 샐러리맨은 이해하기 힘든가, 라고 했다.

"그 돈은 그 돈이고. 현금이 있다고 써 버리면 만약의 사태가 닥쳐서 돈이 급해졌을 때 곤란하지. 게다가 겐지 아버지 빚은 대단한 액수가 아니었어. 제일 많이 드는 비용은 인건비니까."

그래서 하시타테의 아버지는 도쿄 시내의 인쇄 회사 샐러리맨이 되었다. 필요가 없어진 기계와 장비를 매각해 일층 부분을 살림집으로 개조했다.

"이제 겨우 불을 껐나 싶었을 때였지. 그런데 말이야, 스기무라 씨."

잠깐 뜸을 들인 하기와라 사장은 천천히 눈을 크게 뜨고 내 이름을 부르며 손으로 엑스자를 그려 보였다.

"겐지의 어머니가 집을 나가 버렸어. 바람이 난 거야."

남자가 있었다고 한다.

"지금도 믿어지지가 않지만. 도무지 그렇게 보이지 않았으니까. 어느 틈에 감쪽같이 남자를 만들었어. 여자란 알 수 없는 동물이야. 정말 알 수가 없어."

흥분한 사장 옆에서 나는 어느 날 문득 어머니가 집을 나가 버린 하시타테 소년을 생각하고 있었다.

"부부 사이는―?"

"좋았는지 나빴는지 잘 모르지."

그렇게 말하며 사장은 멋쩍은 듯이 큰 헛기침을 했다.

"대개 그렇지 않나? 그럭저럭 살아가다 보면 부부 사이가 좋은지 나쁜지 따위는 자기 일이라도 심각하게 생각해 보지는 않잖아. 하물며 다른 집 일인데."

하긴 시어머니와 문제가 있었나, 하고 작은 목소리로 덧붙인다. 다툼이 잦았다고 방금 이야기했었다.

"그런데 애를 데리고 갈 생각은 하지 않았던 모양이죠?"

"그러기에 내가 말하잖나." 사장은 웃으며 나를 달래듯 몸을 앞으로 디밀었다. "여자란 모르는 거라니까."

뜻밖에 아내에게 배신당해 상심했으리라. 하시타테의 아버지는 곧 직장을 그만두었다. 그리고 한동안 집에서 어머니의 호통을 들으며 침울하게 지냈지만 이윽고 그도 불쑥 집을 나가 버렸다. 그 뒤로는 소식이 없다.

"세상을 비관했다고 할까, 뭐랄까. 그 사람은 나름대로 아내를 좋아했던 모양이지."

하기와라 사장의 뎅그런 눈에 슬픔이 깃들었다.

"이미 이 세상 사람이 아닐 거야……."

어쨌든 아버지가 무엇에 절망하고 어떤 인연을 끊고 싶어졌는 지도 모르는 채로 하시타테는 다시 버림을 받은 것이다.

"그때 하시타테는 몇 살이었습니까?"

"초등학교 오학년이었나, 육학년이었나. 변성기도 지나지 않았 을 때지."

새삼 하시타테의 불행을 곱씹듯이 입을 우물거리며 말 대신 코 로 굵은 숨을 토해 냈다.

"그래도 그 할머니가 집안일을 챙겼기 때문에 그 애도 그만큼 자란 거야. 결국 노쇠해서 움직이지 못하게 될 때까지 할머니는 파트타임이나 부업을 열심히 했으니까. 그러지 않았다면 벌써 길 바닥에 나앉았겠지, 길바닥에."

측은해하고 있는 걸 테지만 표현이 거칠다. 사정을 잘 아는 이 웃의 허물없는 모습이 말 구석구석에서 튀어나왔다.

"그럼 지금은 하시타테란 친구가 혼자 할머니를 모시고 있는 건 가요?"

"그렇지. 생활비는 할머니 연금으로 때우고 있을 거야. 그 애는 제대로 된 직장에 다닌 적이 없으니."

두 식구가 검소하게 지낸다면 집세가 들지 않으니 어떻게든 살아갈 수 있을 거다.

"오랜 이웃 간의 정이라는 게 있으니 나도 돌봐 주고 싶은 마음이야 굴뚝같지만."

하기와라 사장은 입술을 꾹 다물었다.

"그렇지만 아무리 딱하다 해도 끌어안고 기를 수는 없지. 남은 남이니까, 그렇지 않은가?"

"예, 그렇죠."

"이번 사건으로 겐지 녀석이 무척 시달렸어. 리포터나 기자들이 그 녀석을 무척 들볶았으니까. 나는 이렇게 말이 많아도, 서툰 소릴 기사에 쓰면 그냥 두지 않는데 겐지는 얌전하거든. 하지만 나도 막을 수가 없었어. 취재에 응하면 얼마간은 돈을 받을 수 있을 거라고 생각한 거지, 그 애가. 용돈쯤이라도."

"저도 하시타테란 친구가 리포터와 인터뷰하는 걸 텔레비전으로 봤습니다."

아, 그렇겠지. 사장은 고개를 끄덕였다.

"그래도 별로 돈이 된 것 같지는 않아. 신문사 같은 데서는 돈을 주지 않더군. 원래 그런 건가?"

"경우에 따라 다르겠죠."

하시타테가 좀더 사건의 중심에 있는 중요 인물이라면 취재 경쟁이 치열해 사례비가 비싸질 테지만 어차피 그는 곁다리였다.

"내 아들놈이 변변치 않아서 그래."

사장은 또 화를 냈다. 어쨌든 아들 이야기만 나오면 울컥 하는 모양이다.

"가게 문을 닫은 건 어쩔 수 없지만 겐지는 좀 제대로 보살펴 주라고 그토록 이야기했는데 내버려 두었지. 또 연극 따위에나 손을 대고."

"아드님은 그럼 다시 연극 쪽으로?"

"하고 있대. 신주쿠라던가 시부야라던가, 무슨 굴속 같은 장소를 빌려서 브레, 브레시트라던가 뭔가."

"브레히트 말입니까?"

"그런 전위극이라던가 뭐라던가. 뭔가를 기다린다던가 하는 연극을 말이야. 만날 뜬구름 잡는 소리만 늘어놓고."

그렇게 화를 내면서도 아들과 이야기는 하는 모양이다.

"아, 스기무라 씨."

사장은 내가 건넨 명함의 이름을 확인하고 다시 여직원 눈치를 보면서 목소리를 낮췄다.

"돌아가신 후루야 씨와 친분이 있다면 알지 않나? 자식놈이 아직 후루야 아키코란 여자와 만나고 있어?"

나도 모르게 쓴웃음을 지었다. "글쎄요. 저는 잘 모르겠습니다."

사장은 두툼한 어깨를 들썩이며 한숨을 쉬었다. "그 사람과 친해진 지 얼마 되지 않아 경찰 신세를 지는 꼴이 되어서. 나도 거래처인 은행에 체면이 서지 않아 진땀을 흘렸어. 하지만 자식놈이 금방 싫증을 내는 녀석이라."

"제가 아는 한에서 말이지만, 두 사람이 지금도 친하게 지내는 것 같지는 않던데요. 사귈 때도 그냥 친구 사이 아니었겠습니까?"

그런가, 그런가. 사장이 중얼거렸다.

때가 왔다. 나는 일어났다.

"시간을 빼앗았습니다. 하시타테란 친구 집을 찾아가 봐야겠네요. 위치를 가르쳐 주실 수 있겠습니까?"

정말 가까웠다. 내가 사무실을 나가려는데 사장이 급히 불러 세웠다.

"스기무라 씨. 후루야 씨와 아는 사이라고 하고 이마다 콘체른이란 큰 회사에 근무하는 사람이니 나도 당신을 믿고 한 이야기야. 겐지에겐 내가 이런저런 소리 지껄였다고 하지 말아 줘."

물론이죠. 내가 대답했다. 사장은 친절하고 말 많은 사람이기는 하지만 자기가 한 말 때문에 실수하는 일은 없으리라.

사람을 볼 줄 알고, 다루는 방법도 알고 있다. 내가 기타미 씨 말처럼 '사람 좋은' 얼굴이 아니었다면, 혹 다른 명함을 내밀었다면 하기와라 사장의 태도는 전혀 달랐으리라.

취재하러 온 텔레비전 방송국 사람들도, 자식 욕을 하면서 하고 싶은 말을 다하는 이 양반 때문에 애를 먹지 않았을까. 그런 생각을 하니 약간 유쾌한 기분이 들었다.

"이걸 좀 전해 줘."

사장은 얼른 안주머니에서 지갑을 꺼내더니 여직원에게 "봉투, 봉투" 하며 재촉했다. 직원이 가져온 봉투 안에 만 엔짜리 지폐를 찔러 넣는다.

"내가 주더라고 해. 겐지 녀석 몸이 안 좋아 누워 있을 테니까."

사흘 전부터 그랬다고 한다. 그래서 라라 파세리 청소도 되어 있지 않았던 거다.

"또 발작을 일으켜 누워 있는 모양이야. 아, 그 돈은 내가 그냥 주더라고 하면 또 사양할 테니까 급여라고 해 줘. 청소해 준 값이 라고."

봉투를 받아들고 나는 밖으로 나왔다. 주차장에서 반대 방향으로 가려다가 그제야 조립식 사무실 옆에 있는 나무에 크리스마스 트리가 장식되어 있는 것을 보았다.

나와 함께 밖으로 나온 하기와라 사장은 차가운 바람에 얼굴을 찡그리고 있었다.

"종업원들이 분위기 좀 내자고 해서 매년 트리 장식을 하지."

작지만 살아 있는 전나무였다. 꼬마전구가 여러 개 달린 전선을 두르고 있다. 밤이 되면 예쁜 불빛이 들어오리라.

"내일은 크리스마스이브니까요."

"우리하곤 별 관계없지 뭘."

큰 소리로 재채기를 한 번 하고 카디건 앞을 여미며 사장은 사무실로 들어갔다.

겐지는 한자로 '硏治'라고 썼다. 플라스틱 명판에 매직으로 적힌, 비바람에 희미해진 문패를 보고 알았다.

어디선가 들릴 듯 말 듯 '징글벨'이 들려왔다. 도중에 지나온 작은 상점가 스피커에서 흘러나오는 모양이다.

내가 지금 올려다보고 있는 낡은 목조 가옥에는 크리스마스 분위기가 나는 장식은 전혀 없다. '징글벨'이 어울리지 않는다.

길 양쪽에 아담한 주택들이 들어서 있고 자전거가 오갔다. 만약 이 이층집이 이런 시내에 있지 않고 산길 옆이나 논밭 가운데 있었다면 아무도 이걸 사람 사는 집으로 여기지 않으리라. 다들 폐가인 줄 알 것이다.

관리가 제대로 되지 않아 지은 지 얼마나 되는지는 짐작할 수가 없었다. 다만 이 집의 나이는 분명 나보다 많아 보였다. 토대가 기울었고, 벽에 붙여 놓은 판자가 여기저기 떨어져 나가거나 뒤틀려, 안쪽의 흰 벽이 드러났다. 함석지붕의 홈에는 진흙이 쌓여 있었으며 짙은 녹색 홈통은 두 군데나 떨어져 나갔다. 홈통의 끄트머리가 땅에 닿아 있었기 때문에 얼핏 보기에는 땅에서 뭔가 이상한 것이 기괴한 신종 넝쿨처럼 지붕으로 기어오르고 있는 듯이 보였다.

오른쪽 옆에는 요즘 스타일로 지은 삼 층짜리 주택이 있었고, 왼쪽에는 자동차가 대략 열 대쯤 들어갈 만한 코인파킹이 있었다. 하시타테의 집은 오른쪽으로 비스듬히 기울어져 있었기 때문에 멋진 삼 층 건물에 기대어 겨우 서 있는 부상병처럼 보였다.

길에서 집의 왼쪽 옆면이 바로 보였다. 처마 밑에는 빨래를 말리기 위한 대막대기가 하나 걸쳐져 있었고, 빨래도 널려 있었다.

셔츠, 내의와 함께 여성용 잠옷이 두 벌. 코인파킹 방향으로는 지저분한 양동이 두 개가 뒹굴고 있었으며, 그 바로 앞에 눈에 익은 자전거가 한 대 세워져 있었다.

문패 위에 동그란 버튼이 있었다. 버튼에서 뻗어나간 전선은 현관의 미닫이문을 지나 집 안쪽으로 이어졌다. 초인종인 모양이다. 나는 그걸 한 번 꾹 눌렀다. 아무 소리도 들리지 않아 다시 눌렀다. 이번에는 무슨 소리가 났다.

현관 미닫이문은 알루미늄 틀에 간유리를 끼운 것이었는데 역시 기울어져 있다. 반응이 없어서 다시 누르려 했을 때 사람 모습이 보이더니 문이 덜컹거렸다.

"실례합니다."

고개를 내민 하시타테에게 나는 그렇게 말했다.

처음 만났을 때보다 안색이 더 좋지 않았다. 허름한 운동복 차림에 양말은 신지 않았다. 누워 있었던 건지도 모른다.

하시타테는 내 얼굴이 기억나는 모양이었다. 공연히 놀라게 하고 싶지 않았기 때문에 나는 곧 간단하게 사정을 설명했다. 처음 만났을 때 애매한 태도를 보였던 일도 사과했다.

"아아…… 그러셨어요?"

자다가 갑자기 일어났는지 옷 소매로 얼굴을 쓱쓱 문질렀다. 미안합니다, 이런 꼴로. 하시타테는 웅얼거리는 목소리로 말했다.

"나야말로 불쑥 찾아와 미안하지."

하시타테는 나에게 들어오라고 하지 않았다. 나도 그럴 생각은 없었다. 하시타테가 난처하다는 태도를 보이고 있었으니까.

집 안은 어두웠다. 아직 해가 나 있고 코인파킹 쪽 창문으로는 햇살이 들어오는데도 왠지 어두운 느낌이 들었다. 모든 게 낡고 어수선해 보였다. 도처에 생활용품들이 쌓여 있기 때문에 바람이 잘 통하지 않을지도 모른다.

나는 현관 마루에 걸터앉았다. 하시타테도 자리를 잡고 앉았다. 나는 문득 고향집을 떠올렸다.

우리 아버지는 관공서 직원이었지만 과수원도 했다. 집은 과일을 고르거나 포장을 할 때 쓰는 작업장과 연결되어 있었고, 출입구 쪽에는 광도 있었다. 그곳의 현관 마루에 이웃 아줌마들이 자주 모여 앉았다. 툇마루도 종종 이용했지만 거기서 이야기를 하면 지나다니며 보는 눈이 많아서, 할머니나 어머니나 친한 이웃들과 동네에 도는 소문 이야기를 하거나 수다를 떨 때는 꼭 그쪽 출입구에 앉아서 했다.

이제 그 집은 없다. 형이 집안의 기둥이 되자 집을 다시 지어 텔레비전 광고에 나올 만한, 두 세대가 함께 사는 주택으로 바뀌었다. 그 집에는 광도 없고, 손님이 편하게 걸터앉을 수 있는 현관 마루도 없다.

나는, 이렇게 앉아 있으니 그 시절이 그립다는 이야기를 하시타테에게 했다. 하지만 하시타테는 말없이 듣고 있을 뿐, 표정에는 거의 변화가 없었다. 듬성듬성 수염이 난 턱이 야위어 있다.

"하기와라 사장님을 찾아갔더니 자네 집이 이 근처라고 가르쳐 주시더군."

그러면서 사장이 준 '급여'를 꺼내 놓았다. 하시타테는 받으려 들지 않았다. 급여라면 이미 받았다면서 굳이 사양했다.

"그래도 사장님 마음이 담긴 거니까."

봉투를 억지로 손에 쥐여 주었다. 그는 고개를 숙여 인사를 하고 운동복 주머니에 넣었다.

"몸이 좋지 않다면서."

또 고개를 숙인다. "늘 이러니까 이젠 익숙합니다."

집 안에서 누군가 움직이는 기척이 났다. 희미한 발소리에 하시타테는 바로 반응했다.

"잠깐 실례합니다."

훌쩍 일어서더니 짧은 복도를 잰걸음으로 걸어간다. 할머니, 하고 부르는 소리가 났다.

반쯤 열린 장지문 안쪽을 야윈 노파가 등을 굽히고 뼈만 남은 발로 천천히 움직여 가로지르는 모습이 얼핏 보였다. 하기와라 사장은 '내내 누워 있다'고 했는데, 그렇지도 않은 모양이다.

하시타테가 돌아오기까지는 시간이 제법 걸렸다. 혼자 남자 그때까지는 이야기를 나누느라 느끼지 못했던 냄새들을 맡을 수 있었다. 이 집 안에 짙게 밴 생활의 냄새가 코를 통해 가슴 깊숙이 무겁게 스며들었다.

"실례했습니다."

허둥지둥 돌아온 하시타테는 양말을 신고 운동복 위에 스웨터를 껴입었다.

"캔 커피라도 사오겠습니다."

"아니, 됐어. 신경 쓰지 마."

밖으로 나가려는 그를 말렸다.

"할머니는 건강이 좀 어떠신가?"

하시타테의 눈에 '사장님한테 듣지 않았나요?' 하고 묻는 기색
이 스쳤지만 이내 지워졌다.

"병이 드신 게 아니라 연세 때문이니까요. 특별히 어디가 편찮
으신 건 아닙니다."

"그래? 자네가 돌봐 드리고 있다면서."

그는 진지한 표정으로 고개를 저었다. "일주일에 두 번 노인 보
건 센터 사람이 와 줍니다. 저 혼자는 할머니를 목욕시켜 드릴 수
가 없어서요."

"자네는? 병원에는 다니겠지? 천식이라고 들었는데."

하시타테가 그제야 겨우 내 얼굴을 똑바로 보았다. 창백한 얼굴
에 꾀죄죄한 모습. 야윈 턱과 볼록 튀어나온 울대뼈. 여자들에게
인기가 없을 것 같다. 하지만 가까이에서 보는 그의 눈은 놀랄 정
도로 깨끗하고 맑았다.

"별거 아닙니다."

그 깨끗한 눈을 숙이며 그는 어깨를 움츠렸다.

"약만 제때 먹으면 괜찮습니다."

내게는 공연히 고집을 피우는 걸로 들렸다. 결코 '괜찮다'는 생

각이 들지 않았다. 그의 건강이나 그의 생활이나, 그가 처한 환경이나.

어색한 침묵이 흘렀다.

"후루야 씨에겐 정말 사죄드리고 싶습니다."

고개를 숙인 채로 하시타테가 중얼거렸다. 그의 말은 입에서 나오면 바로 부스러져 버린다. 그리고 먼지처럼 떨어진다. 처음 만났을 때도 그랬다. 마치 '라라 파세리' 앞의 보도에 흩어져 있던 낙엽이나 쓰레기를 쓸어 모으듯, 자기가 한 말을 쓸어 담아 버리려 했다.

"미치카나 그 애 어머니도 자네에겐 책임이 없다고 했어. 자네가 스스로를 책망하는 걸 알고 두 사람 모두 마음 아파하고 있지. 걱정하고 있어."

하시타테는 무릎 위에 얹은 손을 꼭 쥐었다. 주먹도 야위었다.

"나하고 함께 향이라도 올리러 갈까? 묘소에 가는 게 좋겠다면 그래도 괜찮아. 메일이 아니라, 일단 미치카를 만나지. 그 애와 만나서 이야기하면 자네 기분도 나아질 거야."

고개를 숙인 채로 하시타테는 연신 눈을 깜빡거렸다. 얼굴이 야위어 속눈썹이 유난히 길게 보인다. 나는 그가 울음을 터뜨리는 게 아닐까 하는 생각에, 그 표정을 그냥 보고 있을 수가 없어 고개를 돌렸다.

긴소매 스웨터를 그는 팔꿈치까지 걷어 올리고 있었다. 드러난 팔에 소름이 돋아 있다. 확실히 현관 앞이라 춥다. 집도 허름한데다 초인종 전선 때문에 현관 미닫이문이 꼭 닫히지를 않는 것이다. 그 틈새로 찬바람이 들어온다. 나는 코트를 입고 있어 괜찮지만 하시타테에겐 좋지 않을 듯했다.

그는 떨고 있었다. 무릎을 꿇은 채로 몸을 약간 떨고 있다. 하지만 추위 때문만은 아니었다.

천천히 호흡도 멈추고, 소리도 없이 나는 고개를 들었다. 그리고 여전히 머리를 숙이고 있는 하시타테를 바라보았다. 내내 숨을 멈추고 있었다. 숨을 내쉬면 소리가 들려 버릴 것 같았기 때문에.

하시타테는 자기 때문이라고 말한다.

자기 책임이라고. 자기 잘못이라고.

그 말을 나나 후루야 모녀나 하기와라 사장이나 액면 그대로 받아들이지는 않았다.

모두가 성실한 하시타테의 순진한 마음이 후루야 씨의 죽음에 상처를 받아 지나친 죄의식을 느끼기 때문이라고 생각하고 있었다.

그게 결코 경솔한 판단이었다고는 할 수 없다. 누구나 그렇게 생각하리라. 하시타테에게 왜 책임이 있는가. 그가 '내 잘못이다'라는 말을 할 때 거기서 어떻게 다른 의미를 읽어 낼 수 있겠는가?

나도 그런 생각은 하지 않았다.

그런 생각은.

설마.

그는 라라 파세리에서 일하고 있었다. 청산가리가 든 음료수를 냉장고에 넣을 수가 있었다. 기회는 있었다. 충분히.

하지만 그런 생각은 할 이유가 없다.

나도 몸이 굳어져 버렸다. 엉뚱한 생각이 들어 눈을 깜빡거렸다.

그때 느닷없이 하시타테가 피리를 부는 듯한 소리를 내며 숨을 들이켜나 싶더니 심하게 기침하기 시작했다. 몸을 흔들며 헉헉거리면서 운동복 주머니에 손을 넣고 주입식 약의 카트리지를 꺼냈다. 내가 그의 등을 쓰다듬어 주려고 손을 내밀었지만 결국은 그가 약을 빨아들여 겨우 진정이 될 때까지 그저 당황하고만 있었다.

"죄, 죄송합니다. 이제 됐습니다."

호흡을 가다듬던 하시타테가 카트리지를 집어넣으려다 떨어뜨렸다. 나는 그걸 집어 건네주었다. 잠깐 닿았지만 그의 손가락은 싸늘했다.

"―많이 힘든가 보군."

"별거 아닙니다. 정말이에요."

자주 빨아 색이 바랜 천 같은 안색의 얼굴로 하시타테는 내게 웃어 보였다. 그리고 이렇게 말했다.

"그럼 후루야 씨를 한번 소개시켜 주세요. 부탁드리겠습니다."

깊숙이 고개를 숙였다. 나는 그제야 숨을 내쉬며 알았다고 했다.

하시타테의 천식이 발작을 일으킨 원인은 여러 가지였을 테지만 심하게 긴장했던 것도 그 가운데 하나가 아닐까. 스트레스도. 중압감도.

하시타테가 나의 방문으로 인해 긴장하고 있다는 이야기다. 이 상황의 무언가가 그에게 스트레스가 된다?

내 심장이 쿵쿵 뛰기 시작했다. 설마. 설마.

지금 하시타테와 눈이 마주치지 않아 다행이다. 눈을 보면 내 생각을 읽혀 버릴지도 모른다.

만약에 내가 무슨 생각을 하고 있는지 그가 알고, 내 심장 뛰는 소리를 들었다면? 다시 발작을 일으킬까. 아니면 입을 열어 무엇이 정말로 그를 고통스럽게 만들고 있는지를 이야기하기 시작할까?

지나친 생각이다. 그럴 리가 없다.

"언제가, 좋겠나?" 내가 물었다.

하시타테는 힘없이 고개를 꼬았다. "전 언제든 괜찮습니다. 할머니가 갑자기 건강이 나빠지면 안 되겠지만, 그렇지만 않다면 한가하니까요. 일도 없고."

"몸은 괜찮겠어?"

"괜찮아요. 하지만," 주먹으로 입을 문질렀다. "연말이라 바쁘실 때니까 그쪽에 폐가 되면 안 되겠죠. 미치카가 괜찮을 때면 저도 좋습니다."

"내일은 크리스마스이브고."

그렇게 말하고 나서 스스로도 어처구니없는 소리를 했다는 생각이 들었다. 하시타테의 이 살림살이 어디에 크리스마스이브 같은 게 끼어들 틈이 있단 말인가.

"미치카에게 물어볼게. 자네에게 연락하려면 어떻게 해야 할까. 이메일이 좋겠나?"

하시타테는 자기 컴퓨터가 없다고 했다. 미치카에게 보낸 이메일은 근처 만화 카페에 있는 컴퓨터 코너에서 보낸 거라며 또 쑥스러운 표정을 지었다. 그러고 나서 자기 휴대전화 번호를 가르쳐주었다.

"그럼 내가 전화할게. 몸조리 잘하고, 힘을 내. 알았지?"

하시타테는 나를 배웅하더니 덜컹거리는 미닫이문을 힘겹게 닫았다.

나는 하시타테의 집을 나와 걷기 시작했다. 도저히 그냥 집으로 돌아갈 기분이 아니었다. 자꾸만 하시타테를 남겨 두고 간다는 느낌이 들었다. 기울어진 집과 부러진 홈통, 문 틈새로 찬바람이 들어오는 어두침침한 집, 그의 손길을 필요로 하는 노파와 그 노쇠하고 병든 몸에서 나는 냄새, 그의 자유를 가로막고 있는 병, 힘든 생활, 앞날이 보이지 않는 고독, 그리고 그런 모든 것들의 불우함을 그에게만 떠맡기고.

남의 일이다.

하지만 하시타테의 집에 갈 때는 함께하지 않았던 골치 아픈 길동무를 돌아가는 길의 나는 코트 안에 숨기고 있었다. 의혹이라는 길동무. 뭔지 모를 직감이 싹틔운 불안을.

마치 누군가에게 쫓기듯 잰걸음으로 나는 하기와라 운송을 다시 찾았다. 사장은 나를 보고 눈이 휘둥그레졌다.

"죄송합니다, 사장님. 아드님을 만나 보고 싶은데, 어디로 찾아가면 될까요?"

21

하기와라 사장이 굴속 같다고 한 말은 거짓이 아니었다. 그의 '멍청한 아들'이 하는 극단 '성운星雲'의 크리스마스 공연은 신주쿠 3초메에 있는 복합빌딩의 지하 이층 구석, 전에는 기계실이었던 것 같은 공간에서 하고 있었다.

내가 도착했을 때는 이미 공연 시작 오 분 전이었다. 하기와라 히로시—예명 '스바루 고지'는 연출 담당이자 동시에 주연 배우 가운데 한 명이었다. 아무리 억지를 써도 만날 수가 없는 상태였다. 어쩔 수 없이 연극 티켓을 샀다.

비좁은 곳이었다. 객석이 오십 개쯤 될까. 무대도 빈약해 마치 노래방처럼 보였다. 원래 연극을 할 만한 장소가 아니었다. 이 설정 자체가 취향인지 이렇다 할 무대장치나 시설도 없이 그저 사다리가 하나 덩그러니 세워져 있었다.

그래도 손님이 들어왔다. 나는 맨 뒷줄 끄트머리에 앉았다. 접이식 의자였다. 곧 무대 오른쪽에서 옷을 껴입은 남자가 한 명 나타나 사다리 아래 서서 스포트라이트를 받으며 긴 대사를 읊기 시작했다. 저 사람이 하기와라 히로시인가 싶어 자세히 들여다보았지만 분장을 위해 붙인 수염과 깊숙하게 눌러 쓴 모자 때문에 사장과 닮았는지 어떤지 알 수가 없었다. 그러다가 무대 왼편에서 이번에는 세 명, 같은 옷차림을 한 남자들이 어슬렁어슬렁 등장해 제멋대로 대사를 읊어 대기 시작했다.

나는 자리에서 일어났다. 좀 전에 티켓을 산 카운터에 젊은 여자가 혼자 있었다. 연극 관람을 포기하고 나온 나를 무섭게 노려보았지만 신경 쓰지 않기로 했다.

아내에게 연락을 해야 한다. 휴대전화를 꺼내니 아내로부터 문자 메시지가 세 개나 들어와 있었다. '나가서 소식도 없는 함흥차사님, 지금 어디 계셔?'라고 묻는다. 서둘러 경사가 급한 계단을 올라 건물 밖으로 나오자마자 전화를 걸었다.

아내가 뭐라 하기도 전에 먼저 나는 세 번 사과했다. 그리고 급한 일이 생겼다고 설명했다.

"어디 있는 거야?"

"신주쿠. 아주 부조리한 연극을 공연하는 곳."

"시어터 애플?"

"거기하곤 백만 광년쯤 떨어져 있을 거야, 질적으론."

내 아내는 세 번 콧방귀를 끼며 '잘해 보셔'라고 했을 뿐 너그럽게도 윤허해 주셨다.

"오늘은 어쩔 수 없지 뭐. 저녁은 모모코와 둘이 먹었어. 내일은 제 시간에 들어와야 해."

"물론이지!"

"대답은 잘하셔. 사실은 낮에도 집에 있었으면 좋았을 텐데."

후루야 씨가 집에 들렀어, 라고 했다.

"미치카가?"

"어머니하고 함께였지. 여러모로 신세를 졌다면서 직접 만든 쿠키와 모모코에게 줄 크리스마스 선물을 가지고 오셨어."

"우리 집을 용케 알았네."

"병원에서 만났을 때 내가 인사했지. 한번 놀러 오시라고 했어."

그런 인사말도 할 정도로 나호코는 특별히 까다로운 사람이 아니고, 사람들을 싫어하지도 않지만, 평소에는 무척 좁은 세계에서 살고 있기 때문에 사람들을 대하는 데는 익숙지가 않다.

"혼자 불편했겠네. 미안해."

아내는 깔깔 웃었다. "그게 말이야, 전혀 그렇지 않았어. 재미있었지. 차를 마시면서 셋이서 이런저런 수다도 떨고. 미치카는 솔직하고 귀여운 애야. 아키코 씨도 좋은 분이고."

뭐야, 괜히 걱정했잖아.

"미치카한테 뜨개질을 가르쳐 주기로 했어."

아내는 손으로 무얼 만들기를 좋아한다. 내가 보면 조금 변덕스러워 보일 만큼 이것저것에 도전한다. 요즘은 뜨개질이다.

"학교는 지금 방학이니까 배우러 올 시간이 되겠지. 어머니 생일이 1월 말이라 스웨터를 짜드리고 싶대. 괜찮아?"

반대할 이유는 전혀 없다. 미치카가 홈페이지 관리 이외의 일에 관심을 갖는 것은 바람직하다.

"잘 부탁드립니다. 선생님. 사건 이야기는 나오지 않았어?"

"전혀. 나도 깜빡했고."

정말 잘하셨습니다.

"아, 그래. 맞아. 수면제 소동 때 그 병원에서 정식 영수증을 떼는 걸 잊고 있었는데 우송해 준다면서 주소를 확인하는 전화가 왔었어."

영수증? 받았는지 안 받았는지 기억이 없다. 전혀 기억이 나지 않았다.

"이제 와서?"

"사무 수속이 잘못되어 늦어졌다면서 사과하데. 이상, 보고를 마칩니다."

아내가 전화를 끊으려 하기에 내가 가로막았다. 사실은 말이야, 하는 말을 꺼내 놓고 뒷말을 잇지 못했다.

"왜 그래?"

"아니, 아무것도 아니야."

하시타테 이야기를 하고 싶었지만 그만두었다. 아직은 아무런 근거도 없는 추측이다. 아내도 의견을 이야기할 수가 없으리라.

"급한 일이라니, 자기 혹시 또 탐정 흉내 같은 걸 내고 있는 거 아니야?"

나는 헤실헤실 웃었다. 제대로 헤실헤실 웃는 걸로 들리도록.

"그냥 연극을 보고 있을 뿐이야."

"시어터 애플 백만 광년 저편에서?"

휴대전화를 집어넣고 계단을 내려가니 카운터에는 아무도 없었다. 의자가 비어 있기에 거기 앉았다. '스바루 고지 씨' 앞으로 온 꽃바구니가 카운터 아래에서 말라가고 있었다. 꽃이 마를 정도로 공연이 계속되고 있는 걸까? 아니면 이 연극에 어울리게 일부러 마른 꽃을 보낸 기특한 사람이 있는 걸까. 앉아서 잠시 그런 생각을 했다. 그리고 그런 의문에 관해 검토를 하는 것과 지금 공연중인 연극 가운데 어느 쪽이 더 재미있는지 확인해 보기 위해 객석으로 돌아갔다. 나머지 구십 분간 관람하고, 혹시 다음에 기회가 주어진다면 나도 스바루 고지에게 마른 꽃바구니를 선물하기로 결정했다.

'성운'의 스태프 점퍼를 입은 여자의 안내를 받아 하기와라 씨를 만나기까지는 그로부터 삼십 분가량 걸렸을까. 그는 대기실에 있었지만 아직 메이크업을 지우지 않은 상태였다. 옷을 잔뜩 껴입은 채로 분장 수염도 그대로였다. 덕분에 맨 처음 무대에 나온 사람이 하기와라였다는 걸 알 수 있었다.

진짜 탐정이라면 명함을 내밀고 '사립탐정입니다'라고 하면 되지만, 아내 말처럼 '탐정 흉내'를 내고 있을 뿐인 월급쟁이인 나는 아무래도 자기소개가 길어질 수밖에 없다. 하기와라 씨는 내 설명을 이해했는지 어땠는지 아, 그러시냐, 하면서 장단을 맞추며 듣고 나서 물었다.

"그런데, 연극은 어땠습니까?

"흥미로운 작품이었습니다."

"그렇겠죠, 그렇겠죠."

그는 기분이 좋은 모양이었다. 제법 잘생긴 얼굴이다.

"베케트의 『고도를 기다리며』를 브레히트 식으로 해석한 겁니다. 원래 고도를 기다리는 건 다른 사람이 아니라 군중이어야 하죠."

바로 그때 대기실을 드나들던 다른 스태프나 배우가 없었기 때문에 나는 용건을 꺼냈다. "하시타테 겐지 문제로 잠깐 여쭤보고 싶은 게 있어서 왔습니다."

하기와라 씨는 계속 뭔가 이야기하려다 말을 멈췄다.

"경영하시던 편의점 종업원입니다. 잘 아시죠?"

소리가 나는 게 아닐까 싶을 만큼 입을 꾹 다문 그는 한쪽 눈썹을 치켜들었다. 어쩌면 메소드 연기를 해 보이고 있는 건지도 모른다.

"겐지가 왜요?"

"방금 말씀드렸다시피 하시타테를 만나고 왔는데, 몸이 무척 좋지 않은 것 같아서."

"아아, 늘 그래요."

하기와라 씨는 거울을 향해 신중한 손놀림으로 분장 수염을 벗기기 시작했다. 대기실은 무대보다는 훨씬 제대로 꾸며져 있었다. 이 빌딩 안에는 기계실 겸용이 아닌 소극장이 있는 모양이다.

"아버님이신 하기와라 사장님께 듣고 왔는데, 하시타테를 어렸을 때부터 아셨다더군요. 근처에 사셨다구요. 혹시 그 친구와 친하십니까?"

"친하다고 할 정도는 아니죠. 아버지가 더 잘 아시지 않을까?"

수염을 떼자 갑자기 멀쩡한 얼굴이 드러났다.

"기억하기 싫을 테지만, 그 사건이 일어났을 때 하기와라 씨나 하시타테나 경찰 조사를 받았을 거라고 생각합니다. 그때 하시타테는 어땠습니까?"

비로소 하기와라의 얼굴에 연기가 아닌 놀라는 표정이 드러났다. 눈이 동그래졌다.

"어땠느냐니—무슨 권리로 그런 걸 묻죠?"

아주 난해해 보이지만 의미 없는 연극을 봤기 때문인지 나는 평상심을 잃고 있었다. 너무 조급한 질문을 했다.

"죄송합니다. 사정은 방금 설명한 대로입니다. 하시타테가 너무 우울해하고 있어서 저는 무척 걱정이 됩니다."

대기실 문이 열리고 카운터에서 나를 노려보았던 젊은 여자가 들어왔다. 하기와라 씨는 힐끔 그녀를 바라보았다.

"치카, 자리 좀 비켜 줘. 잠시 이 방에 아무도 들여보내지 말고."

치카라는 여자는 또 나를 쏘아보았다.

"뭐야?"

"됐으니까 나가."

나름대로 위엄 있는 명령이었다. 치카는 문을 쾅 닫았다.

"감사합니다." 내가 말했다. 분명히 분수에 넘치게 연극을 좋아하는 멍청한 아들이지만 전혀 생각이 없는 사람은 아닌 듯하다.

"그래, 무슨 의미죠? 댁은 나나 겐지를 의심하는 겁니까? 다시한 번 묻겠는데, 무슨 권리로 그러는 겁니까?"

나는 설명을 다시 했다. 이번에는 신경 써서 들은 모양이다. 반감과 반발, 미심쩍은 기색은 여전했지만, 하기와라 씨의 눈에는 이해했다는 기색이 비쳤다.

"겐지는 그런 엄청난 짓을 할 녀석이 아닙니다. 물론 나도 마찬가지고요."

눈 화장을 한 눈꺼풀을 깜빡거리면서 고개를 돌린다.

"아키코 씨―후루야 씨, 잘 지냅니까?"

하기와라 사장은 내게 아들과 후루야 아키코가 아직 사귀고 있느냐고 물었다. 아들은 아들대로 후루야 아키코는 잘 지내느냐고 물었다.

"잘 지내십니다. 여러모로 마음고생을 했지만 이제 회복이 된 모양입니다."

"그거 다행이군요."

중얼거리는 하기와라 씨의 말을 듣는 것만으로도 그는 아직 후루야 아키코에게 마음이 있다는 사실을 알 수 있었다.

"일이 이상하게 풀려 그 사람에겐 폐가 되었습니다."

"하기와라 씨 책임이 아니죠."

"그건 댁은 날 의심하지는 않는다는 이야기로군요. 아, 신선한

견해로군."

"이젠 누구도 하기와라 씨를 의심하지 않을 겁니다."

"그게 마음대로 되지 않죠, 현실이란 것이."

또 메소드 연기로 돌아가 로버트 드 니로처럼 어깨를 움츠렸다.

"나라 가즈코가 자살했다고 해서 사건이 정리된 건 아닙니다. 경찰이 아직 제 주변을 감시하고 있으니까요."

"수사본부는 축소되었다고 들었습니다."

"해산한 건 아니죠."

"후루야 아키코 씨는 감시당하는 것 같지 않던데요."

"본인이 눈치채지 못하고 있을 뿐 아닐까요?"

심술궂은 말투지만 표정은 기운이 없었다.

"뭐, 됐어요. 어쨌든 경찰이 신경 쓰고 있는 건 저와 아키코 씨 뿐입니다. 겐지는 의심받지 않았어요. 한 번도 그런 취급을 받은 적이 없죠."

"확실한 이유가 있었나요?"

"글쎄요. 형사는 그런 이야기를 용의자에겐 해 주지 않으니까."

내뱉듯이 그렇게 말하면서 일어나더니, 무대의상으로 입었던 코트를 벗어 옷걸이에 걸었다.

"사건 당시 후루야 아키토시 씨가 우롱차를 사러 왔을 때 가게에 계셨습니까?"

"계산대에 있었죠."

"하시타테도 있었습니까?"

"있었죠. 낮에 근무하니까요."

"후루야 아키코 씨는 그날 아침 편의점에서 드링크제를 샀습니다. 그 모습이 가게에 설치된 감시 카메라에 찍혀 있었고요. 그게 의심을 받게 된 계기가 되었죠. 그렇죠?"

"그렇습니다. 하지만 그건 어디까지나 계기죠. 초점은 저와 아키코 씨와의 관계에 있었습니다. 그리고 아키코 씨 아버지의 재산."

"하지만 그 사실을 알게 될 때까지는―."

내용을 잘 모르시는군요, 라며 하기와라 씨가 웃었다.

"그런 거 캐내는 데는 빠르죠, 경찰은."

경대 쪽으로 다가가 팔짱을 꼈다.

"아키코 씨에게 듣지 못했습니까? 이야기하기 껄끄러워 말하지 않은 건가? 처음에 아버지가 갑자기 세상을 떴다는 소식을 듣고 형사를 만났을 때 아키코 씨는 분명 태도가 이상했습니다. 내게도 바로 연락을 했으니까요. 의심받고 있어, 우리. 어쩌지? 그러더군요. 바로였습니다. 경찰은 초기에 냄새를 맡았죠."

언론에 보도되기보다, 내가 들은 것보다 더 일찍 수사진은 하기와라 씨와 후루야 아키코의 관계에 초점을 맞추고 있었다는 건가?

그건 바꿔 말하면 하시타테라는 존재는 처음부터 맹점이었다는 이야기가 아닐까.

"감시 카메라 문제로도 엄청 질책을 받았습니다."

"아키코 씨가 찍힌 장면 말입니까?"

"그게 아니라 감시 카메라의 위치 때문에요. 설치 위치를 잘못 골라서."

문제의 우롱차가 들어 있던 냉장고는 처음부터 감시 카메라의 눈이 미치지 못하는 사각에 있었다고 한다.

"아키코 씨가 드링크제를 산 진열대는 찍힙니다. 하지만 우롱차 진열장은 그 바로 앞이죠. 거기까지는 찍히지 않았습니다. 일부러 그런 게 아니냐며 추궁하더군요."

하기와라 씨는 머리카락을 움켜쥐었다. 가발이 아니라 진짜 자기 머리카락을. 웨이브가 진 숱이 많은 머리였다.

"프랜차이즈 계약을 할 때 감시 카메라의 설치 위치에 대한 지도가 있죠. 방범은 중요하니까요. 하지만 나는 장사에 별 뜻이 없었기 때문에 적당히 했습니다. 정말로 그냥 대충 넘어갔는데 그 부분에 무슨 의도가 있었던 게 아니냐면서 찔러 들어오더군요."

라라 파세리의 모회사로부터도 질책을 받았다고 한다. 신용 문제이니 당연할 테지만, 그는 아주 불만스러운 듯이 입을 삐죽 내밀었다.

"설사 내가 누굴 죽인다 해도 내 가게에서 내 바로 앞에서 그런 짓을 저지르지는 않을 겁니다. 도대체가 그런 수법이면 독이 든 우롱차를 누가 마시게 될지 알 수가 없어 위험하잖아요."

그렇게 이야기하더니 갑자기 힘이 난 듯 옷을 벗고는 내게 등을 돌린 채 갈아입기 시작했다.

"하지만 이제 와서 겐지가 의심을 받다니, 상상도 할 수 없는 일이군."

"저도 의심하고 있는 건 아닙니다. 그냥 걱정이 됩니다. 하시타테가 너무 심각하니까요."

"원래 그런 앱니다. 온 세상의 불행을 혼자 짊어지고 사는 듯한 애죠. 다른 사람의 불행도 모두 자기 때문이라고 여기는 거나 아닌지."

표현이 거칠어졌다. 하지만 하시타테를 평하기에는 적합한 표현일지도 모른다.

"그 애는 살인 같은 건 할 수가 없습니다. 후루야 씨에겐 아무런 원한도 없을 테고, 얼굴이나 기억할지 어떨지."

"후루야 씨를 노린 거라고만은 할 수가 없죠. 동기가 없는 살인이란 것도 있습니다."

"그런 거야말로 겐지하고는 더 인연이 없어요. 동기 없는 살인을 저지를 동기마저도 없습니다."

하기와라 씨는 웃었다. 하시타테를 감싸는 것 같으면서도 얕보는 듯이 들렸다.

"경찰도 겐지를 일단 조사는 했습니다. 하지만 겐지에겐 전혀 관심이 없었죠. 처음부터 결백했어요. 댁이 혼자 지나친 생각을 하는 겁니다."

거울 앞에 있는 의자로 돌아가더니 재미있다는 듯이 눈을 반짝이면서 나를 빤히 바라보았다.

"하긴 겐지를 보면 누구나 좀 보살펴 주고 싶어집니다. 약간은요. 하지만 깊이 관계할 수는 없죠. 너무 어둡고, 블랙홀 같아서."

나는 무릎을 꿇고 떨고 있던 하시타테를 떠올렸다. 야윈 턱과 앙상한 어깨. 희미한 기척에 할머니, 하고 부르며 바로 일어났던 일. 어수선하고 어두컴컴한 집 안. 기울어진 집. 위태로운 걸음으로 가로지르던 밀랍처럼 하얀 노파의 발.

"우리 아버지도 이리저리 힘이 되어 주려고 했지만 여러 가지 일들이 일어나는 바람에 결국은 손을 떼고 말았습니다."

문득 떠오른 생각이 있어 내가 입을 열었다.

"그 집―집은 이제 가치가 없을 테지만 땅을 팔면 어떨까요? 어느 정도 목돈이 되지 않겠습니까. 그 돈으로 할머니를 병원에 입원시킨다거나. 어쨌든 당장은 생활이 나아질 게 틀림없을 텐데."

거울 앞에 팔꿈치를 대고 있던 하기와라 씨는 의외라는 듯이 몸을 일으켰다.

"뭐야, 우리 아버지한테 듣지 못했어요?"

"뭘 말입니까?"

"그 땅, 팔 수가 없어요."

"할머니 명의로 되어 있다던데요."

"아아, 그런 문제가 아니라. 못 쓰는 땅이에요."

오염되어서, 라고 했다.

"겐지도 한번 팔려고 한 적이 있었어요. 이삼 년 전이었나. 그 집 할머니가 처음 병원에 입원했을 때였으니까."

하시타테도 나와 같은 생각을 했었다.

"할머니가, 그렇다면 하기와라 사장님에게 의논하러 가라고 했다더군요. 우리 아버지는 그 할머니와 아는 사이 정도가 아니라 내내 마을회장 같은 걸 하거나 해서 뭐 그런대로 인망이 두터운 편이죠."

부탁을 받은 하기와라 사장은 그 지역 부동산 중개업소를 소개해 주는 등 친절하게 도와주었다고 한다. 하지만—.

"부동산 중개업소에서 겐지의 천식에 유난히 신경을 쓰더군요. 그 녀석 병은 천식만이 아니지만. 편두통도 심하고 혈압도 깜짝 놀랄 만큼 낮고 빈혈도 있죠. 우리 가게에서 아르바이트를 할 때도 몇 번이나 쓰러졌어요."

하기와라 씨의 얼굴을 바라보며 나는 고개를 끄덕였다.

"그래, 땅을 조사했습니까?"

"예. 그랬더니 나왔죠. 나야 자세한 내용을 모르지만 열 종류라던가 하는 유독물질이 나왔다고 하더군요. 그래서 매각 이야기는 들어가 버리고 말았습니다."

웅덩이의 물을 휘저었을 때처럼 내 머릿속 밑바닥에서 아내에게 배운 벼락치기 지식이 위로 떠올랐다.

"그건 정식 지질조사였습니까? 여섯 군데를 채취하는—?"

"자세한 내용은 난 모릅니다. 하지만 아버지에게 듣기로 부동산 중개사가 이만큼 되는 서류를 보여 줬다고 하니까." 하기와라 씨는 오른손 엄지와 검지로 이 센티미터 정도 두께를 표시해 보였다. "본격적인 검사였지 않겠습니까?"

"그 검사료는 누가?"

하시타테의 집은 좁지만 그래도 큰돈이 들어갔을 게 틀림없다.

"일단은 아버지가 내 주고, 겐지가 조금씩 갚기로. 지금도 하고 있지 않나? 적어도 우리 가게에서 일할 때까지는 갚고 있었죠. 매달 급여에서 만 엔이던가 오천 엔이던가. 아버지가 그거면 됐다고 하셨거든요. 이자도 붙이지 않고."

남이 베풀 수 있는 최대한의 호의다.

"그뿐 아니라 아버지는 어차피 조사를 했으니 역시 땅은 파는 게 낫겠다면서 겐지를 설득했죠. 토질 개선에 드는 비용을 계산해서 그 돈은 하기와라 운송이 융자를 해 주겠다면서요."

땅이 팔리면 그 대금에서 갚으면 된다고. 하시타테 처지에서는 들어올 돈은 줄어들지만 그래도 현재의 상태를 벗어날 수는 있다.

"겐지도 그럴 생각이었습니다. 그렇지만,"

연기인지 아닌지 모르게, 어깨를 크게 들썩이며 하기와라 씨는 긴 한숨을 토했다.

"이번에는 할머니가 말을 듣지 않았습니다. 몇 번을 설명해도 받아들이지 않았죠. 댁의 땅은 이런 상태라 이러저러한 절차를 거치지 않으면 살 사람을 구할 수 없다고, 부동산 업자와 아버지 두 사람이 달려들어 설득했지만 먹히지 않았어요."

"왜죠?"

"그건 거짓말이라고 고집을 부렸답니다. 왜 그런 돈이 드느냐. 이상하지 않느냐. 하기와라 사장님은 부동산 업자와 한패가 되어 거짓말하고 우리 땅을 빼앗으려 한다며 울고불고."

야위고 창백한 발의 모습이 다시 떠올랐다.

"그런 이야기를 믿는 너도 한심하다며 겐지에게 야단을 쳤죠. 넌 세상 무서운 줄을 모른다. 이제 하기와라 사장을 믿을 수 없다. 라고요."

나는 한숨이 나왔다.

"뭐 그 연배인 분들에겐 이치를 따져가며 이야기해 봐야 무리겠죠. 아버지도 쓴웃음을 지었습니다."

하지만 그렇게 이야기하는 아들은 아직도 여전히 기분이 나쁜 모양이다. 눈에 노기가 스쳤다.

"우리 아버지는 나름대로 부자고, 결코 속이 시커먼 사람은 아니에요. 맹세코 흑심이 있었던 게 아닙니다. 그냥 겐지의 의논을 받아 주다 보니 달리 의지할 데가 없는 겐지를 두고 볼 수가 없어서 도우려 나선 거죠. 그렇게 애를 써 준 건 다 까먹고 일방적으로 사기꾼이라고 하니 견딜 수가 없는 겁니다."

이러니저러니 해도 하기와라 부자는 사이가 좋은 모양이다. 그는 아버지를 좋아하고 있고, 신뢰하고 있다. 그래서 응석을 부릴 수 있다.

"누가 기껏해야 열두세 평 되는 땅이 탐이 나서 그런 수법을 쓰겠느냐고요."

"그럼 그런 상태에서 진짜 매각을 포기했나요—?"

"할머니 눈에 흙이 들어가기 전에는 안 되는 일이에요. 어차피 그 땅은 겐지 것이 될 테니까."

하지만 그 할머니는 쉽게 돌아가시지 않을 겁니다. 하기와라는 얄밉다는 듯이 웃었다.

"하시타테의 그 증상이 토양오염 때문이라면 할머니 쪽에도 뭔가 건강에 피해가 있다 해도 이상할 게 없겠군요."

"글쎄요. 아버지 이야기로는 젊었을 때부터 그리 건강한 분은 아니셨던 모양이던데."

"오염 원인은 알아냈습니까?"

"그건 무리예요, 무리." 하기와라 씨는 손을 내저었다. "뜬구름 잡는 이야기죠. 제가 알고 있는 한 그 부근에는 작은 공장이 여럿 있었으니까요. 금속 공장, 도금 공장, 도장 공장—겐지네 집 이웃, 지금은 코인파킹이 된 곳인데 아시죠? 거기에는 철선 가공 공장이 있었습니다. 길가에 말려 있는 녹슨 철선 조각들이 늘 잔뜩 쌓여 있었죠. 요즘에 그러면 바로 문제가 될 테지만 내가 어렸을 때는 아무도 신경 쓰지 않았습니다."

그런 시절이 있었다. 대충 넘어가고, 엉성했다. 이제 와서 문제가 되리라고는 그때는 아무도 상상하지 못했다.

"애당초 하시타테의 집도 겐지 할아버지 때는 인쇄소를 했습니다. 인쇄업이라는 게 취급하는 것에 따라 예전에는 유기용제 같은 걸 사용하지 않았나?"

"그럼 하시타테의 집 부근에는 요즘 들어 그런 일반 주택들이 들어선 겁니까?"

"버블이 경계였죠. 물론 전부 그런 건 아닙니다. 옛날부터 일반 주택도 있었으니까요."

버블 경제가 최고조일 때, 작은 상점이나 소규모 공장이 치솟는 땅값에 끌려 대대로 물려오던 가업을 접고 땅과 건물을 내놓는 경우는 드물지 않은 일이 되었다. 또 그걸 부채질하는 개발업자들이 날뛰고 있었다. 덕분에 도쿄는 벌레 먹은 상태가 되었다. 버블의 바람이 쓸고 지나간 뒤 그런 곳들은 버려지고 말았다. 기껏해야 주차장이 되었다.

요즘 도심 회귀 붐이 일어 비교적 값싼 분양 주택이 세워지거나 아파트가 생겨서 겨우 그 상처가 아물어 가는 중이다. 하기야 버블 시대의 돈도, 그 뒤의 쇠락과 회복의 움직임도 나는 사실 실감하지 못한다. 경제지에서 얻은 지식일 뿐이다.

"오타 구의 소규모 공장은 전통이 있고 긍지를 갖고 있기 때문에 버블 때도 모두 잘 헤쳐 나올 수 있었던 겁니다. 하지만 역시 눈앞의 이익에 혹한 사람들도 많아서요. 그건 누굴 책망할 수도 없는 노릇이니까."

흥분해서 이야기하는 하기와라 씨가 약간 부러웠다. 이건 그의 고향 이야기다. 골치 아픈 외국산 철학 따위에 물들지 말고 이런 체험을 연극으로 만든다면 상당히 좋은 각본이 될 거라는 주제넘은 생각이 들었다.

세월은 흘렀다. 주위 땅 주인들도 이리저리 바뀌었다. 오염 원인을 찾아내는 일이나 추적하기도 쉽지 않으리라. 찾아낸들 배상을 받을 수 있다는 보장도 없다.

"겐지의 아버지가 그대로 인쇄소를 계속했다면 좀 달라졌겠죠. 겐지도 참 복이 없는 녀석이에요."

이야기를 일단락 지을 생각으로 나는 두 손으로 무릎을 탁 쳤다.

"하지만 전혀 희망이 없는 건 아니죠. 언젠가는 그 친구가 어느 정도 유산을 물려받아 자기 인생을 개척할 수 있게 될 테니까요."

나를 놀리듯 눈썹을 움직이면서 하기와라 씨가 웃었다. "어? 생각이 바뀌셨습니까? 이제 겐지를 의심하지 않죠?"

아직 개운치 않은 기분이었지만 나는 고개를 끄덕였다.

"하기와라 씨 말씀처럼 제 생각이 지나쳤던 건지도 모르겠습니다."

"맞아요, 그러셨을 겁니다." 하기와라는 만족스럽다는 표정을 지었다.

"하지만 어떻게든 하시타테에게 용기를 주고 싶군요. 그 애는 같은 또래 친구들도 없는 모양이던데."

"예, 없어요. 그 녀석, 진짜 고독한 놈입니다."

입을 꾹 다물고 고개를 끄덕이던 하기와라의 눈빛이 갑자기 달라졌다.

"아, 좋은 아이디어가 떠올랐습니다."

"예?"

"아니, 뭐 이런 이야기는 아버지와 딱 한 번 했을 뿐이라. 다른 데서 주절거릴 일은 아닙니다. 하지만 땅에 얽힌 과거가 오늘을 사는 사람에게 해를 입힌다, 고독을 가져다준다는 이야기, 이거 괜찮지 않습니까?

땅이란 바로 인간의 역사죠, 라고 했다.

"거기 사는 사람들의 삶이 새겨져 있어요. 하지만 좋은 일만 새겨진 건 아닐 겁니다. 그 땅에는 사악한 것들도 스며들어 있죠. 그게 바로 '독'이죠."

"화학물질입니다."

사람 손으로 뿌릴 수도 있지만, 사람 손으로 제거하고 녹여 버릴 수도 있다.

"나 참. 그렇게 말씀하시니 더 할 말이 없군요. 스기무라 씨는 창작이란 걸 이해하지 못하는 분입니다. 하긴 그래서 엘리트일 테지만."

헤어질 때 하기와라 씨는 내게 '메리 크리스마스'라고 했다. 멋들어진 말투였다. 나는 도저히 흉내를 낼 수가 없어 대신 손을 흔들었다. 내가 엘리트인지 어떤지는 몰라도 하기와라 씨는 역시 배우인가?

신주쿠 거리는 내일로 다가온 크리스마스이브 못지않게 즐거움을 원하는 사람들로 아직 혼잡했다. 행복을 함께 나눌 누군가가 곁에 있는 사람들과 서로 어깨를 스치며 지나간다.

나도 집에 들어가면 아내와 딸이 있다. 오늘은 바람을 맞혔지만, 내일 이브에는 함께 둘러앉아 케이크를 자를 것이다. 딸을 위해 아내와 나는 산타클로스로 분장하고 나란히 앉아 딸의 웃는 얼굴을 볼 수 있다.

　그러니 나는 고독하지 않을 텐데도 지금은 마음이 허전했다. 거리를 뒤덮은 들뜬 분위기가 빚어내는 소음이 내게 마이너스의 최면술을 거는 것이다. 하지만 최면술은 어디까지나 최면술이고, 집에 돌아가면 이런 기분이 거짓말처럼 사라지리라는 사실을 알고 있기에 행복하다고 생각했다.

　크리스마스에는 자살자가 늘어난다고 한다.

22

그룹 홍보실로서는 어쨌든 무척 바쁜 시기라 특별히 크리스마스 파티는 하지 않는다. 송년회도 올해 작업이 끝나는 종무식 날인 28일에 함께 겸해서 한다.

이마다 콘체른은 각 부서, 각 회사 단위로 연말 파티가 있지만 우리 편집부원들은 취재가 없는 한 어느 쪽에서도 불러 주지 않는다. 그 대신이라고 하기에는 좀 뭣하지만, 매년 24일에는 오후가 되면 회장실에서 크리스마스 케이크를 보내 준다.

곤짱은 감격했다. "회장님 정말 친절한 분이시네요. 와, 이거 다 이칸야마_{도쿄 시부야 구에 있는 고급 점포가 많은 지역}에 있는 '파블로'에서 만든 케이크예요! 반년 전에 예약하지 않으면 살 수도 없는데. 역시 대단하셔! 역시 재계 거물은 달라."

수면제 소동 이후 본인이 이르기를 '트라우마가 되었다'고 해서 커피포트에 다가가려 하지 않았던 곤짱이 오늘은 기꺼이 커피를 끓여 주었다. 우리는 다 함께 오후의 티타임을 즐겼다.

"곤짱은 이브에 뭐 할 거야?"

가사이의 눈치를 살피며 내가 슬쩍 물었다. 오늘 가사이는 자기가 좋아하는 넥타이를 하고 있었다. 양복도 새로 장만한 거 아닌가?

"아, 전 쇼짱에게 들를 거예요."

가사이가 실망하는 소리가 들려올 것만 같았다.

곤짱이 아키야마 쇼고의 사촌 동생이란 사실을 나는 내내 숨길 작정이었지만 어느새 다들 알게 되었다. 듣자 하니, 어쩌다 그만 본인이 이야기해 버렸다고 한다. 곤짱의 이야기에는 그야말로 빈번하게 '쇼짱'이 등장하기 때문에 숨길 수도 없었을지 모른다. 그렇다고 해서 곤짱을 빌미로 연줄을 놓아 최대한 이용하려는 분위기는 현재 전혀 없다. 그것도 곤짱의 인덕인지 모른다. 누구도 곤짱을 편집부와 아키야마 씨 사이에 끼어 난처하게 만들지 않았다.

"일을 도와줄 거야?"

"예. 쇼짱에게 식사를 좀 챙겨 줘야 해요. 만날 바쁘다면서 밤샘을 계속하고 있어서."

아키야마 쇼고도 연말 마감 지옥에 빠져 있는 것이다. 그래서 곤짱은 요즘 꼬박꼬박 그의 작업장을 찾아간다고 한다.

"그저께는 현관문을 활짝 열어 놓고 바닥에 쓰러져 있더라고요. 나는 순간 쇼짱이 누군가에게 습격을 받아 쓰러진 줄 알았어요. 얼핏 보았을 때는 자는 건지 죽은 건지 알 수가 없어서."

아하하하하, 하고 가사이가 큰 소리로 웃었다. 데이트 신청을 하려면 좀 일찌감치 하지. 곤짱은 바쁜 아가씨인데.

"그럼 이 케이크라도 한 조각 갖다 드리지?" 편집장이 친절하게 말했다. "나 혼자는 다 먹을 수가 없는걸."

"감사합니다! 쇼짱은 단 걸 좋아해요."

아키야마 씨의 이름을 듣자 나는 어제 내가 느낀 그 당황스러운 감정을 그라면 어떻게 생각할지 궁금해졌다. '지나친 생각입니다'라며 역시 웃어넘길까.

기타미 씨의 얼굴이 떠올랐지만 그는 입원했을 테고, 무엇보다 나는 이 파일을 인계받았다. 이제 그를 번거롭게 할 수는 없다. 혼자서는 떨쳐낼 수 없는 의혹을 누군가가 웃어넘겨 주거나 정리해 주었으면 하는데, 아키야마 씨 외에는 머릿속에 떠오르는 사람이 없었다. 나는 홀로서기를 할 수 없는 '탐정'이다.

"바쁜 일들은 올해 내내 계속되나?"

내가 묻자 곤짱은 목소리에 힘을 주며 "내내, 계속, 줄곧"이라고 대답했다.

"설 연휴에도 바쁘대요. 전 그래서 일부러 신경 쓰지 않아요. 스키 타러 가자고 할 생각이거든요. 쇼짱도 그렇게 억지로 쉬지 않으면 휴식을 취할 틈이 없는걸요. 어차피 기다려 봤자 한가한 시간이 나지 않으니 상관없어요."

그렇다면 나도 괜찮을까? "근일 중으로 들르겠다고 전해 줄래?"

"알겠습니다!" 곤짱이 씩씩하게 대답했다.

야근을 한다는 다니가키 선배에게 미안하다고 말하고(괜찮아, 괜찮아. 신경 쓰지 마. 크리스마스가 즐거운 건 애들이 어렸을 때

뿐이야) 퇴근시간에 정확하게 회사를 나왔다. 역까지 가사이와 함께 걸었다. 분명히 시무룩해져 있었다.

"요즘 여자애가 사촌 오빠와 친하다는 건 어떻게 생각하세요?"

불만스럽다는 듯이 투덜거렸다.

"별로 상관없잖아? 사촌 오빠하곤 결혼해도 괜찮으니까."

가사이는 속 쓰린 표정을 지었다.

"항상 일의 순서가 중요하다고 다니가키 선배가 가르쳐 줬잖아. 이번에는 복선을 깔고 준비했어야 했는데 그게 부족했어."

그의 등을 툭 쳐주고 나는 전차에 올라탔다.

집에서는 아내가 목이 빠지게 기다리고 있었다. 작년에는 모자와 흰 수염밖에 없었지만 올해는 산타클로스 복장을 제대로 준비했다.

"바느질하기 힘들었어."

케이크에 촛불을 켜고 폭죽을 터뜨리며 나는 "허허허" 소리 내어 웃었고, 모모코는 〈기쁘다 구주 오셨네〉를 불렀다. 산타클로스 복장 이상으로 나를 놀라게 만든 건 올해는 본격적인 칠면조 요리가 나왔다는 사실이었다. 크리스마스 관습을 따른 거라며 아내는 수줍어했다.

식사가 끝나갈 무렵에 전화벨이 울렸다. 장인 전화였다. 모임에서 다른 연회로 이동하는 중이었던 모양이다. 선물을 보냈는데 이제 도착할 거라고 했다.

"아, 그리고 분재 보내준 것 고맙게 받았네."

아내와 한참을 고민한 끝에 장인에겐 분재를 선물했던 것이다. 작지만 멋진 남천^{매자나뭇과의 상록 관목으로 관상용}이었다.

"마음에 드셨습니까?"

"응. 서재에 놓아두었지. 옛날부터 남천을 좋아했는데, 나호코가 용케 기억하고 있었군."

—엄마가 말이야, 아빠와 아주 드물게 외출할 때면 남천 무늬가 있는 옷을 즐겨 입었거든.

"나도 올핸 좀 취향을 바꿔 보내려다 보니 좀 늦어졌네. 내친김에 새해가 되기 전엔 자네 얼굴을 보기 힘들 것 같아 목소리만이라도 듣고 싶어서 전화했지."

이마다 가문은 설날 점심에 처남의 집에 모여 인사를 나누고 함께 새해를 축하한다. 나와 아내는 경영자 처지에서는 중요한 인물이 아니지만, 가족으로서 그 모임에 참석한다. 그 뒤 장인과 처남들은 끝없이 이어지는 새해 인사를 온 손님들을 받아야 한다.

"모모코가 카드놀이를 기대하고 있습니다."

사촌 형제들과 모여서 노는 것이다.

장인은 모모코와도 통화를 하고 맨 뒤에 아내와 통화를 했다. 아버지, 혈압은 어떠세요, 하고 아내가 물었다. 현관 차임벨이 울리자 모모코가 "왔다!" 하며 뛰어나갔다.

이마다 가문이 단골로 이용하고 있는 백화점의 출장사원이 산타클로스로 분장하고 커다란 보따리를 짊어진 채로 싱글벙글 웃고 있었다.

"산타 할아버지가 두 명이 있어~."

모모코가 깡충깡충 뛰었다.

나와 백화점 직원은 함께 웃었다. 그는 모모코에게 "허허허" 하며 선물을 건넸다(목소리는 내가 더 나은 것 같다). 그리고 나서 내게 작은 목소리로 사과했다.

"저희가 산타클로스 복장으로 선물을 전달해 드리는 것은 올해부터 시작된 단골 고객에게만 하는 특별 서비스입니다만, 고객님 댁에서 다른 산타클로스와 마주칠 위험성이 있다는 내용을 회사에 보고해야겠습니다. 죄송합니다."

"잘 어울리시는데요."

내가 놀리자 그는 모자 쓴 머리를 긁적였다.

"아뇨, 선생님께서 더 잘 어울리십니다."

세 식구가 서로에게 선물을 주고, 장인과 처남들로부터 받은 선물을 펼쳐보며 웃고 놀라고 즐거워했다. 나하고 아내는 포장을 뜯어 보고 서로에게 책을 선물했다는 것을 알았다.

"우린 닮은 부부야." 아내가 웃었다.

모모코는 내게 그림을 그려 주었다. 산 그림이었다.

"아빠가 좋아하는 경치를 그리려고 했어. 엄마가 말이야, 아빠는 산을 좋아한대."

모모코가 그려 준 그림은 내가 기억하는 산하와는 달랐다. 모모코가 알고 있는 산의 경치는 가루이자와 다테시나_{나가노 현 중부에 있}는 고원지대로 관광지, 별장지로 유명하다 쪽이다. 내가 태어나고 자란 고향에는 가

본 적이 없다. 데리고 간 적이 없으니까. 모모코는 친할아버지의 얼굴을 모르고, 고종사촌 형제들과 만난 적도 없다.

　내 고향은, 그게 아무리 내 기억과 다르다 하더라도 이미 모모코가 그려 주는 그림 속에 있는 것이다. 나는 그런 인생을 선택했다.

　장인은 아내에게 매년 액세서리를 선물해 준다. 모모코에게는 외제 크레용 세트를 주었다. 내게는 '나호코가 골라 주었네'라고 적힌 카드와 함께 늘 가죽 제품 같은 잡화를 선물했다.

　그런데 올해는 달랐다. 포장지에 정성스럽게 싼, 손으로 쓴 양복 교환권이었다. 장인이 오랜 세월 양복을 해 입는 그 가게, '킹스'의 주인이 손수 쓴 것이었다.

　"이제 자기도 여기서 양복을 해 입어도 된다는 뜻이야." 아내는 순진하게 기뻐했다.

　이마다 가운의 일원으로 인정받았다는 의미냐고 물으려다 그만두었다. 나는 선물을 소중하게 받아 넣었다.

　평소보다 밤늦게까지 자지 않았기 때문에 모모코는 전지가 다 닳은 듯이 폭 고꾸라져 잠이 들고 말았다. 나는 설거지를 맡았고, 아내는 욕조에 들어갔다. 새언니한테 받은 목욕용 아로마 양초를 얼른 써 보고 싶다고 했다.

　설거지라고 해 봐야 식기 세척기에 넣는 일뿐이다. 방의 조명을 약간 어둡게 하고 깜빡거리는 크리스마스트리의 장식용 전구를 안주 삼아 남은 와인을 혼자서 마셨다.

우리 부모님과 형, 누나는 오늘 밤 어떻게 지낼까, 하는 생각을 했다.

다들 즐겁게 보낼 게 틀림없다. 부모님에게 무슨 일이 있으면 아무리 나하고 인연을 끊었다 해도 누나나 형이 알려 줄 것이다. 무소식이 희소식이다. 다들 모여서 크리스마스이브의 케이크를 먹었으리라.

어쩌면 부모님이나 형 부부나 '크리스마스가 즐거운 건 어렸을 때뿐이야'라며 여느 때와 다름없는 저녁 식사를 한 뒤, 늘 그러듯이 텔레비전을 보고 있을지도 모른다. 형의 아이들은 벌써 고등학생이다. 자기들 나름대로 약속이 있어 바쁘리라. 누나 부부에겐 자식이 없고, 부부가 다 로맨틱한 타입도 아니다.

"기쁘다 구주 오셨네, 기쁘다 구주 오셨네."

작은 목소리로 노래해 보았다. 음정이 어긋났다.

어젯밤을 어디서 어떻게 보냈는지 가사이는 얼굴에 잔뜩 숙취 기운을 남긴 채로 출근했다. 오자마자 바로 화장실로 뛰어 들어가 핼쑥해져서 나오더니 비틀비틀 자기 자리로 가서 앉았다.

"어머머. 어떻게 된 거예요, 가사이 선배."

곤짱이 밝은 표정으로 걱정했다. 겨울방학이 시작되고부터는 매일 풀타임으로 일하고 있다. 하지만 오늘만은 나오지 않는 게 나았을 텐데. 아침부터 저 천진한 얼굴을 보는 가사이가 측은했다. 하기야 곤짱이 나오지 않으면 나오지 않는 대로, 어젯밤 무슨 일이 있었나 싶어 고민할 테니 별 차이가 없으려나.

"젊다는 건 좋은 거야."

팔꿈치를 책상에 짚고 담배를 피면서 편집장이 툭 내뱉었다.

"젊어도 과음하면 안 되죠~."

곤짱이 박자에 어긋난 콧노래를 부르며 신문 스크랩을 시작했다. 편집장은 그 모습을 곁눈으로 보면서 말했다.

"곤짱도 밉살맞은 아가씨네."

"예? 제가요?"

"그래. 밉살맞은 아가씨란 착한 아가씨란 뜻이야."

나는 국제연합 정전停戰감시단처럼 엄숙하게 내 일을 시작했다.

모르는 척한 걸 사과하려는 건 아니었지만 곤짱에게 점심을 사주기로 했다. 근처 이탈리안 레스토랑에서 크리스마스 특별 런치를 준비했다는 이야기를 들었기 때문이다.

"오늘이 진짜 크리스마스군요."

즐겁다는 표정을 짓던 곤짱이 불쑥 목소리를 낮추어 말했다.

"제가 뭘 잘못했나요?"

"잘못하다니, 뭘?"

"편집장님이 기분 나쁘신 것 같았잖아요."

"그렇지 않아. 신경 쓰지 않아도 돼."

"저는 편집장님 좋아해요. 아주 딱 부러지는 분이시라서." 곤짱이 진지하게 말했다. "하지만 표현은 서툰 것 같아요."

맞아, 잘 봤어.

"말을 그렇게 밉살맞게 하다 보면 진짜 그런 감정이 생기는 게 아닐까요?"

"그렇진 않을 거야. 편집장님도 그렇게 말해 놓고 쑥스러운 거지. 그래서 화난 척하는 거야."

"그런가요~."

곤짱의 맑은 눈이 갑자기 그늘졌다.

"겐다 이즈미라는 사람도 그래서 화를 내는 걸까요? 자기 마음을 제대로 표현할 줄 몰라서?"

젊은 곤짱은 겐다 이즈미를 어떻게 생각할까. 마침 좋은 기회라, 나는 기타미 씨와 나누었던 '보통'론에 관해 이야기해 보았다.

"스기무라 선배나 기타미 씨란 분, 두 분 의견 모두 이해가 될 것 같은 기분이 들지만."

곤장은 드물게 미간에 주름을 잡았다.

"하지만 기타미 씨가 정의하는 '보통'은 너무 과격하다는 생각이 들어요. 물론 일부러 그러시겠지만."

나도 마찬가지 생각이기는 하다. 하지만 기타미 씨의 주장을 완전히 부정할 수도 없다. 왠지 납득이 간다고 할까, 설득을 당한 기분이 들었다. 현대 사회에서는 '보통'이란 살기 힘들다, 다른 사람에게 도움이 되지 못한다는 이야기다ㅡ.

'보통'의 가치가 그렇게까지 떨어진 걸까. 그렇다면 그 반대말인 '특별'에는 얼마나 가치가 있는 걸까.

"기타미 씨란 분 무서운 분이네요."

"무서워?"

"예. 그런 이야기를 하면서 '자아실현'이란 표현을 쓰다니. 저 같은 사람들에겐 아주 괴로운 지적이죠."

괴롭다는 표현까지 나올 줄은 몰랐다.

"우린 아직 제대로 이룬 게 없잖아요. 무언가를 이루고 싶어 열심히 노력하지만 바라는 결과가 나올지 어떨지는 모르죠. 결과가 나오는 사람과 나오지 않는 사람의 차이가 어디에 있는 건지도 알 수가 없고."

식사가 나왔다.

"처음부터 '나는 뭔가가 되어야만 한다'고 생각하지 않고 살 수 있으면 편하겠어요. 하지만 이미 그렇게 될 수는 없겠죠. 우린 모두 뭔가가 되기 위해 노력해야 한다는 사실을 알고 있으니까, 눈을 떠 버렸으니까."

눈을 떴다, 라고?

"저는 겐다 씨란 분을 본 적이 없기 때문에 어설픈 추측이지만, 그런 생각으로 마음이 가득한 모양이에요. 하지만 그건 독선이죠. 헛돌아서 실패하고, 아무리 해도 잘 풀리지 않는다면서 늘 화를 내고 있었던 게 아닐까요?"

살짝 고개를 갸웃거렸다.

"겐다 씨는 얼굴이 보이는 상대를 미워하고 있는 거예요. 이 세상이 미우니까. 누구라도 상관없으니 해치우겠다면서 우발적으로 범죄를 저지르는 사람과는 다르죠. 자기 옆에 있고, 얼굴이 보이는데 웃고 있는 사람이 미운 게 아닐까요?

그 여자는 웃고 있지 못하니까. 자기는 남들처럼 웃을 수가 없어서.

그래서 오빠의 행복도 망가뜨렸다. 그 결과 자신도 결정적으로 망가지고 말았다. 그 끔찍한 거짓 폭로 때문에 그녀는 돌아올 수 없는 다리를 건너 버린 것이다. 이제는 그냥 갈 수밖에 없다. 아무리 진로가 잘못되었다는 걸 알아도.

"웃는 건 정말 간단한 일인데."

곤짱은 그렇게 말하며 포크를 집어 들었다.

"이렇게 맛있는 음식을 사 주면 아아, 운 좋다, 스기무라 선배는 좋은 사람이다. 그렇게 생각하는 것만으로도 나는 행복한걸요. 잘 먹겠습니다."

23

곤짱을 따라 아키야마 씨의 작업장을 다시 찾은 것은 28일 점심때가 지나서였다. 종무식 날이었다. 그룹 홍보실도 특별히 해야 할 일은 없었다. 각자 자기 책상 주변을 정돈하고, 맥주로 건배를 하며 한 해의 노고를 서로 치하한 뒤 일찍 해산했다. 그래서 바로 아키야마 씨를 찾아가기로 했다.

일이 너무 바빠서 죽고 싶을 만큼 심심하니 뭔가 재미있는 이야기가 있다면 언제든 환영이다, 라고 아키야마 씨가 말했다고 한다. 그가 버번을 좋아한다고 해서 어떤 버번을 좋아하는지 곤짱에게 물어 그걸 사들고 갔다.

"좋겠습니다. 오늘로 종무식이죠?"

오늘 아키야마 씨는 바닥에 쓰러져 있지도 않았고, 잠도 자지 않고 있었고 수염도 깎았다. 작업실도 내가 처음 찾아왔을 때보다 더 깔끔하게 정돈되어 있었다. 곤짱이 애를 쓴 결과이리라.

"아키야마 씨도 올해 원고는 이제 보내 봐야 별수가 없을 겁니다. 인쇄소가 쉬니까."

"그렇기는 하지만 담당자가 쉬는 동안에 제가 봐야 할 교정쇄가 잔뜩 쌓여 있답니다."

이런 푸념을 할 수 있는 것도 잘나가는 필자이기 때문이다. 진짜 교정쇄가 쌓여 있었다. 하지만 한쪽 구석에는 스키 여행 안내 팸플릿도 몇 권 있었다. 나는 미소를 지었다. 펜 끝이 날카로운 젊은 평론가도 귀여운 사촌 동생에겐 약한 건가.

곤짱은 오는 길에 이런저런 일용잡화를 사왔다. 어디 뭐가 있는지 빤히 아는 사촌 오빠의 집이다. 그걸 수납하고 정돈하느라 열심히 움직이기 시작했다.

"쇼짱, 이러면 어떡해. 어제가 타지 않는 쓰레기를 내놓는 마지막 날인데 내놓지 않았네!"

"일주일 뒤면 또 올 거야. 됐어, 그냥 놔 둬."

그보다 커피 한잔 끓여 줘―, 라고 말했다.

"수면제는 넣지 말고."

아키야마가 놀리자 곤짱은 부루퉁했다.

"기분 나쁜 농담 하지 마셔."

"아, 그게 네 올해 최대 토픽이었지? 다른 건 뭐 없니? 꽃다운 여대생이?"

"시끄러!"

곤짱이 끓여 준 커피에 아키야마는 버번을 따랐다.

"사립탐정이 나오는 번역 소설에서 읽었죠. 주인공이 이렇게 마시더군요. 이러면 낮부터 마셔도 취하지 않는다면서. 커피 덕분에 술을 마셔도 정신은 말짱하다더군요."

하지만 그 탐정은 알코올 중독에 걸렸으리라.

"저는 커피만 하겠습니다."

아키야마 씨가 껄껄 웃었다. "스기무라 씨는 정말 안전을 최고로 여기는 분이군요. 지금까지 살면서 위험한 일을 해 본 적이 없죠?"

"쇼짱, 또 그런 실례되는 소리를."

나는 웃었다. "분명히 없군요."

결혼─정도일까.

"그러니까 성실하게 살 수 있는 거야. 쇼짱도 좀 보고 배워."

잔소리를 하면서 곤짱은 나와 자기가 먹을 쿠키 깡통을 땄다.

"그래, 그렇게 안전하신 분을 고민하게 만드는 문제라는 게 뭡니까?"

"고민이요?"

"걱정거리가 있는 표정으로 오셨지 않습니까? 표정에 그대로 드러납니다. 제가 도움이 될 수 있을까요?"

심술궂은 말투지만, 그 내용은 친절했다. 나는 이 독설가에 영리하고 수완가인 사촌 오빠를 다 큰 곤짱이 허물없이 대하는 까닭을 알 것도 같은 기분이 들었다. 이런 감정이 연애로 발전할지 어떨지는 몰라도 가사이에겐 벅찬 라이벌이다.

하기와라 사장을 찾아갔던 이야기를 털어놓고, 나는 하시타테에 대한 의혹에 관해 이야기했다. 아키야마 씨는 그 사이에 커피를 한잔 더 달라고 했다.

두 잔째에는 버번을 따르지 않았다. 이야기를 들으며 그의 표정이 점점 심각해져 갔다. 그 표정이 나를 긴장시켰다.

"지나친 생각이라고 비웃으시리라 각오하고 왔습니다만."

아키야마 씨는 말없이, 내가 아니라 곤짱의 얼굴을 바라보았다. 곤짱도 쿠키나 커피엔 손을 대지 않고 불안한 듯이 눈을 깜빡이고 있었다.

"너 이제 가라."

"왜?"

"됐으니까 돌아가. 네가 들을 만한 이야기가 아니야."

"그래도 신경 쓰여." 곤짱은 나를 바라보았다. 스기무라 선배, 정말 그 사람을 범인이라고 생각하는 건가요?"

"그, 글쎄." 나는 얼른 얼버무렸다. "그냥 상상에 지나지 않으니까. 나도 잘 모르겠어. 그렇게 심각하게 받아들이지 마."

"확인해 보면 어떨까?" 곤짱은 이번에는 사촌 오빠에게 말했다. "한번 만나서 이야기해 보면 알 수 있을지도 모르잖아."

"그래도 너하곤 상관없어."

"그렇지 않아. 미치카 할아버지 사건인걸."

우린 함께 수면제를 먹은 사이란 말이야, 하고 내게는 식은땀이 나는 말을 했다.

아키야마 씨는 못 말리겠다는 듯이 한숨을 내쉬었다. "만나서 이야기하면 자백시킬 수 있어? 말은 쉽게 하네."

자백이라니. 단도직입적인 표현이다.

"의심스럽다고 생각하십니까?" 내가 물었다.

아키야마 씨는 고개를 끄덕였다. "적어도 냄새가 난다는 느낌은 드는군요."

무엇보다 하시타테에겐 기회가 있었다, 고 했다.

"하지만 저는 단지—느낌으로 그렇게 생각하고 있을 뿐인지도 모릅니다. 실제로 경찰은 후루야 아키토시 씨를 살해한 사람은 나라 가즈코라고 단정하고 있는 거고요."

"경찰도 틀릴 때가 있습니다."

아키야마 씨가 바로 말했다.

"깜빡할 때도 있죠. 특히 이 사건에서 하시타테란 친구는 처음부터 수사 대상 밖에 놓여 있었기도 하고. 나라 가즈코란 여자도 자살한 정황으로 미루어 범인으로 추측될 뿐인 거죠—."

거기까지 말하고, 아키야마는 문득 입을 다물었다. 눈빛이 바뀌었다.

"아, 하지만 독약 문제가 있군요."

"무슨 말씀입니까?"

"청산가리요. 그 여자는 후루야 씨가 마신 것과 똑같은 청산가리를 갖고 있었죠. 그게 가장 중요한 물증이 되었죠?"

곤짱이 짝, 하고 손뼉을 쳤다. "유서도 있었잖아?"

까먹고 있었지만, 하며 눈을 동그랗게 떴다. 나도 까맣게 까먹고 있었지만, 그 말을 듣고 나니 생각이 났다.

"잠깐만."

아키야마 씨는 훌쩍 자리에서 일어서더니 책상 옆의 스크랩북 더미 안에서 한 권을 꺼내 뒤지기 시작했다. 후루야 씨 사건 기록을 모아둔 스크랩북인 모양이다.

"그러고 보니 쇼짱, 그 원고 썼어? 의뢰받았다고 했지?"

후루야 씨 사건을 포함한 연쇄 독살 사건에 관한 원고였다. 그는 스크랩북을 넘기며 고개를 저었다.

"거절했어. 쓸 수가 없어서. 원래 내 분야가 아니니까."

"그래도 사건에는 흥미가 있었잖아."

너 때문이야, 라고 아키야마가 대꾸했다. 곤짱이 후루야 미치카와 친구가 되고 나서라는 의미이리라. 역시 마음씨는 착한 사람이다.

"여기 있다. 이거야."

스크랩을 손에 들고 읽었다.

"후루야 씨 가족 분들께 폐를 끼쳐 정말 면목이 없습니다. 모두 제 책임입니다. 백번을 사과해도 부족하겠지만 용서해 주세요."

아키야마는 슬쩍 어깨를 움츠렸다.

"이 정도 내용의 유서를 결정적인 단서라고 할 수는 없겠죠."

"어째서?" 곤짱이 끼어들었다.

"후루야 씨를 죽인 건 접니다, 라고 고백한 게 아니니까."

"하지만 그런 의미의 문장이잖아."

"꼭 그렇게 볼 순 없지. 달리 해석할 수도 있어."

나는 아키야마 씨를 바라보았다. "예를 들어 나라 가즈코 씨가 후루야 씨를 죽인 건 딸인 아키코 씨라고 생각하고 있었다거나, 말입니까?"

그는 고개를 끄덕였다. "사태가 이렇게 된 건 자기 때문이라는 생각에 마음 아파했다거나 할 수도 있죠."

"그래서 자살했다? 너무 지나친 추측 아니야?"

아키야마 씨가 내게 물었다. "나라 가즈코란 여자는 경제적으로는 완전히 후루야 씨에게 의지하고 있었죠?"

"그런 모양입니다. 그런 이유로 후루야 씨도 재혼을 생각했던 거죠. 게다가 그분은 몸이 약해서—."

"그렇다면 후루야 씨를 잃은 슬픔이 컸겠군요. 게다가 후루야 씨를 죽인 사람이 친딸인 모양이라는 생각까지 들고. 일을 이렇게 만든 건 내 책임이다. 면목이 없다. 내 앞날도 불안하다. 어떻게 해야 하나—혼자 이런 고민을 해도 이상할 게 없죠."

후루야 씨를 따라 죽음을 선택했다는 해석도 가능하다는 이야기였다.

"결국 유서는 별로 신경 쓸 만한 증거가 아니라는 겁니다."

아키야마 씨는 그렇게 말하며 스크랩북을 탁, 하고 덮더니 원래 있던 자리에 되돌려 놓았다. 그리고 두 팔을 살짝 펼쳐 보였다.

"하지만 그 여자가 청산가리를 갖고 있었던 건 분명한 사실입니다. 후루야 씨에게 사용한 것과 똑같은 성분의 청산가리죠. 우연일 수는 없습니다."

나라 가즈코가 가장 중요한 용의자라는 사실에는 변함이 없다는 이야기다. 나도 스크랩한 기사에서 확인했다. 나라 가즈코의 소지품인 백 안에 들어 있었던 것이다.

"물증은 거짓말하지 않으니까요."

맞는 말이다. 군말이 필요 없다.

"그 청산가리 문제를 잊고 있었군요." 나는 이마에 한 손을 갖다 댔다. "죄송합니다. 역시 하시타테 문제는 제 생각이 지나쳤던 모양입니다."

"하지만 걱정이 되는군요."

아키야마가 중얼거리자, 곤짱이 쓴웃음을 지었다.

"쇼짱은 누구 편이야?"

"내 편 네 편이 어디 있냐? 그냥 걱정이 되는 거지."

선 채로 팔짱을 끼고, 그는 얼굴을 찌푸렸다.

"저는 범죄에 대해서는 잘 모르지만, 사건들을 다룬 논픽션 같은 건 자주 읽습니다."

쇼짱은 글자가 있는 거면 뭐든 읽죠, 라고 곤짱이 부연 설명했다.

"예전에 일어난 살인 사건 가운데 용의자가 체포되어 자백도 하고 재판도 받아 형이 확정되었는데, 그 뒤에 전혀 다른 사람이 주위 사람에게 실은 자기가 저지른 짓이라고 털어놓았다는 예도 있더군요. 자살이나 실종이 되거나 하는 케이스도 있겠죠."

"수사 당국이 주목하지 않았던 인물이 진범이었다는 이야기로군요."

"예. 그런 경우에 그 인물은 역시 내내 거동이 수상하거나 하답니다. 스스로를 책망하는 생각을 떨칠 수가 없겠죠."

나는 하시타테의 고개 숙인 모습을 떠올렸다. 그의 마음속에서 타들어 가는 자책감은 단순히 점원으로서의 책임감에서 오는 걸까? 아니면 더 직접적인 이유에서 비롯된 걸까?

하지만 후루야 씨를 죽인 청산가리를 갖고 있었던 사람은 나라가즈코지 하시타테가 아니다. 그건 엄연한 사실이다.

"무슨 일이든 혼자 고민에 빠져 점점 나쁜 방향으로만 생각하며 애를 태우는 사람도 있죠."

곤짱이 작은 목소리로 말하며 우리 얼굴을 번갈아 바라보았다.

"하시타테란 사람도 그런 성격이 아닐까요? 역시 범인은 아니라는 거죠."

하기와라 히로시는 하시타테를 가리켜, 이 세상의 불행을 모두 혼자 짊어지고 있는 듯한 청년이라고 했다.

"자기 주변에서 살인 사건이 일어나다니, 엄청난 쇼크였겠지."

곤짱의 표정이 약간 굳어졌다.

"나 같은 사람이야 상상할 수밖에 없겠지만. 그래도 그 수면제 사건 말이야, 그 일만으로도 난 아직도 가슴이 터질 듯이 무서워."

그게 만약 수면제가 아니었다면—

"만약에 그 소동으로 누가 더 심한 피해를 입었다면, 그게 내가 저지른 일이 아니더라도 난 내내 잊지 못하고 괴로워할 것 같아."

"곤짱이 그런 기분 나쁜 일을 당하게 된 건 원래 우리 그룹 홍보실 때문이야. 곤짱은 우리와 함께 있다가 공연히 그런 일을 당한 거지 아무 책임 없어."

내가 애써 부드럽게 말했다. 하지만 그녀는 고개를 저었다.

"알죠. 하지만 말이에요. 그런 일이 일어났다는 사실 자체가 무서운 거예요. 그게 살인 사건이었다면 더 그렇겠죠. 하시타테란 사람은 분명 마음이 착하고, 그래서 충격도 더 커서—."

"말하자면 약한 거지." 아키야마가 말했다. 곤짱이 픽 웃었다.

"그래. 하지만 난 그 사람을 탓할 수가 없어. 세상 사람들이 모두 쇼짱처럼 강하지는 않아."

나도 그리 강하지는 않다며 아키야마가 당황스러운 표정으로 말했다. 갑자기 어색한 듯이 헛기침을 한번 했다.

"어때요, 얘 주장이 타당하다고 생각하십니까?" 그가 내게 물었다. 나는 고개를 끄덕이며 대답했다.

"하시타테에게 필요한 건 자백이 아니라 위로와 격려라고 하시는 겁니까?"

"플러스 현실적인 지원."

아키야마 씨가 내 말을 보충했다.

"직장과 돈, 그리고 건강. 물론 건강은 그 친구의 경우 경제적인 문제가 해결되면 자동으로 회복될 것 같지 않습니까?"

아이러니하군요, 라며 또 심술궂은 말투로 중얼거렸다.

"넓지 않은 땅이지만 할머니가 돌아가시면 그 친구 것이 되지 않습니까? 그러면 그 친구 개인 문제는 해결되죠. 하지만 그 할머니는 그 친구의 단 하나뿐인 혈육이고, 그의 보살핌을 필요로 하고 있는 사람이에요. 버릴 수가 없을 겁니다."

그 어두침침하고 쉰내 나는 추운 집에서 단둘만의 생활.

"불행이란 대개의 경우 그런 거죠. 이쪽을 바로 세우려 들면 저쪽이 기울어지는 식으로 서로 엇갈려 있죠. 마치 헝클어져 풀리지 않는 실처럼."

그렇다고 실을 푸는 노력을 성급하게 포기하거나 끊어 버리려 든다면 사건이 될 우려가 있다.

"하시타테가 할머니 생각을 많이 하는 청년이란 건 이 경우에 한 가닥 남은 구원이 아닐까요?"

아키야마 씨가 말했다. 내게 한 이야기가 아니라 곤짱에게 말하는 듯했다.

아키야마 씨 덕분에 마음이 가벼워져, 하시타테 문제는 아내에게 이야기하지 않고 넘어가기로 했다. 내 생각과 지레짐작 때문에 찜찜한 뒷맛은 남았지만, 이럭저럭 어수선했던 마음은 가라앉았다.

아내는 가정부와 함께 설날 준비를 하고 있다. 오카자리_{설날 현관 같은 데 걸어두는 장식용 금줄} 준비나 식료품 구입. 인쇄를 맡겼던 연하장이 나와 그날 밤을 함께 보낼 사람들 명단을 확인하고 인사말을 적어 넣었다.

"내일 또 미치카가 올 거야."

오늘도 왔었다고 한다.

"스웨터를 짠다고 했지?"

"연말이라 바쁜데 미안하대. 내가 대단한 걸 가르쳐 주는 것도 아니니 당신만 괜찮다면 올해 마지막 날에도 오라고 했지. 괜찮지?"

연말 집 안 대청소는 업자에게 부탁해 이미 마쳤다. 출근을 하지 않으니 연하장만 보내면 나는 집에서 쉴 일만 남는다.

"방해가 될 것 같으면 모모코 데리고 나갔다 올까?"

모모코가 다니는 학원도 설 연휴에는 쉰다. 함께 책방에 가서 그림책을 사야겠다. 영화도 괜찮다. 연휴에는 사람이 많으니 오히려 지금 보는 게 낫다.

"그럼 내일 나가는 김에 쇼핑도 좀 부탁할까?"

그러더니 쇼핑 목록을 적어 둔 게 어디 있을 거라며 찾기 시작했다. 아내는 늘 이런다. 뭔가를 할 때는 반드시 메모나 비망록 같은 걸 만드는 꼼꼼함을 보인다. 하지만 깜빡 까먹고 그걸 어디 두었는지 몰라 여기저기 뒤지곤 한다. 꼼꼼함과 덜렁거리는 모습을 동시에 보여 주는 것이다.

"이제 생각났네. 백에 넣어 두었어."

조금 있다가 멋쩍은 웃음을 지으며 돌아왔다.

"오늘 말이야, 은행에 갔었는데 ─."

큼직한 백을 뒤지며 또 찾는다.

그러다 아내는 문득 손길을 멈췄다.

"이게 뭐지?"

백에서 작은 파스텔 색 봉투를 꺼냈다. 예쁜 꽃무늬가 찍혀 있었다.

"러브레터 아니야?"

놀리는 나를 한 대 탁 때리고 아내는 봉투를 열었다. 그리고 웃음을 터뜨렸다.

"이것 봐. 모모코 편지야."

요즘 우리 딸은 편지 쓰는 재미에 푹 빠져 있다. 내용은 이렇다 할 게 없다. 글씨는 얼마 안 되고 그림만 있는 경우도 있다.

대부분의 경우 그런 편지는 집 안 어딘가에 숨겨 놓는다. 세면실 선반, 읽던 책 페이지 사이. 아침에 출근하려고 구두를 신는데, 거기서 나온 경우도 있었다.

"엄마, 안녕? 깜짝 놀랐지?"

그 편지에는 그렇게 적혀 있었다. 깜짝 놀란 엄마의 얼굴이 그려져 있다.

"새로운 수법이네. 백 안에 숨기다니."

모모코는 오늘 이미 잠들었다.

"언제 넣었을까? 낮에는 몰랐어?"

"전혀. 내 백 안은 언제나 어수선한걸."

그것도 이 사람 버릇이다. 집 안은 지나칠 만큼 정리정돈을 해대면서도 핸드백 안은 늘 어수선했다.

"이런 일이 없었다면 편지가 들어 있는지도 몰랐을 거야. 모모코를 실망시킬 뻔했네."

편지를 발견하면 '봤어, 고마워'라고 말해 줘야만 한다. 그러면 모모코는 내가 간지럼을 태울 때처럼 까르르 웃으며 도망쳐 버린다.

"역시 러브레터는 아니었군."

웃으며 말하다가 나는 숨을 멈췄다. 편지를 다시 읽는 아내가 의아하다는 표정으로 나를 바라보았다.

나는 아내의 백을 바라보았다.

"그런 일 자주 있어?"

"그런 일이라니, 어떤 일?"

"백 안에 자기도 모르게 뭔가가 들어 있는 경우 말이야."

아내는 큰 눈으로 나를 빤히 바라보았다.

"그런 일이 자주 있다면 큰일이지."

"그래도, 있지?"

"뭐, 그렇지."

"뭔가가 들어 있다는 사실을 깨닫지 못하는 경우도 있는 거야?"

"있겠지. 실제로 있었고."

아내는 편지를 살랑살랑 흔들어 보였다. 나라 가즈코의 백 안에 들어 있던 청산가리.

"잠깐만."

낮에 아키야마 씨가 했던 말과 똑같은 소리를 하고 나는 서재로 달려갔다. 이번에는 지레짐작을 피하기 위해 일단 확인을 해야 했다.

나는 스크랩을 하지 않고 메모를 적어 두고 있었다. 그걸 보았다. 만약을 위해 미치카의 홈페이지도 체크해 보았다.

틀림없었다. 문제의 청산가리는 작은 포장지 안에 담겨, 나라 가즈코의 백 안에서 발견되었던 것이다. 이웃들과 지인들의 증언을 통해 나라 가즈코가 평소 들고 다니던 백으로 확인되었다.

나라 가즈코의 백 안에서 나왔기 때문에 청산가리는 그녀의 소지품으로 간주되었다.

등에 소름이 끼쳤다.

이튿날 아침에 일어나, 오전 열한 시까지 기다렸다. 올빼미족인 아키야마 씨가 활동을 시작하려면 적어도 그 시간까지는 기다리는 게 예의일 거라고 생각했기 때문이다.

기다리는 시간을 이용해 모모코와 손을 잡고 산책하러 나가, 열 시에 문을 여는 근처 서점에서 딸이 좋아하는 그림책을 골라 사줬다. 사실은 오늘 모모코랑 영화를 보러 가려 했는데 아빠가 급한 일이 생겼단다. 미안해.

집에 돌아와 딸을 아내에게 맡기고 서재로 뛰어 들어가 전화를 걸었다. 신호음이 다섯 번째 울리자 아키야마 씨의 졸린 목소리가 들려왔다.

내가 다짜고짜 말했다. "청산가리의 수수께끼를 푼 것 같습니다."

잠시 침묵한 뒤, 그가 말했다. "성격 어지간히 급하시군요. 어쨌든 오시죠. 저는 커피를 끓이겠습니다."

삼십 분 만에 나는 그의 작업실에 도착했다. 아키야마 씨는 운동복 차림으로 커피를 마시고 있었다. 아직 면도를 하지 않아 수염이 삐죽삐죽했다.

한 손에는 머그잔을 들고, 한 손은 허리에 대고 기운 없이 서 있었다. 하지만 눈은 잠에서 깨어 있었다.

"그래, 어떻게 풀렸다는 겁니까?"

나는 아내의 백에 딸이 쓴 편지가 들어 있었던 이야기를 했다. 본인이 전혀 눈치채지 못하는 사이에 백 안에 무언가가 들어갈 수가 있다. 눈치채지 못하면 그대로 두게 된다. 아마 나라 가즈코는 자기 집 베란다에서 아래를 향해 몸을 던진 그 순간까지 자기가 평소 들고 다니던 백 안에 후루야 씨를 죽인 것과 똑같은 독약이 들어 있다는 사실을 전혀 몰랐을 것이다.

"그럴 가능성이 있다는 건 알겠습니다."

커피를 마시며 아키야마 씨는 천천히 고개를 끄덕였다.

"하지만 그 친구 짓이라고는 단정할 수 없지 않을까요?"

"맞는 말씀입니다. 하지만 하시타테에겐 나라 가즈코 씨를 접촉할 기회가 있었을 겁니다. 후루야 아키코나 하기와라 히로시에게는 없었던 기회입니다."

다름 아닌 라라 파세리다.

"나라 씨는 처지가 처지인데다가, 아키코 씨와 분위기가 좋지 않았기 때문에 후루야 씨의 문상은 할 수도 없을뿐더러 장례식에도 가지 못했습니다. 후루야 씨 집을 방문해 향을 올릴 수도 없었죠. 그런 상태라면 후루야 씨의 죽음을 애도하기 위해 찾아갈 수 있는 곳은 뻔합니다. 사건 현장이죠. 그가 쓰러진 곳이라거나, 그가 문제의 우롱차를 산 편의점. 양쪽 다 찾아갔을 가능성이 높을 겁니다."

꽃을 바치고 두 손 모아 명복을 빈다.

아키야마 씨는 짙은 눈썹을 치켜세웠다. "그때?"

"하시타테와 만났을 겁니다. 제가 그 가게를 잠깐 찾아갔을 때와 마찬가지로."

그는 매일 청소를 하러 나왔다. 우직하게 청소를 했다. 성실한 청년이었다. 하지만 이제 내 마음에서는 다른 생각이 고개를 들고 있었다. 그는 거기에 있고 싶었던 게 아닐까. 누군가가 그를 의심해서 왜 그렇게 매일 청소를 하는지 의심해 주기를 바라면서. 어쩌면 그저 자기가 저지른 살인 사건 현장에서 떠나고 싶지 않았던 건지도 모른다. 도대체 어떤 심리에서인지는 상상하기 어렵지만, 이미 모든 일이 끝났다는 걸 확인하고 싶어서였을까. 아니면 매일 현장을 찾아가 그때마다 또렷하게 떠오르는 범행 기억을 되살리며 자기 자신의 몸과 마음을 괴롭게 만들어 죄를 씻으려 했던 걸까.

눈에 선했다. 슬픔에 잠겨, 살인 혐의를 썼다는 두려움 때문에 야윈 나라 가즈코가 손에 꽃을 들고 '라라 파세리'를 찾는다. 거기에는 하시타테가 있고, 문을 닫은 가게 주위를 정성껏 청소하고 있다. 그는 나라 가즈코에게 말을 건다. 어떻게 오셨습니까? 후루야 씨를 아는 분이십니까.

나라 가즈코의 방문이 한 번뿐이었을 리는 없다. 여러 번 찾아갔을지도 모른다. 내가 그녀라면 분명 그렇게 했으리라. 꽃이 시들기 전에 또 찾아갈 것이다.

처음에는 우연히 만난다. 하지만 두 번째부터는 다르지 않았을까. 하시타테는 그녀가 오기를 기다렸을지도 모른다. 나라 가즈코도 친절한 점원이 주위를 청소하고 있을 때 새 꽃다발을 갖고 오려 했을지도 모른다.

그 꽃 이번엔 어디 놓으실 건가요? 묵념하시는 동안에 잠깐 짐을 들어 드릴게요―.

"스톱."

아키야마 씨가 큰 소리로 내 말을 가로막았다.

"스기무라 씨, 상상이 너무 지나치군요."

나는 꿈에서 깬 듯이 입을 다물었다.

"그건 가설에 지나지 않아요. 상상입니다. 나라 가즈코가 편의점을 찾아갔을지도 모르지만, 가지 않았을 수도 있습니다."

"예. 확인해 보기 전에는 모를 일이죠."

"찾아갔다 하더라도 하시타테를 만났는지 어떤지도 알 수 없습니다. 만났다 해도―."

항변하려는 나를 손을 저어 제지하더니, 침착하라고 했다.

"가령 스기무라 씨의 상상이 모두 다 맞는다고 합시다. 가정입니다. 어디까지나 가정. 대담한 가설이기는 하지만 아무리 그래도."

나는 아키야마 씨의 얼굴에서 눈을 떼지 않고 옆에 있던 의자에 걸터앉았다. 그는 심각한 표정이었다.

"그 친구가 그런 인간입니까?"

"무슨 말씀이죠?"

"남에게 죄를 뒤집어씌우려 들 인간입니까?"

나는 말문이 막혔다.

"지금까지 들은 스기무라 씨 이야기로는 그 친구가 그런 악의를 지닌 사람은 아니라는 느낌이 듭니다. 아니, 물론 우리는 그 친구가 청산가리를 사용해 무차별 살인을 저질렀다고 의심하기 때문에 그 친구가 천사라는 생각은 하지 않습니다. 하지만 사후 공작을 벌여 그런 짓까지 할 인간이라고는 생각하기 힘들다, 바꿔 말하면 그를 움직이고 있는 것은 그런 종류의 사악함은 아니다, 아닙니까?"

내 머리는 자제력을 잃고 빙빙 돌며 아키야마의 현실적인 의문에 대답하는 쪽으로는 움직여 주지 않았다.

"맞는 말씀—이라고 생각합니다만."

"그렇죠?"

아키야마 씨는 머그잔을 탁자에 내려놓더니 어깨를 늘어뜨리며 휴우, 하고 한숨을 쉬었다.

"하기야 본인을 만나 물어보는 게 제일 빠르겠습니다. 십 분만 기다려 주세요. 옷을 갈아입을 테니."

나는 입을 쩍 벌렸다. "예?"

"그 친구를 만나러 가자는 겁니다."

"지금 말입니까?"

"쇠는 뜨거울 때 두드려라." 그렇게 말하고, 아키야마 씨는 웃는 표정을 지었다. "사실은 그 친구가 걱정이 됩니다. 공연한 참견이겠지만."

어젯밤에 여러 가지 생각을 했다고 한다.

"덕분에 심란해서 일이 전혀 손에 잡히지 않았습니다."

나는 죄송하다고 사과했다.

"아닙니다. 스기무라 씨 때문이 아니죠. 저는 원래 이런 인간이니까요. 그러니 하는 일도 이런 거죠. 아무 일에나 고개를 디밀고 싶어 하고, 꾸물거리는 사람을 보면 한마디 하고 싶거나 무슨 수를 내고 싶어 견디지 못하는 성질이죠."

그런 이야기를 하며 옷을 갈아입었다.

"사실 스기무라 씨가 전화를 주지 않았더라도, 또 이 새로운 견해를 듣지 않았더라도 제가 연락을 드려 하시타테의 집에 데려다 달라고 할 작정이었습니다."

나는 놀라서 다시 말문이 막혔다.

"그 친구, 눈치챘을 겁니다."

셔츠를 입으면서 아키야마 씨가 말했다.

"스기무라 씨가 의심하고 있다는 걸 알고 있을 겁니다."

무슨 의미인지 이해가 되지 않았다. "저는 아키야마 씨에게 한 이야기의 내용을 그 친구에겐 한마디도—."

"말하지 않아도 느낍니다. 스기무라 씨가 의혹을 품은 순간 그 친구도 눈치를 챘을 겁니다. 그런 건 상호작용이니까요. 그게 지금 그 친구에게 어떤 영향을 미칠지 걱정이 됩니다."

"그 친구가 진범이 아니라도요?"

"예, 그 문제하곤 상관없이." 아키야마가 바로 대답했다. "하시타테 겐지 진범설을 저는 전혀 받아들이지 않습니다. 약간의 정황 증거에 과장하고 부풀린 망상 같은 주장에 불과하죠."

혹독한 평가다. 나는 목을 움츠렸다.

"하지만 그것과 말로 표현하지 못하는 직감 같은 것은 또 별개의 문제입니다."

아키야마 씨의 얼굴에 갑자기 그늘이 졌다. 오늘 아침도 날씨가 좋아, 커튼을 열어 둔 창문으로는 햇살이 가득 쏟아져 들어오고 있는데.

그는 고개를 저어 그 그늘을 스스로 떨쳐냈다.

"어쨌든 실제로 그는 자책하고 있습니다. 게다가 스기무라 씨가 자신을 의심하는 상황이니 갑자기 나쁜 방향으로 기울지도 모릅니다. 시기도 최악이고요."

이 연말이 최악의 시기? 그래서 서두른다는 건가?

"크리스마스나 새해처럼 사람들이 들뜬 시기에 자살자가 늘어납니다." 아키야마 씨가 말했다. 나는 깜짝 놀라 손을 입으로 가져

갔다.

"그냥 두면 그 친구—올해를 무사히 넘기지 못할지도 모르겠습니다."

그의 말이 나를 호되게 때렸다.

"다시 말하지만 그 친구가 범인이 아니더라도 그런 심리 상태에 빠져 있을 가능성이 높다는 이야깁니다. 아시겠습니까?"

알겠습니다, 라며 나는 몇 번이나 고개를 끄덕였다. 나 스스로가 처음 하시타테의 집을 방문했던 크리스마스이브 전날 느꼈다. 이 밝고 행복으로 가득한 세상에—그건 의태擬態에 불과하지만—그는 얼마나 쓸쓸할까.

내가 그 이야기를 하자, 옷을 다 갈아입고, 거울도 없이 전기면도기로 수염을 깎던 아키야마 씨는 내 귀를 쑤시듯 아프게 빈정거리는 웃음소리를 냈다.

"애당초 스기무라 씨처럼 척 보기에도 풍족한 사람이 그 친구를 접촉한 것 자체가 잘못입니다. 악의 없이 한 행동이 제일 뒤처리하기가 나쁘죠."

아무 말도 할 수 없었다. 무슨 말인지는 알겠지만 내가 무슨 잘못을 저질렀는지 이해가 되지 않았다. 아니, 정확하게 이야기하자면 내가 무얼 잘못했고, 무엇이 잘못되지 않은 일인지 그걸 구분할 수가 없었다.

"이번 사건으로 이미 나라 가즈코 씨가 죽었습니다. 그 여자 문제도 그 사람이 범인이었느냐 아니냐에 관계없이 불행한 사건이었죠. 더는 안 됩니다. 갑시다."

아키야마 씨의 재촉을 받으며 밖으로 나왔다.

택시 안에서 아키야마 씨는 내게 주의 사항을 말했다. 제가 이 사건을 취재하고 있는 걸로 합시다. 스기무라 씨와는 우연히 알게 되어, 그 친구 이야기를 들었다. 관계자를 만나 보고 싶어서 소개해 달라고 했다.

"쓸데없는 소리 하지 마시고 그저 진지하게 걱정스러운 표정으로 아무 말 말고 있어 주세요. 아시겠습니까?"

알았다고, 나는 굳게 약속했다.

24

어린 시절, 나는 설날보다 연말이 더 좋았다. 앞으로 설날이 올 거라는 기대감 때문에 눈에 익은 동네마저도 예쁘게 보였다. 빛이 났다. 신선한 느낌이 들어 가슴이 뛰었다.

하시타테의 집 앞에 서서, 오랫동안 잊고 있던 그 느낌을 나는 다시 떠올렸다. 그건 어린이뿐만이 아니라 누구나 느끼는 생각이 아닐까. 인간이란 모두 행복의 한복판에 있을 때보다, 앞으로 행복해질 거라는 기대감에 찬 순간을 더 바라는 게 아닐까.

하시타테네 집은 행복했던 적도, 앞으로 행복해 질 가능성도 없어 보였다.

찬바람이 모든 희망을 끊어 놓은 듯했다.

연말도 설날도 없을 것처럼 보였다. 분명 크리스마스 때도 그랬으리라. 그래서 그날 밤, 나는 신주쿠의 붐비는 거리를 걸으며 그렇게 허전했던 것이다. 고독한 처지는 아니라는 사실을 애써 떠올리지 않으면 안 될 지경으로. 나는 하시타테의 환영에 사로잡혀 있었던 것이다.

실례합니다. 아키야마 씨가 활달한 목소리로 외쳤다.

그 순간, 나는 하시타테가 집에 없었으면 좋겠다고 생각했다. 그는 성실하게 라라 파세리를 청소하러 나가, 표정이 조금은 밝아졌고, 그의 할머니도 오늘은 몸이 좋아져서ー.

비틀거리는 그림자처럼, 하시타테가 집 안에서 모습을 드러냈다.

지난번에 만났을 때와 똑같은 차림이었다. 그때 입었던 옷을 그대로 입고 있는지도 모른다. 그래도 분간이 가지 않는, 그래도 아무 지장이 없는, 아무도 신경 써 주지 않는 그의 일상인 것이다.

잘 지냈나? 내가 말을 걸었다. 연말이라 바쁠 텐데 미안하네.

아키야마 씨는 전혀 막힘없이, 미리 준비한 대로 이야기를 건넸다. 친밀감 있고 밝게, 하지만 지나치게 허물없이 굴지는 않았다. 웃는 표정도 자연스럽고 말도 더듬지 않았다. 나는 바보처럼 빙긋거리며 이따금 고개를 끄덕여 장단을 맞추는 게 전부였다.

기울어진 낡은 목조 가옥 현관. 쉴 내 나는 어두침침한 공간에서 펼쳐지는 두 사람의 연극을 하시타테는 어린애 같은 눈으로 바라보고 있었다. 마치 외국인에게 질문을 받은 어린애처럼, 어른에게 뜻 모를 농담을 들은 어린애처럼.

천천히 무릎을 접고, 하시타테는 현관 입구에 무릎을 꿇고 앉았다. 아키야마 씨가 준 명함을 두 손에 든 채로, 마치 무슨 소중한 입장권이라도 받은 듯이.

아키야마 씨를 올려다보던 시선을 내려 그는 명함을 가만히 들여다보았다. 확인하듯이 조심조심 읽고 있다.

그리고 나를 보았다. "성함을, 알고 있습니다."

"아키야마 씨를?"

그렇게 묻는 내 목소리가 이상해져 있다는 걸 깨닫고 부끄러워졌다.

"예." 하시타테는 다시 아키야마 씨를 올려다보았다. "도서관에서 빌려 읽었어요. 책을 내셨죠?"

"그래." 아키야마가 싹싹하게 고개를 끄덕였다. "읽어 주었다니 기쁘군. 고맙네."

"유명한 분이시군요."

다시 명함을 보았다. 하시타테는 희미한 미소를 지었다.

"매스컴 쪽 분이시죠. 저널리스트야."

마치 노래하는 듯한 억양으로 중얼거렸다.

"그렇지도 않아—."

아키야마 씨는 부드러운 목소리로 대답하다가 말을 마치지도 않은 채 입을 다물었다. 명함을 받아든 하시타테의 손이 떨리기 시작했다. 손가락만이 아니라 팔꿈치까지 떨고 있다. 이윽고 어깨도 떨리기 시작했다.

그의 머리도 위아래로 움직이고 있었다. 고개를 끄덕이고 있다는 걸 알고 나는 숨이 멎을 것 같았다.

"그래요." 용수철 인형처럼 머리를 움직이면서 하시타테가 중얼거렸다. 계속 고개를 끄덕이며 반복했다. 그래요. 그래요.

그 말을 듣고 나는 알았다. 아키야마 씨도 알았으리라. 그가 숨을 삼키는 기척이 느껴졌다.

하시타테의 얼굴에서 미소가 지워졌다. 다른 표정을 지으려 하고 있다. 하지만 그게 어떤 표정인지 파악할 길이 없었다. 본인도 자기가 무얼 어떻게 느끼고 있는지 알 수 없는 건지도 모른다. 그래서 표정이 지어지지 않는 거다. 사람이란 얼굴에 자기가 이해할 수 있는 감정밖에 떠올릴 수 없다. 표정이란 멋대로 반란을 일으키지 않는다.

다만 조금 앞질러 드러나는 경우는 있다.

하시타테가 계속 눈을 깜빡거렸다. 그렇게 해서라도 이 현실을 이해하려 하고 있었다. 이윽고 상황이 이해되었는지, 그의 야윈 뺨이 움직였다.

그리고 비로소 표정이 모양새를 갖췄다.

나는 그 표정을 '안도감'이라고 생각했다. 그렇게 생각해서 조금이라도 빨리 구원을 얻고 싶었다.

"스기무라 씨가 눈치채고 있다는 사실은 알고 있었습니다."

나는 꼼짝도 할 수 없었다. 아키야마 씨가 몸을 약간 앞으로 구부렸다.

"사실은 지난번에 다 이야기하고 싶었어요. 그랬어야 했죠."

하지만 이야기할 수가 없었어요. 쉰 목소리로 중얼거렸다. 동시에 그의 왼쪽 눈에서 눈물 한 줄기가 흘러내렸다.

"경찰에 신고해 주실지도 모른다고 생각했습니다. 그렇게 해 주시길 바라고 있었습니다."

그래—하며 아키야마 씨가 다른 말은 없이 고개를 한 번 끄덕였다.

"다 말하고 싶었지만 말을 할 수가 없었어요."

"무슨 이야기를 하고 싶었니?"

내가 작은 목소리로 묻자, 아키야마 씨가 눈짓으로 말렸다. 그는 입을 한일자로 꾹 다물고 있었다.

하시타테의 귀에는 내 질문이 들리지 않은 모양이다. 참고 있던 말의 둑이 터지면 자신의 의사로는 주체할 수 없을 만큼 흘러넘친다. 지금 그 말의 거친 물결이 그를 떨게 만들고 있는 것이다.

"하지만 말을 할 수가 없었어요. 스기무라 씨도 난처하지 않을까 하는 생각이 들었죠. 그래서 난 어떡해야 좋을지 모르겠어서. 이리저리 생각해 보았지만 제자리에서 맴돌기만 할 뿐 결론을 내리지 못했어요. 스기무라 씨에게 연락할까 생각도 했지만 전화를 걸 수도 없었죠."

갑자기 자세가 흐트러지며 하시타테가 현관에서 떨어질 뻔했다. 결국은 말의 거친 물결이 그의 몸을 무너뜨린 모양이다. 나는 얼른 두 팔로 그를 부축했다. 하시타테의 몸은 보기보다 훨씬 가벼웠다.

그는 내게 매달려 웃어 보이려 했다. 밝은 표정을 지으려 하고 있었다.

"매스컴 쪽에 계신 분을 데려와 주셨군요. 경찰보다는 그쪽을 더 잘 아실 테니까."

나는 아무 말도 할 수 없었다. 하시타테의 몸이 떨리니 내 몸도 함께 떨렸다. 아키야마 씨는 구부렸던 몸을 일으켜 똑바로 서 있었다. 어떤 의미에서는 흔들리지 않고 있는 건 아키야마 씨뿐이었다.

하시타테는 울음을 터뜨렸다.

"제가 했습니다."

몇 마디 되지 않는 말이었다. 그 짧은 말을 하기 위해 하시타테는 무너져야만 했다.

"제가 그랬어요. 후루야 씨를 죽인 건 접니다. 제가 그 우롱차에 청산가리를 넣었습니다."

나는 그를 끌어안고 있었다. 하시타테의 목소리가 내 가슴에서 웅웅거리고 있었다.

하지만 잘못 들었을 리는 없다.

나는 아키야마 씨를 올려다보았다. 그는 하시타테를 내려다보고 있었다. 이번에는 그가 표정을 잃었다. 아무런 표정도 없는 얼굴이었다. 그의 시원스럽게 긴 눈이나 날렵한 콧날이 곤짱과 무척 닮았다는 사실을 발견했다. 어째서 하필 이런 때 그런 생각이 드는 걸까.

하시타테를 품에 안은 채로 나는 좀 엉뚱한 질문을 던졌다. 내 머릿속에 떠오른 질문은 그것뿐이었기 때문이다.

"할머니는 좀 어떠시니?"

하시타테는 겨우 몸을 추스르더니 손등으로 얼굴을 닦았다.

"괜찮으세요."

"안에 계시나?"

"주무시고—계세요."

"할머니에게 걱정 끼쳐드리고 싶지 않지?"

달리 물어볼 내용은 얼마든지 있다. 하지만 나는 그런 질문을 했다. 그런 생각이 들었기 때문에 그렇게 물었다. 나는 이런 상황에서 제대로 계산을 해서 행동할 수 있는 사람이 못 된다.

하시타테의 눈에서 다시 눈물이 흘렀다. 오열을 참으며, 그는 말을 하지 못했다. 애써 숨을 들이쉬며 말을 하려 애쓰고 있었다. 눈을 꾹 감고 있었다. 주먹을 꼭 쥐고 있었다.

"죄송합니다."

겨우 짜낸 말이 그거였다.

"죄송합니다. 죄송합니다."

또 천식 발작을 일으킬지도 모른다. 나는 손바닥으로 열심히 그의 등을 쓰다듬었다. 하시타테가 몸을 웅크려, 그를 안고 있기 위해 나도 더 웅크려야만 했다.

"사실은 할머니에게,"

숨을 헐떡거리며 그가 말했다.

"할머니에게 먹이려고 했던 겁니다. 처음엔 그러려고 했어요."

살아 봤자 좋을 것도 없으니까.

"나도 편하고 싶어서."

나는 그의 등을 계속 쓰다듬었다.

"이젠 모든 게 싫어져서."

고통스러운 듯이 숨을 몰아쉬며, 눈물을 뚝뚝 흘리던 하시타테가 말을 이었다.

"몇 번이나 그러려고 했어요. 하지만 막상 할 수가 없었어요."

여전히 말없이 아키야마는 고개를 끄덕이고 있었다. 뭐라고 좀 해 줘. 당신이라면 적당한 말을 알고 있을 거 아니야. 속으로 고함을 치면서 나 또한 아무 말도 못 하고 그저 하시타테의 등을 쓰다듬기만 했다.

"너무 슬퍼서."

이 집이. 이 인생이.

"할머니가 불쌍해서 차마 볼 수가 없어서."

왜 이래야 하는 걸까. 왜 이런 생각을 해야만 하는 걸까.

왜 나는 조금 편하고 싶다는 생각을 해야만 하는 걸까. 조금은커녕 너무 편하게 사는 젊은 애들이 이 세상엔 넘칠 만큼 많은데, 아무것도 바라지 않아도 모든 게 이루어지는 사람들이 저렇게 많은데.

어째서 나 혼자만 그러지 못하는 걸까.

"할머니 때문이 아니에요. 할머니는 아무 잘못한 게 없으니까."

그건 너도 마찬가지야. 네가 잘못해서 이런 인생의 틀 안에 갇힌 게 아니야. 네가 선택한 인생이 아니야. 네겐 선택의 여지가 없었어.

이 오염된 땅도. 가난한 생활도. 부모에게 버림받은 것도. 이 기울어진 집을 떠날 수 없었던 것도.

"그런 생각을 했더니 갑자기 화가 났어요. 억울해서, 밤에 잠이 오지 않을 정도로 억울해서."

하시타테는 아직 눈을 감고 있었지만 손을 뻗어 그 손으로 마구 허공을 움켜쥐려는 몸짓을 했다. 그의 손이 내 어깨에 닿았다.

"이걸 먹어야 하는 건 할머니가 아니다. 절대 아니다. 그런 생각이 들었어요. 하지만 누군가는 마셔야 한다고 생각했어요. 할머니는 아무 잘못도 없으니까."

비로소 밖으로—타인들이 넘치는 세상으로 향한 분노는 편의점 냉장고 안에서 그 자리를 발견했다.

아키야마 씨가 고개를 숙이고 가벼운 헛기침을 했다. 그리고 천천히 몸을 구부려 하시타테의 귓가에 조용히 물었다.

"청산가리는 어떻게 구했니?"

하시타테는 눈을 뜨고 아키야마 씨를 보며 대답하려 했다. 하지만 흐느껴 울기만 할 뿐 말하지 못했다.

"인터넷이니?"

아키야마 씨의 말에 크게 두세 번 고개를 끄덕였다.

"돈이 꽤 들었겠구나."

하시타테는 또 고개를 끄덕였다. 부들부들 떨면서 심호흡을 한 번 했다.

"아르바이트한 돈으로 샀어요."

그게 너무 부끄러운 일, 죄스러운 일이라는 듯이 이를 악물고 있었다.

"어떻게 받았지? 우편이었어?"

"예."

"처음부터 종이봉투에 담겨 있었니?"

하시타테는 고개를 저었다. 엄지와 검지로 오 센티미터 정도 길이를 표시했다.

"요만한 작은 병."

"그래. 잘 밀봉해 두어야 한다거나 하는 여러 가지 주의 사항을 받았겠지?"

왜 그런 걸 묻는 걸까.

"우롱차에는 물에 녹여서 집어넣은 거니?"

"그랬어요."

"팩에 넣을 때는 어떻게 했어?"

"주, 주사기."

"그것도 인터넷에서 샀어?"

하시타테가 고개를 끄덕였다. 나는 참지 못해 입을 열었다. "그런 건 아무려나 상관없잖습니까. 경찰에 맡기면 되는 일입니다."

아키야마 씨는 약간 측은하다는 눈빛으로 나를 힐끔 보았다. 그러고는 바로 하시타테에게 시선을 돌렸다.

"그건 나중에 샀니? 같은 사이트였어?"

"그래요."

"할머니에게 먹일 생각이었다면 그럴 필요가 없었겠지? 누군가 모르는 사람에게 먹이기 위해 주사기가 필요해진 거지?"

"……예."

아키야마 씨는 눈을 꾹 감더니 "알았다"고 말했다. "그때 그 사이트 관리자나 판매한 사람은 네게 아무 말도 하지 않았니? 왜 그런 게 필요하냐고 이상하게 여기진 않았어?"

하시타테는 멍한 표정으로 고개를 저었다. 그런 생각은 해 본적도 없다는 듯이.

"누가 그때 너를 말렸어야 했는데. 하지만 그 사이트에서는 아무도 말리지 않은 거로구나."

안타깝게도, 라고 아키야마가 말했다. 내가 지금까지 들은 말가운데 가장 부드러운 목소리였다. 곤짱도 그의 이런 목소리는 들어 본 적이 없으리라.

"한 가지 더 가르쳐 줄 수 없겠니? 편의점 사건 뒤에 남은 청산가리를 병에서 꺼내 종이에 싼 것은 왜였어?"

콧물을 훌쩍이고 숨을 몰아쉬면서, 하시타테는 증거를 남기기 싫었다는 이야기를 더듬더듬했다.

"그래? 그럼 그 종이봉투를 왜 나라 가즈코 씨가 갖고 있었지? 너도 뉴스를 봤지? 그 여잔 자살했어. 자기 집 베란다에서 뛰어내려서."

"나라, 씨."

"후루야 아키토시 씨와 사귀던 여자분이야."

발작의 전조인지 하시타테의 목에서 이상한 소리가 들렸다. 나는 그가 편하게 앉을 수 있도록 내 몸의 위치를 바꾸었다.

"만났습니다."

"그 편의점 앞에서."

"예. 그분 자주 왔어요. 꽃을 들고."

늘 울고 있었다—는 말과 함께 눈물이 다시 흘러내렸다.

"너는 그 여자분과 거기서 알게 된 거지?"

확인하듯 또박또박한 말투로 아키야마 씨가 물었다.

"그럼, 네가 그분 백에 청산가리 종이봉투를 넣은 거니?"

예, 하고 하시타테는 고개를 끄덕였다. 목에서 나는 이상한 소리는 멈추지 않았다. 흙빛이었던 얼굴이 창백해져 갔다.

"왜 그런 짓을 했니?"

"그만두세요." 내가 끼어들었다. "지금 여기서 그런 질문할 때가 아닙니다."

아키야마가 갑자기 날카로운 목소리로 말했다.

"아뇨. 여기서 들어 두어야 합니다. 우리가 지금 이 귀로 들어 두어야 해요."

이야기해 주지 않을래, 하며 하시타테의 눈을 들여다보았다.

"더는 갖고 있기 싫어서."

"너는 더는 청산가리를 갖고 있고 싶지 않았다."

"예. 그래서 버리려고."

언제나 가지고 다녔다고 한다. 하지만 함부로 버릴 수는 없었다. 늘 누가 보고 있는 기분이 들었다.

"잡히는 게 무서웠어요."

아키야마 씨는 더 부드러운 목소리로, 그랬겠지, 하고 중얼거렸다.

"할머니가 혼자 남으니까."

목소리를 낮춰 나는 아키야마 씨에게 물었다.

"어째서 이것저것 묻는 겁니까. 내가 했습니다, 라고 했으면 충분하지."

아키야마 씨는 내 얼굴은 보지도 않고 복도 안쪽을 바라보며 대답했다. "그럴 필요가 있습니다."

"어째서 그럴 필요가 있다는 겁니까?"

"어쩌면 경찰은 이 친구에게서 다른 스토리를 끄집어내려고 할지도 모릅니다. 더 그럴듯한 동기, 이해하기 쉬운 범행 이유를 찾아내기 위해서 말이죠."

무차별 살인 사건을 틈탄 모방범으로, 장난삼아 저지른 범죄. 게다가 나라 가즈코에게 죄를 뒤집어씌우려 했다—.

"만약 그런 일이 생기면 우린 최초의 고백을 뒷받침해 주지 않으면 안 됩니다. 이 친구로부터 고백을 들은 이상, 우리는 그럴 책임이 있는 겁니다. 스기무라 씨도 각오를 해 두세요."

전화로 자세한 이야기를 하지는 않았지만 내 말투에서 무언가 느낀 게 있으리라. 오 분도 지나지 않아 하기와라 사장이 달려왔다. 지난번 만났을 때와 같은 카디건을 입고, 발에는 샌들을 신고 있었다. 아키야마 씨와 나, 눈물로 범벅이 된 얼굴을 한 하시타테를 보더니 사장은 몹시 놀랐다. 무슨 생각을 어떻게 하고 있었는지 몰라도 짐작했던 것보다 더 심각한 일이 벌어지고 있다는 사실을 깨달은 것이다. 세상 물정에 밝은 이 사람이 지금 분위기를 파악하지 못할 리가 없다.

"겐지야, 왜 그러니?"

그는 바로 하시타테에게 다가가 그를 등 뒤로 감추듯 막아서서, 나와 아키야마 씨를 번갈아 보았다. 심각한 표정에 호흡이 거칠었다. 서둘러 달려왔기 때문이리라. 입에서는 흰 김이 뿜어져 나왔다. 오늘은 추운 날씨다.

"이게 무슨 소동인가, 스기무라 씨. 엉?"

대답하려는 아키야마 씨를 노려보며 사장이 물었다. "형씨, 당신은 누구야?"

"제가 아는 사람입니다." 내가 대답했다.

"당신한테 물은 게 아니야!"

하시타테가 사장을 불렀다. 하기와라 사장은 등에 업은 어린애가 부르자 돌아보는 엄마처럼 고개를 돌렸다.

"사장님, 죄송합니다."

"겐지야―,"

하시타테가 약간 비틀거리자 아키야마 씨가 그의 팔을 잡아 주었다. 하기와라 사장이 얼른 뒤를 돌아보더니, 하시타테의 얼굴을 바라보며 파리라도 쫓듯이 아키야마 씨의 손을 뿌리쳤다. 그리고 하시타테의 두 어깨를 꽉 끌어안았다.

"제가 했어요."

"했다니, 무얼?"

묻는 목소리가 갈라졌다.

"편의점에서 있었던 일이요."

사장의 어깨가 축 늘어지고 팔이 하시타테의 어깨에서 떨어졌다.

"네가―네가?"

사장은 머뭇머뭇 눈을 옮겨 나를 보았다. 이 차가운 바람 때문에 눈에 눈물이 고였다. 안색이 나빠지더니 점점 창백해져 갔다.

"정말인가, 스기무라 씨?"

나는 그저 고개만 끄덕일 뿐이었다. 그걸로 대답은 충분했다.

"경찰에 가겠습니다."

하시타테는 천천히 등을 구부려 고개를 숙였다.

"할머니를 부탁드리겠습니다. 늘 폐만 끼쳐 정말 죄송합니다."

하기와라 사장을 남기고 우리는 거리로 나왔다. 택시를 잡아 탔다. 차가 달리기 시작하자 하시타테는 두 손으로 머리를 감싸 안았다.

신경이 쓰여 나는 뒤를 돌아보았다. 우리가 택시를 세운 길모퉁이로 하기와라 사장이 달려나오고 있었다. 샌들을 신은 채로 택시를 쫓아온다. 아무리 달려도 따라잡을 수 없자 멈춰 섰다. 두 손을 무릎에 짚고 몸을 앞으로 숙이고 있었다. 숨이 찰 것이다.

그의 목소리가 토막토막 들려왔다.

겐지야—하고 사장이 불렀다.

"걱정하지 마."

두 손을 입에 대고 큰 소리로 외치고 있다.

"걱정하지 말거라. 할머니는 잘 보살펴 드릴게, 잘 보살펴 드릴 테니까."

하시타테는 고개를 들지 않았다.

25

택시는 쏜살같이 달렸다. 어째서 오늘따라 신호등에도 걸리지 않는 걸까.

내가 근처 경찰서 이름을 대며 그리 가자고 하자 기사는 내비게이션에 그 이름을 입력했다. 수상하게 여기는 것 같았지만 아무것도 묻지 않았다. 우리도 죽은 사람들처럼 아무 말도 하지 않았다.

"이백 미터 앞에서 우회전입니다." 내비게이션의 합성음이 들려 왔을 때, 내 안주머니에서 휴대전화가 울리기 시작했다.

"—자기." 아내 목소리였다. "지금 어디야? 어디 있어?"

긴박하게 속삭이는 음성이었다. 마치 비명을 억누르고 있는 듯이 들렸다. 지금까지 아내의 이런 목소리를 들은 적이 없다. 나는 깜짝 놀랐다.

"얼른 들어와. 제발. 어서."

모모코에게 무슨 일이 생겼다는 걸 바로 알아차렸다. 내 안의 '부모' 회로가 긴급사태라는 전류를 감지하고 있었다. 어머니에게 이런 목소리를 내게 만드는 것은 자식의 변고 이외에는 아무것도 없다.

"왜 그래? 모모코한테 무슨 일 있어?"

"어서 들어와. 제발, 제발."

아내가 울먹이는 소리로 말했다. 고통스러운 숨소리가 섞여 있었다. 그녀가 수화기에 매달려 있는 광경이 한낮의 악몽처럼 내 뇌리를 오염시켰다.

"저어, 그 사람이 왔어."

"그 사람이 오다니?"

아키야마 씨가 나를 뚫어지게 보고 있었다. 하시타테도 몸을 일으켜 눈물 젖은 얼굴로 나를 바라보았다.

"겐다 씨. 겐다 이즈미 씨."

나는 현기증이 났다. 소름이 끼쳤다.

누구? 누구? 누구라고?

—두고 봐.

그 겐다 이즈미다.

"갑자기 찾아왔어. 나—그 사람 얼굴을 몰라서. 모습이 완전히 바뀌어 있었기 때문에 알아보지 못했어. 문을 열어 주고 말았어."

아내는 흐느끼고 있다. 하지만 필사적으로 말을 이었다.

"그 사람 자기에게 볼일이 있다면서. 자기를 만날 때까진 돌아가지 않겠대."

"당신은, 무사하지? 모모코는?

모모코는, 모모코는—.

"그 사람이 모모코를."

"모모코는 어디 있어?"

수화기에서 잡음이 들리더니 후루야 미치카의 목소리가 들려왔다. "아저씨!"

휴대전화에서 흘러나온 목소리가 아키야마 씨와 하시타테의 귀에도 들렸다. 아키야마 씨는 운전기사에게 고함을 쳤다. "스톱! 세워 주세요."

택시는 곤두박질칠 듯이 멈췄다. 차체가 크게 흔들렸다. 그리고 슬금슬금 갓길로 다가갔다.

"저 미치카예요."

그 목소리 또한 상기되어 있었다. 그랬다, 미치카는 오늘 우리집에 오기로 되어 있었다. 뜨개질을 배우러.

"그 여자 칼을 들었어요. 모모코를 인질로 잡고 있어요."

모모코가 인질로. 모모코가 인질로. 칼을. 칼을.

"경찰을 부르면 그냥 두지 않겠다고 난리예요. 일단 아저씨를 만나게 해 달래요. 어떡하죠? 어쩜 좋아요?"

누가 내 팔을 거칠게 잡았다. 아키야마 씨였다. 나는 얼어붙은 듯이 아무 말도 하지 못했다.

"바로 간다고 하세요. 지금 간다고. 그때까지 기다려 달라고, 상대방에게 이야기하라고 부인에게 전하세요."

나는 꼼짝도 하지 못했다. 그저 온몸이 마비된 사람처럼 휴대전화를 귀에 대고만 있었다. 아키야마 씨가 내 손에서 전화를 빼앗더니, 그 무서운 기세와는 달리 아랫배에서 울려 나오는 목소리로 말했다.

"여보세요? 알겠습니다. 스기무라 씨는 그쪽으로 가고 있습니다. 지금 집에 있죠? 부인은 무사한가요?"

우린 무사해요. 미치카가 빠른 말투로 대답했다. 서로 상대가 누군지 따질 때가 아니었다.

"기사 양반, 행선지를 바꿔 주세요."

그러고 나서 아키야마 씨가 나를 세게 쿡 찔렀다.

"댁이 어딥니까, 스기무라 씨. 정신 좀 차려요!"

택시가 방향을 바꾸어 달리기 시작했다. 나는 넋이 나간 채로 아키야마 씨가 내 휴대전화 버튼을 누르는 모습을 보았다. 하지만 다음 순간 정신이 들어 그 전화를 빼앗았다.

그는 110번_{범죄 및 긴급 사태 신고 전화}에 걸려 했던 것이다.

"뭡니까? 신고해야죠."

"안 돼. 안 됩니다."

턱이 떨려 나는 말도 제대로 할 수가 없었다.

"경찰을 부르면 모모코를 죽일 거야."

"그럴 리가—"

"어쨌든 제가 갈 때까지는 안 됩니다. 신고하면 안 돼요."

경찰을 부르면 그냥 두지 않겠다. 겐다 이즈미가 그렇게 말했다면 그런 거다. 그 여자는 자기가 한 말을 실행에 옮긴다. 무슨 일이 있어도.

—두고 봐. 그냥 두지 않을 테니까.

뭐가 뭔지 모를 하시타테는 입을 멍하니 벌리고 나와 아키야마 씨 사이에 끼어 있었다. 택시 운전기사는 당황했다. 그래도 차는 달리고 있었다. 어서. 빨리 우리 집으로.

"그 여자죠? 겐다 이즈미?"

그 이름을 잘게 씹어 내뱉듯이, 아키야마 씨가 말했다.

"스기무라 씨가 시키는 대로 한다 해도 그걸로 무마할 수 있는 상대가 아니에요. 그 여자는 지명수배자이기도 합니다. 왜 경찰을 부르지 않는 거죠? 바보처럼!"

나는 그저 고개만 저었다. 그럴 수밖에 없었다. 안 돼. 안 돼. 안 돼. 내가 어떻게든 해 봐야지. 달리 방법이 없어. 그 여자는 내게 화를 내고 있는 거니까. 내게 앙갚음하려는 거니까.

"그 여자가 어떻게 댁을 알아낸 걸까요."

가만히 있을 수 없으니 어쨌든 말이라고 하자는 듯이, 아키야마 씨가 큰 소리로 말했다.

"조사했겠죠."

"그렇다고 해도—."

"아마 수단 방법을 가리지 않았을 겁니다."

폭탄이 터져 버린 듯한 내 머릿속에 얼마 전 아내에게 들었던 말이 떠올랐다. 병원에서 영수증을 보내 준대. 주소를 확인하고 싶다고, 전화가 왔어.

그거다. 아마 틀림없으리라. 겐다 이즈미는 착착 계획을 세워 나와의 거리를 좁혀 오고 있었다. 보복할 기회를 노리고 있었다.

그런데 나는 그 여자 문제를 까맣게 잊고 있었다. 그녀의 분노, 그녀의 원망을.

택시에서 내리자마자 나는 달렸다. 바로 앞에 있는 우리 집. 아내와 나의 집. 모모코와 셋이 사는 우리 집. 아무 일도 없다는 듯이 조용히, 차분하게 서 있는 우리 집. 크리스마스 장식용 전구를 걷어내고 새해맞이 준비를 하고 있는 평화로운 집으로.

현관을 지나 복도를 달렸다. 초조한 나머지 비틀거리다가 양쪽 벽에 소리를 내며 부딪쳤다.

미치카가 거실 문을 열었다. 나는 달려오던 기세 때문에 미치카와 부딪쳤다.

"모모코는? 모모코는 어디 있니?"

내 눈은 갈피를 못 잡고 허우적거리고 있었지만 기능을 상실하지는 않았다. 가죽 소파 아래 웅크리고 있는 아내의 모습이 보였다. 오늘 아침에 보았을 때보다 훨씬 작아 보였다. 울고 있다.

그때까지 내 몸은 차게 식어 있었다. 하지만 아내의 모습을 본 순간 다시 피가 돌기 시작했다. 아내가 비틀비틀 일어나는 걸 달려가 두 팔로 안았다. 아내는 울음을 터뜨렸다.

"미안해. 미안해. 내가 집에 있으면서도."

괜찮아, 괜찮아. 나는 주문을 외우듯 반복해서 중얼거렸다. 아내는 가냘픈 몸으로 떨고 있었다. 그런데도 내 힘으로는 그걸 진정시켜 줄 수가 없었다. 미치카가 우리 곁으로 다가왔다. 미치카도 떨고 있었다. 하지만 나는 그녀의 창백한 얼굴에서 공포 이외

의 것이 있다는 걸 발견했다. 미치카는 화가 나 있었다. 큰 눈이
빛나고 있었다.

"이런 건 절대 용서할 수 없어."

이를 악물며 미치카가 말했다. 그 목소리가 내게 힘을 불어넣었
다. 그래. 용서할 수 없어.

"모모코는 어디 있지?"

미치카는 거실에서 주방으로 통하는 문을 가리켰다. 폭발물을
만지듯 조심스러운 동작이었다.

"주방에 있구나."

미치카가 고개를 끄덕였다. "조금 전까지 가까이 오지 말라고
발악을 했어요. 그래서 우리는―."

"집사람을 부탁할게."

미치카는 고개를 끄덕이더니 쭈그리고 앉아 내 아내를 꼭 껴안
았다.

나는 주방으로 통하는 문으로 다가갔다.

"겐다 씨."

어떤 감정도 드러내선 안 된다. 공포도, 분노도, 경멸도. 조용
히, 차분하게.

"겐다 씨, 스기무라입니다."

대답이 없다.

나는 내 몸 안의 압력 때문에 터져 버릴 것만 같았다. 공포와 분
노와 경멸의 압력 때문에.

"스기무라입니다. 거기 있죠? 내 딸을 풀어 줘요. 당신은 나하고 할 이야기가 있지 내 딸은 아니에요."

우는 소리는 들리지 않았다. 모모코가 여기 있는 건가? 어떻게 하고 있는 걸까?

무사한 건가?

"이런 짓을 해 봐야 아무 소용없어. 그건 당신도 뻔히 알잖아."

웃음소리가 들려왔다. 누가 간지럼이라도 태운 듯한—내가 모모코에게 간지럼을 태웠을 때 내는 모모코의 웃음소리 같은.

"드디어 나타나셨군."

겐다 이즈미였다. 이건 악몽이 아니라 현실이고, 그 여자는 분명히 이 안에 있다.

"다행이네. 너희 겁쟁이 아빠가 왔어. 도망친 줄 알았는데."

모모코에게 말을 걸고 있는 건가?

"딸은 무사해요? 얼굴을 보게 해 줘요."

"싫어." 겐다 이즈미가 노래하듯 가락을 붙여 대답했다. "싫다니까."

누가 내 등을 살짝 건드렸다. 아키야마 씨가 곁에 와 있었다. 내 귓가에 대고 작은 목소리로 물었다.

"부엌에 창문이 있습니까?"

나는 고개를 끄덕였다.

"밖으로 돌아나가 살펴보겠습니다."

나는 그의 팔을 붙잡았다. 그는 내게 안다는 듯이 고개를 끄덕여 보이며, 신중하게 움직이겠다고 속삭였다. "살펴보기만 할 겁니다."

내 아내를 끌어안고 미치카가 앉아 있는 바로 뒤에 하시타테가 서 있었다. 왜 저 친구가 여기 와 있는 건지 내 머릿속이 혼란스러웠다. 그렇다. 그를 경찰에 데려가던 중이었다.

아내의 전화를 받고 내 현실은 단절되었다. 하시타테는 이곳에 있어야 할 사람이 아니었다.

그는 미치카를 보고 있었다. 미치카에게서 눈을 뗄 수가 없는 모양이었다. 미치카는 하시타테가 거기 있다는 사실조차 모르는 것 같은데.

"겐다 씨." 나는 목소리를 짜내 불렀다.

"무얼 바라는 겁니까. 당신 요구를 말해 줘요. 당신이 내게 화가 나 있다는 건 알아요. 하지만 그건 나하고 당신 문제지 어린애는 관계가 없어."

아내가 소리 죽여 울고 있었다. 미치카가 아내의 머리를 쓰다듬으며 입술을 꼭 다물었다.

"이봐, 딸은 중요해?"

"물론이죠."

"흥!"

겐다 이즈미는 더할 나위 없이 즐거운 모양이다. 나는 이제 완전히 겐다 이즈미에게 즐거움을 제공하는 꼴이었다. 그녀가 아무리 난폭하게 굴어도 어쩔 도리가 없다. 이즈미에겐 모모코라는 방패가 있으니.

그녀는 진짜 즐기고 있었다. 다른 사람을 상처 입히고 고통스럽게 만드는 일을.

장인이 말했었다. 다른 사람의 생사여탈권을 쥐는 거야말로 가장 큰 권력이라고. 그건 금기의 권력이라고. 하지만 그걸 행사하려 하는 사람의 잘못에 대해 우리는 대항할 방법이 없다고.

그때 장인은 화를 냈다. 지금 여기 있는 미치카와 똑같은 눈빛으로 화를 냈다. 뭐가 재계 실력자야. 힘이 없기로는 고만고만한 초등학생이나 마찬가지지.

저도 힘이 없습니다, 장인어른. 기껏해야 장식용이나 마찬가지인 칸막이 문 한 짝도 걷어찰 힘이 없어요.

"그럼, 딸이 죽으면 슬프겠어?"

겐다 이즈미의 말에 아내는 온몸을 부들부들 떨었다. 미치카의 팔을 뿌리치고 엉금엉금 기듯이 이쪽으로 다가왔다. 제발, 제발, 제발. 울면서 되뇌고 있었다.

"딸을 해치지 말아 줘. 부탁이에요. 제발. 뭐든 할 테니까."

문으로 가려고 하는 아내를 나는 온힘을 다해 말려야만 했다.

"딸을 풀어 줘요."

나는 애원했다. 아내가 나를 밀치려고 발버둥쳤다. 약하지만 단호한 힘으로.

"나를 용서할 수 없다면 날 죽이면 돼. 딸은 관계없어. 제발."

"어떻게 할까."

또 웃고 있다. 자못 즐겁다는 듯이 웃고 있다.

"난 이제 어떻게 되건 상관없어. 어차피 경찰에 잡힐 테니까. 하지만 당신들이 원하는 대로 되지는 않을 거야."

아내가 내게 매달렸다.

"행복이란 말이야. 맥없이 무너져 버리는 거야. 정~말이라니까. 하지만 당신들은 그걸 모를 거야. 뼈저리게 느껴보지 않으면 모르는 거지."

갑자기 겐다 이즈미의 목소리가 분노에 찼다.

"그래서 내가 가르쳐 주겠다는 거야!"

칸막이 문이 쾅, 하고 울렸다. 겐다 이즈미가 걷어찬 것이다.

저 여자는 문 바로 뒤에 있다. 모모코는? 모모코는 어떻게 된 걸까?

나는 아내의 팔을 떼어내고 코트 자락으로 바닥을 쓸듯이 무릎으로 기어 문 쪽으로 다가갔다. 뺨이 닿을 정도까지 다가갔다.

"경찰에는 알리지 않았어요. 당신이 시킨 대로 했어요. 그러니―."

"그럼 일단 돈이지."

"알았어요. 얼마 필요하죠?"

"당신들 재산 모두."

그렇게 말하고 겐다 이즈미는 큰 소리로 웃었다.

"아니야~, 거짓말이야. 아무리 돈을 우려내도 당신들에겐 또 돈이 생길 테니까."

"돈은 준비할게요. 그 밖에는?"

"사과해."

"당신에게 사과하면 되는 건가요? 당신을 해고한 일 말입니까?"

"바보 같은 소리 하지 말고!"

욕지거리가 바로 옆에서 들렸다. 겐다 이즈미도 문에 달라붙어 있는 것이다.

"모든 걸, 전부 사과하란 말이야. 당신들이 존재하고 있다는 것 자체를 사과하란 거야. 뭐야, 당신은 아무것도 모르잖아."

작작 해 둬. 누군가가 중얼거렸다. 미치카였다. 문을 노려보며 우뚝 서 있다.

"웃기고 있네." 이번에는 중얼거린 게 아니라서 정확하게 들렸다. 나는 두려움에 정신이 아득해졌다. 안 돼. 겐다 이즈미를 자극해선 안 돼.

그때였다.

벽 쪽에 있던 하시타테가 소리도 없이 앞으로 나왔다. 미치카의 옆을 지날 때 살짝 그녀의 얼굴을 보며 그러지 말라는 듯이 고개를 저었다. 그리고 아내를 지나 내 곁으로 다가왔다.

하시타테의 눈은 문을 보고 있었다.

"거기 있는 사람, 나오세요."

마치 인사를 건네듯 천연덕스럽게 겐다 이즈미를 불렀다.

문이 가로막고 있었지만, 나는 겐다 이즈미가 당황하고 있다는 걸 알 수 있었다. 뜻밖의 목소리에 그녀가 방어태세를 갖추는 기척이 났다.

"넌 뭐야?"

하시타테는 두 팔을 몸에 붙이고 단정한 자세로 서 있었다. 표정은 부드러웠고, 고개는 약간 왼쪽으로 기울이고 있었다.

그리고 겐다 이즈미의 질문에 대답했다.

"난 살인자입니다."

분노로 불타오르던 미치카의 눈에서 불꽃이 사라졌다. 그리고 놀라움이 그 불꽃을 대신했다. 미치카가 입술을 달싹거렸다.

나는 하시타테의 옆얼굴을 보고 있었다. 아내는 두 손을 바닥에 짚고 쓰러지려는 몸을 지탱하면서 하시타테를 올려다보았다. 턱 끝에서 눈물이 떨어졌다.

"난 살인자입니다."

하시타테는 문에 대고 말했다. 그와 문과, 문 안쪽의 여자. 세상에 존재하는 것은 그 셋뿐이었다. 우리는 배경으로 물러나 있었다.

"행복이 맥없이 무너져 버린다는 걸 난 압니다. 무너진 적이 있으니까요."

담담하고 거의 억양이 없는, 그러면서도 부드럽게 들리는 음성이 울려 나왔다.

"당신, 누구야? 무슨 소릴 하는 거야?"

겐다 이즈미의 목소리가 날카로워졌다.

"나는 청산가리를 써서 사람을 죽였습니다."

하시타테의 말에 미치카는 움직임을 되찾았다. 옆에서 보기에도 확실히 알 수 있을 만큼 바짝 긴장하는 자세를 취했다. 나는 눈짓으로 가만히 있으라는 사인을 보냈다. 움직이지 마, 가로막지 마. 가만히 있어 줘.

"그런 짓을 저질렀을 때 나는 옳은 일을 했다고 생각했었죠."

나는 너무 화가 났었으니까요.

하시타테는 말을 이었다. "이 세상 모든 것에 화가 나서 내겐 그럴 권리가 있다고 생각했죠. 전혀 망설이지 않았습니다."

누가 되건 상관없었죠. 누가 죽건 신경도 쓰지 않았어요. 나는 이렇게 괴로우니까. 남들도 나처럼 괴로워진다고 해도 상관없지 않느냐. 그게 무슨 문제냐. 이렇게 생각했습니다.

"하지만 잘못된 생각이었습니다."

아내의 팔이 더는 버티지 못하고 바닥에 엎어져 버릴 것 같았다. 그걸 보고 미치카가 얼른 다가가 다시 끌어안았다. 하지만 이번에는 아내를 안고만 있는 게 아니라 미치카도 아내에게 매달리고 있었다.

그걸 깨달았는지 아내도 미치카를 부둥켜안았다. 두 사람은 무서운 폭풍에 겁먹은 어린 자매처럼 꼭 부둥켜안았다.

"사람의 목숨을 빼앗는다고 해 봐야 아무것도 달리지는 게 없습니다. 난 전혀 기분이 풀리지 않았어요."

그만하는 게 좋아요—라고 말했다.

"당신이 무엇 때문에 화를 내고 있는지, 스기무라 씨에게 어떤 원한이 있는지 난 모릅니다. 하지만 이런 짓을 해 봐야 아무 소용 없다는 건 잘 압니다. 그만하는 게 좋아요."

하시타테는 고개를 숙였다. 어깨가 아래로 처졌다. 그 서 있는 모습은 아까 보았던 하기와라 사장의 모습과 아주 닮았다. 네가, 네가. 그렇게 중얼거리며 어깨를 늘어뜨렸었다. 그 모습과 똑같았다.

"스기무라 씨의 딸을 해쳐도, 스기무라 씨를 괴롭혀도 당신에겐 달라질 게 아무것도 없어요. 다만 당신도 나 같은 심정이 될 뿐입니다. 분명히 그렇게 될 겁니다. 그러면 도저히 돌이킬 수가 없게 됩니다."

나는 살인자입니다, 라고 하시타테는 다시 한 번 말했다.

"살인자라서 살인이 얼마나 덧없는 짓인지 압니다. 당신은 그러면 안 됩니다. 아직 늦지 않았어요. 그만하세요."

부탁드립니다. 하기와라 사장에게 할머니를 부탁할 때처럼 하시타테는 고개를 숙였다. 너무 깊이 숙여 비틀거리며 제자리걸음을 했다.

미치카가 숨을 들이켜는 소리에 나는 뒤를 돌아보았다.

뒤편 복도에서 한쪽 팔에 모모코를 안은 아키야마 씨가 살금살금 발끝으로 걸어 들어왔다. 그는 모모코가 마치 인형이라도 되는 양 옆구리에 안고 있었다. 모모코는 눈을 뜨고 있었다. 짙은 갈색 점퍼스커트. 흰 라운드 스웨터. 빨간 타이츠. 오늘 아침 나하고 서점에 갈 때 입었던 옷차림이다. 타이츠를 입은 두 다리가 흔들리고 있다. 모모코의 작은 손은 자신을 안고 있는 아키야마 씨의 웃옷 칼라를 움켜쥐고 있었다. 꼭 움켜쥐고 있었다.

눈을 뜨고 있다. 살아 있다. 무사했다.

아키야마 씨는 빈손으로 얼른 자기 입 앞에 손가락을 세웠다. 그러고 나서 모모코를 내려놓더니, 이번에는 모모코의 입 앞에 손가락을 세우고 고개를 끄덕여 보였다. 모모코는 씩씩하게 고개를 끄덕였다.

미치카의 어깨에 얼굴을 묻고 있어 아내는 아직 모모코를 보지 못했다. 나는 바닥을 기어가 아내의 입을 손으로 막았다.

"조용히 해. 소리 내면 안 돼."

귓가에 대고 말한 뒤, 아내의 어깨를 잡고 몸을 돌렸다. 아내는 모모코를 보자 소리도 지르지 못하고 놀라며, 함정에서 빠져나온 짐승처럼 모모코에게 다가갔다. 후다닥 기어갔다.

아내가 모모코를 끌어안았다. 참고 있기 때문에 울음소리는 목에서 맴돌았다. 엄마에게 매달리면서도 모모코는 소리를 내지 않았다. 우리 딸은 똑똑하다.

아키야마 씨와 나는 문 옆으로 돌아갔다. 아직 고개를 숙이고 몸을 굽힌 자세인 하시타테를 둘이서 살며시 옆으로 물러서게 했다. 하시타테는 비틀거리며 고개를 들어 나를 보았다. 아키야마 씨를 보았다. 우리 얼굴에서 읽어 낸 것이 있었는지 고개를 돌려 아내와 모모코를 보았다.

그의 표정이 풀어졌다. 눈을 감았다. 방 구석 쪽으로 가더니 거기서 무릎을 끌어안고 몸을 웅크렸다.

"당신 누군지 모르지만 바보 아니야?"

겐다 이즈미가 혼자 소리치고 있었다.

"그 사람은 바보가 아니에요."

겐다 이즈미를 잡아두기 위해 내가 말했다.

"진실을 이야기하고 있을 뿐이죠."

"시끄러! 당신한테 물은 게 아니야!"

"저 사람 이야기를 믿을 수 없다는 건가요?"

"사람을 죽인 적이 있다니, 뻔한 거짓말이잖아. 어떻게 죽였다는 거야? 말해 봐. 할 수 없지? 거짓말이니까. 그런 거짓말로 날 속이려 해 봐야 소용없어."

인질인 모모코가 자기 옆에서 사라졌다는 걸 전혀 깨닫지 못하고 있다. 바보는 너다. 내 안의 분노가 번갯불처럼 번쩍였다. 이 거짓말쟁이에다 멍청한 계집애.

"어? 잠깐만. 좀 전 그 바보 말이야. 아직 거기 있지? 그렇게 살인에 흥미가 있다면 내가 진짜를 보여 줄까?"

나와 아키야마 씨는 호흡을 맞췄다.

하나, 둘, 셋!

아무런 의논도 하지 않았는데 나나 아키야마 씨나 손을 쓰지 않았다. 둘이서 문을 발로 걷어찼다.

발에 묵직한 느낌이 왔다. 겐다 이즈미가 뒤로 벌렁 넘어졌다.

문 정면에는 커다란 식기선반이 있었다. 그녀의 뒤통수가 그 옆쪽에 쿵, 하고 부딪치는 소리가 났다. 그녀는 식기 선반에서 떨어진 것처럼 바닥에 쓰러져 있었다.

아키야마 씨는 재빨리 주방 안으로 들어가 겐다 이즈미의 오른손을 걷어찼다. 작은 칼이 빙글빙글 돌며 바닥 타일 위를 미끄러져 갔다. 나는 얼른 겐다 이즈미에게 달려들어 제일 먼저 손에 잡히는 데를 움켜쥐고 그녀를 잡아 일으켜 벽으로 밀어붙였다. 그리고 주방에서 끌고 나왔다.

다시 문에 겐다 이즈미의 머리가 소리를 내며 부딪쳤다. 그녀는 젖은 담요처럼 무거웠다. 아무런 저항도 하지 않았다. 그래도 나는 가만히 둘 수가 없었다. 겐다 이즈미의 옷을 다시 움켜쥐고 또 벽에 밀쳐 버리려 했다.

"그만하세요, 스기무라 씨!"

아키야마 씨가 가로막았다. 나는 그를 팔꿈치로 밀쳐 버렸다. 겐다 이즈미의 머리가 이리저리 흔들렸다.

"그만두세요. 스기무라 씨. 그만해요!"

뒤에서 내 겨드랑이에 팔을 넣어 붙들었다. 나는 겐다 이즈미를 잡은 손을 놓았다. 바닥에 넘어진 그녀의 몸을 나는 발로 걷어차려 했다.

"기절했습니다. 그만하세요, 이제."

나는 숨을 헐떡거리고 있었다. 아키야마 씨도 헉헉거리며 온몸으로 숨을 쉬고 있었다. 눈에 핏발이 섰다.

"피가 납니다."

그는 내 입을 손가락으로 가리켰다. 만지니 손가락에 피가 묻어
났다.

"이를 너무 악물었군요."

그렇게 말하면서 갑자기 힘없이 몸을 구부렸다. 두 손을 무릎에
대고 크게 숨을 쉬었다. 아까 하기와라 사장이 보여 준 모습을 생
각나게 하는 자세였다.

"아, 천만다행이네." 당장이라도 토할 듯이 헉헉거리며 신음했
다.

내 귀에 청각이 돌아왔다. 나의 거친 호흡과 아키야마 씨의 목
소리밖에 들리지 않았었지만 이제 다른 소리도 들리기 시작했다.

아내가 울고 있었다. 모모코도 울고 있었다. 두 사람은 이마를
맞대고 울고 있었다.

어떻게 해서 두 사람 옆까지 갔는지 나중에도 기억이 나지 않았
다. 걸어간 것 같지는 않다. 발에 힘이 빠진 상태였으니까.

그래도 아내와 딸을 부둥켜안을 팔 힘은 남아 있었다.

"이 여자 상당히 난폭하게 군 모양이구나?"

바닥에 축 늘어진 겐다 이즈미 옆에 아키야마 씨가 서 있었다.
미치카에게 묻고 있다. 미치카는 우뚝 선 채로 방 구석 쪽에 웅크
리고 있는 하시타테를 바라보고 있었다.

"얘, 미치카."

다시 이름이 불리자 미치카는 잠에서 깬 듯이 아키야마 씨를 돌

아보았다.

"이 사람 뭐라며 찾아왔니? 바로 칼을 꺼내 들었어?"

미치카는 내 아내를 보았지만, 나호코는 도저히 이야기를 할 수 없는 상태였다. 나도 아내와 모모코를 껴안은 채로 미치카를 올려다보았다.

"스기무라 아저씨 회사 사람이라고 하면서."

"그룹 홍보실?"

"아뇨, 비서실 사람이라고."

회장님이 보낸 물건을 가져왔다고 했단다. 과자 상자를 들고 있었다. 그 상자는 거실 테이블 옆에 떨어져 있었다.

탁자도 비스듬히 기울어져 있고, 쿠션이 바닥에 떨어져 있고, 양탄자도 주름이 잡혀 있었다.

"저하고 아주머니는 여기서 뜨개질하고 있었는데…… 수고했습니다. 들어오세요. 아주머니가 말씀하셨죠."

장인이 아내에게 사람을 보내는 경우는 흔하지는 않지만 드문 일도 아니었다. 장인은 생각이 깊은 분이라 딸에게 사람을 보낼 때는 반드시 여성을 보낸다. 그래서 아내는 찾아온 사람을 문밖에서 돌려보내지 않는다. 반드시 안으로 맞아들여, 상대가 어지간히 사양하지 않는 한 커피 한 잔이라도 대접하고 돌려보낸다. 겐다 이즈미가 그런 사정까지 알고 있었으리라고는 생각할 수 없지만—아니, 혹시 그런 내용까지 알아낸 걸까.

"이 의자에 앉았어요. 아주머니가 차를 끓이러 갔는데, 저 여자가.”

미치카는 소파 한쪽을 손으로 가리켰다.

“여기 있던 모모코의 팔을 붙잡았죠. 그리고 칼을 꺼내서……”

아키야마 씨는 팔짱을 끼고 겐다 이즈미를 내려다보고 있었다.

“머리 모양이 바뀌었군. 염색도 한 것 같고.”

그래서 겐다 이즈미를 사진으로밖에 보지 못한 아내는 알아볼 수 없었다. 복장도 편한 정장에 바지를 입고 있었다. 그녀의 캐리어우먼 스타일 정장 모습밖에 본 적이 없는 나도 이 차림으로 접근한다면 쉽게 알아보기 힘들었을지도 모른다.

“안경도 쓰고 있었던가. 그쪽에 떨어져 있지 않아요?”

“변장을 한 건가? 흥.”

그러고 나서 아키야마 씨는 내게 말했다. “이번엔 110번에 신고하겠습니다.”

나도 고개를 끄덕였다. “구급차도 부탁합니다.”

아내가 힘들어 보였다. 한 손으로 모모코를 꼭 끌어안고 있지만 다른 한 손으로는 가슴을 누르고 있다. 숨을 쉴 때마다 불규칙하게 어깨가 들썩인다. 핏기를 잃은 얼굴이 지금은 흙빛이었다.

“아내는 심장이 약합니다.”

“그러면 다른 방에서 쉬게 해 드리세요. 부인이나 모모코나 이제 여기 있고 싶지 않을 겁니다.”

나는 두 사람을 안고 복도로 나왔다.

아내는 모모코와 떨어지려 하지 않았다. 누우려 하지도 않아,

일단 침대에 앉혔다. 나는 침대에서 담요를 벗겨내 두 사람을 감싸 주었다.

아빠, 아빠. 눈물이 마르지 않는 얼굴로 모모코가 나를 불렀다. 나는 잘했다며 딸을 연신 칭찬해 주었다. 이젠 괜찮다며 머리를 쓰다듬었다. 그래도 모모코는 아빠, 아빠, 하고 불렀다. 어린애지만 자기 나름대로 나를 진정시키려는 모양이다.

아내의 호흡은 무척 불안했다. 네 번에 한 번 정도의 비율로 물에 빠진 사람처럼 짧게 숨을 들이켰다.

그런데 그렇게 힘들게 숨을 쉬면서도 거실로 돌아가려는 내 손가락을 잡았다.

"숨을 좀더 천천히 쉬도록 해. 괜찮아. 금방 돌아올 거야."

"그게, 아니라."

하시모토에게 전화해 줘, 라고 했다.

"홍보 쪽에 있는 분. 알려야 해. 아버지께 폐를 끼치면 안 돼."

알았다며 나는 아내의 손을 꼭 쥐었다. 이런 상황에서도 아버지 걱정을 하다니. 나는 놀랐지만 그런 생각을 계속 하고 있을 여유가 없었다. 이번 사건이야말로 언론의 좋은 먹잇감이 될 게 분명하니, 그런 생각만 하고 있을 수는 없었다.

거실로 돌아왔다. 아키야마 씨나 미치카, 하시타테, 겐다 이즈미까지 조금 전과 똑같은 위치에 똑같은 모습으로 그대로 있었다. 사람을 이용해 오브제를 만드는 기발한 팝 아트처럼.

"묶을 필요도 없을까요?"

기절한 겐다 이즈미가 귀찮은 이삿짐이라도 되는 듯이 아키야마 씨가 말했다.

"이대로 경찰에 넘깁시다."

아아, 담배 한 대 피우고 싶군, 하고 중얼거렸다. 아쉽게도 집에는 담배나 재떨이가 없다.

"주방 창문이 이만큼 열려 있었죠."

아키야마 씨는 손가락으로 십 센티미터 정도의 폭을 만들어 보였다.

"창문이 밀어서 여는 방식이더군요. 그래서 밖에서 손을 집어 넣어 열 수 있었습니다."

겐다 이즈미가 문에 달라붙어 있는 동안에 모모코는 시스템키친 반대편에 있는 조리대 아래 있었다고 한다.

"창문 너머로 모모짱이 잘 보였습니다. 하지만 그 여자는 보이지 않더군요."

아키야마 씨가 창문을 열고 손짓하자 모모코는 몰래 카운터 아래로 나와 창문 쪽으로 다가왔다. 아키야마 씨는 몸을 집어넣어 모모코를 들어 올려 데리고 나왔다.

"그 주방의 칸막이 문은 창문에서는 보이지 않더군요. 이쪽에서 보이지 않는다는 건 그 여자도 고개를 빼고 보지 않으면 창 쪽이 보이지 않는다는 이야기고. 그래서 결심을 굳혔던 겁니다."

지금도 식은땀이 납니다, 라며 이마를 닦았다.

"이 여자가 어처구니없는 연설에 정신이 팔려 있었기 때문에 눈치채지 않게 빼내 올 수 있었어요. 그러지 않았다면 오히려 따님을 위험에 빠뜨릴 뻔했습니다."

감사합니다. 내가 말했다. 아키야마 씨는 눈을 감고 고개를 저었다.

"하시타테, 저 친구 덕분입니다." 내가 말했다. 그게 신호가 된 듯이 아키야마 씨는 하시타테를 바라보았다. 나도 그를 바라보았다.

미치카는 아까부터 그를 보고 있었다.

하시타테는 지상에서 사라져 버리겠다는 듯이 무릎을 껴안고 몸을 더욱 웅크리고 있었다. 실제로 그는 바위처럼 보였다. 들판을 흐르는 강가에 있는 바위. 산비탈 나무뿌리에 휘감긴 바위. 아무것도 느끼지 않는. 아무 생각도 하지 않는. 아무것도 하지 않는. 그저 거기 있을 뿐인.

"아저씨."

미치카가 나를 불렀다. 시선은 계속 하시타테를 향하고 있다.

"그리고—아키야마 씨라고 하셨죠?"

"응." 아키야마 씨가 미치카를 바라보았다.

"병원에서 만났었죠. 곤짱 애인."

"그게 아니라, 사촌 오빠데."

어느 쪽이건 상관없어요, 라며 희미하게 웃고, 미치카는 중얼거리듯 물었다.

"그 이야기 정말인가요?"

나나 아키야마 씨나 대답하지 않았다. 서로 미룬 게 아니라 서로 책임을 떠맡으려고.

"좀 전에 이 사람이 한 이야기 정말인가요?"

우리는 아무런 대답도 하지 않았는데 미치카는 고개를 한 번 끄덕이고, 다시 끄덕였다. 그리고 천장을 올려다보았다.

"거짓말할 이유가 없지. 정말이야."

함께 경찰에 자수하러 가던 길이었다고 내가 말했다. 마치 변명하는 말투였다.

"이 사람 편의점 직원이었어."

미치카의 얼굴에 알겠다는 표정이 드러났다.

"그런가. 그랬었구나. 그래서 왠지 낯이 익다는 생각이 들었구나."

그렇게 말하며 전혀 머뭇거리는 기색도 없이 방을 가로질러 하시타테 옆에 섰다.

"이름이 뭐야?"

하시타테는 꼼짝도 하지 않고 있었다. 더욱 작아진 것처럼 보였다.

"난 후루야 미치카. 당신이 죽인 건 우리 할아버지야, 후루야 아키토시."

미치카의 목소리는 건조했다.

"내 이름은 할아버지가 지어 주셨어."

그리고 드디어 목소리가 떨리기 시작했다.

"난 할아버지를 좋아했어. 이따금 고집스럽고 이해가 안 되는 말을 해서 그럴 땐 말다툼하기도 했지만, 그래도 사이가 좋았어."

하시타테는 꼼짝도 하지 않았다.

미치카는 호흡을 가다듬었다. 그러고 나서 말했다. "아까 당신이 한 말, 전부 진심일지도 몰라. 하지만 그래도 난 당신을 용서할 수 없어. 절대 용서하지 않을 거야."

하시타테가 뭐라고 말했다. 잘 들리지 않았다. 고개를 숙이고 있던 하시타테가 드디어 팔을 풀고 고개를 들었다. 그러더니 천천히 벽을 이마로 들이받았다. 쿵, 하는 소리가 났다.

"죄송합니다."

이번에는 들렸다. 죄송합니다. 두 번째로 중얼거리며 다시 이마를 벽에 찧었다. 더 큰 소리가 났다.

"죄송합니다. 죄송합니다. 죄송합니다."

반복하면서 한마디를 할 때마다 하시타테는 벽에 머리를 찧었다. 정도껏 찧는 게 아니라 사정없이 찧고 있었다. 자기 몸이 마치 무슨 물건이라도 되는 듯이. 도저히 용서할 수 없는 물건을 응징하듯. 응징해야 한다. 응징해야 한다.

마치 부서져 버리라는 듯이.

"그만해!"

미치카가 날카로운 목소리로 소리쳤다.

"그만하란 말이야."

목소리가 누그러졌다.

"그래 봐야 우리 할아버지는,"

돌아오지 않을 거야. 이렇게 말할 거라고 생각했다. 하지만 미치카는 잠시 머뭇거렸다. 그리고 내 상상이나 하찮은 추측을 모두 뒤집고 전혀 다른 표현을 골랐다.

"—할아버지는 기뻐하지 않을 테니까."

하시타테는 신음하듯 울고 있었다.

"죄송해요. 나 밖에 있을게요."

미치카는 눈을 가리고 그렇게 말하더니 몸을 빙글 돌려 거실 안쪽의 창을 열고 마당으로 나갔다.

연말인 지금, 정원에는 꽃이 없다. 하지만 지금 미치카가 있는 자리에, 전에 사랑스러운 노란 꽃이 심어져 있었던 기억이 났다. 토양오염 여부를 조사하기 위한 시험용 식물이었다. 탄광의 카나리아 같은 역할을 한다고, 공사를 하러 왔던 담당자가 설명해 주었다.

아키야마 씨의 발치에서 겐다 이즈미가 낮은 신음을 내며 몸을 뒤틀었다. 의식이 돌아온 걸까.

아키야마 씨는 더러운 물건을 피하듯 발을 움직였다. 나는 고개를 돌려 버렸다.

우리 집에, 오염은 없다. 집 안은 청결하다. 계속 청결할 거라고만 믿고 있었다. 그렇게 믿고 있었다.

하지만 그건 불가능하다. 사람이 사는 한, 거기에는 반드시 독이 스며든다. 왜냐하면 우리 인간들이 바로 독이기 때문에.

겐다 이즈미에겐 독이 있었다. 하시타테에게도 독이 있었다. 하시타테는 그 독을 밖으로 뿜어내 없애려 했다. 하지만 독은 없어지지 않았다. 다만 어처구니없게도 다른 사람의 목숨만 빼앗고, 그의 독은 오히려 더욱 강해져 그를 더 심하게 괴롭혔을 뿐이다.

겐다 이즈미의 독은 어떨까. 그녀의 독은 그녀 자신을 침식시키지는 않았던 걸까? 그녀의 독은 한없이 증식하기 때문에 아무리 토해내도 마르지 않는 걸까.

그 독의 이름은 무얼까.

옛날, 정글의 어둠속을 누비고 다니던 짐승의 송곳니 앞에서 보잘 것 없는 인간은 무력하기 짝이 없었다. 하지만 어느 날 짐승이 잡혀, 사자란 이름이 붙여지면서부터 인간은 그 짐승을 퇴치하는 방법을 짜냈다. 이름이 붙여지자 모습도 없던 공포에는 형체가 생겼다. 형체가 있는 것이라면 잡을 수도 있다. 없앨 수도 있다.

나는 우리 안에 있는 독의 이름을 알고 싶다. 누가 내게 가르쳐다오. 우리가 품고 있는 독의 이름이 무엇인지를.

"바보 같은 자식!"

미치카의 목소리가 들려왔다. 정원에 쭈그리고 앉아 두 손으로 얼굴을 가리고 그녀는 목이 터져라 외치고 있었다. 하늘을 향해 소리치고 있었다.

"바보 같은 자식!"

나나 아키야마 씨나 미치카를 말리지 않았다. 함께 소리 지르고 싶었다.

이윽고 구급차와 순찰차의 사이렌이 점점 가까워졌다. 하지만 미치카는 계속 소리를 지르고 있었다.

26

겐다 이즈미가 일으킨 우리 집 사건은 그 자체로는 별로 대단한 것은 아니었지만, 하시타테의 자수를 통한 또 하나의 사건 해결과 함께 현장에 유명 평론가인 아키야마 쇼고 씨가 있었다는 드라마틱한 스토리까지 겹쳐져 연말 다른 특종을 밀어내고 보도되었다.

하지만 우리 가족이나, 다행스럽게도 이마다 가문에 취재진이 밀려들지는 않았다. 이번에도 다나베, 하시모토 씨가 애를 많이 썼으리라. 이마다 가문의 고문 변호사도 일처리를 훌륭하게 해냈으리라.

아키야마 씨와 하시타테를 아는 주변 사람들—물론 하기와라 부자가 우선이지만—의 경우에는 그리 편치는 않았다. 후루야 모녀도 말려들었지만(특히 미치카는 현장에 있었기 때문에), 지금까지의 경험으로 나름대로 단련된 모녀는 인터폰을 통해서만 코멘트를 하며 매스컴을 피했다.

어쨌거나 새해가 되면 신문도 휴간하고, 텔레비전은 버라이어티 특별 방송을 중심으로 편성하기 때문에 보도 프로그램이나 뉴스쇼는 많이 줄어들게 된다. 그나마 관련된 사람들 모두에게는 다행스러운 일이다. 아키야마 씨가 여자 어린이 인질 구출에 관해 이야기하는 모습을 나는 텔레비전 화면에서 딱 한 번 보았을 뿐이다. 하기와라 부자도 섣달그믐날 낮에 하는 짧은 뉴스에 나온 걸 끝으로 인터뷰 화면에 등장하는 일은 없어졌다. 설 연휴가 지나 일상생활이 돌아오면 낮에 하는 와이드 쇼 같은 데서 다시 다루게 될지도 모르지만.

그때쯤이면 이 사건은, 매스컴 사람들 표현을 빌리자면, 싱싱하지도 않고 따끈한 김이 모락모락 나지도 않는 소재가 될 것이다. 새로운 어떤 사건이 일어나 매스컴의 흥미는 그리로 옮겨갈 거라고 우리는 예측하고 있었다.

이마다 가문 사람들은 물론 우리를 따스하게 감싸고, 위로하고, 무사함을 기뻐해 주었다. 사건이 있었던 29일 밤 이후, 우리는 세타가야에 있는 처가에 머물렀다. 경찰의 사정 청취도, 담당 형사가 찾아와 받아 갔다.

모모코는 의외로 회복이 빨랐다. 모모코의 외숙모들이 말했다.

"아직 무슨 일이 일어났는지 잘 모를 나이란 게 오히려 다행이죠."

다들 그렇게 분석하며 기뻐해 주었지만, 나호코는 상당히 증세가 심각했다. 경찰이 배려해 준 데는 여기에도 큰 이유가 있었다.

아내는 사건 이후, 그토록 정성과 힘을 기울여 우리의 '마이 홈'으로 만든 그 집을 아주 싫어했다. 무서워하기까지 했다.

모모코에 대해서도 지나칠 만큼 걱정을 했으며, 아주 잠시라도,

화장실 가는 시간마저도 모모코가 자기 시야에서 벗어나는 걸 싫어했다. 잠깐이라도 딸의 모습이 보이지 않으면 바로 패닉 상태에 빠져 버렸다. 밤이면 반드시 모모코 옆에서 잠을 잤고, 그래도 숙면을 취하지 못해 결국 장인이 다니는 병원의 의사에게 신경안정제 처방을 받기까지 했다.

모모코의 외숙모와 처가의 가정부, 그리고 이종사촌들까지 그런 상태인 나호코를 위해 신경을 써 주었다. 그리고 아내가 그런 상태에 있는 것이 모모코에게 미치는 영향까지 감안해 배려해 주었다. 경찰의 사정 청취와 이런저런 일들의 뒤처리 때문에 나가 다녀야만 하는 나를 대신해 늘 누군가가 교대로 나호코와 모모코 곁에 있어 주었다. 모모코는 사촌 형제들과 즐겁게 놀았다. 사촌 형제들은 세심하게 잘 돌봐 주었다.

나호코도 친척들에게 둘러싸여 있을 때는 사건이 일어나기 전과 다름없는 대범하고 부드러운 여성으로 돌아와 있었다.

하지만 나하고 둘이 있을 때는 좀 달라졌다.

처음에는 자꾸만 내게 사과했다. 자기가 옆에 있었으면서도 모모코를 위험하게 만들어 버렸다, 엄마로서 자격이 없다, 미안하다는 정도가 아니라, 죄송하다며 고개를 숙였을 때는 내가 깜짝 놀라고 말았다. 나는 늘 그런 상황을 만든 건 내가 방심했기 때문이고, 애당초 겐다 이즈미에 대한 내 대응이 잘못되었기 때문이니 아내에게는 전혀 잘못이 없다고 설명하면서 울며 사과하는 아내를 달랬다. 하지만 아무리 달래도 아내가 자책하는 바람에 나는 어쩔 줄을 몰랐다.

다만 하루 종일 감정이 그렇게 격해지는 것은 아니었다. 잠깐 폭풍이 몰아치다가도 지나가 버리면 아내는 다시 침착해졌다. 그런 패턴을 반복하면서 적어도 표면적으로는 파도가 잔잔해지는 시간이 점점 더 길어졌다.

이마다 가문 사람들 덕분에 우리는 기본적으로는 평온한 새해를 맞이할 수 있었다. 나중에 들은 이야기지만 장인과 처남들에게 새해 인사를 하러 찾아온 많은 손님들도 사건에 관한 이야기는 꺼내지 않았다고 한다. 오히려 장인이나 처남들이 '걱정을 끼쳐 드려 죄송했습니다'라고 했을 정도였다고 한다. 취재기자나 리포터가 찾아오는 일도 없었다.

우리 어머니는 사건이 크게 보도된 30일 아침에 빈집이 되어 있던 우리 집에 전화를 걸었다. 녹음된 메시지를 듣고 내가 전화를 드렸다.

아버지는 전화를 받지 않았다. 어머니는 다짜고짜 화를 내며 깜짝 놀랄 말을 했다.

"나호코를 바꿔라"라고 했던 것이다.

"내가 사과를 해야겠다. 자식놈이 멍청해서 나호코와 모모코를 위험하게 만들다니. 정말 넌 바보에 얼간이로구나! 뭘 하는 거냐. 다 큰 사내놈이. 어째서 자기 마누라와 자식도 지켜 내지 못하는 거냐?"

나를 꾸짖으며 울음을 터뜨렸다. 나는 기뻤다. 고마워요, 라고 하자 어머니는 또 화를 냈다. 내가 어렸을 때처럼 실컷 야단을 쳤다. 어머니가 무슨 말을 해도 나는 예, 예, 하며 듣고 있었다. 어머니가 꽤 지쳤을 때 내가 말했다. 어머니 말씀이 다 맞아요. 제가 생각해도 전 한심해요, 라고 하자 어머니는 갑자기 목소리를 낮추더니 속삭이듯 이렇게 물었다.

"너, 그 집안에서 쫓겨날지도 모르지?"

모르겠어요. 나는 솔직하게 대답했다.

"쫓겨나면 집으로 돌아오려고 생각하는 건 아닐 테지?"

"예." 내가 대답했다.

"예, 라니. 어쩌겠다는 거야? 돌아오겠다는 거야, 오지 않겠다는 거야?"

"모르겠어요."

정말 한심하기 짝이 없는 녀석. 아무것도 아는 게 없구나, 넌. 마지막에는 그렇게 야단을 치고 어머니는 전화를 끊었다. 결국 나호코가 전화를 받지는 않았지만 나는 이야기를 전했다. 이번에는 아내가 울면서, 걱정을 끼쳐 드려 우리 부모님께 면목이 없다고 했다.

형과 누나는 내 휴대전화로 연락을 했다. 어머니보다 훨씬 냉정하고, 우리가 무사하다는 사실을 기뻐한 뒤에, 대체 어떻게 되어 그런 사건에 휘말린 거냐면서 설명을 듣고 싶어 했다.

전화는 누나가 먼저 했기 때문에 형한테서 연락이 왔을 때는 "누나한테 들어"라며 나는 웃었다.

"같은 이야기라도 자꾸 반복하면 질려서 각색하게 될 것 같아서 그래."

"어떻게 각색한다는 거냐?"

"내가 더 멋진 활약을 한 것처럼."

형은 웃었다. "그런 농담이 나오다니, 괜찮은 모양이구나."

아마. 내가 대답했다.

뻔히 알겠지만, 이라고 전제를 하고 형이 말했다. "제수씨와 모모코를 잘 보살펴라."

"응."

아직 좀더 이야기하고 싶은 모양이었지만 형은 "그만 끊자"라고 했다.

새해 첫 출근 날짜가 가까워져서, 나와 아내 사이에 처음으로 눈에 보이는 후유증이라고 부를 만한 증세가 나타났다. 계기는 내가 별생각 없이 우리 집을 어떻게 할까, 하는 소리를 꺼낸 것이었다.

"어떻게 하다니, 무슨 뜻이야?"

지금까지 들어 본 적이 없는 날카로운 목소리로 아내가 내게 되물었다.

"별 뜻 없어. 말 그대로야."

"설마 거기 돌아가서 살자는 건 아니겠지?"

나는 언젠가는 그렇게 해야만 한다고 생각하고 있었다. 물론 아내는 싫어할 테니까 시간을 두고 부드럽게 해 가자. 주방을 개조하는 것도 좋다. 거실은 모양을 바꾸자.

나호코는 내 그런 낙관적인 예상을 전혀 받아들일 생각이 없는 모양이었다.

"난 이제 그 집엔 살 수가 없어. 이사하자."

말은 '제안'이었지만 말투와 표정은 '요구'였다. 아니 '결정'인가.

"아버지는 있고 싶은 만큼 여기 있어도 된다고 하셨어. 자기도 여기 있으면 매일 아버지와 오빠들과 함께 출근할 수 있고, 회사 일에 관해서도 이야기할 수 있지 않겠어? 여기서 천천히 생각하면서 다른 집을 찾아보자. 서두를 거 없잖아."

"그동안 그 집은 어떻게 하고?"

아내는 들개의 시체를 어떻게 할까, 하는 질문을 받은 표정을 지었다.

"그냥 비워 두면 되잖아?"

나도 모모코가 겐다 이즈미에게 잡혀 있던 그 순간을 떠올리면 지금도 다리에 힘이 빠질 만큼 무섭다. 기억하고 싶지도 않은데, 그 광경이 불쑥 되살아나 대화를 끊어지게 만들거나, 옆에 있는 사람이 '왜 그러느냐'고 묻게 만드는 경우도 있었다.

아내의 심정은 충분히 이해가 된다. 그런 일이 있었던 곳에 돌아가고 싶지는 않다. 그 집은 이미 정이 떨어졌다. 그런 심정도 충분히 이해가 된다. 그래서 그때는 다른 소리를 하지 않았다. 그렇지, 라고 가볍게 동의를 해 두었다.

출근해서 시무식 때 나는 직원들 모두에게 사과했다. 부원들은 제각각 나를 위로하고, 우리 식구가 무사해서 다행이라고 했다. 겐다 이즈미가 저지른 짓에 화를 내고, 두려워했다. 하시타테 사건에서는 다들 놀라움을 감추지 못했다.

"그런 짓까지 저지를 줄은 몰랐어. 무서운 여자였네."

다니가키 선배는 설에 과음을 해서 얼굴이 부어 있었다. 이번 사건을 생각하면 술을 안 마실 수가 없었다고 한다.

"하지만 스기무라. 재난이었지만 잊어서는 안 될 일도 있어. 그 젊은 녀석을 잡은 건 자네야. 경찰은 짐작도 못하고 있었잖아? 자네 공로야."

하시타테 이야기였다. 다니가키 선배는 이 사건이 화제에 오를 때 결코 그의 이름을 부르지 않았다. '그 젊은 녀석'이라고 했다. 그것도 입안으로 날아 들어온 날벌레를 내뱉듯이.

"제 공로가 아닙니다. 아키야마 씨 덕분이죠."

"그래, 그래. 아키야마! 곤짱, 네 사촌 오빠는 대단한 사내야!"

곤짱은 다니가키 선배의 칭찬 공세에 웃으면서도 난처해했다. 소노다 편집장이 늘 그렇듯이 절묘한 타이밍에 찬물을 끼얹었다.

"제대로 구해 낼 수가 있었으니 공로를 세우게 된 거지만, 자칫 잘못했으면 큰일 날 뻔했어. 무턱대고 칭찬만 할 일은 아니야."

"옳으신 말씀이에요." 곤짱은 순순히 고개를 끄덕였다. "저도 쇼짱에게 잔소리를 많이 했어요."

나중에 편집장이 슬쩍 내게 다가와 작은 목소리로 말했다. "미안해."

"예?"

"이번 봉변은 내가 당했어야 하는 거였는데."

그러면서 캄캄한 밤 같은, 달의 뒷면처럼 어두운 표정을 지었
다.

"그렇지 않아요."

아니야—편집장이 고개를 저었다.

"미안해. 오늘부터 이 이야기는 입에 올리지 않을 거야. 다시 떠
올리고 싶지 않겠지? 다른 사람들에게도 그렇게 이야기해 둘게."

편집장은 상처를 받았다. 그 상처는 나나 나호코가 받은 상처와
는 달리, 눈에 보이지 않는 것이라 치유하기가 더 힘들 것이다. 편
집장에게 겐다 이즈미는 여전히 바로 옆에 존재하는 암흑이었다.

곤짱과는 퇴근 무렵이 되어서야 잠깐 이야기할 시간이 났다. 나
는 곤짱에게 사과했다.

"사과할 일이 아니죠. 쇼짱이 도움이 되어 다행이었어요."

마치 아키야마 씨의 어머니처럼 그렇게 말했다.

"스기무라 선배나 부인이나 모모코나 다들 괜찮으세요? 너무
성급하게 괜찮다 생각하지 마시고 잘 보살피세요. 뭐야, 그 PTSD
외상 후 스트레스 장애라는 게 있으니까."

아키야마 씨는 어떻게 지내느냐고 물었다.

"그 뒤로 만나지 못했어요?"

"응. 사정 청취는 각자 했으니까."

"미치카도?"

"응."

스키 여행은 날아가 버렸다고 곤짱은 그다지 섭섭하지는 않은 듯이 말했다.

"쇼짱은 설에 우리 집에서 지냈어요. 원고 쓰고 이따금 작업실에 나가거나 사람들과 만나는 것 같았지만 그 이외에는 먹고 자고, 마시고 자고."

오히려 살이 쪘을 정도니까, 천하태평이죠, 라고 했다.

"미치카한테서는 설날에 전화를 받았어요. 어머니와 함께 도쿄를 빠져나가 온천에 있다고 하더군요."

다행이었다.

"미치카도 걱정하더군요. 스기무라 아저씨 괜찮을까, 하면서. 모모짱이 걱정되지만 면목이 없어서 연락을 할 수 없대요."

나는 깜짝 놀랐다. "전혀 그 애 탓이 아닌데."

"그렇죠. 하지만 미치카 처지에서는 자기가 스기무라 선배를 끌어들였다는 생각이 자꾸 드는 모양이에요."

나야말로 그렇게 느끼고 있었다. 그래서 설 연휴가 끝날 때까지 메일 하나 보내지 못하고 있었다. 미치카는 이미 스기무라 사부로 같은 사람과는 아는 척하기 싫을 것이다, 일단 당분간은 얼굴도 보고 싶지 않고 목소리도 듣고 싶지 않을 게 틀림없다고.

아니, 그게 아니다. 내 스스로가 그렇게 여기고 있는 거라는 생각이 그제야 들었다. 사건에 대해서는 다시는 이야기하고 싶지 않았다.

"서로 그렇게 마음을 써 주고 있는 셈이로군요."

곤짱이 멀리 있는 미치카를 떠올리는 눈을 하며 중얼거렸다.

나는 한 가지 배운 게 있다는 생각이 들었다. 아니, 작년 여름에 장인의 부탁을 받은 가지타 자매 사건에서 이미 배운 것이 이제야 뼈저리게 느껴졌다고 해야 할까.

사건이란 그게 한창 진행중일 때는 다양한 감정과 여러 가지 생각들 때문에 일정한 자력磁力이 생긴다. 그 힘이 관계자들로 하여금 서로를 끌어당기게 만든다. 함께 싸우고 있다는 공감대가 있기 때문이다. 하지만 어떤 형태로건 사건이 매듭지어지면 그 자력은 사라진다. 그리고 관계자들 사이에는 극이 같은 자석처럼 서로를 밀어내는 현상이 생기는 것이다.

사건이 끝난 뒤에 관계자들이 품는 무엇보다 강한 감정은 이제 그 일을 잊어버리고 싶다는 소망이다. 아무리 친한 사람이라도, 함께 노력해 온 사람이라 해도, 사건을 입에 올리기조차 께름칙하다. 얼굴을 맞대면 그 이야기밖에 할 수 없는 게 슬프다. 자기 인생에는 그 밖에도 많은 좋은 일들이 있는데, 그 사건 이야기에만 갇혀 있어야만 하는 게 화가 나고, 그런 감정이 찜찜하다.

그날 퇴근길에 나는 우리 집에 들렀다.

출입 금지 테이프가 붙어 있었다. 현관 앞에 쳐진 그걸 타고 넘어 열쇠를 꽂고 문을 연 뒤 경보 장치 스위치를 내리고 불을 켰다.

거실 한복판에 서서 둘러보니 무척 썰렁했다.

사건 직후의 현장 검증 때 여기저기서 지문을 채취했다. 그 자국이 남아 있었다. 원래 있던 위치에서 벗어난 양탄자도 그대로였다. 나와 아키야마가 발로 차서 열었던 주방의 칸막이 문은 경첩이 느슨해져 기울어져 있었다. 겐다 이즈미가 부딪힌 식기 선반은 가까이 가서 보니 유리에 금이 가 있었다.

무시무시한 체험을 한 현장에 돌아왔는데, 이상하게도 내 마음은 평온했다. 그때와 같은 위치에 서서 같은 풍경을 보더라도 생생한 기억이나 감정이 되살아나지 않았다.

그 대신 이 집이 겁을 먹고 숨을 죽이고 있는 게 느껴졌다.

뭐가 무서운 걸까. 겐다 이즈미일까. 하시타테일까. 막을 수 없는 폭력이나 인간에게서 배어 나와 주변을 오염시키는 독일까.

그렇지도 않다. 이 집은 우리 가족한테 버림받을 것을 알고 두려워하는 것이다.

우리 가족은 이제 이 집을 사건 이전처럼 사랑스러워할 수는 없다. 만약에 돌아오게 된다 하더라도 이미 이전으로 되돌아갈 수가 없다.

사랑이 끝나 버린 애인 사이나 마찬가지다.

미안해.

횅한 공간을 향해 나는 목소리를 내서 중얼거렸다.

여기 들를 때는 잠깐 들여다보고 바로 처가로 돌아갈 생각이었다. 하지만 방 안을 정리하고, 쓰레기를 치우다 보니 내 마음속에 점점 쌓이는 게 있었다.

아내에게 전화를 해서 오늘 밤은 여기서 자겠다고 했다.

"어째서?"

아내가 바로 물어왔다. 그것이 민감한 힐문이라는 사실을 숨기려 들지 않았다.

"이 집이 불쌍하다는 생각이 들었어."

당신이 모모코에게 그렇게 하듯이, 나는 이 집과 함께 자 주고 싶어진 거야. 그런 생각을 했지만 입 밖에 내지는 않았다.

그래—. 아내가 대답했다. 조심해, 라고 덧붙이고 전화를 끊었다. 화를 내는 건지, 우울해하는 건지 알 수 없었다. 뒤에서는 모모코가 사촌 형제들 가운데 누군가와 장난을 치며 웃는 소리가 들리고 있었다.

혼자 편의점 도시락으로 저녁을 때우고 별생각 없이 텔레비전도 켜지 않고 내내 거실 의자에 앉아 있었다. 멍하니 앉아 있었다.

그때 휴대전화가 울렸다.

화면을 보니 장인 전화였다.

"그쪽에서 잘 거라면서." 불쑥 물었다.

"예."

"잠깐 들르겠네."

"지금 말씀입니까?"

밤 열시가 지난 시각이었다.

"나호코와 모모코가 잠들기를 기다렸다 나왔네. 금방 갈게."

"지금 댁이신가요?"

"자네 집 근처 주차장에 있어. 큰길에 있는 주차장."

나는 놀라서 구두를 신고 길을 달렸다.

전에 택배 배달을 온 사람이 '이 부근은 큰 집들이 많아 환경이 좋군요'라고 한 적이 있다. 정원이 딸린 넓은 단독주택이 늘어서 있고, 나무가 많아 조용하다는 의미라면 맞는 말이리라. 하지만 이런 주택가의 밤길에는 인적이 드물고, 가로등은 차가운 아스팔트와 긴 담만 비추기 때문에 쓸쓸해 보였다.

그 푸른 빛 속을 회색 코트를 입고 목도리를 한 이마다 요시치카가 혼자 천천히 걸어오고 있었다.

내 입에서 허연 입김이 나왔다. 장인은 나를 보자 손을 들었다.

"이런. 감기 들어, 이 사람아."

나는 코트도 웃옷도 걸치지 않은 채 와이셔츠 한 장만 입고 있었다. 그 말을 듣고 나니 갑자기 몸이 부르르 떨렸다.

사건 이후 장인은 걱정스러울 만큼 말이 없었다. 내게도 나호코에게도 아무것도 묻지 않았다. 위기관리에 참고할 테니 자세하게 이야기해 달라는 처남들의 요청이 있어 나도 책임을 느끼고 그에 응했다. 나호코의 두 오빠와 그렇게 오래 이야기를 나눈 적은 결혼 이후 처음이었다.

하지만 장인만은 계속 침묵하고 있었다. 우리에게 몸은 어떠냐, 기분은 괜찮으냐고 물은 적은 있어도 구체적인 사건의 경위나 내용을 묻지는 않았다. 내가 아내와 딸을—장인의 딸과 손녀를 위험하게 만든 일을 사과할 때도 짧게 이렇게만 말했을 뿐이다.

"자네 때문이 아니야. 마음에 담아두지 말게."

나호코에게는 섣불리 질문해서 기분 나쁜 일을 떠올리게 해서는 안 된다고 배려한 게 틀림없다. 하지만 내게는?

불쑥 찾아온 의도를 알 수 없었다.

집으로 들어온 장인은 코트와 목도리를 풀고 꼼꼼하게 접어 옆에 있는 소파 팔걸이에 얹었다. 양복 차림이었지만 넥타이는 매지 않았다. 슬리퍼도 신지 않고 양말인 채로 "어느 쪽이었나" 하며 내 얼굴은 보지도 않고 물었다.

"주방입니다."

나는 앞장서서 안내했다. 장인은 내가 뭐라 하기도 전에 칸막이문이 기울어져 있다는 사실을 깨닫고 살짝 만져 움직였다. 그리고 눈썹을 치켜세웠다.

부엌 싱크대의 바구니에는 내가 초라한 저녁식사 때 사용했던 그릇이 설거지되어 놓여 있었다. 장인은 그 앞까지 갔다.

"저 창인가?"

밀어서 여는 방식의 창을 손가락으로 가리켰다. 지금은 꼭 닫혀 있다.

"예."

"아키야마라는 청년은 나도 한번 만나 보고 싶군. 소개해 주게. 제대로 고맙다는 인사를 해야지."

장인은 창문으로 다가가 잠금장치를 풀고 그걸 들어 올렸다가 다시 닫았다. 큰 소리가 났다.

"모모코는 묶여 있지는 않았었나?"

"예."

겐다 이즈미는 접착테이프나 로프 같은, 모모코를 묶기 위한 도구를 가지고 있지는 않았다. 작은 칼 하나를 백에 숨기고 와 휘둘렀을 뿐이다. 물론 그것만으로도 충분히 흉악한 행동이었지만 모모코를 인질로 잡은 뒤의 상황으로 미루어 보더라도 그녀의 머리 안에 치밀한 계획이 있었다고는 생각하기 힘들다. 그리고 그것은 내가 알고 있는 그녀의 기질이나 감정으로 미루어, 무척 겐다 이즈미답게 여겨졌다.

"이 아래 밀어 넣었던 건가?"

장인은 쭈그리고 앉아 안을 들여다보았다.

"작은 애가 아니면 들어갈 수도 없는 공간이군."

겐다 이즈미에게 잡혀 있는 동안 무슨 일이 있었는지, 경찰도 모모코에게 들으려 했고, 우리 부부도 조심스럽게 물어 보았다. 모모코는 잘 생각이 나지 않는 모양이었다.

"찰싹 맞았니?" 아내의 물음에는 "아니"라고 대답했다.

"주먹으로 탁 때렸어?"

"아니."

"그 여자가 무서운 얼굴을 했겠구나."

여기에는 대답이 없었다.

"생각하고 싶지 않은 거구나. 그만두자. 착하다, 우리 모모코. 잊으면 돼."

그래도 나는 딱 하나 더 물었다. 그 여자가 모모코를 꽉 조르지 않았느냐고. 겐다 이즈미가 모모코를 끌어안고 목을 꽉 조여 꼼짝 못하게 하지 않았을까 짐작했기 때문이다. 아마 아내도 마찬가지 생각이었으리라.

모모코는 "꽉 졸라?"라고 되뇌며 생각에 잠겼다. 아내가 내게 이제 그만하자고 했기 때문에 더는 묻지 않았다.

상대가 어린애니까 큰소리로 겁을 주면 시키는 대로 할 테니, 심한 짓은 하지 않았을 거라고 해석할 수는 있다. 반대로 모모코를 곧장 해칠 작정이었다면 손발을 묶거나 때릴 필요를 느끼지 않았을 거라고 생각할 수도 있다.

"하시타테란 그 청년이 —."

장인은 입에 담기 싫다는 듯이 내뱉는 말투로 이야기하지는 않았다.

"그 여자의 주의를 끌어 주지 않았다면 더 골치 아프게 되었겠지."

"그랬을 거라고 생각합니다."

"살인자이지만 모모코에겐 생명의 은인이군."

싱크대 수도꼭지에서 물방울이 떨어졌다.

"내가 이런 소리를 하면 자네 마음이 거북한가?"

나는 장인을 똑바로 바라보며 고개를 저었다.

"그런가?"

장인은 발소리도 내지 않고 주방을 나가 거실로 돌아갔다. 천장의 조명을 줄이고 살짝 먼지가 앉은 텔레비전을 보았다.

"나호코가 이사하고 싶다더군."

"예, 저도 들었습니다."

장인이 천천히 고개를 돌려 나를 보았다. 장인은 체구가 작다. 나는 시선을 낮추었다.

"일반적으로 살인이나 강도 같은 사건이 일어난 집에 살던 사람들은 어떻게 하나? 자네는 아나?"

"글쎄요……."

"역시 계속 살 수는 없으려나? 경제적으로 부담이 되더라도 무리를 해서라도 이사하는 걸까?"

사람 마음이 그럴 것이다.

"끔찍한 일이기는 했지만 모모코는 살았어."

부드러운 말투로 장인이 말했다.

"현재 이렇다 할 후유증 같은 것도 그 아이에게는 남아 있지 않은 것 같더군. 나호코는 약간 신경이 날카로워졌지만."

내게 동의를 구한다고 해도 나는 대답할 수 없었다. 질문이라면 더욱 그렇다.

"이 집이 잘못한 건 아니야."

장인은 집에게 말을 걸고 있었다. '이 집'이란 말이 '자네'와 마찬가지인 것처럼 들렸다.

"어디에 있건 무서운 것이나 더러운 것을 만나지. 완전히 차단할 수는 없어."

산다는 게 그런 거야—라고 중얼거리며 한 손으로 벽을 쓰다듬었다.

"좋은 집인데 아쉽군."

그것 또한 이 집을 위로하는 말로 들렸다. 나는 말없이 고개를 끄덕였다.

"앞으로 어떻게 할 건가는 집에서 천천히 의논하면 되네. 나 혼자 살기에는 너무 넓은 집이야. 편하게 지내게."

"감사합니다."

이거 방해했군, 하며 또 슬쩍 손을 들어 보이고 나가려 했다. 나도 모르게 "장인어른" 하고 불렀다.

"뭔가."

"제게 하실 말씀이 있었던 것 아닙니까?"

"현장을 한번 봐 두고 싶었을 뿐이네."

"노여워하시는 건 당연합니다. 저는—."

고개를 저으며 장인은 내 말을 가로막았다. "자네에게 화가 나지는 않았어. 전에도 이야기했는데."

나는 아버지 앞에 선 초등학교 일학년생 같은 기분이었다. 갑자기 목이 메어 눈을 감았다.

"다만 다른 것에 화가 났어." 장인은 차분한 말투로 말을 이었다. "덧없다는 생각도 드네. 내 무력함이 슬프다는 생각도 들어.

이 세상 앞날이 불안하다는 생각도 들어."

나는 이제 노인네니까 말이야.

이마다 요시치카에게 이런 이야기를 하게 만든 건 사위인 나다.

잠시 침묵이 흘렀다. 장인이 약간 앞으로 다가와 내 어깨를 두 번 두드렸다.

손의 온기가 전해져 왔다.

나는 장인을 큰길까지 바래다 드렸다. 조심스러운 시종처럼 뒤를 따라 걸었다.

주차장에는 이마다 콘체른의 회사용 차가 주차되어 있었고, 장인의 모습을 발견한 운전기사가 일어나 문을 열고 기다리고 있었다.

이번에는 손도 흔들지 않고, 내게 옆모습을 보인 채로 장인은 돌아갔다. 나는 고개를 숙이고 있었기 때문에 차의 후미등을 보지 못했다. 그게 다행이었다. 만약 봤다면 라이트가 뿌옇게 보여, 내 눈에 눈물이 고였다는 사실을 인정하지 않을 수가 없어 창피하다는 기분이 들었으리라.

편집장의 배려 덕분에 그룹 홍보실 안에서 사건 이야기가 화제에 오르는 일은 전혀 없었다. 하지만 다른 곳에서는 몇 통인가 위로 전화를 받았다. 그 가운데는 물류 창고의 구로이 차장이 건 전화도 있었다.

큰일 날 뻔했습니다, 걱정을 끼쳐 드려 죄송합니다. 이제는 입에 익어 버린 대화를 했다. 점심시간이라 구로이 차장은 그 사원 식당에서 거는 모양이었다. 시끌시끌한 소리와 사람들 목소리가 들려왔다.

"따님은 아직 어립니다. 그게 다행이기는 합니다만 부디 잘 보살펴 주세요."

나는 고맙다는 인사를 했다. 이 이야기만으로 전화를 끊고 싶지는 않았기 때문에 그의 인터뷰가 계기가 되어 《아오조라》 지상에 새집증후군이나 택지 토양오염에 관한 정보 교환이 가능하도록 하는 기획이 진행되고 있다는 이야기를 꺼냈다.

"아아, 그러고 보니 제게도 직접 메일을 보내 준 분이 있었습니다."

"젊은 편집부원이 열심히 하고 있습니다. 좋은 말씀 감사했습니다. 그런데 그 뒤 따님 천식은 차도가 좀 있습니까?"

구로이 차장은 잠시 말이 없었다.

"그게 말입니다." 한숨이 섞였다. "예, 나아지기는 했습니다."

"아아, 그거 다행이군요."

"연말에 겨우 원인을 알아냈습니다."

나는 가까이에 있던 메모와 볼펜을 끌어당겼다. "조사에서 나온 겁니까? 무엇이었습니까?"

낮게 쓴웃음을 짓는 소리가 들려왔다. "새집증후군이 아니었습니다. 토양오염도 아니었고요."

"예……."

"학교 문제였습니다. 같은 반 친구들과의 관계 때문입니다."

이지메 때문입니다, 라고 짧게 말했다.

나는 입에서 볼펜 뚜껑을 툭 떨어뜨렸다.

"그런 문제라면 왜 미리 이야기하지 않았느냐고 딸을 야단쳤습니다만, 그런 문제는 부모에게 이야기하기 어려운 모양입니다. 게다가 부모가 유해물질 때문이라고만 생각해 이리저리 뛰어다니고 있었으니. 아내는 판매업자를 상대로 소송을 내려고 변호사와 의논까지 하고 있었으니 사나에 처지에서는 이야기하기 더 힘들었겠죠."

그랬다. 그의 딸 이름은 사나에라고 했다. 사나에는 어떻게 되었을까? 괜찮은가?

"집을 팔았습니다. 전학을 시킨 게 좋지 않았던 모양입니다. 스트레스가 쌓여서 천식이라는 신체 증상으로 나타난 겁니다. 그런 의미에서는 역시 집이 원인이었다고 넓게 해석할 수도 있을까요? 하하."

조금 전보다는 덜 씁쓸한 웃음이었다.

"전차로 통학을 해야 할 테지만, 전에 다니던 학교로 돌아갈 수 있는지 어떤지 지금 이리저리 의논하고 있는 중입니다."

"따님이 전학을 간 학교에 익숙해지지 못한 거로군요."

"약간 신경질적인 면이 있는 애입니다. 그리고 이런 말씀 드리긴 좀 뭐하지만, 전부터 이지메 문제가 있던 학교죠. 이런 상황이 되자 여기저기서 그런 이야기가 흘러 들어오더군요. 선생님들은 절대로 인정하려 들지 않지만요."

같은 반 여학생 가운데 제법 행세를 하는 우두머리 격인 여자애가 있는데 사나에와 성격이 맞지 않았다. 상대방의 태도를 납득할 수 없고, 멋대로 자기 고집만 부리기에 사소한 일로 다툰 것이 계기가 되었던 모양이다.

나는 거의 생각도 하지 않고 말했다. "독이군요."

"예?"

"역시 독이었군요."

조금 늦게 "아아, 그렇군요. 정말 그렇군요"라고 구로이 씨도 말했다.

인간만이 지니고 있는 독이죠—.

27

정월 두 번째 주가 되어 아키야마 씨가 전화를 했다. 활달하고 아무 일도 없었다는 듯한 목소리를 듣고 나는 안심했다.

그 뒤에 어떻게 지냈는지 서로 근황을 이야기했다. 그러고 나서 내가 물었다.

"하시타테에 관해서 무슨 이야기 들은 거 없습니까?

취조에는 순순히 응하고 있다는 소식을 새해 들어 보도를 통해 알았다. 이미 검찰에 송치되었다.

"겐다 이즈미보다 그 친구 일이 더 걱정됩니까?"

"그렇군요⋯⋯. 그러고 보니 순서가 뒤집힌 것 같군요."

여전하시군요, 스기무라 씨. 아키야마 씨는 나를 놀리듯 웃었다.

"특별히 문제가 될 부분은 없는 모양입니다. 혹독한 취급을 받고 있지도 않고요. 이젠 걱정하지 않아도 됩니다."

순조롭다는 표현을 쓰기는 그렇지만요, 라며 아키야마는 쓴웃음을 지었다. 내 머릿속에 우리에겐 하시타테의 고백을 뒷받침해 줘야 할 책임이 있다고 내게 쏘아붙이던 그의 심각한 표정이 떠올랐다.

"그에게 독약을 판 사이트 책임자들은 검거될 것 같습니다. 경찰이 마음만 먹으면 바로 밝혀낼 수 있다더군요."

아, 참. 하시타테의 할머니는 노인 보호시설에 들어가셨습니다, 라고 했다.

"운 좋게 빈자리가 생겨서요. 사정이 딱한데다 하기와라 사장이 애를 많이 쓴 모양입니다. 하시타테에게 이것저것 넣어 주기도 하고."

"사장님을 만났습니까?"

"가끔 찾아갑니다."

나는 자신이 부끄러웠다. 그런 생각은 하지도 못했다.

"하기와라 사장님은 재미있는 분이더군요. 그러고 보니 며칠 전 이런 이야기를 들었습니다. 제가 갔을 때 사장님이 친하게 지내는 부동산 중개업자가 우연히 들렀는데요."

사장이 하시타테에게 돈을 빌려 줘 그 집의 토양오염을 조사했을 때의 일이라고 한다.

"그런 조사는 포인트를 정해 토양을 채취해야 한다더군요."

"여섯 군데를 해야 하죠."

"잘 알고 계시네요."

부동산 중개업자의 말로는 엄격해 보이는 그 검사법에도 다 빠져나갈 길이 있다는 것이다.

"말하자면 여섯 군데서 채취하면 되는 거잖아요? 오염된 땅이라 해도 전체에 유해물질이 배어 있는 건 아니죠. 조금 있는 곳도 있고 많은 곳도 있을 겁니다. 예비검사로 그걸 파악해서 조금 나오는 곳 여섯 군데서 샘플을 채취하는 거죠. 그리고 도면에는 제대로 여기저기서 채취한 것처럼 적어 두는 겁니다. 아주 간단한 속임수죠."

하시타테네 집의 땅을 조사할 때, 부동산 중개업자는 농담 삼아 만약에 유해물질 수치가 높게 나오면 그런 속임수를 쓸 수도 있다고 했단다.

그러자 하시타테는 정색하고 화를 냈다.

"그런 교활한 짓은 할 수 없다고, 절대로 하지 말라며 불같이 화를 내더랍니다. 하기와라 사장도 그 애가 그렇게 안색을 바꾸고 화를 낸 건 처음 봤다고 했습니다."

교활한 짓은 할 수 없어요. 옳지 않은 짓을 해선 안 돼요.

내 머릿속에 떠오른 말을 아키야마 씨가 했다.

"아이러니하죠."

그때 약간 교활한 수를 써서 땅을 팔아 생활을 안정시켰다면 하시타테는 청산가리 같은 걸 사지 않았으리라. 후루야 씨를 죽일 일도 없었으리라.

약간 교활해지는 것과 큰 죄.

왠지 '옳지 않아!' 하며 가냘픈 주먹을 쥐고 화를 내는 곤짱의 얼굴이 떠올랐다.

"아, 참. 잡지 기획 기사에서 종이 팩에 든 우롱차에 주삿바늘로

액체를 주입하면 어떻게 되는지 재현 실험해 보았습니다. 흥미가 있어서 보러 갔는데 상당히 까다롭더군요."

어디에 바늘을 찔러도 팩에 흔적이 남아 내용물이 흘러나왔다고 한다.

"주삿바늘을 팩의 각진 부분에 조심스럽게 찔러 넣지 않으면 안 됩니다. 그래도 팩을 꽉 쥐면 내용물이 흘러나오죠."

그렇게 말하고 아키야마 씨는 입을 다물었다. 나도 말하지 않았다.

"하긴 이런 이야기는 아무려나 상관없죠." 그는 또 혼자 웃었다.

"어쨌든 저도 하기와라 사장님에게 인사를 하러 가야겠군요. 완전히 까먹고 있었어요……."

"어쩔 수 없죠. 부인과 모모코 문제로 정신이 없었을 텐데. 저야 자유로운 독신이니까."

업무이기도 하고요, 라고 슬쩍 덧붙였다.

"이 사건을 쓸 겁니까?"

"쓰라고 난리들입니다."

"그래서, 쓸 겁니까?"

"모르겠습니다. 시간이 지나 열기가 좀 식으면 판단이 서겠죠."

"겐다 이즈미 건도—말입니까?"

내 겁먹은 질문에는 대답하지 않고, 약간 말투를 바꾸고 목소리를 낮춰 말했다. "그 여자, 어떻게 되었는지 아세요?"

체포는 드라마틱했지만, 그 뒤에는 하시타테 사건 쪽에 밀렸기 때문인지 겐다 이즈미에 관한 후속 기사는 없었다. 사정 청취 때 형사에게 물어본 적이 있다. 겐다 이즈미 때문에 골치를 앓고 있다는 정도밖에 가르쳐 주지 않았다. 그건 충분히 짐작할 수 있었다.

"처음엔 완강하게 버텼지만, 요즘엔 그야말로 고분고분해졌답니다. 오히려 신바람이 난 모양이라고 합니다."

"신바람이?"

"마음에 든 취조관이 있답니다. 그 형사가 취조를 담당하면 몇 시간이건 수다를 떤대요. 부모가 붙여 준 변호사에게 이렇게 말했답니다. 태어나서 처음으로 내 이야기를 진지하게 귀 기울여 주고, 나를 이해해 주는 사람을 만났습니다, 라고요."

나는 머릿속에 그려 보았다. 취조실에 앉아 있는 겐다 이즈미가 부드러운 눈길로 그녀를 바라보며 이따금 맞장구를 쳐 주면서 그녀가 하고 털어 놓고 싶은 내용에 대해 질문을 던지고, 그녀가 하는 이야기를 들으며, 그녀가 스스로는 떠올리지 못하는 표현들을 보충해 줄 수 있는 어른과 마주 앉아 울고 웃고 있는 광경을.

"그쪽에서 일어난 수면제 사건이나 스기무라 씨 부인을 칼로 위협하고 모모코를 인질로 잡은 일도 계획적이지는 않았다, 감정이 복받쳐 저지른 일이라고 설명하고 있답니다."

그럴 거라는 생각이 들었다. 겐다 이즈미에겐 그게 진실일 거라는 생각도 들었다.

"반성한다거나 사죄한다는 말은 아직 없는 모양이지만, 뭐 그건 스기무라 씨도 기대하시지는 않죠?"

"겐다 이즈미를 위해서는 기대를 해야 하겠지만요."

"여전히 사람 좋은 분이로군요."

"—겐다 이즈미의 부모님은 어떠신지 압니까?"

"한때는 리포터들에게 쫓겨 다녔습니다. 도망치지는 않았어요. 보고 있기 괴로웠지만, 당당하게 대처했다고 생각합니다."

죄송합니다, 하며 그 사람은 또 고개를 숙이고 있으리라. 그래도 이즈미는 우리 딸입니다. 우리 자식입니다.

겐다 이즈미는 진짜로 지금까지 아무도 자기 이야기에 귀 기울여 주는 사람이 없었다고 생각하는 걸까? 아무도 자기를 이해해 주려 하지 않았다고? 그렇지 않으면 그녀의 머릿속에서는 부모와 오빠가 '사람'으로 계산되지 않는 걸까?

"어제던가. 겐다 이즈미의 중학교 졸업 사진이 텔레비전에 나왔습니다. 누가 그런 걸 제공했는지."

정 떨어지는 세상입니다, 라고 아키야마가 말했다. 진심으로 화가 나서 그런 말을 했다는 건 알지만, 그 말의 이면에는 '그래서 재미있는 세상이죠'라는 느낌도 묻어났다.

그는 관찰자이고 평론하는 사람이니까.

"아키야마 씨는 괜찮습니까?" 내가 물었다.

아키야마 씨는 깜짝 놀라 말했다. "뭐가 어떻게 괜찮냐고 묻는 겁니까?"

"아뇨, 쓸데없는 질문이었습니다."

잠시 말이 없다가 그가 말했다. "이따금 이런 생각이 머릿속에 떠오릅니다. 그때 모모코를 구해 내지 못했다면 어떻게 되었을까, 하는 시뮬레이션이."

하지만 그건 현실이 아니다.

"어쨌거나 이제 괜찮습니다. 신경 쓰지 마세요. 힘드시겠지만, 마유미를 잘 부탁드리겠습니다."

곤짱을 늘 부르듯이 '그 녀석'이라거나 '곤'이 아니라 제대로 이름을 불렀다.

공연히 내가 쑥스러워졌다.

하기와라 사장만이 아니라, 나는 만나야 할 사람이 있었다. 기타미 씨다.

내가 알고 있는 것은 그가 사는 집뿐이고, 어디 입원했는지 모른다. 그걸 구실 삼아 나는 미치카에게 연락을 취할 수가 있었다. 우선 메일을 보내고 답장을 기다리기로 했는데 한 시간도 지나지 않아 미치카가 전화를 해 주었다.

"아, 반가워요! 아저씨 잘 지내죠?"

내가 그동안 연락하지 못해 미안하다는 이야기를 할 틈도 없이 바로 근황을 이야기해 주었다.

"우리 쪽은 제법 조용해졌어요. 그냥 여러 가지 일이 있어서 피곤했는지 엄마가 쓰러졌어요."

해가 바뀌어 이레째 되는 날에 고열이 나서 구급차에 실려 갔다. 신우염 진단을 받아 지금도 입원중이라고 했다.

"하지만 이젠 많이 좋아지셨어요. 곧 퇴원할 테니까 걱정하지 마세요."

"그럼 다행이지만……. 그럼 넌 지금 집에서 혼자 지내는 거야?"

미치카는 거침없이 말했다. "혼자가 아니에요. 할아버지가 계시는걸요."

아직 납골당에 모시지 않았으니까.

"이제야 범인이 잡혔으니까—."

범인이라고 말하기가 껄끄러운 모양이다. 미치카 또한 하시타테의 이름을 입에 올리지 않았다.

"엄마가 퇴원하면 할아버지를 납골당에 모실 거예요."

"그래?" 나는 그제야 생각이 났다. "아, 참. 강아지는? 시로라고 했지?"

"어? 아저씨에게 이야기하지 않았나? 할아버지 사건이 난 뒤에 엄마 회사에 계신 분에게 드렸어요. 시로를 보면 마음이 아파서."

하지만 이제 범인이 잡혔으니까, 시로도 할아버지 유물 같은 거니까 돌려달라고 할까요? 미치카의 목소리는 맑았다.

"아. 그런 이야기를 할 때가 아니에요, 아저씨." 미치카가 목소리를 바꿨다. "기타미 아저씨 말이에요."

"응."

"나 어느 병원인지 알아요. 하지만 이젠 거기 없어요."

"또 댁으로 돌아가신 거니?"

미치카가 말이 없었다. 그 까닭을 나도 깨달았다.

"돌아가셨어요."

정월 아흐레였다고 한다.

"병원에서 숨을 거두셨어요. 부인하고 아들하고. 가족들끼리만 장례식을 치렀대요. 살던 집 계약 문제 때문에 가이짱 엄마, 아빠에게 연락이 와서 그래서 알았죠."

그러니? 내가 말했다.

"아저씨." 미치카의 목소리가 부드러워졌다. "울지 마세요."

"울지 않아."

"그래요. 난 울었거든요. 가이짱도 엄청 울었어요. 그렇게까지 울 건 없지 않나 싶을 만큼."

그런 이야기를 하면서도 나와 미치카는 작은 소리로 웃었다.

"딱 좋을 때 메일을 받았어요. 가이짱하고 나, 기타미 아저씨 부인 집에 향을 올리러 갈 거예요. 아저씨도 같이 가요."

기타미 씨의 영정 앞에서 명복을 빌고, 그 이야기를 올린 다음에 홈페이지를 닫을 생각이라고 미치카는 말했다.

기타미 씨의 전 부인은 미나미아오야마에 있는 그 집에서 십 분쯤 떨어진 곳에 살고 있었다. 서너 평 남짓한 넓이의 원룸으로, 기타미 씨의 병세에 대해 알게 된 뒤에 뒷바라지를 하기로 결정했을 때 꼭 필요한 것들만 들고 이리 이사했다고 한다. 그래서인지 방 안에는 가구가 거의 없었다.

다른 어떤 표현보다 '부지런하다'는 말이 어울리는 느낌을 주는 여성이었다. 기타미 씨보다 나이가 약간 아래로 보였다.

유골함과 영정을 보면서 부인이 말했다.

"사실은 집에 모시고 싶었지만 아들이 반대해서요. 아직 아버지를 용서할 마음이 들지 않는다네요."

그래도 심각한 표정은 아니었다. 기타미 씨나 아들이나 모두 애틋하다는 듯이 이야기했다.

"그래도 장례식 때는 와 주었고, 유골도 수습했습니다. 그러니 아마 속으로는 용서한 거겠죠. 집에 모시지 말라는 건 다른 이야기일 겁니다. 제가 고생한 게 자꾸 떠오르는 모양이에요."

우리는 차례로 영정 앞에서 명복을 빌었다. 가이짱은 또 울었다. 미치카는 살아 있는 사람에게 이야기하듯 이런저런 이야기를 했다. 나는 마음속으로만 '간신히 당신이 맡긴 파일을 마무리했습니다'라고 보고했다.

"별난 양반이었지만."

부인은 향에 불을 붙이며 영정을 향해 쓴웃음을 지어 보였다.

"그래도 인생 막판에 좋은 분들과 알았고, 여고생 걸프렌드까지 생기고, 행복했을 거라고 생각합니다."

"기타미 씨가 하시던 일은—?"

"마무리를 지었다고 하더군요. 사립탐정 일을 이어받을 사람을 찾을 수도 없었겠죠."

상자에서 튀어나와 사람을 깜짝 놀라게 만드는 인형 같은 얼굴로 미치카가 불쑥 말했다. "아저씨가 하면 좋을 텐데."

"뭐라고?"

"사립탐정 말이에요."

나는 웃었다. 누구도 눈치채지 못했을 테지만 억지로 웃은 거였다. 탐정이라니. 웃기지 않나?

30일이었던가, 마지막 날이었던가. 조토 경찰서의 우즈키 형사가 전화를 했다. 물론 사건에 대해서 알고 전화를 했던 것이다.

"꽤 됐지만 연락을 주셨다고 하더군요."

귀에 익은 목소리였다. 그는 사무적으로 또렷하게 말했다.

"어떻게 할까 망설이다가 용무가 있으면 다시 걸겠지 하다 보니 깜빡했습니다. 혹시 그때 연락하신 게 이번 사건과 관계가 있는 일이었습니까?"

없지는 않았죠, 라고 내가 말했다. "복잡하게 얽혀서요. 하지만 그때 우즈키 씨와 의논을 했더라도 이번 사건을 미연에 방지할 수는 없었을 겁니다."

"그래요? 큰일을 당하셨습니다." 더욱 사무적으로 우즈키 형사가 말했다. "부인과 따님이 무사해서 다행입니다. 게다가 결과적으로 두 사건이 한꺼번에 해결되었고."

예, 감사합니다. 이 말밖에 할 수가 없었다.

"한 가지 여쭤도 되겠습니까?" 형사가 물었다.

"예."

"스기무라 씨, 결국 탐정 일을 시작하신 겁니까?"

나는 웃음을 터뜨렸다. 우즈키 형사의 웃음소리는 들리지 않았다. 나는 서둘러 말했다. "말도 안 됩니다! 그냥 휩쓸렸을 뿐입니다."

"휩쓸려서 살인 사건 용의자를 자수하게 하셨다."

"그렇습니다."

"그러세요?"

수화기를 내려놓은 뒤, 탐정 일이라, 하고 중얼거렸다. 나는 또 혼자 웃었다. 웃지 않고는 견딜 수가 없었다. 누가 그런 위험한 일을 좋다고 하겠는가―.

하지만 우즈키 형사와 마찬가지로 미치카는 아주 진지하게 말했다.

착한 친구인 가이짱이 미치카를 나무랐다. "미치, 너 무슨 말도 안 되는 얘기를 하는 건지 알아? 스기무라 아저씨는 무지 큰 회사 직원이야. 그 자리가 아깝잖아."

"그래도 부자잖아. 어때? 생활 걱정은 없으니 취미로 탐정 일을 하면. 그러면 정의를 추구할 수 있잖아?"

기타미 씨의 전 부인이 웃음을 터뜨리며 탐정은 직업이 아니죠, 라고 말했다.

"저도 남편에게 잔소리를 했었죠. 그런 건 직업이 아니라 취미라고."

"기타미 씨는 뭐라 하시던가요?"

순간 전 부인에게 기타미 씨의 혼이 깃든 것 같았다. 뺨의 움직임, 눈썹, 입을 다문 모습.

"취미라도 사람들에게 도움이 될 수 있다면 좋지 않으냐, 라고 하더군요."

가이짱과 미치카를 집에 바래다주겠다고 하자 이렇게 말했다.

"오늘 밤은 저 가이짱네 집에서 잘 거예요."

그렇다면 수고가 줄었다. 앞서 가는 둘의 여고생다운 수다를 들으며 맑은 하늘 아래 나는 새해의 미나미아오야마 거리를 걸었다.

기타미 씨가 살던 단지 어린이 공원이 보이는 부근까지 왔을 때 어디선가 신나는 음악이 들려왔다. 두 사람이 발길을 멈추고 주위를 둘러보았다.

"어라, 뭐지?"

나는 금방 알아챘다. "진돈야기이한 옷차림으로 악기를 연주하며 선전이나 광고를 하고 다니는 사람로구나."

곧 그들의 모습이 보였다. 삼인조 진돈야로, 맨 앞에 있는 사람은 게이샤 차림을 한 여성이었다. '금일 신장개업'이란 깃발을 펄럭이며 방긋방긋 웃는 얼굴로 전단지를 나누어 주면서 걸어 왔다.

휴일이라 시내에는 나다니는 사람이 적지 않았다. 다들 우리처럼 걸음을 멈추고 있었다.

"와아, 신기하다."

가이짱과 미치카는 재미있어했다. 음악이 흐르는 사이사이 힘차게 큰북이 울렸다.

"얘, 저것 봐." 가이짱이 미치카의 소매를 잡아당겼다. "사람들이 다들 재미있어해."

멈춰 선 사람들은 다들 웃은 얼굴이었다. 한가롭고, 밝고, 부드러운 표정들을 짓고 있었다.

"어쩜, 다들 마법에 걸린 것 같아!"

가이짱의 말 그대로였다. 길 가는 사람들을 행복하게 해 주는 마법을 보여 주고 있는 것 같았다.

"이 노래, 들은 적 있어." 미치카가 중얼거렸다. "너 알아?"

가이짱은 고개를 저었다. "몰라. 옛날 노래야?"

"〈언덕을 넘어서_{1931년에 발표되어 크게 히트한 일본 가요}〉란 곡이야."

그리고 어렴풋이 기억하는 가사를 읊조렸다. 미치카가 "아, 맞다!" 하고 소리쳤다.

"할아버지가 자주 콧노래로 흥얼거렸어. 욕조에 들어가 계실 때."

"그렇게 오래된 노래야?"

"그랬었니? 너희 할아버지 세대보다 더 전에 크게 유행했던 곡이지."

"아저씨, 한번 불러 봐요."

멀어져 가는 음악에 맞추어 내가 서툴게 노래를 하자 미치카도 더듬더듬 따라 불렀다.

언덕을 넘어서 가자
맑은 하늘은 맑고 화창해 즐거운 마음
뛰는 가슴의 피여, 찬송하라 내 청춘을
자 가자 머나먼 희망의 언덕을 넘어서

"새해에 어울리는 노래네."

심호흡을 한번 하고, 가이짱이 멋진 말을 했다.

"아니, 우리들에게 어울리는 노래지. 우리가 청춘이니까."

호호호, 하며 가이짱이 웃었다. 미치카는 점점 멀어져 가는 음악이 들려오는 방향을 바라보고 있었다. 할아버지가 이런 가사의 노래를 불렀었구나, 라고 작게 말했다.

"나도 배워야지."

취직하거나 결혼하거나 인생의 중대한 기로에서 무언가를 선택한 듯이, 미치카가 엄숙하게 선언했다.

"배워서 노래할 거야."

할아버지처럼.

단지에 있는 가이짱의 집에 도착할 때까지 내가 가사를 가르쳐 주고, 두 사람은 계속 노래를 불렀다. 할아버지가 손녀에게 남긴 노래를.

두 사람을 바래다준 뒤, 기타미 씨가 살던 집 앞까지 가 보았다.

문에는 자물쇠가 걸려 있었다. 밖을 내다보는 작은 창문 안쪽의 헝겊도 떼어져 있었다.

무언가 볼일이 있었던 것은 아니다. 그저 기타미 씨와 작별하기 위해서는 여기도 들러 봐야 할 것 같은 기분이 들었다. 그래서 왔을 뿐이다.

문을 등지고 콘크리트 난간에 두 팔을 얹고 겨울 햇살을 받으며 멍하니 서 있었다. 아까 그 진돗야가 돌아왔는지, 바람을 타고 또 〈언덕을 넘어서〉가 들려왔다.

누군가 계단을 올라오는 소리가 나, 나는 그쪽을 바라보았다.

무척이나 힘겹게 이층 통로까지 올라와 거기서 한숨 돌리고 있었다. 예순 살쯤 되어 보이는 남자였다. 어쩌면 더 많은지도 모른다. 흰 머리카락이 얼마 남지 않았고, 한 손에는 지팡이를 들고 있었다. 다리가 불편하거나 환자거나 부상으로 쇠약해진 모양이다.

나와 눈이 마주치자 고개를 숙였다. 나도 고개를 숙였다. 노인은 호수를 확인하면서 지팡이를 콩콩거리며 이쪽으로 다가왔다.

바로 옆에 멈춰 서서, 기타미 씨가 살던 집 문을 물끄러미 바라보았다.

"저어……."

노인이 묻기도 전에 나는 눈치챘다.

"기타미 씨를 찾아오셨습니까?"

내 물음에 노인은 얼굴이 밝아졌다. "예. 이 집이 맞습니까?"

지팡이를 들지 않은 손에는 메모를 쥐고 있었다. 그걸 펼쳐 내게 보여 주었다. 기타미 씨의 이름과 주소, 전화번호와 지하철 오

모테산도 역에서 여기까지 오는 길 설명이 간단하게 적혀 있었다.

"맞습니다만—."

나는 애써 천천히 말했다.

"기타미 씨는 이제 여기 안 계십니다."

"예에?" 노인의 입이 반쯤 벌어졌다. "안 계십니까?"

"돌아가셨습니다."

노인은 이번에도 "예에?"라고 했다. 하지만 목소리는 나오지 않았다. 바람이 빠지는 소리가 났다.

"그렇습니까……. 그럼 할 수 없군."

노인은 메모를 구겼다. 그 손을 내려다보며 변명처럼 떠듬떠듬 중얼거렸다.

"아는 사람이 믿을 만한 분이 있다고 해서 소개를 받았습니다. 이 양반에게 부탁하면 방법을 찾아 줄 거라더군요. 음, 하지만 몸이 이래서 쉽사리 걸음을 할 수가 없었습니다. 겨우 찾아와 보았는데……."

돌아가셨군요. 두툼한 코트를 걸친 어깨가 축 처진 것 같았다.

"이거 실례했습니다. 고맙습니다."

비틀거릴 정도로 허리를 깊숙이 숙여 인사했다. 그리고 천천히 몸을 돌려 지팡이에 의지해 불편해 보이는 걸음으로 돌아갔다. 올라올 때보다는 나을 테지만 내려가기도 편하지만은 않으리라.

나는 기타미 씨가 살던 집 문을 올려다보았다.

당신은 모든 파일을 마무리했다고 했죠. 그러지 못한 한 권을 내게 맡기면서 이젠 다 끝났다고 했죠.

하지만 지금도 이렇게 당신에게 의지하기 위해 찾아오는 사람이 있습니다. 쉽사리 걸음을 할 수 없는데도 찾아오는 사람이.

저 노인은 당신에게 무얼 부탁하려고 했을까요. 어떤 문제를 안고 있는 걸까요. 걱정이 되시죠, 기타미 씨.

나는 속으로 물었다.

〈언덕을 넘어서〉가 작게 들려온다.

경찰을 그만두고, 그래서 가정을 잃으면서도 당신은 '취미'인 남들 돕기를 하려고 했죠. 그런 인생을 살려고 했어요. 당신은 사건 뒤처리에 지쳤다고 했습니다. 이젠 지긋지긋했다고 했죠. 좀더 먼저, 뒤처리가 필요해지기 전에 뭔가 할 수 없을까를 생각했다고 했죠.

그건 말하자면 이 세상의 독을 정화시키는 작업입니다. 직장을 버리면서까지 이 세상의 해독제가 되기 위해서는 어떻게 하면 좋을지, 당신은 생각했습니다. 모색하고, 시도했죠.

기타미 씨는 그때 자신의 길에서 넘어가야 할 언덕을 발견했으리라. 이미 청춘은 아니었겠지만 가슴은 크게 뛰었으리라. 바보 같은 짓이다. 무모하다. 무의미하다. 남들이 그렇게 말해도, 아내를 화나게 하고 슬프게 만들면서도, 기타미 씨는 그 언덕을 향해 나아갔다.

거기에 희망이 있다고 한다. 확증은 없지만.

하지만 희망은 있었다. 기타미 씨는 분명히 발견했다. 분명히 그에게 도움을 받은 사람들이 있었다.

그걸 알기에 기타미 씨의 전 부인은 그를 용서했다. 그가 한 일이 결코 무의미하지 않았다는 걸 알기에.

"—너무 일찍 가셨군요."

이번에는 소리 내어 말했다.

"당신에겐 아직 해야 할 일이 남아 있는데."

내 말에 기타미 씨가 뭐라고 대답하는 소리가 들렸다. 희미하지만 확실하게, 귀에 들렸다. 기타미 씨의 목소리를 빌려, 내 마음이 속삭인 건지도 모른다.

—그러니까 당신이 해 줘요.

미치카의 파일을 인계받았듯이.

—아저씨가 하면 좋을 텐데.

이 세상에 있는 독의 이름을 알고 싶다면 직접 찾아 나서세요. 당신이 스스로 밝혀내는 겁니다.

불행하게도 독을 건드려 독에 물들기 전에는, 우리는 늘 이 세상의 독에 대해 생각하지 않으려 애쓰며 살아간다. 하루하루를 편하게 지내기 위해서는 그럴 수밖에 없으니까.

벌떡 일어나 질문한다고 해도 아무도 독에 대해 가르쳐 주지 않는다. 그것이 어디서 오는지, 왜 생기는지, 어떻게 퍼지는지를.

어떻게 하면 막을 수 있는지도.

나는 계단을 내려갔다. 그 노인처럼 천천히 발걸음을 확인하며 내려갔다. 뭔가 중요한 것을, 방금 발견한 중요한 것을 거기 남기고 돌아서는 기분이 들어 견딜 수가 없었다. 뒤돌아보면 그게 거기서 반짝거리고 있는 게 보일 것만 같았다.

나는 뒤를 돌아보지 않았다. 〈언덕을 넘어서〉를 홍얼거리며 집으로, 장인과 나호코와 모모코가 있는 집으로 돌아가는 길을 계속 걸었다.

* 이 작품은 픽션이며, 실재하는 개인, 기업, 단체와는 전혀 관계가 없습니다.

행복한 탐정은 어떻게 만들어졌을까

일본에서 『이름 없는 독』이 단행본으로 출간된 건 2006년 8월 25일, 미야베 미유키는 이 작품으로 제41회 요시카와 에이지 문학상을 수상했습니다. 작가의 수상소식과 함께 판권을 계약하여 한국에 선을 보인 건 2007년 3월 12일, 지금으로부터 11년 전의 일입니다. 그 사이에 작가 미야베 미유키는 『누군가』와 『이름 없는 독』의 속편인 『십자가와 반지의 초상』, 『희망장』을 출간하며 주인공 스기무라 사부로의 직업적 정체성을 공고히 하였지요. 이번에 『이름 없는 독』을 다시 읽으며 새삼 느낀 것은 이 소설 속에 『십자가와 반지의 초상』에서 벌어질 사건과 『희망장』의 전개가 암시되어 있구나 하는 점이었습니다. 즉, 스기무라는 어떻게 탐정의 길을 걷게 되었는가 하는 것이죠. 해서 그런 점들을 한 번쯤 짚어보는 것도 의미가 있겠다고 생각했습니다. 몇 가지 소소한 정보들도 알아두면 재미있을 것 같고요. 다만 시리즈 전체에 대한 스포일러가 포함되어 있으니 '나는 그런 정보를 모른 채로 소설을 읽고 싶다'는 형제자매님들은 그냥 패스해 주시면 되겠습니다. 사실 읽지 않아도 무방한 글이에요. 그런데 왜 쓰느냐. 소설이 끝나고 그 뒤에 후기 비슷한 것이 있으면 저는 왠지 반갑더라고요. 메이킹 필름을 보는 느낌이라고 할까. 그러니 느슨한 기분으로 슬렁슬렁 읽어 주시면 좋겠습니다.

우선『누군가』와『이름 없는 독』의 줄거리부터 정리해 보죠. 조그만 아동 출판사에서 편집자로 생활하던 스기무라 사부로는 우연히 들른 극장에서 곤경에 빠진 나호코를 구해 주고 진지하게 교제를 시작합니다. 하지만 결혼을 약속할 즈음 나호코의 아버지가 대기업 이마다 콘체른의 회장인 이마다 요시치카라는 것, 나호코는 이마다 요시치카가 혼외정사로 낳은 딸임을 알게 되지요. 스기무라는 당연히 결혼을 승낙받을 수 없으리라 예상하지만 뜻밖에 이마다 요시치카로부터 '딸과의 결혼을 허락'한다는 얘기를 듣습니다. 조건은, 이마다 콘체른의 경영에 참여할 생각을 하지 말 것, 나호코를 배경 삼아 창업을 고려하지 말 것, 일하던 출판사를 그만두고 이마다 콘체른의 사내보《아오조라》를 간행하는 그룹 홍보실의 직원이 되라는 것이었습니다. 결국 스기무라는 나호코와 결혼하고 사내보 편집자가 됩니다. 그리고『누군가』에서 어설프게나마 탐정 역할을 시작하지요. 어느 날 장인의 전직 운전기사였던 가지타가 자전거에 치여 죽음을 당합니다. 범인은 그대로 도주하고, 가지타의 두 딸은 범인 잡기의 일환으로 아버지의 인생을 책으로 만들고자 합니다. 이를 지켜보던 이마다 요시치카가 사위에게 그 일을 도우라 지시하고 일을 진행하는 과정에서 스기무라는 뺑소니 사건의 배후에 감춰져 있던 무언가를 알게 됩니다. 가지타 가족의 어두운 과거에 얽힌 비밀을 통해 지극히 평범한 사람도 믿을 수 없을 만큼 잔혹한 악의를 품을 수 있다는 걸 눈앞에서 목도하게 되지요.

『이름 없는 독』은 그로부터 약 1년 뒤의 일을 그리는데, 스기무라가 일하고 있는 《아오조라》 편집부에서는 새로 들어온 아르바이트 직원인 겐다 이즈미 때문에 골머리를 앓는 중입니다. 제대로 해내는 일은 전혀 없는데다가 부원 전체와 마찰을 일으키는 트러블 메이커였던 것. 급기야 편집장과 싸우고 나가 일주일째 소식이 없던 그녀에게 전화로 퇴직을 통보하자 분개한 이즈미는 회사로 돌아와 소동을 벌이지요. '자신은 잘못이 없고 오히려 부원들이 자신을 괴롭혔으며 성희롱과 함께 협박까지 당했다'는 투서가 회장실에 날아들자, 회장의 지시로 스기무라는 이 일을 마무리하기 위해 이즈미의 전 직장을 찾아갑니다. 거기에서 스기무라는 그녀가 전 직장에서도 같은 행태를 보였으며 이력서에 기재된 경력이 모조리 거짓이었음을 깨닫고 놀랍니다. 한편 겐다에 대한 조치를 취하기 위해 동분서주하던 스기무라 앞에 후루야 아키코와 미치카 모녀가 나타나고 이들이 무차별 독살 사건의 네 번째 피해자임을 알게 된 후로 자신도 모르게 사건에 발을 들여 놓게 되지요. 이때 전직 경찰 출신 사립탐정인 기타미 이치로가 '사립탐정 일을 이어받을 사람'으로 스기무라를 지목한다는 점이 재미있습니다. 데

뷔 30주년인 2017년 초에 미야베 미유키가 《소설 신초》와 했던 롱 (Long) 인터뷰의 한 대목+2015년 여름에 본사의 독자들과 진행했던 '북스피어 창립 10주년 기념' 인터뷰의 한 대목을 살펴보면 스기무라 사부로라는 캐릭터의 탄생 배경을 좀 더 구체적으로 알 수 있어요.

질문_ '스기무라 사부로' 시리즈를 시작한 계기는 무엇이었나요.

미미_ 저 자신도 시리즈를 하나 가지고 싶었어요. 하지만 제 성격으로는 엄청 멋지다든가, 특수한 능력이 있다든가, 천재라든가 하는 캐릭터는 도저히 그릴 수 없어요. 사람이 좋고 성실하고 이혼은 했지만 자식을 끔찍이 아끼는 샐러리맨이라는 설정이 제 분수에는 맞는 게 아닐까 하고(웃음). 결과적으로 '보통 사람이 뭔가 작은 사건을 해결한다'는 스타일로 자리 잡았어요. 『누군가』 띠지 문구는 제가 생각한 건데 '사건은 작지만 고뇌는 깊다', 현대물은 이걸 기본으로 해서 무언가 아이디어가 떠오르면 스기무라 시리즈로 써보자고 결정했습니다. 이 『이름 없는 독』 다음의 시리즈 『십자가와 반지의 초상』에서 스기무라는 회사를 그만두고 사립탐정으로 독립합니다. 그러니 거기까지 나와 있는 스기무라 3부작은 스기무라가 사립탐정이 되기까지의 도움닫기인 거겠죠. 그렇기 때문에 본래 '사립탐정 스기무라 사부로' 시리즈는 다음의 『희망장』부터 시작하는 겁니다.

질문_ '스기무라 사부로'라는 캐릭터를 만들 때 영향을 받은 탐정이 있나요.

미미_ 저는 '앨버트 샘슨' 시리즈의 열렬한 팬이에요. 시리즈를 전부 읽고 났더니 샘슨 같은 탐정을 만들어 보고 싶더라고요. 그래서 스기무라 사부로가 탄생했어요. 샘슨의 매력은, 일단 멋있지 않다는 거예요(웃음). 힘도 세지 않고요. 수수께끼의 미녀가 등장하지도 않아요. 탐정 소설에 흔히 나오는 멋진 대사를 읊조리지도 않죠. 하지만 다정하고 가정적인 사람이에요. 그런 점들이 무척 좋았어요. 제가 정말 좋아하는 작품은 『The Silent Salesman』(한국어판 제목은 『침묵의 세일즈맨』)이에요. 조그만 동네에 탐정 사무소 간판을 내걸고 활동하는 탐정이 맡을 법한 사건만 나와요. 살인사건이나 강도사건처럼 경찰에 알려야 하는 그런 사건이 아니죠. 『Ask the Right Question』(한국어판 제목은 『인디애나 블루스』)은 10대 소녀가 자신의 친부모를 찾아 달라는 이야기고요. 이런 이야기라면 경찰에 찾아가도 상대해 주지 않을 테니까 사립탐정을 찾아가자, 그 점이 가장 매력적이에요.

이 정도면 '대관절 스기무라는 왜 그토록 미숙하고, 역대 탐정들과 비교할 때 미덥지 못한 것인가' 하는 궁금증이 해소되었으리라 생각합니다. 『이름 없는 독』에서 '겐다 이즈미=평범한 사람'이라고 평한 사립탐정 기타미 이치로에게 스기무라는 "평범한 사람이란 어떤 사람인가" 하고 고뇌에 찬 질문을 합니다. 이때 기타미는 '평범한 사람=오늘날의 대다수 불완전한 인간'이라고 말하며 스기무라를 격려하죠. "이렇게 복잡하고 번거로운 세상을 다른 사람들에게 피해를 끼치는 일도 없이, 때로는 사람들에게 친절하게 대하거나 함께 사는 사람을 기쁘게 하거나, 적어도 세상에 도움이 되는 일을 하며 제대로 살아가는" 스기무라 같은 인간은 평범한 사람이 아니라 훌륭한 사람이라고. 기타미가 경찰 일에 회의를 느끼고 탐정이라는 직업을 선택한 것은 불완전한 인간들을 도와주기 위해서이며, 그러한 무형의 메시지는 죽기 직전의 그가 남긴 파일을 통해 스기무라에게 전달됩니다. 다만 이 과정에서 기타미는 "(탐정이 된 덕분에) 제 답답한 마음은 수습이 되었습니다. 대신 아내와 자식을 잃었죠"라고 말하는데, 전에는 별 생각 없이 스윽 지나쳐 버린 이 대목을 이번에 다시 마주하며 안타까워했던 이유는 제가 굳이 말씀드리지 않아도 『십자가와 반지의 초상』을 읽은 형제자매님들이라면 모두 알고 계실 거라 생각합니다. 이러한 안타까움 역시 『희망장』을 위한 도움닫기'라고 여기면 크게 상심할 일도 아니지만요. 스기무라 사부로는 이런저런 역경을 딛고 끝내 행복해질 거라고 생각합니다. 『누군가』의 서문에는 아마도 그런 의미가 담겨 있었던 거겠죠.

2017년 가을,
마포 김 사장 드림

"인생에 부족함이 없거나, 또는 행복한 삶을 사는 탐정은 미스터리의 세계에는 무척 드문 것 같다는 생각을 늘 하고 있습니다. 평범하고 이렇다 할 장점도 없지만 일상생활을 안정되어 있고 포근한 행복 속에 사는 탐정. 이 작품은 그런 인물이 주인공입니다. 그 결과 그가 추적하는 사건은 아주 사소한 것이 되었습니다. 그 사소함 속에 독자 여러분의 마음에 남는 것이 있다면 좋겠습니다."

_미야베 미유키

이름
없는
독 2판 1쇄 발행 2017년 10월 31일

지은이	미야베 미유키
옮긴이	권일영

발행편집인	김홍민 · 최내현
책임편집	안현아
편집	유온누리
마케팅	홍용준
표지디자인	이혜경디자인
용지	한승지류유통
출력	블루엔
인쇄	청아문화사
제본	대신문화사

펴낸곳	도서출판 북스피어
출판등록	2005년 6월 18일 제105-90-91700호
주소	(121-826) 서울특별시 마포구 방울내로 11길 43, 101-902
전화	02) 518-0427
팩스	02) 701-0428
홈페이지	www.booksfear.com
전자우편	editor@booksfear.com

ISBN 978-89-98791-71-1 (04830)
ISBN 978-89-91931-11-4 (SET)